Joachim Zießler

DIE GEZEITEN
DES HIMMELS

atb aufbau taschenbuch

Joachim Zießler, geb. 1963, ist politischer Autor bei der Landeszeitung Lüneburg. In seiner Freizeit beschäftigt er sich seit vielen Jahren mit der Bronzezeit. »Die Gezeiten des Himmels« ist sein erster Roman. Zießler lebt mit seiner Frau und Tochter in Lüneburg.

Rocq, ein junger Schmied und Beobachter der Gestirne, hat die Himmelsscheibe von Nebra entwickelt. Die Existenz dieses genialen Instrumentariums, das ihn zum Meister der Zeit macht, hat sich bis nach Kreta herumgesprochen. Daraufhin bekommt Rocq den Auftrag, den Priesterinnen der Muttergöttin Astarte einen ähnlichen Kalender anzufertigen. Gerade als er seine mühevolle Aufgabe vollbracht hat, bricht der Vulkan auf Santorin aus und erstickt alles Leben unter seiner glühenden Asche. Unter dramatischen Umständen gelingt es Rocq und seinem Bruder, sich zu retten und auf einem Handelsschiff gen Norden zu fliehen. Doch das Unglück, das die Naturkatastrophe ausgelöst hat, verfolgt sie, genauso wie die skrupellosen Anhänger des Sonnengottes. Denn auf dem Schiff vermuten diese ihre ärgsten Rivalen: die Priesterinnen der Muttergöttin. Plötzlich ist nicht nur Rocqs Leben in Gefahr, sondern auch das seiner großen Liebe.

Joachim Zießler

DIE GEZEITEN DES HIMMELS

HISTORISCHER ROMAN

atb aufbau taschenbuch

MIX
Papier aus verantwortungsvollen Quellen
FSC® C083411

ISBN 978-3-7466-3166-0

Aufbau Taschenbuch ist eine Marke
der Aufbau Verlag GmbH & Co. KG

1. Auflage 2015

Umschlaggestaltung www.buerosued.de, München
unter Verwendung von Motiven von © Markus Renner / plainpicture
und Himmelsscheibe von Nebra © 2002 Land Sachsen-Anhalt.
Die Verwendung der Abbildung der Himmelsscheibe von Nebra erfolgt
mit Genehmigung des Landes Sachsen-Anhalt, vertreten durch das Landesamt
für Denkmalpflege und Archäologie. www.himmelsscheibe.de
Gesetzt in der Whitman durch Greiner & Reichel, Köln
Druck und Binden CPI books GmbH, Leck, Germany
Printed in Germany

www.aufbau-verlag.de

Für Fanny, die Hafen und
Schlachtruf zugleich ist

PERSONEN

Legur	Sohn von Rocq und Melana
Rocq	Schmied der Himmelsscheibe, Astronom vom Mittelberg
Tyr	Alter, ehemaliger Heiler vom Mittelberg
Praro	Priester vom Mittelberg
Urdus	Hirte im Süden Jütlands
Aria	Astarte-Hohepriesterin in Tyros; Ziehmutter Melanas
Melana	Astarte-Priesterin aus Tyros mit Heilkenntnissen
Hamilkar	Phönizischer Händler und Kapitän
Lassia	Hohepriesterin auf Kreta, der Insel der *Stierspringer*
Malech	Bruder Rocqs
Artes	Krieger und bester Freund von Rocq
Lokmaddu	Hohepriester Melkarts in Tyros
Bogwhil	Zweiter Hafenmeister in Enkomi, Zypern
Syria	Astarte-Priesterin aus Enkomi
Almene	Astarte-Priesterin-Novizin aus Enkomi
Sigo	Matrose Hamilkars
Manu	Falos Mutter
Falo	Junge in Kudonija, Nordkreta
Nino	Matrose auf der *Dido* mit den besten Augen
Neleus	Herrscher in Pylos auf dem Peloponnes
Kalio	Bartscherer und Schiffsarzt auf der *Dido*
Mako	Priesterhäuptling auf Nuraghia (Sardinien)
Havlar	Matrose aus Wilusa (Troja)
Xandru	Dorfältester auf der *Bienenkorb-Insel*, Korsika
Ronin	Vermeintlicher Heiler auf der *Bienenkorb-Insel*
Klynestra	Ronins Frau, die wahre Heilerin
Tamerlan	Steuermann auf der *Dido*
Ghul	Schreckensherrscher an der Aude, Südfrankreich

Jul	Bauer an der Garonne
Naval	Schiffsbauer in Lous (Toulouse)
Tore	Flussfischer an der Garonne
Ayla	Tores verstorbene Frau
Hillo	Dorfältester am *Fluss-Meer*, der Gironde bei Royan
Carnac	Ermordeter Dorfältester in »Ligne« (Carnac, Bretagne)
Menhop	Kriegerfürst in Ligne
Sellie	Dorfälteste bei den »Hurlers«, Cornwall
Fist	Schmied in Stonehenge
Cadha	Weise Frau in Stonehenge
Jarne	Häuptling in Jütland
Hanse	Priester in Jütland
Martha	Jarnes Frau
Rimas	Fischer an der Ostküste Jütlands
Rigur	Legurs Onkel im Nachbardorf

PROLOG

Kam er zu spät? Beerdigten sie auch hier die Götter? Obwohl seine Muskeln schon brannten, beugte sich Legur nach vorn und begann, den dunklen Berg hochzulaufen. Fackelschein drang durch die spärlicher werdenden Bäume und aus hunderten Kehlen erklang ein seltsam klagendes Lied. Um ein großes Feuer drehten sich Tänzer im Rhythmus einer Trommel. Legur spürte, wie der stampfende Gleichschritt der Tänzer den Boden erbeben ließ. Nicht alle hatten es bis zu dem heiligen Ort geschafft. Aus den Augenwinkeln sah Legur einen dürren, alten Mann am Fuße eines Grabes knien. Dutzende dieser dunklen Hügel umrahmten die kahle Bergkuppe wie eine Perlenkette. Fürsten aus besseren Tagen waren hier bestattet. Der alte Mann drückte sein Gesicht auf den feuchten Boden. Legur hörte ein Schluchzen. Er hielt an.

»Was passiert dort oben?«

Tränenverschleierte Augen unter einer dreckverkrusteten Stirn blickten Legur an: »Es gibt keine Hoffnung mehr. Sie übergeben sie der Anderwelt! Die Scheibe der Götter!«

Legur spürte, wie das Blut in seinen Schläfen pochte. Hatte er umsonst das Nebelmeer überquert, sich den großen Strom flussaufwärts gekämpft? Überall hatte er nur Leid und Elend gesehen. Die Menschen schlachteten ihr letztes Vieh. Wer es schon vor Wochen gemacht hatte, hungerte. Und immer wieder der flehentliche Blick zur Sonne. Sie blieb versteckt hinter einem Schleier. Blass, kraftlos, sterbend.

Aber er war gekommen, um die Scheibe zu sehen. Wenigstens noch einen Blick wollte er erhaschen. Legur griff dem alten Mann unter die Achseln, hob ihn auf die Füße. Er war federleicht.

»Stütz dich auf mich. Das letzte Stück schaffen wir auch noch.« Ein Lächeln entblößte eine Mundhöhle, in der nur noch wenige, abgenutzte Zähne zu sehen waren: »Danke.«

Aneinandergeklammert erreichten die beiden ächzend und schwitzend den Waldrand. Kurz vor ihrem Ziel verwehrte ihnen eine Wand aus Eichenbohlen den Blick auf das Geschehen. Als sie durch eine Lücke in den Lichtschein der vielen Feuer traten, verschlug es ihnen die Sprache.

Glutrot erstrahlten die Gesichter der Tanzenden. Die flackernden Flammen verliehen ihnen das Antlitz der Sonne – der mächtigen, die noch die Vorväter kannten, die auf ihren Feldern das Leben sprießen ließ und die sie nun schon vor einigen Sommern verloren hatten. Der Atem und der Schweiß der Menge stiegen in der Winternacht wie Dampf auf. Mittlerweile strebte die Zeremonie ihrem Höhepunkt entgegen. Als die Trommel verstummte, hörten die Menschen auf zu tanzen. Die Menge teilte sich, bot den letzten Strahlen der untergehenden Sonne eine Gasse. Durch das gegenüberliegende Tor trat der Priester auf die Lichtung. An einem Strick führte er einen Bullen, der einen Wagen zog. Auf dem Gefährt lag der Gegenstand, wegen dem Legur die beschwerliche Reise angetreten hatte: Nachtschwarzer Untergrund, darauf golden blinkend der Vollmond, die Mondsichel und Sterne – unter ihnen das Siebengestirn. Verwirrt starrte Legur auf die Scheibe, als der zweirädrige Karren an ihm vorbeirumpelte. Etwas störte ihn. Von dem goldenen Bogen am Rand und der Sonnenbarke unten hatte er nichts gewusst.

Der Priester führte den Bullen jetzt durch die schweigende Menge. Genau in der Mitte des heiligen Runds hielt er an. Helfer schirrten das Tier ab, drängten es etwas abseits. Auf ein Handzeichen des Priesters hin zog einer der Gehilfen blitzschnell ein schwarz glänzendes Obsidianmesser durch den Hals des Tieres. Der Stier brüllte auf, versuchte zu entkommen, doch starke Arme zwangen seinen Kopf zu Boden. Pulsierend spritzte das Blut aus der Wunde und füllte eine Holzschüssel. Als das Tier mit einem letzten Zucken starb, löste sich der Priester aus seiner Erstarrung. Vom Wagen ergriff er zwei bronzene Spiralen, hob sie über seinen Kopf und trug sie langsam zu dem Göttergrab. Ein kurzes Zögern, dann ging er murmelnd in die Knie und legte die glänzenden Spiralen vorsichtig in die Totenstätte, die in der dunklen Erde so hell leuchtete wie frischer Schnee. In ihrem Inneren war sie vollständig mit hellen Sandsteinplatten ausgekleidet. Wie die Grabkammer eines Fürsten, dachte Legur. Mit zwei Bronzebeilen und einem Meißel wiederholte der Priester das Ritual. Dann präsentierte er der Menge zwei Schwerter, die ein Meister aus dem Süden geschmiedet haben musste, so perfekt wirkten sie. Als sie mit einem leisen Klirren in dem Grab verschwanden, begann die Menge zu murmeln. Der letzte fahle Sonnenstrahl traf die aufrecht am Wagenheck lehnende Scheibe. Als ob ein Gott mit letzter Kraft den Finger nach dem Werkzeug ausstreckte, das einst seine Verbindung zu den Menschen gewesen war. Das Murmeln erstarb, als der Priester aufstand, die Arme ausbreitete und sein Gesicht der Sonne zuwandte: »Du greifst schon nach ihr? Du hast recht, wir haben keine Verwendung mehr für sie. Weil du uns verlassen hast. Warum sollen wir säen, wenn du nichts mehr sprießen lässt? Was sollen wir ernten, wenn nichts erblüht? Du ziehst noch über den Himmel, aber du weist uns nicht mehr den Weg. Deshalb musst du dir die Scheibe auch nicht von uns holen.«

Bei seinen letzten Worten riss der Priester die schwere Scheibe mit einem Ruck über seinen Kopf, hielt sie der Sonne entgegen. »Wir geben diese Scheibe derjenigen zurück, deren Leib wir die Metalle einst entrissen, um dich zu ehren: unserer aller Mutter.« Der Priester fiel am Rande des Grabes auf die Knie und lehnte die Scheibe behutsam ans Kopfende der Steinkammer. »Bitte, nimm unser Opfer an und lass das Licht und die Wärme zurückkehren!«

Dumpfer Trommelschlag setzte wieder ein. Die Menge begann, sich langsam um das Göttergrab zu drehen.

Legur blieb als Einziger am Rande des Geschehens stehen. Fasziniert starrte er auf die Scheibe, die gerade von der ersten Schaufel Erde getroffen wurde. Für die Menschen um ihn herum war sie ein Werkzeug der Götter, aber er wusste es besser: Die Scheibe war eine Schöpfung seiner Familie. Sein Vater hatte sie geschmiedet.

AN VERGESSENEN WURZELN

Legur spürte den Blick des Alten, bevor dieser mit krächzender Stimme das Wort an ihn richtete: »Du stammst nicht von hier. Woher wusstest du von der Scheibe … ihr Götter, habt ihr mich verwirrt oder mit Blindheit geschlagen?« Scheu hob der Alte die Hand, strich über Legurs Umhang aus Flachsgarn und Schafwolle, dann packte er mit überraschender Kraft die Schultern des Mannes, der ihn um einen Kopf überragte. »Wären deine Haare braun und nicht schwarz und deine Augen blau statt grün …«

Legur lachte. »Und wäre mein Wuchs etwas kleiner und meine Schultern etwas breiter, würdest du meinen Vater durchschütteln.«

»Rocq! Du bist sein Sohn! Wie geht es ihm? Wo lebt er? Lebt er überhaupt noch?«

»Es geht ihm bestens«, unterbrach ihn Legur. »Er hat die Grenzen der Welt erkundet, seinen Platz gefunden und mir den Namen Legur gegeben. Aber sag, wer bist du?«

»Man nennt mich Tyr. Ich bin … ich war der Heiler. Ich habe deinen Vater der Anderwelt entrissen, als er – lange bevor er seinen ersten Bart bekam – unseren besten Fischern zeigen wollte, wie man die Reusen füllt. Stattdessen zeigten die Fische ihm, dass vorlaute Knaben unter Wasser nicht atmen können. Aber, auch wenn die Götter uns verlassen haben: Dies ist ihr Ort. In die Vergangenheit reisen können wir besser unter meinem Dach statt auf ihrem heiligen Berg. Viel zu essen kann ich dir zwar nicht anbieten, aber einen Schlafplatz und einen Becher Umyss.«

Allein die Aussicht auf die säuerliche, vergorene Milch ließ Legurs Magen sich schmerzhaft zusammenziehen. Ausgehungert wie er war, könnte sogar Umyss ihn berauschen. Dennoch zögerte er keinen Wimpernschlag.

»Wie könnte ich dein Angebot ausschlagen? Wer den Vater den Fischen entrissen hat, darf erwarten, dass dessen Sohn ihm ein paar Holzscheite aufs Feuer legt – und ihm vielleicht sogar ein paar Fische angelt.«

Tyrs Augen blitzten: »Aber nur, wenn du versprichst, dass ich nicht auch deinetwegen mit der Anderwelt ringen muss. Ich werde sie noch früh genug selbst erkunden. Doch jetzt komm!«

Tyr drehte sich vom Feuer weg und stapfte los. Legur warf einen letzten Blick auf das steinerne Grab, in dem nun das Werk seines Vaters ruhte. Sogar unter der sich auftürmenden Erde meinte er noch die goldenen Monde und Sterne der Scheibe zu sehen, die den Schein der Flammen reflektierten. Vielleicht können Menschen die Götter nicht beerdigen, dachte Legur. Vielleicht ziehen sich die Götter zurück, wenn ihnen danach ist. Und kehren genauso wieder, wie das Meer, egal, was wir tun. Oder sie kehren uns den Rücken, weil unsere Niedertracht sie beleidigt. Der Gedanke schnürte ihm die Brust zusammen. Eine weitere Schaufel Erde landete auf dem Haufen. Das metallische Blinken erlosch. Legur wandte sich ab und schloss schnell zu dem Alten auf. Schweigend gingen die beiden durch den nachtkalten Wald bergab. Der Marsch hatte sie bereits wieder erwärmt, als sie ein Tor in einem Erdwall passierten, der dreimal so hoch war wie sie. Das Tor war offen und unbewacht. Noch vor wenigen Jahren wäre dies undenkbar gewesen. Der heilige Bezirk war entweiht.

Sie hatten die Kette der Gräber längst passiert, waren den Berg schon halb hinabgestiegen, als Tyr auf einer Lichtung stehen blieb. Er ließ den Blick schweifen. Links von ihm deutete nur der etwas hellere Horizont an, wo die Sonne unterging. Er zeigte mit dem rechten Arm geradeaus.

»Dort kannst du gerade noch die beiden Berge sehen. Zwar hält der Sonnenwagen noch immer zum Frühlingsanfang bei dem einen und am Ende des Sommers bei dem anderen. Aber was nützt uns das? Was wir säen, verkümmert. Was wir ernten, macht nicht satt. So folgten alle Praro, unserem neuen Priester und Möchtegern-Heiler. Er sagt, die Mutter Erde ist uns näher als der Sonnengott. Jetzt kann uns nur noch sie nähren. Was glaubst du?«

Legur zuckte mit den Schultern. »Ich fürchte, die Antworten der Götter liegen hinter demselben Schleier versteckt, der unseren Himmel verdunkelt. Aber vielleicht gelang es meinem Vater und meiner Mutter, einen Zipfel dieses Schleiers zu lüften. Lass mich dir ihre Geschichte erzählen und entscheide selbst. Wie weit ist es bis zu deiner Hütte?«

»Nicht mehr weit. Wenn wir den Berg verlassen haben, folgen wir einem Bach im Wald, der direkt an meinem Heim vorbeifließt. Es liegt etwas abseits des Dorfes. Besser, es sieht dich nicht jeder. Wenn der Hungerwurm schmerzhaft an den Eingeweiden nagt, gibt man Fremden gerne die Schuld an allem Übel.«

Legur nickte, während sie ihren Marsch fortsetzten. Auf dem Weg zu den Wurzeln seiner Familie war er der Wut der Verzweifelten mehrmals nur knapp entkommen. Seine Gedanken wanderten zurück, die Hand fasste nach dem Feuersteindolch in seinem Gürtel, dessen Griff wie ein Fischschwanz geformt war. Er hatte sogar einem Mann das Leben nehmen müssen, um fliehen zu können. Nachdem er seine Heimat, die große Insel im Norden, durchquert hatte, ließ er sich zur Nachbarinsel übersetzen. In einem versteckten Weiler im Zentrum der Insel fand er Unterschlupf für die Nacht. Ein kleiner Stall war offenbar schon lange verwaist. Kaum hatte er sich auf das Stroh gelegt, trat ein riesenhafter Mann mit einer Keule die Tür ein.

»Wolltest du sehen, ob du Erfolg hattest?«, schrie er. »Den hattest du fast. Meine Schafe tranken aus dem Brunnen, den du vergiftet hattest, und starben. Ebenso meine Töchter. Aber du folgst ihnen nach.« Er schwang die im Feuer gehärtete Holzkeule über dem Kopf, eine schwarze Klinge aus Obsidian an der Seite blitzte auf. Doch er war nur ein wütender, verwirrter Hirte, während Legur ein Kämpfer war. Der Riese sprang auf das Strohlager zu, die Keule sauste herunter, Legur rollte sich vor die Füße des Tobenden und aus der Drehung stieß er ihm von unten den Feuersteindolch, der dicht an seiner Seite gelegen hatte, in den Unterleib. Der Riese brüllte auf, doch als Legur die Waffe in der Wunde drehte, ließ der Schmerz die Knie des Hirten einknicken. Mit einer schnellen Handbewegung gelang es Legur, den Dolch zu befreien. Dann riss er seinen Arm nach oben und stieß dem Gegner die Klinge in die Kehle. Gurgelnd fiel der Riese nach hinten. Er fand schnell den Weg in die Anderwelt, doch Legur wusste, dass er noch nicht in Sicherheit war. In der Tür standen die Männer des Ortes. Sie heulten vor Wut. Nur die mühelose Schnelligkeit, mit der Legur ihren stärksten Mann besiegt hatte, hielt sie von einem Angriff ab. Das war sein Glück.

»Hört mir zu. Ich bin Legur, Rocqs Sohn. Ich habe euren Brunnen nicht vergiftet. Auch bei uns sterben Vieh und Mensch. Aber vor Hunger!«

Den bluttriefenden Dolch vor sich haltend, ließ Legur die Männer nicht aus den Augen. Langsam wich der Hass aus ihren Blicken, machte wieder dumpfer Verzweiflung Platz.

»Zeigt mir euren Brunnen«, befahl Legur. Er wollte weg von dem Toten und raus aus dem Stall, der auch für ihn noch zur Todesfalle werden konnte. Die Männer blickten sich an, bewegten sich aber nicht. »Na los, ich beweise euch, dass in dem Brunnen kein Gift ist.«

Erst jetzt ging ein Ruck durch die Gruppe. Sie gaben den Eingang frei, stellten sich mit ihren Knüppeln und Sicheln wie zu einem Spalier auf. Legur griff ins Stroh, holte seinen Beutel und sein Schwert hervor. Raunend wichen die Männer noch einen Schritt zurück, als sie die Bronzeklinge in der Hand Legurs blinken sahen.

»Komm«, sagte ein alter Mann. »Zeig uns, dass du die Wahrheit sagst, und Urdus zu Recht getötet hast.« Er drehte Legur den Rücken zu und hinkte zu dem Brunnen in der Mitte des Weilers. »Aus dem trinken wir nicht mehr, seit Urdus' Schafe vor fast einem Mond verreckten und er sagte, das läge am Gift.«

Einen Monat. Vielleicht waren die Töchter des Hirten sogar verdurstet, dachte Legur. Er spähte in die Tiefe. Zumindest schwamm kein Kadaver im Wasser. Seine Chancen stiegen.

»Zieht mir einen Eimer Wasser hoch.« Als der Bottich oben war, steckte er seinen Dolch hinter den Gürtel, griff sich die hölzerne

Schöpfkelle, und nahm etwas Wasser. Kein fauliger Geruch. Er musste es darauf ankommen lassen, wenn er nicht gegen das ganze Dorf kämpfen wollte. Mit einem Ruck stürzte er die ganze Kelle seine Kehle hinunter. Frisch. Klar. Er schöpfte eine neue Kelle, hielt sie dem alten Mann hin. Ein Zögern, dann trank er. Die Männer jubelten, dann tranken auch sie. Obwohl die Erleichterung die Feindseligkeit schnell in Scham verwandelte, zog Legur noch in derselben Nacht weiter und schlief im Wald.

Heute war das glücklicherweise nicht nötig und Legur freute sich, der Nachtkälte unter einem Dach entgehen zu können.

»Wir sind da«, unterbrach der Alte seine Gedanken. Sie standen vor einer kleinen, windschiefen Hütte, die sich an den Waldrand duckte. Offenbar hatte Tyr keine Sippe mehr, sonst würde er in einem Langhaus wohnen, in dem die Verwandten und das Vieh Unterkunft fanden. In Tyrs Hütte hatten nur Zauberhilfsmittel Platz. Kein Tisch, kein Regal, keine Nische, die nicht von getrockneten Kräutern, Pilzen oder Beeren belegt waren. Unter dem Schilfdach unterhalb des Rauchabzugs hingen geräucherte Schlangen und Wurzeln, die die Form von Menschen hatten. In einem Regal, das bis zur Decke reichte, standen bauchige Gefäße aus Holz oder Keramik, bei denen Legur sich nicht sicher war, ob er wirklich wissen wollte, was sich darin befand. Das Heim eines Heilers.

Tyr wuchtete einen Krug voller Körner und einen leeren Korb in die Ecke und bot Legur den freigeschaufelten Hocker an. Er selbst setzte sich auf sein Bett, nachdem er die Glut in seiner Feuerstelle angefacht und Holz nachgelegt hatte.

»Rocq hat also einen Sohn. Wie hat er es bloß geschafft, dass sich eine Frau für ihn erwärmt?« Ein fast zahnloses Grinsen entschärfte die Worte. »Als er noch hier lebte, hätte er jede Frau für einen Schmelzofen stehengelassen und eine Nacht der Erfüllung war für ihn, wenn er den Tanz der Sterne beobachten konnte.«

Legur lachte. »Du kennst meinen Vater wirklich gut. Aber du kennst meine Mutter nicht. Sie hat ihm den Kopf zurechtgerückt. Die beiden sind wie Kupfer und Zinn: Erst zusammen sind sie perfekt, werden sie zu Bronze. Sie wünschten sich allerdings, sie hätten in weniger bewegten Zeiten zu einer Einheit verschmelzen können.«

»Ich bin überzeugt davon: Wenn du von beiden das Beste bekommen hast, verfügst du über die notwendige Härte, um auch in einer Welt ohne Sonne zu bestehen. Aber ich vergesse meine Manieren, jetzt trinken wir den versprochenen Becher Umyss zu Ehren deiner Eltern und essen einen Teller Getreidegrütze, um den Hungerwurm ruhig zu stellen – und dann erzählst du deine Geschichte. So alt meine Ohren auch werden, davon können sie nicht genug hören.«

»Und eine Geschichte wie diese haben deine Ohren noch nie gehört«, versprach Legur. »Eine von fremden und doch vertrauten Göttern, von Verrat und Niedertracht, von einer Städte verschlingenden Flut und davon, wer die Welt in Dunkelheit hüllt.«

Tyrs Mund schloss sich erst wieder, als er den sauren Umyss auf der Zunge schmeckte. Schweigend löffelten die Männer die Grütze. Die Portionen waren schmal, noch vor Jahren hätte man sie höchstens Frauen angeboten. Die Herzlichkeit des alten Mannes und bohrender Hunger drängten Legurs schlechtes Gewissen so lange in einen Winkel seiner Seele, bis er aufgegessen hatte. Die Wärme in der Hütte vertrieb langsam die Erinnerung an die Kälte draußen. Dann erzählte Legur seine Geschichte. Sie beginnt 18 Jahre früher, am Ufer eines fremden Meeres, unter südlicher Sonne.

VERGOSSENES BLUT

Die Zeremonie befand sich auf ihrem Höhepunkt. Aria stand allein vor dem Opferstein, die Arme erhoben, nackt. Hinter sich hörte sie das leise Tappen bloßer Füße und Geflatter. Eine der Novizinnen brachte ihr die Taube. In einem Käfig natürlich, denn das heilige Tier der Astarte war tabu, durfte von normalen Menschen nicht einmal berührt werden. Das war nur der Hohepriesterin erlaubt. Und mehr als das. Aria packte den Zedernholzgriff des Bronzedolches auf dem Opferstein. Nur ungern vergoss sie das Blut, aber ihre Göttin verlangte danach. Sie schützte die Krieger in den Streitwagen während der Schlacht ebenso wie die gebärenden Frauen und die säenden Bauern. So mächtig und so alt konnte Astarte nur werden, weil ihr der Lebenssaft selbst geopfert wird, dachte Aria. Sie griff nach der zappelnden Taube in dem kleinen Käfig, zog sie an den Flügeln hoch und hielt sie über sich. Die Rechte mit dem Bronzedolch ging schon Richtung Hals des todgeweihten Tieres, als sie erneut Schritte hinter sich hörte – diesmal aber von besohlten Schuhen. Wütend wirbelte Aria herum.

»Wer wagt es, die Zeremonie zu …«

Sie vollendete den Satz nicht und starrte mit offenem Mund auf die vier Männer, die nicht einmal den Tempel hätten betreten dürfen. Aber das wussten sie, denn sie waren selbst Priester – allerdings eines anderen Gottes: Melkart. Sie trugen Schwerter in den Händen, aber Aria hätte auch ohne diese gewusst, dass es den Melkart-Jüngern nicht um eine bloße Entweihung ihres Tempels ging. Wut kochte in ihr auf.

»Euch ist wirklich nichts heilig! Erfreut euren Gott die Schändung heiliger Orte? Will er eine größere Ecke im Götterhimmel haben?« Dann ließ sie die Taube los, die aufgeschreckt unter das Tempeldach flatterte. Diese kurze Ablenkung nutzte Aria, und griff an. Schließlich war sie die Hohepriesterin einer kriegerischen Göttin. Mit einem Ausfallschritt erreichte sie den ersten Priester, rammte ihm den Dolch in die Seite, so dass er mit einem heiseren Schrei auf die Knie sackte. Das löste die Erstarrung seiner Begleiter. Blitzartig umringten sie die Frau, ein Hieb traf ihren Hals, ein Schwert bohrte sich in ihre Seite. Aria schrie nicht, als sie fiel. Sie dachte an die Frau, die ihr wie eine Tochter war: Um Astarte willen, flieh, Melana!

Einen Todesschrei hätte Melana gehört, so nahe war sie dem Tempel bereits. Sie drückte sich in den Schatten der Lehmhäuser, um der Glut der Mittagssonne zu entgehen. Als sie die Straßenecke erreichte und schon die Säulen des Tempeleingangs sehen konnte, flog eine Taube aus dem Gebäude ins Freie. Melana erstarrte.

Dann sah sie die vier Männer aus dem Inneren auf die Freitreppe treten. Gerade noch konnte Melana einen Schrei unterdrücken. Zwei Männer stützten einen Gefährten, dessen Umhang noch stärker von Blut besudelt war als die der anderen. Schnell liefen sie die Treppe herunter und verschwanden in einer Nebenstraße. Melana wehrte sich gegen den Impuls, sofort loszueilen, aus Angst, entdeckt zu werden. Nach ein paar Herzschlägen hielt sie es jedoch nicht mehr aus, löste sich aus dem Schatten der Hauswand, an die sie sich gekauert hatte und lief auf den Tempel zu, der ihr zugleich Heimat und Schule war. Ihre rechte Hand umklammerte die Tasche mit frisch gesammelten Kräutern, deren Riemen von ihrer nackten Schulter baumelte. Neben dem Eingang lagen die beiden Novizinnen, die ihrer Ziehmutter bei der Zeremonie helfen sollten. Der Blick gebrochen, die Kehlen durchtrennt. Melana keuchte auf und lief ins kühle Innere. Als sich ihre Augen an das Zwielicht gewöhnt hatten, sah sie Aria vor dem Opferstein liegen. Sie hastete durch die stetig wachsende Blutlache, kniete neben der Nackten, achtete nicht darauf, dass ihr weißes Kleid durchtränkt wurde. Ihre Finger fanden keinen Puls mehr, bestätigten, was die Augen schon erkannt hatten: Hier war ihre Heilkunst machtlos. Aria war ermordet worden. Ein tierischer Laut kam aus Melanas Kehle, sie umarmte die Tote, Tränen benetzten deren kühler werdende Haut. Dann richtete sie sich abrupt auf. Aria hatte recht gehabt, in Tyros war sie nicht mehr sicher. Zögernd stand Melana auf. Sie würde Aria nicht mal ein richtiges Begräbnis ausrichten können. Aber sie war sich gewiss, dass die Göttin ihre Hohepriesterin hinübergeleiten würde, auch ohne dass jemand die Beschwörungsformeln singt.

In ihrer Kammer im Nebengebäude wusch Melana sich hastig das Blut ab, zog ein frisches Priesterinnengewand an, versteckte es aber unter einem derben Leinenumhang, wie ihn Bäuerinnen trugen, und packte ein Bündel mit ihrem wenigen Besitz.

»Häng dein Herz nicht an irdische Güter«, hatte ihr Aria stets eingeschärft. »Besitz behindert dich nur, wenn du dein Leben retten musst – und Astarte kannst du damit auch nicht beeindrucken.«

Ein Rat, der jetzt ihre Flucht erleichterte. Ihr langes schwarzes Haar trug sie nun nicht mehr wie eine Priesterin offen, sondern bändigte es mit einem Zopf und versteckte es unter einem Tuch. Im Hinausgehen blickte sie in einen bronzenen Spiegel und war zufrieden: Der grobe Umhang versteckte ihre schlanken, dennoch fraulichen Formen. Noch ein bisschen Dreck in das allzu blasse Gesicht geschmiert und sie sah aus wie eine Bäuerin, die wegen des Marktes in die Hafenstadt gekommen war.

Jetzt musste es schnell gehen. Melana ahnte, dass die Mörder nach ihr suchten, ihr, der letzten Astarte-Priesterin von Tyros. Sie kletterte aus dem Fenster ihres Zimmers, weil sie nicht noch einmal an der Leiche vorbei wollte und vor dem Eingang des Tempels von vielen Seiten zu sehen gewesen wäre. Ihr Blick fiel auf die felsige Klippe, die der Stadt ihren Namen gab. Tief unten schwappte das Meer sanft in einer windgeschützten Lagune an die Molen des Osthafens. Der Weg dorthin war lang, denn Astarte war die Älteste im Götterhimmel, ihr Tempel stand auf dem höchsten Punkt der Stadt. Melana schulterte ihr Bündel und marschierte los. Nicht direkt auf der sonnendurchfluteten, breitesten Straße zum Hafen, sondern im Zickzack durch verwinkelte Gassen. Der Weg erschien ihr endlos. Oft blickte sie sich um, weil sie hinter sich Schritte in den ansonsten von der Mittagshitze geleerten Nebenstraßen zu hören glaubte. Als sie endlich das Kreischen der Möwen vernahm und die salzige Seeluft roch, hämmerte ihr Herz wie ein Schmiedehammer gegen die Rippen. Nicht vor Anstrengung, sondern aus Angst. Was, wenn sie kein Schiff fand? Welche Chancen hatte ihre Flucht auf dem Landweg? Während sie sich bemüht langsam den Molen näherte, beruhigte sie sich etwas. Der Hafen summte wie ein Bienenkorb. Richtung Westen entlud ein Fischer den Morgenfang aus seinem Boot, das aus einem Einbaum gebaut worden war. Er hatte Mühe, die Körbe über die Bordkante zu wuchten, die mit einer Planke gegen Wellenschlag erhöht worden war. Gleich daneben lieferten sich der Kapitän eines Kriegsschiffes und ein fliegender Händler ein Schreiduell. Das imponierend große Kriegsschiff mit dem roten Rammsporn und den Raubtieraugen am Bug wurde gerade beladen, und offenbar fühlte sich der Händler betrogen. Eine junge Frau auf einem Kriegsschiff? Keine gute Idee. Noch bevor ihr Verstand einen Entschluss gefasst hatte, bewegten sich Melanas Füße zur Ostseite des Hafens, wo das Gewimmel kaum noch überschaubar war. Fünf Schiffe machten sich hier bereit, abzulegen. Offenbar Händler, die im Verbund fuhren, um sich besser gegen Piraten behaupten zu können. Das sprach für eine längere Reise, vielleicht zur Kupferinsel im Norden oder zu den Herrschern der Pyramiden im Süden. Melana beschleunigte ihren Schritt, und nahm dabei kaum war, dass die Händlerschiffe bauchiger waren als das Kriegsschiff. Statt eines Rammsporns schmückten Tierornamente den hochgezogenen Bug. Bis zum Heck waren die Schiffe länger als zwölf Männer. Noch trug der Mast kein Segel, im Hafen waren die Ruderer gefordert. Aufbauten, die mit dickem Wildschweinleder überzogen waren, schützten am Heck den am Ruder stehenden Kapitän und mittschiffs die Ruderer vor gegnerischen Pfeilen.

Haben die überhaupt noch Platz für einen Passagier?, fragte sich Melana, als sie das erste Schiff passierte. Es lag so tief im Wasser, dass die Ruderer bei Seegang bestimmt schöpfen mussten. Beim nächsten frag ich, versuchte sie, ihre Zweifel niederzukämpfen, als sie plötzlich in zwei vertraute graue Augen blickte.

»Hamilkar! Dich muss Astarte selbst geschickt haben!«

Der fast kahle Händler und Kapitän kannte Melana, seit sie ein kleines Mädchen war. Nachdem ihre Eltern dem Sumpffieber erlegen waren, hatte Aria sich des kleinen Wildfangs angenommen, sie in Ritualen und Heilkünsten unterrichtet. Schon damals war Hamilkar ein häufiger Gast im Tempel. Vor und nach jeder längeren Seereise opferte er Astarte, deren Augen auch wohlgefällig auf jenen ruhten, die sich ins Unbekannte hinauswagten. Vor wenigen Tagen hatte Hamilkar ein Lamm gebracht, und allein mit Aria in einer Kammer geredet – was eigentlich unziemlich ist – erinnerte sich Melana.

»Melana, bist du es?« Eine Stirnfalte erschien. »Wie siehst du …« Der große Mann verschluckte die letzten Worte in seinem mächtigen Brustkorb. Die grauen Augen unter den buschigen Brauen blickten über Melana hinweg, suchten den Hafen ab. Er erkannte die Situation sofort.

»Leg den Steg noch mal an die Mole«, rief er nach links einem Seemann zu. Und zu Melana: »Schnell an Bord!«

Kaum berührte der Steg den sandigen Hafenboden, sprang Melana schon auf die Planke und huschte mit gesenktem Kopf auf das Deck des Schiffes. »Steg einholen. Leinen los. Abstooooßen!«

Drei Ruderer führten Hamilkars Befehle aus, nahmen anschließend ihre Plätze auf den Ruderbänken backbords ein. Der erste Ruderschlag der Steuerbordreihe führte die *Dido*, Hamilkars Schiff, am dritten Händler vorbei, der jedoch ebenfalls bereits die Leinen löste.

»Hock dich hin!«

Dieser Befehl galt Melana, der – niedergekauert hinter einer Bordwand aus nach Teer stinkenden Zypressenplanken – entging, wie drei schwer atmende Priester in blutbesudelten Umhängen an der Pier die Augen mit ihren Händen beschatteten, um die Decks der Schiffe abzusuchen.

Was die Priester sahen, waren fünf Händler auf dem Weg zur Kupferinsel, um dort Seide aus dem fernen Osten und Oliven gegen das begehrte Metall zu tauschen.

Was Hamilkar sah, war ein heraufziehendes Unwetter, bei dem ihm seine Seemannskunst nicht helfen konnte.

Was Melana sah, war ihr in Trümmern liegendes Leben und eine ungewisse Zukunft.

EINE DOPPELAXT FÜR DIE GÖTTIN

Rocq blickte auf die zwei Berge, die bei ihm Heimweh auslösten. Hinter einer Ebene, die noch fruchtbarer war als diejenige weit im Norden, die er vor Jahren verlassen hatte, ragten sie auf. Auch hier dienten sie den Astronomen, um die tanzenden Gestirne anzuvisieren. Aber sonst war alles anders. Er befand sich auf der Insel der *Stierspringer*. Hier im Süden war die Sonne so kräftig, dass seine sonst so blasse Haut das tiefe Braun gegerbten Leders angenommen hatte.

»Träumst du schon wieder? Solltest du nicht das Schmiedefeuer anfachen?«

Der halb spöttische, halb aggressive Ton schreckte Rocq auf. Dergleichen war er nicht von einer Frau gewöhnt. Schon gar nicht von einer, die ihm ihre Brüste präsentierte. Rocq hatte einige Zeit gebraucht, um zu verstehen, dass die Freizügigkeit der Priesterinnen auf der Insel nicht signalisierte, wie verfügbar die Frauen waren, sondern wie unantastbar. Und das galt nicht nur für die Hohepriesterin Lassia, die ihm gerade einen Befehl erteilt hatte. Ohrfeigen waren gute Lehrmeister gewesen, dachte Rocq schmunzelnd, während er sein Schmiedegeschirr aus der Ecke holte: den Hammer, die Bärenklauen, den Kissenstein und die Steinmeißel. Malech, sein Bruder, eckte dagegen immer noch jeden Tag an. Er weigerte sich, mehr als Bruchstücke der neuen Sprache zu erlernen, während Rocq mit den Einheimischen bereits über die Geheimnisse hinter dem Tanz der Gestirne am Nachthimmel streiten konnte. Rocq ging hinaus, um seinen jüngeren Bruder zu suchen. Auf halbem Weg Richtung Schmiede fand er ihn unter einem Feigenbaum dösend. Wie friedlich er aussehen konnte … Ein Eindruck, der zerstob, sobald Malech die Augen öffnete. Sie waren von einem sehr viel helleren Blau als seine eigenen. Wie Eisnadeln schienen sie dem Gegenüber in die Seele zu stechen. Die aggressive Wirkung der Augen wurde durch Malechs schnelle Zunge oft gemildert, wenn sie spöttische Worte nicht nur für andere fand, sondern auch für sich selbst – und sein hitziges Temperament mal wieder schneller war als sein Verstand. Rocq liebte seinen Bruder und hatte gehofft, dass der Nachgeborene auf der Insel der *Stierspringer* ruhiger würde. Doch Priesterinnen mit Befehlsgewalt, eine ihm unbekannte Geringschätzung alles Kriegerischen durch manche Insulaner und ein Stier als Urbild des Männlichen, der in einem dunklen Labyrinth eingesperrt war: Das war keine Welt, in der Malech seinen Frieden finden konnte. Jetzt blickte Rocq grinsend auf seinen Bruder herunter. Sanft rüttelte er den Schlafenden an der schmalen Schulter. Sofort war Malech wach, sprang auf.

»Du hast das Werkzeug mit? Sollst du wieder den Hammer schwingen, um Spielzeug für diese läufigen Priesterinnen einer machtlosen Göttin zu schmieden? Wo bleibt dein Stolz? Zu Hause hattest du das Ohr der Götter, hier bist du nichts als ein Sklave weibischer Launen. Lass uns endlich heimfahren.«

Immer häufiger drängte Malech ihn, zurückzukehren. Doch Rocq hatte noch eine Aufgabe zu erledigen.

Es war ein Händler gewesen, der ihn vor Jahren aufgefordert hatte, über die großen Flüsse nach Osten und dann nach Süden zu ziehen, zwei Meere zu überqueren, um auch auf dieser Insel eine Scheibe zu schmieden, mit der man den Göttern lauschen konnte. Und das würde er. Doch vorher musste er sich dieser Aufgabe in den Augen der Priesterinnen erst mal als würdig erweisen. Und dazu gab es nur einen Weg: Er musste ihnen eine Doppelaxt schmieden, wie sie noch keine zuvor gesehen hatten. Rocqs linke Hand machte eine wegwerfende Bewegung.

»Du weißt, warum ich jetzt noch nicht gehen kann.«

»Noch nicht gehen will, meinst du wohl. Wieso gierst du nach der Anerkennung dieser … dieser weibischen, verweichlichten …«

»Es reicht«, schnitt Rocq seinem Bruder das Wort ab. »Weil du auf alles Fremde nur starrst, erkennst du allein, was du sehen willst. Wenn du lernen willst, musst du die Augen wirklich öffnen.«

Malech schnaubte, trottete aber dennoch neben seinem Bruder auf der gepflasterten Straße Richtung Schmiede. Nebeneinander nahmen die Brüder fast die gesamte Breite der Straße ein. Ein Wagen hätte hier keinen Platz gefunden, anders als in den Dörfern ihrer Heimat. Aber hier standen auch keine spitzgiebeligen Langhäuser, in denen eine Sippe samt ihrem Vieh unterkam. Hier erhoben sich unregelmäßige Häuserblocks mit flachen Dächern, manche nur ebenerdig, die meisten aber mit einem Obergeschoss, das von der Straße her über eine schmale Treppe zu erreichen war. Manche Häuser hatten sogar ein zweites Obergeschoss mit Fenstern oder Balkonen, eine Bauweise, die Rocq faszinierte. Die Enge der Räume löste bei Malech allerdings immer noch Beklemmungen aus, nach je vier Schritt stieß man bereits an eine Wand – oder an einen davor gemauerten Sims, der als Regal diente. Auf den meisten dieser Simse standen Keramiktöpfe und Behälter, einer aber war in jedem Haus kleinen Figuren vorbehalten, die die Götter oder die Ahnen darstellten. Rocq schätzte diese Hausschreine, brachten sie doch den Menschen auch im Alltag das Göttliche näher. Malech hingegen sah in ihnen nur die Altäre eines weinerlichen, Zuflucht suchenden Glaubens.

Nur zwei Dinge nötigten Malech in Festos, der Stadt seines ungeliebten Exils, widerwilligen Respekt ab: Das eine war der Hafen Kommos unterhalb der Stadt.

»Guck dir das an!« Gerade hatte Malech bei ihrem Marsch durch die Gassen einen Blick auf die imposanten Anlagen erhascht. »Heute liegen dutzende Schiffe an den Kais.«

Rocq nickte. »Und dabei mehr Kriegsschiffe als sonst.« Seine Hand wies auf stolze Soldaten, deren blinkende Bronzeschwerter in dem Gewimmel von feilschenden Händlern und schwitzenden Sklaven mit schweren Vorratskrügen voller Olivenöl oder Getreide auf den Schultern auffielen. »Vielleicht werden die Lagerhäuser auch bewacht, berstend voll müssen sie längst sein.«

»Und erst die Truhen des Fürsten«, pflichtete sein Bruder bei. »Stell dir vor, wann immer er ein Schiff braucht, kauft er es sich. Fehlen ihm Soldaten, muss er nur die Sold-Schatulle öffnen.«

Kein Zweifel, dachte Rocq, dieser Hafen atmete Macht, die Malech imponierte.

Nur an einem Ort spürte man noch mehr Macht: im Palast, dem zweiten Objekt seiner Bewunderung. Auf der Kuppe des höchsten Hügels öffnete sich die enge, verwinkelte Bebauung der Stadt zu einem weiten Platz, den ein großes, zweigeschossiges Haus dominierte. Hier war die Macht noch konzentrierter, als bei seinen heimischen Fürsten. Diese kommandierten im Krieg, sprachen Recht und mit den Göttern. Doch der Fürst von Festos gebot zusätzlich noch Händlern und Verwaltern.

»Du verlangst tatsächlich 20 Schwerter?« Schon solche einfachen, in freundlichem Ton vorgebrachten Nachfragen des Fürsten bewogen manchen Händler, seine Forderungen herunterzuschrauben. Einer sprach vor den Ohren von Rocq und Malech aus, was wohl die meisten dachten.

»Ach, mit 17 Schwertern würdest du mich schon glücklich machen – solange ich weiß, dass du die Tore der Handelshöfe rund um dein Meer für mich nicht zuschlagen lässt.«

»Ah, ein Händler, der über seine jetzige Schiffsladung hinausdenkt. Das ist schlau. Solltest du jetzt noch lernen, deine Zunge mir gegenüber im Zaum zu halten, sorge ich dafür, dass du in jedem Hafen willkommen bist.«

Auch die Verwalter fürchteten den genauen Blick und die bohrenden Fragen ihres Herrschers. An mehreren Wintertagen war Rocq nach Fürsprache von Hohepriesterin Lassia im Gefolge des Fürsten durch die Magazine gestapft, die sich im Westflügel und im Ostteil des Palastes befanden.

»Stell den Schemel dorthin«, befahl der Fürst dem Verwalter und zeigte auf eine Reihe der dickwandigen Vorratskrüge.

»Selbstverständlich«, fiepte der Mann mit Fistelstimme und watschelte schnell zu den Pithoi. Die Behälter waren riesig. Der Fürst musste auf den Schemel steigen, um auf die flachen Ziegel gucken zu können, mit denen sie verschlossen wurden. Und auf die dort eingebrannten Schriftzeichen.

»Hier steht, da drin sei Honig noch aus dem vergangenen Jahr. Nach deinen Aufzeichnungen haben wir aber den letzten alten Honig vor Monaten gegen Fisch aus dem Pharaonenreich eingetauscht.«

»Das, das muss ein Fehler sein. Ein Fehler meines Schreibers«, stammelte ein abwechselnd bleich und rot werdender Verwalter.

»Oder ein Fehler eines Verwalters, der nebenbei für die eigene Tasche Geschäfte macht?!«

»Nein, nein, mein Fürst. Ich würde nie etwas abzweigen. Das schwöre ich beim Leben meiner Kinder.«

»Du solltest es bei deinem eigenen Leben schwören. Du weißt, dass wir in den Pithoi manchmal auch unsere plötzlich Verstorbenen bestatten.«

»Bei allen Göttern!« Der Verwalter zog den Kopf ein, lugte zu den riesigen Ölpressen in den hinteren Räumen der Magazine. »Ihr könnt mir wirklich vertrauen.«

»Gib mir keinen Grund, dir zu misstrauen. Dann wird es dir auch in Zukunft an nichts fehlen. Hintergehst du mich aber, brauchst du nichts mehr.«

Gelöster war die Stimmung im Nordteil des Palastes. Hier ließ der Herrscher entfernte Verwandte wohnen. Im Obergeschoss residierte er selbst.

»Dem Himmel ein Stück näher«, nannte Malech das – und ausnahmsweise meinte er dies nicht spöttisch.

Mittlerweile hatten die schweigenden Brüder die Schmiede, die etwas außerhalb der Stadt lag, erreicht. Mit einer ironischen Verbeugung öffnete Malech die hüfthohe Pforte und wies mit der freien Hand ins Innere, wo zwei von Sklaven angefachte Schmiedefeuer bereits hell glühten.

»Bitte sehr, Meister. Die Stätte eures Triumphs.«

Die beißende Ironie prallte an Rocq zunächst ab, denn er war in Gedanken schon bei der kommenden Aufgabe. Er wusste aus Andeutungen einiger brillanter Astronomen aus Festos, die nur deshalb nie über den Status als Hilfskräfte hinauskommen würden, weil sie Männer waren, dass die von Hohepriesterin Lassia eingeforderte Doppelaxt weit mehr war als ein Statussymbol. Dann kochte Rocqs Temperament doch noch über.

»Du glaubst, ich schmiede hier ein Spielzeug?«, fuhr er seinen Bruder an. »Hast du dir die Vorlage nicht angeguckt oder nicht verstanden? So etwas wie diese Labrys hast du vorher doch noch nie gesehen: Klingen auf zwei Seiten, die oben und unten jeweils in zwei hornartige Spitzen münden. Eigentlich müsste man das Vierfachaxt nennen. Und doch geht es bei der Schönheit der Labrys wie auch bei meiner Himmelsscheibe nur am Rande darum, die Münder der Gläubigen offenstehen zu lassen.«

»Womit man nicht kämpfen kann, ist nur Blendwerk«, hielt Malech dagegen.

»Ich sehe hier nur einen Geblendeten. Wer die Labrys schwingt, muss keine Köpfe rollen lassen, weil ihr Kopf sie zur Meisterin der Zeit macht. Das Geheimnis der Doppelaxt sind ihre Maße. Malech, in den von mir exakt einzuhaltenden Proportionen sind Zahlen versteckt, genauer gesagt kalendarische Daten.«

»Wie soll das gehen?«

Rocq zog seinen Bruder zu einem großen Tisch aus Zypressenholz und breitete die Pergamentrolle mit der Skizze der Priesterinnen aus. »Sieh her. Jede Axtklinge lässt sich in 13 gleich breite Abschnitte unterteilen, zusammen mit dem selbstverständlich ebenfalls gleich breiten Axtstiel ergiebt sich die Zahl 27 – die Zeit, die die bleiche Göttin der Nacht am Himmel braucht, um zu erblühen, zu vergehen und wiederaufzuerstehen. Und ich bin mir sicher, auch wenn ich es noch nicht gefunden habe, dass in den Proportionen der Axtspitzen zueinander ein Bezug zur Wanderung des heißen Gottes des Tages über den Himmel versteckt ist. Verstehst du endlich? Hinter diesem scheinbaren Prunkstück hatte bereits ein großer Geist gewirkt, bevor er es in der Farbe der Sonne schimmern ließ.«

Malechs Zornesfalten glätteten sich, als er anfing zu lachen. »Hör auf, Bruderherz, du hast gewonnen. Sieh es deinem kleingeistigen

Bruder nach. Wenn die Adler fliegen, um dem verwirrenden Tanz von Mond und Sonne über den Himmel einen gemeinsamen Takt zu geben, sollten die Hühner beim Scharren leiser gackern.« Malech boxte dem Bruder spielerisch gegen die Schulter. »Das heißt also, auch diese Axt ermöglicht den Bauern, die genauen Termine für Aussaat und Ernte einzuhalten, und den Händlern, ihre Reisen und Verabredungen genau zu planen?

Unsere Ahnen brauchten einen solchen Taktgeber noch nicht. Sie zogen einfach ihrer Jagdbeute hinterher, sobald diese sich bewegte. Warum die beiden Himmelsgötter nicht in einem Takt tanzten, konnte ihnen egal sein.«

»Da hast du recht, Malech. Aber wir werden beim Tanz der Götter auf dieser Insel nur Zuschauer bleiben, wenn es uns nicht gelingt, die Metalle tanzen zu lassen.«

Und das war etwas, was Rocq mehr Sorgen bereitete, als er Malech gegenüber zugeben wollte. Denn in seinen eigenen Augen war Rocq in erster Linie ein Meister der Zeit, keiner des Metalls. Er konnte den Tanz der Gestirne tief im Innern erspüren, er fiel ihm leicht zu, während er die Geheimnisse der Erze und ihrer Mischungen mühsam erlernen musste. Das war der Grund, warum er die Himmelsscheibe in seiner Heimat nicht gegossen hatte, wie es jeder talentierte Schmied gemacht hätte. Er hatte sie kalt geschmiedet, mit Hammer und Bronzemeißel einen Bronzebarren zu einer flachen Scheibe geschlagen. Das war mühselig und zeitraubend, aber Rocq hatte die Zeit, die seine Hände brauchten, genutzt, um seinen Geist nochmals durchdenken zu lassen, wie er Voll- und Sichelmond sowie das Siebengestirn platzieren müsste, um seinen Nachfahren einen verständlichen Taktgeber zu hinterlassen.

Mit einem Kopfnicken schickte er jetzt die Sklaven aus der Schmiede. Seine Kunst war nichts für die Augen Nichteingeweihter. In den vergangenen Wochen der Vorbereitungen hatte Malech dafür gesorgt, dass er ungestört blieb. Und das hatte sich ausgezahlt. So hatte Rocq Probeöfen entwickeln können, in denen er die Güte des Zinn- und des

Kupfererzes intensiver testen konnte als zu Hause. Das beruhigte ihn. Zwar war er sich sicher, dass die Priesterinnen ihm hochwertiges Erz überlassen hatten. Doch ohne, dass er vorab die Göttin befragt und um Erlaubnis gebeten hatte, ohne selbst die Ader im Boden gefunden und aufgerissen zu haben, fehlte es ihm an Gefühl für das Metall. Also hatte er die Wochen genutzt, um Neues auszuprobieren. Bei den ersten Schritten folgte er noch den bekannten Pfaden: So röstete er das Zinnerz, zerkleinerte und wusch es – mehrmals. So befreite er es von Gestein, mit dem Mutter Erde die Kostbarkeit umhüllt hatte. Als er genug von dem angereicherten Erz beisammen hatte, vermischte er es mit dem Pulver von Bauraq, einem seltenen weißen Kristall, den er vorher zerstoßen hatte. Im Land des zwei Mal jährlich lebensspendenden großen Flusses nutzten die Priester diesen Kristall, um ihre toten Pharaonen einzubalsamieren. Rocq nutzte ihn, um Metall aus dem Schoß der Erde lebendig werden zu lassen. Aus der feuchten Masse formte er kleine Kügelchen. Von seinem Vater hatte er gelernt, diese zusammen mit Holzkohle in einem großen, ausgehöhlten Stück Kohle einzuschließen. Zusammen mit zerkleinerter Holzkohle steckte er dann immer eine kleinere, glühende Kohle in die Öffnung. Anschließend führte er die aus Ton gefertigte Düse eines Handblasebalgs ein, pumpte mit dem aus Leder und Holz bestehenden Gerät Luft in die Kohle und fachte so das Feuer an. Das schmelzende Zinn floss am Ende in den dreieckigen, dickwandigen Keramiktiegel, in den sein Vater und er die Kohle gelegt hatten.

Auf dieser sonnenüberfluteten Insel hatte er mit mehr Hitze experimentiert – und Erfolg gehabt. Statt in ein Stück Kohle hatte er das feuchte Erz-Kügelchen in eine so durchbohrte Holzkohle gesetzt, dass sich die Öffnung nach unten wie eine Düse verengt. Den Tontiegel, der letztlich das Erz auffangen sollte, umgab er von allen Seiten mit glühenden Kohlen. Auch das Kügelchen bedeckte er mit glühender Kohle. Sodann entfachten er und seine Helfer mit vier Fuß-Blasebälgen ein starkes Feuer, das andauerte, bis alles Zinn in den Tiegel geflossen war.

»Zumindest verstehen sie etwas von Erzen«, unterbrach Malech seine Gedanken. Er hielt ein dreieckiges Stück Kupfer in der Hand. Ergebnis anderer, fast einen ganzen Tag währender Versuche.

Rocq nickte. »Stimmt. Sie wussten zwar nicht, dass man den Ton für unsere Tiegel mit Graphit vermengen muss, um sie feuerfest zu machen. Aber sie haben ein Auge für Erze, in denen kräftige Adern der Göttin schlagen.«

»Und wenn das nicht die Adern einer Göttin sind, sondern die Geschenke eines Gottes?« Malechs Zeigefinger berührte fast die Nase seines Bruders. »Was, wenn die Erze nichts sind, wofür man vorab um Verzeihung bitten muss, wenn man sie dem Boden entreißt? Was, wenn ein Gott sie extra dort deponiert hat, damit wir aus den Erzen etwas schaffen, was ihn lächeln lässt?«

»Du meinst Waffen, nicht wahr, Malech? Du möchtest etwas, das von der rauen Hand eines Soldaten zum Klingen gebracht wird und nicht von der weichen eines Priesters. Nun, heute schaffen wir etwas, das beide Hände schmücken würde.«

»Na, das will ich auch hoffen«, dröhnte ein Bass von der Tür, kaum, dass sie mit Schwung geöffnet wurde. Die Sonnenstrahlen hatten keine Chance, die Schmiede zu erhellen, denn breite Schultern verstellten ihnen den Weg. Schnell schloss Artes die Tür wieder. Der hünenhafte Krieger wusste, wann sein Gefährte aus Jugendtagen die Welt ausgesperrt haben wollte. »Rocq, du weißt, wie sehr ich mich nach der Kühle des Nordens sehne. Zeig ihnen, welche Wunder deine Öfen vollbringen können und dann lass uns nach Hause gehen.«

Kameradschaftlich legte Artes seine behaarten Pranken auf Rocqs Oberarme – und hob den stattlichen Mann hoch, als sei er ein Kätzchen. »Und weißt du, warum ich die Kühle unserer Heimat so schätze?« Artes' buschige Augenbrauen hoben sich in gespieltem Ernst, während Rocq ernstlich um seine Knochen fürchtete. Zuneigungsbekundungen von Artes waren bisweilen nicht weniger schmerzhaft als wütende Attacken von Feinden. »Weil es dort ein oder zwei Frauen gibt, die mir die Kühle gerne vertreiben.«

»Ein oder zwei? In jedem Dorf meinst du wohl!« Rocq wand sich wie ein Aal in den schwieligen Händen seines Freundes.

»Womit du dich auf dieser Insel nicht begnügt hast«, ergänzte Malech. »Wie viele Schönheiten mit rabenfarbenem Haar würden weinen, weil sie dir nicht mehr die Schlaflosigkeit in schwülwarmen Nächten versüßen könnten?«

Artes lachte, stellte Rocq wieder auf den Boden und knuffte dessen Bruder. Rocq war sich sicher, dass Malechs zusammengekniffene Lippen nicht von dem blauen Fleck herrührten, der sich auf dessen Schulter bilden würde. Neidisch, dachte Rocq. Mein Bruder ist einfach neidisch auf den Erfolg bei Frauen, den ein Mann hat, der in seinen Augen nur ein geistloser Simpel ist. Rocq massierte seine schmerzenden Armmuskeln und zuckte die Schultern. Sein Bruder würde akzeptieren müssen, dass die meisten Frauen ungezügelte Lebensfreude anziehender fanden als mühsam gezügelte Missgunst.

Den barbusigen Priesterinnen hingegen, die auf dieser Insel das Sagen hatten, war es egal, wie Rocq und seine Gefährten zum Leben standen. Sie wollten vielmehr wissen, ob Rocq tatsächlich der Göttin näher stand als jeder andere Mann, wie der Händler behauptet hatte, der nach der Rückkehr von einer langen Reise in den Norden im Tempel der Göttin geopfert und den Priesterinnen Tribut geleistet hatte. Rocqs Hoffnungen, in der Gunst der Priesterinnen aufzusteigen, ruhten auf einem schlammbraunen, unscheinbaren Tonquader etwas abseits der Öfen. Mit drei schnellen Schritten war Rocq bei dem Quader, hob ihn auf – er war leichter, als man vermuten würde. Denn er war ausgehöhlt. Wochen ausgeklügelter Versuche und enttäuschter Hoffnungen lagen hinter Rocq, bis er endlich diese Gussform in den Händen hielt, die so viel komplizierter war als alle, die er bisher gefertigt hatte – etwa um Schwerter oder Beile herzustellen. Zunächst hatte er aus Wachs ein genaues Modell des Doppelaxt-Kopfes hergestellt. Dutzende Versuche schlugen fehl. Erst durchkreuzte die Hitze des Tages seine Arbeit, weil das Wachs zu weich wurde und sich verformte. Nachts, beim flackernden Licht von Öllampen, spielten ihm oft die Augen einen Streich und die Maße entsprachen nicht den vorgegebenen vom Pergament. Doch schließlich, in einer

Nacht, in der ihm die bleiche Göttin des Himmels in ihrer vollen Pracht ausreichend Licht spendete, hatte er Erfolg. Das Modell war perfekt. An Schlaf war nicht mehr zu denken gewesen. Während die ersten Vögel versuchten, die Sonne herbeizusingen, umhüllte Rocq sein Modell vorsichtig, Schicht um Schicht, mit Lehm. Seine Finger schmerzten schon vom feuchten, kalten Lehm, als er das Feuer in seinem größten Ofen anfachte. Die tönernen Spitzen zweier großer, mit dem Fuß zu bedienenden Blasebälge legte er in die glühende Holzkohle, dann schlüpfte er mit den Füßen unter die Lederriemen, die er auf die flachen Holzgriffe genagelt hatte und pumpte Luft in die Glut. Der Schweiß tropfte ihm von der Stirn, die Glut strahlte so hell wie die Sonne, als er seine Gussform in die Hitze stellte. Schnell wurde der Lehm verbacken, das geschmolzene Wachs lief aus dem Loch am Fuße heraus. Übrig blieb eine hohle Tonform für eine heilige Waffe – die Doppelaxt.

»Wir haben nur einen Versuch!« Rocq erschrak, als er merkte, dass er laut zu sich selbst gesprochen hatte. Aber tatsächlich: Diese leere Hülle musste erst noch mit dem Blut der Göttin gefüllt werden, um sie mit Leben zu erfüllen. Ob das Ergebnis so makellos war, wie gefordert, war erst zu erkennen, wenn die Bronze erkaltet war und man die Tonform zerschlagen konnte. War die Doppelaxt fehlerhaft, musste Rocq ein neues Wachsmodell und eine neue Gussform fertigen.

»Glaubt ihr, ihr könntet die Bronze durch Anglotzen zum Schmelzen bringen?« Artes klatschte in die Hände. »Lasst uns endlich anfangen.«

Schon zwängte der Hüne seinen Fuß unter den Lederriemen eines Blasebalgs und begann zu treten. Das Holzbrett ächzte, das dicke Leder knarrte, aber aus der Tondüse pfiff zischend Luft in das Holzkohlefeuer. Malech fachte den anderen Ofen an, trotz aller Vorbehalte war er ein gewissenhafter Helfer. Dann stemmte Rocq einen schweren Steintiegel mit einer langen Zange aus Holz auf den größeren Ofen. In ihm lag feinstes Kupfer von der Kupferinsel. Artes quälte den riesigen Blasebalg, die Holzkohle glühte auf. In einem kleineren Tontiegel lag das Zinn, ziemlich genau ein Neuntel der Menge des Kupfers. Das Geheimnis einer guten Axt war die verwendete Menge Zinn. Je mehr beigefügt wurde, desto härter wurde die Bronze. Übertrieb man, wurde die Bronze zu spröde und bröckelte unter dem Schmiedehammer weg.

»Mach etwas langsamer«, bremste Rocq seinen Bruder am Blasebalg. Zinn schmilzt viel früher als Kupfer. Dieses Feuer musste nicht glühen. Als Malech etwas langsamer pumpte, hob Rocq den Tiegel mit dem Zinn in die Glut. Sein Blick sprang unruhig zwischen den Tiegeln hin und her. Jetzt kam es auf den richtigen Zeitpunkt an. Als die Kanten des Kupferbarrens weicher wurden, klemmte Rocq die Backen seiner Holzzange um den Hals des Tiegels mit dem mittlerweile flüssigen Zinn. Mit einem Ruck hob er das Gefäß hinüber zu dem großen Steintiegel und goss das Zinn auf das Kupfer, das kurz vor dem Schmelzen war. Artes trat den Blasebalg immer schneller, das Feuer fauchte. Rocq deckte den Tiegel mit Holzkohlescheiten ab, nachdem er ein Stück Holz in das Kupfer geworfen hatte.

»Etwas, das stark und biegsam zugleich war, obwohl es einst atmete und das in dem Boden verankert war, dem unsere Bärentatzen das Erz entrissen hatten, muss ich zurückgeben. Sonst verdirbt die Luft das Metall«, sagte er zu Artes, als er dessen hochgezogene Augenbrauen bemerkte. Ein Schritt zur Seite, dann hob er die tönerne Hohlform auf das kleinere Feuer, diesmal aber mit der Öffnung nach oben. »Die Gussform muss erwärmt werden«, erklärte er weiter, »sonst erkaltet die Bronze, bevor sie die feinen Spitzen der Doppelaxt ausgefüllt hat.« Rocq nahm die Holzkohlescheite vom Steintiegel: Die Bronze war flüssig und hell wie die Sonne. Er griff die Zange, sein Brustkorb hob sich, er spannte die Muskeln, hievte den Tiegel über die Hohlform, kippte ihn ab und ließ das flüssige Metall in den ausgehöhlten Ton fließen. Mit einem Ächzen stellte er das Gefäß ab. Schon wurde die Bronze am Loch der Hohlform dickflüssiger. Rocq steckte einen fingerlangen Tonpfropfen in die zähe Masse. Hier würde der Stiel der Axt befestigt werden. »Morgen wissen wir, ob uns die Göttin dieses Mal zuzwinkert«, rief er seinen Gefährten zu.

»Wohl kaum«, antwortete eine Frau, die in der unbemerkt geöffneten Tür stand. »Die Göttin zwinkert nicht«, fuhr Hohepriesterin Lassia ohne die sonst übliche metallische Schärfe in der Stimme fort, »aber falls ich euch morgen zuzwinkere, dürft ihr annehmen, dass sie euch für den Moment verzeiht, dass ihr nur Männer seid.«

DER UNERSÄTTLICHE GOTT

Den Männern auf der *Dido* zwinkerten die Götter der Winde zu. Schnell ließen sie Handelsschiffe backbords liegen, die an dem Riff auf Reede lagen, das dem Lagunenhafen von Tyros vorgelagert war. Zum Riff gehörte auch noch eine Insel, die den geschäftstüchtigen Einheimischen den Luxus zweier weiterer Häfen gönnte. Eigentlich hatte Hamilkar noch den südlichen der beiden Inselhäfen anlaufen wollen, um einen alten Freund zu besuchen. Doch Melanas Flucht drängte ihn zur Eile.

Einen Tag lang segelte die kleine Flottille ohne jede Störung zügig Richtung Norden. Aber Melana fand keine Zeit zum Trauern. Zu ungeheuerlich war das Erlebte, als dass sie es jetzt hätte verarbeiten können. Nachdem sie Hamilkar berichtet hatte, setzte sich sich auf eine Ruderbank, doch schon bald sprang sie unruhig wieder auf und ging zu Hamilkar, der in einem mit Leder verstärkten Aufbau am Heck des Schiffes weilte – in Griffweite von Lanzen, die länger waren als drei Männer und somit angriffswillige Piraten vor echte Probleme stellen konnten. Doch alles war friedlich, deshalb ließ Hamilkar den Lederhelm mit den Eberzähnen in der Mittagshitze auch lieber auf den geteerten Schiffsplanken liegen.

»Sie hatte es wahrhaftig geahnt«, flüsterte Hamilkar der jungen Frau zu, als er sah, dass sich deren Augen wieder mit Tränen füllten.

»Aber warum? Welche Gefahr stellt Astarte für Melkart dar, dass Priesterinnen wie Opfertiere geschlachtet werden?«

Eine Frage, die er der Verzweifelten schon seit dem Morgengrauen nicht zufriedenstellend beantworten konnte, sonst würde sie sie nicht immer wieder stellen. Verlegen rieb sich der Seemann die schwielige Hand über den fast kahlen Schädel. »Aria hatte sogar mich vor einigen Wochen gewarnt, dass ich meine Treue gegenüber Astarte künftig vielleicht im Verborgenen beweisen müsse. Es ist Lokmaddu, dieser gierige Bastard.« Hamilkar spuckte über die Reling. »Nicht nur, dass Astartes Tempel der schönste ist. Die Menschen vertrauen der Göttin einfach am meisten, deshalb opfern sie ihr auch am häufigsten. Aber ich fürchte, Melkart ist unersättlich. Er wird erst Ruhe geben, wenn er den Götterhimmel für sich allein hat. Und Aria …« – die grauen Augen Hamilkars blinzelten, und er musste schlucken, bevor er weitersprach – »… Aria sagte zu mir, Lokmaddu, dieser bucklige Sohn einer Hündin, hasste besonders eines: Dass jeder zu Astarte beten könne, überall, nicht nur im Tempel. Die Göttin würde jedem antworten. Nicht nur den Priesterinnen, die die heiligen Rituale vollzogen. In den Augen Lokmaddus, dieses Auswurfs einer …« – der Seemann schluckte die Beleidigung herunter als er die Stirnfalte zwischen Melanas hochgezogenen Brauen sah – »… er glaubt, nur er hätte das Ohr seines Gottes. Wer auch immer etwas von Melkart wolle, müsse zuerst die Gunst seiner Priester erringen.«

»Aber warum hat Aria mir das nicht gesagt?«, fragte Melana kopfschüttelnd. »Mich hat sie nur gewarnt, dass ich in Tyros nicht mehr sicher sei, gleich danach lachend abgewunken, und behauptet, als alte Frau würde sie sicher nur hinter jeder Hausecke Dämonen sehen.«

»Vielleicht wollte sie nicht glauben, was sie annahm.«

»Das mag sein. Oder sie hoffte, dass Astarte ihr beisteht. Aber unsere Göttin hat uns vergessen.«

Ein Gedanke, der so schmerzhaft war, dass der in Dutzenden Gefechten abgehärtete Hamilkar ihn lieber nicht zuließ.

»Hey, siehst du nicht, dass das Segel flattert«, brüllte er einen Seemann an, »kümmere dich drum.«

Verständnislos glotzte der von einer fernen Insel im Westen stammende Matrose das Leinwandsegel an, das mit breiten, aufgenähten Lederstreifen verstärkt war. Das konnte höchstens in einem Sturm flattern, aber nicht in dem jetzt herrschenden, ruhigen Wind. Achselzuckend zupfte er etwas an dem Flachsgewebe herum. Das sollte reichen, um Ärger mit dem Kapitän zu vermeiden.

»Wo soll ich nur hin?«, fragte Melana.

Hamilkar atmete auf. »Ich habe Aria heilige Eide schwören müssen, dass ich mich um dich kümmern werde, falls ihr etwas passiert. Ich bringe dich, wohin du willst. Aber das sollte gut überlegt sein.«

»Ich könnte in Ugarit an Land gehen«, schlug Melana vor. »Dort verstehe ich zumindest die Sprache, und es gibt einen Astarte-Tempel.«

Hamilkar rieb seine Stirn. »Wir passieren den Hafen bald, wollten dort eigentlich auch nicht anlegen – aber das wäre egal. Nicht egal ist aber, dass Ugarit nur wenige Tagesritte von Tyros entfernt ist.«

Melanas Stirn umwölkte sich, deshalb fuhr der Seemann fort: »Ich glaube zwar nicht, dass Lokmaddu dich verfolgen lässt. Aber vielleicht will er doch alle Zeugen seiner Freveltat töten lassen. Zumal wir nicht wissen, welches Lügengespinst er webt, um aus dem Mord Vorteile zu schlagen. Und ein gutes Gefühl hätte ich nicht, wenn du in Ugarit bleibst. Was soll man schon von Menschen halten, die die Zukunft in Schaflebern zu erkennen glauben?«, fragte er spöttisch, doch Melanas Gesicht blieb unbewegt.

»Aber was wichtiger ist: Der König von Ugarit ist eigentlich nur ein Fürst. Ihm fehlen Soldaten, um wirklich Macht zu haben. Falls Lokmaddu einen Dreh findet, dass Tyros deine Auslieferung fordert, findest du in Ugarit keinen Schutz.«

»Wie sollte Lokmaddu das schaffen?«

»Indem er behauptet, du hättest Aria getötet, um Hohepriesterin zu werden.«

Melana zog scharf die Luft ein und kämpfte die aufkommenden Tränen nieder. Hamilkar hatte recht: Alles war noch schlimmer als gedacht. Ihre Ziehmutter war tot und möglicherweise wurde sie als Verdächtige gesucht. Ihre Welt lag in Scherben. Sie brauchte einen sicheren Ort, um die Scherben wieder zusammenzufügen.

»Wo segelt ihr hin?«

»Nach Enkomi auf Alasija, der Kupferinsel. Dort verkaufen wir die Seide, welche die Karawanen aus dem Osten nach Tyros brachten und nehmen Kupfer an Bord.«

Alasija, warum nicht, dachte Melana. Auch dort hat Astarte einen Platz im Götterhimmel, wie sie wusste, seit sie zusammen mit Aria die Hohepriesterin der Insel vor Jahren besucht hatte. Und es war ein schöner Ort zum Leben. Nie zuvor sah Melana üppigere Wälder, deren würziger Harzduft allerdings immer häufiger vom Holzkohlerauch der Kupferschmieden überdeckt wird. Melana runzelte die Stirn, spielte mit dem noch ungewohnten Zopf. Es kann Astarte nicht gefallen, dass der Leib von Mutter Erde an manchen Stellen schon schutzlos den Augen der Menschen und den Strahlen des Sonnengottes preisgegeben ist. Die Priesterin war überzeugt, dass die Gier nach Erzen den Respekt der Menschen vor der Göttin schwinden lässt. Hemmungslos werden deren funkelnde Adern in den Tiefen des Bodens ausgebeutet und die Schatten spendenden Bäume abgeholzt. Vielleicht war Alasija wirklich der richtige Ort für sie, um ihrer Göttin mehr Respekt zu verschaffen und die Menschen mehr Demut zu lehren.

»Und, was hältst du von der Kupferinsel?«, unterbrach Hamilkar die Gedanken seines gut einen Kopf kleineren Schützlings.

Melana drehte sich um, sah an der bärenhaften Gestalt vorbei ins Kielwasser der *Dido*.

»Es ist nicht meine Heimat, aber vielleicht kann ich es zu meiner Heimat machen.«

Hamilkar klatschte die Pranken zusammen. »Gut gesprochen! Aria ist zwar nicht mehr bei uns, aber ihre Weisheit kann dich weiterhin leiten.«

Doch nicht nur als Retter freute sich Hamilkar, sondern auch als Händler. So konnte es bei dem ursprünglichen Plan der kleinen Flottille bleiben, Ugarit rechts liegen zu lassen. Ein unplanmäßiges Einlaufen der fünf Schiffe in den Hafen der Stadt, der etwas westlich vom Zentrum liegt, hätte neben den Risiken für Melana auch einen erheblichen Profitverlust bedeuten können. Das Handelszentrum hallt zwar nicht wider vom Klirren der Waffen, aber vom Klirren der Münzen. Ein Grund war das von Hamilkar verhasste Recht des Fürsten, den ersten Zugriff auf die Schiffsladungen zu haben. Händler mussten ihre Ware einen Tag in den Vorratslagern der Stadt zum Verkauf anbieten. Fand sich kein Käufer, konnte der Händler mit seiner Ware weiterziehen. Und soviel war Hamilkar klar: In einer Stadt, die eigentlich nur einen Katzensprung von Tyros, dem Hauptumschlagplatz für Seide aus dem fernen Osten, entfernt war – noch dazu auf dem Landweg erreichbar –, konnte er, wenn überhaupt, nur einen ganz geringen Profit erzielen. Sinnvoller war es, die Seide und die ebenfalls geladenen Oliven übers Meer zu transportieren. Erst an fremden Ufern lockten echte Gewinne.

Bevor sie in See gestochen waren, hatte Hamilkar seine Kapitäne auf den anderen Schiffen angewiesen, die Nacht nicht in Ugarit, sondern in einer flachen Bucht weit nördlich der Stadt zu verbringen. Eine direkte Überfahrt Richtung Westen nach Alasija wäre zwar möglich, aber ein viel zu hohes Wagnis. Hamilkar beschattete die Augen und blickte in die untergehende Sonne. Mit einiger Mühe erkannte er einen markanten Felsen am vorübergleitenden Ufer, der die Form eines Hundekopfes hatte. Jetzt dauerte es nicht mehr lange und sie hatten die Bucht erreicht. Der Händler ließ das Segel einholen. Um das rund 15 Männer lange Schiff in die Bucht zu manövrieren, war Muskelkraft gefordert. Würden sie jedoch segeln, statt zu rudern, könnte der harte Eichenboden allzu leicht Kontakt mit den Felsen am Ufer bekommen. Doch seine Schiffsmannschaften waren erfahren. Ein paar halblaute Befehle seines Steuermannes, dann ächzten die Ruder und stöhnten die Ruderer. Augenblicke später hievten drei Mann den angebundenen Steinanker über die Reling, der gurgelnd in der Tiefe verschwand und die *Dido* sicherte, so wie die anderen Anker die Schwesterschiffe in der Bucht. Kaum, dass die Schiffe von der Dunkelheit umhüllt wurden, fiel Melana in der Kajüte am Heck in einen traumlosen Schlaf. Als sie Stunden später fröstelnd aufschreckte, sah sie Hamilkar an der Reling. Über ihm funkelten die Sterne während ihres nächtlichen Tanzes, aber dafür hatte Hamilkar keinen Blick. Er starrte zum Eingang der Bucht. Eine Kälte, die nicht vom Nachtwind herrührte, kroch Melanas Nacken hinauf, doch bevor die Angst ihr Herz zum Galoppieren bringen konnte, zog die Erschöpfung sie wieder zurück in den gnädigen Schlaf.

Später wusste sie nicht, was genau sie geweckt hatte: das Gekreische der Möwen oder der rhythmische Gesang der Männer, die auf allen fünf Schiffen die Steinanker wieder an Bord hievten. Hamilkar stand immer noch an der Reling, wo ihn Melana schon in der Nacht gesehen hatte. Er regte sich nicht, bis die klatschenden Ruderschläge die *Dido* aus der Bucht trieben. Angestrengt schaute er nach Süden, während sich der Bug des Schiffes langsam Richtung Norden wendete. Melana begriff, und wieder stellten sich ihre Nackenhärchen auf: Hamilkar hielt nach Verfolgern Ausschau. Die fiebrige Wachsamkeit des sonst so unerschütterlich scheinenden Seemannes vertrieb auch den Rest von Melanas Müdigkeit.

»Glaubst du wirklich, dass ich Lokmaddu so wichtig bin, dass er mich verfolgen lässt?«

Langsam wandte sich Hamilkar um: »Wer weiß?! Aber mir bist du so wichtig, wie du Aria wichtig warst.« Ein Lächeln erhellte sein Gesicht. »Und du weißt, wie wütend sie werden konnte. Glaubst du, ich möchte ihr, wenn ich sie eines Tages in der Anderwelt wiedersehe, erklären müssen, warum ich nicht richtig auf dich aufgepasst habe?«

Lachend sprang Melana auf und umarmte den Seemann. Ja, die strenge Seite ihrer Ziehmutter hatte sie auch kennengelernt. Die bisweilen schroffe Rauheit Arias war aber nicht mehr als ein nur dürftig schützendes Lederwams für eine überaus empfindliche Seele.

Das Segel wurde erneut gesetzt, der Wind blähte es auf und trug sie an fremde Gestade. Melana spürte, dass auch sie ihre Seele würde panzern müssen.

Hamilkar und seinen erfahrenen Kapitänen gelang es, auf der Meeresströmung zu reiten, die sie von der Küste weg westlich trieb. Auch der Wind blies beständig aus Ost, so dass die Männer der Flottille das Ostufer Alasijas bereits erblickten, kurz nachdem die Mittagssonne zu sinken begann. Die Schiffe segelten dicht an der Küste nordwärts, bis Hamilkar die Mündung des Blutflusses erblickte.

»Was ist das denn?«, rief Melana, als sie die roten Schlieren sah, die das Flusswasser im tiefen Blau des Meerwassers zeichnete. »Es sieht aus, als ob ein riesiges Tier im Wasser verblutet!«

»Nein, es ist das Kupfer, das sogar den Flüssen seine Farbe gibt«, antwortete Hamilkar. »Doch der Fluss heißt nicht nur deswegen Blutfluss. Was du jetzt siehst, ist nur ein kraftloses, säuselndes Plätschern. Im Winter habe ich selbst erlebt, wie Schmelzwasser aus den Bergen den Fluss zur Bestie werden ließ. Er riss die Herden der Uferbewohner aus der Ebene ebenso mit wie die Häuser der Bürger Enkomis. Mir sagt das rote Wasser vor allem, dass ich bald glänzende Kupferbarren an Bord nehmen werde.«

Melana nickte. Auch sie hatte diese Barren, die nicht nur Alasijas Reichtum begründeten, sondern auch Hamilkars Beutel füllten, schon gesehen. Eigentlich erkannte jeder weit über die Küsten dieses Meeres hinaus das Kupfer Alasijas, denn die Barren waren in der Form von Ochsenhäuten gegossen worden. Das war mehr als ein Markenzeichen der Kupferinsel, es war auch eine Arbeitserleichterung für Matrosen und Sklaven, die das schwere Metall in den Häfen bewegen mussten – an den vier »Beinen« der Barren ließ sich das Kupfer bequem tragen, wie Melana schon oft in den Magazinen von Tyros gesehen hatte.

»Holt das Segel ein! An die Ruder.«

Mühelos übertönte Hamilkars Bass den Wind und das Klatschen der ans Ufer schlagenden Wellen. Nach Enkomi ging es flussaufwärts, nur die Muskeln der Ruderer konnten die Strömung überwinden.

Die Ruderer ächzten, die Ruderblätter schäumten das rote Wasser auf, dass es aussah wie kochendes Blut.

»Meine erste Reise nach Enkomi stand unter besseren Vorzeichen«, sagte Melana. »Damals war ich mit Aria vom Westen der Insel gekommen. Wir ritten auf Pferden in die östlichen Metropolen, in vielen Orten streuten uns – nein, eigentlich nur Aria – die Menschen Blumen. Langsamer bin ich nie wieder gereist, weil Aria oft anhielt, um Kranke zu heilen oder Verzweifelte anzuhören.«

Als Melana merkte, wie ihr Blick verschwamm, schüttelte sie den Kopf, wischte sich mit der Hand übers Gesicht, um die Wehmut zu vertreiben.

»Diesmal bist du schneller. Da hinten kannst du schon Enkomis Stadtmauer sehen.«

Hamilkar zeigte über den Bug des Schiffes in die dunstige Ferne. Und tatsächlich: Jeder weitere Ruderschlag ließ das, was Melana zunächst für einen bloßen Schatten gehalten hatte, aus dem Dunst in die Höhe wachsen. Diese Mauer war noch beeindruckender als die von Tyros. Direkt am Boden hatten die Baumeister Zyklopensteine aufgeschichtet, die so gigantisch waren, dass Melana sich fragte, wie sie bewegt worden waren. Rammböcke vermochten dieser Mauer jedenfalls nichts anzuhaben. Als die *Dido* durch die Hafeneinfahrt glitt, sah Melana, dass auf der Zyklopenmauer noch eine weitere Mauer saß, aus Lehmziegeln errichtet mit einer Brustwehr.

»Ja, diese Stadt hat etwas zu verlieren«, sagte Hamilkar, der ihren Blick bemerkt hatte. »Deshalb ist sie auch wehrhafter als etwa Ugarit.«

»Da hinten ist eine freie Pier!«, wies er den Mann am Ruder an. Wenig später schob sich die *Dido* an den hölzernen Steg, auf den ein Matrose sprang, um das Schiff mit Hanfleinen an Pollern zu befestigen. Wie Gänseküken ihrer Mutter folgten die anderen vier Schiffe.

Kaum, dass sie vertäut waren, öffnete sich das Tor des größten Lagerhauses des Hafens und drei Männer traten in die Nachmittagssonne hinaus. Die Bronzehelme und Brustharnische der beiden links und rechts gehenden Männer blinkten. Ein dicker, kleiner Mann in purpurnem Gewand ging in der Mitte.

»Bogwhil«, murmelte Hamilkar, »die Göttin meint es gut mit uns.«

Bogwhil war der zweite Hafenmeister Enkomis, er teilte Hamilkars Leidenschaft für saftige Braten und würzige Weine, was in den vorangegangenen Jahren manche Verhandlung vereinfacht und die ein oder andere Gebühr gesenkt hatte.

Mit federnden Schritten ging Hamilkar über zusammengebundene Planken an Land, wo er Melana zuwinkte, ihm zu folgen. Als ihr Fuß den festen, aber staubigen Boden berührte, erreichten Bogwhil und seine Eskorte den Händler.

»Was wollt ihr hier?«, schnarrte der Hafenmeister.

»Was können wir schon wollen«, sagte Hamilkar lachend, »wie immer euer Bestes, euer Geld und euer Kupfer.«

Bogwhil blinzelte, lüftete den Nebelspalter, wie Hamilkar insgeheim den Dreispitz aus Leder mit der nach vorn gerichteten Spitze nannte, das Symbol für Bogwhils Macht im Hafen. Er wischte sich umständlich den Schweiß von der kahlen Stirn und wurde rot, während er das Wort augenscheinlich an Hamilkars Gürtel richtete:

»Vielleicht haben sich die Zeiten geändert. Vielleicht gibt es für Händler, die der Astarte opfern, kein Kupfer mehr zu laden. Vielleicht solltet ihr einfach weitersegeln mit euren, euren …« Unverhohlen wanderte Bogwhils Blick über die Rundungen Melanas.

»Meiner Nichte!« Beschützend legte Hamilkar einen Arm um Melanas Schultern. Ihr kam es vor, als müsse sie in die Knie gehen.

»Deiner Nichte? Du hattest sie noch nie erwähnt. Und als was ist sie an Bord, als Ruderin?«

»Als Gast! Ich bringe sie zu ihrer Mutter. Aber seit wann interessiert dich nicht meine Ladung, sondern meine Besatzung?«

»Seit …«, Bogwhil blickte sich um. »Geht zurück in die Wache«, wies er seine Eskorte an, »wartet dort auf mich.«

Als die Soldaten zur Hafeneinfahrt marschierten, setzte sich Bogwhil in die entgegengesetzte Richtung in Bewegung.

»Lasst uns zum Magazin gehen.« Seine Hand wies nach vorn. Hamilkar und Melana folgten ihm in das große, schattige Gebäude – und erschraken. Im Zwielicht des Speichers wartete ein Riese auf sie, mit einem gehörnten Helm und einem Wurfspeer in der Hand.

»Der gehörnte Gott!« Melanas Hand fuhr zum Mund, doch die Worte hatten ihre Kehle bereits verlassen, bevor sie erkannte, dass ihre Sinne ihr einen Streich gespielt hatten. Was sie für Bewegung, ja für einen Angriff gehalten hatte, war nur das Zusammenspiel zwischen den wenigen Sonnenstrahlen, die durch Fensteröffnungen knapp unter dem Dach hereinfielen und den tanzenden Staubkörnern rund um die Bronzestatue. Der gehörnte Gott griff nicht an. Die Statue, größer als ein Mensch, stand vielmehr – wie in Alasija üblich – in einem Ausfallschritt auf einem Kupfer-Ochsenhautbarren. Auch Astarte wurde auf der Kupferinsel in dieser Position dargestellt.

»Ja, Melkart blickt seit neuestem auch Händlern und Verwaltern über die Schulter.«

Vergeblich versuchte Hamilkar den Blick Bogwhils zu ergründen, dessen Augen beschattet waren.

»Aber wenn er hier wacht ... wer steht dann in seinem Tempel?«

»In seinem Tempel ist er natürlich geblieben – allerdings ist er gewachsen.« Bogwhil führte die geöffnete rechte Hand in Kopfhöhe. »Die größte Statue Melkarts steht nun aber in dem Tempel, der einst das Haus Astartes gewesen ist.«

Schnell legte Hamilkar eine Hand auf Melanas Ellenbogen, aber das war unnötig. Der Schock über den Raub des Tempels hatte ihr die Worte geraubt.

»Aber genug von den Händeln der Götter.« Der Hafenmeister klatschte in die Hände. »Schließlich sind wir doch keine Priester, oder?! Da Melkart ja nun auch mein Magazin heiligt, wird er wissen, dass die Räume für Seide und für Olivenöl leer sind, während die für die Kupferbarren überquellen. Zumindest für deinen Geldbeutel hast du dir einen guten Tag ausgesucht, Hamilkar.«

»Das höre ich gern.«

»Allerdings sollten wir die Augen der Götter, egal, zu welchen wir beten, nicht mit unserem weltlichen Handeln beleidigen. Ich schlage vor, ihr ruht euch etwas in meinem Haus aus, dann stärken wir uns an einer üppigen Tafel, und wenn die Sonne untergegangen ist, entladen wir deine Schiffe und füllen sie wieder mit dem, was uns der Boden dieser Insel so reichlich schenkt.«

Hamilkar atmete aus. »Aus dir spricht Weisheit. Die Lagerräume der Schiffe in der kühlen Abendluft zu entladen, wird uns auch nicht so viel Kraft kosten. Dann können wir gleich morgen in See stechen, sobald die Sonne sich zeigt.«

Während sich die Männer mit Worten im Schattentanz übten, legten sich dunkle Schatten auf Melanas Gemüt. Melkart stand in Astartes Tempel. Kämpften die Götter wirklich gegeneinander? Was war mit den Priesterinnen aus Enkomi geschehen? Und wo sollte sie jetzt hin?

»Verzeiht mir«, sagte sie mehr zu sich selbst als zu den Männern,

»ich bin müde, mir steht nicht mehr der Sinn nach einem üppigen Mahl, ich werde mich aufs Schiff zurückziehen.« Hamilkar nickte ihr kaum merklich zu, Melana drehte dem gehörnten Gott den Rücken zu und stapfte mit schweren Schritten in Richtung Schiff. Die Besatzung war bis auf eine Zwei-Mann-Wache von Bord gegangen, erkundete die rechtwinkligen Straßen Enkomis – vielmehr die kurvenreichen Wesen in der verwinkelten Stadt. Die Wache ließ das Fallreep herunter und Melana ging an Bord. Der einzige Ort, der ihr im Moment ein wenig Sicherheit versprach. Mehr aus Gewohnheit, denn aus Müdigkeit ging sie zu ihrer Schlafstatt in der Kajüte am Heck. Sie setzte sich und blickte auf die Stadt, die sich auf die Nacht vorbereitete.

Hamilkar folgte derweil Bogwhil zu seinem Haus. Um dem so viel kleineren Mann nicht in die Hacken zu treten, schloss er auf und ging neben ihm. Schweigend erreichten sie das rötliche Gebäude etwas oberhalb des Hafens. Hamilkar wusste, dass Bogwhil aus den Fenstern im oberen Stockwerk einen fantastischen Überblick über das Treiben im Hafen hatte. Schon an der Tür empfing sie einer der Haussklaven des Hafenmeisters. Der wusste auch ohne die entsprechenden Anweisungen seines Herrn, was dieser erwartete: Ein Gelage, das eines Fürstenhofes würdig wäre. Mit Früchten, Gewürzen und Vögeln, die in den geräumigen Bäuchen von Handelsschiffen weit entfernter Städte den Weg auf die Insel gefunden hatten.

Hamilkar setzte sich auf eine Bank, Bogwhil legte sich ihm gegenüber hin und stützte den Oberkörper auf den Ellenbogen. Die Sklaven wuchteten Mengen von Köstlichkeiten auf den Tisch. Hamilkars Augenbrauen hoben sich.

»Erwartest du noch mehr Gäste?«

Bogwhil lachte so heftig, dass sein fassrunder Leib erbebte. »Würdest du dann Portionen auf dem Tisch sehen, die kaum Mäuse sättigen könnten? Nein, nein, Hamilkar, das ist nur etwas Wegzehrung für zwei Menschen, die die Götter ein wenig necken wollen.«

»Welche Götter? Auf Alašija scheinen die Menschen nur noch Platz für Melkart in ihren Herzen zu haben.«

»Lasst uns allein!« Bogwhil klatschte in die Hände, als ein Sklave die letzte Holzschale mit warmem, frisch gebackenem Brot auf den Tisch gestellt hatte.

Bogwhil blickte unter gerunzelter Stirn dem grauhaarigen Sklaven aus dem Osten nach, der schon seit vielen Jahren in seinem Haus diente.

»Die Herzen vielleicht nicht, aber die Ohren mancher Sklaven hat er erobert, seit ihnen Melkarts Priester die Freiheit versprechen, wenn sie ihre Herren verraten.« Bogwhil griff nach einem Stück Brot, tunkte es in eine dampfende Kapaunsoße und biss ab. »Hamilkar, die Dinge haben sich hier umfassender geändert, als es jemandem lieb sein kann, der weiß, dass kein Handel ohne Regeln auskommt, kein Hafen ohne eine gewisse Ordnung.«

»Was ist mit der alten Ordnung?«

»Sie haben sie hinweggefegt! Der Götterhimmel? Leer, bis auf unseren gehörnten Freund. Die Anderwelt? Nicht länger Zufluchtsort für die Ahnen, die wir unter unseren Füßen bestattet haben.«

Die Männer blickten zu dem Mosaik auf dem Boden in der Mitte des Raumes. Dort ruhten die Gebeine von Bogwhils Vorfahren. Sie sollten bei jedem Gelage dabei sein. Ein Gedanke, den Hamilkar jedes Mal weniger befremdlich fand.

»Jetzt ist die Anderwelt nur ein weiterer Bereich, über den der Gehörnte herrscht«, nahm Bogwhil den Gedanken wieder auf. »Weißt du, die Götter waren mir eigentlich egal, solange sie mir nicht in meinen Hafen reinpfuschten. Aber jetzt glotzt mir der Gehörnte ständig über die Schulter. Mit welchem Recht? Weil seine Speichellecker die Geister des Windes und des Meeres als Hirngespinste abtun? Oder weil sie die Priesterinnen der Astarte abschlachten wie Opfervieh?«

»Was, hier auch?« Hamilkar verschluckte sich an einem Stück knusprig gebratener Schwertfischhaut.

Bogwhil nickte, ein Tropfen Kapaunsoße fand den Weg von seinem Kinn auf seine purpurne Toga. Er senkte seine Stimme: »Schon seit Wochen habe ich ein seltsames Fieber in der Stadt gespürt. Nachdem sich die Melkart-Priester jahrelang zu fein gewesen waren, um sich weltlichen Dingen zu widmen, etwa dem Treiben im Hafen, das sie letztendlich ernährt, traten sie sich seit einiger Zeit in meinem Magazin gegenseitig auf die Füße. Ständig fühlten sie mir auf den Zahn. Der eine warb mit Melkarts Großzügigkeit um meine Gefolgschaft, der andere drohte mit Melkarts Zorn. Sie veranstalteten Opferfeste für die Sklaven, fütterten sie und hetzten sie auf. Eines Nachts brannte der Tempel der Astarte, doch das Feuer wurde schnell entdeckt und gelöscht. Und dann, vor zwei Nächten, ließen sie ihrem Blutdurst freien Lauf. Mein Schwager hat mir erzählt, dass sie die Priesterinnen der Astarte im Tempel einsperrten, um ihnen dann die Kehlen durchzuschneiden ...«

Hamilkar erstarrte und vergaß zu kauen. Das war schlimmer, viel schlimmer, als er befürchtet hatte.

»Ich glaube nicht, dass jemand ihren Dolchen entkommen konnte«, fuhr Bogwhil stockend fort. »Wie gesagt, bisher haben sich die Götter nicht um mich gekümmert, und ich mich nicht viel um sie. Aber was soll ich von einem Gott halten, den es nach dem Opfertod von wehrlosen Frauen verlangt?« Der dicke Mann schüttelte den Kopf. »Jetzt sind mir die Götter nicht mehr egal.« Bogwhils dunkle Augen bohrten sich in die grauen Augen von Hamilkar. »Wer gehetzt wird wie ein Reh, wer sich verbergen muss vor Blut trinkenden Priestern, dem werde ich künftig helfen. Selbst, wenn sie mir sogar noch eine Statue des Gehörnten auf die Latrine stellen.«

Die Männer brachen in dröhnendes Gelächter aus, bis die Augen tränten, und langsam begann sich die Anspannung der vergangenen Tage zu lösen.

Auch bei Melana liefen die Tränen. Aber es waren Tränen des Schmerzes. Wie durch einen Schleier blickte sie über die Reling der *Dido* auf den durch wenige Fackeln nur spärlich erleuchteten Hafen Enkomis. Alles, was sie für selbstverständlich gehalten hatte, war schlagartig hinweggefegt worden. Auch hier hatten die Menschen zu Astarte gebetet. In ihrem Tempel hatte eine Statue der Göttin gestanden, die auf einem Ochsenhautbarren ausschritt. Genau wie der gehörnte Gott.

Duldete er wirklich keine Götter mehr neben sich? Melana seufzte, stützte sich auf die Reling. Bilder der verblutenden Aria überfluteten ihren Geist, bevor sie von solchen der lebenden Hohepriesterin verdrängt wurden. Jahre zuvor hatte ihre Ziehmutter ihr erklärt, was Astarte von Melkart trennte – vielmehr, was die Priesterinnen der Göttin von den Priestern des Gottes unterschied. Nachdem Melana einen Bauern barsch zurechtgewiesen hatte, der der Göttin nur eine zersprungene Tontasse voll Ziegenfleisch opfern wollte und das auch noch neben dem Altar statt vor ihm, wurde sie von Aria ermahnt: »Für uns ist nicht wichtig, wie viel die Menschen geben können, sondern dass sie Astarte etwas geben wollen. Wir sind keine Priester des Melkart, für uns ist das Ritual nicht wichtiger als der Glaube. Wir bilden uns nicht ein, dass die Menschen nur über uns den Weg zu Astarte finden. Wir wissen, dass die Götter auch direkt zu den Menschen sprechen, auf Bergen, hoher See oder im heimischen Bett. Wenn dies aber nicht gelingt, springen wir Priesterinnen im Tempel helfend ein, wie die Lotsen im Hafen.« Arias Stimme bekam einen metallischen Klang: »Die Priester des gehörnten Gottes irren, wenn sie sagen, sie allein hätten Zugang zum Gott – oder sie lügen.«

Wenn Aria recht hatte, was Melana glaubte, kämpfte in Tyros und hier in Enkomi kein unersättlicher Gott gegen die anderen Götter, sondern unersättliche Priester um mehr Macht. Wut spülte die Traurigkeit aus Melanas Gemüt, der Tränenschleier vor ihren Augen verschwand – gerade rechtzeitig, um eine Bewegung im Hafenbecken zu erkennen.

Knapp über der Wasseroberfläche, dort, wo ein tönernes Kanalisationsrohr platschend über den schweren Steinen der Hafenbefestigung seine stinkende Fracht in den Fluss entlud, bewegten sich zwei helle Punkte auf sie zu.

Melana erstarrte, ihre Knie gaben nach und sie prallte auf die Planken. Schmerz spürte sie jedoch nicht, nur Angst. Sie jagten sie wirklich. Und hatten sie gefunden.

Melana biss sich in die Faust, guckte hektisch nach links und rechts. Nein, außer den beiden Männern der Bordwache war niemand hier, der sie schützen könnte. Melana wühlte in den Decken, die den Boden in der Kajüte bedeckten. Sie suchte ein Messer, einen Dolch – irgendwas, um wenigstens kämpfend sterben zu können. Nichts. Als sie wieder über die Reling lugte, stutzte sie. Die Männer bewegten sich nicht wie Jäger, eher wie verängstigtes Wild. Immer wieder blickten sie sich in Richtung Stadt um, während sie auf den Rumpf eines Schiffes an der Mole zugingen, beratschlagten, und sich wieder entfernten. Als sie auf Rufweite herangekommen waren, stolperte einer der beiden und schrie auf. Mit hoher Stimme. Eine Frau! Natürlich. Auch hier hatte der gehörnte Gott in seiner Gier Hand auf die Tempel anderer Götter gelegt. Vielleicht waren dies ebenfalls Priesterinnen. Melana sprang auf, tappte zur Planke, die vom Schiff zur Mole führte. Die beiden Wachen spielten mit Würfeln um Geld und bemerkten nicht, dass sie leise an Land ging und nach einem Weg suchte, wie sie runter zu den beiden Gestalten im Hafenbecken kommen konnte. Nach einigen Schritten erkannte sie eine in den felsigen Untergrund geschlagene Treppe. Entschlossen stieg sie hinab, dem intensiver werdenden Geruch von Tang und vermodernden Muscheln entgegen. Sie wusste, dass das Wasser blutrot war, doch in der nur von schwachem Mondlicht erhellten Nacht wirkte es mal schwarz wie Holzkohle oder glänzend wie Silber. Im Gegensatz zu den Frauen vor ihr, war Melana in ihrem dunklen Umhang nahezu unsichtbar. Als sie vor den beiden Frauen aus der Dunkelheit trat, zuckten diese erschrocken zusammen.

»Habt keine Angst. Ich tue euch nichts.«

Melana bewegte sich langsam, um die Frauen zu beruhigen, als die größere der beiden sie am Arm packte und sie dicht an ihr Gesicht heranzog.

»Die Stimme! Bist du nicht vor Jahren mit Aria in unseren Tempel gekommen?«

Jetzt erkannte auch Melana die verquollenen, verweinten Gesichter. Es waren wirklich Priesterinnen. Das schwarze Haar der Größeren war schon von einigem Silber durchwirkt. Sie war fast so alt wie Aria. Damals war sie diejenige gewesen, die die Gäste aus Tyros in die Gemächer und durch die Stadt geführt hatte.

»Du bist Syria, nicht wahr?«, flüsterte Melana.

»Ja«, hauchte Syria, »Astarte muss dich geschickt haben!« Sie rappelte sich auf, packte ihre Gefährtin an den Schultern: »Wir sind gerettet, Almene, hörst du?«

Die Angesprochene, einen Kopf kleiner als die andere, noch keine 15 Jahre alt, mit schwarzen Haaren, blieb stumm, aber ein Sturzbach aus Tränen löste sich aus ihren Augen:

»Sie haben alle getötet, abgeschlachtet wie Opferlämmer. Nur wir sind ihnen entkommen!«

Melana wusste, was die beiden Frauen empfanden. Sie hatten ihr Leben wie sie selbst Astarte gewidmet. Und jetzt waren sie genau wie sie Ausgestoßene, Gehetzte. Und bald tot, wenn sie jetzt nicht handelten.

»Gerettet? Ich weiß nicht, ob wir irgendwo Rettung finden. Aber hier auf Alasija warten nur die Henker des gehörnten Gottes auf uns. Kommt – und seid leise wie Katzen.«

Melana winkte den beiden, drehte sich um und kletterte die Böschung hoch. Hastig versuchten Syria und Almene, ihr zu folgen. Abrupt verlangsamte Melana ihren Schritt, als sie auf der Mole die *Dido* erreichten. Das schwache Licht einer Öllampe flackerte im Bug, dort, wo das Klacken der knöchernen Würfel nur von gedämpften Flüchen der beiden Wachhabenden unterbrochen wurde. Vielleicht blinzelte ihnen die Göttin zu.

Langsam wie pirschende Raubkatzen schlichen die drei Frauen über die Planke auf das Schiff. Melana lotste ihre Schützlinge sofort in die Kajüte am Heck und versteckte sie unter Decken und Kissen.

»Rührt euch unter gar keinen Umständen«, schärfte sie den beiden ein. »Dann können wir es schaffen. Ich weiß, dass Hamilkar und der Hafenmeister verabredet haben, ihren Handel noch heute Nacht abzuschließen. Wenn wir Glück haben, stechen wir im Morgengrauen in See.«

Stumm nickten Almene und Syria, drückten sich zwischen die Kissen. Es beruhigte die beiden offensichtlich, dass Melana sich sofort in der ledernen Kajüte niederließ – bereit, jeden unbefugten Eindringling zu verbellen.

Keinen Moment zu früh, denn plötzlich hörten sie, wie sich laute Männerstimmen näherten. Augenblicklich endete das Würfel-Geklacker im Bug. Erleichtert seufzte Melana auf, als sie die Stimmen erkannte. Hamilkar hatte offensichtlich zusammen mit Bogwhils Helfern die Mannschaften aus den Tavernen und Bordellen Enkomis zusammengetrommelt.

»Bei Nacht ent- und beladen? Die Launen des Kapitäns werden immer seltsamer«, murrte ein nach billigem Wein riechender Matrose, der in der Dunkelheit auf die *Dido* zuwankte.

»Außerdem ist es gefährlich«, pflichtete ihm sein verhinderter Zechkumpan bei. »Der Kapitän hat bestimmt noch nie schwere Amphoren und Barren nur bei Fackellicht im Bauch der Schiffe bewegt«.

»Ich hoffe, es wird leichter, weil wir immerhin schon einige Becher Wein getrunken haben. Und zumindest konnten wir unsere Kraft noch nicht bei den Hafenhuren verlieren.«

»Tja, ich werde härter arbeiten müssen denn je, um über diese verpasste Gelegenheit hinwegzukommen.«

Die Augen der Bordwache blickten aufmerksam unter gerunzelter Stirn auf die Rückkehrer.

Kaum waren die Mannschaften wieder an Bord, bewegte sich eine Prozession von Dutzenden Fackelträgern vom Magazin zu den Schiffen. Hamilkars Matrosen hatten jedoch keinen Blick dafür, auch sie machten sich sofort an die Arbeit. Einige vertäuten mehrere Fallreepe zu breiten Rampen, über die Träger auch nebeneinander gehen konnten. Andere zündeten Teerfackeln auf der Mole und Öllampen in den Laderäumen der Schiffe an, andere lösten die Hanfleinen, mit denen die Amphoren vertäut waren, die das kostbare Olivenöl enthielten, wieder andere wuchteten die Seidenballen, die zum Schutz vor dem Meerwasser in ölige Tücher eingeschlagen waren, auf ihren Schultern die Treppe hinauf an Deck der Schiffe.

Melana staunte. Wurden Waren gelöscht oder an Bord gebracht, glichen die Schiffe, die bei Flaute an träge Flusspferde in der Sonne erinnerten, summenden Bienenkörben. Sie spürte, wie sich ihr Herz, das eben noch so laut hämmerte, dass sie fürchtete, die anderen könnten es hören, beruhigte. Alle hatten Wichtigeres zu tun, als unter die Decken in der Kajüte zu spähen. Dieser Trubel war die perfekte Deckung. Astarte, die Göttin der Händler, war vielleicht doch noch nicht entwaffnet, sondern kämpfte mit ihren eigenen Mitteln für ihre Priesterinnen.

Die aus zwei Reihen Fackelträgern bestehende Prozession war längst bei den Schiffen angekommen. Jetzt erkannte Melana in der Mitte der Reihen die vom Feuerschein erhellten Träger. Sie schwitzten. Jeder trug einen Kupferbarren in Form einer Ochsenhaut auf der Schulter.

Fasziniert beobachtete Melana, wie schnell die fünf Schiffe ihre Fracht loswurden und wie zügig die schweren Barren an Bord verstaut wurden. Hätte sie so etwas schon einmal im Hafen von Enkomi gesehen, wäre ihr der Unterschied aufgefallen: Das übliche laute Schimpfen und die Frotzeleien der Männer fehlten. Das Klirren beim Aufstapeln der Kupferbarren in den Schiffsrümpfen war das lauteste Geräusch. Obwohl die Männer den Hintergrund der ungewohnten Nachtarbeit nicht kannten, ahnten sie wohl, dass Heimlichkeit und Schnelligkeit von Nöten waren.

Als der letzte Barren an Bord gebracht worden war, verschwanden die Träger wieder lautlos in der Stadt.

Hamilkar erteilte seinen Kapitänen die Befehle für die Nacht: Ein zweiter Landgang der Besatzungen war verboten. Bei den ersten Sonnenstrahlen sollten die Schiffe auslaufen. Die Matrosen hatten sich längst auf ihre Schlafplätze unter und auf dem Deck zurückgezogen, doch Hamilkar und Bogwhil unterhielten sich noch lange leise an der Reling. Schließlich umarmte der untersetzte zweite Hafenmeister seinen riesigen Freund, knuffte ihm mit der Faust spielerisch gegen das Kinn und ging von Bord. Hamilkar ließ alle Fallreepe einziehen, winkte Melana in der Kajüte zu und übernahm auf der *Dido* selbst die Nachtwache.

In dieser Nacht bekam Melana kein Auge zu und streichelte die zitternde Almene so lange, bis diese sich unter ihrer Decke beruhigte. Als die Schwärze der Nacht dem Grau wich, ergriff Syria die Hand ihrer Retterin, drückte sie lange, bevor sie sich wieder zurückzog.

Wenig später trieben klatschende Ruderschläge die kleine Flottille aus dem Hafen. Hamilkar ließ die Segel setzen. Ein günstiger Wind brachte die Schiffe nach Norden.

»Wir lassen die Sonne unsere rechte Seite wärmen, bis wir Land sehen«, übertönte Hamilkars Bass das Knattern der Segel und das Knarren der Ruder, die eingeholt wurden. »Dann segeln wir nach Westen.«

Melana war unbemerkt hinter den fast kahlen Riesen getappt. Nun knetete sie ihre Hände.

»Hamilkar?«

Ihr Retter wirbelte herum. Als seine Augen die ihren suchten, blickte sie auf ihre nackten Zehen.

»Ist es sehr schlimm …? Was würdest Du …?« Endlich traute sie sich, den Blick zu heben. »Kannst Du bitte mit zur Kajüte kommen?«

Die Stirn des Seemanns lag in Falten, aber er nickte langsam.

Er schüttelte den Kopf, als Melana zeigte, wen sie unter Decken und Kopfkissen versteckt hatte.

»Lässt man dich nur einen Moment aus den Augen, verdreifachst du gleich unsere Schwierigkeiten.«

Ein breites Grinsen milderte die Härte von Hamilkars Worten. Schließlich hob er Syria hoch und drückte sie an seine Brust. »Wenigstens ihr seid dem unersättlichen Gott entkommen.«

Hamilkars Verhalten machte Syria nicht verlegen, zu oft hatte der Phönizier auch in ihrem Tempel für eine sichere Fahrt gebetet. Die Priesterin wusste, dass Hamilkars Sinn für Tabus nicht so ausgeprägt war wie seine Hilfsbereitschaft.

»Ich möchte dir Almene vorstellen«, sagte sie, während sie sich aus seinen Pranken wand. »Sie soll im nächsten Winter der Göttin geweiht werden ... wenn wir einen Tempel finden, aus dem uns der Gehörnte nicht vertreiben kann.«

Hamilkar setzte sich zu den Frauen, ließ einen Matrosen frisches Wasser, Brot und Pökelfleisch bringen. Nachdem sich die Frauen aus Enkomi gestärkt hatten, schilderten sie, wie Ströme von Blut den Boden der Kupferinsel tränkten, als im Götterhimmel der Zwist ausgebrochen war.

»Käpt'n?«

Die Sonne näherte sich ihrem höchsten Punkt, längst hatte die *Dido* – und mit ihr die vier Schwesterschiffe – den Kurs Richtung Westen eingeschlagen, als Sigo, ein Matrose, der schon seit Jahren auf Hamilkars Schiffen fuhr, die Runde störte. »Da, das müsst ihr euch ansehen!«

Sigos muskulöser Arm wies vor das Schiff und neben das Schiff. Hamilkar sah die charakteristischen Rückenflossen von Delfinen die Wasseroberfläche durchbrechen, riesige Mengen von Delfinen. Nie hatte Hamilkar eine so große Gruppe gesehen. Und keines der Tiere sprang spielerisch aus dem Wasser, wie sie es sonst taten. Das Platschen ihrer kurz auf- und wieder abtauchenden Körper war so laut, dass die Männer es sogar gegen den Wind hörten. Die Delfine hatten keine Zeit für Spiel, sie waren auf der Flucht. Sie kamen den Schiffen entgegen und passierten sie. Und hinter ihnen ... Hamilkar ging an die Reling, blinzelte geblendet ins Wasser ... das Meer blinkte silbrig. Riesige Schwärme von Makrelen und Sardinen verfolgten die Delfine.

»Wie kann das sein?« Hamilkar blickte in die schreckgeweiteten Augen seines Matrosen. »Die Beute jagt die Jäger?! Was, in Astartes Namen, geht hier vor?«

Die Besatzungen aller fünf Schiffe starrten gebannt auf das Meeresschauspiel. Bis lautes Kreischen die Blicke der Männer nach oben lenkte. Zum Himmel, der zu pulsieren schien. Ein einzelner Albatros flog vorweg, Dutzende seiner Artgenossen und viele Möwen folgten. Seeschwalben reihten sich ein. Mehr und immer mehr. Schließlich verdunkelten tausende Vögel den Himmel. Die Vögel folgten den Delphinen. Alle flohen. Und sie kamen aus der Richtung, in die die fünf Schiffe segelten.

DER DISKOS

Was für eine seltsame Insel, hast du das gesehen?« Malech lachte keckernd, hockte sich vor das Erdloch, in das die Strahlen der Mittagssonne hineinlugten wie Finger. »Das glaubt uns zu Hause keiner. Eine Kröte jagt eine giftige Natter aus ihrer Höhle.«

Wieder schüttelte ein Lachanfall den schmächtigen Mann. Rocq presste die Lippen aufeinander. Sonst freute er sich immer, wenn sein Bruder lachte. Das kam so selten vor, dass er sich oft sogar anstecken ließ, ohne zu wissen, warum – einfach, weil er froh war, dass die Düsternis seinen Bruder für einen Moment verlassen hatte. Doch jetzt war ihm nicht zum Lachen zumute, er spürte, wie sich seine Nackenhaare aufrichteten. Hinter Malechs Rücken sah er einen Dachs aus seinem Bau laufen. Dessen kurze Beine bewegten sich so schnell, dass das Fleisch unter dem Fell vibrierte. Er rannte zur Steilküste, in dieselbe Richtung, in die auch die Schlange und die Kröte strebten. Wo sie kaum Deckung hatten. Wo sie sonst nie bei Tageslicht zu finden waren. Das trockene Gras raschelte und Artes wirbelte herum.

»Da ist noch eine Schlange.« Sein Arm wies in Richtung Meer. »Und dort läuft ein Salamander neben einer Schlange her.« Der Krieger wandte den Kopf zu Malech, der immer noch vor dem Erdloch hockte. »Uns wird auch niemand glauben, dass du an diesem unheimlichen Ort gelacht hast. Wo Tiere fliehen, sind die Götter nicht mehr zu Hause.«

Rocq legte den Kopf in den Nacken, als tausende Vögel aufgeregt über sie hinweg nach Süden flatterten.

Unglaublich, wie schnell die Stimmung umgeschlagen war.

Eben noch waren sie wie berauscht vom Glück gewesen. Lassia hatte sie ins Allerheiligste der Insel gerufen: in den Tempel der Astarte in Festos. In den kühlen Hallen, gleich neben dem Palast, hatte die Hohepriesterin ihnen zu Ehren ein Festessen gegeben. Höhepunkt einer verrückten, arbeitsreichen Zeit.

Rocqs Gedanken wanderten zurück: Als sie vor drei Wochen die glänzende Labrys in den Händen hielten, hatten die drei Männer geglaubt, sie wären am Ziel. Tatsächlich waren sie erst am Anfang. Zwar waren sowohl Lassia als auch ihre Gelehrten begeistert gewesen von der Doppelaxt. Die Maße waren perfekt, verschlüsselten wichtige Kalenderdaten der Insel der *Stierspringer*. Die Bronzeklinge war so ebenmäßig, dass man sie als Spiegel nutzen konnte. Doch nach eingehender Prüfung lachte die barbusige Priesterin Rocq herausfordernd an.

»Wirklich nicht schlecht, aber unsere besten Schmiede könnten dir noch ein oder zwei Kniffe beibringen.«

Rocqs Augenbrauen hoben sich. Er legte die Hand beruhigend auf den Arm des neben ihm stehenden Bruders, dessen Faust sich bereits ballte, obwohl er nicht alles verstanden hatte.

»Was für ein Spiel ist das?«

Lassia hob beschwichtigend die Hände. »Kein Spiel! Ihr seid Teil eines großen Plans. Aber nimm es mir nicht übel, dass wir euch erst ans Schmiedefeuer geschickt haben, obwohl wir wussten, dass du kein Mann des Schmiedehammers bist. Glaubst du, wir ließen dich aus dem nebeligen Norden kommen, um etwas zu schaffen, was wir besser hinkriegen? Nein, wir brauchten keinen Schmied, sondern einen Meister der Zeit.«

Lassia drehte sich um, füllte drei silberne Becher mit schwerem roten Wein und gab sie den Männern. »Trinkt, ihr habt die Prüfung bestanden.«

»Welche Prüfung? Du sagtest doch, unsere Schmiedekunst ist dir egal.«

Lassia hob den Daumen. »Wir wollten wissen, ob du die Ausdauer hast, um auch schwierige Aufgaben zu lösen.« Sie streckte den Zeigefinger. »Wir wollten wissen, ob du denken kannst wie die Menschen unserer Insel.« Der Mittelfinger. »Wir wollten sichergehen, dass du kein Anhänger des gehörnten Gottes bist.« Der Ringfinger. »Und wir mussten herausfinden, ob ihr verschwiegen seid oder mit Geheimnissen vor den Hafenhuren prahlt.«

Rocq lachte auf und schlug Artes auf die massige Schulter. »Sag bloß, du hast bei deinen schwarzhaarigen Schönheiten geschwiegen? Das war wirklich eine schwere Prüfung.«

Der Riese lächelte, schüttelte bedächtig den Kopf. »Ich erzähle Frauen keine Geheimnisse, ich versuche, die ihren zu ergründen.«

»Wie auch immer.« Lassia hob die Stimme. »Hamilkar, ein weit gereister Seemann und Händler, dem wir vertrauen, hat recht behalten: Du bist derjenige, den wir gesucht haben!«

»Aber was wollt ihr nun wirklich von mir?«

»Wir wollen, dass du eine neue Sprache findest, um den Tanz der Gestirne zu beschreiben. Eine Sprache, die denen verschlossen bleibt, die den Himmel in einen Tempel verwandeln wollen, zu dem nur noch sie den Schlüssel besitzen. Du sollst etwas schaffen, das das Wissen zu den kommenden Generationen trägt – zumindest zu denen mit offenem Herzen. Du sollst eine neue Scheibe machen! Aber eine, deren Geheimnisse sich nicht so leicht offenbaren wie bei deiner ersten, sondern die ihr Wissen als eine Kostbarkeit behandelt, die nicht in unbefugte Hände gelangen darf.«

Rocqs Mund stand offen. In seinem Kopf wetteiferten Dutzende Fragen und Einwände mit dem langsam aufsteigenden Rausch des Stolzes. Er hatte so etwas geahnt, als vor vielen Monden der bronzehäutige Händler in seinem Dorf aufgetaucht war, um ihm den Mund wässrig zu machen mit Erzählungen über eine Insel im Süden, auf der Männer mit Stieren tanzten und barbusige Priesterinnen die wahren Herrscher waren. Doch seine Neugierde wurde nur angestachelt, nie gestillt. Wann immer Rocq den Händler fragte, was er denn ausgerechnet von ihm wolle, konterte der mit Gegenfragen. Rocq wäre doch der Schöpfer der Himmelsscheibe? Er kenne doch die Gezeiten des Himmels, nach denen Händler ihre Reisen planen und Bauern ihre Feldbestellung?

Wenn Rocq bejahte, klatschte der Händler in die Hände, lachte, um gleich darauf ernst zu werden: Dann bist du derjenige, den die Insel braucht.

Lassia nahm Rocqs Schweigen als Zustimmung und verlor keine Zeit. Sie führte die drei in einem kurzen Fußmarsch über rote Lehmböden aus der Stadt Festos heraus, vorbei an tief eingeschnittenen Schluchten aus hellgrauem Fels, vorbei am Hafen Kommos zu einer kleinen Küstenstadt: Phaistos. Dort, in einem winzigen, versteckt gelegenen Tempel warteten eine Handvoll Priesterinnen auf Rocq. Seine Gefährten wurden freundlich, aber bestimmt in Nebengebäuden einquartiert. Dann machten sich Rocq und die fünf Priesterinnen an die Arbeit. Für mehrere Tage schlossen sie sich in kargen, fensterlosen Räumen des Tempels ein. Das Essen wurde ihnen gebracht, sie schliefen in Nebenräumen. Ohne jede Ablenkung kamen sie schnell voran. Sie ersannen 45 verschiedene Zeichen, um die Rhythmen von Sonne und Mond in Einklang bringen zu können. Manche sollten nur diejenigen verwirren, die versuchten, den Code zu entschlüsseln – etwa das Kopfbild eines Mannes mit einem hochstehenden Haarkamm. Andere Zeichen gaben deutlichere Fingerzeige wie die Scheibe mit sieben Sternen – das Siebengestirn, das schon die Seele von Rocqs Himmelsscheibe war. Zickzacklinien, Fische, Rosetten und Siebengestirn – alles hatte eine Bedeutung, um das kürzere Mondjahr wieder mit dem längeren Sonnenjahr in Einklang zu bringen. Etwa alle drei Jahre beansprucht die Mondgöttin noch einen zusätzlichen Monat, dann stimmten die Kalender wieder überein. Aber es war an den Menschen, ihr diesen Monat darzubieten. Die sechs Eingeweihten lernten die Bedeutung der 45 Zeichen und die ihrer Aneinanderreihung auswendig und schnitzten die Symbole als Stempel aus weichem Sandstein heraus. Rocq wusste bereits, dass die Zahlenfolgen die Umlaufzeiten der Gestirne ergaben, die von den Priesterinnen und ihren Sternendeutern beobachtet wurden. Dann bedruckten die sechs eine Scheibe aus feuchtem Ton von beiden Seiten. Spiralförmig, in 61 Symbolgruppen. Wählten sie das falsche Zeichen, konnten sie es einfach auswischen und mit dem richtigen überstempeln. Anschließend brannten sie den Ton im Ofen. Es dauerte nur wenige Wimpernschläge, um die Botschaft zu lesen. Genial, dachte Rocq. War das Wissen um die Entschlüsselung erst einmal weitergegeben, konnte es mithilfe der Stempel schnell vervielfältigt und verbreitet werden. Und so war es wesentlich einfacher zu vermitteln als über die komplexe Symbolik seiner Himmelsscheibe oder gar dem noch komplizierteren Zahlenschlüssel der Doppelaxt. Rocq war beeindruckt von der Zielstrebigkeit der barbusigen Priesterinnen, aber er rätselte, worin ihr eigentliches Ziel lag.

»Sag, Lassia, warum verschleiern wir alles? Warum pressen wir unser ganzes Wissen in 45 Zeichen, um dann nur Wenigen deren Geheimnisse zu enthüllen?«

Die grauen Augen der Priesterin bohrten sich in seine blauen. »Weil in dieser Welt nicht die Großmut der Götter regiert, sondern die Gier der Menschen.«

»Aber wenn alle alles wüssten, gäbe es keinen Grund, die Geheimnisse des anderen zu begehren.«

Lassia schüttelte den Kopf. »Noch legen sich die Löwen nicht zu den Lämmern. Noch stehen Melkart und Astarte nicht zusammen auf der Ochsenhaut. Deshalb ist es klüger, damit zu rechnen, dass die Priester des Gehörnten uns von der Ochsenhaut stoßen wollen. Deshalb ist es besser, die Geheimnisse der alten Muttergöttin zu bewahren.«

Rocq wischte sich Schweißperlen von der Stirn. »Die Sonne des Südens scheint auch die Götter zu Hitzköpfen zu machen. Weder unser Sonnengott noch die Götter der Bäume, Weiher oder des Blitzes kämen je auf die Idee, gegen die eigene Mutter aufzubegehren, die nicht nur uns Menschen, sondern auch ihnen das Leben geschenkt hat.«

»Es ist nicht Melkart, der mir Sorgen macht«, antwortete Lassia. »Es sind die, die von seiner Kraft träumen, weil sie selbst schwach sind. Seine Priester, die nicht weise genug sind, älteres Wissen zu ehren, aber gierig genug, um neidisch zu sein auf die Opfergaben für Astarte und auf die anderen Götter.«

Nachdenklich blickte Rocq auf den Diskos mit den geheimnisvollen Zeichen in seinen Händen.

»Vielleicht hast du recht. Wenn Jäger unterwegs sind, die plündern wollen, sollte man wie ein Bauer seine Vorräte an geheimen Orten verstecken.«

Das Festgelage tags darauf war eine üppige Völlerei. Gewürze, die die drei Nordmänner noch nie gekostet hatten, verfeinerten das Fleisch von Tieren, von denen sie sich nicht einmal die Gestalt vorstellen konnten. Früchte so süß, dass die Zähne schmerzten. Wein, der so schwer war, dass er den Blick kreisen ließ. Bis Tänzerinnen kamen, deren aufreizende Schleier-Gewänder mehr offenbarten als verhüllten und so den Blicken der Männer wieder eine Richtung gaben.

Doch die Kröte, die die Schlange jagte, hatte Rocq schlagartig ernüchtert. Noch mehr beunruhigten ihn die weit aufgerissenen Augen Artes', als der ihn an den Schultern packte:

»Bei allen Göttern. Auf was wollen wir noch warten? Lass uns diese Insel endlich verlassen.«

»Spricht da der furchtlose Krieger?« Malech lachte schon wieder. »Oder nur sein Schatten? Mir scheint ...«

Der Spott erstarb auf Malechs Lippen als plötzlich der Boden anfing zu schwimmen. Die Männer ruderten mit den Armen in der Luft, um nicht zu fallen. Mit einem schnalzenden Knallen wie von einer Peitsche rissen die Wurzeln eines alten Olivenbaums, krachend fiel er auf den Weg vor ihnen. Rocq ging in die Hocke, befühlte den Boden: Hart, wie immer und doch wackelte er wie eingekochte Sülze. Das Blut rauschte in seinen Ohren. Er hatte vergessen zu atmen. Als die Luft rasselnd in seinen Brustkorb strömte, traf sie der Schlag eines Gottes.

DER STEINERNE REGEN

Ein tiefes hohles Grollen erfüllte die Welt. Rocq konnte nicht ausmachen, ob er es gehört oder gespürt hatte. Ebenso den folgenden Knall. Als ob die Streitaxt eines Gottes die Erde traf. Malech warf sich auf den Bauch, Artes sank auf die Knie. Plötzlich spaltete sich der Himmel und ein tiefschwarzer riesiger Pilz wuchs aus dem Riss hervor. Die entsetzten Männer hatten noch keinen Laut herausgebracht, als es begann, Steine zu regnen – weiche, löchrige Steine. Ein zweites Donnern rollte über die Erde und in dem schwarzen Pilz glühte etwas auf, das Rocq an geschmolzene Bronze erinnerte – vermischt mit Blut.

Hamilkar stand an der Reling der *Dido,* blickte in den wolkenlosen Vormittagshimmel und wischte sich den Schweiß ab. Nicht nur wegen der Hitze. Er suchte nach einem Zeichen der Vertrautheit. Die Flucht der Jäger vor der Beute hatte den kräftigen Mann stärker verunsichert, als er es zeigen wollte. Dann konnte er plötzlich noch nicht einmal das Meer wiedererkennen – sein Meer, das ihm trotz aller überraschenden Wetterumschwünge näher war als jeder Mensch. Das Meer, dessen Strömungen er durch die Planken der *Dido* erspürte. Bis es zu Milch wurde. Zu gefrorener Milch. Seine fünf Schiffe segelten über ein Meer, dessen Farben nicht mehr zwischen blau-grün und bleigrau wechselten, sondern das von einem Moment auf den anderen schneeweiß geworden war. Dazu eben wie ein Bronzespiegel. Das Wasser schien zu erstarren wie Sülze.

Die plötzliche Stille des Meeres übertrug sich auf die Männer an Bord. Die aufgeregten Gespräche, das überlaute Lachen mancher, sogar das ängstliche Flüstern erstarben. Nur von einem der Schwesterschiffe der *Dido* schallten Brocken des Gebets hinüber, mit dem ein ehemaliger Sklave aus den Steppen weit im Osten von seinem Gott

Rettung erflehte und in das nach und nach andere Seeleute mit einstimmten mit Gebeten zu ihren Göttern.

Sigo trat neben Hamilkar an die Reling. »Kannst du irgendetwas erkennen?«, brach er das Schweigen. Der Kapitän zuckte zusammen, drehte den Kopf zu seinem Matrosen. Er guckte ihn an, als sähe er ihn zum ersten Mal. Statt zu antworten, zeigte sein Arm über den Bug weit vor das Schiff Richtung Nordwesten. Dort löcherte ein heftiger Regen die polierte Oberfläche des Meeres. Regen, der nicht aus Wolken geboren wurde.

»Aber, was …«

Sigo blieb die Frage im Hals stecken, denn in diesem Moment erreichte die Regenfront mit einem ohrenbetäubenden Lärm die Schiffe. Im Nu waren sie in eine schwarze Wand eingehüllt, eine Wand aus unzähligen kleinen Steinchen, die auf das Deck hämmerten, mit kratzenden Geräuschen auf die schlaffen Segel schlugen. Steine, die in das Trinkwasser-Fass am Mast fielen, gingen nicht unter, sondern schwammen auf dem Wasser. Das gesamte Deck war wie mit einer Kruste aus Seepocken bedeckt. Hamilkar hatte genug gesehen.

»Männer!« Mit Mühe übertönte sein Bass das Getöse des Steinregens. »Was immer hier vor sich geht, ist nichts, was Seeleute erleben wollen. Wir sind nicht mehr weit von der Insel der *Stierspringer* entfernt. Aber wir werden nicht wie geplant nach Knossos segeln. Das ist mir zu nahe an dem, was die Tiere flüchten lässt und uns Steine schickt. Wir drehen ab nach Süden, nach Kommos. An die Ruder!«

Nach der längsten Rede, die sie je von ihrem Kapitän vernommen hatten, brauchten die Seeleute keine weitere Aufforderung. Alle legten sich an ihrem Platz in die Riemen, um dem unheimlichen Meer zu entfliehen. Schnell folgten die Kapitäne der anderen vier Schiffe dem Vorbild der *Dido* und änderten den Kurs.

Als Melana, Syria und Almene sahen, wie sich Männer an den heißen, scharfkantigen Steinen verletzten, die die Ruderbänke bedeckten, hielt es die Frauen nicht länger in ihrer schützenden Kajüte am Heck. Mit einem Reisigbesen, hölzernen Trinknäpfen und den bloßen

Händen kämpften sie gegen die steinerne Flut an, die unaufhörlich das Schiff peinigte.

Die Angst der Männer war so groß, dass sie keinen Gedanken daran verschwendeten, dass jetzt drei Frauen an Bord waren. Frauen, die gerade emsig dabei waren, ihre Näpfe voller Steine über die Reling ins Meer zu entleeren, als sie ebenso erstarrten wie die Ruderer. Ein ohrenbetäubender Donner tobte über das Meer, gleichzeitig baute sich am Horizont eine Wolke auf – aber von unten! Sie wuchs in die Höhe wie ein gigantischer Korallenstamm, der sich anschickte, den gesamten Himmel zu erobern. Almene sank auf die Knie:

»Oh, Astarte, hilf! Die Welt zerbricht.«

In diesem Moment ergraute das befleckte weiße Gewand der Priesterin. Der Himmel ließ nicht nur Steine, sondern auch Asche regnen. Ganze Aschewolken hüllten die Schiffe ein, raubten Männern und Frauen an Bord die Luft.

»Bindet euch Tücher vors Gesicht«, schrie Hamilkar. Dann verschwanden die vier anderen Schiffe hinter einer grauen Wand, als der zweite Donner ertönte.

* * *

Die graue Wand legte sich auch über Rocq und seine Gefährten, als sie durch die Straßen von Phaistos zu ihrem Haus eilten. Gleichzeitig schien die Luft zu brennen, die drei Männer glaubten, ihr Schlund würde verbrennen. Ein Gestank wie von faulen Eiern raubte ihnen den Atem und die Kraft. Kriechend schleppten sich die Männer aus der Reichweite der erstickenden Wolke. Als sie wieder Luft bekamen, verdoppelte die Angst ihre Kraft. Laufend, oft auf den heißen Steinen rutschend, stürmten sie im Nu in das Refugium der letzten Monate. Doch eine echte Zuflucht war das nicht mehr.

»Schaut!«

Rocq zeigte auf ein kleines Fass mit Trinkwasser in der Ecke des ersten Raumes. Das Wasser kräuselte sich.

»Hauen wir ab!«

Artes sprach aus, was alle dachten. Schnell griffen sie nach ihren Waffen. Die Goldmünzen, die sie als Lohn von den Priesterinnen erhalten hatten, wurden ebenso in Bündeln verschnürt wie ein großes Stück trockener Käse, Umhänge und Hosen aus der gröberen Wolle ihrer Heimat, ein paar Schmiedewerkzeuge und eine erste, nicht vollends geglückte Ausgabe der bronzenen Doppelaxt.

Aus der Ecke erklang ein Winseln. Der Welpe. Er war Malech vor Wochen zugelaufen. Hatte ihm die Hand geleckt. Und seine Augen strahlen lassen. Nun hockte der Hund zusammengekauert im Halbdunkel, das Fell gesträubt, Malech konnte das Weiße um die Augen sehen. Panik pur.

Malech hockte sich hin und streckte die Hand aus und redete mit leiser Stimme auf ihn ein: »Ganz ruhig, mein Kleiner. Dir passiert nichts. Ich rette dich. Komm zu mir, wir verschwinden hier.«

Zaghaft stellte das struppige Tier seine Ohren auf, drehte sie nach vorn. Seine raue Zunge begann die Hand des so vertraut gewordenen Menschen zu lecken. Da erschütterte ein erneuter Knall die Hütte, Staub rieselte aus der Decke. Jaulend sprang der Welpe auf, rannte durch die offene Tür hinaus nach draußen in das Chaos aus Staub und Lärm.

»Neeeeinn, komm zurück!« Malech rannte ein paar Schritte hinter dem Hund her. Doch vergeblich. Schon war das Tier hinter einer Ecke verschwunden. Tränen stürzten aus seinen Augen. Er sackte auf die Knie und rief noch einmal.

Rocq nahm seinen schluchzenden Bruder in den Arm. »Es hat keinen Sinn, Malech. Er hat sich längst irgendwo verkrochen. Mach dir keine Sorgen. Tiere finden instinktiv einen sicheren Ort. Aber wir sollten es ihm gleichtun. Wir müssen hier weg.«

Langsam nickte Malech. Er lief noch einmal zurück zu dem Häuschen, dem er schon so gerne viel früher entronnen wäre. Grauer, schmieriger Staub eroberte bereits die Räume, legte sich auf Tische und Stühle. Ruckartig drehte er sich dann um und rannte los, schloss schnell zu den anderen beiden auf, die Richtung Kommos liefen – zum Hafen.

Die Welt um sie herum geriet aus den Fugen. Bauern versuchten, ihre vor Angst tobenden Rinder zu beruhigen. Hirten mühten sich vergeblich, das unaufhörlich dicker werdende Leichentuch aus Steinen und Asche von der Wolle ihrer Schafe zu entfernen. Kinder schrien in den Armen ihrer Mütter. Männer blickten aus glasigen Augen nach Norden, wo ein unaufhörlich wachsender Rauchpilz den Himmel eroberte.

Ein Zittern unterbrach den Lauf der drei Männer. Sie spürten es nicht unter den Fußsohlen, sondern im Gesicht: Nicht die Erde bebte, sondern die Luft.

Die vorher graue Rauchsäule wurde immer dunkler, an einigen Stellen war sie schon fast schwarz. Dann grollte Donner. Mächtige Blitze zuckten in der Wolke.

»Welche Götter haben wir erzürnt?«, murmelte Rocq hinter der Hand, mit der er seinen Mund gegen den Staub schützte.

»Offenbar alle«, antwortete der schwer keuchende Artes.

»Und die Erdgeister dazu!« Rocq wies auf einen sich öffnenden Spalt vor ihnen, schon breit wie eine Ochsenhaut, quer über den Weg, auf dem sie liefen. Die drei beschleunigten, sprangen gleichzeitig los. Im selben Moment riss ein zweiter Erdspalt auf – genau unter Artes. Mit einem Schmerzensschrei fiel der Krieger in den Krater. Nur seine reflexartig ausgebreiteten Arme verhinderten, dass er komplett in ihm verschwand.

»Helft mir!«

Die Brüder wollten gerade auf ihn zustürzen, als das zweigeschossige Lehmhaus neben ihnen anfing zu schwanken, wie Schilf im Wind.

»Achtung, es bricht in sich zusammen!«

Malech erfasste die Situation am schnellsten. Wenn sie versuchen würden, Artes herauszuziehen, würden sie alle von den Ziegeln und Mauern in dem Erdspalt beerdigt werden. Hektisch blickte er sich um.

»Da, der Karren.« Ratlos blickte Rocq zu dem Ochsenkarren mit dem gebrochenen Rad am Wegesrand, dann verstand er. Schnell zerrten die beiden das Gefährt über ihren eingeklemmten Freund. Kaum hatten auch sie sich unter die Ladefläche gekauert und ihre Schultern gegen das Holz gestemmt, als die Mauer auf sie fiel. Die harten Schläge pressten ihnen die Luft aus den Lungen, doch ihre Köpfe waren geschützt und nach einigen Anläufen gelang es ihnen, das Gewicht wegzuwuchten, nachdem der Steinhagel geendet hatte. Dann zerrten sie mit zitternden Armen Artes aus dem Erdspalt, und liefen gemeinsam weiter Richtung Hafen.

* * *

Keuchend kippte Almene einen hölzernen Napf voller Steine und Asche ins Meer, während die *Dido* von wuchtigen Ruderschlägen auf die Kais von Kommos zugetrieben wurde. Doch die Priesterin hatte keinen Blick für die imposanten steinernen Kais oder die unfassbar langen Lagerhäuser dahinter. Mit weit aufgerissenen Pupillen starrte sie über den Bug der *Dido* ins Leere. Ihr war übel.

»Astarte?«

Sie traute sich nur, flüsternd zu flehen. Almene konnte sich nicht vorstellen, dass sich die Göttin, der sie Opfer gebracht hatte, in diesem Rauchpilz zeigte oder dass Astarte ihrer Dienerin erstickende Dämpfe sandte. Sie wollte nicht glauben, dass die Beschützerin der Seeleute deren Verwegenheit, zu großer Fahrt hinter den Horizont auszulaufen, die für Landbewohner ebenso mutig war, wie eine Fahrt ins Totenreich, mit einem Regen aus Steinen bestrafte.

»Ist das Melkarts Werk?«

Almenes Blick suchte Syria, doch Hamilkar antwortete:

»Wir werden es gleich sehen. Wenn Melkart auch zürnt, wird er seine Anhänger dennoch verschonen.«

Doch im Hafen wirkte niemand so, als ob er sich unter göttlichem Schutz wähnte. Ein dicker Händler, der sich mit einem violetten Seidenschal aus einem sagenumwobenen Land weit im Osten vor der Nase gegen den beißenden Staub schützte, schlug mit einer geflochtenen Lederpeitsche auf einen Sklaven ein, der einen riesigen Pithoi voller Olivenöl nicht schnell genug auf sein Schiff brachte. Ein baumlanger Kerl, in dem Hamilkar den Hafenmeister erkannte, kniete auf dem Boden, blickte kopfschüttelnd nach Norden zu dem Rauchpilz und weinte. Infernalische Schmerzensschreie tönten vom benachbarten Hafenbecken herüber. Ein Ochsengespann vor einem mit Kupferhäuten voll beladenen Karren war in einem Wirbel glühend heißer Asche durchgegangen, hatte einen Seemann zu Boden geworfen. Schließlich war ein schweres, bronzebeschlagenes Holzrad über das Knie des Mannes gerollt und hatte es zerquetscht. Als die *Dido* festmachte, sah Melana einen Dieb, der einen Gaffer um einen Lederbeutel voller Münzen erleichterte.

An Land herrschten Chaos, Panik und Niedertracht – es schien, als ob die Wut der Götter das Gefüge der Welt zerbrochen hätte. »Hier sind wir auch nicht sicherer als auf See.«

Während Hamilkar dies aussprach, verflüchtigte sich die irgendwo in einem Winkel seines Hinterkopfes noch gehegte Hoffnung, in Kommos doch noch ein Geschäft machen zu können. Zwei weitere seiner Schiffe wurden gerade an der *Dido* vertäut, von den anderen beiden war noch nichts zu sehen.

Hamilkar hob die Stimme: »Männer, lasst niemanden an Bord. Wir warten nur kurz, um zu sehen, ob die *Sanaa* und die *Levir* es auch geschafft haben – dann legen wir wieder ab.«

»Neiiinn.« Sigo raufte sich die Haare. »Auf das Milchmeer? In den steinernen Regen?« Der Matrose war auf die Reling gesprungen und zeigte nach Süden. »Nicht mal die Götter bringen mich dort wieder hinaus.« Ein kurzes Wippen in den Knien, dann war Sigo an Land gesprungen und rannte in Richtung der Lagerhäuser. Zwei weitere Matrosen, die erst seit kurzem zur Mannschaft gehörten, sprangen von Bord. Ihre Familien lebten auf der Insel der *Stierspringer*. Andere Seeleute trampelten unruhig mit den Füßen auf den Planken des Schiffes. Einige schrien sich mit schrillen Stimmen Halbsätze zu.

Endlich überwand Hamilkar seine Erstarrung.

»Halt! Seid ihr von Sinnen? Glaubt ihr, Lehmhütten böten euch Schutz vorm Zorn der Götter? Als ob Mäuse im Mäuseloch vor den Krallen der Katze sicher wären. Nein, trotzen können wir den Göttern nicht. Aber wir können versuchen, kein Ziel zu bieten. Solange die Götter die Winde noch wehen lassen, bieten sie uns die Chance zu fliehen. Und die werde ich nutzen. Wer kommt mit mir?«

»Wir«, rief eine Stimme vom Kai, bevor die Seeleute an Bord der *Dido* überhaupt den Mund geöffnet hatten.

Hamilkar blickte auf die drei Fremden auf dem Kai, die verschwitzt und mit zusammengekniffenen Augen gegen die Sonne hoch zu ihm blickten. Zwei der drei waren groß und muskulös, einer klein, aber sehnig. Auf den Ruderbänken könnten sie sicherlich die drei geflohenen Matrosen ersetzen.

Die anbrandende Menschenmasse drückte wie eine Welle von hinten. Rocq kam ins Straucheln, wäre beinahe ins Wasser gefallen. Malech trat mit voller Wucht nach hinten aus. Artes drehte sich um, hämmerte in einer fließenden Bewegung einem Mann die Faust gegen die Schläfe und mit der anderen Hand den Schwertknauf auf die Stirn eines Drängelnden. Blut spritzte, Schreie, die Menge wich zurück.

»Wer seid ihr und warum sollte ich euch auf mein Schiff lassen?«

Nicht mal der Zorn der Götter konnte Hamilkars Wachsamkeit aushebeln. Gerade jetzt konnte er keine mordlustigen Priester an Bord gebrauchen.

Rocq dagegen hatte längst den Mann erkannt, der vor Jahren in seinem Heimatdorf aufgetaucht war und den Lauf seines Lebens in eine andere Bahn gelenkt hatte. Doch er tat, als ob er den Händler das erste Mal sah.

»Das ist Malech, der Zwerg hier ist Artes und mich nennt man Rocq«, sagte er mit seinem in den Ohren der Südländer eigentümlich harten Dialekt, der aber Hamilkar zumindest die Gewissheit brachte, es hier nicht mit Priestern Melkarts zu tun zu haben. »Wir sind Nordmänner. Wir sind schon auf Nebelmeeren gesegelt und auf einem, dessen Wasser zwei Mal am Tag verschwindet und zwei Mal wiederkommt. Wir springen nicht über Bord, wenn die Brise mal etwas steifer wird.«

Hamilkar musste lachen. »Die Götter toben, die Tiere fliehen und es regnet Steine. Und du redest von einer steifen Brise? Entweder bringt ihr mehr Mut auf die Planken meines Schiffes oder mehr Dummheit. Aber Hauptsache, ein paar Hände, die zupacken können. Springt rüber.«

Kaum waren die drei an Bord, erkannte endlich auch Hamilkar den Herrn der Zeit und schloß Rocq herzlich in die Arme. Dabei schüttelte er die ganze Zeit den Kopf über seine eigene Blindheit.

»Dass ich dich je wiedersehen würde. Es gibt viel zu erzählen, aber nicht jetzt. Wir müssen los.«

Hamilkar gab den Befehl zum Ablegen. Er hatte die restlichen beiden Schiffe seiner Flottille am Horizont erkannt und wollte ihnen entgegenkommen. Eigentlich drängte es ihn nur schnell aus dem Hafen heraus. In den Augen mancher Männer auf den Kais hatte er nur noch das Weiße sehen können. Wie bei Rindern, die vorm Schlachter den Todesschrei eines Artgenossen hörten. Und bevor die Panik nur noch den Gedanken an Flucht zuließ, der Flucht auf seine Schiffe, wollte er weit draußen sein.

Der Hafen summte wie ein Bienenkorb, den ein Bär aufbricht. Doch Rocq bekam davon nichts mehr mit. Er starrte gebannt in grünbraune Augen. Sein Mund stand offen. Seine Arme spürten die Last seines Bündels mitsamt der schweren Doppelaxt nicht. Er rührte sich auch nicht, als Melana errötend den Blick senkte. Erst ein Rippenstoß von Artes brachte ihn in die Wirklichkeit zurück.

»Korrigiere mich, falls ich mich irre. Aber ich glaube, der Kapitän erwartet, dass wir die Ruderbänke zum Glühen bringen und nicht die Gesichter der Grazien an Bord.«

»Ähh, es ist nicht … klar! Wo hast du deine Sachen hingepackt?« Hektisch ruckte Rocqs Kopf hin und her.

»In die Bilge?! Es sei denn, der Kapitän hat dir eine Kajüte für frisch Verliebte zugesagt.«

»Hör auf. Ich hab nicht … ich hab nur …«

Artes' Pranke krachte so heftig auf Rocqs Schulterblätter, dass ihm der Atem weg blieb.

»Schon gut, Rocq. Ich verstehe zwar nicht, warum du schöne Frauen erst wahrnimmst, wenn die Götter um unser Leben würfeln. Aber dass du es tust, nährt meine Hoffnung, dass du einen Weg siehst, wie wir dem hier entkommen.«

Der Rudermeister unterbrach die Frotzelei und wies den dreien ihre Plätze zu. Die brauchten nicht lange, um unter dem langsamen, dumpfen Trommelschlag den ruhigen Rhythmus der Ruderschläge aufzunehmen. Alle drei mussten auf ihrem langen Weg aus der Heimat in den Süden mehr als einmal als Ruderer ran. Noch nie zuvor bluteten sie aber bereits nach wenigen Augenblicken auf den Ruderbänken aus Wunden an den Beinen: Der Hagel der zwar leichten, aber scharfkantigen Steine nahm kein Ende. Rocq spürte, wie die Sonne seinen Rücken erwärmte und die weiter vom Himmel regnende Asche in seinen Wunden brannte. Trotz der monotonen Trommelei gelang es ihm nicht, nur noch Muskeln und Atmung zu sein und den Kopf zu leeren. Die Gedanken rasten hin und her: Von dem Unglück, das sie gerade erlitten, hin zu dem Glück, das er empfand, wenn er an die anmutige Frau dachte.

Melana war verwirrt. Sie war Priesterin, hatte ihr Leben Astarte geweiht. Männer waren für sie tabu. Bisher hatte sie nie das Gefühl gehabt, auf etwas zu verzichten. Nie hatte es ein Mann vermocht, ihren Herzschlag zu beschleunigen.

Doch jetzt spürte sie ein eigentümliches Ziehen in der Brust. Sie wollte in der Nähe dieses Mannes sein. Sie unterbrach ihren Kampf gegen den Steinhagel, versuchte vergeblich, Asche aus ihrem Kleid und ihren Haaren zu klopfen und ging langsam an der Reling entlang, bis sie auf der Höhe der mittleren Ruderbänke stand. Dort, wo die Fremden ruderten. Melana gelang es nur kurz, so zu tun, als ob sie das kochende Meer rund um das Schiff betrachtete. Verstohlen blickte sie an ihrer staubgrauen Haarsträhne vorbei zu den Fremden – und direkt in die blauen Augen des bärtigen Mannes in dem grob gewebten Umhang. Sie blickte lange in diese klaren Augen, unschicklich lange für eine Astarte-Priesterin. Doch stärker als die Scham war das Glücksgefühl, das sie durchströmte.

Genau in diesem Augenblick zerbrach die Welt.

DER NASSE TOD

Der Knall war das lauteste Geräusch, das er je gehört hatte. Noch weit lauter als der erste Donner am Vormittag. Aber dieses Mal war es kein Grollen, es klang eher wie das Schnalzen einer Peitsche. Eine Peitsche, die nicht die Haut eines Ochsen gerbte, sondern die von Mutter Erde. Rocq zuckte zusammen und ließ das Ruder fallen. Den Knall spürte er als Druck auf den Ohren. Und sogar der Brustkorb fühlte sich an, als laste ein immenses Gewicht auf ihm. Seine Nackenhaare richteten sich auf, als er sah, wie der riesige tiefschwarze Pilz am Himmel immer weiter zu einem Monstrum heranwuchs. Im Nu war die *Dido* von Dunkelheit eingehüllt. Angst machte sich breit.

»Das ist die Nacht, mit der alles endet!«

Rocqs Linke quetschte den Oberarm seines Bruders. Wie panisch weit aufgerissen die Augen Malechs waren, konnte er erst erkennen, als in dem unheilvollen Pilz gigantische Blitze zuckten. Zugleich tauchten flackernde, kalte Flammen auf der Mastspitze und den Stangen der Kajüte am Heck die *Dido* in ein rosa Licht.

Männer und Frauen beteten laut zu ihren Göttern. Ein Geräusch wie prasselndes Feuer erfüllte die Dunkelheit. Dann ein weiteres Donnern, nicht ganz so laut wie das letzte.

»Riechst du das?« Malech rüttelte am Arm seines Bruders. Der heiße Wind roch schwefelig, ähnlich wie die Schlacke, die beim Schmieden entstand.

»Ja. Vielleicht rächt sich Mutter Erde dafür, dass wir ihren Schoß aufreißen und ihre Erzadern rauben ohne wirklich angemessene Sühneopfer.«

Malech hob die Augenbrauen: »Oder der Sonnengott selbst schmilzt Mutter Erde ein, um den Vater aller Schwerter zu schmieden.«

»Anker weeerfen!«

Hamilkars Bass beendete alle Dispute und Gebete. Der Seemann wollte nicht länger ins Nirgendwo rudern, ohne irgendetwas sehen zu können. Als Hamilkar die Schockstarre vieler seiner Männer erkannte, lief er selbst zum Bug und wuchtete den Steinanker zur Reling. Ein Matrose und sein Steuermann beeilten sich, mit anzupacken. Es knackte, bevor der Anker platschend ins Wasser fiel. Das Meer war von einer Schicht Stein überzogen, die bei jeder Bewegung des Wassers mit einem dumpfen Laut gegen den Rumpf des Schiffes schlug. Hamilkar war sich nicht sicher, ob der Anker überhaupt noch den Meeresboden erreichen konnte, er hatte das Gefühl für Zeit und Raum verloren. Doch er hatte Glück. Sie waren offenbar noch nicht allzu weit von der Küste entfernt. Plötzlich fiel ein roter Schimmer auf das ruhende Schiff und ließ die Besatzung entsetzt aufschreien. In der tiefschwarzen Wolke, die sich über der Insel aufbäumte, schien ein mächtiger Feuerball zu glühen, der die gesamte Umgebung in ein unheilvolles Rot tauchte.

»Was geschieht mit mir?« Artes' Stimme überschlug sich, während er panisch auf seine Schläfen einhieb. Seine hellen Locken standen weit vom Kopf ab und sprühten Funken. Auf dem ganzen Schiff erklangen Schreie. Die *Dido* sah aus, als ob sie von Dutzenden Öllämpchen erleuchtet wäre. Nur, dass diese Öllämpchen lebten und um ihr Leben fürchteten: Jeder spitze Gegenstand, der Mast, die Ruder, die Haare der Männer sprühten Funken.

Panisch erhoben sich die Ruderer von ihren Bänken und versuchten, sich von dem Feuerregen zu befreien.

»Nicht aufstehen«, schrie Hamilkar, »wenn diese Feuer leuchten, schlägt oft bald der Blitz ein.«

Rocq suchte die Nähe seines Bruders und schloß ihn in seine Arme. Dann legte Artes die Arme um die Schultern seiner Freunde. Sie taten es, um voneinander Abschied zu nehmen.

»Es tut mir leid, dass ich euch so lange im Süden festgehalten habe. Ich dachte, wir könnten den Göttern ein Stück der Unendlichkeit entreißen. Und jetzt lehren sie uns, dass alles endlich ist«, sagte Rocq mit brüchiger Stimme.

Malech schluckte. »Eine schreckliche Lektion, Bruder. Ich bedauere nur, dass wir den heiligen Berg unseres Sonnengottes nicht noch einmal sehen durften. Dass es hier auf diesem tobenden Meer zu Ende geht, ist bitter. Aber dass wir unseren Weg zusammen gehen durften, bis zum Ende zusammen gehen durften, ist ein Geschenk.«

»Das war es«, stimmte Artes zu. »Was haben wir gesehen und erlebt?! Wir können den Göttern entgegen brüllen: Wir haben unser Leben gelebt. Aber ich will dem Unheil, das uns verschlingen wird, nicht den Rücken zukehren. Lasst uns zur Reling gehen.«

Langsam suchten sich die drei einen Weg zum Bug. Sie schoben sich vorbei an Männern aus den Steppen des Ostens, die auf den Knien beteten. Ein Glatzkopf holte nach Art der Bergvölker kleine knöcherne Figuren aus einem Lederbeutel, der ihm um den Hals baumelte, und stellte die Statthalter seiner Ahnen im Halbkreis um sich auf. Dann bat er seine Vorfahren um Beistand. Am Bug angekommen bemerkten die Nordmänner, dass sich Dunst und Dunkelheit lichteten. Man konnte sogar wieder die Küste erkennen. Tatsächlich musste die *Dido* in der Finsternis im Kreis gefahren sein. Sie hatten Kommos noch nicht weit hinter sich gelassen. Von ihren Schwesterschiffen war allerdings nichts zu sehen. Malechs Arm wies nach vorne: »Sieh, sie stürmen ein Boot!«

Nun erkannte auch Rocq, wie weise die Entscheidung des Kapitäns war, auszulaufen. Menschen kämpften erbarmungslos um einen Platz auf einem kleinen Fischerboot. Dutzende Flüchtlinge waren schon ins Wasser gestoßen worden. Schreie hallten herüber.

Dann wurde ihr eigenes Schiff in den Himmel gehoben. Almene schrie gellend. Rocq fiel vornüber, konnte sich gerade noch am hochgezogenen Bug der *Dido* festhalten. Eine Riesenwelle hatte das Schiff gepackt. Doch nur das Heck wurde in die Höhe gehoben. Der Steinanker nagelte das Schiff am Boden fest. Schon schwappte Wasser vorne hinein. Ein Matrose konnte sich nicht mehr auf den Beinen halten, er stolperte. Sein Fuß verfing sich in einem Tau, das auf den Planken rutschte. Er stürzte, in seinem Fußgelenk knirschte es, etwas riss mit einem peitschenartigen Knall, dann brachen Knochen. Der Seemann heulte auf wie ein wildes Tier, das in eine Falle geraten war. Niemand konnte ihm helfen. Alle an Bord kamen ins Rutschen. Auch die Ladung. Sie waren in tödlicher Gefahr. Würde das Meer die *Dido* nur noch ein paar Handbreit höher heben, dann könnte das Wasser mit Wucht in den Bug strömen und das fast senkrecht stehende Schiff würde wie ein Pfeil in die Tiefe rasen. Hamilkar erkannte die Gefahr als erster und griff sich ein Beil aus einer Werkzeugkiste unterhalb des Mastes. Er fiel mehr, als dass er zum Bug lief, stemmte sich mit den Füßen gegen das Holz und hieb mit dem Beil auf die Ankerleine ein. Beim dritten Schlag riss die Leine, die *Dido* war frei, richtete sich wieder auf. Aber nur für ein paar Augenblicke. Dann raste das Schiff auf der Rückseite der Monsterwelle in die Tiefe. Rocq hatte das Gefühl, zu fallen.

Melana fiel tatsächlich. Panisch aneinandergeklammert hatten die drei Priesterinnen sogar noch den Beinahe-Kopfstand des Schiffes ausgleichen können. Sie wankten zwar Richtung Bug, schafften es aber, auf den Beinen zu bleiben. Dann kam der plötzliche Ruck der sich wieder aufrichtenden *Dido*, dem ein dumpfes Klirren folgte: Viele der Ochsenhaut-Kupferbarren waren verrutscht. Das Schiff bekam Schlagseite. In dem Schlingern ließ Melana die Hand von Almene los und taumelte Richtung Reling.

»Pack zu!« Rocq streckte der Priesterin seinen Arm entgegen, doch sie reagierte zu spät und seine vom Meerwasser nassen Finger rutschten von ihrem Handgelenk ab. Als sie an ihm vorbei taumelte, sprang er. Seine Beine katapultierten ihn nach vorne. Wie ein Pfeil, der die Sehne verlässt, flog er über das Deck. Sein rechter Arm schloss sich um die Taille der Frau, gerade als diese gegen die Reling prallte und das Gleichgewicht verlor. Krachend landeten beide auf den Planken. Rocq zog sich auf die Knie, knüpfte eine lose Leine um das obere Ende eines Spantens:

»Schnell, bind dir das um den Bauch!« Melana nickte, rappelte sich mühsam auf und ergriff die Leine.

Rocq stürmte hinter Hamilkar und einigen Matrosen in den Laderaum. Die Ladung musste schnell wieder halbwegs ins Gleichgewicht gebracht werden, wenn die *Dido* nicht doch noch sinken sollte. Im Laderaum herrschte Chaos. In der Bilge schwappte dickflüssiges Olivenöl. Einige der Stricke, die die Pithoi halten sollten, waren gerissen. Einige der mannshohen Keramikgefäße waren zerschellt. Ein Matrose fluchte, als er in eine scharfkantige Scherbe trat. Hamilkar spuckte aus, als er einen der kostbaren Seide-Ballen in der öligen Brühe entdeckte. Dutzende der Kupferbarren waren mit solcher Wucht gegen die Bordwand geschleudert worden, dass die »Beine« der Ochsenhautbarren tiefe Dellen im Holz hinterlassen hatten. Außerdem waren Keramikkaraffen voller Gewürze aus dem Osten und dem Süden zerbrochen.

»Macht eine Kette!«

Hamilkar ordnete mit schnellem Blick das Chaos. Er warf seinem Nebenmann den ersten Kupferbarren zu, zeigte Rocq am Ende der Kette, wo er neu aufschichten sollte. Sie hatten erst zwei kleine neue Stapel aufgeschichtet, als der Steuermann vom Ruderstand herunterbrüllte:

»Ihr Götter. Kommt hoch! Das Meer verschlingt das Land!«

Schnell waren die Männer wieder an Deck, wo alle regungslos zur Küste starrten.

Von Westen raste eine Welle, die drei Mal so groß war wie die mächtigste, der sich Hamilkar bisher stellen musste, über die Küste Richtung Kommos. Ein unheilvolles, dumpfes Grollen schwoll zu einem Brüllen an, je näher die Wasserwand kam. Auf der weißen Gischtkrone tanzten dunkle Flecken. Von der *Dido* aus war nicht zu erkennen, ob es Trümmer, Tiere oder Menschen waren. In der Hafeneinfahrt türmte sich die Monsterwelle weiter auf. Die Stadt war hinter dem Wasserberg von der *Dido* aus nicht mehr zu sehen.

»Bei Astarte!«

Syria heulte auf. Ihr Schluchzen löste die Erstarrung an Deck. Rocq lief zu Melana. Malech blickte seinem Bruder stirnrunzelnd hinterher, bevor er wieder zur Insel guckte, wo das Meer gerade mit einem lauten Knall den Hafen mit all seinen Menschen unter sich begrub.

Hamilkar hatte genug gesehen. Er befahl den Ruderern, ihre Plätze einzunehmen. Rocq hatte noch kein Wort mit Melana gewechselt, als er den Bass des Kapitäns hörte. Entschuldigend drehte er die Handflächen nach oben. Als Melana nickte, lief er schnell zu seiner Ruderbank, nahm zwischen Artes und Malech Platz.

Angst und Entsetzen ließen sie die Anstrengung des Ruderns gar nicht spüren. Das fahle Licht einer kaum zu erkennenden Sonne ließ sie mehr ahnen als wissen, dass sie Richtung Nordwesten unterwegs waren, weg von den erstickenden Dämpfen.

»Hast du das gesehen?« Malech drehte sich zu seinem Bruder. »Die mächtigen Kaimauern von Kommos, die Lagerhäuser und Schiffe? Sie wurden weggewischt wie Würfel von der Hand eines wütenden Spielers.«

»Ja, wenn Götter wütend sind, hat Menschenwerk nicht mehr Bestand als eine gewürfelte 6. Und Menschen auch nicht. Mich wundert, dass wir noch leben.«

»Glaubst du, der Kapitän weiß, was er tut?«

»Weil er uns wegrudern lässt? Ich weiß nicht, ob wir uns vor dem Zorn der Götter verbergen können, aber ich bin auch dafür, dass wir so viel Platz wie möglich zwischen sie und uns bringen.«

»Und außerdem«, mischte sich Artes ein, »rudern wir nach Nordwesten. Das heißt, mit jedem Ruderschlag kommen wir der Heimat ein Stück näher. Wenn mich der Sonnengott schon zu sich ruft, soll er das machen, wenn ich meinen Ahnen nahe bin.«

Von derartigem Gleichmut waren die drei Astarte-Priesterinnen weit entfernt. Weder konnten sie etwas tun, etwa sich in dem beruhigenden körperlichen Gleichklang verlieren, den die Ruderer der *Dido* spürten, noch konnten sie sich in die tröstliche Hoffnung flüchten, ihre Heimat wiederzusehen. Und zu dem Grauen, das alle an Bord fühlten, gesellte sich die Furcht, für all das verantwortlich zu sein.

»Hätten wir nicht fliehen dürfen? Vielleicht hätten wir uns auf dem Altar Melkarts opfern lassen müssen.« Melana packte Syria an den Schultern. Doch die Ältere schüttelte energisch den Kopf.

»Nimm dich nicht so wichtig. Glaubst du, die Götter peitschen das Meer auf, nur um uns zu töten?«

»Das könnte Melkarts Werk sein«, beharrte Melana.

»Bei Astarte, sprich leiser«, zischte Syria und blickte aus der Kajüte heraus auf das Deck und die Rücken der schwitzenden Ruderer. »Wenn es dir gelingt, die Seeleute von unserer Schuld zu überzeugen, werfen sie uns ins Meer. Und hat dir Aria nicht beigebracht, deinen eigenen Kopf zu gebrauchen? Viele, die behaupten, im Auftrag dieses Gottes oder jener Göttin zu handeln oder zu wissen, was diese wollen, bemänteln doch nur ihre eigene Gier. Wir können nicht wissen, ob dies hier Götterwerk war. Und wenn, dann sollten wir uns überlegen, ob wir wirklich noch zu ihnen beten wollen.«

Almene brach in Tränen aus, schüttelte immer wieder den Kopf. Melana nahm das junge Mädchen in den Arm und streichelte ihr über den Kopf. Die Frauen verstummten. Doch sie konnten den Blick nicht von dem Leichnam der Stadt Kommos lösen. Dem Ort, der vor ihren Augen von einer Wasserwand zermalmt worden war. Dort kann niemand mehr leben, dachte Melana. Sie hielt Kommos sogar noch mit ihren Blicken fest, als die kräftigen Ruderschläge der Männer die *Dido* schon so weit vorangetrieben hatten, dass nichts mehr am Ufer zu erkennen war. Sie trauerte nicht nur um die Menschen, die dort vom Antlitz der Welt gefegt worden waren. Sie trauerte um eine Welt, die sie verloren hatte. Ihre Hohepriesterin, ihre Tempel, die Gewissheit, irgendwohin zu gehören.

Auch Artes und Rocq dachten an ihre Götter. Der Krieger hatte zu oft anderen Menschen den Atem geraubt, als dass ihn tausendfacher, sinn- und ehrenloser Tod kalt ließ. Im stummen Gebet dankte er seinem Kriegsgott, dass dieser ihn rechtzeitig von einem Schlachtfeld geführt hatte, auf dem für ihn kein Ruhm zu gewinnen war.

Rocq fühlte eine Erschütterung, die sogar seine Trauer überlagerte. Was hatte er hier erlebt? War noch irgendeine der Gewissheiten gültig, die ihn zum Herrn über die Zeit werden ließen? Würde er den Tanz der Gestirne hinter diesem Leichentuch aus Staub in der Luft überhaupt noch erkennen können? Was, wenn er sich getäuscht hätte? Wenn das, was er für eine göttliche Ordnung hielt, der sein Verstand nachspüren könnte, nichts als ein Trugbild wäre? Ein Trugbild, hinter dem das Chaos lauert. Rocqs Blick fand Melana, die mit dem Rücken zu ihm an der Reling stand. Nein, gerade in diesem Moment war er nicht bereit, sich vom Chaos verschlingen zu lassen.

Malech hingegen dachte nicht an die Verheerungen an den Ufern, sondern an die in den Köpfen. Wenn die Götter jede Ordnung stürzten, wenn Sardinen Delphine jagten, Steine vom Himmel regneten, die Erde sich verflüssigte und das Meer das Land verschlang, könnten auch die Menschen künftig den Listigen folgen statt den Starken. Diese Unordnung in den Köpfen könnte er nutzen, hoffte er und lächelte.

Stille hatte sich über die *Dido* gesenkt, während das Schiff den Westkurs verließ und sich nach Norden wandte. Hamilkar wusste weder, wie lange sie schon gerudert waren, noch, was sie erwarten würde. Wie würde die Nordseite der *Stierspringer*-Insel aussehen? Gab es überhaupt noch eine Bucht, die man anlaufen konnte, ohne Tod und Zerstörung zu begegnen? Hinter dem Staubschleier konnte er den Stand der Sonne nicht verfolgen. Erst eine wie eine Nadel geformte Felsspitze am Ufer brachte seine Orientierung zurück. Sie waren gut vorangekommen. Bald würden sie die nordwestliche Spitze der Insel erreicht haben. Hamilkar befahl den Männern, die Ruderblätter einzuziehen und sich an Deck zu versammeln.

Hustend klopften die Ruderer den Staub von ihren Körpern, der sich mit ihrem Schweiß zu einer Art Mörtel verband. Es dauerte nicht lange, dann waren die Männer still.

»Die meisten von euch segeln schon Jahre mit mir über das Meer«, setzte Hamilkar an. »Ihr wisst, auf meinen Schiffen hatte immer nur einer das Sagen: Ich. Doch bis jetzt musste ich auch noch nie zugeben, dass ich den Verlust von vier Schiffen nicht verhindern konnte. Wir mussten noch nie mit ansehen, wie eine ganze Stadt ertränkt wurde. Deshalb ist in diesem Moment euer Rat so gut wie meiner. Wir erreichen bald die Spitze der *Stierspringer*-Insel. Zeit, sich zu entscheiden: Rudern wir nach Nordwesten, gegen den Wind, der Staub und Steine bringt, um ihm schneller zu entkommen? Oder segeln wir nach Osten, nach Maleme oder Kudonija, um zu erfahren, was passiert ist?«

Einen Moment war es so still auf der *Dido*, dass man das leise Platschen der Wellen und das Knarren der Planken hörte. Dann schwoll ein Murmeln an, Männer begannen, durcheinander zu reden.

Hamilkar breitete die Arme aus: »Also, wer will nach Westen? Arm hoch!« Keine fünfzehn Arme hoben sich, darunter die der drei Nordmänner und der drei Priesterinnen.

»Und wer will nach Osten?« Dutzende Hände streckten sich nach oben. Viele Männer der Besatzung kamen von der Insel oder hatten hier Frauen und Freunde. »Dann sei es so. Setzt das Segel!«

Der Wind blies zwar nicht kräftig, aber stetig, so dass sich die Ruderer an Deck erholen konnten. Schon bald erkannten die erfahrenen Seeleute am Ufer den Eingang der heiligen Lara-Grotte wieder. Es war nicht mehr weit bis zum Hafen von Maleme. Ansonsten erkannten sie nichts wieder. Kein einziger Möwenschrei war zu hören. Kein einziges Segel am Horizont, wo sonst Dutzende Schiffe zu sehen waren. Das Wasser vor der Küste war schlammig-braun wie Flusswasser. Melana sah ganze Bäume vorbeischwimmen und etwas, was ein Tisch gewesen sein könnte oder die Planken eines Schiffes. Dann schrie Almene. Neben der *Dido* trieb die Leiche eines dicken Mannes, mit dem Gesicht nach unten, die Arme ausgebreitet. Es war der erste von vielen Toten.

DER ERTRÄNKTE STIER

Die Stadt Maleme war von einem Leichentuch aus Schlamm und Trümmern bedeckt. Das Magazin, das nahe an der Mole gestanden hatte, war von einer gewaltigen Macht zerstört worden. Nur noch die Stümpfe der Grundmauern standen. Die Besatzung der *Dido* bewegte sich vorsichtig durch das glitschige Inferno aus schlammigen Ballen, die nur noch mit Mühe als Leinen aus Ägypten oder kretische Wolle mit eingewebten bunten Mustern zu erkennen waren, zerschmettertem Zedernholz, Keramikscherben sowie Häusertrümmern. An Land sahen sie kaum Leichen. Doch hinter einer Mauer lag der Kadaver eines einst prächtigen, angepflockten Stieres. Als die Riesenwellen gekommen waren, hatte das heilige Tier keine Chance gehabt. Es war aber auch nicht mit raus aufs Meer gezogen worden wie offenbar die meisten Bewohner Malemes.

»Dort, auf dem Hügel!«

Artes' scharfe Augen hatten etwas entdeckt, was nicht sein konnte: Unverkennbar war das der Bug eines minoischen Kriegsschiffs, sein Rammsporn lugte hervor – in luftiger Höhe, weit entfernt vom Ufer. Die Männer und Frauen der *Dido* stapften durch den Schlamm vorbei an Bäumen, die an ihrer dicksten Stelle knapp über dem Boden abgebrochen waren, hinauf auf den Hügel. Das Auge am Bug des Schiffes sollte eigentlich den Feind einschüchtern. Ein tiefer Riss im zerschmetterten Bootskörper verlief allerdings so, dass es aussah, als ob das Auge tränte. Im Innern des Schiffes stießen Malech und Rocq auf Leichen: Rudersklaven, die an ihre Bänke angekettet ein grausames Ende gefunden hatten. Malech wies stumm mit dem Finger auf die frisch aufgescheuerten Handgelenke der Sklaven hin. Die Männer hatten offenbar wie rasend versucht, dem nassen Tod zu entkommen.

Plötzlich wehte Gesang herüber. Klagelieder. Der Hügel war nur der Ausläufer eines kleinen Berges. Von dessen abgeflachtem Gipfel kamen die Stimmen. Rocq spürte sein Blut durch den Körper rauschen, als sie endlich oben angekommen waren. Männer und Frauen weinten singend, während sie ihre Toten in einer Grube aufschichteten. Die Menschen wussten, dass die Sonne an den Toren der Anderwelt kein Zögern zuließ. Warteten die Hinterbliebenen zu lange, mussten ihre Toten in die Anderwelt mit aufgedunsenen, fauligen Körpern eintreten.

Schnell gelang es Hamilkar, die Furcht der Trauernden angesichts der Fremden zu zerstreuen. Zu offensichtlich litt der Kapitän mit den Trauernden.

»Wir bestatten sie nur vorübergehend«, erklärte ein grauhaariger Mann mit einem vor Gram eingefallenen Gesicht. »Falls noch mehr von uns dem Wasser entkommen konnten, bauen wir unseren Toten ein würdiges Tholosgrab.«

Diese Grabkammern hatte Rocq schon im Süden der Insel bestaunt. Sie waren nicht langgezogen wie die in seiner Heimat, sondern kreisrund mit einer Kuppel aus gemauerten Ziegeln oder Feldsteinen. Am Ende wurde die Steinkonstruktion mit Erde bedeckt – das wiederum kannte er von zu Hause.

»Etwas müssen wir dieses Mal aber ändern«, unterbrach der Grauhaarige seine Gedanken und zeigte auf die schwächliche Sonne hinter dem dunstigen Schleier am Himmel. »Der Weg der Seelen muss viel länger werden, wenn unsere Ahnen, unsere Geliebten und unsere Kinder den Weg zur Sonne finden sollen.« Rocq nickte. Der Weg der Seelen war ein langer, gemauerter Gang zum Grab – Zugang für die Lebenden, Ausgang für die Toten. In Kommos hatte er gesehen, wie eine Familie ihren Toten singend und tanzend in das Gemeinschaftsgrab gebracht hatte. Nach der Bestattung des Toten im Zentrum des Grabes blieb der Zugang drei Tage offen – Zeit, in der die Seele des Verstorbenen den Weg zum Sonnengott finden sollte, der am Himmel seine Bahn zog.

»Wir wollen weitersegeln nach Kudonija. Wollt ihr mitkommen? Vielleicht haben noch mehr überlebt.«

Rocq erntete ein Staunen aus weit aufgerissenen Augen. »Ihr meint, das Meer hat nicht nur uns bestraft?«

Rocq schüttelte langsam den Kopf.

»Nein, natürlich nicht«, antwortete der alte Mann. »Ich hatte nur … irgendwie gehofft, dass dies nicht unser aller Ende wäre. Aber, um deine Frage zu beantworten: Nein, unser Platz ist hier. Hier lebten und starben unsere Ahnen. Nur hier können sie uns den rechten Weg weisen.«

»Ich weiß nicht, ob wir auf dem rechten Kurs sind«, mischte sich Hamilkar ein. »Aber ich weiß, dass wir den ohne Anker ohnehin nicht halten können. Dürfen wir …?« Er wies auf das zerschmetterte Kriegsschiff auf dem Hügel.

»Nehmt euch alles, was ihr braucht. Uns würde nicht mal ein seetüchtiges Schiff nützen. Denn fast alle jungen Männer, mit denen man die Ruderbänke bemannen könnte, sind tot.«

Hamilkar umarmte den Trauernden. Die meisten Menschen waren von den Göttern so gewebt worden, dass sie sich in ihr Schicksal fügten. Vielleicht hatte er selbst nur einen Webfehler. Aber der drängte ihn zum Handeln. Schnell hatte seine Mannschaft aus dem Kriegsschiff den Steinanker und alles andere entfernt, was brauchbar schien.

Kaum zurück an Bord, wurde es Nacht. Hamilkar befahl, die *Dido* ein paar Längen hinaus in die Bucht zu rudern, dann ließ er den neuen Anker werfen.

Die Frauen durften in der Kajüte bleiben, die Männer suchten sich ein Plätzchen, wo sie sich ausstrecken konnten. Hamilkar übernahm die erste Wache. Es gelang ihm nicht, die Augen offenzuhalten. Die Erschöpfung, die allen an Bord den Schlaf brachte, überwältigte auch ihn.

Der Morgensonne fehlte die Kraft, Hamilkar zu wecken. Nicht aber dem Schmerz in seinem Rücken. Er war am Ruder sitzend eingeschlafen, angelehnt an die harte Reling.

»Was, glaubst du, werden wir vorfinden in Kudonija?« Malech und

Rocq waren schon länger wach und hatten über die Pläne des Kapitäns spekuliert.

»Ehrlich gesagt, nichts, was Hoffnung rechtfertigen würde. Aber bevor ich dem Reich des Königs Minos endgültig den Rücken kehre, möchte ich sicher sein, dass Bleiben sich für einen Händler nicht mehr lohnt, weil es niemanden gibt, der mit ihm handeln möchte.«

»Und was ist Kudonija für eine Stadt?«, fragte Malech, wobei ihm die fremden Worte nur stockend über die Lippen kamen.

Hamilkar antwortete in Malechs Sprache, die der Händler nach vielen Reisen fließend beherrschte: »Eine reiche – zumindest war sie das. Der Palast ist zwar nicht so groß wie der von Knossos, aber prächtiger. Die Fresken an den Wänden sind atemberaubend. Und: Es war immer ein Ort, der den verwegenen Händler, der sich den Elementen ausliefert, belohnte. Wenn auch Kudonija gefallen ist, ist die Insel für Händler quasi versunken.«

Malech hob die Augenbrauen. »Deinen Gleichmut scheint aber auch nichts erschüttern zu können. Die Menschen beerdigen ihre Toten, du aber nicht deinen Traum vom Reichtum.«

»Pah, Reichtum … Wenn ich reich werden wollte, hätte ich besser ein Priestergelübde ablegen sollen.«

»Vielleicht waren es solch lästerliche Reden, die einen Gott bewogen, uns jede Hoffnung auf Reichtum zu nehmen.«

»Einen Gott?« Der Seemann wurde lauter. »Wieso nicht eine Göttin? Oder alle Götter? Vielleicht toben sie, weil Menschen Tempel entweihten.«

Malech drehte sich abrupt zu seinem Bruder um, doch der schaute ihn nur ausdruckslos an.

»Entweiht werden Tempel schon, wenn Seeleute mit Brot in der Hand bei Priesterinnen um eine ruhige Überfahrt betteln. Für derart Verweiblichte ist nach dieser Flut kein Platz mehr.«

Hamilkar ballte die Faust und wollte hinter Malech herlaufen, doch Rocqs Hand vor der Brust stoppte ihn.

»Nimm es ihm nicht übel. Er war schon als Junge gerade in den

Momenten mit der Zunge ein Held, wenn sein Herz flatterte wie das eines Hasen.«

»Egal, noch ein paar solche Reden«, Hamilkar wechselte wieder in die Sprache des Königreichs Minos, »und er wird laufen müssen wie ein Hase. Aber bevor wir darüber rätseln, was wir erlebt haben, sollten wir nachsehen, ob wenigstens die starken Mauern Kudonijas dem Meer standgehalten haben.«

Mit diesen Worten stapfte der Kapitän zum Steuermann. In dem Dunst war er sich zwar nicht sicher, dennoch ließ er den Kurs stärker Richtung Süden ändern.

Auch hier musste sich die *Dido* ihren Weg durch Treibgut bahnen. Leichen allerdings waren keine im Wasser. Doch der kleine Funke Hoffnung erlosch, als das Schiff in den einstmals Ehrfurcht gebietenden Hafen dieser von König Minos selbst gegründeten Stadt einlief.

»Wo ist der Palast?«

Auf die Frage eines Ruderers schüttelte Hamilkar nur stumm den Kopf. Er, der sich anhand unscheinbarster Felsen oder Bäumen an weit entfernten Ufern zu orientieren vermochte, erkannte Kudonija nicht wieder. Dabei waren seine Erinnerungen an die Stadt, wie sie noch vor kurzem gewesen war, ganz klar: Der Kern dieser uralten Ansiedlung war der Palast, der auf zyklopischen Mauern ruhte – direkt im Hafen, was Hamilkar noch nirgendwo anders gesehen hatte. Hinter Dutzenden Säulen hatte er oft ein gigantisches, schiffslanges Fresko bewundert. Es zeigte Delphine, Kriegsschiffe und Stiertänzer. Und es war so groß, dass es sogar von den einlaufenden Schiffen aus zu sehen war. Direkt neben und hinter dem Palast waren trutzige Magazine gebaut worden. Hier pulsierte der Lebenssaft dieser Handelsmetropole: Steinkrüge, Skarabäussiegel und Elfenbeinschnitzereien aus Ägypten. Kunstvoll dekorierte Keramik und Olivenöl von Minos' Insel selbst. Kupfer aus Alasija. Silber von den nördlichen Inseln. Zedernholz aus den Wäldern nahe Tyros. Schwerter und Dolche, deren Griffe von mykenischen Schmieden mit Edelsteinen verziert worden waren. An der Ostseite des Hafens hätten Werften liegen müssen, die imstande waren, in zwei Monaten ein Kriegsschiff zu bauen.

Aber nichts davon war noch da. Die Mannschaft der *Dido* guckte auf ein Trümmerfeld. Keine einzige Mauer stand noch, die einem Mann bis zur Brust reichen würde. Der Palast, die Magazine, die Werften, der gesamte Hafen war von der Faust eines Riesen weggewischt worden.

Hamilkar traute sich nicht, die *Dido* bis an eine der Kaimauern heranzuführen. Gesunkene Schiffe oder große Mauerbruckstücke unter der Wasseroberfläche könnten sein letztes Schiff aufschlitzen. Er ließ schon kurz nach dem Hafeneingang Anker werfen. Seine Mannschaft ließ ein Boot zu Wasser.

»Herr der Zeit?! Du kommst mit an Land. Vielleicht kannst du ein Muster in diesem Chaos der Zerstörung erkennen.«

»Was glotzt ihr? Berauscht ihr euch am Leid anderer?«

Artes zuckte zusammen, als ihn eine Frau, die zusammengesunken am Kai saß und die er für tot gehalten hatte, plötzlich mit gellender Stimme anschrie. Der Krieger hatte darauf bestanden, mit an Land zu rudern, um seinem Freund beistehen zu können. Zu oft hatte er erlebt, wie gefährlich Menschen sein konnten, die alles verloren hatten.

Die Frau saß auf dem Boden, lehnte an eine zertrümmerte Hauswand. Ihr Haar war grau von Staub und Matsch, die Kleidung zerrissen, die Füße blutig, mit schreckensweiten Augen starrte sie abwechselnd auf die Seeleute und auf das Kind, das sie auf den Knien wiegte.

»Nein, im Gegenteil«, brummte der Hüne. »Können wir euch helfen?«

Die Augen der Frau füllten sich mit Tränen, dann heulte sie mit einer überschlagenden Stimme auf, schlug ihren Hinterkopf mit solcher Wucht gegen die Wand hinter sich, dass das Blut spritzte. Erst jetzt sah Artes, dass die Augen des Kindes milchig-trüb ins Leere blickten, Wasser aus seinem Mundwinkel lief. Der Junge war ertrunken.

Artes schlug die Augen nieder, drehte sich hilfesuchend zu Rocq um. Der zuckte mit den Schultern.

»Helfen? Könnt ihr mir meinen Sohn zurückgeben?« Erneut, doch diesmal mit noch größerer Wucht rammte sie ihren Kopf gegen die Mauer.

Rocq hockte sich vor sie und nahm ihr Gesicht in beide Hände.

»Nein. Wir können ihn dir nicht zurückbringen. Aber wir können dir helfen, dass er würdig in die Anderwelt hinübergleitet. Und wir können ihm helfen, wenn wir ihm versprechen, dass seine Mutter nicht sofort nachfolgt.«

»Warum sollte ich nicht? Im Leben konnte ich ihn nicht beschützen, vielleicht vermag ich das in der Anderwelt. Obwohl …« Rocq sah, wie die eben noch trauerumflorten Augen zu glänzen begannen. »… Ich kann eure Hilfe wirklich brauchen, um neue Pfade in die Anderwelt zu finden. Man nennt mich übrigens Manu.«

»Neue Wege?«

»Die alten kann es nicht mehr geben, seit die Götter nicht mehr zwischen Lebenden und Toten unterscheiden. Erst lockte das Meer meinen Jungen – Falo – in den Tod. Und dann holte es sich unsere Ahnen.«

»Was ist passiert?«

»Das Meer hat uns verhöhnt. Es zog sich vom Ufer zurück, so plötzlich, dass Hunderte Fische im Schlick zappelten. Falo wollte sie einsammeln. Sie hätten uns viele Tage gesättigt. Doch die Götter hatten Hunger auf Menschen. Das Meer kam zurück. Höher als die höchste Mauer, die ihr je gesehen habt. Mit einer weißen Krone. Ich schrie, damit Falo zurückkommt. Doch das Grollen des Meeres war zu laut. Die Wasserwand wuchs und wuchs, bis ich den Himmel nicht mehr sehen konnte. Dann begrub sie Falo und alle anderen im Schlamm und am Ufer. Das Wasser raste durch die Straßen, es knackte Häuser wie faule Nüsse. Ich kletterte auf die älteste Zeder des Ortes. Sie war schon vor den Menschen hier. Und die Götter verschonten sie. So konnte ich sehen, wie das Meer Marktstände wegspülte, wie die Händler vergebens darum kämpften, den Kopf über Wasser zu halten. Bäume, Menschen, Mauern, Schafe – alles wurde zu einem Brei zermahlen, der das Leben erstickte – und nicht mal Achtung vor den

Ahnen hatte. Das Wasser ließ die Totenhäuser in unserer Totenstadt platzen wie überreife Melonen. Es holte sich die Gebeine unserer Ahnen und kehrte zurück ins Meer.«

Schmerz durchfuhr Rocq, als sich die Fingernägel der Frau nun in seine Wangen bohrten.

»Das ist der Grund, warum ich Falo nicht auf die alten Wege schicken kann. Die Totenhäuser sind kein Ort der Ruhe mehr.«

Rocq räusperte sich: »Ich weiß von einem Volk, das weit entfernt von dieser Insel lebt. Das schickt seine Toten zu den Ahnen, indem es sie verbrennt. Mit dem Rauch finden sie den Weg.«

»Sind das auch alles Seelen, die den Weg zu ihren Ahnen suchen?« Manu blickte hoch zum rauchgeschwängerten Himmel.

»Vielleicht«, ergriff Hamilkar das Wort. »Aber vielleicht ist es auch die Seele einer geopferten Göttin, die nun umherirrt.«

»Warum wurde auch mein unschuldiger Sohn auf den Altar gelegt, wenn schon eine Göttin geopfert wurde?« Als beide Männer verlegen mit den Schultern zuckten, begann Manu, sich mit dem toten Kind in den Armen an der Wand hochzuschieben, bis sie auf den Füßen stand. »Nun, die Frage nach dem Warum kannst du mir nicht beantworten, aber ich nehme dein Angebot an, eine Antwort auf das Wohin zu finden. Danach werden wir weitersehen.«

Rocq nickte, streckte die Arme zum toten Kind aus, doch Manu schüttelte nur den Kopf. »Diese Last muss ich alleine tragen.«

Manu ging voran. Mehrmals hielt sie an und blickte sich suchend um, weil sie in der Trümmerwüste keine Orientierungspunkte fand. Schließlich erreichte die schweigende Prozession die Totenstadt.

Eigentlich ist ganz Kudonija zur Totenstadt geworden, dachte Rocq im Angesicht der von der Wucht des Wassers zerstörten Grabmale. Er hatte auf dem Weg hierher nur eine Handvoll Überlebende gesehen, die in den Trümmern wühlten – auf der Suche nach Verwandten, Verwertbarem oder Versatzstücken ihres alten Lebens. Hier im Norden der Insel hatte das Meer offenbar mit weit größerer Gewalt zugeschlagen. Als ob es die blühenden Städte der *Stierspringer* vom Antlitz der Erde tilgen wollte.

Rocq konnte nachempfinden, was die Frau fühlte. Hier wollte sie ihren Sohn nicht mehr der Erde übergeben, damit sich das Meer nach Falos Leben nicht auch noch dessen Leib holen konnte. Aber sie hoffte, dass irgendwo zwischen den Trümmern noch die Geister der Ahnen verharrten. Also sollte Falos Reise in die sichere Sphäre der Anderwelt hier beginnen.

»Hier ist ein guter Ort.«

Manu riss ihn aus seinen Gedanken und zeigte auf den einstigen Platz im Zentrum der Totenstadt. »Also, wie lässt dein fernes Volk seine Toten auf Rauch reisen?«

Rocq wandte sich Artes zu: »Ich brauche möglichst trockenes Brennholz, ein paar Planken und noch einen kleinen Baumstamm.«

Artes nickte, und auch die anderen Männer aus dem Beiboot der *Dido* machten sich in der zerstörten Stadt auf die Suche. So dauerte es nicht lange, bis alles beisammen war. Mit dem Steinbeil des Schiffszimmermanns schufen die Männer eine Art Hochbett, auf das Manu ihren Jungen legte. Das Brennholz war nur oberflächlich nass, dennoch hieb Rocq so viele Späne wie möglich von den massiveren Scheiten. Das Feuer musste schnell sehr heiß werden, damit die Verbrennungszeremonie nicht unnötig verlängert wurde.

Aus einem Lederbeutel an seinem Gürtel zog Rocq einen Flintstein, ein Stück Katzengold und ein großes Stück Birkenporling. Fragend guckte er Manu an. Die senkte in stillem Einverständnis die Augenlider.

Der Nordmann formte aus dem Birkenporling eine Art Nest auf dem Feuerholz. Der Baumschwamm sollte als Zunder dienen. Dann kniete er sich hin, schlug die runde Spitze des keilförmigen Feuersteins gegen das Katzengold. Schon beim ersten Versuch flogen große Funken, die den Birkenporling rasch zum Glimmen brachten. Vorsichtig pustend fachte Rocq das Feuer an. Erst wurde die Trauergemeinde in weißen Rauch gehüllt. Doch als die Feuchtigkeit verdampft war, gewannen die Flammen an Kraft. Als sie das erste Mal nach dem Totenbett des Jungen leckten, fing die Mutter an zu singen. Sie sang, bis das Feuer heruntergebrannt war.

Es war nicht nur der beißende Qualm, der die Augen einiger Männer tränen ließ.

»Wenn du möchtest, kannst du mit auf die *Dido* kommen«, schlug Hamilkar vor.

Der Seemann war sich sicher, dass eine weitere Frau an Bord seine Mannschaft nicht mehr an deren Unheil bringende Wirkung glauben lassen würde als ohnehin schon. Doch Manu schüttelte den Kopf.

»Mein Mann hat auf einem Handelsschiff angeheuert. Ich gehe zum Magazin, um herauszufinden, wo er ungefähr sein könnte, also ... ob er noch zurückkommt.«

»Aber es gibt kein Magazin mehr. Der ganze Palast wurde hinweggefegt. Dort ist weder ein Archiv noch jemand, der die Frachtpapyri lesen könnte. Manu, Kudonija ist tot.«

Die Frau drehte sich langsam einmal um die eigene Achse. Ihre Augen schienen erst jetzt das wahre Ausmaß der Zerstörung zu erfassen.

»Ich kann trotzdem nicht mit euch kommen. Hier ist meine Heimat. Ich muss sehen, ob noch irgendjemand lebt. Ich werde zu meinen Eltern gehen. Sie leben im Inselinnern als Schäfer. Sollte das Meer sie dort verschont haben, werde ich bleiben, bis ich Neuigkeiten von meinem Mann höre.«

Manu hatte ihre Entscheidung getroffen und machte sich sofort auf den Weg. Die Männer der *Dido* wussten noch nicht mehr über ihre Zukunft, als dass sie wieder an Bord ihres Schiffes wollten. Als sie sich Richtung Küste wandten, wo sie das kleine Beiboot in der Hafenbucht unterhalb einer Höhle versteckt hatten, die einst eine prächtige Residenz gewesen sein mag, bekamen sie eine Ahnung, wie gnadenlos das Inferno Kudonija verwüstet hatte. Sie sahen nur zwei Überlebende: Ein dicker Glatzkopf, der gerade einer ertrunkenen Frau den Finger abschnitt, an dem sie den Ring trug, der sie als eine Priesterin Astartes auswies. Und ein junges, mageres Mädchen, das sich mühte, einen schweren Karren mit hölzernen Scheibenrädern einen Abhang hinaufzuziehen. Artes erkannte eine Töpferscheibe auf dem Wagen, den normalerweise Ochsen zogen.

»Das Mädchen macht es richtig«, sagte der Krieger in der Sprache ihrer Heimat zu Malech. »Wo der Tod so reichlich Ernte gehalten hat, sollten die Lebenden so schnell wie möglich fliehen. Auf Schlachtfeldern habe ich selbst oft genug miterlebt, wie den Aasfressern auf dem Fuß die Seuchen folgten. Möglich, dass dieser widerwärtige menschliche Leichenfledderer die Strafe für seine Gier schneller erhält, als er erwartet. Überhaupt, was will er hier mit Gold? Wem will er etwas abkaufen?« Artes schüttelte sich und wandte sich laut an den neben ihm laufenden Rocq.

»Glaubst du, Hamilkar lässt noch jeden Hafen auf dieser Insel der Verdammnis anlaufen?«

»Nein. Bei allem Entsetzen, das er empfinden mag, habe ich ihn doch in erster Linie als einen nüchternen Mann der Zahlen kennengelernt. Sobald er überzeugt ist, dass auf der Insel kein Ort verschont wurde, wird er Segel setzen lassen. Mach dir keine Sorge, wir kehren in die Heimat zurück.«

Mit einiger Mühe fanden die Männer ihr Beiboot wieder.

Die künstliche Höhle, in der sie das Boot vertäut hatten, entpuppte sich als Rest des Astarte-Tempels. Gewaltige Brecher hatten die Klippe, auf der der Tempel stand, unterhöhlt und wegrutschen lassen. Übrig waren lediglich ein paar Außenmauern geblieben. Das traurige Gerippe erinnerte Rocq an einen zerfressenen Zahn. Während des Abstiegs über schroffe Felsen und Trümmer entdeckte Hamilkar die zerbrochene Bronzestatue einer Astarte, die auf einem Stier ritt. Er hob die Bruchstücke auf, wies die Männer an, schon vorzugehen und zog sich in eine Nische zurück, von der nicht mehr zu erkennen war, ob dies einst eine Gebetsnische des Tempels gewesen war oder ob sie der Laune einer zerstörerischen Wasserwand entsprungen war.

Rocq sah über die Schulter, wie der bärtige Kapitän aus einem Lederbeutel einen spangenförmigen Kupferbarren zog – offensichtlich, um ihn der Göttin zu opfern.

»Gut, dass Malech auf dem Schiff geblieben ist«, sagte er zu Artes. »Mein Bruder hätte wahrscheinlich nur gehöhnt, dass der Seemann gutes Kupfer vergeudet, weil er sich bei einer machtlosen Göttin bedankt, dass er noch leben darf oder darum bittet, dass die nächste Überfahrt gelingt.«

Dabei musste Rocq einräumen, dass auch ihn ernüchternde Gedanken ereilten.

»Die meisten Opfer im Reiche von König Minos werden gebetet haben. Genützt hat es ihnen nichts. Weil sie zu den falschen Göttern gebetet haben? Oder weil sich die Götter nicht um menschliche Ängste kümmern?« Weder Rocq noch Artes hatten eine Antwort, aber Rocq bewunderte den knorrigen Hamilkar, der sich in seinem Vertrauen in Astarte nicht mal von dem Übermaß an Leid um ihn herum erschüttern ließ.

Dennoch, Rocqs Weg war ein anderer, wie er spürte, während die Paddel des Bootes ins Wasser eintauchten. Ein fast schmerzhaftes Ziehen in der Brust zeigte ihm, wie sehr er sich auf das Zusammentreffen mit Melana freute. Statt weiter den göttlichen Pulsschlag in der Zeit zu erfühlen, sehnte er sich danach, Zeit zu verbringen, indem er den Pulsschlag eines begehrten Menschen fühlte.

Von Bord der *Dido* erklang ein lauter Ruf, dann klatschte eine Leine neben ihm ins Wasser. Rocq hob sie heraus und zog das Boot längsseits. Das Boot wurde angebunden, eine Strickleiter heruntergelassen. Schnell kletterten die Männer hinauf. Rocq als letzter. Als er über die Reling flankte, sah er Melana und Malech in ein Gespräch vertieft.

Verwirrung, Wut und Angst drängten Rocq, zu den beiden zu laufen – doch Hamilkars Ruf stoppte ihn:

»Ruhe! Also, ich wünschte, ich könnte anderes berichten. Aber hier an der Nordseite hat das Wasser noch stärker gewütet. Ich fürchte, an der Küste hat höchstens einer von hundert überlebt. Es steht keine Hütte mehr und kein Palast. Das Salzwasser hat die Brunnen verdorben, überall liegen Leichen. Hier können wir nicht mal frisches Wasser fassen, geschweige denn kaufen oder verkaufen.«

Hamilkar stoppte das einsetzende Raunen mit hoch erhobenen Armen. »Die *Dido* wird nach Westen segeln. Ich will zumindest diesem elenden Staub entgehen – und hoffentlich bald wieder die Sonne sehen. Ich kann niemanden von euch zwingen, diese Reise ins Unbekannte mitzumachen. Deswegen frage ich: Wer will trotz allem lieber auf der Insel der *Stierspringer* bleiben?«

Kein Arm rührte sich.

Melana musste allerdings den Impuls niederkämpfen, sich zu melden. Die Vorstellung, sich noch weiter von ihrer Heimat zu entfernen, ängstigte sie. Aber sie wusste, dass diese zertrümmerte Insel ihr das geliebte Tyros nicht ersetzen konnte. Überlegungen, die Almene und Syria offenbar noch nicht erreichten. Die stumpfen Augen der Frauen spiegelten noch das Entsetzen wider. Willenlos ließen sich die Priesterinnen treiben.

»Ich beneide die Männer.« Melana versuchte, Syria und Almene aus ihren Gedanken zu holen. »Sie können den Anker lichten, Trinkwasserbehälter festzurren, einige haben schon wieder die Ruder in der Hand, andere ziehen das Segel an Deck, um Risse mit Lederstreifen zu flicken. Sie haben was zu tun. Ein Schiff ist kein Platz für Frauen.«

»Das stimmt«, antwortete Syria. »Ich habe die bösen Blicke mancher Matrosen gespürt.«

»Ich auch. Anfangs fürchtete ich noch, ihre Wut gelte unserer Rolle als Astarte-Priesterinnen. Doch Hamilkar hat wie versprochen nichts verraten. Jetzt weiß ich es besser. Wir sind Eindringlinge in eine Männerwelt.«

»Pah. Eine Welt, deren Grenzen von Tabus und Aberglauben verteidigt werden. Frauen an Bord bringen Unglück, wispert so mancher Seemann.«

Ein Satz, der sogar Almene einen Weg aus ihrer stummen Verzweiflung wies: »Ich habe Angst, dass einige schlichte Gemüter uns sogar die Schuld an der todbringenden Wasserwand geben.«

In diesem Punkt war sich Hamilkar, der seine Männer besser kannte, sicher. Deshalb freute sich der Seemann sogar über den Meltemi, wie der seit alters her beständig aus Nordwest wehende Windgeist genannt wurde, obwohl dieser die Männer der *Dido* zum Rudern zwang. Diesen Wind kannten sie. Jedes Zeichen, dass die Natur doch nicht vollends aus dem Ruder gelaufen war, hieß er willkommen, um die aufgewühlten Seelen der Besatzung zu beruhigen. Das anstrengende, gleichförmige Ziehen an den Zypressenholzrudern tat ein Übriges. Schnell erstarb das letzte Gemurmel an Bord. Die *Dido* nahm Kurs auf das Reich der Mykener.

UNTER LÖWEN

Hamilkar hatte mit den Mykenern schon oft Geschäfte gemacht. Er sah in ihnen so etwas wie jüngere Geschwister der Minoer. Sie eiferten der älteren Kultur nach. Aber weil sie selbst spürten, dass ihre Paläste etwas zu klein, ihre Wandmalereien etwas zu grell und ihre Gelehrten etwas zu unwissend waren, versuchten sie sich in einer anderen Rolle: als Herausforderer. Lebendiger seien sie, mutiger, noch nicht von den verfeinerten Genüssen einer Hochkultur verweichlicht.

Rocq hatte auf der Insel der Minoer mehrmals erlebt, wie sich Priesterinnen und Gelehrte über die kraftmeiernden Vettern im Nordwesten lustig machten.

»Sie ziehen ihr Schwert, wenn ihr Wortschatz erschöpft ist«, spotteten die Minoer. Und weil dies so schnell der Fall sei, führten die mykenischen Könige, die aus Sicht der Minoer und Ägypter höchstens Fürsten waren, ständig Krieg mit ihren Nachbarn.

Die Ruderblätter tauchten in eine spiegelglatte See ein. Es war absolut windstill, sie hatten den Herrschaftsbereich des Meltemi verlassen. Noch hielten die Berge der Minoer den Südwind ab, auf den Hamilkar hoffte. Doch weiß gekräuselte Wellen in der Ferne zeigten an, dass die *Dido* den Windschatten bald verlassen würde. Sobald ein leichter Südwestwind aufkam, ließ Hamilkar das geflickte Segel aufziehen und die Ruderer ausruhen.

Die Sonne war noch weit von ihrem höchsten Punkt entfernt, als Nino, der Matrose mit den schärfsten Augen, das Dämonenkap meldete. Hamilkar nickte den drei Nordmännern zu.

»Das Reich der Mykener liegt zum Greifen nah. Doch Windgeister neigen zum Spott. Zwischen der Insel im Süden und dem Festland, das mit drei Fingern weit ins Meer hineingreift, herrschen tückische Winde. Auf einer meiner Reisen war ich nur noch einen Katzensprung von Pylos entfernt, als vor dem Dämonenkap, dem südlichen Ende des ersten Landfingers, ein Sturm losbrach, der mich fast bis in das Land der Pharaonen zurücktrieb.«

»Warum umfahren wir diesen Engpass nicht?«, fragte Rocq.

»Bei einem so leichten Gesäusel wie im Moment will ich keine Zeit verlieren, indem ich die Insel südlich umrunde.«

Einer der altgedienten Matrosen an Bord schüttelte den Kopf, als er erkannte, welchen Kurs sein Kapitän anschlug. Er drehte den Kopf zu dem Kameraden, der mit ihm im Bug stand.

»Lässt sich von diesem zarten Lüftchen einlullen. Hat wohl vergessen, woher das Dämonenkap seinen Namen hat.«

»Oder er hört auf die Zauberinnen. Und die sind bestimmt mit den Dämonen im Bunde.«

»So isses«, antwortete der Altgediente, obwohl er wissen musste, dass im Moment Berge ihr Spielchen mit der *Dido* trieben, nicht Dämonen. Eingekeilt zwischen zwei gebirgigen Landmassen, die steil ins Meer abfielen, verlor die *Dido* augenblicklich den Schub durch den Südwind. Vielmehr sah sie sich einem brüllenden Westwind ausgesetzt. Schnell wurde das Segel eingeholt. Auf die Idee, dem Wind mit der Kraft der Ruderer zu trotzen, kam niemand. Zu aufgewühlt war das Meer. Hamilkar war vielleicht vergesslich, aber nicht stur. Augenblicklich korrigierte er seinen Fehler, ließ das Schiff wenden und umrundete die Insel weit südlich. Zwar langsam, aber dafür mussten sich seine Männer nicht verausgaben. Die schnelle Reaktion des erfahrenen Phöniziers verhinderte, dass das Schiff noch weiter abdriftete. Im Windschatten der Insel schoben die Ruderer die *Dido* langsam ihrem Ziel entgegen. Doch das Fluchen wollte nicht enden. Der Altgediente spuckte von der Ruderbank über die Reling ins Meer.

»Verdammte Frauen. Noch ist es nur ein Umweg. Was, wenn die den Kapitän auf direktem Weg in die Anderwelt segeln lassen?«

Hamilkar hatte jedes Wort verstanden. Aber er schwieg. Wenn der Unmut in der Besatzung so groß war, dass sie sich nicht mal die Mühe machten, leise über ihn zu lästern, musste er vorsichtig sein.

Melana bekam davon im Moment nichts mit. Rocq hatte sich zu den drei Frauen in die Kajüte gesetzt. Almene, die Jüngste, starrte zitternd vor Angst auf den Aschepilz am östlichen Himmel und Rocq versuchte, sie mit Erzählungen abzulenken.

»Weißt du, dass es in meiner Heimat keine Orte gibt, die so groß sind, dass sie ständig summen wie Bienenkörbe? Dass die Häuser dafür viel größer sind, weil dort die ganze Sippe samt Vieh unterkommen muss?«

Die Vorstellung, neben Ziegen und Schweinen zu schlafen, ließ Almene kichern. »Ich vermute, dann verzichtet ihr auch auf Badezimmer? Gegen den Geruch von Ziegenböcken kann man nicht anschrubben.«

Syria ahnte, dass dem Nordmann andere Sachen im Kopf umhergingen als die Absonderlichkeiten seiner Heimat. Umso höher rechnete sie ihm an, dass er das Mädchen von seiner Trübsal zu befreien suchte, obwohl er eigentlich nur Augen für Melana hatte, wie ihr nicht entging. Weil Melana in Anwesenheit Rocqs offenbar ihre Zunge zu verschlucken schien, hielt die reifere Frau das Gespräch in Gang. Sie fragte, was Rocq so weit in den Süden verschlagen hatte und blickte erstaunt zu Hamilkar am Bug der *Dido*, als sie erfuhr, dass dieser den Nordmann zu den Minoern gelockt hatte.

»Aber warum?«

»Weil Hamilkar meine Himmelsscheibe gesehen hat.«

»Deine was?«, Melana hatte ihre Stimme wiedergefunden.

»Ein Stück geschmiedeter Himmel. Es ist ein Werkzeug, um die Zeit zu messen. Nehmen wir an, Hamilkar verabredet sich an den Küsten meiner Heimat mit einem anderen Händler, unsere Tränen der Götter, also zu Stein gewordenes Baumharz, gegen Kupfer zu tauschen. Wie sollen die beiden sich wiederfinden?«

»Dazu gibt es doch Kalender«, warf Syria ein.

»Ja, aber zu viele. Richtet sich Hamilkar nach dem Kalender der bleichen Göttin der Nacht, wird er mit seiner Schiffsladung zu früh am vereinbarten Treffpunkt sein, wenn sich der andere Händler nach dem Kalender des Sonnengotts richtet.«

Melana runzelte die Stirn: »Die Götter haben ihre eigenen Zeiten?«

»Eigentlich nicht. Sie leben in der Ewigkeit, aber ihre Herzen schlagen unterschiedlich schnell. Aber es gibt Wege, sie in einem Takt schlagen zu lassen.« Im Feuereifer der Erklärung glühten Rocqs Wangen. »Das ist wie bei uns.«

Nun wurden auch Melanas Wangen rot.

Rocq räusperte sich. »Also bei uns Menschen, bei Mann und Frau …«

»Und ihr kennt diesen Takt, den der Götter?«, sprang Syria den beiden bei.

»Nun ja, nur weil sie uns Zeichen geben. Am Nachthimmel. Wenn man weiß, worauf man achten muss, ist es eigentlich ganz einfach.«

»Aber ist es nicht vermessen«, Melanas Stirnrunzeln vertrieb die Wangenröte, »wenn Sterbliche Kalender schaffen, um Teile der Ewigkeit an sich zu binden, die die Götter erschaffen haben?«

»Es wäre vermessen, das Geschenk der Götter zurückzuweisen. Das Zeichen, dass auch sie an die Zeit glauben. Den Wink, dass wir unser Leben ordnen können.«

»Zumindest bis zu dem Tag, an dem die Götter Steine regnen und das Meer Gebirge bauen lassen.« Syrias Worte holten die Vier wieder zurück ins Hier und Jetzt.

Die *Dido* hatte mittlerweile die Bucht vor Pylos erreicht. Ein starker Wind trieb das Schiff in Richtung Stadt.

Melana grübelte. Wenn Götter sogar die Zeit unterschiedlich empfanden, konnten sie dann auch versucht sein, die Verehrung eines anderen Gottes mit Gewalt zu verhindern? Und warum hämmerte ihr Herz in einem viel zu schnellen Takt, angesichts dieses Fremden, der glaubte, den Schlüssel zum Herzschlag der Götter gefunden zu haben?

Plötzliche Stille störte ihre Gedanken. Unnatürliche Stille für ein Schiff, das einen Hafen anlief. Als die *Dido* vom Wind an dem flachen Berg vorbeigeschoben wurde, der hinter Pylos lag, rührte sich keine Hand mehr an Deck. Alle starrten Richtung Ufer. Hatten die Götter auch hier erbarmungslos zugeschlagen? War der mykenische Fürstensitz ebenfalls von einer Wasserwand zermalmt worden?

Und wieder war es Nino, dessen Augen als erste ein klares Bild gewannen: »Die Häuser sehen intakt aus«, rief er. »An der Mole sehe ich viele Menschen. Sieht aus, als versammeln sie sich, um uns zu empfangen.«

Und tatsächlich. Pylos war unversehrt geblieben, musste aber um das Drama im Südosten wissen. Sonst wäre der Auftrieb im Hafen beim Anblick eines Segels am Horizont nicht zu erklären.

Rocq legte einen Arm um die Schultern seines Bruders. »Wenn bereits dieses Land verschont geblieben ist, wird bei uns zu Hause kein Mensch glauben, was wir berichten können.«

»Verschont? Das kann ich mir nicht vorstellen.« Malech wies auf das Wasser der Bucht, das aussah wie Erde, weil es von Staub und kleinen Steinen übersät war. »Lass uns an Land gehen und die Menschen fragen.«

Doch es dauerte, bis die Männer von der *Dido* etwas in Erfahrung bringen konnten. Schon an der Mole wurden sie von den Wartenden mit Fragen bestürmt. In Pylos hatte man zwar das Donnern gehört, den Rauchpilz gesehen und Ascheregen abbekommen, doch noch mehr ängstigte die Menschen, dass ihr Hafen seitdem verwaist blieb. Nur zwei Fischer hatten festgemacht. Der eine hatte genauso wenig mitbekommen wie die Mykener selbst. Der zweite hatte noch auf See von einem anderen Fischer gehört, dass die Insel der *Stierspringer* vom Meer verschlungen worden sei.

Die Seeleute wären keinen Schritt vorangekommen, wenn sich nicht zwei Offiziere der Palastwache den Weg durch die Menge zu ihnen gebahnt hätten. Hamilkar ließ nur einen Matrosen und den Steuermann an Bord zurück. Alle anderen stapften hinter den Bewaffneten bergauf Richtung Palast.

Kurz bevor sie den Königssitz erreichten, passierten sie am Wegesrand ein gigantisches Kuppelgrab mit einem Eingang, der dreimal so hoch war wie ein Mann. Weder die Nordmänner noch die Priesterinnen hatten je ein so steiles und spitz zulaufendes Grabmal gesehen. Hamilkar dagegen wusste, dass mykenische Baumeister eine Idee der ägyptischen Pyramidenbauer aufgenommen hatten. Doch im Vergleich zu deren Werken wirkte ihr Kuppelgrab wie eine Hundehütte.

Den Palastbereich bewachten zwei Löwenreliefs auf den steinernen Säulen eines Tores, das etwas zu imposant war für einen Herrscher mit einem derart begrenzten Reich. Allerdings wollten die Löwen, wie die Mykener sich selbst sahen, dies offenbar ändern. Schon bauten Arbeiter unmittelbar neben dem alten Palast an einem prächtigeren Herrschersitz. Bereits der alte hatte zwei Stockwerke, was Rocq immer wieder aufs Neue erstaunte. Die Fenster im Erdgeschoss waren vergittert und so schmal, dass zwar Licht hindurchkam, aber kein Angreifer. Im Obergeschoss waren die Fenster dagegen große, von Mittelsäulen geteilte Öffnungen. Rocq stellte sich dort oben lichtdurchflutete, großzügige Räume vor. Die Dächer waren, anders als im Norden, flach und weder mit Ziegeln noch mit Stroh gedeckt. Riesige Tonröhren beherrschten die Dächer, der Rauchabzug für den Herdaltar im Thronsaal.

»Wieso bauen die einen neuen Palast? Die haben doch bisher schon ständig angebaut.« Artes raunte Rocq seine Frage zu, während seine linke Hand auf die verwirrende Anzahl von unterschiedlichsten Räumen wies, die um den großen Hauptsaal gruppiert waren. Rocq nickte. Wie eine Schnecke schien der Herrscher von Pylos immer wieder neue Kammern hinzugefügt zu haben: Magazine, Weinlager oder Gästezimmer. Doch nun war sein Ehrgeiz endgültig zu groß geworden für dieses Gebäude.

Links vom Eingang befand sich das Archiv. Tausende Tontäfelchen zeugten von den Handelskontakten. Hamilkar wurde hartnäckig befragt, was er an Bord geladen hatte. Die Hoffnung des Phöniziers wuchs, trotz all des Grauens noch ein Geschäft abschließen zu können.

Verputzte Wände mit Malereien von Delphinen, Schiffen, Kraken und natürlich auch Löwen kündeten von steigender Pracht auf dem Weg zum Thronsaal. In diesem war sogar der Boden gemustert. Doch der Blick wurde gefangen von einem großen, runden Opferherd in der Mitte. Der aufgewölbte Rand war mit Flammen und Spiralen verziert, die aus gebranntem Kalk geformt waren. Stucküberzogen waren auch vier Holzsäulen, die ihn im Geviert umrahmten und das Dach mit dem Rauchabzug trugen. Rechts davon stand der Thron an einer Wand, die mit Greifen und Löwen bedeckt war. Vom Thron führte ein sich absenkender Graben zum Opferherd, über dessen Funktion Rocq nicht lange rätseln musste.

»Ah, meine Gäste. Entschuldigt die bewaffnete Eskorte, aber ohne hätte ich euch vor Sonnenuntergang nicht mehr gesehen.« Die tiefen Lehnen des seitlich zu ihnen stehenden Thrones verdeckten den Träger der Stimme. Bis dieser sich vorbeugte und aufstand.

»Neleus heißt euch in seinem bescheidenen Heim willkommen«, sagte ein hochgewachsener, dünner und überraschend junger Mann.

Kaum älter als Almene, dachte Melana.

»Hoffentlich ist sein Vater auch zu Hause«, flüsterte Malech Artes zu. Doch der stieß seinem Gefährten nur den Ellenbogen in die Rippen statt mitzuwitzeln, schließlich hatte er unter solchen Kriegerkönigen schon auf dem Schlachtfeld gedient. Aufmerksame, aber kühle Augen. Muskeln, die davon kündeten, dass ihr Besitzer seine Waffen zu führen verstand. Herrische Gesten, die mal aus dem Wissen um die eigene Überlegenheit entsprangen, mal aus dem Drang, das Gefühl der Unterlegenheit abzuschütteln. Bei einem so jungen Herrscher wettete Artes eher auf unbeherrschte Aggressivität. Da wäre es besser, Malech hielte seine Zunge im Zaum, auch wenn ihn hier vermutlich niemand verstand.

»Sprichst du für diese Gruppe?«, wandte sich Neleus an Rocq. Der hatte nur wenig Mühe, den fremden Dialekt zu verstehen, schüttelte den Kopf und wies auf den Kapitän.

»Mein Name ist Hamilkar. Mir gehört das Schiff, mit dem wir in deinen Hafen eingelaufen sind, Neleus. Aber wir sind eine Schicksalsgemeinschaft auf Zeit. Auf das, was jeder einzelne von uns in der Zukunft macht, habe ich nur sehr begrenzt Einfluss.«

»Es ist mir egal, was ihr in der Zukunft macht. Ich will wissen, was ihr in den letzten Tagen gesehen habt. Stimmt es, dass das Reich der Minoer untergegangen ist?«

»Versunken? Nein. Aber es ist verwundet. Die Götter haben das Meer zu einer Phalanx geformt und gegen die Küsten anrennen lassen. Seid ihr von der Wasserwand verschont worden?«

»Verschont?« Neleus spie das Wort fast aus. »Kinder, Greise und Frauen verschont man. Ob Menschen oder Götter: Wer seine Phalangen nicht gegen uns schickt, macht das nur, weil er sie nicht zerbrechen sehen möchte.«

»Nun, ich kenne den Ratschluss der Götter nicht. Umso wichtiger ist mir, ihnen für unsere geglückte Überfahrt zu danken ... und dafür, dass sie in ihrem Zorn nicht blindwütig rasten.«

Neleus' Augen blitzten, doch er schluckte die versteckte Zurechtweisung. »Du hast recht. Erst geben wir den Göttern, was ihnen zusteht, dann nehmen sich die Menschen, was sie wollen. Tritt vor Hamilkar, der du nicht für deine Gruppe sprechen kannst, sie aber über das Meer geführt hast. Du wirst für sie opfern können. Danach wirst du Antworten auf meine Fragen finden, während deine Männer von meinen Köchen versorgt werden.«

Neleus nickte einem Priester zu, der einen brennenden Kienspan in den Herdaltar warf. Schnell fing das darin aufgeschichtete, trockene Holz Feuer. Dann füllte der Priester, dem ein Stabdolch im Gürtel steckte, eine dunkelrote Flüssigkeit in einen bronzenen Kelch, trug ihn mit beiden Händen zu Neleus. Der ergriff den Stiel mit einer Hand, winkte Hamilkar mit der anderen zu sich. Er hob den Kelch, blickte zu den tönernen Abzugsröhren über dem Altar und sagte: »Helios, mit diesem Wein danke ich dir für deine Gaben und deine Weisheit.« Er kippte die Hälfte des Kelches in eine Furche rechts neben seinem Thron. Hamilkar sah, wie der Wein die Schräge hinunterfloss, um zischend im glühenden Altar zu verdampfen. Dann gab Neleus das Gefäß weiter.

Hamilkar konnte Astarte – oder Selene, wie sie hier genannt wurde – nicht verleugnen, wollte aber nach der Nacht der langen Messer in Tyros und Enkomi kein Risiko eingehen, vor allem nicht für die drei Frauen, die ihre ganze Hoffnung auf ihn setzten. Er drückte die kühle Bronze an seine Stirn, hob den Blick zur Decke und sprach sein Gebet stumm. Den Rest des Weines schickte er auf die Reise zur Muttergöttin.

»Hast du Angst vor deinem Gott? Wie soll er dir helfen, wenn er dich nicht hören kann?«, fragte Neleus.

Hamilkar biss die Zähne so stark zusammen, dass das Spiel seiner Muskeln an den Wangen zu sehen war, bevor er antwortete: »Sei versichert, die Götter können auch die hören, die nicht wie Marktschreier beten, nur damit andere Menschen ihr Gebet vernehmen können.«

Neleus lachte. »Hm, bloß welcher Gott mag flüsternde Schatten? Doch höchstens der Gott der Diebe. Mir ist der näher, dessen Ohr sich bei Hörnerklang und Schwertgeklirr öffnet.«

»Oder bei dem Geklimper von Münzen?! Die Tontäfelchen in deinem Archiv zeugen davon, dass man in Pylos ein gutes Geschäft schätzt.«

»Das ist wohl wahr. Aber bevor man die Summe seines Gewinns in den weichen Ton einritzen kann, müssen unzählige Informationen in andere Tontafeln geritzt worden sein. Und bei dieser Ware herrscht derzeit bei uns der größte Mangel. Behebst du diesen, wäre es gut möglich, dass ich mich beim Kauf deines Olivenöls, deiner Dolche, deines Kupfers und deiner Vasen übers Ohr hauen lassen könnte. Aber dies ist nicht für die Ohren vieler bestimmt.«

Neleus klatschte in die Hände, damit Sklaven die Besatzung der *Dido* in einen benachbarten Saal führten, in dem gerade der Tisch gedeckt wurde.

»Wenn du tieferen Einblick in das haben willst, was uns widerfahren ist, solltest du mir gestatten, noch einen Mann zu unserer Unterredung hinzuzuziehen. Ich bin nur ein einfacher Seemann, er aber ist ein Meister der Zeit. Er heißt Rocq. Er sieht die Dinge anders als ich.«

Neleus drehte die Handflächen nach oben. »Warum nicht. Vier Augen sehen auf jeden Fall mehr als zwei.«

Hamilkar winkte Rocq zu sich. Der spürte die überraschten Blicke seiner Gefährten und Melanas, als er über den mit Ornamenten übersäten Fußboden zum Thron ging. Kaum hatte er die Männer erreicht, klatschte Neleus in die Hände. Zeichen für die Sklaven, die Gäste in den Festsaal zu führen. Der König stieg die Stufen des Throns hinunter und ging ohne ein weiteres Wort vorweg. Zwei Wachen folgten dem Trio. Erst ging es durch ein prunkvolles Badezimmer, das von einer gemauerten Badewanne beherrscht wurde – die erste, die Hamilkar und Rocq in ihrem Leben sahen. Neleus erfüllten die erstaunten Mienen seiner Gäste mit Stolz. »Wie ihr seht, sind die von den Minoern verbreiteten Gerüchte, hier würden nur halbe Tiere leben, leicht übertrieben. Aber vielleicht sollten wir das ohnehin als Gunstbezeugung werten. Wer ein Wesen verehrt, das halb Mensch, halb Stier, in einem Labyrinth versteckt wird, scheint seinen Tieren jedenfalls näherzukommen, als es vielleicht guttut.«

»Ein solches Mischwesen habe ich nicht zu sehen bekommen, mein König«, antwortete Rocq, der schon allein wegen der genossenen Gastfreundschaft für die Ehre seiner ehemaligen Gastgeber in die Bresche sprang. »Ich könnte mir aber vorstellen, dass die weisen Frauen und Männer, die ich auf der Insel kennengelernt habe, eine solche Legende erschufen, um stetig zu mahnen, dass wir bei allem Wissen und allen Kunstfertigkeiten, die wir erlernen können, nie vergessen sollten, welche tierischen Leidenschaften in uns Menschen schlummern.«

»Dein Name ist Rocq, nicht wahr? Du bist offenbar nicht nur ein Herr der Zeit, wie Hamilkar sagt, sondern auch ein Philosoph. Und was glaubst du: Zählt der Drang, sich im Rausch der Schlacht zu verlieren, um Land zu gewinnen, auch zu den tierischen Leidenschaften?«

Um nicht in diese offensichtliche Falle zu tappen, trat Rocq den Rückzug an: »Nun, mit dem Rausch des Gefechts belohnen die Götter denjenigen, der den Kampf aus einem höheren Grund aufnimmt, etwa um das königliche Vorrecht wahrzunehmen, andere Reiche zu unterwerfen.«

»Deine Philosophie gefällt mir. Sie findet in diesem Raum eine Heimat.« Neleus stieß eine Tür auf. Dahinter wurden seine Träume sichtbar. Die Regale an den Wänden quollen über vor Papyrusrollen und Tontäfelchen. Doch die Blicke der Gäste wurden von dem Tisch in der Mitte angezogen. Nicht nur, weil er riesig war, sondern, weil er die ganze Welt umfassen wollte. Nun, zumindest den Teil, den Neleus beherrschen möchte, korrigierte sich Rocq in Gedanken. Er erkannte, was für ein Kunstwerk aus Holz Neleus hatte erschaffen lassen: Das Große im Kleinen. Rocq erkannte die Berge der Insel der *Stierspringer.* Und das Meer, das sich nun so unbarmherzig gezeigt hatte. Hamilkars Mund stand offen. Der Seemann starrte verzückt auf den Tisch; er erkannte sogar einzelne Buchten an der mykenischen Küste wieder. Da war die Meerenge, deren tückische Winde sie zu einem großen Umweg genötigt hatten; da war der Blutfluss auf der Kupferinsel, den er noch als Herr über fünf Schiffe hinaufgerudert war; und der Hafen von Pylos, in den er nur noch ein Schiff gebracht hatte.

»Ein solcher Tisch würde es mir leichter machen, neue Steuerleute anzulernen. Verkaufst du ihn mir?«

Neleus lachte. »Dieses Werkzeug dient nicht dazu, ein Schiff sicher durch die Fluten zu steuern, sondern ein ganzes Volk. Boten berichteten mir, dass in den Häfen östlich meines Reiches kein Schiff einer monströsen Welle entkam. Mein kriegerischer Nachbar wird sich also einige Zeit ruhig verhalten. Zeigt mir nun auf dem Tisch, was ihr beobachtet habt.«

Rocq und Hamilkar blickten sich an. Die Männer fühlten sich nicht wohl dabei, wie Spione einen ehrgeizigen jungen König mit Informationen zu füttern. Doch beiden war klar, dass Neleus durchaus andere Instrumente als Festmahle und Handelsgeschäfte hatte, um zu erfahren, was er wollte. Und außerdem, dachte Rocq, ändert keines unserer Worte die Folgen der Tragödie, die wir erlebt haben. Also erzählten er und Hamilkar davon, wie die Riesenwelle die Städte der Minoer zerschlug, ihre Werften zermalmte, und ihre Flotte versenkte.

»Die Mauer ist also gefallen«, sagte Neleus.

»Die Mauer?« Rocq guckte Hamilkar ratlos an.

Neleus fuhr fort: »Als ich als Kind vor einigen Jahren mit meinem Vater erstmals nach Knossos gesegelt bin, fragte ich ihn noch im Hafen, wieso er sich dieses Land nicht einfach nahm. Der Sitz eines Königs und es gab nicht mal eine richtige Stadtmauer. Da hatte er nur gelacht, auf den Horizont gezeigt und gesagt: ›Sohn, siehst du die vielen Segel dort hinten? Das ist die Mauer der Minoer. Die kann niemand überwinden.‹

Nun hat sie jemand eingerissen. Der Weg ist frei für denjenigen, der zugreifen will.«

»Was sagen deine Priester zu deinen Plänen?«, fragte Hamilkar.

Neleus schnaubte. »Wie alle Priester verstehen sie sich auf die Kunst, in den Gedärmen geopferter Tiere das zu lesen, von dem sie glauben, ich wolle es hören. Sie sagen, Helios hat mir mit der Welle das Zeichen gesandt, loszuschlagen. Ich frage sie lieber nicht, wie denn der Sonnengott über das Meer gebieten solle. Hamilkar, du bist Seemann und Händler. Du musst eher so denken wie ich als wie diese Betschwestern, die sich rühmen, den Göttern näher zu sein. Götter scheren sich nicht um das Schicksal von Neleus, Hamilkar oder Rocq – oder gar um unsere Gedanken. Aber ihre Taten eröffnen Möglichkeiten für uns. Die können wir verstreichen lassen oder nutzen. Ihr habt mich darin bestärkt, mein Glück jetzt selbst zu schmieden. Kommt mit!«

Schon stürmte der junge Fürst aus dem Zimmer. Wachen und Gäste hatten Mühe, Schritt zu halten. Schnell ließen die fünf Männer den Lärm des Festmahls im Gästesaal hinter sich, durchquerten einen offenen Innenhof und traten auf der Rückseite des Palastes durch ein Tor, vor dem vier Streitwagen warteten. Neleus sprang in den ersten, der hinter einen mächtigen Rappen gespannt war. Die beiden Wächter verstanden sich offenbar auch aufs Streitwagenfahren, sie bestiegen den zweiten. Rocq und Hamilkar mussten jeweils bei einem der Rosselenker zusteigen.

In wilder Hatz rasten sie die Gassen von Pylos hinunter Richtung Südosten. Rocq krallte sich so fest an die Greifleiste des Streitwagens, dass seine Finger weiß wurden. Unglaublich, wie sicher dieses Gefährt noch durch die engsten Passagen gelenkt wurde, dachte er.

Hamilkar dagegen war nicht überrascht. Er hatte vor Jahren die verheerende Wirkung von Streitwagen auf dem Schlachtfeld erlebt. Die Art, wie sie starke Männer, die in einer Phalanx Schulter an Schulter standen, niedermähten, als seien sie nur Gras. Seine Stirn runzelte sich, als er sehen konnte, wo sie hinfuhren: in einen Kriegshafen. Nur – er hatte noch nie von einem Kriegshafen in Pylos gehört.

Vor ihnen eröffnete sich keine natürliche Bucht. Dieses riesige, kreisrunde Becken mussten Menschen in die Klippen geschlagen haben, vermutlich Sklaven. Ein Kanal schlängelte sich verdeckt von einem Felsen Richtung Meer. Und er war abschüssig. Das heißt, dass Neleus seine Kriegsschiffe wie über eine Rampe in das Hafenbecken ziehen lassen musste. Am Ufer des Kanals erkannte Rocq starke Winden. Kaum hielten die Streitwagen, wies Hamilkar ihn auf das Geheimnis dieses versteckten Kriegshafens hin: »Siehst du? Er wird stetig von einem Fluss gespeist, kann deshalb höher liegen als das Meer. Und ist somit für gegnerische Flotten unangreifbar.«

Dutzende, wenn nicht Hunderte Kriegsschiffe lagen im Hafen. Aber nicht längsseits an der Pier, wie es üblich war. Vielmehr waren alle mit dem Heck an der Pier vertäut, so dass der Bug jedes Schiffes in die Mitte des Hafens wies. Rocq fasste es als erster in Worte: »Die Galeeren und Transportschiffe sehen aus wie die Strahlen der Sonne.«

Neleus schmunzelte: »Meine Priester glauben tatsächlich, mit dieser Konstruktion wollte ich Helios gefallen. Tatsächlich nutze ich nur den knappen Platz perfekt aus.«

Rocq nickte. »Sogar deine Werften stehen dort wie mit der Schnur ausgerichtet. Dagegen wirkt sogar der Hafen von Kommos wie ein Feldlager im Aufbruch.«

Neleus lachte. »Was heißt hier: Wie mit der Schnur hochgezogen? Bevor auch nur ein Ziegel gebrannt wurde, waren hier mehr Schnüre gespannt als in einem Spinnennetz. Und wie eine Spinne merke auch ich jetzt, dass sich das lange geduldige Ausharren gelohnt hat. Meine Zeit ist gekommen.«

Als Rocq die ächzenden Sklaven an den Flaschenzügen und auf den eigentümlichen Rampen sah, wusste er, was Neleus meinte. Die Transportschiffe wurden mit Streitwagen beladen. Der Raum für die Pferde und die Krieger blieb noch leer. Die Kämpfer gingen erst im letzten Moment an Bord. Davon abgesehen war jeder verfügbare Raum mit Pfeilen, Lanzen, Schwertern und Rüstungsteilen gefüllt.

Artes wäre begeistert, dachte Rocq. Diese Streitmacht war geeignet, den Krieg über das Meer an ferne Gestade zu tragen. Es war keine Frage, wer den Sieg davontragen würde, wenn diese gut ausgebildeten, ausgeruhten Mykener über die Minoer herfallen würden, die sich noch längst nicht vom göttlichen Zorn erholt hatten.

»Du brauchtest die Flut gar nicht«, stellte Rocq fest. »Wie lange planst du schon die Niederwerfung der Minoer?«

Neleus drehte sich zu dem Nordmann um. »Diesen Plan trage ich in meinem Blut. Seit die Minoer meinen Vater als Ziegenhirten beschimpft, seines Schiffes beraubt und mit einem Ruderboot zurück aufs Meer gejagt hatten, träumte er davon, ihnen seinen Fuß in den Nacken zu setzen. Dieser Hafen ist sein Werk. Leider starb er zu früh. Also oblag es mir, eine tödliche Waffe zu schmieden. Das sind unsere Streitwagen. Sie werden den Krieg nicht nur in die Häfen, sondern auch auf die Gipfel der Insel tragen.

Nein, wir brauchten das Wüten der Götter nicht wirklich. Aber ohne die Flut hätten wir den Baum ausreißen müssen, um an die Früchte zu kommen. Viel von unserem Blut wäre dabei vergossen worden. Jetzt müssen wir nur hinübersegeln und uns die reife Frucht in den Schoß fallen lassen.«

»Aber was wolltest du dann von uns?«, fragte Hamilkar.

»Zweierlei: Zum einen die Gewissheit, dass ich nicht auf Hirngespinste einiger Fischer hereinfalle und meine Krieger in eine Falle tappen lasse. Und zum anderen Antwort auf die Frage, ob ihr aufrechte Männer seid, die es verdienen, als freie Männer weiterzuleben, oder ob euer Weg hier endet.«

Neleus gab seinen Wachen ein Zeichen, Rocq zog die Luft scharf ein – doch die Wachen zogen sich zurück.

»Ich habe eure Skrupel gespürt«, fuhr Neleus fort. »Ihr habt nicht leichtfertig vom Schicksal der Minoer dahergeplappert. Nicht mal die Aussicht auf eine königliche Belohnung machte es euren Zungen leichter, mir das zu erzählen, was ich hören wollte. Das gefällt mir. Ihr seid Männer von Ehre. Deswegen reicht mir euer Ehrenwort, jetzt nicht zur Insel zurückzukehren, um die verbliebenen Männer zu warnen.«

»Das können wir dir zusichern«, sagte Hamilkar. »Uns steht nicht der Sinn danach, uns in die Händel der Könige einzumischen. Ich möchte in Richtung der *Zinn-Insel* segeln, um zu sehen, ob ich dort noch Geschäfte machen kann. Und Rocq hier, der die Zeit beherrscht, möchte endlich wieder zurück in das Land, in dem er auch die Sprache beherrscht.«

Neleus lachte herzhaft, Rocq grinste nur gequält. Das Wissen, den Launen dieses Königs ausgeliefert zu sein, ärgerte ihn. Und obwohl die Mykener, die sich selbst als Löwen sahen, so oft das Wort Ehre in den Mund nahmen, hatte Rocq nicht das Gefühl, unter Löwen gefallen zu sein, sondern unter Raben. Schlau zwar, aber doch Aasfresser. Wie viel Ehrgefühl kann jemand empfinden, der mit gierigen Blicken darauf wartet, dass ein Gegner, den er im Kampf nicht bezwingen könnte, endlich verendet?

Mit einem Mal drängte Neleus seine Gäste, schnell zu dem Festgelage zurückzukehren. Der König schien sich über sein eigenes Prahlen zu ärgern. Doch er hielt Wort. Nach dem Essen kaufte er Hamilkar nur relativ wenig Kupfer und Keramik ab, ließ dafür aber den Frachtraum der *Dido* mit Dolchen, Silber und Schmirgel von Naxos füllen. Letzterer war ein besonderer Schatz, der dem phönizischen Händler die Schatulle eines jeden Schmiedes öffnen würde. Kein anderer Schmirgel war so fein wie der von Naxos. Er war ideal, um edle Waffen und feinsten Schmuck so zu polieren, dass sie die Gier eines jeden Mannes wecken würden.

»Er hat die Priester als Betschwestern verhöhnt?« Malechs Empörung kochte über, als Rocq ihm von Neleus berichtete. »Und er glaubt wirklich, die Götter scheren sich nicht darum, ob er die Insel überfällt? Wegen solcher lästerlicher Gedanken zeigt sich uns der Sonnengott nicht mehr, nachdem er Land und Meer gegen uns aufgebracht hat. Ich wünschte, einer der Helios-Priester führt einen Dolch im Gewand, wenn der Ketzerkönig sein Haupt vor ihm beugt.«

»Damit er Neleus abschlachtet, wie all die Astarte-Priesterinnen? Davon hat Hamilkar berichtet. Ein bizarrer Wunsch, Bruder, bedenkt man, dass wir froh sind, diese Schlächter hinter uns gelassen zu haben.«

»Ihr flieht, ich nicht.«

Achselzuckend wandte sich Rocq ab und setzte sich auf einen Getreidesack, den er an der Reling platziert hatte. Das Gerede seines Bruders bestärkte ihn darin, wachsam zu bleiben. Doch die Nacht blieb ruhig, weder mordlüsterne Priester noch selbsternannte Löwen erschienen an der Mole.

Am Morgen tauchten die Ruderblätter der *Dido* ins Hafenbecken von Pylos.

Rocq spürte die Morgensonne im Gesicht. Er freute sich, weil er seiner Heimat mit jedem Ruderschlag näher kam. Melana schaute dagegen zurück und sah ihre Heimat in unerreichbare Ferne rücken.

Eigentlich wollte Hamilkar wie bei seinen vergangenen Reisen an der mykenische Küste nordwärts segeln, um dann hinter dem großen Meeresarm nach Westen in Richtung des Landes abzudrehen, das wie ein gigantisches Bein geformt war. Doch der Wind wehte ruhig und kräftig aus Ost. Er brachte den verfluchten Staub mit, dem Hamilkar doch entkommen wollte. Und er barg das Versprechen einer zügigen Überfahrt ohne Umweg nach Sikelia, der dreieckigen Insel.

DAS GELÜBDE

Wie lange hast du nicht mehr so gut geduftet?« Syria zupfte Almene eine Haarsträhne aus dem Gesicht.

Melana lächelte traurig über den Versuch, das junge Mädchen aufzumuntern. Zwar hatte die ältere Priesterin recht. In Pylos hatten die Frauen erstmals seit ihrer Flucht vor den Melkart-Priestern baden können. Sogar ihre Gewänder waren von Sklavinnen gereinigt worden. Doch Melana konnte nachfühlen, warum die Jüngste an Bord kein Lächeln zustande brachte. Ihre Welt war zersplittert wie eine zu Boden gefallene Keramik. Der Tempel – geschändet. Die Priesterinnen – außer ihnen alle getötet. Die Heimat – verwüstet.

Melana guckte in den trüben Himmel. Noch immer fiel aus ihm Asche. Nicht mehr so viel wie noch vor Tagen. Dafür klebte sie sofort im Haar und auf der Haut. Es würde dauern, bis Almene ihr Lächeln wiederfinden würde.

»Ähm, Melana, entschuldige bitte ...«

Und wieder ließ der harte Dialekt ihr Herz klopfen. Melana drehte sich langsam um, legte den Kopf schräg. »Was hast du angestellt?«

»Ich? Nichts. Ich ...«

»Und wofür entschuldigst du dich dann?«

»Nun, für nichts. Ich ...«

»Was soll ich denn von einem Mann halten, der nicht meint, was er sagt?«

Im ersten Impuls wollte Rocq das Weite suchen. Doch die blitzenden Augen und das breite Lächeln Melanas ließen ihn noch einen Anlauf wagen.

»Das ist für dich!« Rocq streckte ihr ein Bündel entgegen. »Ich dachte, weil du offenbar gar nichts mitnehmen konntest.«

»Danke.« Melana schämte sich ein bisschen dafür, den Nordmann so in Verlegenheit gebracht zu haben. »Was ist das?« Melana zog die Schnüre auf – und hielt ein rotes Kleid in den Händen.

»Ich habe es in Pylos für Teile meines Schmiedegeschirrs eingetauscht. Ich dachte, etwas zum Wechseln für die Reise.« »Das ist sehr fürsorglich von dir. Aber ich kann das nicht tragen.« Sofort erkannte Melana ihren Fehler. Es war weder der Ort noch die Zeit, auf das priesterliche Weiß der Reinheit zu bestehen.

»Ich meine, ich kann das nicht annehmen, während meine Gefährtinnen mit dem zurechtkommen müssen, was sie auf der Haut tragen.«

»Oh, natürlich. Wie dumm von mir. Entschuldige bitte.« Unbeholfen nahm Rocq das Kleid zurück.

Melana legte ihre Hand auf die des Mannes. »Du musst dich nicht entschuldigen, sondern ich. Du sollst wissen, dass ich mich über deine Geste sehr freue.«

Völlig verwirrt kehrte Rocq zurück zu seiner Ruderbank.

»Du hättest es nicht ablehnen dürfen!« Zwischen Syrias Augen stand eine steile Stirnfalte, die direkt auf den erhobenen Zeigefinger hinzuweisen schien, der vor Melanas Augen herumfuchtelte. So blieben Syrias Worte eindringlich, obwohl sie sich in der Kajüte am Heck nur zu flüstern traute.

»Im Moment dienen wir Astarte am besten durch Biegsamkeit. Gras beugt sich dem Sturm, richtet sich aber wieder auf, wenn er vorbeigezogen ist. Der Baum dagegen, der nicht verheimlichen kann, wie tief er im Boden verwurzelt ist, wird gebrochen.«

»Das weiß ich doch«, antwortete Melana, »es ist mir doch einfach nur herausgerutscht. Und außerdem … außerdem will ich Rocq auch nicht ermutigen.«

»Ermutigen? Der Nordmann muss nicht mehr ermutigt werden. Man merkt zwar, dass er auf einem ihm unbekannten Schlachtfeld kämpft, aber er ist gewillt, sein Schwert zu zücken.«

»Syria!«

Die Ältere lachte. »Entrüste dich nicht zu sehr, Melana. Unsere Göttin ist nicht keusch. Ich bezweifle sogar sehr, dass unser Keuschheitsgelübde in ihrem Sinne ist.«

»Syria!«, zischte Melana erneut und senkte den Kopf, bis ihr Kinn vom sanften Zeigefinger der anderen hochgeschoben wurde.

»Denk nach. Vielleicht gibt es in unserer Heimat keine einzige Priesterin mehr, die Astarte dient. Glaubst du, die Göttin erwartet, dass ihre letzten Dienerinnen einfach so weitermachen wie bisher, um auch bald unter heimtückischen Dolchen zu fallen? Die Göttin, der ich Ehre erweise, liebt Frauen, die sich nicht an sinnlos gewordene Rituale klammern, sondern selbstständig denken. Diese Welt aus Asche und Schmerz kann nicht auf unsere Göttin verzichten. Und es ist unsere Aufgabe, ihr einen Platz in dieser neuen Welt zu reservieren.«

Als die Nacht den grauen Staubschleier über dem Meer schluckte, ließ Hamilkar das Segel zwar leicht reffen, um etwas Fahrt herauszunehmen, behielt den Kurs aber bei. Zu verlockend präzise wies der Ostwind auf die nächste Meerenge, die sich der Phönizier zum Ziel erkoren hatte.

Bald vibrierten die Planken der *Dido* vom Schnarchen der Männer. Die Erschöpfung forderte ihren Tribut. Nur Rocqs Augen waren offen. Er hatte sich freiwillig zur Wache gemeldet. Verwirrt wie er war, hätte er ohnehin keinen Schlaf gefunden.

Der Grund für seine Verwirrung wartete ungeduldig auf diesen günstigen Moment. Melana stand in der Kajüte auf und ging zum Steuerruder, um ungestört mit ihm zu reden.

»Woher weißt du im Dunkeln, dass unser Kurs der richtige ist?«

»Der Nachthimmel hat noch mehr Wegweiser als der am Tage. Sie sind anders gesteckt als in meiner Heimat, aber mittlerweile habe ich gelernt, sie zu lesen. Wenn du willst, zeige ich sie dir.«

»Das wäre sehr schön. Hat das etwas mit dem Tanz der Gestirne zu tun, von dem du Almene erzählt hattest?«

Jetzt guckte Rocq nicht mehr zum Horizont, sondern in Melanas Augen. »Ich glaubte, dass dich das überhaupt nicht interessiert.«

»Glauben ist zurzeit eine schwierige Sache. Weißt du, wie sehr Hamilkar dich schätzt?«

»Nun, an der Mole von Kommos konnte er sich nicht an mein Gesicht erinnern.«

»So verdreckt wie dein Gesicht war, dein Haar aschgrau – und dann noch gegen die Sonne: Sieh es ihm nach. Nicht mal deine Mutter hätte dich auf Anhieb erkannt.«

Zwei im Sternenlicht aufblitzende Zahnreihen zeigten Melana, dass der Nordmann doch lächeln konnte.

»Aber um deine Frage zu beantworten: Ich habe es geahnt. Hamilkar und ich haben schon in meiner Heimat gute Gespräche geführt.«

»Worüber?«

»Darüber, wie man aus dem ungleichen Takt, in dem der hitzige Herrscher des Tages und die kühle Herrscherin der Nacht über den Himmel tanzen, wieder einen Takt machen kann.«

»Ich habe dich das schon einmal gefragt, aber ist das nicht vermessen?«

»Das haben mich meine Freunde in meinem Dorf auch gefragt. Aber es ist nicht vermessen. Weil die Götter wollen, dass wir diesen Takt finden. Weil sie deswegen Wegweiser am Himmel platziert haben.« Rocq zeigte nach oben. »Wie die Wegweiser, die den Seeleuten den Kurs zeigen.«

»Im Moment scheinen die Götter Gefallen daran zu finden, uns in die Irre zu leiten«, sagte Melana mit dem Kopf im Nacken.

»Der Schleier? Ja, das ist wirklich beunruhigend.«

»Aber es ist nicht das einzige!« Ein überraschendes Gefühl der Vertrautheit ließ bei Melana die Dämme brechen. Vielleicht war es auch nur das übermächtig gewordene Bedürfnis, sich die schrecklichen Bilder von Tyros jemandem gegenüber von der Seele zu reden, der Aria nicht kannte. Melana erzählte Rocq, wer sie und ihre Gefährtinnen waren, und wer sie in die Flucht geschlagen hatte. Sogar ihre Angst offenbarte sie, dass ihre Weigerung, sich in ihr Schicksal zu fügen, das Verhängnis für die *Stierspringer*-Insel hervorgerufen hatte. Rocq nahm eine ihrer Hände in seine, als er antwortete. Sie ließ es geschehen.

»Das kann ich mir nicht vorstellen. Dass Menschen dich hassen, ist nur erklärlich, weil sie hassen, was du bist und nicht, wer du bist. Doch kein Gott könnte das. Egal, ob er über den Sturm gebietet, die Sonne oder nur über das Gewürm unter unseren Füßen. Jeder Gott sieht, wer du bist. Kein Gott würde tausendfachen Tod schicken, weil sich eine so anmutige und bezaubernde Frau weigert, sich abschlachten zu lassen. Ich meine, egal, ob Priesterin oder Bäuerin, Götter erkennen das Wesen der Menschen.«

»Und welches Wesen glaubst du, in mir zu erkennen?«

»Das einer Frau, die Mitgefühl sogar mit Fremden hat, die sie niemals sah. Das einer Frau, deren Sanftheit das Beste in den Menschen um sie herum zum Vorschein bringt. Die aber auch wie eine Bärenmutter für diejenigen kämpft, die sie liebt.«

Nun blinkten Melanas Zähne in der Dunkelheit.

»Eine Bärenmutter?! Was genau an mir erinnert dich daran? Das Gewicht, das zottelige Fell oder der Geruch?«

Rocq legte seinen Kopf schief und grinste. »Bevor wir die Mykener besuchten, eindeutig der Geruch.«

Ihr Kichern wollte kaum enden. Nur mit Mühe konnten sie verhindern, laut loszulachen, aber sie wollten die anderen nicht wecken. Melana kam als erste wieder zu Luft.

»Ich merke schon. In deiner Heimat ist die Fähigkeit, Frauen mit silberhellen Worten zu umgarnen, zur Kunstform verfeinert worden. Ich versuche lieber, etwas zu schlafen, bevor dir einfällt, an welches Insekt ich dich erinnere.«

»Das ist einfach. An einen Schmetterling. Kein anderes Insekt ist so schillernd schön, so zerbrechlich und doch so zäh.«

»Geschöpfe, die sicher auch Astartes Augen erfreuen. Nordmann, ich werde dein Wortgeklingel als unverdiente Opfergabe in meinem Herzen bewahren.« Sie stand auf und ging weg, drehte sich aber noch einmal um. »Bring uns sicher durch die Nacht.«

Melana war längst in der Kajüte verschwunden, als Rocqs Herz immer noch Sprünge machte wie ein übermütiges Fohlen. Niemals war ihm eine Nachtwache leichter gefallen als diese.

Was er in der Dunkelheit nicht sehen konnte, war das Funkeln in den Augen seines Bruders, der auf einer nahen Ruderbank lag und jeden Gesprächsfetzen, den der Wind zu ihm rübertrug, aufsog.

Auch am nächsten Tag waren die Windgeister auf ihrer Seite. Der Wind blies so beständig aus Ost, dass Hamilkar sicher war, auf gutem Kurs zu segeln.

Allerdings dämpfte der Dunst, durch den die *Dido* ihren Weg suchte, die Lust der Seeleute, sich lautstark zu streiten oder wenigstens zu unterhalten.

Wie ein Geisterschiff, dachte Hamilkar.

Da rief Nino: »Fische. Alles voller Fische. Seht doch nur.«

Alle an Bord liefen an die Reling und erschraken. Der Bug der *Dido* pflügte zwar durch silberne Wellen, aber nicht nur durch Wasser. Unendlich viele tote Fische bedeckten das Meer, ihre silbernen Bäuche nach oben gedreht.

»Das ist noch lange nicht vorbei. Sieh dir die Möwe an.« Malech wies auf einen Vogel inmitten dieses Todesmeeres hin, dessen Schwingen im Wasser hingen und der mit kraftlosen Flügelschlägen vergeblich versuchte, sich in die Luft zu erheben.

»Sein Gefieder ist nass«, erkannte Artes.

»Das war bestimmt dieser verdammte Staub, der verklebt nicht nur unsere Haare.« Rocq ballte die Faust Richtung Himmel und wandte sich ab. Er hatte zu viele Tote in den letzten Tagen gesehen. Der Todeskampf dieses verzweifelten Tieres war zu viel für ihn.

»Kein Gott hasst Tiere.« Eine aufgebrachte Melana hielt Rocq an der Reling auf. »Wenn sich die Götter bekriegen oder uns Menschen bestrafen, warum treffen sie dann die unschuldigsten Geschöpfe?«

»Ich weiß es nicht, Melana. Aber Zorn neigt dazu, Opfer unter Unschuldigen zu fordern. Egal, ob er einen Krieg antreibt oder nur eine Demütigung. Und ehrlich gesagt, glaube ich, sind den meisten Göttern Tiere egal. Sonst würden sie nicht so nach blutigen Tieropfern gieren.«

»Da hast du wohl recht. Das einzige Mal, dass ich Aria, meiner Hohepriesterin widersprach, ja, mich sogar mit ihr stritt, betraf unser Ritual in den Astarte-Tempeln unser heiliges Tier, die Taube, zu opfern. Auf meine Frage, warum wir ein Tier, das die anderen nicht einmal berühren dürfen, töten, konnte sie nur sagen: Genau deshalb. Um zu zeigen, dass dieses Tabu nicht für die Priesterinnen der Astarte gilt. Dass nur die Göttin uns Grenzen setzt. Niemals sonst habe ich eine so schwache Antwort von ihr bekommen.«

»In deinen Ohren mag es lästerlich klingen. Aber kann es sein, dass die Götter würfeln? Dass ihnen ganz egal ist, was wir in ihrem Namen tun? Und auch, was die Augenzahl ihrer Würfel auf dem Spielbrett bedeutet, das unser Leben ist?«

»Das könnte ich kaum verkraften. Die Gleichgültigkeit der Götter wäre noch bitterer als ihr Zorn. Wahrscheinlich bist du den Göttern auf deinem Weg nähergekommen als ich. Du hast erst versucht, zu verstehen, wie sie denken, statt einfach in ihrem Namen Rituale durchzuführen.

Deshalb habe ich eine Bitte: Kannst du mir genauer erklären, wie du dem Taktschlag in der göttlichen Unendlichkeit auf die Spur gekommen bist und wie du ihn mit deiner Himmelsscheibe entschlüsseln kannst?«

»Natürlich, sehr gerne. Ich brauche dazu nur etwas Kohle und etwas Papyrus. Falls Hamilkar mir das gibt, kann ich dir morgen zwar nicht zeigen, wie die Götter denken, aber immerhin wie sie tanzen.«

Melana suchte die blasse Sonne am Himmel, fand sie vor dem Bug knapp über dem Horizont.

»Tatsächlich, bald ist schon wieder Nacht. Ich habe das Zeitgefühl völlig verloren. Den ganzen Tag über das gleiche, schwache Licht.«

»Das geht mir genauso. Das ist aber nur einer der Gründe, warum ich das Gefühl habe, durch eine völlig veränderte Welt zu segeln.«

Melana stand nicht der Sinn nach einem weiteren Loblied auf Bärenmütter, ihre Sinne waren schon verwirrt genug. Deshalb lachte sie zwar, ließ aber Rocqs letzten Satz lieber vom Wind verwehen.

Zum Glück für Rocq war Hamilkar bereits auf den Beinen, kaum, dass die Nacht vorüber war. Zu seinem Pech aber war der Papyrus, den Hamilkar im Frachtraum gehabt hatte, ein Opfer der Monsterwelle geworden. Also ging Rocq auf der ruhig westwärts segelnden *Dido* mit einem Stück Holzkohle und einer gebrochenen, hellen Schiffsplanke zu Melana.

Da Seeleute in Sachen Tratschsucht und mangelnder Wahrheitsliebe keinen Vergleich mit Waschweibern scheuen brauchten, kursierten mittlerweile an Bord Legenden darüber, was es mit Melana, Syria und Almene auf sich haben könnte.

Die erste erklärte Melana zur heimlichen Geliebten Hamilkars. In einer Variante war sie die Frau eines einflussreichen Mannes aus Tyros, die ihre Flucht verschleierte, indem sie ihre Dienerinnen den Umweg über Enkomi nehmen ließ. In der anderen war sie eine Hafenhure. In beiden Versionen hatte sie sowohl Körper als auch Seele des Kapitäns erbeutet, so dass sie auch als Hure durchsetzen konnte, noch zwei befreundete Kolleginnen an Bord zu nehmen. Die dritte Legende sah in den drei Frauen Zauberinnen, nach Verbrechen auf der Flucht, die den Willen Hamilkars nach Belieben lenkten.

Einig waren sich die Anhänger aller drei Legenden darin, dass es frevelhafter Übermut war, Frauen auf das Schiff zu lassen. Übermut, den Götter immer bestrafen.

Rocq bekam von der feindseligen Skepsis gegenüber den Frauen nichts mit. Sah er in Melana sogar doch eher eine Göttin als eine Priesterin. Und nun präsentierte er seiner Göttin ein schäbiges Stück Holz.

»Hamilkar hat nur gelacht, als ich ihn nach Papyrus gefragt habe. Aber ich denke, das hier wird reichen.«

»Du kannst den Tanz der Götter auf einer Planke erläutern? Jetzt hast du mich noch neugieriger gemacht.«

»In der Tat. Weil ich nur etwas aufzeichnen muss, was wohl fast jeder Mensch schon mal gesehen hat. Aber nur wenige haben dessen Bedeutung erkannt.

Wie du weißt, sind sich Melkart und Astarte nicht einig, wie lang ein Jahr ist. Geht es nach dem Sonnengott, dauert es 365 Tage, vertraut man der Mondgöttin, ist es nur 354 Tage lang.«

»Na und? Die Menschen leben in unterschiedlichen Häusern. Warum sollen sie nicht auch in unterschiedlichen Zeiten leben?«

»Weil zum Beispiel Hamilkar keine Verabredung mit seinen Lieferanten auf der *Zinn-Insel* einhalten könnte, wenn diese sich nach der Sonne richteten, Hamilkar aber nach dem Mond. Außerdem würde sich der Jahresanfang verschieben und mit ihm schließlich Schritt für Schritt auch die Jahreszeiten. Für Nomaden wäre das egal. Sie ziehen immer dem Wild hinterher, das sie jagen, egal, welcher Tag ist. Aber woran sollen sich Bauern orientieren, wenn sie ihr Feld bestellen, säen oder ernten wollen? Und vor allem: Wie sollen Händler und Fürsten ihre Netze, die sie erst seit wenigen Generationen sogar über den Horizont hinaus spannen, noch spinnen können?«

»Gut. Ich sehe es ein. Wir müssen wissen, wo wir uns in welchem Monat befinden. Warum einigen wir uns nicht einfach darauf, uns alle nach der Sonne zu richten?«

»Weil die bleiche Göttin nicht mitmachen würde. Sie zieht ihre Bahn unbeirrt schneller. Also wird man nie ein Jahr exakt in seine Mondphasen aufteilen können. Aber das Gute ist, dass wir Menschen nicht Partei ergreifen müssen. Die Götter selbst zeigen uns, wie sie wieder in einem gemeinsamen Takt tanzen können.«

Während er redete, zeichnete Rocq Punkte, einen Kreis und einen Halbkreis mit der Holzkohle auf der Planke.

»Auf der Insel der *Stierspringer* beispielsweise sucht der König alle 2292 Tage den Rat des Göttervaters. Nach diesem Zyklus stehen Sonne, Mond und Erde wieder in genau demselben Verhältnis zueinander. Und außerdem bringen die drei Monate, die die *Stierspringer* zu den achtmal 12 gewöhnlichen Mondmonaten zugefügt haben, Sonne und Mond wieder in einen Takt.«

»Acht Jahre sind aber eine lange Zeit ...«

»Genau«, unterbrach Rocq. »Aber so viel Geduld muss man gar nicht aufbringen, wenn man nur genau auf den Reigen achtet, den unsere Ahnen über unseren Köpfen mit den Sternen veranstalten.«

Er hielt Melana die Planke hin.

»Dieses Bild habe ich mit Gold auf einer Bronzescheibe verewigt.«

»Gold auf Bronze? Das hebt sich vor dem Hintergrund doch kaum ab.«

»Stimmt. Deshalb habe ich die Bronze lange mit faulen Eiern bestrichen. Danach war die Bronze nicht mehr strahlend wie die Sonne, sondern dunkelviolett wie der Nachthimmel. Aber was ich wissen wollte, war: Erkennst du das?«

»Nun, das dürfte die Sonne oder der Vollmond sein. Dazu viele Sterne. Und das der Neumond – aber die Neulichtsichel ist dicker als gewöhnlich.«

»Du bist eine außergewöhnlich gute Beobachterin. Aber diese 32 Sterne sind nicht nur Beiwerk. Kennst ...«

»Na klar, das ist das Siebengestirn. Gehen sie im Herbst unter, bleiben die Seeleute in den Häfen und die Bauern pflügen. Ihr Aufgang signalisiert dagegen, dass es Zeit für die Ernte ist. Nur, was haben sie mit dem Zeittakt der Götter zu schaffen?«

»Sie geben uns das Zeichen. Geht im Frühlingsmonat eine schmale Neulichtsichel des Mondes am Siebengestirn auf, ist dies ein gewöhnliches Jahr. Steht aber in diesem Monat erst am dritten Tag die bleiche Göttin an den sieben Schwestern und das auch noch mit einer solchen dickeren Sichel, müssen wir einen zusätzlichen Monat einfügen. Es verstreichen dann vor dem vorhergehenden Neulicht 32 Tage – daran erinnern die 32 Sterne auf der Himmelsscheibe.«

»Du hast also zwei Hinweise gefunden?«

»Eigentlich sogar drei. 32 ist noch in anderer Hinsicht eine Zahl der Götter: In 32 Sonnenjahren vergehen 33 Mondjahre. Sieht man den vollen Goldkreis auf meiner Scheibe als Sonne an, verweisen die 32 Sterne auf die 32 Sonnenjahre. Zählt man ihn aber als Mond zu den anderen Geschöpfen des Nachthimmels, erhält man 33 Mondjahre.«

»Unglaublich. Die Götter sprechen mit uns ... obwohl, eigentlich eher mit dir.«

»Nein, sie sprechen mit uns allen. Jeder kann in den Nachthimmel gucken.«

Melana legte lächelnd den Kopf schräg. »Bescheidenheit aber ist eine göttliche Gabe, die nicht jedem Menschen angeboten wird und die manche sogar ausschlagen. Deshalb überlege: Ist noch jemandem außer dir aufgefallen, welche Signale die Götter des Tages und der Nacht senden?«

»Zumindest kenne ich keinen.«

»Aha. Demnach dürfte auch kein anderer Mensch außer dir ein solches Wunder geschaffen haben?«

»Nun, vermutlich nicht.«

Melana trat einen Schritt auf Rocq zu, legte die rechte Hand auf seine Brust.

»Ich sage dir, wie ich es sehe. Sowohl Astarte als auch Melkart haben dich auserwählt, haben deinen Geist mit ihrem Licht erhellt, damit du allen anderen übermitteln kannst, dass beide im selben Takt tanzen, obwohl es auf den ersten Blick nicht so aussieht.«

Rocq bekam kein Wort heraus. Von der Hand Melanas ging eine Wärme aus, die seine Brust erfüllte. Dennoch hatte er Gänsehaut. Er wollte den Moment ausdehnen. Zugleich fürchtete er, dass sie bemerkte, wie sein Herz galoppierte. Schließlich nahm er ihre Hand in seine, küsste ihre Finger und krächzte: »Danke.«

»Nein, ich danke dir. Du hast meinen Blick geweitet. Und dabei bist du nicht belehrend. Ich wünschte …« Melanas Blick wurde magisch von ihren Zehen angezogen.

»Ja?«

»Ich wünschte, du könntest mir deine Himmelsscheibe einmal zeigen.«

»Das wünsche ich mir auch.« Rocq begann, von einem Fuß auf den anderen zu hüpfen. »Ich meine, das würde ich wirklich sehr gern.« Er hielt die Planke mit der Kohlezeichnung hoch. »Dies hier ist wirklich ein armseliges Abbild. Es ist weder dem Tanz der Götter würdig noch deinen Augen.« Die Planke flog über Bord.

Plötzlich wollte Melana schnell zurück in die schützende Gesellschaft der Frauen. »Wer weiß, was die Götter mit uns vorhaben? Ich muss zurück zu meinen Freundinnen.«

Sie war schon zwei Schritte weg, als sie überraschend umkehrte. »Hast du eigentlich das rote Kleid noch?«

»Natürlich. Es ist in meinem Seesack. Ich dachte, vielleicht überlegst du es dir noch einmal.«

»Das habe ich. Würdest du es mir ein zweites Mal schenken, wenn wir das nächste Mal anlegen?«

»Selbstverständlich. Ich hole es sofort.« Rocq wollte an Melana vorbei zu seiner Ruderbank stürmen, aber ihre Hand stoppte ihn. Der Priesterin war nicht entgangen, dass Malech von der anderen Reling her unverwandt in ihre Richtung starrte.

»Nein. Lass es dort. Mir wäre es lieber, du schenkst es mir, wenn wir erneut an Land gehen.«

»Das mache ich. Ich freue mich schon.«

»Und ich schäme mich, dass ich es zunächst zurückgewiesen habe. Nun gehe ich aber wirklich.«

Melana wusste, dass ihre weichen Knie nichts mit dem Seegang zu tun hatten. Sie fühlte sich, als ob sie bei etwas Verbotenem ertappt worden wäre, und doch war ihr so wohl wie nie zuvor.

Am Mittag erreichte die *Dido* die Südspitze einer Landzunge. Hamilkar frohlockte. Ein guter Wind hatte sie schnurgerade westwärts über das Meer geschoben. Auch durch den Aschedunst erkannte der Phönizier an der Steuerbordseite die bis an die Küste heranreichende Gebirgskette.

»Etwas mehr Raum zur Küste lassen«, wies er den Rudergänger an.

»Ist das nicht unser Ziel?«, fragte Artes, auf die Berge zur Rechten weisend.

»Nein. Unser Ziel wird gleich vor unserem Bug auftauchen. Sikelia, die dreieckige Insel. Für mich als Händler war hier nie viel zu holen. Die Keramik der Insulaner hat zwar ein herrliches Rot, ist aber grob und plump. Die kann ich nirgends verkaufen. Sie weigern sich einfach, die Drehscheibe zu benutzen. Und um mir etwas abzukaufen, fehlt den Bewohnern das Geld. Städte suchst du hier vergebens. Hier hat jede Familie ihr eigenes kleines Dorf gegründet.«

»Dann werde ich mich dort wohlfühlen. Bei uns zu Hause ist es nicht wesentlich anders.«

»Mal sehen, ob du das noch behauptest, wenn du den Schmutz und die Armut gesehen hast. Ich lasse dicht unter Land fahren, um zu sehen, ob die Götter sogar in diesen vergessenen Winkel ihre Welle entsandt haben. Und an Land müssen wir auch. Wir brauchen frisches Wasser, Fleisch und Früchte, bevor wir nach Norden segeln können.«

»Das ist gut. Ich brauche auch endlich mal wieder festen Boden unter den Füßen.«

So fest der Boden Sikelias auch sein mag, die Götter vermochten ihn doch zu erschüttern. Lautlos glitt das Schiff an einer Todeszone vorbei. Die Welle hatte die Ostküste schwer getroffen. Unterhalb einer charakteristischen Bergformation aus zwei spitzen Gipfeln, die einen rechteckigen Gipfel umrahmten, hatte sich einst ein Fischerdorf an die steilen Berge geschmiegt.

»Dort standen einfache Rundhäuser.« Hamilkar wies nach links. Jetzt waren dort noch nicht mal viele Trümmer zu sehen, lediglich abrasierte Grundmauern. Die Welle hatte ihre Beute mit ins Meer genommen.

Als die *Dido* die Meerenge zwischen Sikelia und dem Stiefel erreichte, ließ Hamilkar das Segel reffen.

»Wenn der Wind zwischen diesen Hammer – die Insel – und diesen Amboß – das Festland – gerät«, erklärte er Rocq, »wird er stärker. Ich will aber nur langsam segeln. Zu tückisch sind manche Felsen unter Wasser. Und ich will etwas sehen, damit ich vielleicht endlich begreife.«

»Wie soll man das begreifen?« Rocq wies auf die Felswand zur Linken. Bis weit über die Köpfe der Männer waren sämtliche Bäume und Büsche von dem Felsen gefegt worden. Erst in einer Höhe, die sogar die größten Paläste um ein Mehrfaches überstieg, wuchsen in dieser Meeresstraße wieder Pflanzen. Außerdem waren einige Fischerdörfer zerstört worden.

Malech hatte den Kopf im Nacken, sein Mund stand offen. »Das war das Schwert eines zornigen Gottes.«

Artes wies auf einen in der Sonne blinkenden Felsen hin. »Dieser Gott hat dem Boden sogar die Erde entrissen. Es sieht nicht so aus, als ob diese Wut uns Menschen galt. Hier kämpfen die Götter gegeneinander.«

»Umso wichtiger, auf der richtigen Seite zu stehen. Götter können auch verschonen«, antwortete Malech und wies mit einem Kopfnicken auf eine Siedlung, an der die *Dido* vorbeiglitt. In luftiger Höhe auf einer Felsnase gelegen, waren die wenigen Häuser dem Inferno unter ihnen entgangen.

Rocq schüttelte den Kopf. »Die Häuser stehen zwar noch, aber was, wenn deren Bewohner gerade auf ihren Booten beim Fischen waren? Ich erkenne keinen Plan, nur Zufall.«

Malech fixierte seinen Bruder. »Und wer bist du, dass du glaubst, göttlicher Plan würde sich ausgerechnet dir offenbaren? Nur, weil du die Geheimnisse der Zeit kennst, bist du den Göttern nicht näher. Mir scheint, dein Kopf steckt in den Wolken, weil du erstmals das Gesäusel einer Frau in den Ohren vernimmst.«

Rocqs Ohren glühten. »Besser den Kopf in den Wolken als den Neidwurm in den Eingeweiden. Die Welt zerbricht. Fällt dir nichts anderes ein, als Gift und Galle zu spucken?«

Mit einer wegwerfenden Handbewegung entfernte sich Malech.

Die Sonne hatte ihren höchsten Stand noch nicht erreicht, da hatte das Schiff die verwüstete Meeresenge bereits passiert. Die Worte seines Bruders hatten Rocq stärker getroffen, als er sich eingestehen wollte. Die Welt war in ein Leichentuch aus Asche gehüllt. Wo immer sie hinkamen, trafen sie auf Verwüstung. Es war fraglich, ob er seine Heimat je wiedersehen würde. Doch so düster die Zukunft auch erscheinen mochte, für Rocq war die Gegenwart nie heller.

Er näherte sich dem Kapitän, der die Bugwellen betrachtete. »Wohin jetzt?«

»Wir halten uns etwas südlich. Ich kenne an dieser Küste eine Bucht, in der wir gut unsere Vorräte auffüllen können … zumindest konnte man das früher.« Hamilkar hob den hölzernen Deckel von dem Trinkwasserfass im Bug. »Das hier gefällt mir nicht.« Rocq sah, was der Seemann meinte. Trotz Deckel hatte sich eine feine Staubschicht auf das Wasser gelegt, von der jetzt eine Wolke winziger Fliegen aufstieg. »Ich habe dem Wasser schon Branntwein zusetzen lassen, damit es nicht gammelt. Aber riech mal.« Er hielt Rocq eine aus Horn geschnitzte Schöpfkelle hin. Der verzog das Gesicht. Das Wasser roch faulig.

»Viel mehr als unser Wasser können wir euch nicht anbieten.« Der Dorfälteste stand vor Hamilkar und drehte die Handflächen nach oben. »Am Ufer leben nur noch Krebse. Die Muscheln sterben ab und in dem trüben Wasser können wir keine Fische fangen – nur noch tote aufsammeln, und die kann man nicht essen. Das Wild im Wald ist geflohen.«

Bis auf die Bordwache war die gesamte Besatzung der *Dido* an Land gegangen. Doch Hamilkars Hoffnung auf reichhaltige Proviantierung zerschlug sich. Die Dörfler schienen ihre Hoffnungen eher auf die Seeleute zu setzen, als selbst Hilfe gewähren zu können. Der Phönizier sah fast nur Frauen und Kinder.

»Habt ihr viele Tote zu beklagen?«

»Nicht viele und doch zu viele. Nur die jungen Männer, die in den Bergen auf der Jagd waren statt in den Booten, sind noch bei uns. Die Götter verhöhnen uns. Unsere Hütten stehen noch, sind aber leer. Nur die Toten haben uns die Götter gelassen. Unsere Kammergräber sind unversehrt und voll. Aber wer soll für mich ein Grab in den Fels schlagen, wenn ich in die Anderwelt gehe? Uns fehlen kräftige Arme. Wollt ihr nicht bei uns bleiben?«

»Nein. Wir wollen nach Norden. Sehen, ob der Zorn der Götter auch die *Zinn-Insel* erreicht hat.«

Der Alte ließ den Kopf sinken. »Dann ist fraglich, Hamilkar, ob du uns bei deiner Rückkehr noch antriffst.« Plötzlich straffte der Alte seine Haltung. »Obwohl. Wir haben unsere Schuld an die Götter schon bezahlt.«

»Was meinst du?«

»Wir haben die Schuldige dem Meeresgott geopfert, der uns so strafte.«

»Die Schuldige?«

»Ja. Die Alte, die am Dorfrand ihren Zauber an Kranken versuchte. Die ständig murmelnd nach Kräutern und Pilzen suchte. Wir ahnten schon lange, dass sie mit bösen Mächten in Verbindung stand. Und weil wir ihr vertrauten, suchten die Götter uns heim. Wir haben sie gestern am Strand angebunden und den Krebsen überlassen.«

»Ein grausames Ende für eine Frau, die dich damals vom fleckigen Fieber heilte.«

»Indem ich ihr vertraut habe, bin auch ich schuldig geworden. Und ich werde meine Strafe tragen.«

»Und du glaubst wirklich, dass satte Krebse euch die Götter gewogen machen können?«

»Sicher nicht alle. Die Zauberin hat ihre Göttin um Hilfe angefleht, als die Krebse ihr Werk begonnen haben. Doch sie hat keine Antwort bekommen.«

Hamilkar wurde rot vor Wut. Er wusste, dass die alte Frau zu Astarte gebetet hatte. Alles schien sich gegen sie verschworen zu haben. Die Göttin der Heilkundigen wie der Händler konnte keinen Schutz mehr bieten. Im Gegenteil: Wer sie anrief, dem drohte mittlerweile ein grausamer Tod. Froh war er nur darüber, dass Melana und die anderen Priesterinnen gerade einige Schritte entfernt eine junge Frau mit einem weinenden Baby auf dem Arm trösteten, die ihren Mann verloren hatte. Noch mehr solcher Nachrichten konnten die Frauen nicht verkraften. Vor Priestern fliehen zu müssen, die man kannte und die zu Todfeinden geworden waren, war beängstigend genug. Die Erkenntnis aber, dass sich jeder Fremde berufen fühlen könnte, in Melkarts Namen den Dolch gegen sie zu führen, würde das bisschen Zuversicht zerstören, das in den Frauen wuchs. Sogar ihn beschlichen Zweifel, ob er eine sichere Zuflucht für die drei finden konnte.

Also zwang er sich zur Ruhe. Nachdenklich rieb er seine Stirn. Eine weitere seiner Hoffnungen war zerstoben. Er hatte sich bei der weisen

Frau mit Salben eindecken wollen, da ihm aufgefallen war, wie intensiv sich einige Männer der Besatzung kratzten, vor allem nach dem Aufstehen. Schon zeigten sich an Handgelenken und Ellenbogen der Betroffenen typische Spuren. Er war sich ziemlich sicher: sie hatten die Krätze an Bord. Bald wäre die *Dido* ein Seuchenschiff.

AUF DEM SEUCHENSCHIFF

Steht ihre Hütte noch?«

»Natürlich nicht. Die haben wir niedergebrannt mitsamt ihrem Schamanenzauber.«

Also würde er noch nicht einmal mit dem Bartscherer, der an Bord zugleich die Rolle des Heilkundigen ausfüllen sollte, zwischen all den duftenden Tiegeln und Beuteln nach Salben stöbern können, die gegen den Hautwurm helfen oder wenigstens das Jucken lindern könnten. Erschöpft stützte Hamilkar den Kopf in die Hände. Es ging auf den Herbst zu. Die Zeit, in der kein Schiff von Krankheiten verschont blieb. Und sie segelten nach Norden, wo Kälte, Nebel und Regen schon so manchen Seemann direkt in die Anderwelt befördert hatten.

»Dann bleibt uns nur, unsere Wasserfässer an eurem Bach aufzufüllen und für ein besseres Geschick in der Zukunft zu beten.«

»So sei es.«

Enttäuschte Hoffnungen auf beiden Seiten sorgten für einen nüchternen Abschied. Am Abend waren alle wieder an Bord.

»Wir wären dort nicht sicher gewesen«, erklärte Artes dem aufgebrachten Malech, der sich auf eine Nacht auf festem Grund gefreut hatte. »Diesen hungrigen Blick habe ich schon zu oft gesehen. In den Augen der Sikuler hatten wir unverdientes Glück. Die Gefahr war zu groß, dass sie versuchen, uns in ihr Elend zu ziehen, während wir schlafen.«

»Dann gehen wir zurück an Land und erschlagen ihre Stärksten. Das wird ihnen eine Warnung sein.«

»Hast du noch nicht genug Tote gesehen?«

»Was bist du nur für ein Krieger, der vor ein paar Toten zurückzuckt?«

»Einer, der so viel Leben beendet hat, dass er weiß, dass der Preis einer ruhigen Nacht an Land ein zu geringer ist, um einen Menschen umzubringen.«

Hamilkar ließ die *Dido* bis ans äußerste Ende der Bucht hinausrudern und verdoppelte die Wachen. Auch er wusste, wie schnell der Wert eines Menschenlebens in schweren Zeiten verfiel.

Am nächsten Morgen setzte die *Dido* ihren Kurs fort und am Ende des Tages, nachdem sie den westlichsten Zipfel der Insel erreicht hatten, rüsteten sie sich für die Überfahrt nach Norden. Das Siebengestirn war vom Himmel verschwunden. Also müssten sie eigentlich auch mit ihrem Schiff vom Meer verschwinden. Hamilkar wusste, dass er die Götter herausforderte. Aber sollten sie ihm Stürme und Brecher schicken, wollte er wenigstens so nahe wie möglich unter einer Küste segeln, um eine Chance zu haben, noch Schutz zu finden.

Was keiner ahnte: Einige der Plagen nahmen sie mit.

Mit einem lauten Aufstöhnen kletterte Nino aus seinem Ausguck. Für die letzten Schritte auf den Steighilfen fehlte ihm die Kraft. Es klatschte, als er bäuchlings aufs Deck fiel. Ein Ruderer sprang auf und drehte ihn um. Ninos sonst so fröhliches Gesicht war von Falten zerfurcht. Der schwarzhäutige Matrose krümmte sich vor Schmerzen. Hamilkar ließ ihm ein Lager neben der Reling bereiten, damit er sich ausruht. Doch es wurde nicht besser. Im Gegenteil: Er weigerte sich zu essen. Seinen Dienst als Ausguck konnte er nicht mehr wahrnehmen. Immer öfter rannte er zum Abtritt im Bug des Schiffes. Bald fehlte Nino die Kraft, sich komplett von dem blutigen Schleim zu säubern, den er ausschied. Fiebernd fiel er vom Abtritt nach vorn auf das Deck, schlug hart mit dem Kopf auf. Der Bartscherer Kalio ließ den Hilflosen auf ein paar Säcke im Schiffsbauch betten. Drei Tage lang versuchte er vergeblich, das Fieber mit kühlen Umschlägen zu senken. Das Klappern von Ninos Zähnen war noch im Heck zu hören. Am vierten Tag verlor er das Bewusstsein, in der Nacht darauf starb er. Normalerweise hätten die Männer der Besatzung dafür nur ein Achselzucken übrig gehabt. Keiner von ihnen hatte eine lange Seereise erlebt, in der nicht mindestens ein Mann von der Anderwelt gerufen worden wäre. Doch der Bartscherer Kalio fasste das Unbehagen in Worte, das einige erfasst hatte:

»Ausgerechnet Nino. Er war einer der Stärksten von uns. Ich habe fünf Reisen mit ihm gemacht – und nie hatte er auch nur einen Husten.«

Falls auch Hamilkar Zweifel beschlichen, ließ er sich nichts anmerken.

»Näht ihn ein!«, befahl er. Matrosen packten den stinkenden Leichnam auf das Leinentuch, das bis vor kurzem die Hängematte gewesen war, in der Nino geschlafen hatte. Die wenigen Habseligkeiten Ninos verteilte Hamilkar unter der Mannschaft. Mit Ausnahme dreier kleiner Ahnenfiguren. Seine Vorfahren hatte Nino angesprochen, wenn diese seinem Gebet Gehör bei den Göttern verschaffen sollten. Die Figuren wurden mit ins Leichentuch gelegt, um Nino den Weg in die Anderwelt zu ebnen. Kalio nähte das Tuch anschließend mit Garn aus Schafdarm zusammen.

»Ich weiß nicht mal, wie der Gott heißt, zu dem Nino betete«, begann Hamilkar seine Grabrede. »Denn es ist ein Quellgott seiner Heimat, weit südlich der großen Pyramiden. Aber ich weiß, dass er Nino auch jetzt nicht aus den Augen verloren hat. Vor langen Jahren führte er ihn auf den Flüssen, die er entspringen ließ, bis zum Meer. Dort entdeckte Nino seine Liebe zur Seefahrt. Dem Wasser blieb er treu. Und jetzt übergeben wir ihn dem Wasser. Damit sein Gott ihn zurückführen kann zu seinen Ahnen, die nach ihm gerufen haben.« Mit diesen Worten nickte der Kapitän zwei Matrosen zu, die das Bündel über die Reling hoben und ins Meer gleiten ließen.

Kaum war der Leichnam untergegangen, zog Syria Melana zurück in die Kajüte, redete mit gedämpfter Stimme – fast flüsternd – auf sie ein. Nur ihre wild gestikulierenden Hände verrieten ihre Aufregung.

»Hast du seine Haut gesehen? Es wirkte wie Gallenfieber.«

»Ich weiß nicht. Die Männer haben uns doch nicht mal auf fünf Schritte an den Kranken herangelassen. Wie kannst du dir sicher sein?«

»Ich bin mir nicht sicher. Aber wenn es stimmt, wird der Tod hier bald reiche Ernte halten.«

»Und was sollen wir tun? Es ist zu gefährlich, zu offenbaren, dass wir Heilerinnen sind.«

»Das stimmt, aber einem hast du dich schon offenbart.« Melana wurde rot. »Erzähl ihm von unserem Verdacht und von den Dingen, die Schutz bieten. Vielleicht kann der Herr der Zeit etwas erreichen.«

Melana nickte.

Zum Glück ergab sich schon bald die Gelegenheit, mit Rocq zu reden. Der hörte schweigend und mit ernstem Gesicht zu. Dann schüttelte er den Kopf.

»Für die Männer seid ihr Unglücksbringer, wie ich nun mitbekommen habe. Sie werden euch nie erlauben, Kranke zu behandeln.«

»Das mag sein. Und genau deshalb müssen wir verhindern, dass das Gallenfieber um sich greift.«

»Aber wie?«

Melana beschrieb Rocq ganz genau, was er machen sollte und zeigte dabei immer wieder zum Abtritt im Bug des Schiffes. In Rocq wuchs die Angst vor dem, was da kommen konnte – aber auch der Respekt vor dieser Frau.

Erst weihte Rocq seinen Freund Artes ein, kurz darauf tippte er Hamilkar auf die Schulter. »Wenn wir nicht auch bald von unseren Ahnen gerufen werden wollen, müssen wir einiges tun.«

»Was denn? Durchfall grassiert immer mal wieder auf einem Schiff, gerade im Herbst. Und außerdem haben die mordlustigen Sikuler unsere Chance auf Heilmittel auf ihrem Sündenbock-Altar geopfert.«

»Dennoch können wir etwas tun. Und das müssen wir auch. Egal, ob du auf den Abort guckst oder in den Laderaum: Die Fliegen an Bord verlassen uns noch nicht mal auf hoher See. Sie laben sich, wenn der Tod so reiche Ernte einfährt. Und sie tragen ihn weiter.«

»Was soll ich gegen Fliegen machen?«

»Räume ihren Esstisch ab, wenn du nicht willst, dass wir zu ihrem Esstisch werden.«

»Wovon redest du?«

»Vom Abtritt. Komm mit.« Rocq führte Hamilkar zum Bug des Schiffes. Grün schimmernde Fliegen summten um den Donnerbalken. Sogar im fahlen Licht der Sonne waren im Dunkel unter dem Balken weiße Maden zu sehen, die sich durch die Exkremente arbeiteten. »Hier müssen wir mit kochendem Wasser sauber machen, wenn wir nicht die Nächsten sein wollen, die erkranken.«

»Tu, was du willst, das hilft zumindest gegen den Gestank. Aber du musst es selbst machen, wenn es gut sein soll. Jeder Matrose, dem ich das befehle, würde das nur wie eine Strafarbeit ausführen.«

Augenblicke später hatte Rocq einen Kessel voller Meerwasser an das Dreibein gehängt, das über der Feuerstelle mittschiffs stand. Er holte den glimmenden Kienspan aus dem Rindenbehältnis, das diesen gegen Feuchtigkeit schützte, häufte dünne Holzscheite auf die breite, flache Steinplatte, die das Holzdeck schützte, entzündete den Zunder und wartete, bis das Wasser kochte. In einem Holzbecher mit Stiel trug er mehrmals Wasser zum Abtritt, spülte alles ab. Er hörte, wie Matrosen hinter seinem Rücken lachten, doch das war ihm egal.

»Hast du Salzwasser im Kopf, wo eigentlich Hirn sein sollte?«, blaffte Artes einen der Lachenden an. »Vielleicht waren eure Seereisen bisher zu kurz oder euer Verstand ist zu langsam. Aber wir haben vor Jahren auf der Fahrt von unserer Heimat zu den Minoern erlebt, wie das Lebenslicht jeden Dritten der Besatzung durch die haarigen Hintern verlassen hat. Große Männer, kleine Männer, dunkle und helle. Die hatten nichts gemeinsam – außer das Klo. Und dieselben Fliegen, die sich auf dem Abtritt tummeln, naschen von eurem Schiffszwieback. Das mag euch schmecken, uns nicht.«

Einige Seeleute machten obszöne Gesten, achteten aber darauf, dem muskelbepackten Krieger dabei nicht zu nahe zu kommen.

Nur einen Tag, nachdem Rocq den Abtritt gereinigt hatte, starb der Bartscherer. Kalio lag auf den Planken. Sein leerer Blick ging in den Himmel, bis Rocq ihm die Augen schloss. Der Nordmann richtete sich wieder auf und drehte sich zum Kapitän. »Gallenfieber. Hast du gesehen, wie gelb seine Augäpfel waren?«

Hamilkar nickte. »Ja, und er hatte sich die Seele ausgekotzt, starke Kopfschmerzen – aber anders als Nino keinen Durchfall. Uns bleibt nichts erspart. Ich hatte gehofft, wenn ich die Gefahr verleugne, verschont uns die Krankheit. Auf einer Reise ins Land der Pharaonen verlor ich einmal mehr als die Hälfte meiner Besatzung an das Gallenfieber. Der Hafenmeister hatte uns noch nicht mal anlegen lassen. Erst als zehn Tage lang niemand mehr gestorben war, wurden uns Ruderer an Bord geschickt. Ohne die hätte ich das Schiff gar nicht mehr bewegen können. Dann hat uns ein Priester mit einem eklig bitteren Trank traktiert. Und all meine Waren wurden für fünf Tage in dem heißen Wüstensand begraben. Erst danach durfte ich sie verkaufen. Was soll ich also jetzt tun? Ohne die Pulver der weisen Frau kann ich nichts dagegen tun.«

»Aber wir!« Die Köpfe der um den Leichnam Kalios herumstehenden Männer ruckten herum. Wie auf ein geheimes Zeichen hatten sich zuvor die Reihen der Männer geschlossen, sobald die Frauen sich in Richtung des Toten bewegten. Dies ging die Frauen nichts an. Hier hatten sie nichts zu suchen. Und nun ergriff zum ersten Mal eine der Frauen vor der Mannschaft sogar das Wort: Syria. Die altgediente Priesterin ließ den Blick kühl über die Männer schweifen, bis das Gemurmel erstarb. Sie stand nicht zum ersten Mal einer skeptischen Menge gegenüber. Zwar machte ihr die offene Feindseligkeit mancher Männer etwas Angst. Doch das stärkere Gefühl war Überdruss. Sie wollte sich nicht länger wie nutzloser, allenfalls geduldeter Ballast fühlen. Nicht länger spüren, wie der Respekt der Männer vor ihr immer mehr schwand. Von Männern, die nicht lesen konnten. Männer, die sich vor kurzem auf ihrer Insel noch vor ihr in den Staub geworfen hätten, um ihren Segen für eine gute Reise zu erflehen.

»Wir können etwas tun«, wiederholte sie. Und zu ihrer jungen Gefährtin gewandt: »Almene, bring meinen Beutel.« Syria stieg auf ein kleines Fass, damit sie die Männer überblicken konnte. »Zunächst muss sein Leib« – sie wies auf Kalio – »schnell auf die Reise zu seinen Ahnen geschickt werden.« Sie zog einige Lederbeutelchen aus dem großen Leinensack, den Almene ihr gereicht hatte. »Und dann konnten wir vor unserer … Abreise zumindest noch einige wenige Heilkräuter mitnehmen. Dieses Pulver hier ist die zerstoßene Rinde eines Baumes, der weit im Osten wächst. Händler opf… brachten es einst in unser Haus. Es muss mit Wein getrunken werden, weil es so bitter ist. Aber wer rasende Kopfschmerzen bekommt und dazu eine unreine Zunge, den bewahrt ein kleiner Becher davon vor dem Gallenfieber.«

»Schamanenzauber«, zischte Malech und viele Männer nickten. »Dieser Zauber hilft doch höchstens gegen das Übel, das ihr über uns gebracht habt.«

»Unsinn, wir können euch helfen.«

Matrosen mischten sich ein, erst leise, dann immer lauter: »Doch, der Nordmann hat recht.« »Sie brachten das Unglück.« »Am besten über Bord.« Malech hatte bei den Männern eine Saite zum Klingen gebracht. Eine gefährliche.

»Ruhe, ihr Memmen!« Hamilkars Bass sorgte dafür, dass die Wortführer ihre Köpfe einzogen. Sein Arm zog langsam einen Halbkreis. »Schamaninnen? Zauber? Habt ihr den Verstand von Fischen? Glaubt ihr wirklich, drei Frauen gebieten dem Boden, dem Meer, dem Feuer und den Tieren? Und wenn es so wäre, meint ihr, ihr könntet sie einfach so über Bord werfen, ohne dass sie euch verfluchen? Nein, diese Frauen sind genauso Getriebene wie wir – vielleicht hat es sie sogar schlimmer erwischt als uns. Und deshalb stehen sie unter meinem persönlichen Schutz.«

»Und unter meinem«, sagte Rocq, der sich neben den Kapitän stellte und seinen Bruder wutentbrannt anstarrte. »Unser Feind sind nicht diese Frauen, sondern Krankheiten.« Doch Rocqs Worte wurden vom Wind fortgerissen, ohne zu wirken. Die offen feindselige Körperhaltung der Männer ließ das Schlimmste befürchten. Er wandte sich an Syria. »Gib mir bitte etwas von deinem Pulver. Die Männer sollen sehen, dass ich mich nicht in Rauch auflöse.«

»Aber ich hab keinen Wein.«

»Egal, Wasser tut es auch. Bitterer als das Schauspiel eben kann deine Heilrinde nicht schmecken.«

Schnell rührte Syria einige Löffel der zerstoßenen Rinde in einen Holzbecher mit dem faulig riechenden Wasser aus einem der Fässer an Bord. Rocq kippte den Sud herunter, ohne eine Miene zu verziehen. Einige Männer starrten ihn mit aufgerissenen Augen und Mündern an, als erwarteten sie tatsächlich, dass er sich umgehend in einen Frosch verwandeln oder zumindest tot umfallen würde. Malech wandte sich ab, ging weg und machte eine wegwerfende Handbewegung. Rocq hob die Stimme. Seine Worte richteten sich zwar an alle Männer, doch eigentlich versuchte er, seinen Bruder noch zu erreichen. »Ihr müsst es ja nicht trinken. Wenn aber eure Angst vor der bitteren Medizin dieser weisen Frauen größer ist als vor dem Gallenfieber, stellt ihr euch einem Gegner, der sehr viel furchteinflößender ist als eure schlimmste Angst.«

Malech blieb nicht stehen. Schon bald wälzten sich fünf Männer in Fieberkrämpfen. Nur zwei von ihnen vertrauten sich den Heilkünsten der Frauen an. Sie sollten das nächste Etappenziel, die Insel der Felstürme, erreichen. Die Leichname der anderen drei gingen vorher über Bord.

Seitdem hatten die drei Frauen eifrige Fürsprecher. Die zwei genesenen Matrosen waren das Gegengift zu dem Gift, das Malech versprühte.

Erst vor eineinhalb Tagen hatten sie in Sikelia die Segel gesetzt. Dennoch war Rocq heilfroh, als Nuraghia, wie Hamilkar die Insel der Sardinenfischer nannte, am Horizont auftauchte. Seit dem letzten Streit hatte er kein Wort mehr mit seinem Bruder gewechselt. Und dieses Mal wollte er nicht den ersten Schritt machen. Obwohl das seit ihrer Kindheit zu seiner Rolle als älterer, vernünftiger Bruder gehörte. Dieses Mal nicht, dachte er, als er das verkniffene Gesicht Malechs auf den Ruderbänken sah. Dieses Mal warte ich, bis er sich bei mir und vor allem bei den Frauen entschuldigt. Was ist nur in ihn gefahren? Sicher, Malech war gegenüber Frauen schon immer verklemmt gewesen. Doch gegen Heilerinnen hatte er noch nie gehetzt. Nur ein Gedanke spendete Rocq etwas Zuversicht: Vielleicht tut es ihm ganz gut, wieder festen Boden unter die Füße zu bekommen. Und für mich ergibt sich eine zwanglosere Gelegenheit, ihn zur Rede zu stellen, wenn er doch nicht aus seinem Schneckenhaus kommt.

Grübelnd ging Rocq zu Melana, die gerade kopfschüttelnd den Ellenbogen des Schiffskochs betrachtete. »Hier kannst du sogar schon die Gänge sehen. Der kleine Hautwurm frisst sich seinen Weg frei. Du hast die Krätze.«

»Es brennt wie Feuer. Kannst du mir nichts zur Linderung geben?«

Erneut Kopfschütteln. »Tut mir leid. Dagegen haben wir nichts in unseren Sachen. Aber ich verspreche dir: Syria, Almene und ich werden beim nächsten Landgang Ausschau halten nach den richtigen Kräutern und Pilzen.«

Kräuter musste es auf der Insel in Massen geben. Melana konnte die schweren Düfte schon riechen, als die *Dido* die Westküste nordwärts segelte, um einen geeigneten Ankerplatz zu finden. Sie schloss die Augen. »Thymian, Salbei, Lavendel und, ja, auch Rosmarin.«

»Genau«, pflichtete Almene bei. »Aber das ist noch nicht alles.« Sie zog die Nase kraus und hielt sie in den Wind. »Riechst du das? Rauch. Alles ist mit Rauch überlagert. Jemand verbrennt die Kräuter. Und … aber das kann nicht sein …«

»Doch. Ich wollte es auch erst nicht glauben. Weihrauch. Jemand opfert Weihrauchharz.« Etwas Heiligeres konnte dem Feuer nicht übergeben werden. Im Land der Pyramiden nannte man die Harzperlen den »Schweiß der Götter«. Sie nutzten Weihrauch, um den Leib ihrer Toten zu erhalten. Die drei Frauen kannten es sowohl als Heilmittel als auch als Räucherwerk bei den Kulten der Astarte.

Ein strenger Blick von Syria mahnte die beiden jüngeren Frauen, nicht noch mehr zu unterstreichen, dass sie mit den geheimen Ritualen in Tempeln vollends vertraut waren. Doch ihre Vorsicht war unnötig. Im Moment achtete keiner der Männer auf die Frauen an Bord, weil alle Blicke Richtung Land gerichtet waren. Hamilkar hatte eine geeignete Bucht entdeckt und lenkte die *Dido* hinein. Matrosen ergriffen die vier Fallen aus schwerem Hanf, um das Segel einzuholen. Das Schiff verlor an Fahrt und glitt langsam in die windgeschützte Bucht, wo das Wasser spiegelglatt war. Es nahm Kurs auf einen aus hellen Felssteinen am Ufer errichteten Turm, der höher schien als vier Männer übereinander. »Eine Nuraghe«, sagte Hamilkar. »Auf der ganzen Insel stehen Tausende.«

»Ein Wehrturm ist das nicht«, raunte Artes Rocq zu, doch der beachtete den Turm gar nicht mehr. Er blickte auf die Wolke, die nur über dem Turm einen Schatten warf, wie Rocq verwundert bemerkte. Nein, korrigierte er sich, es waren Hunderte zappelnder Schatten. Der Himmel über der Nuraghe war schwarz vor Raben. Das heisere Krächzen der Vögel übertönte sogar das Glucksen der Wellen am Bug der *Dido*. Immer wieder landeten Raben auf dem Turm, um gleich darauf wieder aufzusteigen.

»Ich sehe keinen einzigen Menschen.« Malech hatte sich wieder zu seinem Bruder gesellt.

Artes beschattete seine Augen. »Aber irgendjemand muss die Kräuter in die Kohlepfannen geworfen haben. Mir gefällt das nicht. Das könnte ein Hinterhalt sein.«

»Auf gut Glück aufgestellt? Woher sollten die wissen, dass genau in diesem Moment ein Schiff über das nahezu leergefegte Meer zu ihnen kommt?«

Wie so oft in den vergangenen Tagen, war Malechs Tonfall aggressiv und abweisend gewesen. Aber Rocq musste zugeben, dass er recht hatte.

Augenblicke später stapften die Männer der *Dido*, gefolgt von den drei Frauen, an Land. Da sich niemand zeigte, marschierten sie zu dem Turm. Ein Fuchs floh vor den sich nähernden Menschen, brachte seine Beute in Sicherheit. Kurz bevor er das Unterholz erreichte hatte, drehte er sich um.

»Was hat er da im Maul?« Ein Matrose zeigte aufgeregt auf das Tier.

»Einen Arm«, antwortete Artes, der unwillkürlich zu seinem Schwert griff, »er trägt einen Arm im Maul!«

Sich nervös nach allen Seiten sichernd ging die Gruppe weiter Richtung Nuraghe. Manch ein Blick ging zurück zu der *Dido*, die beruhigend nahe am Ufer ankerte. Kurz bevor der Schatten des Turmes auf sie fiel, stieß einer der Raben einen tiefen, rollenden Warnruf aus, und Dutzende blau-schwarze Schwingen erhoben sich in die Luft. Rocq beobachtete die Tiere fasziniert, dann schrie er los: »Achtung, da fällt was!«

Mit dem Geräusch einer zerplatzenden Melone klatschte das runde Ding auf den Boden, rollte eine halbe Drehung. Die Gruppe starrte in weit aufgerissene, blicklose Augen. Ledrige, faltige Haut. Ein lichter Haarkranz. Der Kopf eines älteren Mannes. Eines Mannes, der nicht friedlich gestorben war. Ein knotiger Strick hatte sich tief in seinen Hals eingegraben.

»Seht ihr den Stock?« Artes wies auf ein Stück Holz, das hinten am Hals aus der verdrehten Schlinge herausragte. »Er wurde erdrosselt, langsam und qualvoll.«

»Ist das hier eine Richtstätte?«

Rocq wandte sich an Hamilkar, doch der zuckte nur die Achseln. Sie mussten unter allen Umständen Sardinen bunkern, wenn sie nicht verhungern wollten. Und angesichts eines drohenden Hungertodes konnte ihn ein Henker, der dort oben lauern mochte, nicht schrecken. »Ich gehe nach oben auf den Turm. Vielleicht kann man von dort sehen, wo die nächste Siedlung ist. Kommt ihr mit?«

Die beiden Nordmänner nickten. An der Tür des Turmes übernahm Artes die Spitze. Langsam drückte er sie auf. »Federleicht«, raunte er Rocq zu, »nicht zu verteidigen.« Im Innern brauchte das Trio ein paar Augenblicke, bis sich die Augen an die Dunkelheit gewöhnt hatten. Nicht gewöhnen konnten sich ihre Nasen aber an den betäubend schweren Geruch in dem Gemäuer. Nicht nach Verwesung, wie sie erwartet hatten, sondern nach Kräutern und Weihrauch. Der Turm war die Quelle des Duftes, der ihnen schon an Bord entgegengeweht war. Neben einer Pfanne mit rotglühenden Kohlen lagen die Scherben einer zerbrochenen Amphore und auf dem Boden noch einige Emmer-Körner. Artes zeigte stumm auf die Treppe im Halbdunkel. Die Stufen schmiegten sich an die Feldsteinwände und führten die Männer aufs Dach des Turmes – wo der Tod wartete.

»Das sind ja Dutzende Leichen.« Rocq drehte sich einmal um die eigene Achse. Das Dach war übersät mit Knochen. Blanken und bleichen, aber auch solchen, an denen noch verdorrtes oder verwesendes Fleisch hing. Eine Krähe hackte emsig Fleisch aus einem Torso am Rand des Dachs, bemerkte erst jetzt die Eindringlinge und floh.

»Ein Turm der Stille.« Hamilkar kratzte sich am Kopf.

»Was soll das sein?«

»Ein Totenhaus, Rocq. Ein befreundeter Händler hatte so etwas in den Gebirgen hinter den großen Steppen im Osten gesehen. Dort bestatten sie die Toten nicht wie wir in der Erde oder verbrennen sie, wie du es bei Völkern im Norden gesehen hast. Dort legen sie die Toten auf hohe Gebäude oder Gestelle, der Sonne näher. Den letzten Weg zu ihren Ahnen sollen sie dann allerdings im Magen von Geiern, Raben oder Füchsen antreten.«

Artes schüttelte sich. »Bei solchen Bestattungsritualen würde ich darauf verzichten, mir einen Mantel aus Fuchsfell zu machen. Aber so seltsam, wie sie ihren Ahnen begegnen, so seltsam gehen sie auch mit den Lebenden um. Dieser Torso könnte zu dem Kopf passen, der unten liegt.«

Rocq kniete sich neben den kopflosen Leichnam, dem außerdem noch ein Arm und ein Unterschenkel fehlten. »Seht ihr seinen Umhang? Der wurde mit dem Farbstoff der Purpurschnecke gefärbt. Und das hier …«, er nahm den Saum in die Hand, »könnte Seide sein.«

»Es hat keinen Armen getroffen«, stellte Hamilkar fest. »Dreh ihn mal um.«

»Dann fass mit an.« Vorsichtig bemüht, das von Rabenschnäbeln und Würmern zerwühlte Fleisch nicht zu berühren, wuchteten die beiden das Opfer auf den Rücken.

»Hoppla«. Verblüfft starrten sie auf die linke Hand des Mannes. Artes musste das Sichtbare noch aussprechen. »Er umklammert einen Stabdolch. Entweder wurde hier ein Priester umgebracht oder ein Fürst.«

»Oder ein Mann, der beides war.« Rocq hatte sich wieder aufgerichtet, schaute nachdenklich auf das bronzene Statussymbol, von dem der Mann auch im Tod nicht lassen wollte. Es war gebürstet und poliert, schimmerte in der Farbe der Sonne. Im Moment strahlt der Stabdolch mehr Wärme aus als die Sonne selbst, dachte Rocq.

»Wie auch immer«, unterbrach Hamilkar sein Grübeln. »Diese Mörder müssen wir finden, damit ich mit ihnen handeln kann.« Artes starrte den Händler verwirrt an.

»Oder du hörst auf, für drei zu essen?«

»Erst, wenn Bären aufhören, Lachsen nachzustellen. Als wir auf das Dach stiegen, hab ich im Nordwesten die letzten dunklen Rauchfahnen eines Feuers gesehen, das jemand erstickt hat. Wenn es dir nichts ausmacht, dass dies hier die traditionelle Art der Problemlösung zu sein scheint«, der Krieger zeigte auf den Kopflosen, »dann lass uns deine künftigen Handelspartner suchen.«

Augenblicke später erzählten die drei Männer ihren Gefährten, was es mit diesem Turm der Stille auf sich hatte. Dann brach die Gruppe auf, bewegte sich langsam auf das Dickicht zu, in dem der Fuchs verschwunden war – und vor kurzem Artes. Der Krieger wollte nicht im Pulk mit den lärmenden Seeleuten durch einen unbekannten Wald streifen, in dem Mörder lauern konnten. Er zog es vor, als Vorhut die Schatten dieses Waldes zu erkunden. Dabei wurde er selbst zum Schatten. Er umkreiste seine Leute, ohne, dass diese es merkten. Mögliche Wegelagerer hätten Artes auch erst bemerkt, wenn es zu spät gewesen wäre. Doch die Gruppe blieb unbehelligt, bis sie ein Dorf erreichte.

»Was für ein Dreckloch.« Malech spuckte die Worte aus, als ihnen aus einer der lehmverputzten, fensterlosen Rundhütten ein verwahrlost aussehender Junge entgegenkam. Dass der höchstens Vierjährige zumindest eine Hose trug, sah man erst auf den zweiten Blick. Denn diese starrte genauso vor Schmutz wie seine Haut und seine Haare. Der Kleine konzentrierte sich so sehr darauf, ein erbärmlich mageres Schwein mit einem Stock vor sich herzutreiben, dass er vor Schreck auf den Boden sank, als die Fremden plötzlich vor ihm standen. Das Schwein nutzte die Chance zur Flucht. Als der Junge dies sah, löste sich seine Schreckstarre und er lief laut schreiend los, hatte aber einige Mühe, das für seine geringe Größe erstaunlich hochbeinige Tier wieder einzufangen.

Angewidert blickte Malech auf seine Schuhe. Der Schlamm der Wege bedeckte bereits das weiche Leder, war sogar bis zu seinen Knöcheln hoch gespritzt. »Was sollen wir hier finden?«

»Vielleicht jemanden, der uns hilft, Vorräte und Medizin aufzustocken. Vielleicht aber nur jemanden, dem wir helfen können.« Die hinter ihm gehende Melana fauchte ihn an. Die Priesterin konnte nicht verstehen, wie Malech das Elend um sie herum kalt lassen konnte – oder warum er so tat.

»Hier findet ihr nichts mehr.« Die Stimme kam von hinten. Die ganze Gruppe wirbelte herum. Ein alter Mann, der im Schatten einer Hütte saß, hatte sie angesprochen. Auf seinen Knien lag ein Fischernetz, das er gerade flickte. Erst jetzt hob er sein Gesicht, um den Neuankömmlingen in die Augen zu schauen. »Es sei denn, ihr sucht das Verderben. Davon haben wir reichlich. Und man braucht noch nicht mal ein Netz, um es einzufangen.« Resigniert schleuderte der Alte das Netz auf den Boden und erhob sich. »Also? Was sucht ihr?«

»Erklärungen.« Rocq sprach langsam. Er fürchtete, dass der Alte ihn nur schwerlich verstehen könnte, so viel Mühe, wie er mit dessen Dialekt hatte. »Was hat es mit diesem Turm auf sich? Wer sind diese Toten?«

Hamilkar legte ihm eine Hand auf den Arm. »Warte ab, Rocq. Erklärungen können warten. Denn eigentlich suchen wir etwas, mit dem wir unsere Mägen und den Schiffsbauch füllen können. Ich habe feinstes Kupfer und würde es gerne gegen Trockenfisch und Pökelfisch eintauschen.«

»Hah, ich fürchte, ich kann nur dem mit der schweren Zunge weiterhelfen. Seid ihr mit verbundenen Augen gesegelt? Oder wie konntet ihr die schlammige Brühe übersehen, die jetzt an unsere Küste klatscht? Früher war das Meer so klar wie ein Kristall. Doch seitdem die Götter grollen, seit dieser riesige Baum am Horizont gewachsen ist, bleiben unsere Netze leer. Unsere Fanggründe verschwanden unter einer Schlammwalze. Entweder sind die Fische tot oder geflohen. Von unseren kargen Vorräten an Trockenfisch können wir euch nichts abgeben. Ochsenhautbarren haben wir schon genug auf der Insel. Aber sie helfen nicht gegen Hunger.«

»Sind die Menschen auf dem Turm verhungert?«, mischte sich Rocq wieder ein.

»Ja. Ein paar Kinder. Unser Häuptling hatte gemeint, die Götter hätten die Kinder als Opfer zu sich geholt. Doch woher wollte er das wissen? Zu ihm sprachen sie doch schon lange nicht mehr. Sonst hätten sie von ihrem Zorn erzählt. Und von der Bestrafung. Der großen Welle, die einige unserer Häuser und Schiffe ins Meer zog – und sogar Stücke des Landes selbst. Dann hätten wir uns Vorräte anlegen können, um uns zu wappnen.« Aufgeregt gestikulierend ging der alte Mann vor den Fremden auf und ab. »Nein, das Ohr der Götter hatte er schon lange nicht mehr. Also haben wir dafür gesorgt, dass er ihnen näher kommt, indem er in seine Ahnenreihe einrückt.«

»Ihr habt ihn erdrosselt.«

»Aber nur, weil er den von uns angebotenen Dolch verweigert hat. So musste er als Feigling vor seine Ahnen treten.«

Rocqs Gesicht war nur noch eine zornige Stirnfalte. »Und, sind eure Netze nun wieder voll?«

Erst jetzt blickte ihm der Alte in die Augen – herausfordernd. »Nein, vielleicht reicht ihnen der Tod eines einzigen Gotteslästerers noch nicht.«

Die Wut über diese unverhohlene Drohung nahm Rocq fast den Atem. Doch dann beugte er sich zu dem Alten runter, bis seine Nase fast die des anderen berührte. »Ich denke, sie empfinden es als Lästerung, wenn Menschen glauben, die Götter wären so beschränkt wie sie. Ein Sündenbock geschlachtet – und schon werden Wünsche wahr. Das ist ein Glaube für Kinder.«

Hamilkar zog scharf die Luft ein. »Ich weiß nicht, woran Kinder glauben, aber ich weiß, woran Händler glauben. Wir haben noch ein paar Amphoren Olivenöl im Schiff. Bist du sicher, dass ihr keinen Dörrfisch, Dörrfleisch oder Mehl entbehren könnt?«

Der Alte wandte sich dem Seemann zu. »Hört ihr nicht zu? Was sollen wir mit Öl, wenn wir keinen Fisch haben, den wir darin braten können. Aber was gebe ich mich mit euch ab?! Geht zu Mako – dort den Weg weiter bis zu dem großen Platz. Er sitzt in der Hütte, aus der heiliger Rauch quillt. Nachdem ihm der Meeresgott offenbart hatte, dass unser alter Häuptling ein Scharlatan war, redet er nun mit den Göttern. Vielleicht hört er ja, dass wir Olivenöl brauchen, weil unsere Netze bald wieder voll sind.«

Entschlossen schob Hamilkar Rocq auf den Weg, der ihnen gezeigt worden war – froh, den Konflikt mit dem Einheimischen noch abgebogen zu haben.

Mit Mako konnten sie allerdings nicht verhandeln. Der neue Priesterkönig war so berauscht von den Drogen, die er über glühenden Kohlefeuern einsog, dass er nur unzusammenhängendes Zeug brabbelte.

Malech stieß Rocq mit der Schulter an. »Siehst du die Mutter, die nach Wurzeln gräbt, während sie ihr Baby säugt? Ihr Kinn ist genauso spitz und ihre Augen sind genauso eingesunken wie die aller anderen Dorfbewohner. Die hungern wirklich. Hier ist für uns nichts zu holen. Und bald sehen unsere Augen auch so aus.«

In diesem Moment guckte Rocq seinen Bruder an – und sah noch, wie ein Wurm zappelnd in dessen Augenwinkel verschwand.

»Iiiih, was ist das denn?!«

»Was?«

»Ein Wurm – in deinem Auge.«

»Das kann nicht sein!« Doch Malech rieb sich die Innenseite seines linken Auges, auf das Rocq zeigte.

»Nein, wirklich. Ich hab ihn genau gesehen.« Rocq drehte sich um zu der Gruppe hinter ihnen. »Melana!« Sofort eilte die Priesterin zu den Brüdern.

»Was soll das, Rocq?« Malech blieb in der Sprache der Südländer, wissend, dass Melana in Hörweite war. »Du willst mir doch nur weismachen, dass der Hungerwurm von diesen stinkenden Insulanern auf mich übergesprungen wäre, damit deine Schamanin mich vermeintlich heilen kann, und ich ihr genauso verfalle wie du.«

»Seine Schamanin?« Melanas Stimme wurde schrill. »Du siehst doch nur deshalb dunkle Mächte am Werk, weil du selbst dunkle Gedanken hegst.«

»Was für dunkle Gedanken?«

»Man muss nicht mit Geistern und Ahnen im Bunde sein, um zu erkennen, dass du neidisch auf deinen Bruder bist.«

»Quatsch.«

»Egal. Es sei denn, Rocq hat mich hergerufen, um durch einen Zauberspruch deine … uns verfolgende Blicke zu bannen.«

»Nein, nein, hört doch auf«, griff Rocq ein. »Malech hat einen Wurm in seinem Auge. Ich habe ihn gesehen.«

»Oh, das ist übel. Zeig mal her.«

Malech wurde laut. »Nichts ist übel, überhaupt nichts. Rocq hat vielleicht geglaubt, einen Wurm zu sehen. Kein Wunder, so viele Würmer, wie er in den Toten im Turm der Stille gesehen hat. Das war bestimmt nur ein Haar oder ein Schatten.«

»Ein Schatten, der zappelt und in deinen Augenwinkel schlüpft? Hast du von solchen Würmern schon mal gehört, Melana?«

»Ich habe schon Frauen und Kinder davon kuriert – aber auch gesehen, wie Männer daran starben. Der Wurm vermehrt sich so sehr im Darm, dass er dem Menschen fast alle Nahrung raubt. Und wenn sie zu viele sind, brechen sie aus, befallen alle möglichen Körperteile. Davon, dass er sogar das Auge erobern kann, hat mir einst Aria berichtet, meine … Ziehmutter.«

»Deine Zaubermeisterin, meinst du wohl. Vergiss es, bei mir wirkt deine Magie nicht. Ich bin gesund. Und sollte ich krank werden, wird mir mein Gott helfen.« Malech drehte Melana den Rücken zu, redete seinen Bruder an. »Hab ich das auf dem Schiff vorhin richtig verstanden, Hamilkar hat hier in der Nähe ein Brunnenheiligtum gesehen?«

»Ja, in einer Höhle. Aber du brauchst jetzt keine Gebete, du brauchst heilende Kräuter.«

»Das ist etwas für Frauen mit Monatsschmerzen und für Männer, die ihren Glauben verloren haben, Bruder.« Malech ließ die beiden stehen, um Hamilkar zu fragen, wo das Heiligtum sei.

»Was glaubt er, in einer Höhle mit einer Quelle finden zu können?«

»Eigentlich gibt es kaum einen besseren Ort, um die Hilfe seines Gottes zu erbitten. Die Menschen meines Volkes glauben, dass die Götter vor allem über die Übergänge wachen: diejenigen von kreuzenden Straßen sind zum Beispiel eine Domäne niederer Götter. Die Übergänge vom Wasser zum Land und von der Erde zum Licht aber sind den Hauptgöttern vorbehalten. Eine halb unterirdische Quelle zieht mein Volk magisch an. Oder sollte es zumindest anziehen.«

»Du zweifelst, dass du deinen Göttern dort begegnest?«

»Wie könnte ich nicht? Auch die Zone zwischen Meer und Ufer ist in unseren Augen ein von den Göttern gesegneter Übergang. Sind die Menschen, die an den Ufern lebten, die wir zuletzt anliefen, gesegnet worden? Sie wurden wohl eher verflucht.« Er legte seine rechte Hand sanft unter Melanas Kinn und fuhr flüsternd fort: »Und niemand hat schmerzlicher als du erfahren müssen, dass nicht mal mehr in den geweihten Tempeln die Götter zu Hause sind.«

Melana legte ihre Hand auf seine. »Versprich mir, nicht zu verzweifeln. Ich bin mir sicher, dass hinter all dem ein Sinn steckt – auch wenn ich nicht weiß, welcher.« Sie blickte dem davoneilenden Malech hinterher. »Wir sollten uns ein Beispiel an deinem Bruder nehmen. Er ist überhaupt nicht erschüttert, er glaubt unbeirrt.«

Rocqs Stimme wurde verbittert: »Wenn er mitfühlen könnte, würde er auch zweifeln.«

»Urteile nicht zu hart über ihn. Ich denke, er ist verletzlicher als du. Hinter dieser Maske der Härte versteckt er so viel Angst, dass er sich nicht mal traut, meine Heilkräuter auch nur zu berühren.«

»Lass uns ihm zu der Höhle folgen. Vielleicht legt er diese Maske wenigstens im Angesicht seines Sonnengottes ab … und wird dafür von dem Wurm befreit.«

Nachdem Hamilkar erklärt hatte, was Malech vorhatte, machte sich eine größere Gruppe der Besatzung auf, ebenfalls in dem Brunnenheiligtum zu beten. Rocq und Melana schlossen sich den Männern an. Sie wollten in der Nähe bleiben, um zu versuchen, Malech doch noch zu einer Behandlung zu überreden. Außerdem wollte Melana am Wegesrand und im angrenzenden Wald nach Pflanzen und Pilzen suchen, mit denen sie dem Wurm zu Leibe rücken könnte.

Ohne Hamilkar wären sie beinah an dem Heiligtum vorbeigelaufen. Nur eine unscheinbare, nicht einmal mannshohe Öffnung im Fels führte ins Innere.

»Die Inselbewohner glauben, dass allzu viel Menschenwerk diesen Ort entweihen könnte«, erklärte Hamilkar, während er durch die Öffnung in das Halbdunkel der Höhle schlüpfte. »Ein Säulenportal oder auch nur ein bequemerer Zugang sind deshalb tabu.«

Als sich ihre Augen an das diffuse Licht gewöhnt hatten, verstanden alle, warum. Die Höhle war ein Wunder, das keine Menschenhand brauchte. Selbst das Licht der seit Tagen nur noch fahlen Sonne brachte etwas Zauber in das Dunkel der Erde. Einige Strahlen fielen direkt durch den schmalen Eingang der Höhle auf eine Quelle. Deren Wasser strömte nicht schwarz und schwer aus dem Leib der Erde, wie Rocq es schon oft gesehen hatte, sondern hellgrün wie ein Smaragd.

»Sieh, das helle Felsgestein unter dem Wasser ist von Kristallen durchsetzt. Es wirft das Licht zurück, verstärkt es sogar.«

Melana nickte. »Wie die Augen einer Katze.«

»Stimmt. Aber für Malech wird es aussehen, als ob ein Finger des Sonnengottes das Wasser berührt.«

»Dort hinten steht er übrigens.«

Erst jetzt sah Rocq den Schatten im Halbdunkel unterhalb der Quelle. In einem schartigen Kanal, der lange vor den Menschen von einem unterirdischen Fluss in den Fels gewaschen worden war, stand ein kleineres Abbild der Quelle – das einzige Menschenwerk in diesem Heiligtum. Eine runde, glatt polierte Wanne aus demselben hellen Fels, der auch die Quelle umfing wie die zwei aneinandergelegten Hände eines Gottes. Dieser Brunnen wurde durch eine schmale

Tonröhre mit dem Wasser aus der Quelle gespeist. Eine tiefer liegende Röhre transportierte das Wasser wieder zurück zu dem schmalen Bach, in den sich die Quelle ergoss – und der tief im Innern der Höhle im Dunkel der Erde verschwand. Mit einer hölzernen Schöpfkelle, die am Rand des Brunnens hing, goss sich Malech gerade das geweihte Wasser über den Kopf. Melana sah, dass Malech nackt war. Aus seinem hageren Rücken stachen die Rippen und die Wirbelsäule hervor. Ein tiefer Schluck aus der Kelle, dann kletterte er über Felsvorsprünge, die von den Füßen vorangegangener Generationen fast zu Stufen geglättet worden waren, hinauf zu der Quelle. Mit einem Seufzen sank er in das Wasser, schwamm ein paar Züge bis zur Mitte, wo Mücken in dem Sonnenstrahl tanzten. Dort drehte sich Malech auf den Rücken. Melana schlug die Augen nieder, als sie sah, dass sein Glied hart und aufrecht aus dem Wasser ragte.

»Seht euch das an.« Artes' volltönende Stimme füllte mühelos die Höhle. »Das nenne ich mal eine Ehrerbietung, die eines Gottes würdig ist.«

Prustend drehte sich Malech im Wasser auf den Bauch. Als er versuchte, aufzustehen, rutschte er auf dem glatten Felsgrund aus und fiel strampelnd mit einem lauten Klatsch zurück ins Wasser. Das Gelächter der Seeleute dröhnte laut in dem Heiligtum.

»Ich glaube aber nicht, dass der Sonnengott deine Standarte schätzen kann«, rief Artes Malech zu, als er den Kopf wieder über der Wasseroberfläche hatte. »Du solltest nächstes Mal in einem Tempel der Muttergöttin dein Opfer bringen ... oder waren deine Gedanken gar nicht bei deinem Gott, sondern bei einer Frau?«

Erneut schwoll das Gelächter zu einem Dröhnen an. Malechs sonst so schlagfertiges Mundwerk blieb stumm. Wohl auch, weil seine Augen trotz des Dämmerlichts die Gestalt Melanas erkannt hatten, die mit gesenktem Kopf, aber energischen Schritten zum Ausgang eilte.

Nie hatte sich Malech so gedemütigt gefühlt, wie in diesem Augenblick. Er schleuderte Artes und den Seeleuten obszöne Flüche entgegen und floh aus dem Wasser. Aber es war noch nicht zu Ende. Bereits geblendet vom Tageslicht hinter der Felsspalte hörte er Artes' nächsten Spott: »Jungs, ich weiß nicht, wie ihr das seht, aber ich verzichte darauf, etwas von dem heiligen Wasser zu trinken, das unser Malech auf seine Weise geweiht hat.«

Das Lachen der Männer klang Malech noch im Ohr, als er das Schiff schon fast erreicht hatte.

Melana war bereits an Bord, doch sie vermied jeden Augenkontakt mit ihm. Kurze Zeit später kamen die anderen nach. Hamilkar drängte zum Aufbruch. Die rasant wegschmelzenden Vorräte machten ihm mehr Sorgen, als er vor seinen Männern zeigte. Wenn sie auf der nahen Nachbarinsel wieder keine Nahrung bunkern konnten, würde er den letzten Sprung Richtung Festland gar nicht mehr riskieren.

»Weißt du, Rocq, in diesem ganzen verdammten Meer fühle ich mich wie ein Kind in seinem eigenen Haus. Ich kenne jeden Winkel. Doch wie fast jedes Kind habe ich einen Raum, vor dem ich mich fürchte. Und diesen Raum betreten wir jetzt.«

»Was ist hier so bedrohlich?«

»Hier ist nichts, wie es scheint. Etwas weiter nördlich wirkt die See klar wie ein Smaragd – und versteckt doch Riffe, auf denen dein Schiff zerbricht. Der Wind wechselt ständig seine Richtung. Und er wird schneller zum Sturm, als du vom Abtritt runterkommst. Mitten im flachen Küstengewässer gibt es Untiefen, in denen dein Anker für immer verschwindet. Und wenn wir unser nächstes Ziel, die Insel der Bienenkorbhäuser, erreichen sollten, fängt der Ärger erst an. Jetzt, wo der Sommer langsam zu Ende geht, kommt dort der fürchterliche Wind häufig von Nord, also für uns im Moment von vorn.«

»Können wir nicht kreuzen oder rudern?«

»Ich kreuze mit der *Dido* gegen jeden Wind, aber nicht gegen diesen. Er hat eine solche Gewalt, dass er die Wellen zu hungrigen Bestien aufpeitscht, die jedes Schiff verschlingen können. Vor diesem Wind habe ich mich vor Jahren mit zwei Schiffen in eine Bucht gerettet.«

»Also gibt es Schutz ...«

»Buchten gibt es viele, doch sie lullen dich ein wie Meerjungfrauen. Vor allem in der Nacht säuselt der Wind in diesen Buchten nur noch sanft dahin. Der Kapitän meines anderen Schiffes dachte damals, der Sturm wäre bereits vorbei. Er drängte auf Weiterfahrt, schalt mich einen Feigling und segelte zurück aufs offene Meer. Dort trieben ihn die Windgeister vor sich her nach Süden. Ich habe nie wieder etwas von ihm oder meinem Schiff gehört.«

»Und dort müssen wir hin?«

»Diese Insel ist unsere letzte Chance, etwas Essbares zu finden. Ich möchte mich nicht den tückischen Windgeistern stellen, während der Hungerwurm an mir nagt.«

Kaum hatten die Ruderer ihren Rhythmus aufgenommen, bekam Rocq eine Vorstellung davon, was dem Seemann Sorgen machte. Die Küste zog zu seiner Rechten sehr viel langsamer vorbei als zuletzt. Denn wann immer die *Dido* den Bug in Richtung offene See drehte, vor allem, um tückischen Unterwasserfelsen auszuweichen, kassierte sie Schläge. Zumindest empfand er es auf seiner Ruderbank so. In unablässiger, kurzer Folge klatschten steil aufragende Wellen gegen das Schiff, die Gischt hatte alle an Bord schnell durchnässt. Der Wind blies ihnen so stark entgegen, dass Rocq befürchtete, sie kämen überhaupt nicht voran. Suchten sie aber unter Land Schutz vor dem Wind, fuhren sie Umwege, weil sie der gesamten Küstenlinie folgen mussten. Ständig warf Hamilkar das Ruder hart herum, damit sie nicht aufliefen.

»Verdammte Brühe. Hier sollte das Wasser so klar sein, dass man jedes Sandkorn auf dem Grund sehen kann. Und was haben wir? Milch verquirlt mit Dreck.« Wieder drückte er das Steuerruder nach backbord. Schnell tauchten die Ruder in tieferes Wasser ein, aber auch in aufgewühlteres. Hamilkar traute sich wegen des trüben Wassers nicht mehr, die unzähligen kleinen Inseln an der dem Festland zugewandten Seite zu umfahren. Lieber beutete er noch die letzte Kraftreserve seiner Ruderer aus, die jedoch immer häufiger den Gleichtakt verloren. Der Kampf gegen den Wind in einem bockenden, schlingernden Schiff forderte seinen Tribut.

»Seht ihr, die Küste wird flacher«, brüllte er gegen den Wind. »Es gibt kaum noch Buchten, gleich haben wir es geschafft.« Das war eine Lüge. Zwar lag die *Sardinen-Insel* tatsächlich bald hinter ihnen, doch lauerte noch eine große Anstrengung auf die Männer: die *Schilfrohrstraße*, wie Hamilkar die Meeresenge zwischen den Inseln nannte. Nicht, weil dort so viel Schilf an der Küste zu finden wäre, sondern weil diese Meeresenge Schiffe ausspuckte wie er selbst einen Kirschkern durch ein Schilfrohr. Hamilkar wurde mulmig, wenn er daran dachte. Seine Männer würden wahrscheinlich schon den Nordwind mörderisch nennen, gegen den sie seit dem frühen Morgen ankämpften. Dabei war das nichts gegen das Inferno, das sie in der Meeresenge erwartete. Die Windgeister drängten sich dort zwischen den Inseln zusammen, schubsten und knufften sich, versuchten, dem Engpass zu entkommen. Und wurden immer wütender und schneller. Hamilkar wischte sich über die Augen.

Die Passage durch die *Schilfrohrstraße* konnte er vergessen, das war ihm klar. Doch an der Ostküste der *Bienenkorb-Insel* würde der Gegenwind auch stetig heftiger werden. Dem konnten seine Männer nichts mehr entgegensetzen. Also musste er die *Dido* an dem Schilfrohr vorbeiführen, ohne allzu weit nach Osten abgetrieben zu werden, um dann schnell eine sichere Bucht zu finden. Fanden sie auf der *Bienenkorb-Insel* endlich Nahrung, war sie eine wichtige Etappe auf ihrem Weg zur *Zinn-Insel*. Fanden sie nichts, müssten bald Skelette die *Dido* rudern.

»Wir müssen kämpfen«, schrie er den Ruderern zu. »Die Windgeister wollen uns zurücktreiben. Dorthin, wo wir nichts anderes finden als den Tod. Aber ihr habt die Kraft, ihnen zu trotzen.«

Nur die Männer auf den ersten drei Sitzbänken konnten den Kapitän überhaupt hören. Zu laut toste der Wind. Aber keiner antwortete. Sie brauchten ihre Konzentration, um den Rhythmus nicht zu verlieren. Es war ihnen auch egal, was Hamilkar sagte. Solange er sie aus diesem Chaos aus Gischt und Wind herausführte. Dazu brauchte Hamilkar die Kraft seiner Männer, sein eigenes seemännisches Geschick und eine große Portion von dem, was sie seit Tagen verlassen zu haben schien: Glück. Oder Astartes Beistand.

Hamilkar beorderte seinen Steuermann an das Ruder, dann eilte er in den Laderaum seines Schiffes. Sofort fand er, was er suchte: ein nicht mal handtellergroßes Tongefäß, das wie ein Pinienzapfen geformt war. Darin war der Duft des Südens eingefangen. Das Parfum hatte Hamilkar vor Monaten vier Seidenballen, eine Kette aus seltenen Herzmuscheln, Täubchenschnecken und Turmschnecken sowie einen erlesen geschmiedeten Bronzedolch gekostet. Ein Opfer, das einer Göttin der Schönheit durchaus angemessen war.

»Und außerdem«, murmelte Hamilkar vor sich hin, während er das Gefäß in seinem Gewand verstaute, »ist die Zeit, in der für Düfte Reichtümer bezahlt wurden, von einer Welle verschluckt worden. Niemand will gut duften, während er verhungert.« Er hatte die Reling schon halb erklommen, als er noch einmal umkehrte und eine Kiste, die in der Ecke des Laderaumes stand und die für alle anderen tabu war, öffnete. Mit spitzen Fingern hielt Hamilkar ein grün-weißes Rollsiegel aus Serpentin in die Höhe und betrachtete die schlangenförmige Zeichnung des Minerals sowie die eingekerbten Schriftzeichen.

»Damit habe ich meine Geschäfte besiegelt. Jeder, der mein Zeichen sah, wusste, dass er gute Ware pünktlich geliefert bekam. Das war das Rückgrat meines Erfolgs, vielleicht sogar noch mehr als die *Dido*. Astarte wird den Wert dieses Opfers zu schätzen wissen und auch verstehen, dass sie solche Gaben nicht mehr oft bekommen wird.« Hamilkar wischte sich über die Augen, die auf einmal verräterisch brannten.

Er zog sich auf die Reling, nickte dem Steuermann zu und ging zum Bug des Schiffes, wo er sich auf die Planken kniete und seine Opfer in die Höhe hielt. Nach einigen Augenblicken stand er mit gesenktem Kopf auf und bat Astarte, ihn jetzt nicht allein zu lassen, nachdem sie ihm so viele Jahre Geleitschutz auf seinen Reisen gewährt hatte. Dann ließ er das Siegel und das Parfum in das milchig-grüne Wasser fallen.

»Käpt'n, kann ich euch kurz sprechen?« Sichtlich verlegen drehte Havlar, einer von Hamilkars Matrosen, seine Mütze in seinen Händen. »Wie ihr wisst, komme ich vom Rand des besiedelten Meeres.«

»Ich weiß, du kommst aus Wilusa. Wo ihr es versteht, den Nordwind in einer Meeresenge zu versilbern.«

Havlar nickte. »In der Tat. Wir bieten den Schiffen, die gegen den Wind und gegen die Strömung nicht Richtung Schwarzes Meer segeln können, einen sicheren Hafen und Logis.«

»Und wer euren Großmut oder die völlig überteuerten Liegegebühren nicht so schätzt, so wie ich vor drei Jahren, dem helft ihr auch weiter. Entweder schleppt ihr das Schiff am Ufer entlang oder ihr ladet alles um auf ein anderes Schiff, das weiter im Norden liegt, wo die Strömung nicht mehr so stark ist. Das hat mich allerdings so viel gekostet, dass ich die Heuer meiner Besatzung aus meinem Ersparten bezahlen musste.« Hamilkar lachte. »Ihr habt Wegelagerei zur Kunstform erhoben, aber was habe ich davon?«

»Davon nichts, aber sicher von einem Geheimnis, das seit ewigen Zeiten in unseren Köpfen sicher war.«

»Setz dich zu mir. Ich höre.« Beide kauerten sich auf einen Balken im Bug des Schiffes und steckten die Köpfe zusammen.

»Also, in Wirklichkeit stimmt es nicht, dass man die harte Strömung vor Wilusa bei Gegenwind nicht überwinden kann.«

»Habt ihr ein Segel erfunden, mit dem man besser gegen den Wind kreuzen kann?«

»Nein, das wäre vor meiner windumtosten Heimat wirkungslos. Wir haben ein Segel erfunden, das nicht den Wind einfängt, sondern das Wasser.«

Hamilkar bedachte seinen Matrosen mit einem Blick, als ob eine Qualle vor seinen Augen Flöte spielte. »Ihr segelt mit Wasser?«

»Genau. Weil uns der Meeresgott ein Geschenk gemacht hat. Das Wasser, auf dem die Schiffe schwimmen, drängt vor Wilusa nach Süden. Mit Macht, genau wie der Wind. Aber tief unter der Wasseroberfläche ist eine kraftvolle Strömung, die nach Norden führt. Nur wir Einheimischen wissen davon … und jetzt du. Generationen von Seeleuten haben herumprobiert, wie man den unterseeischen Fluss nutzen kann. Jetzt lassen wir unsere Schiffe – wenn keine Fremden in der Nähe sind – von Segeln nach Norden ziehen, die wir mit Leder und Holz verstärkten und mit Gewichten vor unseren Schiffen versenken.«

»Unglaublich. Ihr müsst ein sehr verschwiegenes Volk sein, wenn ihr das über die Jahrhunderte geheim halten konntet.«

»Das sind wir. Deshalb tragen wir es auch nicht weiter, wenn wir anderswo auf ein ähnliches Wunder stoßen – wie in der Meeresenge, die vor uns liegt.«

»Gibt es dort einen Fluss am Meeresgrund, der nach Westen strömt?«

»Das hat mir zumindest ein Cousin berichtet, den ich im Hafen von Tyros getroffen hatte.«

Hamilkar stand auf. »Havlar, du bist jetzt den vierten Sommer auf einem meiner Schiffe. In dieser ganzen Zeit habe ich noch nicht einmal erlebt, dass du den Spaßvogel gegeben hättest, selbst lachen habe ich dich nur sehr selten gesehen. Wäre es anders, würde ich glauben, dass du mich veralbern willst. So aber sage ich: Lass es uns probieren. Ein Segel in der Tiefe kann unsere Chancen nicht sehr viel schlechter machen. Was brauchen wir?«

»Ein kleines Sturmsegel. Wachs. So viele Lederstreifen wie möglich. Starkes Holz. Vier Taue und einige Steingewichte. Aber ich brauche ein bisschen Zeit, um alles vorzubereiten.«

»Gut, dann kehren wir diesem schrecklichen Wind die Seite zu und suchen uns einen geschützten Ankerplatz.«

Der Steinanker war noch nicht ins Wasser gefallen, da hatte Havlar bereits alles Material zusammengesucht. Als Hamilkar sah, wie routiniert sein schweigsamer Matrose Leder auf das Segel nähte, einen Holzrahmen wie für einen Flugdrachen zimmerte, das Flachsgewebe mit Wachs wasserdicht machte und am Ende Steingewichte am unteren Ende des Segels einnähte, verschwand seine letzte Skepsis. Auch das anfängliche Gefrotzel der Mannschaft verstummte. Havlar wusste, was er tat. Das konnte jeder sehen. Bald würde sich zeigen, ob sie einem Verblendeten ins Verderben nachrannten oder ob sie dessen Verstand vor dem Verderben bewahrte.

Weil Havlar sich nicht scheute, alle an Bord als Helfer einzuspannen – sogar den höhergestellten Steuermann – waren sie noch vor Einbruch der Nacht fertig. Doch Hamilkar wollte sich dem Wagnis mit dem Wellensegel in der *Schilfrohrstraße* nur stellen, wenn er ausgeschlafen war und sehen konnte – obwohl die Dunkelheit ein gnädiger Verbündeter wäre, wenn er sich mit diesem merkwürdigen Gestell lächerlich machte.

Die Sonne schickte gerade ihre ersten schwächlichen Strahlen über den Horizont, als die Matrosen unter Havlars Anleitung schwere hölzerne Zapfen aus dem harten Holz des Südens durch die beiden vordersten Ruderlöcher in der Bordwand steckten. Daran befestigten sie die vier starken Hanftaue, die das Wellensegel halten sollten. Ein etwas dünneres Tau wurde oben am Rahmen des Segels befestigt. Hiermit wollte Havlar das Segel bei Bedarf dichtholen oder fieren.

Die drei Nordmänner hatten nichts von der Unterhaltung zwischen Hamilkar und Havlar mitbekommen. Trotzdem packten sie mit an. Artes witzelte Malech in ihrer Muttersprache an: »Die im Süden wissen nicht mal, wie man Fischreusen baut. Aber vielleicht können wir dieses Teil als Sieb benutzen, falls die sich beim Bierbrauen als genauso unfähig erweisen.«

Doch Malech blieb stumm, er blickte den Gefährten nur aus zusammengekniffenen Augen böse an. Zu tief saß der Stachel der Demütigung, die er im Brunnenheiligtum hatte erfahren müssen.

Rocq ignorierte seinen gekränkten Bruder. »Ich kann mir nur vorstellen, dass das etwas mit der Meeresstraße zu tun hat, auf die wir zulaufen. Ich habe gehört, wie sich Matrosen zuraunten, der Kapitän müsse verrückt geworden sein, wenn er auf diesem Kurs bleibt.«

»Was soll so verrückt daran sein?«

»In der Meeresstraße selbst sollen der Gegenwind und die Strömung so mächtig sein, dass nicht mal die stärksten Ruderer dagegen ankommen – von der Möglichkeit, gegen den Wind zu kreuzen, ganz zu schweigen. Fahren wir aber an der Ostküste der nächsten Insel weiter nach Norden, laufen wir Gefahr, von plötzlich aufkommenden Stürmen zerfetzt zu werden, wobei schon der normale Nordwind stark genug sein soll, um uns wieder auf die Insel der *Stierspringer* zu pusten.«

Als das geheimnisvolle Segel fertig war, vertäute Havlar es an Bord. Augenblicke später rief Hamilkar die Männer wieder an die Ruder. Die *Dido* warf sich in den beißenden Nordwind, ritt durch einige Wellen, durchpflügte die Gischt. Langsam lösten seichte Sandstrände backbord die Felsküste ab. Hamilkar wusste, dass sie die *Sardinen-Insel* bald hinter sich lassen würden. Er steuerte die *Dido* etwas näher an die Küste. Dort fiel das Rudern leichter. Und Havlar konnte das Meeressegel gemeinsam mit einem Helfer an den mächtigen Holzzapfen im Bug festzurren. Langsam schob sich der Segler aus der letzten schützenden Bucht, und musste gleich zwei tobenden Windgeistern die Stirn bieten: einem aus dem Norden und einem, der aus West durch die schmale Wasserstraße raste, die sich vor dem Schiff öffnete. Sehen konnten diese allerdings nur Hamilkar, sein Steuermann, Havlar und die Frauen an Bord. Alle anderen wandten der *Schilfrohrstraße* die vor Anstrengung gekrümmten Rücken zu. Und hörten ein beängstigendes Rauschen von vorn.

Hamilkar schritt zwischen den Ruderbänken durch. »Keine Angst, Männer. Das klingt zwar wie ein Wasserfall, sind aber nur die Windgeister, die sich in der *Schilfrohrstraße* austoben. Sie warten auf uns, wollen uns die Passage verwehren. Aber wir sind mit dem Gott der Tiefe verbündet.« Unhörbar flüsternd schloss er: »Und ich hoffe, dass er uns nicht allzu bald zu sich ruft.«

Hamilkar lenkte die *Dido* in die Mitte zwischen den beiden Inseln. Die Ruderer fluchten.

Dann schrie der Kapitän: »Jeeeetzt!«

Havlar und sein Helfer wuchteten das Segel über den Vorsteven und ließen gleichzeitig los. Glucksend versank es in der Tiefe. Ein Ruck ging durch das Schiff, als eine unsichtbare Kraft begann, die *Dido* nach vorne zu ziehen.

Die Augen an Bord waren schreckgeweitet. Doch niemand schrie. Ohne, dass es eines Befehls des Kapitäns bedurft hätte, zogen die Männer ihre Ruder ein. Eine an Angst grenzende Scheu ließ nur ein leises Gemurmel zu, das der Wind direkt von den Lippen der Männer riss. Wer konnte wissen, was ihnen hier zuhörte? Artes starrte auf die weißen Wellenkämme, die sich ihnen entgegenstellten und die dann doch schnell an ihnen vorbeiglitten. Der harte Wind von vorn blies ihnen ins Gesicht. Rechts flogen majestätische Kreidefelsen förmlich vorbei. Einige überhängende Klippen dieser nächsten Insel sahen aus wie Hände, die nach der *Dido* griffen, diesem Schiff, das sich nicht nur ohne die Kraft von Muskeln oder des Windes fortbewegte, sondern Wind und Wellen sogar die Stirn bot. Diese Insel war ihr Ziel. Rocq löste sich aus seiner Erstarrung. »Kommt mit zum Bug. Wir wollen uns dieses Wundersegel einmal näher ansehen.«

»Wunder?«, schrie Malech auf, »hast du auf dieser gottlosen Insel deinen Glauben verloren? Sie stellen sich gegen die Götter. Sie verhöhnen sie.« Mit hochrotem Kopf schlug Malech die Faust auf die Reling, wieder und immer wieder. »Wenn Wind- und Meeresgott den Menschen den Weg nach Osten weisen, dann ist für uns der Weg nach Westen tabu.«

Rocq packte seinen Bruder an den Schultern und schüttelte ihn. »Was ist nur los mit dir, Malech? Wie oft sind wir beide zusammen gegen Wind und Wellen angerudert. Das war doch noch nie tabu, auch für dich nicht.«

Malech riss sich los. »Fass mich nicht an. Deine Sinne sind verwirrt. Wenn wir rudern, Bruder, nutzen wir die Kraft, die der Sonnengott uns schenkt. Wir sind dann Teil seines Plans. Selbstverständlich dürfen wir dann den niederen Göttern trotzen. Aber wessen Kräfte ziehen uns gerade?« Mit flackerndem Blick starrte Malech zum Bug, wo die hölzernen Zapfen unter dem Zug des Wellensegels knarrten. »Da sind keine göttlichen Kräfte am Werk. Wir haben uns dunklen Mächten ausgeliefert.«

Rocq sah Artes an und zuckte die Schultern. Dann gingen beide zum Bug. Dort tigerte Havlar emsig hin und her, kontrollierte die Taue, blickte immer wieder in das aufgewühlte Wasser vor dem Schiff.

»Bist du stolz auf das Wunder, das du bewirkt hast?«, fragte Rocq, der seine Neugierde nicht mehr bezähmen konnte.

»Das ist kein Wunder, Nordmann. Das ist nur Wissen. Stolz bin ich auf mein Volk, das seit Generationen das Meer beobachtet. Nur, weil wir das tun, sprechen die Wellen zu uns – und sendet uns das Meer manchmal sogar einen Ochsen, der uns zieht.«

»Ich vermute, mein staunender Blick erinnert dich an einen Ochsen. Erklärst du mir trotzdem, wie du das Meer ins Geschirr nimmst?«

Havlar lachte. »Sicher, das sollte klappen. Zu Hause lernen das schon die zehnjährigen Schiffsjungen, und von dir behaupten einige an Bord, du würdest über die Zeit gebieten.«

»Gebietest du über die Mächte der Tiefe?«

»Nein, ich nutze sie nur.«

»Genau das mache ich mit der Zeit. Zeigst du mir nun, wie du das Meer zum Ruderer machst?«

»Wenn du mir zeigst, wie Menschen, die an verschiedenen Ufern eines Meeres leben, wissen können, dass sie zur selben Zeit aufbrechen, um sich zu treffen.«

»Selbstverständlich.«

Die beiden Männer setzten sich auf die Planken. Ihre Köpfe waren auf Höhe der knarrenden Zapfen, doch sie hatten die Welt um sich herum vergessen. Die Meeresströmung zog die *Dido* durch die Meerenge. Hamilkar und der Steuermann mussten sich mit Macht in das Ruder stemmen, um das Schiff auf Kurs zu halten. Zunächst offenbarte Havlar das Geheimnis der Trojaner. Rocq war fasziniert. »Aber wie habt ihr diese Meeresströmung entdeckt?«

»Das waren unsere Fischer. Sie wollten mit langen Leinen Plattfische angeln, die am Meeresgrund leben. Aber egal, wie schwer die Gewichte waren, die sie an die Haken hängten, sie wurden immer nach Osten gezogen – obwohl die sichtbare Strömung nach Westen ging.«

»Nach Flundern geangelt und Wissen an den Haken bekommen?!«

»Genau so. Und wie bist du den Gezeiten des Himmels auf die Spur gekommen?«

»Auch ich stehe dabei auf den Schultern eines Riesen, meiner Ahnen nämlich, die seit Generationen den Nachthimmel beobachten. Das waren allerdings keine Fischer, sondern Bauern. Und die nutzten schon seit langem das Siebengestirn als Taktgeber. Ist es im Frühjahr in der Abendröte zum letzten Mal sichtbar, bevor es verschwindet, ist es Zeit, den Ochsen in die Furche zu bringen, um die Aussaat vorzubereiten. Geht das Siebengestirn im Herbst im vom Vollmond beherrschten Himmel zum ersten Mal unter, muss die Ernte eingebracht werden. Den Bauern reichte dieser Taktgeber. Aber mein Vater, ein Priester, entdeckte einen viel langsameren Takt hinter dem Rhythmus des Jahres. Er beobachtete, dass 32 Sonnenjahre genau 33 Mondjahren entsprechen. Aber die Götter bewegen sich in der Ewigkeit, ihre Geduld können wir Menschen nicht aufbringen. Sonst würden wir über Jahrzehnte nicht wissen, wo wir uns gerade im Jahr befinden. Aber obwohl wir aus ihrer Sicht nicht mehr sind als Eintagsfliegen, haben die Götter an uns gedacht und Zeichen am Himmel hinterlassen.«

»Und die hast du entdeckt?«

»Entdeckt haben sie schon andere, aber die haben ihre Bedeutung nicht verstanden. Hör zu: Wenn im ersten Monat des Jahres – also im Frühjahr – im frühen Abendhimmel eine schmale Neulichtsichel beim Siebengestirn steht, ist dies ein normales Jahr. Die Sieben werden in wenigen Tagen untergehen, der Frühling naht. Erreicht der Mond aber erst in der späten Abenddämmerung des dritten Tages des Frühlingsmonats das Siebengestirn, ist er viel dicker – und weiter entfernt vom Sonnenherrscher am Himmel.«

»Also kommt der Frühling auch später.«

»Genau. Deshalb ist dieses das Jahr, in dem wir einen Monat einfügen müssen. Nur so bleibt unser Kalender im Takt mit den Jahreszeiten. Und hier haben die Götter nochmal die Zahl 32 versteckt!«

»Wieso?«

»Weil wir einen Takt des Mondes einfügen müssen, wenn vom Neulicht des Vormonats bis zur Annäherung des Mondes an das Siebengestirn 32 Tage vergehen.«

»Verblüffend. Aber wie oft müssen wir einen zusätzlichen Monat einfügen?«

»Eigentlich alle drei Jahre. Aber wenn wir den Tanz der Sterne nicht beobachten konnten, weil Wolken den Himmel verdeckten, haben wir erst geschaltet, wenn wir wieder etwas sehen konnten.«

»Und für diese Nächte hast du den Tanz der Sterne auf deiner Scheibe verewigt.«

»Ja. Artes hat mich zwar verspottet, dass kein Mensch außer mir die Himmelsscheibe verstehen könnte, aber das glaube ich nicht. Denn eigentlich ist alles so klar wie der kalte Winternachthimmel: Wir haben auf der Scheibe die Mondsichel, die viel dicker ist als das Neulicht, ebenso wie bei einer drei Tage alten Mondsichel. In ihrer Nähe ist die Rosette des Siebengestirns. Wir haben 32 Sterne auf der Scheibe. Sie verweisen sowohl auf den Tagesabstand zwischen den Neulichtnächten im Schaltjahr wie auf die 32 Sonnenjahre. Und wir haben einen Vollmond, der auf den Frühlingsanfang hinweist. Ich habe ihn aber mit einem angedeuteten Strahlenkranz angebracht, so dass er auch die Sonne sein könnte. Zählt man ihn als Mond aber mit zu seinen nächtlichen Gesellen, den Sternen, verweist er auf die 33 Mondjahre. So müsste jeder verstehen, dass diese Scheibe der Schlüssel ist, um den Gleichtakt des heißen Gottes des Tages und der bleichen Göttin der Nacht zu gewährleisten.«

Havlar lachte, bis ihm die Tränen kamen. »Ich schätze, ich bin auf Artes' Seite. Was für dich der Schlüssel der Götter ist, wird für andere der niemals zu entschlüsselnde, geheime Wille der Götter bleiben. Ich fürchte, als du die Scheibe aus der Hand gegeben hast, beschertest du ihr ein Schicksal als Schmuckanhänger für irgendeinen Barbaren.«

»Nein, bestimmt nicht. Tyr wacht in der Heimat über sie, mein Lehrer. Er wird sie beschützen.«

Während die Männer ihre Geheimnisse austauschten, zog die mächtige Unterwasserströmung das Schiff durch die Meeresstraße. Hamilkar war begeistert von ihrer Geschwindigkeit. Schon lange hatten sie die hellen Kreidefelsen hinter sich gelassen. Dunkles Gestein beherrschte nun die Küste. Und dann sah der Phönizier mit Mühe gegen das trübe Licht der untergehenden Sonne steuerbord voraus die markante Formation, die das Ende dieser tückischen *Schilfrohrstraße* anzeigte: Vorgelagert im Wasser, quer zur Küste, lag ein Felsen, den Wind und Wellen in der Mitte ausgehöhlt hatten.

»Das Windauge.«

Hamilkars Ruf beendete die Unterhaltung von Havlar und Rocq. Beide blickten wie alle anderen an Bord nach vorn. Das riesige, leere Felsenauge starrte zurück. Hamilkar kam nach vorne zum Bug.

»Führt uns die Strömung in der Tiefe auch noch nach Norden?«

»Nein, leider nicht. Sobald wir diesen Engpass zwischen den Inseln passiert haben, sind wir wieder auf den Wind und auf unsere Muskeln angewiesen. Spätestens bei dem Auge müssen wir das Wellensegel hochholen, wenn es uns nicht bremsen soll.«

»So soll es geschehen. Wenn uns jetzt das Glück weiter zulächelt, hast du unser aller Leben gerettet. In diesem Fall verspreche ich dir, dass ich das Geheimnis deines Volkes nicht leichtfertig verbreiten werde. Dazu bin ich dir zu sehr zu Dank verpflichtet.« Der Kapitän umarmte seinen Matrosen und wandte sich zum Gehen, drehte sich dann doch noch mal um. »Sollten wir aber auch auf der *Bienenkorb-Insel* nichts Essbares finden, nehmen wir dein Geheimnis ohnehin mit ins Grab.«

Nachdem das Wellensegel im Laderaum verstaut war, zwang die schnell untergehende Sonne die *Dido*, Schutz in der ersten größeren Bucht der Westküste zu suchen. Hamilkar ließ den Anker in respektvollem Abstand zum Ufer werfen und die letzten Vorräte an die Männer und Frauen verteilen. Wenn der Nordwind morgen wechseln oder wenigstens schwächer sein würde, könnten sie sein Ziel, eine riesige Bucht auf Höhe der Mitte der Insel, bis zum Mittag erreichen. Dort würde sich ihr Schicksal entscheiden.

»Wir schaffen es nicht, oder?«

Rocq verschluckte sich an dem Stück Trockenfisch, das immer noch nicht weich war, obwohl er schon so lange darauf herumkaute. Er hatte Melana nicht kommen sehen. Fast war er froh über seinen Hustenanfall, verschaffte er ihm doch Zeit, sich eine Antwort zu überlegen. Er konnte sich keine stärkere Frau als Melana vorstellen, also entschied er sich für Ehrlichkeit.

»Unsere Chancen sind gering. Die Winde sind gegen uns, ebenso das Meer. Wir schlucken gerade unsere letzten Bissen hinunter. Es scheint, als ob die Götter beschlossen hätten, dass unser aller Lebensfaden abgeschnitten gehört.«

Als Melana den Kopf senkte und lautlos zu schluchzen begann, zog Rocq sie an sich. Sie ließ es geschehen.

»Aber falls es nicht so ist, falls die Götter noch nicht wissen, wie unser Schicksal aussieht« – er küsste ihr Haar –, »falls sie erwarten, dass wir unser Schicksal in die eigenen Hände nehmen, gäbe es niemanden, mit dem wir mehr Chancen hätten, zu überleben, als mit Hamilkar. Er wittert Möglichkeiten. Wäre es anders, wäre er von seinen vielen Reisen hinter den Horizont nicht zurückgekehrt, sondern gleich ohne Umwege in die Anderwelt gesegelt.«

Melana war dankbar, dass Rocq sie zu trösten versuchte. Dennoch weckten seine Worte keine Zuversicht in ihr. Aber seine Wärme weckte eine Art Hunger, den kein Trockenfisch zu stillen vermochte. Sie nahm seine Hand von ihrer Hüfte, führte sie zu ihrem Mund. Sie küsste die überraschend weiche Haut seines Handtellers, dann legte sie seine Hand auf ihre rechte Brust. Im Angesicht eines fast sicheren Todes wollte sie noch einmal richtig leben und das kosten, was für sie bisher eine verbotene Frucht war. Die Härchen auf ihrem Nacken richteten sich auf, als Rocq seine Starre überwand und ihre Brust streichelte. Sie begann zu zittern, als er ihr sanft in den Hals biss.

»Und ihr wollt mir erzählen, dass hier keine dunklen Mächte im Spiel sind?« Malech hatte sich angeschlichen, ohne dass sie ihn bemerkt hätten. Erschrocken sprangen sie auseinander, bestürzt, dass sie vergessen hatten, wo sie waren: auf einer der Ruderbänke, mindestens ein halbes Dutzend Männer in der Nähe. Und beschämt, weil ausgerechnet Malech dabei war, der sich daran ergötzte, den Zauber des Moments in den Dreck zu zerren. Entschuldigungen murmelnd zogen sich beide zurück. Schlaf fanden sie beide nicht mehr.

Ein schmieriger Ascheregen weckte die Besatzung noch vor Sonnenaufgang. Es gab Tränen. Noch immer hatten nicht alle die Lektionen der letzten Wochen gelernt, niemals mit Spuren der Asche – etwa an Fingern – die Augen zu berühren.

Als Hamilkar befahl, die *Dido* aus der Bucht zu rudern, verschwand Malech zum Abtritt im Bug.

Auf offener See ersparte ein leichter Westwind den Männern die Ruderbänke. Stumm wies der Steuermann den Kapitän auf das Meerwasser hin: Es war zum ersten Mal seit dem Schrecken in der milchigen See wieder klar.

»Delphine!« Almene klatschte in die Hände, als die Tiere links vom Schiff in die Höhe sprangen. Eine ganze Gruppe begleitete sie, schien mit der *Dido* zu spielen. Hamilkar lächelte. Delphine galten allen Seeleuten als Glücksboten.

»Mann über Bord!« Der Schrei wischte sein Lächeln weg. Er kam vom Bug. Hamilkar sprintete zur Reling. Er sah in der rauen See nur irgendeinen Kopf auf- und abtauchen. Immer wieder schlugen die Wellen über dem Mann zusammen. Aber Rocq erkannte ihn sofort.

»Malech!«

Mit einem Schrei sprang er über die Reling, tauchte kopfüber zwischen den Wellenbergen unter.

»Wenden!«

Hamilkar schrie seine Befehle, während er Malech fixierte. Würden sie sie jetzt aus dem Auge verlieren, verlören die Brüder in der Wasserwüste ihr Leben.

»Wo bleibt Rocq?«

Nach quälend langen Momenten tauchte Rocq auf und pflügte mit energischem Armschlag durch die Wellenberge. Schnell erreichte er seinen Bruder, umfasste dessen Brust und hielt ihn über Wasser. Dann sah er sich nach dem Schiff um. Es entfernte sich zwar noch, zeigte aber schon die Breitseite. Sie kamen zurück.

»Segel einholen. An die Ruder!«

Die meisten Männer der Besatzung fuhren schon seit Jahren unter Hamilkar. Ihr Zusammenspiel war so perfekt wie das eines Rudels Wölfe auf der Jagd. Die *Dido* wendete, ruhiger Ruderschlag schob sie langsam zurück zu den Männern, die um ihr Leben kämpften. Artes war nicht an den Rudern. Er hatte sich ein Seil gegriffen, stand im Bug und ließ seine Gefährten nicht aus dem Blick. Der erste Versuch musste klappen, das war allen klar.

»Zwei Strich backbord.« Der Steuermann vollzog Hamilkars Kurskorrektur umgehend.

Rocqs Herzschlag setzte aus. Die *Dido* würde rechts an ihnen vorbeifahren. Zu weit entfernt für eine Leine. Hart umfasste er Malechs Kinn. Sein Bruder fing an zu wimmern. Mit kräftigem Beinschlag und dem verzweifelten Zug mit nur einem Arm schwamm er quer zum Kurs des Schiffes. Er musste näher herankommen.

»Ruder ins Wasser!«

Artes atmete aus. Der Kapitän beherrschte sein Schiff wie ein Krieger sein Schlachtross. Das Manöver mit den Ruderblättern bremste die *Dido*. Rocq gewann Zeit, mit seinem offenbar bewegungsunfähigen Bruder im Schlepptau näherzukommen.

»Ein Strich Steuerbord!«

Die letzte Korrektur. Jetzt kam es auf ihn an. Artes sprang auf die Reling und schwang die schwere Leine hoch über seinem Kopf.

Rocq sah, wie das Schiff auf sie zuschwenkte. Der Bug füllte sein Blickfeld aus. Oben sah er einen Mann mit erhobenem Arm. Eine Leine. Artes. Rocq hörte auf zu schwimmen und legte einen Arm um Malechs Brustkorb. Jetzt zählte nur noch das Ende der Leine, er musste sich konzentrieren. Artes Arm ruckte nach vorn. Die Leine klatschte ins Wasser. So nah, dass Rocq Wasserspritzer ins Gesicht bekam. Ein Meisterwurf. Rocq hielt den Atem an; drei harte Schwimmzüge, dann packte er die raue Hanfleine. Keinen Moment zu spät. Schon hatte sich der Rumpf der *Dido* an ihnen vorbeigeschoben. Ein Ruck, die Leine war straff. Ein schmerzhaftes Knacken in der Schulter, doch Rocq ließ nicht los. Das Schiff zog die Brüder hinter sich her.

Die Delphine umkreisten sie. Für sie schien das Spektakel ein Spiel zu sein. Dabei war der Kampf ums Überleben noch nicht gewonnen. Rocq hatte einen Arm um seinen bewusstlosen Bruder gelegt, mit der anderen Hand klammerte er sich an die Leine – unmöglich, sich oder Malech festzuknoten. Schon fragte er sich, wie lange er in dieser Position festhalten könnte, als über ihm etwas an die Bordwand klatschte: ein Fallreep. Geschickt wie ein Äffchen kletterte der riesenhafte Artes zu ihnen herunter. Am letzten Steg angekommen, beugte er sich vor, packte Malech am wollenen Wams, zog ihn mit einer Hand aus dem Wasser und warf ihn sich über die Schulter wie einen Mehlsack.

»Schaffst du es alleine?«

Als Rocq nickte, kletterte Artes schwer atmend nach oben. Rocq griff mit seiner nun freien, linken Hand nach dem Fallreep. Er gönnte sich ein paar tiefe Atemzüge, bis das Brennen in den Lungen und in der rechten Schulter aufhörte. Dann folgte er seinem Freund.

Malech lag regungslos und mit geschlossenen Augen an Deck. Syria hatte die Männer zurückgescheucht, damit keiner Melana behinderte. Mit zwei flachen Händen drückte die junge Frau auf den Oberbauch des Ohnmächtigen. Der Körper zuckte, dann spuckte Malech Wasser aus. Er stöhnte zwar, kam aber nicht zu Bewusstsein. Melana zog ein Augenlid hoch – und erschrak. Das Auge war blutunterlaufen, das Weiße war quittegelb. Und Würmer schwammen in hektischen Bewegungen hindurch.

»Er ist vergiftet.«

»Was? Wer?«

»Niemand – oder vielmehr die Würmer in ihm. Werden sie zu viele, vergiften sie den Menschen. Sein Lebenslicht flackert bereits.« Und dann holte sie aus. Ihre flache Rechte klatschte in Malechs Gesicht: keine Reaktion. Sie schlug mit der Rückseite ihrer Hand zu: Malechs Lippe platzte auf und Blut spritzte, aber er blieb ohnmächtig. Verzweifelt ballte sie die Faust und schlug ihm in den Magen. Erst da holte sein Kampfgeist das Bewusstsein zurück.

»Spinnst du? Was fällt dir ein?« Er packte ihr Handgelenk, stützte sich auf einen Ellenbogen, stöhnte auf und sackte wieder zusammen. Dann erbrach er Hunderte Würmer.

Angeekelt sprangen die Männer zurück. Melana zuckte nicht mal mit der Wimper.

»Was ist passiert an Deck? Hattest du Durchfall?«

»Mmhh, zuerst ja, dann wurde mir übel. Ich ging zur Reling, um mich zu übergeben. Dann wurde mir schwarz vor Augen.«

»Es sind die Würmer in dir. Wenn Rocq nicht hinter dir hergesprungen wäre, hätten sie dich getötet. Wir müssen sie aus deinem Körper vertreiben.«

»Lügen! Der Sonnengott lässt nicht zu, dass mich etwas tötet, was kriecht. Und wenn er mich ertränken wollte, dann nur, weil ich bei eurem Frevel mitgemacht und Wind und Dünung verhöhnt habe. Rocq hat mich nicht gerettet. Er ist schuld, dass ich ins Wasser fiel. Sol wird wieder erstarken. Er wird die Wolken verdampfen und dann mit denen abrechnen, die ihn lästerten.«

»Nimm es ihm nicht übel, Melana. Er ist nicht mehr Herr seiner Sinne.«

Hart schlug Malechs Hinterkopf auf den Planken auf. Er war wieder ohnmächtig.

Melana guckte zu Rocq auf und zuckte mit den Schultern.

»Wir müssen schnellstens an Land. Wenn ich ihn nicht sofort behandle, stirbt er.«

»Kannst du hier denn gar nichts machen?« Rocq kniete neben seinem Bruder.

Melana deutete auf das Erbrochene, in dem es wimmelte. »Ohne die richtigen Heilkräuter kann ich den Körper deines Bruders nur bei dem unterstützen, was er gerade selbst versucht: Er will die Würmer loswerden. Ein Einlauf hilft zwar gegen deren Gift, aber Malech würde noch mehr Kraft verlieren.«

»Egal, versuch es.«

»Aber nicht hier.« Hamilkar mischte sich ein. »Tragt ihn zum Vordeck, das ist leichter zu reinigen. Ich lasse sofort unseren alten Kurs anlegen. Wir sind bald da.«

Rocq begehrte auf: »Sind wir nicht schneller an Land, wenn wir wieder zurück in die Bucht von letzter Nacht segeln?«

»Und selbst wenn wir dort etwas fänden, was deinen Bruder für den Moment rettet, würde ihm das nicht helfen. Außerdem reicht unsere Kraft nicht mehr, um einen erneuten Anlauf gegen den Wind zu unternehmen. Kehren wir zurück, finden wir alle ganz sicher den Tod. Fahren wir weiter, stirbt vielleicht Malech – aber wir anderen haben noch eine Chance.«

Wütend starrte Rocq dem Kapitän in die Augen, bis er schließlich resignierend den Blick senkte.

Zusammen mit Artes schleppte er den Ohnmächtigen aus dem Sichtbereich der Ruderer. Melana holte aus der Kiste des verstorbenen Barbiers einen hölzernen Trichter und ein Schöpfgefäß.

Hamilkar war froh, dass er sich um das Schiff kümmern musste. Rocq half Melana. Obwohl die Behandlung eine Tortur war, flatterten nicht mal Malechs Augenlider. Er lag da wie tot. Lediglich die routinierte Sicherheit der Frauen beim Einlauf erlaubte Rocq zu hoffen. Der auffrischende Wind hatte den Gestank noch nicht verweht. Die Frauen hatten Malech bereits gesäubert, aber Rocq war noch nicht ganz fertig damit, das Vorderdeck zu schrubben, als die *Dido* in die Bucht einlief, auf die Hamilkar seine ganzen Hoffnungen setzte.

»Rocq?« Melana legte die Hand auf seine Brust, um die wütenden Bewegungen zu stoppen, mit denen er das Schiff reinigte.

»Ja?«

»Du musst wissen, dass wir nur etwas Zeit gewonnen haben. Wir haben einige Würmer – viele – aus seinem Leib entfernt, aber nicht alle. Dazu braucht man stärkere Mittel als Wasser. Und solange nur ein einziger Wurm übrigbleibt, kann der Mensch nicht gesunden. Denn sie vermehren sich zu schnell.«

»Was brauchst du, um ihn zu heilen?«

»Das, was die Würmer am sichersten tötet, ist wohl zu wertvoll, als dass wir es auf dieser Insel finden könnten: Silberwasser und Riesenzitronen, die dichtgedrängt wie Trauben wachsen. Wir haben sie nur ganz selten von Händlern bekommen, die Seide aus dem Osten verkauften.«

»Silberwasser?«

»Es ist zähflüssig wie Leim, aber darin ist Silber aufgelöst.«

»Das wertvollste Metall wird gebraucht, um uns vom wertlosesten Geschöpf zu kurieren. Die Götter verspotten uns.«

»Sie machen es uns nicht leicht. Aber sie lassen uns nie ohne zweite Chance. Man kann den Wurm aushungern. Das klappt aber nur, wenn man ihn gleichzeitig angreift. Dazu brauchen wir entweder Apfelessig, Knoblauch, Zwiebeln, Zitronensaft, das ätherische Öl aus den Blüten von Oregano, Nelkenöl oder ein Extrakt aus den Blättern der Olive. Mindestens zwei dieser Dinge müssen wir auf dieser Insel finden. Und zwar schnell.«

Rocq nickte stumm. Sein Blick schweifte über die sanft ansteigenden Berge, die die Bucht abriegelten, in die sie gerade einliefen. Wälder bedeckten die Berge im Norden. Hier sollten sich Kräuter finden lassen. Am südlichen Ende der Bucht erkannte er Olivenhaine an den Hängen. Flache Bauernhäuser duckten sich an die Ufer eines schmalen Flusses. Auf diese Siedlung steuerte Hamilkar zu. Hier musste doch jemand Malech retten können. Rocq trippelte von einem Fuß auf den anderen, als die *Dido* ihre Fahrt verlangsamte. Das glasklare Wasser machte es für Hamilkar leicht, den Weg zu finden, den er kannte. In respektvollem Abstand zu einzelnen Felsen, die bis knapp unter die Wasseroberfläche reichten, glitt das Schiff auf einen weißen Sandstrand zu. Die *Dido* hatte keinen Kiel. Das erleichterte das Anlanden in derart flachen Gewässern. Schon knirschten die Planken über den Sand. Mit einem Ruck kam das Schiff zum Stehen. Rocq und Artes flankten über die Reling. Am Strand warteten sie auf die Frauen. Hamilkar hielt sie auf.

»Braucht Ihr Hilfe, um all die Heilmittel aufzutreiben, die wir brauchen? Wenn nicht, würde ich alle Männer einteilen. Die meisten müssen jagen, die anderen brauche ich bei den Verhandlungen. Wir können nicht ausschließen, dass die Not auch hier das Schlechte in den Menschen zum Vorschein gebracht hat.«

Die drei Frauen sahen sich an. Dann schüttelte Melana den Kopf.

»Das schaffen wir schon. Rocq und Artes begleiten mich. Halte du den Hungerwurm fern, wir vertreiben die anderen.«

»Gut, dann begleitet mich am besten ins Dorf. Während ich mit dem Ältesten um Fisch feilsche, könnt ihr die Älteste nach Heilkundigen fragen.«

»Weißt du, welchen Gott die Kranken auf dieser Insel um Genesung anflehen?«

Hamilkar verstand die Frage hinter der Frage und wies ans andere Ende der Bucht.

»Melana, siehst du dort auf dem Hügel das runde Haus mit dem Dach wie ein Bienenkorb? Als ich hier zuletzt Vorräte gebunkert hatte, habe ich dort der Muttergöttin ein Dankopfer für die Überfahrt gebracht. Sie kann zwar überall zu Hause sein, doch dort betete man sie an – zumindest damals.«

»Dann los. Sol alleine kann Malech nicht retten.«

Die Frauen kletterten das Fallreep hinunter auf den Strand, während Hamilkar bereits lautstark die Jägergruppe einwies.

»Dort in dem Wald gab es vor Jahren reichlich Hirsche. Und weiter oben auf den Felsen leben Herden verwilderter Ziegen. Ihr beiden kommt mit mir. Ich will in dem Dorf versuchen, Fisch und Salz zu ergattern. Anschließend folgen wir euch in die Berge. Spätestens bei Sonnenuntergang treffen wir uns alle wieder beim Schiff.«

Augenblicke später hatte sich die Menge bereits zerstreut. Zügig erreichte Hamilkars Gruppe über einen staubigen Weg das Dorf, umringt von lärmenden Kindern. Auf den Feldern arbeiteten Dutzende Menschen. Doch der Eindruck der Normalität trog.

»Es sind keine Männer auf den Feldern. Machen hier Frauen die schwere Arbeit?«

»Nein, Artes. Keine Ahnung, wo die Männer sind. Aber Xandru wird unsere Fragen beantworten können.«

Hamilkar klopfte an die Tür des größten Hauses im Ort. Sie hörten ein Schlurfen, bevor ein Greis die Tür öffnete.

»Trügen mich meine alten Augen? Hamilkar! Ich hatte nicht damit gerechnet, dich in dieser Welt noch mal zu sehen.«

»Xandru, alter Freund. Auch ich freue mich, dich wohlbehalten anzutreffen. Von den Jahren gebeugt, aber standhaft.« Hamilkar wies hinter sich in Richtung Felder. »Hast du die jungen Männer mit deiner Vitalität in die Flucht geschlagen?«

Xandru keckerte ein zahnloses Lachen.

»Schön wär's. Aber die Jünglinge nehmen mich schon lange nicht mehr als Rivalen wahr. Und die Frauen mich nicht mehr als Eroberer.« Mit unverhohlen taxierenden Blicken musterte der Alte die drei Frauen. »Kommt rein.«

»Du wirst mit mir vorlieb nehmen müssen. Der Bruder dieses Nordmannes hier steht an der Schwelle zur Anderwelt. Lebt ein Heiler unter euch?«

»Ja, am Ende des Dorfes das letzte Haus. Dort lebt unser … Heiler. Ich hoffe, er kann euch helfen. Er macht das noch nicht lange. Notfalls …«, Xandru rieb sich die Schläfe, »… fragt seine Frau.«

Stirnrunzelnd bedankte sich Rocq. Dann machte sich seine Gruppe auf den Weg.

»Setz dich, Hamilkar. Es tut gut, dich zu sehen. Du erinnerst mich an bessere Tage.«

»Danke, Xandru. Und ich bin sicher, die besseren Tage kommen wieder. Wir haben die Welle überlebt. Wer kann uns noch was anhaben?«

»Die Asche. Und die Steine. Der Schlag der Welle selbst ging bei uns ins Leere. Unsere Siedlung liegt erhöht und weit genug im Hinterland. Und unsere Boote hatten wir in eine geschützte Bucht gezogen. Das verdanken wir Ronin, unserem Heiler, zu dem deine Leute unterwegs sind. Er schlug Alarm, nur weil er ein paar verrückte Tiere gesehen hatte. Wir haben gelacht, aber er ließ nicht locker. Zum Glück. Aber vielleicht verlängern wir nur unser Unglück. Hätten wir uns der Welle gestellt, wären wir längst ertrunken. Jetzt erstickt uns die Asche. Du hast dich über die Frauen auf den Feldern gewundert?«

»Ja.«

»Für Muskeln gibt es dort nichts mehr zu tun. Sensen würden schnell stumpf werden. Die Asche und die federleichten Steine haben die Ernte verdorben. Lediglich die geschickten Finger von Frauen können noch ein paar Getreidekörner retten. So haben wir genug zusammen für ein paar Fladenbrote und für die nächste Aussaat – sofern Helios sich noch mal blicken lässt.«

»Und wovon lebt ihr?«

»Von Fisch. Die Männer sind ständig draußen, sonst würden wir verhungern. Die Fische sind nicht mehr da, wo sie seit Generationen standen, aber wir spüren sie auf.«

»Habt ihr genug, um meinen Laderaum zu füllen?«

»Wenn du Bronze und Kupfer hast, damit wir neue Werkzeuge herstellen können?«

Das Feilschen ging schnell voran, die Männer kannten sich.

Rocq und Ronin dagegen trennte mehr als nur ein schwer verständlicher Dialekt.

»Ich sagte doch schon. Er hat Würmer. Sie haben sogar sein Auge befallen.«

»Das kann ich mir gar nicht vorstellen.«

Rocq schrie: »Es ist aber so!«

Ronin zuckte zusammen. »Nun, mal sehen, was wir hier haben.« Dann zog er einen Strauch getrockneter Kräuter von der Decke. Melana kannte die Kräuter. Sie wandte sich an die Frau, die im Hintergrund geblieben war.

»Schwanger geht unser Kranker nur mit Würmern. Wir brauchen Stärkeres als einen Tee aus Baldrian und Rosenblüten, um die werdende Mutter zu beruhigen und dem Kind eine rosige Haut zu verschaffen. Vielleicht weißt du, wo wir das finden?!«

Die Angesprochene wechselte die Gesichtsfarbe. Erst bleich, dann rot, schließlich lächelte sie.

»Ich bin offenbar nicht die Einzige, die ihre Fähigkeiten verbirgt. Ich heiße übrigens Klynestra. Da ihr wisst, was ihr benötigt, sagt es geradeheraus.«

Erleichtert, dass das bizarre Versteckspiel ein Ende hatte, zählte Melana die Liste auf. Nur einmal schüttelte Klynestra den Kopf. Aber Melana hatte ohnehin nicht damit gerechnet, dass irgendjemand das kostbarste Heilmittel, die Silberlösung, haben würde. Und selbst wenn, womit hätten sie bezahlen sollen? Melana war überrascht und glücklich, dass sie sogar mit den zermahlenen Kernen der geheimnisvollen gelben Frucht aus dem Osten zurückkehren würde.

Und sie war merkwürdig berührt davon, auf dieser Insel, auf der die Muttergöttin einst so viele Tempel hatte, offenbar eine Schicksalsgenossin getroffen zu haben. Sie beobachtete, wie sich Klynestra schnell und zielstrebig zwischen all den Töpfen und Tiegeln bewegte, augenscheinlich erleichtert, sich als Heilerin ihr gegenüber nicht mehr verstellen zu müssen. Melana fühlte Scham. Die drei Frauen an Bord waren nicht die Einzigen, deren Leben von Angst erfüllt war. Sie fühlte, dass sie die Maske, die sie ständig trug, zumindest für den Moment abnehmen konnte.

Während Klynestra zielstrebig kleine Tongefäße mit Apfelessig, Olivenblattextrakt und Nelkenöl sowie Lederbeutel mit Pulvern füllte, lüfteten beide Frauen ihre Geheimnisse.

»Ich bin eine Astarte-Priesterin – aber auf der Flucht.«

»Und ich bin eine Heilerin aus einer langen Linie von Frauen im Dienste der Muttergöttin – aber im Versteck.«

»Wollte man dich auch ermorden?«

»Der Schmied hatte behauptet, mich opfern zu wollen, um die sich aufbäumenden Erd- und Wassergeister zu beruhigen und den verschwundenen Sonnengott wieder herbeizulocken. Tatsächlich wollte er nur Rache. Ich konnte seine Frau nicht von ihrer Kinderlosigkeit kurieren, wollte mich aber auch nicht von ihm schwängern lassen.« Klynestra streichelte Ronins Wange, die sofort entflammte. »Wenn Ronin nicht gewesen wäre, hättet ihr nur noch mein Grab befragen können. Wir lieben uns schon lange – im Geheimen. Und …«

»Und ich war Kräuter sammeln für Klynestra in den Bergen, als plötzlich die Tiere verrückt spielten. Eulen flogen in der hellen Mittagssonne. Und sie verschwendeten keinen Blick an die Mäuse, die unter ihnen zu Hunderten liefen.«

»Etwas Ähnliches haben wir auch erlebt«, bekräftigte Rocq.

»Mir war klar: Wenn Jäger und Gejagte einträchtig nebeneinander fliehen, sollten sich Bauern und Fischer wie wir auch in Sicherheit bringen. Ich lief zurück und überzeugte die anderen.«

»Überzeugt?« Klynestra lachte und strahlte ihren Mann an. »Was für ein dürres Wort! Erst hast du sie mit deiner Honigzunge zu überzeugen versucht. Als sie dich daraufhin verhöhnten, hast du sie verflucht. Dann hast du ihnen die Angst ihres Lebens eingejagt, indem du ihnen ausmaltest, welche Schrecken ihnen drohten. Und am Ende hast du ihnen befohlen, sich und die Boote in Sicherheit zu bringen.«

Ronin zuckte mit den Schultern, während er die Heilmittel in einem Korb verstaute.

»Wir hatten Glück, ich hatte recht. Seitdem glauben die Meisten, ich wäre mit den Göttern im Bunde oder hätte zumindest das zweite Gesicht.«

»Und nicht mal der Schmied traute sich, aufzubegehren, als Ronin mich als Belohnung für seine Rettung forderte. Aber Xandru hatte uns gewarnt, den Bogen nicht zu überspannen. Deswegen spielt der Seher Ronin erst mal auch den Heiler Ronin.« Klynestra zwinkerte Melana zu. »Keine Sorge, wenn er Neugeborenen, die unter Koliken leiden, Rauschpilze verabreichen will, greife ich sanft ein.«

Alle lachten, sogar Rocq. Es bestärkte ihren Mut, nach Wochen in beständiger Panik, Menschen zu treffen, die es schafften, ihre Angst zu bändigen.

Dennoch drängte die Zeit. Melana spürte Rocqs Unruhe, als der vergeblich versuchte, Ronin beim Abpacken zu helfen, um die Dinge zu beschleunigen.

»Ich danke euch sehr für eure Hilfe. Was wollt ihr für die kostbaren Arzneien haben?«

»Überhaupt nichts, Melana. Für mich war Belohnung genug, die ungewohnte Maske mal fallen lassen zu dürfen.«

»Das kann ich aber nicht akzeptieren. Ohne euch hätte mein Bruder keine Chance, die Begegnung mit unseren Ahnen noch etwas hinauszuzögern. Ich befürchte, viele Dinge, die wir als kostbar ansehen, haben künftig keinen Wert mehr. Aber etwas wird seinen Wert noch steigern: Waffen.« Rocq zog seinen Bronzedolch aus dem Gürtel, der von einem Schmiedemeister mit einer extra gehärteten Klinge versehen worden war. »Das möchte ich euch als Entlohnung geben – und ich dulde kein Nein.

Lasst euch Melanas Flucht eine Mahnung sein. Todfeinde werden zwar manchmal dazu gedrängt, sich in die Deckung zurückzuziehen, aber dort lauern sie immer wie Giftschlangen. Irgendwann stoßen sie vor und beißen – und dann ist es gut, etwas zu haben, um ihnen den Kopf abzuschneiden.«

Ronin nickte traurig, packte die Schultern des Nordmannes.

»Weise Worte. Wir werden wachsam bleiben.«

»Aber darüber vergessen wir unsere Hilfsbereitschaft nicht. Wir kommen mit euch zum Schiff. Wenn wir deinen Bruder sehen, fällt uns vielleicht noch etwas ein, das ihm helfen könnte.«

Entschlossen verließ die Gruppe das Haus und eilte durch das Dorf. Erschrocken blickte der Schmied auf und zog eine glühende Metallstange aus dem Feuer. An der Art, wie Artes sich bewegte, erkannte er sofort den Krieger, der zu kämpfen verstand. Froh, dass der Riese an ihm vorbei Richtung Meer eilte, legte sich seine Beunruhigung doch nicht so ganz. Trotz seiner vor Schweiß brennenden Augen erkannte er im Gürtel des verhassten Ronin einen neuen Dolch.

Dolche musste auch Hamilkar auf die Waagschale legen, um Xandru mehr Fisch und vor allem einen Pithoi voll Steinsalz abzuhandeln.

»Das haben unsere Frauen und Kinder in den Bergen gesammelt und pulverisiert. Es sollte reichen, um all den Fisch einzupökeln, den du mir für die paar armseligen Barren Kupfer und die schartigen Dolche abgeschwatzt hast. Ich kann mir vorstellen, dass es der Gott der Diebe war, der den Himmel aufgerissen hat.«

»Oder der Gott der Klageweiber.«

Nachdem auch das Händlerritual des Jammerns vollzogen war, pressten die alten Freunde ihre Unterarme aneinander, um das Geschäft zu besiegeln. Xandru schickte einen seiner Enkel los, die Frauen von den Feldern zu holen. Weil die Männer auf See waren, sollten sie den Fisch und das Salz aus der kühlen Höhle holen, die ihrem Volk seit ewigen Zeiten als Vorratslager diente.

Die Vorräte, die die Jäger erbeutet hatten, waren erheblich weniger als alle erhofft hatten. Ein Hirsch und vier verwilderte Ziegen sollten aber zumindest reichen, um die nächste Etappe der Route der Zinnhändler zu bewältigen: den Sprung von den Inseln aufs nördlich von ihnen liegende Festland. Betrübt über ihr mangelndes Jagdglück begannen die Seeleute den Abstieg vom Berg Richtung Küste. Als Orientierungspunkt diente ihnen das Bienenkorbhaus, das auf einem Hang thronte.

»Darauf müssen wir nur zuhalten«, sagte der Steuermann, »der Weg, der daran vorbeiführt, bringt uns direkt zurück zu unserem Schiff.«

Rocq, Melana und die anderen hatten die *Dido* schon längst erreicht. Die Frauen bereiteten bereits den nächsten Einlauf vor, der den immer noch ohnmächtigen Malech von weiteren Würmern befreien sollte.

»Je weniger Gift er im Körper hat, desto besser wirken die Heilmittel«, murmelte Syria vor sich hin, während sie Meereswasser in den hölzernen Trichter füllte.

Melana versetzte einen Sud aus Apfelessig und zerstoßenen Knoblauchzehen mit etwas Olivenblattextrakt und den pulverisierten fremdartigen Fruchtkernen.

»Moment mal, wartet noch.«

Klynestra kletterte vom Schiff und lief zum Buschwald, der bis an den Strand wuchs. Augenblicke später kam sie atemlos zurück, in der Hand ein paar Blätter von dem Baum, den Melana als Erdbeerbaum kannte. Seine roten Früchte sahen zwar lecker aus, schmeckten aber so fad, dass niemand mehr als eine davon naschte. Doch Klynestra ging es nicht um die Früchte. Sie hielt die langen, ledrigen, von einer Wachsschicht überzogenen Blätter in die Höhe.

»Hier, damit sollten wir den Brei in seinen Bauch bekommen.« Sie rollte drei Blätter zu einem Röhrchen zusammen. Aus den anderen faltete sie einen kleinen Trichter. Beides gab sie Melana.

»Seit ich einmal einem Ohnmächtigen Brühe eingeflößt und ihn dabei fast erstickt hätte, mache ich das nur noch so.« Sie drückte beide Daumen kräftig zwischen die Kiefer Malechs und öffnete so dessen Mund.

»Und wohin damit?«

»Steck das Röhrchen direkt in den Schluckdarm, dort, hinter den Luftdarm. Halt fest.« Sie wandte sich an Rocq.

»Halte den Trichter an das Röhrchen und kippe den Sud hinein.«

Rocq setzte den Holzbecher mit dem streng riechenden Inhalt an den Trichter, den er mit der linken Hand umfasste.

»Und jetzt ganz langsam.«

Rocqs Hand zitterte nicht. Er war erleichtert. Endlich konnte er etwas tun, seinem Bruder eine Chance geben. Und er hatte Angst. Er spürte, wie dünn der Faden war, der Malech noch ans Leben band. Die Gesichtsfarbe grau, der Atem flach, die Stirn erschreckend kühl. Trotz der Angst, zu spät zu kommen, konnte Rocq sich nicht aufraffen, bei Sol für seinen Bruder zu beten. Er war sich sicher, dass der von Malech angebetete Sonnengott weniger für diesen tun konnte als die von Malech verachteten Frauen.

Nachdem der gesamte Inhalt der Holztasse durch das Röhrchen gegurgelt war, atmete Melana auf.

»Wie oft müssen wir das machen, Klynestra?«

»Viermal am Tag sollte reichen, aber mindestens eine Woche lang.«

»So kurz? Wir haben Würmer an und in seinem Auge gesehen.«

»Oh, das ist übel. Ihr könnt versuchen, etwas von dem Olivenblattextrakt in das Auge zu träufeln. Aber …«

»Aber was?« Rocq sprang auf die Füße.

»Aber ich fürchte, das Auge ist nicht mehr zu retten. Ich habe einmal eine Frau aufgeschnitten, der die Würmer den Tod gebracht hatten. Ihr Darm und ihr Magen waren von den Würmern durchlöchert worden. Wie viel mehr Verheerungen werden sie in etwas so Verletzlichem wie einem Auge angerichtet haben?«

Rocq schwieg schockiert und rieb sich das Gesicht.

»Fühle, wie sein Herz flattert.« Klynestra packte eine Hand Rocqs und legte sie auf den Brustkorb Malechs. »Im Moment wäre ein Auge ein mehr als akzeptabler Preis für sein Leben. Er braucht wirklich

Glück. Eines noch.« Sie griff unter das Kinn des Nordmannes, um seinen Blick auf sie zu lenken. »Die Heilmittel alleine reichen nicht. Die Würmer müssen ausgehungert werden. Kein Fleisch und vor allem kein Getreide, bis es ihm deutlich besser geht.«

»Na, wenigstens das ist kein Problem. Droht uns doch allen an Bord der Hunger.«

Rocq bedankte sich bei Klynestra für ihre Hilfe. Dann gab er Artes ein Zeichen. Gemeinsam trugen sie Malech in den Schutz der Kajüte. Die Heilerin verabschiedete sich von den Priesterinnen, als rhythmischer Gesang die *Dido* erreichte. Die Frauen des Ortes trugen Fisch und Salz zum Schiff und sangen dabei eines der Lieder, die für die Arbeit auf dem Feld gedacht waren. Ein zufrieden lächelnder Hamilkar ging zusammen mit Xandru vorneweg.

Zügig verstauten die Nordmänner die Körbe im Laderaum. Hamilkar übergab die Dolche und die Ochsenhautbarren. Ächzend trugen die Frauen das Handelsgut in ihren Ort. Der Kapitän und der Dorfälteste umarmten sich.

»Hamilkar, ich bin glücklich, dein Schiff noch einmal gefüllt zu haben. Ich war sicher, die Götter haben andere Pläne für uns. Vor allem für mich, denn das nächste Mal, wenn du an dieser Insel anlegst, werde ich schon in die Anderwelt gegangen sein.«

»Deine Ahnen werden sich hüten, dich zu früh zu rufen. Die sind doch froh, in der Anderwelt von deinen Kommandos verschont geblieben zu sein. Nein, ich bin sicher, dass du mir noch viele Schiffe füllen wirst. Pass auf dich auf, alter Freund. Wir warten jetzt nur noch auf die Rückkehr unserer Jäger. Dann hissen wir die Segel.«

»Wo wollt ihr hin?«

»Genau wissen wir das noch nicht. Zunächst mal immer weiter nach Norden. Weg aus dem Schatten des Aschebaumes am Himmel.«

»Wenn du einen Ort findest, wo die Sonne scheint, heuer ich bei deiner Rückkehr als Schiffsjunge an.«

»Das wäre das erste Mal, dass der Schiffsjunge älter ist als das Schiff, aber die Idee ist gut.«

Lachen, eine letzte Umarmung. Dann strebte Xandru zurück in sein Dorf.

»Kannst du die Fische, die noch nicht getrocknet oder gepökelt worden sind, einsalzen?«

Hamilkar wollte Melana und Syria nicht vom Krankenbett Malechs abziehen und fragte deshalb die junge Almene. Die nickte eifrig, froh, endlich auch etwas tun zu können. Sie holte sich ein schmales Messer zum Entschuppen der Fische und verzog sich in den Laderaum.

»Bis der Rest der Mannschaft eintrifft, möchte ich den Schiffsrumpf kontrollieren. Hilfst du mir?«

Rocq, der in Gedanken versunken war, zuckte zusammen. Dann musste er lächeln.

»Klar, ohne die Hilfe einer Landratte vermag so ein erfahrener Seemann ja nicht zu erkennen, ob das Schiff ein Leck hat. Danke, Hamilkar, ich nehme dein Angebot zur Ablenkung an.«

»So durchdacht ist die Ablenkung gar nicht. Denn während dein Bruder gegen einen Wurm in seinem Gedärm kämpft, will ich mein Schiff nicht kampflos dem Schiffsbohrwurm überlassen. Komm mit.« Die Männer kletterten hinunter auf den Strand, auf dem die *Dido* lag wie ein gestrandeter Wal.

»Wir fangen hier am Bug an und umrunden das Schiff.« Die Männer stapften über den nassen Sand, die Wellen umspielten ihre Knöchel, bis der Seemann Rocq bremste.

»Langsamer. Du musst schon genau hingucken. Viele Spuren hinterlässt der Schiffswurm nicht. Wenn er das Holz gerade befallen hat, sieht man nicht mehr als ein Loch so groß wie ein Sandkorn. Hat er sich aber schon massiv durch die Planken gefressen, verschließt er seine Wohnhöhle. Dann sieht man nur noch zwei winzige Schnorchel am Ende.«

»Wieso ist er so gefährlich?«

»Der Wurm – eigentlich ist es eine Muschel – ist die Termite des Meeres. Er gräbt sich in das Holz, höhlt es aus. Du siehst es von außen kaum, und plötzlich bricht das Holz unter dem kleinsten Gewicht zusammen. In meiner Heimat überdauert kaum ein Hafenkai länger als fünf Jahre. Und als junger Mann fuhr ich auf einem Fischerboot mit, das mitten in der Fahrt zerbrach – zum Glück hatten wir den Hafen gerade erst verlassen.«

»Was kann man gegen ihn tun?«

»Wenn er erst mal im Holz steckt, gibt es nur noch eine Möglichkeit: Süßwasser. Nach ein paar Tagen stirbt er. Besser ist aber, man verdirbt ihm den Appetit. Und da gibt es nur eines, was hilft: eine Paste aus dem Land der Pyramiden.«

»Warum hast du dir die nicht geholt?«

»Hab ich doch. Was glaubst du, wie viel Seide und Duftöl mich das gekostet hat?! Und trotzdem reichte der Eimer nur für einen ganz dünnen Anstrich. Ich habe Angst, dass das Wasser die Paste längst abgespült hat.«

Immer wieder fuhr Hamilkar mit der Hand über das Holz. Prüfte, ob die verräterischen kleinen Schnorchel aus den Planken ragten.

»Und das hier?« Rocq zeigte auf eine borkige, weiße Kruste.

»Das sind nur Seepocken. Die machen uns langsamer, aber zerfressen nicht das ganze Schiff.«

Am Heck der *Dido* reichte das Wasser den Männern bis an die Brust. Hamilkar watete bis zum Ruder, befühlte das Holz, ruckelte daran herum. Vom Bug drang das Lachen der heimkehrenden Jäger zu ihnen, kaum zu hören beim Plätschern der Wellen. Stumm prüften Hamilkar und Rocq auch die zweite Seite der *Dido*. Am Bug angekommen, atmete der Phönizier auf.

»Wenigstens diese Seuche bleibt uns erspart. Die Überfahrt zum Festland ist gesichert, zumal die Männer offenbar Erfolg gehabt haben.« Er wies auf die Blutspritzer am Fallreep und an der Reling: Spuren der bereits ausgenommenen und zerteilten Jagdbeute, die von den Männern an Bord verstaut worden war.

»Hast du denn genügend Salz aushandeln können?«

»Da bin ich sicher. Vor allem, weil ich zumindest einen fetten Braten schon heute Abend essen möchte. Wir können alle etwas Kraft gebrauchen.« Und er ergänzte, als Rocq schwieg: »Noch ist dein Bruder nicht bei Bewusstsein. Es ist also keine Qual für ihn, wenn wir schlemmen, während er fasten muss.« Rocq nickte dem bereits davoneilenden Kapitän hinterher.

Die Besatzung hatte Schwierigkeiten, die Befehle in dem Tempo umzusetzen, in dem Hamilkar sie gab. Ein erster Hauch von Zuversicht beflügelte den Phönizier. Die nächste Etappe würden sie bewältigen können. Und das ritualisierte Feilschen mit seinem alten Handelspartner Xandru zeigte ihm: Nicht alles war unter Tod und Verderben erstickt worden. Ein Lächeln entspannte Hamilkars Gesicht, als seine Gedanken wanderten. Am Ende färbt noch Xandrus gelassene Schicksalsergebenheit auf mich ab. Aber noch nicht. Noch wollte er wissen, ob es hinter dem Horizont besser ist als hier.

»Schlagzahl erhöhen!«, rief er dem Steuermann zu, der in seiner blutverschmierten Jagdkleidung bereits wieder am Ruder stand. »Heute Abend will ich den Nordrand der *Bienenkorb-Insel* erreicht haben. Wir müssen so schnell wie möglich runter von diesem Meer, bevor die Herbststürme beginnen.«

Ein leichter Wind aus Südwest half. Lange bevor die kraftlose Sonne im dunstigen Horizont versank, sah Hamilkar die schwarzen Steinstrände, die typisch sind für den äußersten Norden der Insel.

»Die nächste Bucht erkunden wir.«

Sie erwies sich als ideal zum Ankern, weil sie die raue See draußen ließ. Eine vorgelagerte, kleine Insel aus rötlichem Fels wirkte als Wellenbrecher und Windschutz. Wolkenverhangene Gipfel kleinerer Berge umringten die weitläufige Bucht. Mit etwas Glück blieben sie hier auch von Regen verschont. Misstrauisch beäugte der Steuermann das Ufer.

»Keine Spur von Menschen.«

»Besser«, brummte der neben ihm Ausschau haltende Artes. »Keine Menschen bedeutet auch keine Gefahr.«

Der Duft des in einem Bronzetopf vor sich hin brutzelnden Hirschfleisches ließ schon kurz darauf allen das Wasser im Mund zusammenlaufen. Melana hatte aus ihrem gerade aufgestockten Heilpflanzen-

Fundus noch zwei Zwiebeln spendiert. Während sich der Schiffsjunge und der auch fürs Kochen zuständige Ruderer um das Essen kümmerten, erkundete der Rest der Besatzung die Bucht. Nur Rocq, Hamilkar und die Priesterinnen blieben vorerst an Bord beim kranken Malech.

»Ich hätte das Festmahl auch an Bord anordnen können. Doch abgesehen davon, dass es über offenem Feuer bequemer ist als auf unserer schmalen, auf Steinen platzierten Kochstelle, sollte es auch etwas Besonderes sein.«

»Das war eine gute Idee. Sieh, wie ausgelassen sie sind.« In der Tat rangelten einige Männer am Strand wie die Kinder.

»Gut, dass sie so unbekümmert sind. Es naht die Nacht, in der das Siebengestirn den Himmel verlässt – auch wenn wir das wegen der vielen Wolken nicht sehen können. Die Sieben sind nicht nur für Bauern wichtig. Und sie sind nicht nur das Herzstück deiner Himmelsscheibe. Nein, auch für uns Seeleute geben sie den Takt vor. Weißt du, wieso?«

»Ja, das war auch eines von den vielen Dingen, die ich von den weisen Frauen und Männern auf der *Stierspringer*-Insel gelernt habe: Wenn das Siebengestirn im Ozean der Nacht versinkt, solltet ihr den wahren Ozean räumen.«

»Richtig. Ihr Nordmänner mögt stärkeren Wind und Wellen auf euren Meeren gewohnt sein, doch unseres ist tückisch. Im Herbst wird es zur Schiffe verschlingenden Bestie.«

»Du machst dir Sorgen wegen der Überfahrt?«

»Natürlich, kein vernünftiger Mann würde sie jetzt wagen. Und ich würde es auch nicht, wenn ich nicht wüsste, dass der Ascheschleier unser Leichentuch würde. Die Asche kann nicht überall sein. Irgendwo gibt es einen Ort, den sie nicht vergiften kann und den suche ich. Alles ist möglich. Sind die Götter uns wohlgesonnen, schippern wir in zwei Tagen auf friedlichen Flüssen. Wollen sie uns ärgern, senden sie uns Winde, die uns weit zurück in den Süden pusten. Sind sie unserer überdrüssig, schicken sie uns auf den Meeresgrund.«

»Du hast uns so weit gebracht. Du lässt unseren Weg nicht hier enden.«

»Ich versuche es zumindest. Komm, lass uns an Land gehen. Nach dem Duft zu urteilen, werden wir endlich mal wieder etwas Gutes zu essen bekommen.«

Als Braten hätte der erlegte Hirsch nicht für jeden an Bord eine vollwertige Portion ergeben. Deshalb hatte man sich für Eintopf entschieden. Der dampfte bereits auf dem Holzteller mit den hochgezogenen Rändern, den Hamilkar hielt, als der Schiffsjunge aus einem zweiten Topf noch einen Nachschlag gab: Sämige Polenta, ein sättigender Getreidebrei. Hamilkar zog die Augenbrauen hoch.

»Tamerlan!« Der Ruf war so laut, dass sämtliche Gespräche verstummten. Der Steuermann, der gerade einen Löffel zum Mund führen wollte, fror in der Bewegung ein. Er war beim Kapitän, bevor das Fleisch auf dem Löffel erkaltet war.

»Polenta?! Woher habt ihr das Getreide? Unsere Amphoren im Laderaum waren schon vor Wochen leer.«

»Es war Glück. Nein, eher ein göttliches Zeichen. Erst konnten wir diesen Hirsch und vier Ziegen erlegen. Obwohl ich Angst hatte, dass sämtliches Wild bei dem Lärm, den meine Männer machten, das Weite suchen würde. Wir waren schon auf dem Rückweg, als wir an einem dieser Bienenkorbhäuschen vorbeikamen. Ich hab nur aus Neugier hineingeguckt. Dort standen drei kleine Pithoi randvoll mit Emmer- und Einkornkörnern.«

»Und du hast sie einfach mitgenommen?!« Hamilkar schrie.

»Natürlich. Das war ein Geschenk Sols. Er, er segnet unsere Reise.«

»Hast du dort eine Statue von ihm gesehen? Oder ein Sonnensymbol?«

»Nein, nichts. Aber es wirkte trotzdem wie ein Tempel. Irgendwie heilig.«

»Es war ein Tempel, du Narr, aber einer der Muttergöttin.« An Hamilkars Hals trat eine Ader hervor. »Und du hast ihn entweiht. Schlimmer noch: Du hast meine alten Freunde, die Menschen, die uns reichlich mit Fisch und Salz bedacht haben, dem Hungertod überlassen. Das, was wir auf dem Teller haben, war ihr Saatgut für das nächste Jahr.«

»Verdammt. Aber wieso lagern sie das in ihrem Tempel?«

»Weil es dort trocken ist. In der Grotte, in der sie ihren Fisch aufbewahren, würde das Getreide sofort keimen oder verschimmeln. Und außerdem …« – Hamilkar stützte den Kopf in die Hände – »… baten sie so um den Beistand Astartes bei der nächsten Aussaat.«

»Das habe ich nicht gewollt, Kapitän. Ich … sollen wir zurücksegeln?«

»Um was zu tun? Ihnen unseren Brei zu bringen?« Hamilkar sprang auf und schleuderte seinen Teller zu Boden. »Die Männer würden uns töten und sie hätten jedes Recht dazu. Außer meiner Scham könnte ich Xandru nichts anbieten. Und daraus erwächst im Frühjahr kein Einkorn.« Hamilkar ging auf und ab, in immer größer werdenden Kreisen und blieb erst stehen, als er den dunklen Schatten der ankernden *Dido* wahrnahm.

»Nein, unsere Zeit auf diesem Meer läuft ab. Die Herbststürme drohen. Wir haben genug Verhängnis gesehen und nun auch über die Menschen gebracht. Es gäbe Gründe, uns hinwegzufegen. Besser, wir segeln schnell nach Norden.«

Vier Gestalten stapften durch die Dunkelheit zum Schiff. Hamilkars wütendes Gebrüll hatte alle Anderen in eine Art beklommene Angststarre versetzt. Rocq, Melana, Syria und Almene aber wurden im Moment von noch stärkeren Gefühlen gepackt als dem Entsetzen und der Scham des Phöniziers: Angst und Verantwortungsbewusstsein. Es war Zeit, Malech die Heilmittel einzuflößen.

Eineinhalb Tage und sechs Kuren mit Apfelessig, Knoblauch und Olivenblattextrakt später erwachte Malech aus der Ohnmacht. Allerdings kam er immer nur für Augenblicke zu Bewusstsein, meist wälzte er sich im Fieberdelirium.

So bekam er nicht mit, dass der Wind endlich günstig blies und die See friedlich blieb, so dass einen weiteren Tag später die Küste des Festlandes vor dem Bug der *Dido* auftauchte. Die fahle Morgensonne war noch zu schwach, um die ockerfarbenen Felsen zu erwärmen. Ein Nicken Hamilkars wies den Steuermann an, einen Kurs westwärts einzuschlagen, aber sich dicht unter der Küste zu halten. Seit dem Getreidediebstahl redete der Kapitän nur noch das Nötigste mit seinem Vertrauten. Beiden war aber auch ohne Worte bewusst, dass hier, im Golf des Lugh, wie er von Einheimischen genannt wurde, Segeln auf hoher See sehr riskant war. Sie hatten in ihren langen Jahren an Bord keinen Winkel ihres Heimatmeeres kennengelernt, der sturmreicher war.

»Er wird wach!« Melanas Ruf brachte Rocq und Artes auf die Beine. Die Nordmänner waren erst kurz vor der Morgendämmerung in einen unruhigen Halbschlaf gesunken. Jetzt eilten sie zu Malech. Verschwitzt, stinkend und ausgemergelt lag der auf den Kissen. Aus tief in den Höhlen liegenden Augen starrte er seinen Bruder an. Irgendetwas irritierte Rocq.

»Was ist mit dir? Wie fühlst du dich?«

»Dreckig, ich fühle mich dreckig. Was ist passiert?«

»Du hast im Fieber gelegen. Weil die Würmer dich auffressen wollten. Aber Melana und Syria haben dich gerettet.«

»Ich musste nicht gerettet werden. Wo sind wir?« Malech stützte sich auf die Ellenbogen und sah steuerbords, wie eine Felsküste vorbeizog, die von Fjorden tief eingeschnitten war. Die Seeleute hatten keinen Blick für ihn, weil der Kapitän gerade ein neues Manöver befahl.

»Refft das Segel!« Weiße Kämme auf sich brechenden Wellen ließen Hamilkar vorsichtig werden. Er wollte die *Dido* wappnen für das, was auf sie zukam, wenn sie den Windschatten einer Landzunge gleich verlassen würden.

Das Wuseln der Seeleute perlte an Malech ab. Mit offenem Mund sah er, wie der Ockerton der Felsen schlagartig einem Kreideweiß wich, das sogar ohne starke Sonnenstrahlung in die Augen biss. Er rappelte sich auf, um zur Reling zu gehen. Artes stützte ihn. Mittschiffs blieben sie stehen.

»Ist das noch die *Bienenkorb-Insel*?«

»Nein, das ist schon das Festland. Hamilkar nennt das Volk, das hier lebt, Quitanier.«

In diesem Moment sah Rocq eine Bewegung oben am Mastbaum. Eines der vier Fallen, mit denen das Segel verkleinert oder vergrößert wird, war von einem Matrosen nicht richtig befestigt worden. Die Leine rutschte vom Baum, das Ende peitschte durch die Luft und schwang in einem weiten Kreis auf Artes und Malech zu.

»Achtuuung!«

Aus dem Augenwinkel spürte Artes den von rechts heranrasenden Schatten mehr, als dass er ihn sah. Mit den Reflexen eines Kriegers, knickte er in den Knien ein und ließ sich nach hinten fallen. Im letzten Moment packte er den rechts von ihm regungslos verharrenden Malech und riss ihn um. So wischte die Leine nur noch leicht über dessen Haar, statt ihm die Schläfe zu zertrümmern. Mit drei Schritten war Rocq bei den beiden.

»Hast du die Leine nicht gesehen?«

Langsam schüttelte Malech den Kopf. Jetzt erkannte Rocq endlich, was ihn vorhin verstört hatte, ohne dass er es hätte benennen können: Das rechte Auge seines Bruders war milchig-trüb. Es war blind.

»Kannst du das sehen?« Rocq führte seine linke Hand langsam zum Gesicht des Bruders.

Dessen Augen weiteten sich in plötzlichem Erkennen.

»Nein.« Er hielt einen Finger vor sein rechtes Auge. »Nichts. Ich sehe nichts mehr damit. Das Auge ist nutzlos.« Plötzlich krallte er seine knochigen Finger in den Wams seines Bruders. »Warum hast du die Schamanin nicht gestoppt? Was hast du sie mit mir machen lassen?«

Rocq packte Malechs Hand, löste dessen Griff – härter, als er es beabsichtigt hatte.

»Ich hab sie dein Leben retten lassen, Malech. Ich hab gesehen, wie sie dein verlöschendes Lebenslicht wieder angefacht hat. Wie sie um dich gekämpft hat. Und wofür? Damit ich mich jetzt für meinen Bruder schäme?« Erst jetzt ließ Rocq die Hand los. Weiße Streifen zeigten, wie sehr seine Finger zugepackt hatten. »Die Würmer haben nicht nur dein Auge zerfressen, sondern auch dein Hirn.«

Mit diesen Worten sprang er auf und stampfte zum Bug. So weit weg von seinem Bruder, wie es auf dem Schiff nur ging. Aber auch dort hörte er, wie Malech jammerte, weinte und immer wieder die Frauen verfluchte.

Melana und Syria entfernten sich von dem Tobenden, setzten sich auf eine halbleere Ruderbank. Sie duckten sich nicht wie geprügelte Hunde, sondern saßen aufrecht, wichen keinem Blick aus. Das war auch nicht mehr nötig. Einige Seeleute winkten in Richtung des Tobenden ab. Für dessen Geschluchze hatten sie nur Verachtung übrig, hatten sie doch alle schon weitaus schmerzhaftere Verletzungen gesehen. Und außerdem hatten die Kräutertinkturen der Frauen die Seeleute vom quälenden Juckreiz der Krätze befreit. Wenn sie Zauberinnen waren, dann welche, die man gerne auf seiner Seite wusste. Aber eine Handvoll Männer bereitete Syria nach wie vor Kopfzerbrechen. Sie lauschten den endlosen Tiraden Malechs auch dann noch, wenn alle anderen längst abgewunken hatten. Und sie schafften es nicht, den Frauen auch nur in die Augen zu blicken. Als Tempel-Priesterin war ihr diese Art Mann öfter begegnet. Solche Männer fragten entweder nach einem Liebestrank, der die aus der Ferne angehimmelte Frau in ihr Bett führte, oder sie beteten um Gnade, weil sie den Richterspruch des Fürsten fürchteten, nachdem sie eine Frau geschändet hatten.

»Holt das Segel ein. An die Ruder!« Die *Dido* erreichte das Ende der Landzunge und Hamilkar sah, was auf sie zukam, sobald sie den Windschatten verließen. Ein unbarmherziges Brausen peitschte das Wasser auf. Gischt flog durch die Luft. Seine Hoffnung, mit gerefftem Segel gegen den Wind kreuzen zu können, war naiv gewesen. Nur rohe Kraft konnte helfen, sich gegen die rohe Gewalt dieses Windes durchzusetzen. Aber genau dieser Kraft fehlte es an Bord. Die Männer vertrauten ihm noch immer blind, aber sie waren am Ende ihrer Kraft. Wochenlang waren ihre Teller nur wie für Kinder gefüllt gewesen. Gut genährt war nur die Verzweiflung an Bord und sie fraß noch mehr von der Kraft der Männer.

Doch auch mit schmerzenden Armen waren die Ruderer diszipliniert. Schnell nahmen sie den vertrauten Rhythmus auf. Als der Druck der Ruderblätter die *Dido* in den Wind schob und die langen, harten Wellen das Schiff verbogen, schrie Artes den neben ihm rudernden Rocq an:

»Hast du das gehört? Das Holz des Schiffes wimmert.«

Der sich an der Reling entlangziehende Malech wirbelte herum zu seinen Gefährten. Gesicht und Haare nass von der Gischt. Tränen liefen aus seinem trüben Auge.

»Weil ihr das Schiff quält. Weil sogar das Holz spürt, dass ihr gegen Sol aufbegehrt. Eure Kraft kann euch nicht vor seinem Ratschluss bewahren. Ihr seid der Welle und den Stürmen nur entkommen, weil er euch noch eine Chance gibt.« Und als die Männer nicht reagierten: »Hört ihr überhaupt zu?«

Artes erkannte die Ratlosigkeit im Blick seines Freundes. Und auch etwas Trauer.

Malech aber wütete weiter, leiser werdend.

»Ihr habt nie zugehört. Nicht mal der Zauberin seid ihr in den Arm gefallen. Vielleicht habt ihr sogar ihre Hand geführt.«

»Hau ab. Verschwinde.« Rocq kam aus dem Rudertakt. Er konnte seinen Bruder nicht mehr wiedererkennen, nicht mehr ertragen. Da war weder Dankbarkeit, noch der scharfe Verstand, den er so schätzte. Da war nur abgrundtiefer Hass gegenüber ihm und Melana. Rocq wusste nicht, was seinen Bruder so verändert hatte. Er hoffte, dass es nur der Schock war. Vielleicht bekomme ich den alten Malech zurück, machte Rocq sich Mut, wenn er das Zerbrechen der Welt und den Verlust seines Auges verdaut hat. Er konnte sich nicht vorstellen, dass der sonst so blitzgescheite Malech wirklich die Frauen für das Wüten der Götter und sein Leiden verantwortlich machte.

Auf der Rückseite der Landzunge kämpfte sich die *Dido* durch die aufgewühlte See. Hamilkar nickte seinem Steuermann zu, als der das Schiff so nah an die Küste manövrierte, wie es die Gefahr, von Böen an Felsen gedrückt zu werden, noch zuließ.

»Besser dem Wind die Seite anbieten als die Stirn«, brummte er.

»Einige von ihnen kratzen schon längst an ihren Grenzen.« Tamerlan zeigte auf die Reihe der schwitzenden Ruderer.

»Dann lass uns im ersten Fjord auf unserem Kurs ankern. Es wird ohnehin bald dunkel.«

»Aye, Käpt'n.«

Aufziehende Wolken verdunkelten das letzte Abendlicht deutlich vor der Zeit.

»Zum Glück strahlen die Kreidefelsen wie Leuchtfeuer.« Angestrengt hielten die beiden Seeleute Ausschau nach dem ersehnten schwarzen Einschnitt in der weißen Wand. Endlich. Tamerlan lenkte das Schiff in den erschreckend schmalen Felsspalt.

»Ruder einziehen!«

Langsamer werdend glitt die *Dido* an einem Friedhof vorbei. Hatten Pinien ihre Wurzeln einst sogar noch in den salzigen Sand direkt am Wasser geschlagen, war die Küste des Meeresarmes nun wie rasiert. Die Welle hatte kaum einen Baum stehen lassen, bis in eine Höhe über dem Schiff, die Hamilkar in der Dunkelheit kaum noch sehen konnte.

»Im Fjord wurde die Welle wie in einem Trichter aufgestaut.«

»Und hat alles zermalmt, was hier einst gedieh. An Land lebt hier nichts mehr – also auch nichts mehr, was uns gefährlich werden könnte. Hier ankern wir.«

Es war nicht schwer für Hamilkar, Tamerlans beklommenes Schweigen zu deuten.

»Keine Sorge. Wer immer diese Schlucht untergehen lassen wollte, wird keine Kräfte mehr darauf vergeuden, hier noch einmal zuzuschlagen.«

Obwohl endlich vom Rudern erlöst, und obwohl der Kapitän ihnen zum sehr salzigen, trockenen Fisch eine Extraration Wein spendierte, blieben die Männer in der unheimlichen Schlucht ungewohnt still. Die in der Dunkelheit leuchtenden Bruchstellen der Bäume erinnerten an zersplitterte menschliche Schienbeine. Kein Laut wehte von Land herüber, nicht mal Vögel waren zu hören.

Auf Malech drückte diese Stille stärker als eine körperliche Last. Bis ihn das Plätschern von Wasser und helles Frauenlachen aufschreckte.

Wenn er die verschwommenen Schemen und die Geräusche richtig deutete, zog Almene einen Holzeimer mit Meerwasser an der Reling hoch und brachte es hinter ein Tuch, das vermutlich Syria mit ausgebreiteten Armen hielt. Und wieder hörte er das helle Lachen. Melana. Das durfte doch nicht wahr sein. An diesem von seinem Gott markierten Ort hatten diese Schlampen nichts anderes im Sinn, als sich zu entblößen und zu waschen?! Diese Verhöhnung durfte er nicht zulassen. Er sprang auf und lief zu Syria und Almene, die ihm den Rücken zudrehten.

»Ihr elenden Giftmischerinnen!«

Er stieß die beiden Frauen nieder. Sie prallten hart auf den Boden. Zitternd vor Wut blieb er vor Melana stehen. Ihre Nacktheit schüchterte ihn ein. Sie schüttete sich gerade mit geschlossenen Augen das eiskalte Wasser über den Kopf. Ihre aufgerichteten Brustwarzen schienen ihn zu verhöhnen. Ein tierischer Laut entkam seiner Kehle. Erst jetzt sah Melana ihn. Sie ließ den Eimer fallen, griff nach dem Kleid, um sich zu bedecken. Malech packte das Kleid und zerrte. Melana ließ nicht los. Da zerriss das grobe Leinengewebe. Malechs verbliebenes Auge starrte auf Melanas glänzende, nasse Schenkel, auf die silbrigen Wassertröpfchen in ihrer schwarzen Scham.

»Dein Zauber verfängt bei mir nicht!«

Scham flutete Melanas Seele. Kein Mann hatte je gewagt, das Tabu, das sie umgab, zu verletzen. Und nun spürte sie Malechs verächtlichen Blick über ihren Körper wandern. Den schmerzhaftesten Stich versetzte ihr aber die Erkenntnis, dass Rocq sie nun entblößt sehen konnte, der Mann, bei dem sie seit kurzem spürte, dass sie sich ihm schenken wollte.

Dann schlug ihr Malech mit voller Wucht in den Magen. Mit einem Gurgeln sackte Melana in sich zusammen.

Nur Augenblicke vor Malech, der von der Faust seines Freundes Artes an der Schläfe getroffen und gefällt wurde.

Als Rocq und Artes gesehen hatten, wie Malech wie ein wütender Keiler loslief, waren sie ihm hinterhergeeilt. Jetzt rieb Artes breitbeinig über dem Ohnmächtigen stehend seine schmerzenden Fingerknöchel, während Rocq Melana half, ihre Blöße notdürftig zu bedecken.

IN DER GEWALT DES AUSERWÄHLTEN

Kaltes Seewasser im Gesicht machte Malech wieder lebendig. Über seinem gesunden Auge schwebte die Pranke von Artes. Er wollte ihm von den Planken aufhelfen, grinsend.

»Sind die Leidenschaften etwas abgekühlt oder hätte ich das Wasser etwas tiefer ansetzen sollen?«

Malech schlug die Hand weg und spuckte aus.

»Du dummes Tier. Du und mein Bruder habt die verteidigt, die mich umbringen wollte. So eine ist nicht würdig, meinen Schwanz zu spüren.« Er rappelte sich auf und ging, dann drehte er sich noch mal um. »Und wenn du noch einmal die Hand gegen mich erhebst, bringe ich dich um.«

Nachdenklich schaute der Krieger dem Davonschlurfenden hinterher. Er spürte, wenn ein Mann eine Drohung ernst meinte. Nicht, dass er sich Sorgen machte, Malech in einem offenen Kampf nicht seine Grenzen aufzeigen zu können. Aber er fürchtete ein heimliches Messer in dunkler Nacht.

Melana war gerade froh über die Dunkelheit auf dem Schiff. Ausgelieferter kann sich eine Frau nicht fühlen als nackt unter Dutzenden rauen Seeleuten. Gierig funkelnde Augen verfolgten jede ihrer Bewegungen. Allein die Berührung Rocqs, der sie in das Tuch gehüllt hatte, das Syria beim Sturz fallen gelassen hatte, beruhigte sie. Ihr Zittern verebbte.

Bis Syria langsam den Kopf schüttelte.

»Das Kleid ist nicht mehr zu retten. Nähzeug haben wir nicht und die Bronzefibel ist zerbrochen. Wenn du die Fetzen überlegst, kannst du genauso gut nackt bleiben.«

»Aber ich kann so nicht bleiben!«

»Musst du auch nicht«, sagte Rocq. Er winkte Artes her. Sonst denkbar ungeeignet, eine Frau vor männlicher Gier zu schützen, war er in diesem Fall doch der Richtige, davon war Rocq überzeugt. Da der Freund um seine Gefühle für Melana wusste, war sie damit für Artes unantastbar. Und für jeden anderen Mann, wie Malech gerade erfahren musste. Keiner der Seeleute wollte Malechs Erlebnis teilen. Also hefteten sich die Blicke an den zu den Ruderbänken eilenden Rocq, nachdem sich Artes vor den Frauen aufgebaut hatte. Augenblicke später war Rocq zurück, trug das rote Kleid auf beiden Händen, das im ersten Anlauf für ihn so ernüchternd zurückgewiesen worden war.

»Ich weiß, es ist etwas auffällig.«

Syria lachte. »Aber wohl kaum auffälliger als Nacktheit. Gib her, Nordmann, mit dem für Männer so untypischen Gespür fürs richtige Geschenk.« Sie nahm das Kleid und hielt es hoch. Soweit sie sehen konnte, würde es Melana passen – wenn auch nicht zu ihrer Legende, sie wären drei Bäuerinnen auf der Flucht vor der Riesenwelle. Vielleicht sollte sich Melana künftig als Fürstin und sie als ihre Sklavinnen ausgeben.

»Dreh dich gefälligst um. Das Kleid gibt dir nicht das Recht, das zu sehen, was vor Augen verborgen werden soll.«

Gehorsam drehte sich Rocq um, sein Gesicht brannte.

* * *

Die Nacht verging ohne weitere Zwischenfälle. Hamilkar schickte die Mannschaft früh in den kühlen Gegenwind aus Nordwest. Er wollte den Fluss, auf dem schon seit Generationen Kupfer in den Norden und Zinn sowie die Tränen Sols in den Süden transportiert wurden, möglichst bis Mittag erreichen.

»Legt euch in die Riemen. Wir sollten unser Schicksal auf diesem Meer so kurz wie möglich herausfordern.«

Der Befehl galt nicht für Malech, der noch zu geschwächt von seiner Krankheit war. Er versuchte, so viel Platz wie möglich zwischen sich und die Frauen zu bringen. Also hielt er sich meist im Bug der *Dido* auf, wo er es zum Glück auch nicht so weit bis zum Abtritt hatte.

Die ächzenden Männer schoben das Schiff an einer felsigen Küste vorbei. Berge fielen steil bis an die Küste herab. Wo einst Pinienwälder gestanden hatten, waren nur noch Baumleichen. Wenngleich die Welle sich hier nicht so hoch hatte aufschaukeln können wie in dem Tal.

»Hier hat mehr überlebt. Sieh, dort jagen Thunfische Sardinen.«

Tamerlan war vorne aufgetaucht, um nach vertrauten Zeichen zu suchen.

Dafür verachtete Malech den Steuermann. Sah er nicht, dass nichts mehr wie vorher war?

»Am Ende überleben aber nur die, die sich nicht gegen den Wind stemmen – wie diese Möwen dort.«

»Das sind nicht nur Möwen. Da sind auch Fischreiher und Flamingos. Das heißt, wir sind nahe am großen Sumpffluss.«

»Ist das unser Ziel?«

»Nein, das wäre zu gefährlich. Der Fluss fächert sich kurz vor der Küste in Dutzende mächtige Nebenarme und Hunderte Rinnsale auf. Und die sind unruhig, fließen mal dort und mal hier lang. Dazu wandern Sandbänke im Fluss. Das ist kein Ort für Seeleute, nur für Frösche. Aber dort leben Fischer, die schon selbst halbe Frösche sind. Mit Glück können wir von denen Fisch kaufen.

Sie hatten kein Glück. Das Flussdelta hatte die Welle umfangen wie einen Liebhaber, um doch von ihm geschändet zurückgelassen worden zu sein. Wo einst Häuser auf Stelzen im Sumpf gestanden hatten, war nichts mehr.

»Da, eine Reuse.«

Auf dem offenen Meer schwamm ein zusammengenähter Schweinedarm. Tamerlan hatte vor Jahren davon Hunderte in dem Flussdelta gesehen. An einem Seil unter dem Ballon hing eine Reuse. Doch als ein Matrose den Ballon mit einem hakenbewehrten Stab an Bord gezogen hatte, sahen sie, dass der Korb zertrümmert war.

Niemand hatte Lust, zu erkunden, was aus den Sumpfbewohnern geworden war. Ein dunstiger Schleier über dem Wasser verhinderte, dass sie weit ins Landesinnere sehen konnten.

»Ganz gut, dass wir das Elend nicht sehen müssen«, brummte Tamerlan.

»Blödsinn«, schrie Malech und geiferte dabei. »Es gibt kein Elend. Hier pflügt jemand, der größer ist als wir, den Boden, um etwas Besseres wachsen zu lassen.«

»Bauerngerede. Nichts ist größer als das ewige Meer. Es war da, bevor ihr kleine Körner in den Dreck gesteckt habt. Und es schert sich nicht, was ihr Bauern für das nächste Frühjahr plant. Das ist, was ich in der Welle sehe.«

»Ihr seht doch alle nur das Offensichtliche, aber nicht den Plan dahinter. Glaubst du, die Welt zerbricht aus einer göttlichen Laune heraus? Oder dass das Meer unbeeindruckt bleibt, wenn Götter es aufpeitschen? Das ist nichts als das Pfeifen eines Kindes im dunklen Wald. Tatsächlich wird vor unseren Augen das Alte weggewischt, um Platz für das Neue zu schaffen.

Malech legte den Kopf in den Nacken. Dunkle Schleier tobten über den Himmel. Und dennoch war er unverkennbar da. Sol.

»Mit meinem trüben Auge kann ich offenbar mehr sehen als du mit zwei gesunden.« Er sprach aber nicht aus, was er dachte: Sol hat mich auserwählt, über all diese Blinden zu herrschen.

Die Aussicht, dem Eishauch auf dem Meer bald entkommen zu können, beflügelte die Ruderer. Kaum hatte die Sonne ihren höchsten Stand erreicht, erklang Hamilkars Bass:

»Drei Strich Steuerbord. Haltet auf die Mündung dort neben dem Felsen zu, der aussieht wie eine Frauenbrust. Männer, gleich gleiten wir mühelos über ein Flusswasser, das so glatt ist wie die Haut einer Frau. Wir sind endlich in Sicherheit.«

Hamilkar irrte. Er war die Aude, wie die Einheimischen den Fluss nannten, zwar schon ein halbes Dutzend Mal tief ins Landesinnere hinauf gerudert. Immer bis zu dem Bogen, wo der Fluss nach Westen abknickt, Richtung Berge. Doch noch nie wurde sein Schiff schon deutlich vorher von angespitzten Baumstämmen gestoppt, die in den schlammigen Flussgrund gerammt worden waren. Zum Glück ragten einige der Stämme aus der Wasseroberfläche heraus. Glitzernd perlte das Wasser von der hellen, bearbeiteten Spitze ab, die sich deutlich von der dunklen Rinde abhob. Wer sie hatte anbringen lassen, wollte keine Schiffe versenken, sondern zum Halten zwingen.

»Volle Kraft zurück.« Die Ruderer setzten Hamilkars Befehl sofort um. Das Wasser um die Ruderblätter schäumte, doch die *Dido* stoppte ihre Vorwärtsbewegung mehr als eine Schiffslänge vor den Stämmen.

»Rudern einstellen!«

Hamilkar und Tamerlan schauten sich ratlos an, dann schätzten sie die Breite des Flusses ab: Keine Chance zum Wenden.

»Was ist denn los, Käpt'n?« Die Ruderer hatten mit dem Rücken zur Fahrtrichtung sitzend die Baumstämme noch nicht sehen können. Hamilkar kam nicht dazu, zu antworten.

»Da ist uns ja ein fetter Fisch ins Netz gegangen.«

Die in einem melodischen Singsang vorgetragenen Worte verstanden außer Hamilkar nur noch die an Bord, die wie er schon mehrmals auf dieser alten Bernsteinroute Handel getrieben hatten. Dennoch ruckten alle Köpfe zum rechten Ufer. Aus dem nahen Wäldchen stampfte ein menschlicher Berg ans Ufer. Helm, Brustharnisch und Beinschutz aus Bronze hüllten ihn ein. Fingerdicke Bronzereifen betonten die muskulösen Oberarme. Der Gigant zog sein Schwert. Mit einer für seine Statur überraschend hohen Stimme rief er: »Versucht gar nicht erst, eure Waffen zu greifen.«

Ein Wink mit dem Schwert. Dutzende Bogenschützen traten aus dem Schatten der Bäume am rechten Ufer hervor und nahmen die Männer auf der *Dido* ins Visier. Hamilkar blickte zum Heck. Vergeblich. Mehrere Männer wuchteten hinter ihnen ein dickes Tau aus dem Wasser und zurrten es an mächtigen Bäumen fest. Sie waren gefangen wie ein Fuchs in einer Grube. Und er selbst hatte sie in die Falle geführt. Hamilkar knirschte mit den Zähnen. Er spürte die fragenden Blicke seiner Männer. Doch anders als sie konnte er sehen, wie groß die Übermacht war. Gäbe er das Signal zum Kämpfen, würden sie hier alle sterben. Rocq konnte nicht zu seiner Waffe laufen. Er stand mit einigen Ruderern am Bug, genau vor den Bogenschützen, die auf diese Entfernung mühelos trafen. Ein Matrose starb mit einem Pfeil im Hals, als er sich bückte. Rocq drehte seinen Kopf langsam zur Seite, suchte den Blick seines Bruders. Der stand am Heck hinter der Kajüte, verdeckt für die Angreifer. Malech nickte seinem Bruder zu, legte sich bäuchlings auf die Reling, dann ließ er sich ohne einen Platscher ins Wasser gleiten. Sein Kopf verschwand sofort im Fluss.

»Hey, du, was glotzt du nach hinten?!«

Rocqs Kopf ruckte nach vorn. Es war nicht schwer zu erraten, wem dieser Ruf galt.

In hastiger Eile wurden Ruderboote ins Wasser gelassen. Bewaffnete paddelten zur *Dido*. Seile, an denen Haken aus schwerem Wurzelholz befestigt waren, flogen durch die Luft. Kaum fanden die Haken an der Reling Widerstand, kletterten die Piraten an Bord. Sie fesselten die Besatzung, um sie an Land zu bringen. Als die Hanfseile stark in Hamilkars Handgelenke schnitten, fauchte er:

»Verdammt, wer seid ihr? Und wo ist Nulo?«

Ein Krieger mit sauber rasiertem Gesicht und einem Brustschutz aus gehärtetem Leder trat Hamilkar in die Kniekehle, so dass er auf die Knie fiel.

»Nulo? So hieß doch der Schwächling, der hier früher das große Wort führte. Er ist dir einen Schritt voraus. Seine Gedärme schwimmen bereits im Fluss, um die Fische zu mästen. Wir sind die Garde von Ghul, dem Auserwählten.«

Der Auserwählte duftete nach Veilchen. Das konnten die an Land verschleppten Männer und Frauen der *Dido* sogar auf größere Entfernung riechen. Hamilkar, Artes und Rocq, die nebeneinander mit auf den Rücken gefesselten Händen im Dreck knieten, hätten aus der Nähe sogar eine Note Lavendel erschnuppern können.

»Du hast Nulo gekannt? Dann bist du wohl Hamilkar, der Händler. Er erwähnte dich, als wir ihn freundlich befragten, wer ihm denn über die Jahre die Taschen gefüllt hatte.«

Einer der mutmaßlichen Offiziere, ausgerüstet mit einem Lederharnisch, lachte höhnisch auf.

»Du hast recht. Vielleicht waren wir eher nachdrücklich als freundlich. Aber mit Nachdruck erreicht man mehr. Sieh dich um, hier hat sich einiges verändert. Zwar wirst du dein Schiff auch hier lassen, wie damals etwas flussaufwärts. Doch du wirst kein Rollsiegel mehr mitbekommen, in das der Wert deines Schiffes eingeritzt wird. Weil die Werft am großen Meer im Nordwesten dir ohnehin für den Gegenwert kein neues Schiff mehr geben wird. Denn sie sind jetzt meine Untertanen. Genauso wie die Ochsentreiber, deren Karren früher deine Waren in den nächsten Hafen gebracht haben. Und natürlich die Bauern und Fischer, die einst deine Vorräte aufgefüllt hatten. Keiner von denen macht noch etwas, wenn ich es ihm nicht ausdrücklich erlaube. Und du musst mir schon gute Gründe geben, damit ich dich nach Norden ziehen lasse.«

»Ich habe feinstes Kupfer von der Kupferinsel an Bord. Und Öl und Seide. Auch …«

»Nichts hast du.« Ein Schlag wie mit einem Schmiedehammer streckte Hamilkar nieder. »Ist dein Hirn verdorrt? Dein Schiff ist meins, deine Waren sind meine, deine Besatzung gehört mir, ebenso wie deine Frauen.«

Hamilkar spuckte Blut. »Nimm dir mein Geld und mein Schiff, aber lass uns gehen. Wir sind keine Gefahr für dich.«

»Gefahr?« Ghul setzte Hamilkar den Fuß in den Nacken und drückte zu. »Natürlich seid ihr Würmer keine Gefahr für Ghul, den Auserwählten. Die Frage ist nur, ob ihr vielleicht noch nützlich für ihn seid.«

Ein Tritt in die Seite Hamilkars, dann wandte sich Ghul den anderen Gefangenen zu. Brutal packte er Almenes Kinn, sein Daumen zwängte ihre Kiefer auseinander. Er sah sich ihre Zähne an.

»Hmmh, die haben sogar Huren mit an Bord gehabt. Und für sie gesorgt. Die sind gut erhalten. Bringt sie ins Magazin. Und sorgt dafür, dass sie keiner von den Bauern anrührt. Vielleicht kann ich sie einem künftigen Verbündeten und späteren Unterjochten als Gastgeschenk überreichen. Oder ich überlass sie den Bauern zu ihrem Vergnügen.« Zwei Lederwämse schleiften die wimmernden Frauen an den Haaren in die nahe Siedlung.

»Habt ihr irgendeinen Nutzen für mich?«, schrie Ghul die Männer an. »Ist ein Schmied unter euch?« Keiner antwortete. »Los, lasst den Kapitän für seine Fischköpfe übersetzen.«

Hamilkar hatte sich schon aufgesetzt. Während er übersetzte, nickte er Rocq zu. Schmiede waren kostbar. Kein Herrscher konnte auf Waffen oder Schmuck verzichten. Und irgendeiner von ihnen musste die Hände freibekommen, wenn sie noch eine Chance haben wollten. Rocq verstand.

»Hier. Ich bin Schmied.«

»Bringt ihn zu den Frauen. Der Rest kommt wieder aufs Schiff. Als Soldaten kann ich sie nicht gebrauchen. Der Winter kommt. Das heißt, ich müsste sie durchfüttern, bevor man wieder auf Feldzüge gehen kann. Entweder verkaufe ich sie noch als Sklaven oder ich verfüttere sie an die Fische.«

Als Gardisten Hamilkar und Artes hochzerrten, hob der Auserwählte die Hand.

»Die beiden nicht. Den Händler brauche ich noch als Übersetzer. Und nun schau sich einer dieses Frischfleisch an.«

Ghuls flache Hand strich über Artes' Brust. Als sie auf seinen flachen Bauch hinunterwanderte, wich der Krieger knurrend zurück.

»Da ziert sich aber einer. Jungs, ich glaub, der ist noch Jungfrau.«

Die Gardisten lachten.

»Ist der hier ein Krieger?«

Hamilkar blieb nur übrig, zu nicken. Zu offensichtlich war, dass Artes' Muskeln nicht von der Feldarbeit oder vom Rudern kamen.

»Das trifft sich gut. Du kannst diesen Fischern zwar einen Speer in die Hand drücken, aber wenn sie damit etwas Größeres als einen Frosch töten sollen, werden ihre Knie weich. Und der würde doch noch gut in eure Riege passen, was Jungs? Man muss ihn natürlich noch zureiten. Wascht ihn, enthaart ihn und bringt ihn in meine Gemächer.«

»Den Übersetzer auch?«

»Nein, für das eine ist er mir zu alt und für das andere brauche ich keinen Übersetzer. Bringt ihn zu dem Schmied.«

Hart schlug Rocq mit dem Gesicht auf dem gestampften Boden auf. Mit den gefesselten Händen hatte er sich nicht abstützen können, als ihn die Gardisten in den Raum mit den Frauen schubsten. Staub und Schmerz ließen seine Augen tränen. Zappelnd wie ein Käfer auf dem Rücken drehte er sich, kam schließlich auf die Knie. Verängstigt starrten die ebenfalls gefesselten Frauen zum ihm hinüber.

»Was haben die mit uns vor?«

»Syria, ich habe nichts von dem verstanden, was der Schlächter gesagt hat, aber ich fürchte, man ist entweder sein Sklave oder tot.«

Almene schluchzte auf, legte den Kopf an Melanas Schulter. Sie alle hatten im Tempel von Tyros schon Frauen trösten müssen, denen von Männern Gewalt angetan worden war. Die meisten waren wie sie jetzt von fremden Kriegern erbeutet worden. Und nicht wenige dieser Frauen hatten sich gewünscht, sie wären lieber gestorben, als mit den Erinnerungen an die Erniedrigung zu leben. Melana graute vor dem, was kam, aber am meisten sorgte sie sich um Almene.

»Was immer passiert, wehr dich nicht, damit sie keinen Grund haben, dich zu schlagen. Schicke deinen Geist im Gebet zu Astarte. Sie mögen deinen Leib schänden, aber deine Seele wird unbefleckt bleiben.«

Rocq robbte näher und flüsterte.

»Aber noch gibt es Hoffnung. Malech kann uns retten.«

»Malech?«

»Ja, er sprang ins Wasser, als unser Schiff gestoppt wurde. Ich hoffe nur, er findet uns hier.« Dass dies nicht einfach werden würde, behielt Rocq für sich. Auf dem Weg in sein Gefängnis war ihm klar geworden, dass er einen solch unübersichtlichen Herrschersitz noch nie gesehen hatte. Er war sich nicht mal sicher, dass er den Weg alleine wieder herausfinden würde. Drei Langhäuser standen dicht beieinander. Die grauen Mauern wirkten uralt. Die Findlinge, die die Türen bildeten, waren so schwer, dass sie von längst vergangenen Riesen aufgerichtet worden sein mochten. Die Dächer waren aus Schilf, was Rocq noch nie gesehen hatte, aber das mochte in dieser sumpfigen Gegend einfach ein bevorzugtes Baumaterial gewesen sein. Das mittlere Haus war noch einmal in drei Schiffe unterteilt. In einem davon wurde das Vieh aufgestallt, was den Nordmann befremdete. An das letzte Drillingshaus duckten sich drei Rundhütten – eigentlich wohl Magazine, nun aber war eine davon ihr Gefängnis. Wie sollte Malech sie in diesem Wirrwarr nur finden?

Je länger Rocq auf die verwitterten Mauersteine starrte, desto mehr zweifelte er an seiner Hoffnung, dass sein Bruder ihnen zu Hilfe kommen könnte. Ins Wasser gesprungen war der natürlich nicht, auch wenn er es so erzählt hatte. Geschickt hineingeglitten, hatte er in dem Moment an Bord gedacht. Oder war Malech gar gefallen? Erneut ohnmächtig? Und das Nicken? Instinktiv hatte er es als ihren alten Gleichklang der Gedanken ausgelegt, der ohne Worte auskam. Aber der war Vergangenheit. Am Tag, als sich ein Riss durch die Welt auftat, schien auch ein Riss das Band zwischen ihnen beschädigt zu haben. Das angedeutete Lächeln, mit dem Malech über Bord gegangen war, könnte ein Echo seines früheren Wagemutes gewesen sein – oder ein Spiegel spöttischer Genugtuung, mit seinen Schwarzmalereien doch recht gehabt zu haben.

Hamilkar wurde von ruppigen Kriegern in den Raum geworfen. An Händen und Füßen gefesselt und genauso hilflos wie Rocq selbst. Aber immerhin mit Neuigkeiten. Noch lebte die Besatzung. Noch lebte Artes. Doch als Hamilkar berichtete, was dem Krieger bevorstand, brach Almene erneut in Tränen aus.

»Was das angeht, so ist deine Jungfräulichkeit sicher, zumindest vorerst. Ghul hat kein Interesse an Frauen. Er träumt von einer Kriegerkaste, wie es sie im Osten geben soll. Dort sind die Gefährten im Gefecht zugleich immer auch Geliebte. Das soll ihren Kampfeseifer noch anstacheln. In seiner Welt hat weibliche Weichheit keinen Platz.«

Artes war egal, wie sich Ghul seine Welt erträumte. Er wollte jedenfalls kein Teil davon werden. Doch noch nie hatte er sich so machtlos gefühlt. Er lag nackt mit dem Gesicht nach unten auf einem Schemel. Füße und Hände waren gefesselt und noch mal zusätzlich aneinandergebunden. Einer Sklavin war befohlen worden, Artes vorzubereiten. Sie schrubbte mit heißem Wasser den Dreck von seinem Körper.

»Hilf mir!«

Erstaunte Augen. Die Sklavin verstand ihn nicht. Aber der Wächter vor der Tür hatte ihn gehört. Er stürmte herein, schrie ihn an und rammte ihm die Faust in die Nieren. Das war unmissverständlich. Die Sklavin zuckte zusammen, als der Soldat auch ihr mit erhobener Hand drohte. Er schlug nicht zu, blieb diesmal aber im Raum an der Tür stehen.

Die Sklavin hob seinen Kopf an und schabte seinen Bart mit einem Obsidianmesser ab, dessen Spitze sichelförmig zulief. Artes sah die gerade verheilenden Wunden im Gesicht der Frau, die fast noch ein Mädchen war. Sie wusste, was Artes bevorstand. Sie war zwar nicht von Ghuls Gardisten vergewaltigt worden, die hatten sich Jungs gegriffen. Aber gerade in den Soldatendienst gepresste Söhne von Fischern und Bauern hatten ihre neue Macht als Bewaffnete auch an ihr ausgetobt.

Sie griff sich eine Keramikkanne und ölte Artes Rückseite ein. Nacken, Rücken, Hintern und die Rückseite seiner Beine. Sie zog mit dem Messer das Öl ab, enthaarte Artes dabei zugleich. Dann hockte sie sich vor Artes' Gesicht, zeigte auf etwas Heu neben seinem Schemel und machte schubsende Bewegungen. Artes begriff. Seine Vorderseite war fällig. Kein einfaches Vorhaben bei einem Mann, der zusammengebunden war wie ein Schaf, das zum Markt getragen wird. Artes schaukelte mit dem Schemel, bis er kippte. Die Frau fing ihn auf so gut es ging. Artes lag auf der Seite, als der Rest eingeölt wurde. Zunächst die Brust, die sie sogleich enthaarte. Artes spürte den Atem der Sklavin auf der nun sehr viel empfindlicheren Haut. Und ihren Busen, der gegen sein Becken presste. Dann musste er sich strecken, soweit es in dieser Haltung möglich war. Mit weicher Hand wurden sein Schwanz und seine Eier eingeölt. Die weit aufgerissenen, schwarzen Augen der Frau starrten ihn entschuldigend an. Sein Glied regte sich nicht. Er zog die Augenbrauen hoch, als Ersatz für seine Schultern. Sie verstand seine Lage allzu gut. In einer solchen Lage verspürte er nur Angst und Hass, keinerlei Begierde. Die sich eigentümlich warm anfühlende Steinklinge schabte an seinem Schaft. Wieder ein intensiver Blick aus Holzkohleaugen. Dann zog sie das Messer in einem langen Schnitt über seinen Oberschenkel. Und schrie los.

Blut floss auch vor Malechs Augen, wenn auch nicht sein eigenes. Das dicke Blut eines Widders spritzte aus der Halsschlagader auf den glatt polierten Boden des Tempels. Sein Medaillon mit dem Sonnensymbol hatte ihm Einlass verschafft.

Als er mit brennenden Lungen am Ufer aufgetaucht war, um sofort im Unterholz zu verschwinden, war ihm eines klar: Als nasser, abgerissener, einäugiger Fremdling musste er Mächte auf seine Seite bringen, die größer waren als die Macht der Waffen. Der Tempel des Sonnengottes stand hier am höchsten Punkt des Ortes. Malech wusste zwar nicht, wie Sol hier genannt wurde, aber sein Medaillon fegte das Misstrauen der Priester augenblicklich weg. Und er hatte besonderes Glück. Einer der Sonnenanbeter sprach eine nördliche Sprache, die seiner immerhin so ähnlich war, dass sie sich ohne große Mühe verständigen konnten. Ein lange vermisstes Gefühl durchströmte ihn: der Rausch des Triumphs. Die göttliche Macht war auf seiner Seite. Von jetzt an würde nur noch passieren, was er wollte.

Der oberflächliche, aber stark blutende Schnitt alarmierte den Wächter. Sein Auftrag lautete, das neue Lustspielzeug Ghuls unbeschadet zum Auserwählten zu bringen. Er schrie die Sklavin zornig an, dann eilte er davon, um getrocknetes Moos und etwas Leinen zu bringen, damit die Blutung gestoppt werden könnte. Sofort setzte die Sklavin das blutige Messer an der Handfessel an und fing an zu schneiden. Heftig schüttelte Artes den Kopf. Sie verstand sofort. Entfesselt, aber nackt und nur mit einem Rasiermesser bewaffnet hätte er keine Chance gegen die Soldaten. Er musste in die Nähe Ghuls gelangen – als Gefangener, der nicht so hilflos war wie es schien. Vorsichtig ritzte sie Hand- und Fussfesseln an. Fragend schaute sie ihn an. Artes nickte und ein breites Grinsen erhellte sein Gesicht. Sie küsste seine Hand. Dann hörten sie auch schon die Schritte des Wächters.

Melana hörte nur sich entfernende Schritte. Sie waren unwichtig geworden. Als sie auf die ausdruckslos ins Leere starrende Almene blickte, füllten sich ihre Augen mit Tränen. Vor wenigen Wochen waren sie noch Mittlerinnen zwischen Astarte und den Gläubigen gewesen. Scheuer Respekt war das Mindeste, was ihnen entgegengebracht wurde. Oft genug aber auch Verehrung. Und nun warteten sie darauf, als Gespielinnen an irgendeinen rohen Kriegerfürsten verschachert zu werden. Rocq rutschte auf den Knien zu ihr hinüber. Er drückte seine Stirn gegen ihre. Sie ließ es zu.

»Gib nicht auf, bitte. Ich will dich nicht verlieren, jetzt, da ich dich endlich gefunden habe. In all dem Leid, das wir gesehen und erlebt haben, ist unser Zusammentreffen das einzig Schöne. Ich möchte mit dir zusammenleben, ich liebe dich.«

Draußen erklangen laute Befehle.

Melana wusste nicht, was sie sagen sollte. Sie nickte, dann küsste sie Rocq sanft auf die aufgesprungenen Lippen. Beide setzten sich Rücken an Rücken. Ihre Hände waren zwar gefesselt, aber sie konnten einander festhalten. Bis ein Gardist in das Magazin stürmte und auf Hamilkar zeigte.

»Du und er, ihr kommt mit. Der Schmied soll sagen, was er von den Metallen an Bord braucht, um Waffen für uns zu schmieden. Den Rest verladen wir auf Karren. Es kommt in die Magazine. Im Osten erzielen wir dafür gute Preise.«

Harte Finger rissen die Männer hoch und stießen sie raus aus dem Raum. Die Frauen waren allein.

»Ah, endlich bringt ihr mir meine Beute.«

Zwei Gardisten schleiften Artes ins Schlafgemach Ghuls. Der Nordmann hob den Kopf, während er über eine Bank gelegt wurde. Ghul hatte seine Rüstung bereits abgelegt. Doch der kurze Umhang konnte nicht verbergen, wie sehr ihn das nackte, hilflose, ölige Fleisch erregte. Artes widerstand dem Reflex, schon jetzt seine Muskeln anzuspannen. Der Krieger hatte in vielen Schlachten gelernt, dass der richtige Zeitpunkt oft über Sieg und Niederlage entscheidet. Er wusste, dass er nur dann eine echte Chance hätte, wenn er allein mit dem Muskelberg war. Hoffentlich teilte der Auserwählte nicht gern. Mach schon, schick sie raus.

Endlich.

Ghul massierte seine Eier. Der Fremde war die Art von Mann, die ihn erregte. Gut, würde er sich ihm freiwillig unterwerfen, wäre das noch besser. Aber er hatte Kampfgeist im Blick des Mannes gesehen. Wenn er ihn nicht brechen könnte, würde er den Nordmann auch noch von seiner Garde besteigen lassen. Irgendwann würde es ihm gefallen. Oder er wäre zumindest begierig darauf, die Wut über die erlittene Demütigung an jemandem auszulassen. Etwa an den unterjochten Dorfbewohnern. Ghul näherte sich Artes, seine haarige Pranke knetete dessen Arschbacke. Sein Daumen fuhr die Ritze entlang. In diesem Moment riss irgendetwas. Ghuls Ohren hörten zwar das Geräusch, doch sein Verstand schaltete nicht. Möglich, dass dem Kopf das viele Blut, das in den unteren Körperregionen unterwegs war, fehlte. Auf jeden Fall reagierte Ghul zu langsam. Mit einem doppelten Ruck entledigte sich Artes der Fuß- und Handfesseln. Er wirbelte herum. Sein linker Ellenbogen traf Ghul hart an der Schläfe. Der Bär ächzte, fiel aber nicht. Im Gegenteil. Instinktiv umklammerten seine massigen Arme die Taille des Gegners. Doch Artes war vom Öl zu glitschig. Er federte hoch, rammte sein angezogenes Knie in Ghuls Eier. Zugleich schlug er mit der rechten Faust genau unter dessen Kinn. Der Klammergriff brach auf. Ein Tritt mit der Fußsohle seitlich gegen das Knie. Artes hörte Bänder reißen, als Ghul zusammensackte. Er packte den rechten Arm des Gegners – seinen Schwertarm, wie er seit dem Überfall auf dem Fluss wusste –, legte ihn ausgestreckt auf sein angewinkeltes Knie. Ein Ruck, der Ellenbogen brach. Ghul schrie nur kurz, bis ein Fußtritt ihn in eine gnädige Ohnmacht schickte.

Wenn er bloß mehr Zeit hätte. Artes legte Ghuls Brust- und Rückenpanzer an, verknotete die Lederschlaufen. Dann der Lendenschurz aus geschmiedeten bronzenen Kettengliedern. Alles schlackerte, aber bot immerhin etwas Schutz. Das Schwert. Schon kam Ghul stöhnend zu sich, setzte sich auf, bemüht, seinen gebrochenen Arm nicht zu bewegen.

»Ah, du gürtest dich als Auserwählter. Und doch hast du dich selbst nur auserwählt, jämmerlich zu sterben. Meine Männer werden dir die Haut langsam abziehen.«

Artes verstand kein Wort, aber der verächtliche Ton sagte ihm genug. Er wusste ohnehin, dass sich seine Chancen nur unwesentlich verbessert hatten. Er musste eine Geisel kontrollieren, deren siegesgewisse Arroganz sogar den Schmerzen trotzte. Er musste die Frauen, Rocq und Hamilkar befreien und sich zum Schiff durchschlagen. Und zugleich den Gardisten, die er als gute Krieger einschätzte, jeden Mut rauben, ihn durch einen Pfeil von hinten zu erledigen. Er zerrte Ghul hoch, beide standen mit dem Gesicht zur Tür, er nutzte seine Geisel als Deckung. Ein leichter Ruck an dem gebrochenen Arm, ein zweiter, dann stand Ghul still.

»Ruf die Wachen.«

Ghul blieb stumm.

Artes drehte am Arm. Ghul schrie. Augenblicke später stürmten zwei Gardisten in den Raum.

»Halt!«

Die Gardisten erfassten die Situation und stoppten.

In diesem Moment stach Artes dem Auserwählten das Schwert in die Halsschlagader. Eine Fontäne schäumenden Blutes traf den ersten Soldaten. Ghul schrie wie ein abgestochenes Schwein. Bis Artes dessen linke Hand packte und auf die klaffende Wunde presste. Eine zweite Fontäne fand den Weg zwischen den Fingern hindurch, erst dann gelang es Ghul, stark genug auf die verletzte Ader zu drücken. Entsetzt spürte er, wie sich die Klinge seines eigenen Schwertes leicht in seinen Oberarm drückte.

»Los!«

Schwankend guckte Ghul zu dem Größeren hoch. Erstmals waren seine Pupillen schreckgeweitete, schwarze Löcher. Aber nur kurz. Da wusste Artes, dass sein Gegner verstanden hatte. Dessen ganze Kraft war nun nutzlos, der eine Arm gebrochen, der andere verhinderte, dass sein Lebenssaft im Sand versickerte. Auch Ghuls Garde würde gefügig sein, dachte Artes. ›Sie wissen, dass mir selbst bei einem hervorragenden Pfeilschuss noch die kurzen Momente des toten Mannes bleiben. Und die würden ausreichen, ihm seinen gesunden Arm abzutrennen, um auch das Ende des Auserwählten zu besiegeln. Wahrscheinlich ahnen sie, dass ich zurück aufs Schiff will. Egal, zunächst müssen sie mitspielen.‹

»Bewegt euch«, bellte Artes.

Ghul schnauzte seine Männer an: »Er will hier bestimmt raus. Dreht euch langsam um und geht vor. Und sagt allen, dass sie die Finger vom Bogen lassen sollen. Wir holen uns das Schwein, wenn es flieht. Und dann lassen wir es quieken.«

Widerwillig zollte Artes seiner Geisel in Gedanken Respekt. ›Er bleibt kaltblütig. Gut so, wenn er durchdreht, werde ich den Raum nicht lebend verlassen. Aber offenbar kennt auch er Heiler, die solche Verletzungen zusammennähen konnten. Und das war seine einzige Chance auf Rache.‹ Die betont langsamen Bewegungen der Gardisten, sagten Artes, dass seine Geisel offenbar die richtigen Befehle gegeben hatte. Sie verließen das Haus und bewegten sich in inzwischen völliger Dunkelheit langsam in Richtung Schiff. Schon nach wenigen Schritten wurden sie von Dutzenden Bewaffneten mit Fackeln eskortiert, die auf jeden Fehltritt Artes' lauerten.

»Malech!« Melana schrie erleichtert auf, als die schmächtige Silhouette in der Tür ihres Gefängnisses auftauchte. Doch er war nicht allein. Drei Männer begleiteten ihn. Bronzene Fibeln in Form von Sonnenspiralen hielten deren weite, bis zum Boden reichende Umhänge zusammen. Priester. Und keine der Muttergöttin. Malechs gesundes Auge blickte kalt und mitleidlos auf die gefesselten Frauen. In der harten Sprache seiner Heimat sagte er etwas zu einem Priester mit einer geschwürigen Knollennase. An ihren Haaren wurden die Frauen auf ihre Füße und raus aus der Hütte gezerrt.

»Was hast du vor?«

Doch Malech ignorierte Melanas ängstlichen Ruf. Er gab den Befehl zum Aufbruch. Die kleine Gruppe setzte sich in Marsch. Malech erschien es, als ob vor ihnen im Wald ab und zu Fackelschein zwischen den dicht stehenden Bäumen zu sehen war.

Melana konnte die Tränen nicht mehr zurückhalten. Es schien, als sei ihr Ende gekommen.

»Wir bekommen Besuch.« Hamilkar wies Rocq auf der Brücke der *Dido* auf den Fackelschein hin, der den Wald erhellte und sich ihnen näherte.

»Wahrscheinlich will jemand die Peitsche knallen lassen. Aber zu spät. Das da dürften die letzten sein.« Er nickte mit dem Kopf nach rechts, aber Hamilkar wusste auch so, dass gerade einer seiner Männer oder einer von Ghuls Sklaven, den letzten Ochsenhautbarren über das Fallreep wuchtete, um ihn auf einem der mehr als ein Dutzend Ochsenkarren zu verstauen.

»Das sind wohl eher unsere Henker. Ghul scheint sich entschieden zu haben, wie er uns in die Anderwelt hinüberbringt.«

Im Moment war Ghul der Anderwelt allerdings näher als jeder andere. Jeder Herzschlag kostete ihn Blut. Der Auserwählte hinterließ eine rote Spur. Artes hatte eine Hand in seinem Nacken, die andere hielt das Schwert zwischen Arm und Hals – bereit, Ghul den Rest zu geben. Dennoch bemühte sich Ghul um Haltung, als sie das Schiff erreichten. Er spürte, dass er wie ein Herrscher wirken musste, wenn er nach diesem Tag noch einer sein wollte. Artes konnte einen Freudenschrei nicht unterdrücken, als er Rocq und Hamilkar auf der *Dido* entdeckte. Jetzt würden die Verhandlungen deutlich einfacher werden.

»Hamilkar, sag den Hofschranzen hier, dass ich schon bewiesen habe, dass der Auserwählte verletzlich ist. Wenn sie nicht spuren, beweise ich ihnen, dass er auch sterblich ist.«

»Ihr Frevler. Ihr habt Hand an Gottes Sohn gelegt. Ihr seid verdammt.«

Der Priester mit der Knollennase. Die kleine Gruppe war schneller durch den Wald gekommen, als Artes mit dem humpelnden Ghul.

Überrascht blickte Artes auf die Neuankömmlinge. Malech stand mit verschränkten Armen vor den Priestern. Die völlig erschöpften, gefesselten Frauen ließen sich hinter der Gruppe auf die Knie fallen. Nun wurde es doch kompliziert.

»Sei stark.« Der Zuruf des Knollennasigen galt Ghul. »Sie haben nur deine äußere Hülle verletzt. Und die heilen wir. Der Sonnengott wacht über dich. Das ist nur eine Prüfung, ob du standhaft bist.«

»Siehst du mich wanken, Priester?«

»Nein, und das muss auch so bleiben. Er hat dich alle anderen Götter vom Himmel fegen lassen. Er schenkte dir Hunderte Sklaven. Und warum?«

»Weil ich der Auserwählte bin!«

Artes spürte, wie sich seine Geisel trotz der starken Schmerzen straffte. Zeit, das Zwiegespräch zu beenden.

»Sag deinen Männern, sie sollen die Waffen niederlegen.«

Hamilkar übersetzte. Ghul lachte verächtlich.

»Auch das verzögert dein Ende nur unwesentlich.«

Ein Fausthieb traf Ghuls Nieren. Er gab den Befehl. Sofort warfen die ehemaligen Fischer und Bauern ihre Schwerter und Speere weg. Sie hatten gelernt, Befehlen zu gehorchen. Und sie sahen keine Alternative. Die Gardisten schon. Unentschlossen blickten sie einander an, guckten wieder zum blutüberströmten Herrscher.

»Nun tut, was der Auserwählte befohlen hat. Waffen sind nicht unser einziger Trumpf.«

Die Gardisten gehorchten dem Priester.

Artes wandte sich an Hamilkar. »Schick die Männer vom Schiff. Sie sollen sich bewaffnen. Und die Fischer dort auch.«

Sofort setzten sich seine Männer in Bewegung. Artes frohlockte, weil sich das Blatt zu ihren Gunsten wendete. Bis er die Klinge an Malechs Hals sah.

Ein massiger Priester umklammerte Malechs Hals mit einem Arm, die zweite Hand hielt ein Messer an ein Auge, allerdings an das trübe.

Rocq blinzelte. Wieso wehrte Malech sich nicht? Und wieso waren die Frauen gefesselt, er aber nicht?

»Lasst den Auserwählten frei, dann bekommst du deinen Bruder zurück.«

Woher wussten sie, dass er sein Bruder war? Hatten sie Malech gefoltert? Rocq spürte den prüfenden Blick Hamilkars und schüttelte den Kopf. Dann sagte er leise: »Ghul ist unser Weg hier raus. Erst müssen sie meinen Bruder und die Frauen gehen lassen!«

Malech ließ den Kopf sinken, als Hamilkar die Anweisung weitergab. Einige Herzschläge bewegte sich niemand. Bis Artes den gebrochenen Arm Ghuls verdrehte. Ein gequälter Schrei, dann rutschte die gesunde Hand des zunehmend Entkräfteten vom Hals ab. Eine Blutfontäne klatschte in den Sand. Ghul schrie. »Macht, was die Frevler sagen. Schnell. Und keine Angst. Sobald sie ihre Flucht fortsetzen, werden uns diese Dorfdeppen die Waffen vor lauter Angst freiwillig aushändigen.« Ghul drehte sich zu Artes um. »Dann werde ich dich jagen und mir deinen Arsch holen.«

Während Hamilkar übersetzte, sah Artes, dass alle Waffen von Ghuls Männern nun in ihren Händen waren, sogar die der Priester. Der Krieger wandte sich an den Kapitän.

»Sag dem Auserwählten: Nette Idee. Aber vorher hole ich mir seinen Mund.«

Als Hamilkars letztes Wort verhallte, rammte Artes sein Schwert in den Rachen Ghuls, zog es wieder heraus und schlug ihm mit einem einzigen Hieb den Kopf ab.

Das war das Signal für die Fischer. So mitleidlos, wie sie sonst ihre Fische ausnahmen, erschlugen sie nun ihre Peiniger, die Männer von Ghuls Garde. Zwei besonders brutalen Gardisten verwehrten sie das Schwert. Sie trampelten die Männer zu Tode. Rache für die geschändeten Kinder und die versklavten Eltern. Ein Gardist entkam und lief in den dunklen Wald, doch zwei Männer folgten ihm. Augenblicke später erklangen fürchterliche Schreie im Wald, die kein Ende zu nehmen schien. Erst nach einer gefühlten Ewigkeit kehrten die beiden Fischer zurück, über und über mit Blut besudelt. Doch ihr Blutdurst war noch nicht gestillt. Die Gardisten waren das Messer an ihrer Kehle gewesen. Nicht die Hand, die es führte. Die hellen Augen aus den blutbesudelten Gesichtern der Fischer blickten auf die Priester, die bei Malech standen. Ein paar schnelle Schritte, dann zappelten die eben noch Unantastbaren im harten Griff der schwieligen Fischerhände. Je mehr sich die Priester wehrten, desto schneller verloren die Fischer ihre Scheu vor der eigenen, frevelhaften Tat. Der erste Fausthieb traf ein Gesicht. Es knirschte, als der Wangenknochen zerbrach.

»Halt, was macht ihr Wahnsinnigen da? Das sind die Vertreter des Sonnengottes auf Erden. Ihr dürft nicht Hand an sie legen.«, rief Malech, während er aufgeregt von einem Bewaffneten zum nächsten lief. Doch er wurde immer nur wortlos zurückgeschubst.

Schließlich mischte sich Hamilkar ein und fragte die Fischer, was sie mit den Priestern vorhätten.

»Wir? Nichts. Sie haben uns seit Monaten gepredigt, dass wir nur Spielfiguren der Götter sind. Sie haben uns gezwungen, unseren Göttern des Meeres und der Flüsse abzuschwören, weil Ghul doch bewiesen hätte, dass sein Gott der mächtigste sei. Deswegen überlassen wir den Göttern die Entscheidung. Wir bringen die Priester an die Küste, pflocken sie dort an, wo Sonne und Flut sie erreichen können. Wenn ihr Gott so mächtig ist, wie sie sagen, wird er kein Problem haben, sie vor dem Gott der Krabben zu retten.«

Malech hielt sich die Ohren zu.

»Ihr versündigt euch. Und ja, ihr werdet seine Macht zu spüren bekommen.«

Außer Atem hetzte Rocq, der vom Schiff gesprungen war, an seinem Bruder vorbei, kniete sich bei den Frauen nieder und zerschnitt deren Fesseln.

»Was kümmern dich diese fremden Priester, die einem Schlächter dienten? Warum hilfst du nicht den Frauen, die unschuldig Opfer wurden?«

»Und du Bruderherz? Was kümmerte dich die Klinge am Hals deines Bruders? Dir war wichtiger, dass dein Freund den Schlächter schlachtet.«

»Wenn er das nicht getan hätte, würden Ghuls Schergen uns erbarmungslos jagen, bis zu unserem Tod.«

»Du Einfältiger. Ghul war nur ein Werkzeug. Die wahren Herrscher, waren die, die ihm Gottes Willen offenbarten – und die du jetzt wilden Bestien auslieferst.« Malech trat auf Rocq zu, fuchtelte mit dem Zeigefinger vor dessen Gesicht. Rocq sah eine Ader an Malechs Schläfe pochen.

»Die Priester haben in mir den ihnen vor langer Zeit versprochenen Propheten erkannt. Einäugig, aber weiter blickend als alle anderen. Ich hatte sie so weit, Ghul dazu zu bringen, euch freizulassen.«

»Du hattest sie noch nicht mal so weit, die Frauen freizulassen.«

»Zauberinnen, wenn nicht sogar Schlimmeres.«

Die Erkenntnis traf Rocq wie ein Fausthieb: »Moment mal. Du hattest nicht mal versucht, sie zu befreien, richtig? Sie sollten als Opfer herhalten, um Ghul zu besänftigen, stimmt's?!«

»Lass mich, du wolltest mich opfern, um Ghul töten zu können. Du hättest mich gegen ihn austauschen können, aber ich war dir nicht wichtig genug. Nicht so wichtig wie die Ungläubige.«

Nun fing Syria an zu schreien. Die Stimme der sonst so besonnenen Frau überschlug sich.

»Du blinder Narr! Dein Bruder hat alles getan, damit du nicht von den Würmern aufgefressen wirst. Und nun hat er all seine Hoffnung in dich gesetzt. Er glaubte, du würdest ihn befreien.«

»Er hoffte, ich würde seine Geliebte befreien. Und als er sich entscheiden musste, war sie ihm näher als ich.«

Artes Faust packte Malech am Kragen und hob ihn bis vor das Gesicht des Kriegers. Er schrie nicht, er flüsterte. Malech und Rocq wussten, dass der Krieger in solchen Momenten kurz davor stand, in einen Blutrausch zu verfallen.

»Ist das ein Wunder? Wer spazierte denn einträchtig mit denen durch den Wald, die uns versklaven, vergewaltigen oder töten wollten? Guck dir die Handgelenke der Frauen an. Wo sind deine Schnittwunden von den Fesseln?«

Malech traute sich nicht, zu antworten. Nach ein paar Augenblicken war die Welle der Wut abgeebbt. Artes warf seinen alten Freund weg wie einen Lappen. Erst auf dem Boden fand Malech seine Stimme wieder.

»Ich bin in den Tempel gegangen, weil dort die eigentliche Macht wohnt. Einer der Priester spricht eine Sprache, die unserer ähnlich ist. Ich habe behauptet, ich wollte Sol bitten, mir das Licht auch für das rechte Auge zurückzugeben. Da flehten die Priester mich an, kein Gebet zu verschwenden. Ihnen sei prophezeit worden, dass ein einäugiger Prophet Sols Ordnung auf die Erde bringen würde.«

»Bruder. Ein Wurm hat dir das Auge zerstört, kein Gott. Ich weiß nicht, warum der Boden schwamm und das Meer sich aufbäumte. Aber bestimmt nicht, um dich anzukündigen. Du möchtest doch wohl auch nicht ernsthaft der Grund sein, warum so unendlich viele Menschen sterben mussten?«

»Ihr Opfer war notwendig, damit eine neue Welt geboren werden kann.«

»Du …«

»Sshhh.« Melanas Hand an seiner Wange beruhigte Rocq augenblicklich. Er zog sie an sich. Als er ihre Wärme spürte, kamen ihm die Tränen. Beinahe hätte er sie an diesem schrecklichen Ort verloren, beinahe hätte er nie wieder ihre Stimme gehört.

»Egal, wie menschenverachtend dein Bruder spricht. Jemand wird in aller Güte erkennen, dass sich hinter seinen harten Worten noch ein guter Kern verbirgt.«

»Ich brauche niemandes Güte, schon gar nicht die von falschen Göttern. Ich stehe im Lichte Sols. Ich bin auserwählt.«

»Irrtum.« Von den Streitenden unbemerkt, war Hamilkar zu der Gruppe getreten. »Im Moment ist Artes der Auserwählte. Zumindest der der Einheimischen.« Er wandte sich an den Krieger, der in Ghuls Rüstung im Licht der Fackeln golden funkelte. »Sie bitten dich, Ghuls Platz einzunehmen.«

»Weil ich seine Rüstung trage?«

»Nein, weil du ihnen ihre Rache ermöglicht hast. Mit dir an ihrer Spitze hoffen sie, den nächsten Gernegroß verhindern zu können.«

»Lass uns zu ihnen gehen.«

»Nicht nötig. Dreh dich um. Sie sind schon da.«

Die Fischer und einige Bauern standen mit den Waffen von Ghuls Soldaten in den Händen im Halbkreis um die Nordmänner herum.

»Gut, dann sag ihnen Folgendes: Sie beschämen mich mit ihrem Angebot und ich fühle mich geehrt. Aber ich wäre nur genau so ein Schmarotzer wie Ghul.«

Die Fischer murrten, als Hamilkar übersetzt hatte. Artes' erhobene Hand stoppte das Gemurmel.

»Aber es ist wahr. Ich kann weder den Ochsen vor den Pflug spannen noch kenne ich den Trick, wie man Plattfische überredet, ihr Paradies am Grunde des Meeres mit dem Korb im Fischerboot zu tauschen. Ihr müsstet mich durchfüttern wie Ghul. Mein Nutzen besteht in meinem Schwert, aber das braucht ihr eigentlich nicht. Dort liegen eure Peiniger in ihrem Blut. Es dauerte nur einen Wimpernschlag, sie zu besiegen. Das dürft ihr nie vergessen. Und auch nicht, was euch siegen ließ: Entschlossenheit.«

»Die wird uns nicht helfen, wenn die nächste Bande von Kriegern hier einfällt.« Der Fischer, dem die üppigsten Fischgründe der Region gehörten, gab noch nicht auf. Er war bereit, eine bewaffnete Schutztruppe zu bezahlen, um künftig ruhiger schlafen zu können. Doch Artes blieb stur.

»Ich entstamme einer langen Ahnenreihe von Kriegern. Und ich war oft genug Teil einer Bande von Kämpfern. Deshalb gebe ich dir zum Teil recht. Sicher solltet ihr euch nicht in offener Feldschlacht stellen. Das wäre euer Ende. Aber ihr springt doch auch nicht ins Wasser, um mit den Fischen in deren Element zu kämpfen. Ihr überlistet sie mit Ködern an Haken oder mit lockendem Licht in der Nacht. Und genauso, mit Mut und Köpfchen, werdet ihr eure Freiheit verteidigen. Ihr habt sie gerade erobert. Unterwerft sie nicht gleich dem erstbesten Schwert.«

Ein Fischer reckte seinen Speer in den Nachthimmel und ehrte Artes mit einem Hochruf. Die anderen stimmten ein.

»Was machen wir nun?« Rocq hielt die frierende Melana weiter im Arm und guckte Hamilkar an. »Soll die Ladung wieder an Bord?«

»Nein, auf keinen Fall. Um mit der *Dido* eurer Heimat näher zu kommen, müssten wir erst weit nach Westen segeln, nein, eher rudern. Dann wartet eine Meerenge auf uns, deren Wellen und Wind meinem Schiff das Rückgrat brechen können. Und wenn wir uns dann endlich an der endlos langen Küste nach Norden kämpfen könnten, würde unser Weg vermutlich doch in einem Golf enden, den wir Seeleute nur den »Schiffeverschlinger« nennen. Ich habe diesen Weg zwar zweimal geschafft, doch dabei drei Schiffe meiner Flotten verloren. Und das war im Sommer, nicht nach dem Untergang des Siebengestirns.«

»Aber eine Reise an Land macht uns zur Beute von Dutzenden Ghuls.«

»Keine Sorge, Artes. Ein Seemann wie ich bewegt sich keinen Schritt mehr auf den eigenen Füßen, als er unbedingt muss. Keine ganze Tagesreise von hier entfernt, haben wir wieder Planken unter den Füßen.« Hamilkar zeigte auf die lange Reihe Ochsengespanne. »Meine Waren sind schon verladen. So war es ohnehin geplant. Na ja, so ähnlich. Für meine *Dido* hätte ich einen schönen Preis erzielt. Der wäre in ein Rollsiegel gebrannt worden. Anschließend hätten sowohl der Transporteur als auch die Werft an unserem Ziel ihre Dienste mit meinem Erlös verrechnet. Es war ein schönes Reisen. Nun ja, ich muss froh sein, dass wir neben unseren Leben auch noch mein Kupfer gerettet haben. Mal sehen, wie uns das nützt.«

»Dann brechen wir am besten sofort auf.« Rocq wollte den Ort, an dem er Melana beinahe für immer verloren hatte, so schnell wie möglich verlassen. Und bei einer Karawane über Land konnte er seinem Bruder besser aus dem Weg gehen, als in der Enge des Schiffes.

»Einverstanden?« Alle nickten, nur Malech drehte sich weg.

»Gut. Männer der *Dido*: Nehmt euch Fackeln und lasst eure Waffen nicht aus den Augen. Wir haben der wütenden See getrotzt. Jetzt stellen wir uns der Dunkelheit der Erde. Wir folgen dem uralten Weg, auf dem schon unsere Ahnen Kupfer in den Norden und Zinn sowie die »Tränen der Götter« in den Süden transportiert haben. Und den Weg können wir, anders als auf dem Meer, gar nicht verfehlen. Wir müssen einfach den Radspuren folgen, die Generationen von Händlern tief in den Boden gedrückt haben.«

Sofort setzten sich die Seemänner in Bewegung, ergriffen die Führstricke der Ochsen oder reihten sich hinter den Gespannen ein. An diesem Ort hatte sogar die *Dido* aufgehört, eine sichere Zuflucht zu sein.

Artes knuffte Rocq mit dem Ellenbogen in die Seite.

»Ein paar Stunden Fußmarsch sind tatsächlich weitaus angenehmer, als Ghul das Bett zu wärmen.« Artes guckte sich nach allen Seiten um, bis er auf dem Boden gefunden hatte, was er suchte. »Aber wo bleiben meine Manieren? Der Auserwählte kommt natürlich mit.« Er stopfte Ghuls Kopf in einen fadenscheinigen Sack. Rocq starrte seinen Freund fassungslos an.

»Was denn? Er kann noch mal sein Reich bereisen und wichtiger noch: Er kann uns Türen öffnen.«

Hamilkar hob den Arm, Peitschen knallten, die Ochsen stemmten sich unter dem Joch in den Boden. Die Karawane schob sich wie ein übergroßes Glühwürmchen in die Dunkelheit. Zwar war der Weg mit den Fahrrillen tatsächlich nicht zu verfehlen, doch Hamilkar musste schnell einsehen, dass ein Nachtmarsch anderen Gesetzen folgte als Segeln in der Nacht. Selbst die Ochsen gerieten an die Grenzen ihres Gleichmutes. Das Geheul von Waldtieren außerhalb des Lichtkreises machte sie unruhig. Sie brachen zwar nicht aus wie Pferde, doch sie blieben einfach stehen. Die Karawane zog sich auseinander. Beim vierten unfreiwilligen Stopp eines besonders ängstlichen Gespanns in der Mitte des Zuges konnte nicht mal die Peitsche die Panik der Tiere überwinden. Rocq lief zu Hamilkar an der Spitze des Zugs.

»Das macht keinen Sinn. So verlieren wir uns.«

»Du hast recht. Beim nächsten Gehöft übernachten wir. Es müsste bald kommen.«

Hamilkars Erinnerung trog. Sie tappten noch eine quälend lange Zeit durch das Dunkel. Nicht mal den Stand der Sterne konnten die Seeleute erkennen. Die hohen Wipfel der Bäume erlaubten keinen

Blick in den Himmel. Rocq befürchtete schon, dass sie bis zum Morgengrauen weitermarschieren müssten, als sie eine Lichtung erreichten. Eine von Menschenhand gemachte, wie zahlreiche frische Axtspuren an Baumstümpfen bewiesen. Die gerodete Fläche war riesig, endlich zeigte Gebell, dass die Karawane ein bewohntes Areal erreicht hatte. Der Besitzer des Hofes stand mit einer Steinaxt vor seiner Tür, doch als er erkannte, wie viele Bewaffnete auf ihn zukamen, lehnte er die Axt an die Hauswand. Was immer ihn erwartete, mit der Waffe würde er sein Schicksal nicht ändern können.

»Wer seid ihr? Was wollt ihr hier so spät?«

Hamilkar stieg vom Karren. »Wir sind Händler, guter Mann. Mit etwas Gras für die Ochsen, Wasser für die Nacht und Heu zum Schlafen würdest du uns sehr glücklich machen.«

»Händler? Seit es Asche regnet, ist der Handel hier gestorben. Oder schickt euch Ghul?«

Hamilkar drehte sich zu Artes um. »Er fragt, ob wir Gesandte des Auserwählten sind.«

Artes sprang ab und eilte federnd auf den Bauern zu. Der zuckte zurück.

»Keine Angst, wir sind keine Gesandten Ghuls, aber wir tragen ihn immer bei uns.« Mit diesen Worten griff er in den Leinensack und holte das Haupt Ghuls hervor. »Wenn du in seiner Gunst standest, wirst du dir eine neue Sonne suchen müssen. Wenn du unter seinem Joch gelitten hast, ist deine Fron zu Ende.«

Der Bauer musterte die weit aufgerissenen Augen des Toten, den blutigen Hals, aus dem ein grauer Wirbel herausragte. Dann erlaubte er sich ein leichtes Lächeln. Er hatte die Worte verstanden, wie er auch die Worte noch vieler anderer Sprachen verstand.

»Ein echter Prophet. Er hatte verkündet, dass er der Kopf unseres Volkes sein würde. Kommt herein, ihr seid willkommen. Mein Name ist Jul.«

»Jul? Der Jul, der hier vor Jahren frische Ochsen zum Wechseln vorhielt? Das kann nicht sein, der war dick wie ein Pithoi und konnte die Karren fast alleine anheben.«

»Und du musst Hamilkar sein, dessen silberne Zunge uns so lange benebelte, bis wir glaubten, wir müssten dir etwas zahlen, wenn wir die Räder deiner Karren reparierten.«

»Genau, der bin ich.«

»Tja, und ich bin Jul – oder vielmehr, was von ihm übrig blieb. Seit du das letzte Mal hier warst, haben wir harte Zeiten durchgemacht. Bei allen Halsabschneidern muss es sich herumgesprochen haben, dass bei uns etwas zu holen ist. An manchen Tagen wurden wir zweimal überfallen. Am Ende waren viele von uns froh, als Ghul den Stabdolch an sich nahm. Besser einen Tyrannen, den man kennt, als jeden Tag neue Tyrannen, hab sogar ich gedacht.«

»Hat er mit den Banden nicht aufgeräumt?«

»Doch das schon, aber auch mit unserer Welt, in der wir uns vertrauten. Und er saugte uns bis auf den letzten Blutstropfen aus.«

»Deshalb bist du so abgemagert?!«

»Ja, es wurde noch schlimmer, seit es Asche regnet. Ich habe gehungert, damit meine Töchter leben.«

Melanas Augen fingen an zu schimmern. »Du bist ein guter Vater, die Muttergöttin wird es dir irgendwann vergelten.«

»Das hoffe ich zwar noch, aber mein Glaube daran schwindet. Wenn eine Göttin die Macht hätte, mich zu belohnen, hätte sie denen in den Arm fallen sollen, die zuguckten, wie ihre Kinder verhungerten, während sie sich satt aßen.«

»Wenn die Götter uns prüfen, kommt nicht immer das Beste zum Vorschein.«

»Aber warum müssen sie so grausam sein?«, brach es aus Almene heraus. Die junge Frau hatte in den vergangenen Tagen ihre Teilnahmslosigkeit überwunden. Doch ihre Trauer verwandelte sich in Wut. »Ich rede nicht nur von dem ganzen Blut, das in unseren Tempeln vergossen wurde.«

»Sssshhh!« Ein strafender Blick Syrias traf sie. Aber sie winkte ab.

»Ach, was soll's. Hast du nicht gehört? Jul und die anderen Bauern beten auch die Muttergöttin an. Vielleicht helfen sie Priesterinnen. Und überhaupt. Wir können uns nicht ewig verstecken. Und selbst wenn. Der Vater, den ich auf der Insel der *Stierspringer* getroffen habe, konnte es nicht.«

»Wen hast du getroffen?«

»Es war im letzten Hafen, den wir auf der Insel angelaufen haben. Wir folgten den Männern, die an Land gegangen waren. In den Trümmern sah ich einen weinenden Mann, der mit bloßen Händen Steine wegwuchtete. Er war grauhaarig, aber noch kräftig, obwohl er bereits mehr als 40 Sommer erlebt haben musste. Erst dachte ich, er sucht nach etwas Essbarem. Doch dann hörte ich, wie er immer wieder Namen rief. Vier Namen. Die von seiner Frau und seinen drei Töchtern. Ich fragte ihn, was passiert war. Er berichtete, dass die Welle die Familie während des Essens in ihrem eigenen Haus getroffen hatte. Plötzlich war alles nur noch ein Strudel aus Holz, Steinen und Wasser. Seine Frau und seine beiden ältesten Töchter verschwanden sofort unter einer zerbrechenden Mauer ihres Hauses. Als er kaum noch Luft hatte, bekam er einen Arm zu fassen, zog ihn zu sich. Es war seine Jüngste. Er hielt sie fest, er kämpfte, dann verlor er das Bewusstsein. Als er aufwachte, war er allein, lag inmitten der Trümmer. Er hatte schon drei Tage gesucht, als ich ihn traf.«

»Aber er gab die Hoffnung nicht auf?« Syria versuchte, Almene in den Arm zu nehmen, doch die Jüngere schüttelte sie ab und sprang auf.

»Er betrachtete es als Zeichen der Götter, dass er einen unversehrten Dolch aus Feuerstein fand. Er schloss einen Pakt mit sich selbst: Ein letztes Mal wollte er die Ruinen durchsuchen, um sich dann den Bauch aufzuschlitzen.« Plötzlich rannen dicke Tränen wie ein Sturzbach aus Almenes Augen.

»Ich hab gesagt: »Beruhige dich.« Daraufhin hat er mir zum ersten Mal richtig in die Augen geblickt und geantwortet: »Ich bin völlig ruhig. Ich will nur mit meiner Familie vereint sein, und du solltest nicht versuchen, mich aufzuhalten.« Dann ging er mit dem Dolch in der Hand weg. Er hat sein Leben weggeworfen!«

Jul stand auf, ging zu der jungen Frau und streichelte über ihren Kopf, der im Rhythmus ihrer Schluchzer erzitterte.

»Ich weiß, wie schwer das hinzunehmen ist. Aber der Mann selbst hätte es anders gesehen. Ihm wäre ein Leben wie weggeworfen erschienen, dass er ohne seine Familie hätte leben müssen. Dort, wo er jetzt ist, hat er seinen Frieden.« Er hob das tränenüberströmte Gesicht Almenes sanft mit dem Zeigefinger unterm Kinn an, um ihr in die Augen sehen zu können. »Ich vermute, obwohl du nur sehr wenige Frühlinge erlebt hast, weißt du, dass Menschen aus Gründen Opfer bringen, die noch fragwürdiger sind. Dieser Mann opferte ein wertlos gewordenes Leben, um denen nahe zu sein, die allein für ihn von Wert waren. Er tanzte den Tanz der Liebe. Dabei ist man schicksalhaft verschlungen. Fällt dein Partner, kannst du zurückbleiben, indem du loslässt – oder du fällst mit, weil du nicht loslassen magst. Ich finde, du musst den Mann nicht bedauern, sondern beneiden.«

Ein letzter tiefer Seufzer, dann nickte Almene.

»Das heißt aber nicht, dass wir uns diesen Mann zum Vorbild nehmen müssen.« Jul richtete sich auf und ging zu seinem Stuhl. »Noch gibt es gute Gründe, die Anderwelt ein bisschen warten zu lassen. Während etwa unser Emmer auf den Feldern unter dem Ascheregen einging, scheinen unsere Oliven ihm zu trotzen. Morgen wollen wir sie ernten. Sind sie noch genießbar, können sie uns über den Winter bringen.«

Jul wandte sich Hamilkar und Rocq zu: »Wir könnten übrigens noch ein paar helfende Hände gebrauchen. Die Ochsenhautbarren auf euren Karren vergammeln nicht. Wie wär's? Ihr erntet mit uns, dann begleite ich euch auf eurer Reise zum großen *Fluss-Meer*. Auch in diesen dunklen Zeiten sollte ein Wort von mir euch ein paar Werften öffnen können.«

Ein Lächeln erhellte Hamilkars Gesicht.

»Abgemacht. Ein paar von meinen Männern sind Bauernsöhne. Denen dürfte die Ernte leicht von der Hand gehen. Die anderen werden halt lernen müssen, dass Oliven nicht an Angelhaken anbeißen.«

Das Gelächter dauerte noch an, da gab Jul bereits Anweisungen, auf dem riesigen Eichentisch nahe der Feuerstelle Grütze und einige Früchte für die Gäste aufzutischen – und, was die Seeleute noch mehr erfreute – ein Fass vom selbstgekelterten Apfelwein. Rocq bohrte Hamilkar den Ellenbogen in die Seite.

»Siehst du, was unser Gastgeber auffahren lässt? Die gehen an ihre Reserven. Meinst du nicht …?«

»Doch, meine ich. Ich lass sofort unseren letzten Ziegenbock und einiges an Salzfisch von den Karren holen.«

Das flackernde Licht des Herdfeuers und der Fackeln in den Wandhaltern erhellte das düstere Langhaus. Die Wärme und der Wein entspannten die Gesichter und die Gemüter.

»Was verschlägt Nordmänner auf das Schiff dieses phönizischen Betrügers?« Ein breites Lachen entschärfte Juls Worte. »Und noch rätselhafter: Wie konntet ihr diesen abergläubischen Seebären überreden, Frauen an Bord zu lassen?«

Rocq schluckte, dann erzählte er ausschweifend, welche Umwege ihn, seinen Bruder und seinen besten Freund auf das Schiff gelangen ließen. Die Taktik, um Zeit zu gewinnen, ging auf, und Jul biss an.

»Das ist doch Schicksal. Überlege doch mal: Jemand musste deine Schritte lenken, damit du dem alten Kupferhändler in deiner Heimat begegnetest. Dann musste er deine verrückten Ideen über tanzende Sterne und den Gleichklang der Zeit verstehen« – Jul gluckste – »oder wenigstens so interessant finden, dass er dir eine Insel voller Honig, Düften und Silber versprach. Dann reist du dorthin und wirst von den Priesterinnen nicht allein schon dafür in Ketten gelegt, dass du ein Mann bist. Und schließlich zerreißt die Welt, aber jemand lässt ausgerechnet euch überleben – und führt euch auch noch zusammen. Glaub mir, ihr seid Spielfiguren in einem größeren Plan.«

»Es fühlt sich eher an, als seien wir Würfel in der Hand der Götter. Der Zufall lässt uns hierhin und dorthin fallen. Und ständig werden wir daran erinnert, dass wir aus Knochen geschnitzt wurden – und am Ende als Knochen in den Staub sinken werden.«

»Noch werden wir nicht zu Knochen. Noch fällt der erstickende Staub auf unser lebendiges Fleisch. Und solange wollen wir dem Fleisch geben, was ihm zusteht. Auf eine Zukunft ohne Staub!«

Krachend prallten die hölzernen Trinkbecher zusammen.

»Auf dass wir den Staub abschütteln können.«

Einige Becher Apfelwein spülten den Staub zwar nicht weg, der täglich durch sämtliche Ritzen des Hauses geweht wurde, aber sie halfen, ihn zu vergessen. Zudem verhinderten sie, dass Jul noch mal auf die Frauen an Bord zu sprechen kam. Dafür war Rocq dankbar, schien ihm Jul doch schon entschieden zu nah an der Wahrheit zu sein. Der hatte vor Jahren selbst mehrmals miterlebt, wie Hamilkar der Muttergöttin opferte. Rocq vermutete sogar, dass auch der Bauer zu Astarte betete, selbst wenn er sie vielleicht anders nannte. Es war daher nicht so, dass er dem Bauern misstraute, aber seinem Bruder. Je später Malech erfuhr, dass Anhängerinnen des von ihm verachteten Glaubens mit ihm zusammen an Bord gewesen waren, desto besser. ›Hoffentlich werden morgen bei der Ernte keine Dankopfer zelebriert, die die junge Almene zu verräterischen Äußerungen verleiten könnten‹, dachte Rocq, bevor der Wein nur noch einfacher gewebte Gedanken zuließ.

* * *

Die Sonne ging am milchigen Himmel gerade auf, als Jul seine Männer und die Seeleute anwies, wie sie die engmaschig geflochtenen Netze unter die Olivenbäume legen sollten. Frauen stellten Weidenkörbe an jeden Baum, dann begann die Ernte.

»Hoppla, das geht aber leicht.« Artes waren die ersten Oliven beim Abpflücken aus den Fingern geglitten.

»Stimmt.« Nachdenklich betrachtete Jul die schwarzen Früchte in seiner Hand.

»Vorsicht!« Eine Frauenstimme, gleich darauf hörte Rocq das Prasseln der zu Boden fallenden Oliven.

»Ist etwas anders als sonst?« Rocq hatte noch nie Oliven geerntet.

»Ich bin mir nicht sicher, aber sie scheinen viel schneller zu fallen. Mehr als ein leichtes Zupfen brauchte man nie, aber jetzt fallen sie ja schon, wenn man den Ast nur leicht berührt.«

»Aber das ist doch praktisch.« Rocq zeigte auf eine Frau, die mit einem langen Stock auf einen Baum einschlug, und so einen schwarzglänzenden Oliven-Regen auslöste.

»Es geht zu leicht«, beharrte Jul und wischte einen schmierig-grauen Film von einer Olive. »Als ob der Baum sie abstoßen wollte.«

»Wieso sollte ein Baum das tun?«

»Weil er spürt, dass er sie nicht mehr ernähren kann. Unterschätze mir die Pflanzen nicht, Nordmann. Wir Menschen behandeln alles Grün oft, als ob wir es mit Soldaten zu tun hätten. Aber wir mussten erleben, dass man Emmer oder Einkorn nicht befehlen kann, zu wachsen, wenn die Sonne nicht wärmt und Staub alles erstickt.«

Rocq zog eine Olive mit beiden Daumen auseinander und steckte sich eine Hälfte in den Mund. »Aber die schmeckt ganz vorzüglich.«

»Das ist ein Glück, das uns den Winter überleben lässt. Aber wir Bauern denken immer schon an das nächste Jahr. Wenn dieser Olivenbaum schon jetzt die prallen, reifen Früchte so schnell wie möglich abwerfen will, wird er im kommenden Jahr vielleicht gar keine mehr ausbilden. Wenn er dann überhaupt noch lebt.«

»Könnt ihr nicht einfach schon neue Bäume pflanzen?«

»Natürlich, das machen wir auch. Aber das kann uns erst in einigen Jahren ernähren. So lange dauert es, bis die Bäume tragen können.«

Eine Zeit lang schwiegen die Männer, während sie die Körbe füllten. Dann setzte Rocq wieder an.

»Der Sonne können wir Menschen nicht wieder zu Kraft verhelfen. Aber falls wirklich der Staub das Problem ist, könntet ihr versuchen, ihn abzuspülen.«

»Tja, mittlerweile regnet es nicht mehr so häufig Asche. Vielleicht sollten wir das wirklich probieren. Aber zunächst mal müssen wir alles abernten. Ein Gutes scheint der Staub zu haben: Die Würmer haben unsere Oliven diesmal verschmäht, und wir können darauf verzichten, die Oliven ins Wasser zu werfen, um die Würmer zur Flucht zu zwingen.«

»Zum Glück«, sagte Hamilkar und seufzte. »Wir hatten auf unserer Reise wahrhaftig mit Würmern schon genug Probleme.«

Bei dem Stichwort merkte Melana auf, die am benachbarten Olivenbaum pflückte.

»Wo ist eigentlich Malech?« Erst jetzt bemerkten die Männer dessen Abwesenheit. In ihrer Nähe hatten sie ihn nach den letzten Vorfällen ohnehin nicht erwartet, doch er schien auch an keinem der entfernteren Bäume zu pflücken. Hamilkar zuckte mit den Schultern.

»Was soll's? Deine Heilmittel trinkt er ohnehin nicht. Vielleicht sucht er wieder das Zwiegespräch mit dem Sonnengott.«

Juls Kopf ruckte hoch. »Ist er ein Priester Sols?«

»Nein, aber Ghuls Sonnenanbeter haben ihm den Floh ins Ohr gesetzt, dass er ein Auserwählter sei.«

»Danke, aber von der Sorte haben wir in der letzten Zeit wahrlich genug genossen. Und die haben mehr Schaden angerichtet, als nur bei der Ernte zu kneifen.«

* * *

Das Lachen der Olivenpflücker konnte Malech nicht hören. Er hatte sich schon lange zuvor unbemerkt von der Gruppe entfernt und war den Weg, den sie in der Nacht zuvor gekommen waren, weit zurückgegangen bis zu einer Anhöhe. Reglos stand er dort und starrte mit seinem gesunden Auge auf die Wälder unter ihm. Doch seine Hoffnung wurde nicht erfüllt. Es rührte sich nichts. Offenbar war ihnen keiner gefolgt. Noch nicht. Er ritzte in einen Baumstamm neben dem Weg ein Sonnensymbol. Erst viel später verließ er seinen Ausguck und schlich sich zu den anderen zurück. Er glaubte, seine Abwesenheit sei unbemerkt geblieben.

Nachdem sämtliche überquellenden Körbe in Juls Haus aufgereiht worden waren, drängte Hamilkar auf Weiterreise. Doch Jul hatte kein Erbarmen mit dem Seemann, der mit dem festen Boden unter seinen Füßen fremdelte.

»Das wäre Quatsch. Würden wir jetzt losmarschieren, kämen wir mitten in der Nacht an. Es wäre nicht sicher, dass wir irgendwo unterkommen. Und über ein Schiff verhandelt mit dir auch niemand im Mondschein. Ich verspreche dir, wir brechen morgen noch vor Tagesanbruch auf. Dann sind wir mittags am Meer.«

»Na gut, unter einer Bedingung: Du spendierst noch etwas Apfelwein.«

»Daran soll es nicht mangeln. Ich werde sogar noch ein Schwein und einen Hammel schlachten lassen.«

»Nein, nein. Das können wir wirklich nicht annehmen. Ihr braucht die Tiere noch im Winter.«

»Wir kriegen sie ohnehin nicht durch die kalten Monate, die vor uns liegen. Also, warum nicht heute mit dem Schlachten anfangen? Bevor die Welt dunkel wird, gönnen wir uns noch ein Fest, das diesen Namen auch verdient. Ich werde gleich alles Notwendige veranlassen. Es ist aber noch etwas Zeit, bis zum Sonnenuntergang, bis die Feier beginnen kann. Deshalb habe ich auch noch eine Bitte.«

»Sprich.«

»Du hast doch sicherlich Zimmerleute unter deinen Männern?«

»Ja, sogar zwei richtig Gute. Sollen sie dir etwas bauen?«

»Wenn sie das defekte Dachgebälk an der Südseite meines Hauses und die verrotteten Zäune und Türen bei den Stallungen sowie den Vorratsräumen reparieren könnten, würde ich sehr viel beruhigter dem Winter entgegensehen.«

»Ich schicke sie sofort her. Dann kannst du ihnen zeigen, wo sie Hand anlegen sollen. Und was den Braten heute Abend angeht: Wir werden euch etwas Trockenfisch hierlassen. Der schmeckt zwar nicht so gut, hält aber den ganzen Winter.«

»Du warst schon früher ein Händler, der verstanden hat, dass bei einem guten Geschäft beide Seiten gewinnen müssen.«

»Das ist der Grund, warum mir meine verstorbene Frau immer vorwarf, wir würden nie reich werden.«

Zischend tropfte das Fett ins Feuer, während ein junges Mädchen das Schwein und den Hammel über den Flammen drehte. Die beiden Schiffszimmerleute sogen mit geschlossenen Augen den Bratenduft ein, als sie durch die Tür traten. Sie trugen ihr Werkzeug noch in den Händen, denn sie wollten keinen Augenblick des Festes verpassen und verzichteten deshalb auf den Umweg zu den Ochsenkarren. Doch obwohl die Beklommenheit des ersten Abends wich, als sich Seeleute und Bauern noch völlig fremd waren, blieb die Stimmung gedrückt.

»Du bist sehr still heute, Jul.«

»Das ist die Stille des Abschiednehmens.«

»Wieso? Du begleitest uns doch!«

»Ja, ich meine nicht den Abschied von euch, jedenfalls nicht in erster Linie. Der Abschied von der Welt, wie wir sie bisher kannten. Früher wusste ich, du bist im nächsten Jahr, spätestens im übernächsten wieder mit einer neuen Schiffsladung da und fragst nach Proviant für deine Ochsenkarawane. Jetzt muss ich befürchten, dass dich die Flut nie wieder an unseren Küsten ausspuckt.«

»Schiffsreisen über mehrere Meere und entlang vieler Gestade waren schon immer wie Abstecher in die Anderwelt. Wir Seeleute wissen nie, ob wir wieder in die Welt der Lebenden zurückkehren dürfen. Deshalb opfern wir Astarte vor und nach der Reise.«

»Aber früher konnte ich sicher sein, dass ein Trankopfer an die Muttergöttin damit vergolten würde, dass der Hopfen und der Wein nächstes Jahr wieder reifen würden.« Er zeigte mit dem Becher in seiner Hand auf die Bratenspieße. »Wir weihten die ersten vergossenen Blutstropfen unserer Schlachttiere der Muttergöttin – und fast immer wuchsen genug Ferkel, Kälber und Lämmer heran, um uns im nächsten Jahr zu nähren. Aber jetzt findet unser Vieh in den Wäldern nicht mehr genug zu fressen. Es scheint so, als werde die Göttin schwach.«

»Wie kommst du darauf?«

»Nun, Hamilkar. War sie uns Schild, als Ghul und seine Sonnenanbeter uns versklavten? Nein, sie ließ uns im Stich. Und Ghul wird nicht der letzte Schwertträger sein, der sich zum Gott aufschwingen wird. Greift sie jetzt ein, da manche Familien ihre Angehörigen nicht mal mehr richtig bestatten, die verhungert sind oder die Krankheiten nichts mehr entgegenzusetzen hatten? Nein, sie lässt zu, dass Kinder und Frauen ohne Grabbeigaben auf ihre Reise in die Anderwelt geschickt werden. Manche verbrennen ihre Verstorbenen sogar.«

»Ich denke, sie hat uns nur vorübergehend aus den Augen verloren. Weil sie sich in einem Kampf der Götter behaupten muss. Und so schwach kann sie nicht sein. Immerhin hat sie den Sonnengott hinter einen Schleier verbannt.«

Jul schüttelte den Kopf. »Das mag für dich egal oder sogar ein Zeichen der Stärke sein. Auch eine blasse Sonne kann dir den Weg übers Meer weisen. Doch für uns ist auch das verhängnisvoll. Wenn das Licht nicht für die Pflanzen reicht, reicht es auch nicht für Mensch und Tier. Uns stehen dunkle Jahre bevor.«

Die Dunkelheit der Nacht war noch nicht gewichen, als Jul, seine Familie und seine Helfer wie versprochen die Ochsen ins Joch spannten. Die Seeleute blieben bei den muskulösen Tieren lieber auf Abstand, konnten aber zumindest helfen, indem sie die schweren Metallbarren in die Karren wuchteten. Verwirrt von dem emsigen Treiben noch vor Sonnenaufgang rang sich der Hahn zu einem halbherzigen Krähen durch. Alles war aufgeladen, Jul hatte seine Frau zum Abschied bereits umarmt, Hamilkar wollte gerade den Befehl zum Aufbruch geben, als Rocq zu ihm hastete.

»Hast du Malech gesehen?«

»Nein, verflucht, schon seit gestern Nachmittag nicht mehr. Wo steckt dein Bruder bloß immer?«

»Im Dorf habe ich alles abgesucht. Nun gehe ich noch mal in den Wald. Ihr braucht nicht zu warten. Wir holen euch ein.«

»Mir wäre lieber, wir blieben alle zusammen.«

»Was ist passiert?« Jul war vom ersten Wagen zurückgelaufen.

»Sein Bruder ist verschwunden. Ich möchte warten, bis Rocq ihn gefunden hat – zumindest einen Augenblick.«

»Gut, wenn das so ist, komm mit zu dem Feld dort vorne. Dann kann ich dir noch etwas zeigen.«

Die Männer liefen los, während Rocq im dunklen Wald südlich der Karawane verschwand.

Jul stapfte auf ein Feld mit Pflanzen, die Hamilkar befremdeten.

»Der Stiel ist ja vierkantig!«

»Richtig, und hohl. Leider kannst du die Früchte nicht mehr sehen. Die haben wir schon im Sommer geerntet. Sie stehen hier in Schoten zwischen den fleischigen Blättern ab. Erst vor drei Jahren hatte ein Händler die Samen zu uns gebracht. Sie stammen aus dem Osten, vielleicht sogar aus deiner Heimat.«

»Das glaube ich nicht, die habe ich noch nie gesehen. Aber von eurer Warte stammt doch alles aus dem Osten. Nördlich meiner Heimat gibt es eine Region, in der die Bauern viel mehr verschiedene Pflanzen anbauen als anderswo. Und seit viel mehr Generationen. Vielleicht stammen sie daher. Wie heißen sie denn?«

»Der Händler nannte sie Saubohnen. Ich glaube nicht, dass wir schon alles über sie herausgefunden haben, aber was wir wissen, macht mir Hoffnung.«

»Wieso?«

»Sie sättigt am besten. Als ob du Getreidebrei und Fleisch essen würdest. Aber du kannst damit auch dein Vieh durchbringen. Die Pflanze übersteht sogar Frost. Und wenn wir sie nach der Ernte unterpflügen, gedeiht im nächsten Jahr alles besser.«

»Klingt wie ein göttliches Geschenk.«

»Als ein Geschenk der Muttergöttin werde ich es ansehen, wenn die Bohnen im kommenden Frühling auch im geschwächten Licht Sols wachsen. Wenn du willst, zeige ich dir noch die Samen. Wir haben zwei Säcke für die Aussaat im nächsten Jahr aufbewahrt.«

»Hast du vielleicht so viel zur Seite gelegt, dass du mir einen kleinen Beutel abtreten könntest? Frostharte, nahrhafte Pflanzen sollten im Norden, wo wir hin wollen, ihre Abnehmer finden.«

»Wenn doch alles so beständig wäre, wie dein Sinn fürs Geschäft. Ich werde dir einen Beutel abzweigen, wenn du mir versprichst, auf dem Rückweg ein paar Tränen Sols mitzubringen.«

»Das verspreche ich dir gerne. Weil du zum ersten Mal sicher zu sein scheinst, dass es für uns ein nächstes Mal geben wird.«

Zurück in Juls Haus gingen die beiden Männer direkt in eine Kammer, die Hamilkar noch nicht gesehen hatte. Hier lagerten Säcke und Krüge mit Saatgut auf hölzernen Gestellen.

»Damit die Mäuse nicht drankommen«, erklärte Jul, als er Hamilkars fragenden Blick bemerkte. Schnell war ein Säckchen mit Bohnen abgefüllt.

»Und die schmecken wirklich?« Mit spitzen Fingern hielt der Seemann einen der nierenförmigen Samen hoch.

»Richtig lecker. Wärt ihr früher gekommen, hättest du schon kosten können.«

»Bewahre mir einen Teller auf für den Tag, an dem ich dir die Tränen Sols von Nebelmeer im Nordosten bringe.«

Während Hamilkar die Bohnen auf einem der Karren verstaute, stapfte Rocq durch den Wald auf der Suche nach seinem erneut verschwundenen Bruder. Als er zwischen den dunklen Bäumen eine helle Lichtung durchscheinen sah, hoffte er, auf der richtigen Spur zu sein. Wo würde sich Malech wohler fühlen als auf einer sonnendurchfluteten Lichtung? Lautes Weinen übertönte das Knirschen seiner Füße auf dem Laub, als er sich näherte. Dort hockte sein Bruder auf den Knien, tränenüberströmt. Rocq sprintete zu ihm.

»Was ist passiert? Fehlt dir etwas?«

Überrascht sprang Malech auf, er schien beschämt, dass sein Bruder ihn so sah. Doch dann fiel er Rocq in die Arme.

»Warum hat mich Sol so geschnitzt, dass ich immer alle in meiner Nähe verletze?«

»Das muss nicht so sein, aber tatsächlich bist du aus einem besonderen Holz geschnitzt. Man braucht seine Zeit, um zu erkennen, dass du eine stachelige Frucht bist, die aber einen weichen Kern hat.«

»Wer vertraut schon jemandem, dessen Stacheln verletzen?«

»Ich vertraue dir vollkommen, mein Bruder, und ich bin froh, dich an meiner Seite zu wissen.« Er blickte sich über Malechs Schulter um. »Was hast du hier gemacht?«

»Gebetet natürlich. Seit dem Sonnenaufgang habe ich die Kraft Sols in mir aufgenommen.«

»Seit dem Sonnenaufgang?« Rocq schob seinen Bruder an den Schultern etwas von sich weg. »Wenn du bei uns gewesen wärst, um uns beim Verstauen zu helfen, würden dich die Gefährten zumindest als Helfer akzeptieren.«

»Nichts könnte unwichtiger für mich sein«, schrie Malech. »Ich büße schon für die Sünden aller, ich büße für deine Sünden« – Malech zerrte das Lid seines blinden Auges hoch –, nur mein Opfer kann euch retten. Reicht dir das noch nicht?«

»Ich weiß, dass der Verlust deines Auges dich hart getroffen hat. Aber hast du nicht all diese Menschen auf unserem Weg bemerkt, die sehr viel härter getroffen wurden als du? Keiner von denen lebt in dem Wahn, er müsste die Sünden der Welt schultern.«

»Jeder von denen hat seine Strafe in den Augen Sols verdient, und der Einzige hier, dessen Sinne von einem Wahn vernebelt werden, bist du.«

Rocq wandte sich ab und sage im Weggehen: »Ich habe genug. Wir fahren weiter. Komm mit oder lass es bleiben.«

Ohne ein Wort zu sagen, folgte Malech ihm. Schweigend traten sie aus dem Wald und bestiegen die schon wartenden Karren, die sofort in Richtung Heimat losrumpelten.

* * *

Die Heimat. Noch erinnerte Rocq nichts daran. Die ersten Sonnenstrahlen fielen auf einen Boden, der viel heller war als im Land seiner Ahnen, fast kalkweiß. Ein Gestrüpp unbekannter Pflanzen reichte bis an die Spurrillen heran, die zahllose Wagen vor ihnen auf dem Weg hinterlassen hatten. Die Blätter waren bläulich und an den Seiten aufgerollt. Auch die kleinen, schotenartigen Früchte schimmerten so intensiv blau, dass es ihm vom Wagen ins Auge stach. Vielleicht gäbe das eine gute Färbepflanze ab. Das Gerumpel auf dem Karren wirkte einschläfernd. Seine Gedanken schweiften zurück. Wie Hamilkars Mund offen stehenblieb, als er die Himmelsscheibe in Rocqs Heimatort zum ersten Mal sah.

»Wie hast du die Bronze so dunkelbraun hinbekommen, fast nachtschwarz?«, hatte der staunende Südländer damals gefragt. Rocq hatte nur gelacht. Dieses Geheimwissen würde er nicht jedem offenbaren. Tatsächlich hatte er die Bronze, kaum, dass er die Scheibe fertiggestellt hatte, mit ätzendem, vergorenem Urin verfärbt.

Ganze Nächte hatten sie geredet. Immer wieder hatte Hamilkar ihn gedrängt, sein Wissen weiterzugeben. Und zwar dort, wo dreigeschossige Paläste standen. Wo Seefahrer Ehrfurcht beschlich, wenn sie in die riesigen Häfen einfuhren, deren Werften ein Schiff an nur einem Tag bauen konnten. Wo Priesterinnen direkt mit der Muttergöttin sprachen. Wo die Menschen so mächtig waren, dass sie ein Stiermonster hielten wie andere eine Ziege. Hamilkar hatte – ohne es zu wissen – damals bei ihm einen Nerv getroffen. Rocq war es leid gewesen, der Sonderling zu sein. Jemand, der für sein Wissen bewundert, für sein Leben aber ausgelacht wurde. Jeder tumbe Schweinehirte hatte eine Frau und Kinder. Er nicht. Auch, weil er für keine der Frauen aus den Orten der Umgebung seine Studien am nächtlichen Himmel hätte aufgeben mögen. Für Melana schon. Unwillkürlich dreht er sich um. Sie war noch da, zwei Wagen hinter ihm. Er hatte einen langen Weg zurückgelegt – letztendlich, um sie zu treffen. Mit Fischern waren er und sein Bruder aus seiner Heimat einen imposanten Strom flussaufwärts gereist. Das hatte Wochen gedauert. Dann hatten sie sich Händlern angeschlossen, die über Land zum nächsten Fluss reisten – so, wie sie es jetzt auch machten. Der nächste, nicht minder große Fluss hatte sie dann Richtung Süden geführt. Er mündete in einem Meer, dessen Ufer so dicht besiedelt waren, dass sie nachts an Bord überall brennende Lichter sehen konnten. Fast zwei Wochen segelten sie dann noch mit einem Kapitän, dessen Augen schmal wie Schlitze waren, bis sie endlich die Insel der *Stierspringer* erreichten. Als dort die Erde aufriss, war er sicher, seine Heimat nie wiederzusehen. Aber er hatte sich seinem Bruder so nah gefühlt wie die ganzen Jahre zuvor, wenn nicht näher. Und nun fühlte er einen Abstand zu Malech, als ob ein Meer zwischen ihnen liegen würde. Nun, zumindest waren sie auf dem Weg.

Obwohl, Rocq blinzelte in den Himmel. Sie bewegten sich nach Nordwesten. Sein heiliger Berg aber lag im Nordosten. Es würde also noch dauern.

»Woran denkst du?«

»Dass wir uns von meiner Heimat wegbewegen.«

»Das täuscht. Der kürzeste Weg ist nicht immer der schnellste. Würden wir den direkten Weg über Land mit denen hier nehmen« – Hamilkar zeigte auf die Ochsen vor ihnen –, »wärst du erst im nächsten Jahr zu Hause. Nur auf dem Meer können wir Windgeister für uns arbeiten lassen. Glaub mir, dieser Umweg ist keiner.«

Gegen Mittag drehte sich Jul auf dem vordersten Wagen um und rief: »Vor uns liegt Lous. Wenn wir noch irgendwo ein Schiff für euch auftreiben können, dann hier.«

Die Ochsenkarren fuhren sich mehr als einmal fest in den tief ausgefahrenen Straßen dieser Hafenstadt. Doch vom regen Treiben, das diese Spurrillen hinterlassen hatte, war kaum noch etwas zu erahnen. Ein gutes Dutzend Werften drängte sich am Flussufer. Eigentlich nicht mehr als provisorische, luftige Hallen. Unnötig, sie vor den Winterstürmen zu befestigen. Dazu waren sie zu schnell wieder aufgebaut. Der flache, feinkörnige Sandstrand diente den Schiffsbauern als Helling. Hamilkar wies Rocq auf ein halbfertiges Fischerboot hin.

»Nur ein paar Baumstämme auf den Strand legen und du hast den idealen Platz, um ein Schiff zu zimmern. Und dazu der breite, tiefe Fluss. Ich kenne keinen anderen Ort, der so tief im Landesinneren liegt und dennoch so sehr Seefahrt atmet. Und das ist kein Wunder, wenn du an die dichten Wälder denkst, durch die wir gekommen sind. Wenn ein Schiffszimmerer sich einen idealen Ort vorstellen müsste, würde er aussehen wie Lous.«

»Aber vermutlich mit mehr zahlungswilligen Kunden.«

»So leer wie jetzt habe ich die Straßen nie gesehen. Der Ort ist wie eingefroren.«

Jul konnte dem letzten Wortwechsel folgen und mischte sich ein:

»In Winterruhe ist Lous schon immer gefallen, wenn das Siebengestirn das Ende der Schifffahrt auf dem Meer anzeigte. Die Froststarre, die ihr jetzt seht, ist allerdings das Werk von Ghul. Er riss den gesamten Handel zwischen dem Südmeer und dem westlichen Ozean an sich, nahm jeden Schiffsbauer und jeden Transporteur unter seine Knute – und erdrosselte dabei den Handel. Niemand ist so dumm, auf Profit zu hoffen, wenn ein Schwert in den Gedärmen die bevorzugte Währung ist.«

»Und wieso sagtest du, dass ausgerechnet hier unsere Chance auf ein Schiff so groß ist?«

»Weil ich weiß, dass Ghul für euch noch ein Geschenk hiergelassen hat.«

Als Jul den besorgten Blick zwischen Rocq und Hamilkar bemerkte, lachte er laut auf.

»Na gut, nennen wir es nicht Geschenk, nennen wir es einen ungewollten Nachlass an ungeliebte Erben. Dort müsstet ihr es schon sehen können.«

Hamilkar richtete sich auf dem Karren auf und starrte in die angegebene Richtung.

»Ich sehe es, ich sehe etwas Wunderbares.«

»Was denn?«

»Eine würdige Nachfolgerin der *Dido*. Siehst du nicht, dort vorne am Strand?«

»Bist du sicher, dass das schon fertig ist?«

»Von hier sieht es so aus. Dort sind sogar Schlieren des Pechs zu erkennen, mit dem es abgedichtet wurde. Aber darauf würde ich sogar noch warten.«

»Wieso?«

»Weil das Schiff nicht dafür gebaut wurde, auf Flüssen herumzuschippern oder in Küstennähe. Die Bordwände wurden extra hochgezogen und der Mast ist wirklich mächtig, der kann ein großes Segel halten. Dieses Schiff wurde für die offene See gebaut.«

Jul hatte Hamilkars glänzende Augen richtig interpretiert. »Dachte ich mir, dass es dir zusagt. Lass es uns von der Nähe aus ansehen. Dort müssen wir rein.«

Die Ochsen ließen sich von dem Hund nicht aus der Ruhe bringen, der bellend um sie herumsprang, als die Karawane auf das Gelände der Werft fuhr, der größten in Lous. Aus einem niedrigen Haus kam federnden Schrittes ein junger Mann auf sie zu, aus dessen Kleidung der Wind Sägespäne riss und Richtung Fluss forttrug.

»Jul, ich fasse es nicht. Ich habe nicht erwartet, dich dieses Jahr noch wiederzusehen.«

»Das liegt daran, Naval, dass du mich unterschätzt – wie einst dein Vater. Für euch bin ich nur der dumme Bauer, der im Dreck wühlt. Dabei bin ich es, der euch ernährt, während ihr Spielzeug aus Holz baut, das schwimmt – obwohl jeder weiß, dass das Holz auch ohne euch schwimmen würde.«

»Ganz anders als deine Pflanzen, nicht wahr? Ohne dich als Geburtshelfer würden sie nie zur Sonne streben.«

Jul sprang vom Karren, lachend umarmten sich die Männer. Schließlich wurde der Jüngere ernst, schob Jul an den Schultern auf Abstand, damit er ihm in die Augen sehen konnte.

»Mutter ist tot.«

»War es das Feuer, das sie auszehrte und von innen verschlang?«

»Nein, jedenfalls nicht direkt.« Naval schlug die Augen nieder und schwieg. Endlich hob er seinen Kopf wieder. »Sie sagte, sie hörte die Ahnen nach ihr rufen, sie solle endlich ihren Platz unter ihnen einnehmen. Sie wollte uns nicht länger unsere Portionen in der Schüssel schmälern. Wen die Anderwelt ruft, habe kein Recht mehr auf das Essen dieser Welt.« Wieder verfiel er in Schweigen.

»Was hat sie gemacht?«

»Vor einer Woche, als wir alle den heiligen Akt der Kiellegung dieses Schiffes begingen, ging sie in den Wald. Sie aß einen Giftpilz, kam zurück und starb vor unseren Augen.«

Jul musste sich zwei Mal räuspern, bis er seine belegte Stimme wieder unter Kontrolle hatte.

»Und ich habe ihr Oliven mitgebracht, die sie so geliebt hat. Habt ihr … habt ihr sie schon bestattet?«

»Wir haben sie verbrannt.«

»Warum das denn?«

»Sie wollte es so. Sie sagte: ›Begrabt mich nicht mit dem Kopf im Süden und dem Blick nach Osten. Die Muttergöttin würde mich ohnehin keines Blickes würdigen. Sie schickte mir das innere Feuer, den Hunger und uns allen Ghul. Also werde ich sie auch keines Blickes würdigen. Verbrennt mich und verstreut meine Asche im Fluss.«

»Ich trauere mit dir, Naval. In diesen harten Zeiten verzweifeln sogar die Besten.«

»Umso wichtiger, dass wir zusammenrücken. Es bedeutet mir viel, dass du meiner Mutter etwas Gutes tun wolltest. Du weißt, wie sehr sie dich gemocht hat, oder?«

»Seit dein Vater starb, hatte ich immer gehofft ...«

»Ich bin sicher, wenn sie das Feuer nicht aufgezehrt hätte, wäre sie dir längst mehr als nur eine Freundin gewesen. Doch so blieb ihr als letzter Liebhaber nur ein giftiger Pilz. Aber wir können sie später betrauern. Du bist nicht alleine gekommen. Haben dich Ghuls Gesandte rekrutiert?«

»Nein, nein. Es hat ihnen zum Glück immer gereicht, den Schweinehirten zu berauben. Mehr als den Hungertod hatte ich von ihnen nicht zu erwarten.«

Naval riss die Augen auf. »So offene Worte?«

»Die Zeit der geflüsterten Worte ist vorbei. Dank dieser Männer hier. Hamilkar, glaubst du, dein Freund könnte meinem Freund zeigen, wie taub Ghuls Ohren mittlerweile geworden sind?«

»Wir riskieren zwar, dass Artes vor Stolz platzt, aber das Risiko müssen wir eingehen.«

Zwei Sätze in der Sprache der Nordmänner, dann griff der Krieger in den Karren hinter sich und zog den Beutel mit dem Kopf hervor. Grünlich glänzende Fliegen umschwärmten seine Hand, als er das Haupt des Auserwählten am Schopf hochzog.

»Ihr habt ihn gerichtet? Dann gibt es doch noch Gerechtigkeit. Aber nun jagen euch bestimmt seine Schergen.«

»Keine Sorge, seine Krieger kriechen nun in der Anderwelt vor ihrem Meister. Die Zeit der Angst ist vorbei. Und diese Männer haben dafür gesorgt.«

»Dann seid ihr mir willkommen, wie selten Gäste zuvor es waren. Aus eurem vielen Gepäck und der Härte, mit der eure Zunge Worte formt, schließe ich aber, dass ihr nicht bleiben, sondern weiterreisen wollt. Ich glaube, ich habe das Richtige für euch. Kommt mit.«

Jul, Hamilkar, Rocq und Artes folgten Naval, der schnurstracks zu der Halle ging, in der das Schiff lagerte. Eigentlich war es nur ein Dach, das auf vier dicken Pfosten ruhte. Unter dem Dach ruhte auf entrindeten, jungen Eichenstämmen ein Schiff, das Hamilkar entzückte.

»Schaut euch diesen Mast an. Ist das eine Douglasie?« Jul übersetzte die Frage für Naval.

»Ja, wir mussten Wochen suchen, um einen entsprechend mächtigen Stamm zu finden. Die Planken hingegen ...«, Naval streichelte über die Maserung des Holzes wie über den Flaum der Haut einer Frau, »... haben wir aus Eiche geschlagen, extra dick.«

»Wieso sind die Bordwände so besonders hoch?«

»Aus dem gleichen Grund, der uns eine so große Kajüte aus Holz bauen ließ, die noch zusätzlich mit gehärtetem Wildschweinleder verstärkt wurde: Dieses Schiff sollte den Tod in andere Regionen tragen und Reichtümer zurückbringen. Ghul hatte mich beauftragt, es zu bauen.«

»Er sah sich als großen Feldherrn. Dabei war er nichts anderes als ein Räuber.« Jul schüttelte sich. »Die Ausplünderung der Getreidevorräte unserer Nachbarn sollte den Boden bereiten für Invasionen im nächsten Frühjahr. Sein Kalkül war: Wer im Winter mit dem Hungertod rang, dürfte keine Kraft mehr für Widerstand haben. Und bei all den Gräueln, die er plante, wähnte er die Sonne in seinem Rücken.«

»Das war der Grund, warum diese Werft noch nie eine so traurige Zeremonie erlebt hat. Jul, du weißt, normalerweise feiern wir zwei Tage bei einer Kiellegung. Wir opfern den Göttern des Waldes und des Wassers, was ihnen zusteht, und trinken reichlich auf das Glück der

Seeleute, die unser Werk auf den Wellen zum Leben erwecken. Aber dieses Mal war es still wie auf einer Beerdigung. Unser einziges Gebet sprachen wir, als wir die heiligen Schutzzeichen in den Steinanker ritzten – und es wurde erhört.«

Nachdenklich hörte Hamilkar die Übersetzung durch Jul.

»Aber ihr habt hoffentlich nicht absichtlich schlampig gearbeitet, als ihr das Schiff kalfaltert habt?«

»Das wäre gegen unsere Schiffbauer-Ehre gegangen – und hätte unsere Familien der Rache Ghuls ausgeliefert. Nein, der Rumpf ist perfekt abgedichtet – sieh es dir an: Die Planken haben wir vorher im Wasser quellen lassen, danach haben wir noch mal alle Zapfenverbindungen überprüft und schließlich mit Hanfseilen und Bienenwachs abgedichtet. Wir haben uns sogar einen neuen Kalfathammer gemacht, für den runden Kopf haben wir dieses schwere, schwarze Holz verwendet. Damit haben sich die Hanfseile viel genauer in die Nähte treiben lassen. Und im Boden des Schiffes sorgen Steine für die nötige Stabilität, die so exakt behauen wurden, dass sie auch bei starkem Seegang nicht verrutschen. Diesem Schiff würde ich das Leben meiner Kinder anvertrauen.«

»Würdest du es mir auch verkaufen?«

»Nichts lieber als das. Da ihr meinen letzten Kunden dieses Jahres enthauptet habt, seid ihr mir eine Art Entschädigung schuldig.«

Irritiert folgte Hamilkar der Übersetzung. Doch als sich die Verblüffung auf dem Gesicht des Händlers abzeichnete, konnte Naval die Maske der Entrüstung nicht länger aufrechterhalten. Der junge Mann lachte so laut und herzlich, dass es sogar die ansteckte, die gar nicht verstanden hatten, welche Worte gewechselt worden waren. Schließlich wischte sich Naval die Tränen aus den Augen.

»Im Ernst. Es wäre mir eine Freude, zu wissen, dass meine Handwerkskunst nicht dazu dient, Angst und Schrecken zu verbreiten. Unser einziges Problem ist, dass ich dir das Schiff, das du zweifellos an Ghul verloren hast, nicht in Rechnung stellen kann. Noch ist die Kette des Vertrauens in unserer Region nicht neu geschmiedet. Ich weiß nicht, wer sich jetzt dein Schiff gegriffen hat.«

»Ich hoffe sehr, dass dieses Vertrauen bald wieder erblüht. Aber ich habe für Jul und dich sogar etwas, dass in diesen unruhigen Zeiten mehr Wert hat als die Ritzereien in einem Rollsiegel: Wir haben zusammen mit den Bauern und Fischern vor Ort sowohl Ghuls Waffenkammer als auch seine Vorratslager geplündert. Und ein paar Barren feinsten Kupfers kann ich auch noch entbehren.«

Naval stützte das Kinn auf die Hand.

»Lass mich überlegen. Ich habe die Möglichkeit, etwas zu bekommen, was im Moment jeder gebrauchen kann, und verhindere, dass mein Schiff verrottet, das so spät im Jahr keinen anderen Käufer mehr finden wird.« Wieder fing er an zu lachen. »Ich denke, wir kommen ins Geschäft. Aber zunächst mal solltest du begutachten, was du kaufst.«

Der junge Mann hob eine Leiter vom Boden auf und stellte sie steil an die Reling. Schnell kletterten die Männer an Bord. Hamilkar hämmerte mit der Faust gegen die Bordwand und ein Grinsen stahl sich auf sein Gesicht. Die extra dicken Spanten sollten eigentlich Pfeilbeschuss standhalten, doch sie würden auch den harten Wellen der ersten Herbststürme trotzen. Sogar Rocq erkannte auf Anhieb, welch feine Arbeit die Steinmetze beim Anfertigen der Ballastgewichte abgeliefert hatten. Sie waren ineinander verkeilt und passten zugleich perfekt in die Biegung des Schiffsbodens. Noch auf der *Dido* hatte Rocq ein paar Mal mitgeholfen, verrutschten Ballast wieder zu richten. Das würde auf diesem Schiff nicht nötig sein.

»Die Kajüte ist so groß wie ein Palast. Das wird den Frauen gefallen. Und hier, die Aussparungen für die Ruder sind tief genug, damit die Ruderer Kraft auf die Blätter bringen können. Zugleich schützt sie die höhere Bordwand gegen den beißenden Wind des Nordens.« Hamilkar hatte seine Wahl getroffen. Er legte einen Arm um die Schulter Navals und lenkte ihn zum Bug, Jul im Schlepptau. Dort feilschten die beiden nur sehr kurz, dann legten sie die Unterarme aneinander, die Hände packten kurz vorm Ellenbogen zu, ein kräftiger Druck besiegelte den Kauf. Artes beobachtete den Pakt und stieß Rocq mit dem Ellenbogen in die Seite.

»Weit und breit ist kein potenzieller Konkurrent zu sehen. Asche, Misstrauen und Gewalt drohen, den Handel als Ganzes für Jahre zu ersticken. Aber das ist kein Grund für Hamilkar, seine Verhandlungstaktik zu offenbaren. Sollten wir wieder hochkommen, dann wegen Männern wie ihm.«

»Da hast du recht. Er schafft es wirklich immer, dass nach einem Handel beide lächeln.« Dann rief Rocq lauter in Richtung der zurückkehrenden Männer: »Weißt du schon, wie das Schiff heißen soll, Hamilkar?«

»Vermutlich sollte es ›Ghuls Witwenmacher‹ heißen, aber zu Ehren des Freundes, der dieses Schiff und mich zusammenbrachte, werde ich es *Ivlia* nennen.«

Jul errötete.

»Das habe ich nicht verdient. Ich habe nur einem alten Freund in Andenken an alte Tage geholfen. Aber vielleicht wirst du selbst durch diesen Namen daran erinnert, dass nicht nur deine Hoffnungen mit dir segeln, sondern auch unsere. Wir alle hoffen, dass du zurückkehrst, um uns davon zu berichten, dass die Welt doch nicht als Ganzes aus den Fugen geraten ist. Dass es Hoffnung gibt.«

»Hoffnungen allein werden dir aber nicht helfen, um diesen Fluss bis zur Mündung zu segeln, ohne irgendwo aufzulaufen.«

»Seit meinen letzten Fahrten über diesen Fluss weiß ich sehr wohl um die Tücken der wandernden Sandbänke, Naval. In den früheren Jahren stieg hier deshalb immer ein Lotse mit an Bord.«

»Unsere letzten beiden Lotsen wurden von Ghul zum Waffendienst gezwungen. Aber ihr habt Glück. In meinem Haus habe ich gerade einen Fischer zu Gast, der gerne wieder zurück möchte zum großen Flusstrichter, wo seine Heimat liegt. Sein Name ist Tore. Er war zu mir heraufgesegelt, damit ich an seinem Boot ein paar mürbe Planken austausche. Es stellte sich dann heraus, dass sein Boot bereits Beute des Holzwurms war. Wir mussten es verbrennen. Seitdem sitzt Tore hier fest. Aber er kennt diesen Fluss wie sein Fischernetz. Er wird euch gern zum Meer lotsen.«

Beschwingt kletterten die Männer zurück auf den Strand. Naval ließ Segel, Ruder und Anker aus einem Schuppen holen, Hamilkar dirigierte die letzten Ochsenkarren an das Flussufer, damit das Schiff schnell beladen werden konnte. Einige von Hamilkars Männern bewunderten das neue Schiff, wollten es schnell ins Wasser schieben.

»Moment. Es darf nicht namenlos das Wasser berühren.« Hamilkar zog den Stöpsel, der einen Beutel aus Ziegenleder verschloss, in dem guter Wein von der Insel der *Stierspringer* schwappte. Er füllte seine linke Hand mit Wein und ließ ihn in den Sand tropfen.

»Astarte, du hast uns bis hierhin so gelenkt, dass wir Tod und Sklaverei entgangen sind. Dafür danken wir dir. Zugleich bitten wir dich, weiter über uns zu wachen. Sorge dafür, dass dieses Schiff, das wir vor deinen Ohren auf den Namen *Ivlia* taufen, niemals untergeht.«

Erneut füllte Hamilkar seine Hand mit Wein, schleuderte den Rebensaft mit Schwung gegen die Bordwand.

»Ich taufe dich auf den Namen *Ivlia*.«

Während Hamilkars Männer eine Trägerkette bildeten, um den Inhalt der Ochsenkarren in das Schiff zu laden, lief Naval in sein Haus, um Tore zu holen. Jul ließ die Ochsen aus dem Joch befreien und in das Wäldchen an der Werft treiben. Sie sollten sich für den morgigen Rückweg stärken. Heute würde Jul noch in Lous bleiben. Er hatte noch viele Fragen zum Tod der von ihm so heftig wie unglücklich geliebten Frau. Und er ahnte, dass Naval mehr wissen wollte über Ghuls Ende.

Beherzt schoben die Seemänner ihr neues Schiff über die rumpelnden Baumstämme in den Fluss. Das hatten sie so oft gemacht, dass jeder wusste, welcher Handgriff zu tun war. Tief tauchte der Bug der *Ivlia* ein, bevor sich der mit Schnitzereien verzierte Steven majestätisch aus dem Wasser erhob. Die Bugwelle schob sich in den Fluss, die Taue, die das Schiff hielten, strafften sich, die Männer jubelten.

»Hier ist Tore, der Mann, der euch vor den Launen unseres Flusses bewahrt.«

Naval schob einen schmächtigen Mann nach vorn, der nur aus Bart zu bestehen schien. Irgendwo in dem Haargestrüpp funkelten Augen, als er dem Kapitän die Hand reichte.

»Wenn sich Männer, die die Meere bezwingen, vor einem sanft dahinplätschernden Fluss fürchten, will ich gerne helfen.«

Hamilkar war verblüfft. Der Fischer beherrschte die Sprache der *Stierspringer*, wenn auch nicht perfekt.

»Gerade, weil wir die Meere bezwingen, ist unser Respekt vor dem Wasser groß. Und unter spiegelglatter Oberfläche lauern oft die größten Überraschungen. Wie kommt es zum Beispiel, dass du diese Sprache des Südens so ausgezeichnet beherrschst?«

»Meine Frau brachte sie mir bei.«

»Kommt sie von der Insel?«

»Nein, aber ihr Vater kam von dort, ein Seemann. Er brach sich an Bord das Bein, gerade als sein Schiff das *Fluss-Meer* in Richtung Meer verlassen wollte. Sein Kapitän, ein Bronze-Händler, ließ ihn an Land bringen. Eine Fischerin pflegte ihn gesund, das war die Mutter von Ayla, meiner Frau.«

»Hat deine Frau die Heimat ihres Vaters je gesehen?«

»Nein, das wollte sie immer. Aber sie starb zu früh. Im Kindbett, zusammen mit unserem Kind.«

»Das tut mir leid, Tore. Wir werden allzu oft harten Prüfungen unterworfen.«

»Stimmt. Du hast von Naval wohl schon gehört, dass jetzt auch noch mein Boot verbrannt werden musste. Ich weiß noch nicht, wie ich in meinem Dorf mein Auskommen finden werde, aber das wird sich finden. Zunächst mal lotse ich euch dahin.«

»Zu deinem Dorf?«

»Ja, es liegt genau an der Mündung des Flusses.«

»Perfekt. Willkommen an Bord. Siehst du den Mann dort, der den Steinanker an Bord wuchtet? Das ist Tamerlan, mein Steuermann. Melde dich bei ihm.« Hamilkar wandte sich Naval und Jul zu.

»Seid mir nicht böse, ich hätte gerne noch eure Gesellschaft genossen, aber mir sitzt die Zeit im Nacken. Gegen die eisigen Winterstürme auf dem großen Meer wäre sogar die *Ivlia* chancenlos.«

»Vom Dämon Ghul hast du uns befreit, doch dem Dämon Zeit bist du ausgeliefert, alter Freund. Aber du hast sicher recht. Nicht viele wagen sich zu dieser Jahreszeit aufs Meer hinaus. Aber was immer du hier vorfinden wirst, wenn du zurückkehrst, du weißt, auf wen du zählen kannst. Und deinem Krieger kannst du sagen, von seinen Taten werden hier noch in Generationen Lieder gesungen.«

Ein paar herzliche Umarmungen, dann kletterte Hamilkar als einer der Letzten an Bord. Tamerlan nickte ihm zu, erleichtert, dass sein Rücken den harten Stößen der Ochenskarren entkommen war.

»Wir müssen noch abwarten, wie es unter Wind geht. Aber das könnte euer bestes Schiff sein.«

»Das will ich hoffen. Es wird einiges leisten müssen.« Er drehte sich um: »An die Ruder! Männer, ihr habt es erlebt. Der Ascheregen hat auch diese Region vergiftet. Aber ich will nicht glauben, dass er uns überall hin verfolgt. Und wenn, dann muss er schnell sein. Denn die *Ivlia* ist ein starkes Schiff. Mal sehen, wer weiter kommt.«

Die Männer johlten, dann übernahm der Taktmeister. Auf dem schmalen Fluss, mit einem fremden Schiff, brachte er die Ruderer noch nicht ins Schwitzen. Langsam schob sich die *Ivlia* in die Strömung, die das Schiff Richtung Meer trug.

Malech hatte wieder seinen Platz neben Artes und seinem Bruder eingenommen. Doch er redete kein Wort. Die beiden anderen überließen ihn seiner Missstimmung.

Hochstimmung herrschte dagegen bei den Frauen in der Kajüte.

»Endlich haben wir mehr Platz, Melana.« Almene legte den Kopf in den Nacken. »Und dieses Schiff stinkt nicht. Es duftet nach Holz und Honig.«

»Versuch dir diesen Geruch einzuprägen, ich bin sicher, die Männer werden höchstens zwei Tage brauchen, dann wird hier nichts mehr an Bienen erinnern, nur noch an die glänzenden Fliegen vom Abtritt.«

»Syria!«

»Was denn? Ist doch wahr. Wisst ihr, was ich an unserem alten Leben am meisten vermisse?« Syria senkte die Stimme. »Dass die Männer sich nicht trauten, ungewaschen im Haus der Göttin zu erscheinen. Die dagegen ...« Ihr Kopf zeigte vage nach hinten »... haben offenbar den Ehrgeiz, jeden Stall als Haus der Düfte erscheinen zu lassen.«

»Syria!« Melana mühte sich zwar um einen strengen Ton, doch ihr breites Grinsen ließ dies misslingen.

Die drei Frauen hatten sich in Ghuls Vorratshaus bereits als künftige Sklavinnen brutaler Kriegsherren gesehen. Dem Schicksal erneut entronnen zu sein, versetzte sie in ein Hochgefühl. Hinzu kam diese fremdartige Welt, durch die sie glitten. Jede neue Tierart ließ sie staunen und zugleich die Wunden, die ihren Seelen in der Heimat zugefügt worden waren, etwas verheilen.

»Schau, der Vogel sieht aus, als ob er seinen Kopf in einen Topf voll Asche gesteckt hat.«

Melana zeigte auf die reglos im Wind über ihnen schwebende Möwe, die das Schiff schon seit einiger Zeit begleitete. Ihr Körper war silbrig-weiß, doch der Kopf war tiefschwarz. Als sich die Gesichter der Frauen zu ihr emporreckten, ließ die Möwe ein heiseres Krächzen hören, das sich anhörte wie Lachen. Verdutzt schauten sich die drei an, dann lachten auch sie.

Unweit des Ufers guckten die spitzen Enden von Stangen aus dem Wasser.

»Reusen«, erläuterte Tore dem Steuermann mit einer wegwerfenden Handbewegung. »Klar gibt es auch hier schon viele Fische, aber das wahre Fischerparadies ist in meiner Heimat.«

Tamerlan lächelte.

»Ich habe noch nie einen Fischer erlebt, der nicht über die üppigsten Fanggebiete verfügen würde.«

»Und ich noch nie einen Seemann, der nicht den härtesten Sturm abgewettert hätte. Aber du wirst es mit eigenen Augen sehen. Dieser Ort ist einzigartig. Die Flussufer sind so weit voneinander entfernt, dass wir vom *Fluss-Meer* sprechen. Außerdem vermischen sich dort das Salz des Meeres und die Süße des Flusses. Deswegen findest du dort alle Fische beider Welten und dazu welche, die es nur in dieser Welt gibt. An manchen Tagen glitzern die Wellen in reinem Silber.«

»Das tun sie überall, wenn die Sonne entsprechend steht.«

»Nicht wegen des Lichtes, wegen der Schwärme von Fischen, die nirgends sonst so dicht schwimmen – du könntest über sie laufen und trockenen Fußes über den Fluss kommen.«

»Ich sehe mir gerne an, wie du übers Wasser läufst, wenn du zuvor verhinderst, dass wir auflaufen.«

»Abgemacht. Dann sollten wir jetzt unser Tempo drosseln. Siehst du dort rechts den umgestürzten Baum, der mit der Krone im Wasser hängt?«

»Ja.«

»Dahinter macht der Fluss eine Wende. Die Kurve ist so scharf, dass an der Innenseite das Wasser nahezu steht. Dort lagert sich so viel Sand ab, dass die Bänke bis weit in die Fahrrinne hineinragen können.«

»Ruuuuder hoch!«

Sofort wurde die *Ivlia* langsamer. Tamerlan wollte aber nicht riskieren, sie der Strömung zu überlassen, um nicht zu viel Druck auf das Steuerruder zu verlieren.

»Setzt das kleine Segel!«

Hamilkar nickte zufrieden. Sein Steuermann nutzte die Passage bis zum Meer, um sich mit dem Schiff vertrauter zu machen. Kaum bauschte der Wind das Segel auf, krönte weißer Schaum die Bugwelle. Sobald Tamerlan das Steuerruder umlegte, reagierte das Schiff.

»Nervös wie ein Schlachtross.«

Tamerlan nickte.

»Das Schiff könnte ich sogar auf einem Kupferbarren wenden. Wir sind beweglicher geworden.«

»Und schneller. Mit dem Rahsegel dürften wir viele Schiffe abhängen.«

Sie passierten die Flusskehre im Bereich mit der stärksten Strömung. Der Wind und der fehlende Tiefgang drückten die *Ivlia* tief ins Wasser.

»Segel einholen. Ruder los!« Tamerlan drehte sich zum Kapitän um. »Gefällt mir. Wir müssen nur noch abwarten, ob sie Wellen so gut abreitet wie die *Dido*.«

Tamerlan freute sich über jede neue Sandbank und jeden treibenden Baumstamm. Konnte er doch so die Fähigkeiten seines Schiffes erproben, während die sanften Wellen des Flusses es Richtung Meer schoben. Kormorane hockten mit aufgeplustertem Gefieder auf Ästen am Wasser.

»Sie hungern«, erklärte Tore.

»Wieso? Du hast doch gesagt, die Fische würden hier sogar das Wasser verdrängen.«

»Das nützt aber nichts, wenn die Vögel sie nicht sehen können. Kormorane fischen am liebsten dort, wo wenig Wellen den Blick behindern. Aber da, wo sich das Wasser wenig bewegt, trübt die verdammte Asche die Sicht. Die Vögel sehen ihre Beute gar nicht oder zu spät.«

»Vielleicht sandte uns der Gott der Fische diese Plage.«

»Wohl kaum.« Tores Arm wies nach rechts, wo die hellen Bäuche toter Fische die Wasseroberfläche durchbrachen. »Auch manchen Fischen bringt die Asche den Tod. Ich habe einige aufgeschnitten. Sie hatten im Magen Asche und auch die Kiemen waren damit verstopft. Nein, nichts Lebendes kann Asche essen oder atmen. Wenn sie also von irgendwoher gesandt wurde, dann aus der Anderwelt.«

»Ich weiß nicht. Wer von unser aller Ahnen könnte so böse und so mächtig sein?«

»Tamerlan, in der Anderwelt hausen längst nicht mehr nur Menschen, sondern auch Götter.«

Als der Steuermann ihn verdutzt anstarrte, schob Tore hinterher: »Du wirst es sehen, wenn wir in meinem Dorf sind. Vor kurzem herrschten dort noch Dutzende Götter einträchtig nebeneinander. Manche von ihnen kenne ich noch nicht mal mit Namen. Sie wurden in den Herzen von Zuwanderern wie dem Vater meiner Frau mitgebracht und schließlich hier heimisch.«

»Und jetzt?«

Der Fischer schnippte mit den Fingern. »Jetzt sind sie hinweggefegt. Und wenn Götter fallen, bevölkern auch sie die Anderwelt.«

»Egal, mit einem guten Schiff segle ich auch toten Göttern davon, die aus der Anderwelt nach uns greifen.« Tamerlan spuckte ins Wasser.

Die Sonne hatte ihren Zenit noch nicht erreicht, als die *Ivlia* in die große Flussmündung einlief, die Tores Heimat war. Und Rocq verstand sofort, warum der Fischer vom *Fluss-Meer* gesprochen hatte.

»Das ist ja gigantisch. Man sieht das andere Ufer ja kaum. Das muss die Mutter aller Deltas sein.«

»Nun, eigentlich ist es kein Delta. Es ist mehr ein langgezogener Schlauch. Und wenn du das hier schon gigantisch findest, warte ab, bis wir bei mir sind.«

Hamilkar legte dem Fischer die Hand auf die Schulter.

»Du musst seine Unbedarftheit entschuldigen. Er weiß alles über die Geheimnisse der Sterne, aber er staunt bei jedem kleinen Wässerchen wie ein Neugeborenes. Aber im Ernst. Ich bin dir sehr dankbar für deine Lotsendienste. Ohne dich hätten wir mein neues Schiff mit Sicherheit schon auf Grund gesetzt. Zumindest wären wir sehr viel langsamer vorangekommen. Ich werde Astarte ein Dankopfer zu deinen Gunsten geben.«

»Selbst die kleinsten Gewässer können große Gefahren bergen. Es war mir eine Ehre, euch zu helfen. Ich würde euch sehr gerne zu mir einladen, aber ich kann nichts anbieten. Meine Existenz als Fischer ging in Lous in Flammen auf. Bis ich mir ein neues Boot gebaut habe, werde ich mich mit Muschelsammeln durchbringen müssen.«

»Kann man davon leben?«

»Das schon. Aber es ist das, was eigentlich die Kinder und die Gebrechlichen machen. Es ist keine Männerarbeit.«

»Es ist egal, ob ein Mann sich bücken muss, es ist nur wichtig, dass er nicht aufgibt.«

Tore quittierte Rocqs Aufmunterungsversuch mit Schweigen.

Die weite Fläche des *Fluss-Meers* verführte Hamilkar zu weiteren Manövern mit der *Ivlia*. Sie segelte besser als ihre Vorgängerin. Vor allem das Kreuzen gegen den Wind war dank der von Naval verbesserten Segelaufhängung viel unkomplizierter. Mehrmals mussten sie Inseln aus verklumptem Gestrüpp und Sandbänken ausweichen. Gegen Mittag lotste Tore sie näher ans Ostufer, wo bald sein Dorf auftauchen sollte.

»Was ist dort passiert?« Artes zeigte auf verkohlte Gebäudereste am Ufer.

»Ich hab's euch gesagt. Vor ein paar Wochen brannten bei uns die Heimstätten der Götter. Alle in einer Nacht.« Tore blickte den Kapitän an. »Das große Haus dort auf dem Hügel war der Tempel Astartes. Seit dem Brand ist die Priesterin verschwunden. In den meisten anderen Tempeln waren keine Priester. Sie waren nur Häuser für den Glauben der Seeleute und Händler, die hier so zahlreich vorbeikamen. Jeder konnte zu seinem Gott für eine sichere Reise und gute Geschäfte beten.«

»Brannten alle Tempel?«

»Nein, der von Sol blieb stehen.«

Unwillkürlich drehte sich Rocq nach seinem Bruder um. Doch Malech hatte nichts mitbekommen, starrte ins Kielwasser. Dann fiel Rocqs Blick auf Melana, die sich gestenreich mit den anderen Frauen unterhielt.

»Ich würde mir das Dorf von Tore gerne genauer ansehen.«

»Einverstanden, Rocq. Auch mir scheinen das ein bisschen viele Zufälle zu sein.«

Muscheln und Sand knirschten, als sich die *Ivlia* auf den weißen Strand schob. Die Einwohner des nahen Dorfes hatten das Schiff lange vorher gesehen, kamen den Seeleuten entgegen. Ein kleiner, halbnackter Junge lief vorweg.

»Tore ist wieder da!« Der zerzauste Knabe schrie die Neuigkeit nach hinten. Schon wurden die Schritte der Erwachsenen schneller.

»Ich dachte, du wolltest dein Boot bloß reparieren lassen. Stattdessen hast du es zu einem ausgewachsenen Schiff umbauen lassen.« Krachend schlug die Hand des graubärtigen Mannes auf Tores Schulter. Der verzog trotz des Schmerzes keine Miene.

»Wenn es doch so wäre. Mein Boot musste verbrannt werden. Der Schiffsbohrwurm.«

»Oh, das tut mir leid. Und dies …«

»… sind Händler aus dem Südmeer. Das ist Rocq, Hamilkar, Tamerlan. Das ist Hillo, unser Dorfältester.« Die Männer reichten sich die Arme.

»Sie bringen böse und gute Neuigkeiten. Der verfluchte Ascheregen ist nicht unsere größte Herausforderung. Im Südmeer haben sie erlebt, wie das Meer versuchte, das Land zu verschlingen. Ein Land, das zitterte und bebte wie unter der Faust eines Gottes. Nun fährt Hamilkar nach Norden, um sein Kupfer und Öl zu verkaufen.«

»Er muss viel Hoffnung oder viel Verzweiflung in sich haben, wenn er glaubt, jemand könnte sich sein Metall noch leisten. Was musste er Ghul bezahlen, um unbehelligt weiterziehen zu können?«

»Das ist die gute Nachricht. Er hat mit Metall bezahlt. Artes, zeigst du meinen Leuten bitte unseren Überraschungsgast?!«

Der Krieger bleckte die Zähne zu einem wölfischen Grinsen und zog den verwesenden Schädel aus dem Beutel. Ein Raunen ging durch die Menge, ungläubige Blicke wanderten von dem Kopf zu Artes und wieder zurück.

»Dieser Mann wollte uns versklaven wie er euch versklavte. Weil er glaubte, sein Gott habe ihn unverwundbar gemacht. Wenn das stimmt, muss dieser Gott Ghuls Hals vergessen haben.«

Einige Fischer lachten, nachdem Tore übersetzt hatte. Zwei Männer stöhnten auf und gingen. Hillo zuckte mit den Schultern.

»Unsere Sonnengottpriester. Sie hatten sich von Ghul einiges erhofft.«

»Anhänger Sols?« Malech hatte Tore am Kragen gepackt. »Wo gehen sie hin?«

»Sie werden in ihren Tempel gehen – hinter dem Wäldchen dort auf einer Kuppe. Es ist der einzige Tempel, der noch steht.«

Malech stieß Tore zurück und lief hinter den Männern her.

Rocq hob entschuldigend die Arme.

»Mein Bruder hatte eine schwere Zeit. Seit er ein Auge verloren hat, findet er Trost nur noch in seinem Glauben.«

»In unruhigen Zeiten wenden sich die einen den Göttern zu, andere kehren ihnen den Rücken.« Hillo schlug sich auf die Brust. »Ich mache es wie die Frösche in den Sümpfen ringsum. Sie ducken sich in den Schlamm und hoffen, dass die Störche sie übersehen. Wenn auch wir eins werden mit den Sümpfen, wenn wir unsere Fische fangen und niemanden stören, lassen uns die Götter vielleicht in Ruhe mit den Sachen, die uns nichts angehen.«

Tore ballte die Fäuste.

»Ich habe Jahre wie ein Frosch gelebt. Hat das meine Frau gerettet oder mein Boot erhalten? Nein, nun muss ich wie eine Krabbe leben und Muscheln sammeln.«

»Ähm, während du weg warst…«

»Was?«

»Die Muscheln sterben. Zumindest die hier im Fluss. Wo die Asche das Wasser trübt, verfaulen die Muscheln.«

»O nein, das ist doch nicht möglich.«

»Aber die an der Küste zum offenen Meer leben … noch.«

»Es scheint so, als sei dir kein Leben als Frosch bestimmt.« Hamilkar drehte sich zum *Fluss-Meer*. »Wir halten es wie die Sandbänke dort. Wir bleiben in Bewegung, sind mal hier und mal dort, ein schwer zu treffendes Ziel. Ich hab reichlich freie Rudererstellen auf meinem Schiff. Wenn du willst, kannst du mit uns zusammen herausfinden, ob man woanders noch leben kann, ohne sich in den Schlamm ducken zu müssen.«

»Ich bin dabei. Etwas Besseres als Schlamm finde ich überall.«

Hillo umarmte den Jüngeren.

»Das ist eine gute Entscheidung. Wir anderen hier sind zufrieden mit einem Horizont, der von zwei Flussufern begrenzt wird. Du aber hast schon immer neue Horizonte in deinem Kopf gehabt. Und angefangen vom Tode Aylas hat ein grausames Schicksal es darauf angelegt, deine Wurzeln in dieser Erde zu kappen. Jetzt bist du bereit, mit diesen Männern zu ziehen. Ich bewundere euch für den Mut, allem die Stirn zu bieten. Aber ich bedauere euch auch, dass etwas hinter eurer Stirn euch hindert, Ruhe zu finden, einen festen Ankerplatz.«

Als die Männer ihre Umarmung lösten, mischte sich Rocq ein.

»Ich habe einst in meiner Heimat einen Priester gefragt, warum ich so unstet bin und keinen Platz finde, den ich mit meinem Pflug beackern möchte. Er hat mir geantwortet, jeder wäre auf dem Weg zu diesem Platz, nur hat jeder einen unterschiedlich langen Weg. Mancher muss die Welt erkunden, um die Heimat seiner Seele zu finden.«

»Etwas Ähnliches sagte mir in meiner Heimat auch Aria, die Astarte-Hohepriesterin. Entweder hatten beide Priester recht, oder sie haben uns mit derselben faden Geschichte abgespeist, weil sie keine Antwort auf unsere Fragen hatten.

Antworten möchte ich aber noch haben, bevor wir lossegeln. Was ist mit den Tempeln passiert?«

Sie rochen die Tempel, bevor sie sie sahen. Die Brandruinen dünsteten einen beißenden Gestank aus, der ihnen entgegenwehte, seit sie den Palisadenzaun durchschritten hatten, der das Dorf begrenzte.

»Hier hatten wir dem Gott Sobek gedankt, wenn unsere Netze voll waren.« Tore wies auf einen Haufen verkohlter Trümmer. Ein brandgeschwärzter Balken stand hoch wie ein mahnender Zeigefinger.

»Sobek? Das ist doch …«

»… ein Gott weit aus dem Süden. Richtig, Hamilkar. Die Seeleute, die damals hier sein Heim gebaut hatten, behaupteten, in ihrer Heimat würden die Königsgräber als Pyramiden gebaut werden und so hoch sein, dass sie den Himmel kratzen.«

»Wieso habt ihr ihm gehuldigt?«

»Er war mächtiger als unser alter Fischgott. Aber wir haben nicht alle Götter übernommen. Dort drüben zum Beispiel stand der kleine Tempel von Nabu. Er sollte einem die Augen öffnen, damit man geheimnisvolle Zeichen in Siegeln oder auf Papyrus lesen könnte. Ich hab's probiert, aber mir hat er die Schrift nicht offenbaren wollen.« Die Männer lachten, bis ein gellender Aufschrei sie verstummen ließ. Die drei Frauen hatten sich von der Gruppe gelöst und waren vorgegangen. Syria kniete an einer Ruine, hielt eine kleine Statue aus Speckstein in der Hand, von der sie vorsichtig den Brandschutt abklopfte. Ein weiblicher Torso mit milchschweren Brüsten, aber einem nur angedeuteten Kopf.

»War dies das Haus Astartes?«, fragte Melana.

»Dies war das Haus unserer Muttergöttin. Wir nennen sie Brig. Sie sichert die Ernte, aber auch die Fischer auf See.«

»Die große Mutter Erde zeigt sich in vielen Namen. Darf ich die Figur behalten?«

»Du beschämst uns. Da muss eine Frau kommen, um den Mut aufzubringen, zur Göttin zu stehen. Bei uns anderen war die Angst zu groß, sonst hätte sicher jemand das Bild Brigs gerettet. Dein Mut macht dich würdig. Selbstverständlich darfst du sie behalten.«

Syria barg die Figur in ihren Händen und nickte Tore dankbar zu.

Die traurige Prozession entlang der zerstörten Häuser vertriebener Götter schien kein Ende zu nehmen. Sie hielten an jeder Ruine, hoben ein paar Steine oder Balken hoch. Wonach sie suchten, wussten sie aber eigentlich nicht. Schließlich entdeckten sie etwas zurückgesetzt in einer Lichtung am Waldrand ein unversehrtes Gebäude. Die Mauern aus Findlingen, Holz und Erde waren rechteckig gesetzt, nicht rund wie die Hütten der Fischer. Im hölzernen Dach erkannte Rocq ausgesägte Löcher. Typisch für Anhänger des Sonnengottes.

»Dann ist das wohl Sols Tempel?! Wenn ihr wollt, kann ich Malech herausholen.«

»Gute Idee. Das hier ist zu deprimierend. Und diese Asche spricht genauso rätselhaft zu uns wie die, die vom Himmel fällt.«

Der Raum war klein. Es gab je vier Sitzplätze links und rechts an den Wänden. Von jedem Platz aus konnte man die heilige Stele in der Mitte mit den Fingern berühren, was Malech und die Priester gerade machten. Ein Steinmetz hatte die gesamte Stele über und über mit kreisrunden Sonnensymbolen verziert. Das fiel Rocq besonders deswegen auf, weil das Blut, das die heilige Stele hinunterlief, sich in jedem Symbol sammelte, bevor es zähflüssig gen Boden strebte.

»Störst du jetzt schon Zeremonien?« Wütend blickte Malech auf seinen Bruder, dessen Schatten auf die Stele fiel.

»Entschuldige, ich wusste nicht, dass ihr etwas Heiliges zelebriert.«

»Warum sonst sollte ich wohl den Tempel aufsuchen?«

Rocq zuckte mit den Schultern. »Sobald du fertig bist, komm bitte mit zum Schiff. Ich warte draußen. Wir wollen los.«

Kurz darauf traten Malech und die beiden Priester blinzelnd ins Freie. Nach dem Dämmerlicht im Tempel stach sogar das diffuse Licht der schwächelnden Sonne in die Augen. Malech umarmte einen der Männer, um sich zu verabschieden. Rocq stutzte, als sich dieser Mann ein Bündel über den Rücken warf und in südöstlicher Richtung verschwand. Dorthin, woher sie gekommen waren.

»Wo will er hin?«

»Er will sich um die Glaubensbrüder kümmern, die möglicherweise in Not geraten sind, weil ihr Hand an den Auserwählten gelegt habt.«

»Warum sollten sie etwas befürchten, wenn sie nur Mittler waren zwischen den Gläubigen und Sol?«

»Weil Ungläubige sich nicht damit zufrieden geben, Sol und seine Anhänger zu verleumden. Sie wollen Köpfe rollen lassen.«

Rocqs Nackenhaare richteten sich auf. Die Ahnung einer Angst flog ihn an, ohne dass er konkret benennen konnte, was er fürchtete. Es blieb das Gefühl, dass die Fischer in Ghuls Reich auch nach dessen Tod noch nicht sicher waren. Und dass sein Bruder Geheimnisse vor ihm hatte. Doch der Gedanke entglitt ihm, zu viele handfeste Probleme harrten ihrer Lösung. Also antwortete er nur achselzuckend: »Eigentümlich, ich hatte eher den Eindruck, dass Ghul unsere Köpfe im Staub sehen wollte. Aber egal.

Das Blut, das ihr geopfert habt, war frisch. Könntest du den Priester nicht bitten, das Opfertier den Dorfbewohnern zu schenken? Es ist nicht die Zeit, um wertvolles Fleisch zu vergeuden.«

»Misch dich gefälligst nicht ein. Es gibt kein Fleisch, dass deine neuen Freunde essen könnten.«

»Oder wollen deine neuen Freunde nur nicht teilen?«

»Rocq, glaub mir einfach. Es gibt nichts zu teilen.«

Und wieder beschlich Rocq das Gefühl, das hinter seinem Rücken etwas vor sich ging, das er nicht ignorieren dürfte. Den restlichen Weg schwiegen die Brüder. Es gelang ihnen nicht, die vorangegangene Gruppe um Hamilkar einzuholen. Erst die bienenkorbartige Geschäftigkeit auf der *Ivlia* erlöste sie von der Last der Sprachlosigkeit.

Das aufgeblähte Segel zog das Schiff schnell aus der Flussmündung heraus aufs offene Meer. Artes griff nach seinem stinkenden Beutel, zog den Kopf Ghuls heraus, ging an die Reling.

»An den Ufern dieses Meeres leben die Völker, die der Auserwählte unterjochen wollte. Diesen letzten Blick auf sein beinahe erobertes Reich gönne ich ihm. Vielleicht finden die Fische Verwendung für ihn.« Mit weitem Schwung schleuderte er den Schädel ins Meer, wo er mit einem satten Klatschen unterging.

DAS TÖDLICHE GOTTESURTEIL

Hamilkar bemerkte es nicht, weil seine ganze Aufmerksamkeit dem Verhalten des Schiffes in den harten Wellen und stürmischen Böen des Westmeeres galt. Aber an Bord hatte sich etwas verändert: das Verhalten der Männer den Frauen gegenüber. Rocq dagegen sah die nun offenen Blicke, freute sich, als er die Gruppe von Matrosen sah, die geduldig in einer Schlange warteten, bis sie von den heilkundigen Frauen von Krätze, faulen Zähnen oder Fieber kuriert wurden. Als der letzte Seemann gegangen war, lachte er Melana an.

»Wo sind bloß die Unheilsbotinnen geblieben? Die Männer stehen Schlange, um von euch geheilt zu werden. Der Argwohn ist wohl verflogen.«

Melana boxte Rocq in die Seite.

»Unheilsbotin? Noch so ein Wort, und ich werde dich in einen Schiffsbohrwurm verwandeln.«

»Damit ich unsere Chance auf ein gemeinsames Leben auf Grund setze? Dann wäre ich doch lieber ein Hautwurm, um dir näher sein zu können.«

Erst errötete Melana, dann tat Rocq es ihr gleich.

»Unser Leben? Der Meister der Zeit glaubt offenbar, einen Blick in die Zukunft erhascht zu haben.«

»Nein, nein, das nicht. Ich hab nur laut geträumt.«

Melana rückte auf Flüsternähe heran.

»Und du träumst davon, winzig klein zu werden, um in mich eindringen zu können. Ich fürchte, du hast tief im Innern Angst vor mir.«

Rocqs Gesicht hatte ein so dunkles Rot angenommen, dass Melana ernsthaft um seine Gesundheit fürchtete.

»Aber dazu besteht kein Anlass. Ich würde niemals zulassen, dass du dich in etwas Ekliges verwandelst.«

»Mir scheint aber, ich sollte mir eine Krankheit zulegen, damit du mich etwas schonender behandelst.«

»Seit wann werden Frauen dafür belohnt, wenn sie Männer schonend behandeln? Denk nur an Malech. Keiner hier an Bord hat uns mehr zu verdanken. Und keiner verachtet uns mehr. Nein, nein, ihr Männer braucht eine harte Hand.«

Die Erwähnung seines Bruders – obwohl in scherzhaftem Ton vorgebracht – ließ Rocqs ausgelassene Stimmung verfliegen.

»Hast du in deinen Sachen ein Kraut, das den wahren Menschen – den von früher – wieder hervorzaubert?«

»Leider nicht. Aber es wäre auch nutzlos, wenn Schicksalsschläge den wahren Menschen erst hervorgebracht – oder seinen Charakter deformiert haben.«

»Das will ich nicht glauben. Ich wuchs mit ihm auf, ich weiß, wie er ist. Und irgendwann muss dieser wahre Malech wieder hervorkommen.«

»Ich will dir die Hoffnung wirklich nicht nehmen, aber wenn du den Hass in seinem Blick siehst, mit dem er uns gerade betrachtet, muss man schwarzsehen.«

Rocq wirbelte herum, sah seinen Bruder auf der anderen Seite des Schiffes und tatsächlich, Melana hatte recht. In den Augen seines Bruders schien blanke Mordlust zu flackern. Malech hielt dem Blick nicht stand, schlug die Augen nieder und spuckte auf die Planken. Dann verzog er sich. Rocq drehte sich wieder um und sprach leise.

»Tu mir einen Gefallen, Melana. Sei wachsam. Achte auf das, was Malech macht. Ich traue ihm nicht mehr.«

Ein warmes Gefühl für diesen Mann überflutete Melana, der trotz des Entsetzens über seinen Bruder so fürsorglich war. Sie nahm seine Hand in ihre und küsste seinen Handrücken.

»Es ist ein Rätsel, wie ein solches Übermaß an Mitgefühl und eines an Mitleidlosigkeit Brüder werden konnten.« Mit sanftem Druck öffnete sie seine Hand und küsste die Spitze seines Zeigefingers. »Aber ein Rätsel, das ich gerne lösen würde.«

Ein Kuss auf den Daumen. »Du bist sicher, dass keiner von euch bloß ein Ziehsohn ist?« Ein Knabbern am Mittelfinger. »Du bist aber keiner von denen, die ihre ganze Familie mit im Haus wohnen lassen, wenn sie heiraten, oder?«

Rocq entzog ihr seine Hand. Dunkle Gedanken verhinderten bei ihm jegliche romantischen Gefühle.

»Verurteile ihn nicht. Er ist nicht böse, nur momentan verwirrt.«

»Malech, Malech, Malech!« Melanas dunkle Augen blitzten. »Hast du nicht verstanden, dass ich über dich gesprochen habe und nicht über ihn? Wie sollen wir uns näherkommen, wenn dein Bruder ständig zwischen uns steht? Selbst, wenn er uns mal ausnahmsweise nicht nachsteigt, holst du ihn in unsere Mitte, indem du über ihn redest. Kannst du nicht mal über uns reden statt über ihn?«

»Aber du hast doch …«

Genug. Melana hatte genug. Sie drehte sich um, setzte sich zu den Frauen und würdigte Rocq keines Blickes mehr.

Rocq war froh, als bald darauf der Befehl ertönte, die Ruderbänke zu besetzen. Hamilkar wollte noch ein paar Manöver unter Rudern erproben, bevor er das Schiff durch die schmale Passage zwischen dem Festland im Osten und der Mimoseninsel im Westen führte. Die Insel war so flach, dass die Seeleute lange für Wellenkämme hielten, was tatsächlich weiße Sandstrände waren. Astarte schien ihnen gewogen zu sein, der Wind kam aus Südwest, nicht Nordwest, wie an dieser Küste üblich. Das größte Segel der *Ivlia* war prall gefüllt, sie kamen viel besser als erwartet voran. Winzige Eilande glitten steuerbords vorbei.

Tamerlan und der Kapitän entschieden sich, einen Meeresarm auf der weißen Insel anzulaufen. Dort würde ihr Schiff zwar bei Ebbe trockenfallen, doch gefährlicher erschien es ihnen, den Hafen auf dem Festland anzulaufen. Nach der Episode mit Ghul wollten sie nicht herausfinden, welcher Schwertträger mittlerweile an diesem Handelsplatz den Rahm der Arbeit der anderen abschöpfte.

Der auf West wechselnde Wind und die von ihm aufgeworfenen, harten Wellen erzwangen auf der letzten Etappe zur Insel den ganzen

Einsatz der Ruderer. Hamilkar lachte, als ihm das Salzwasser ins Gesicht spritzte. Hinter Gischt und Staub blieben sie für neugierige Augen auf dem Festland verborgen. Selbst auf der Insel würde man sie erst im letzten Augenblick bemerken. Karstige, felsige Formationen verwehrten der *Ivlia* an der Südspitze der Insel den Zugang. Fluchend ließen die Männer die Ruder durch das schaumige Wasser pflügen. Langsam schoben sie das Schiff an der Insel vorbei. Tamerlan zeigte auf Felsen am Strand.

»Es wird Zeit.«

Hamilkar nickte. Er hatte ebenfalls die dunklen Spuren langsam verdunstenden Wassers deutlich oberhalb der Wellen gesehen. Das Wasser fiel. Ebbe. Doch sie hatten Glück, fanden eine Zuflucht für die Nacht, halb verdeckt von überhängenden Ästen.

»Ist das ein Meeresarm oder ein Fluss?« Rocq schob die Zweige, die vom Ufer nach ihnen zu greifen schienen, zur Seite, bevor sie den Kapitän treffen konnten. Der zuckte mit den Schultern.

»Keine Ahnung. Aber egal, ob Meeresärmchen oder Bach, mir ist nur wichtig, dass die Bewohner hier friedlich sind.«

»Hast du hier schlechte Erfahrungen gemacht?«

»Drüben auf dem Festland, ja. Um den Hafen unter dem weißen Felsen siedeln die Santonen. Mit den meisten von ihnen kann man gut handeln. Doch einige Sippen sind zu bloßen Piraten und Strandräubern herabgesunken. Sie entern die Schiffe nachts im Hafen, stechen die schlafende Besatzung ab. Oder sie setzen Leuchtzeichen an tückischen Felsen. So mancher unerfahrene Kapitän wähnte sich dort an der Hafeneinfahrt, setzte sein Schiff auf Grund und hatte keine Chance mehr, Erfahrungen zu sammeln.«

Doch kein Mensch zeigte sich, die *Ivlia* blieb unbehelligt. Hamilkar wurde mutiger:

»Kannst du noch schnell mit ein paar Männern an Land rudern, um Bäume zu fällen?«

Rocq nickte, zog aber die Augenbrauen hoch. »Wollen wir hier länger bleiben?«

»Nein, aber hier wachsen vorzügliche Pinien und Zypressen. Gerade, weil größere Bäume, die ihnen das Licht wegnehmen könnten, auf der Insel fehlen. Und mit einem besonders widerstandsfähigen Holz – vielleicht wegen der salzigen Luft. Es gibt kaum besseres Material für den Schiffbau. Sieben ordentliche Stämme könnte ich noch verstauen. Die Werften im Norden lieben dieses Holz – und wir haben etwas vorrätig, falls wir die *Ivlia* reparieren müssen.«

»Ich nehme Artes mit. Der freut sich, wenn seine Muskeln mal was anderes zu tun bekommen, als Wasser zu schaufeln.«

»Der Schiffszimmermann muss auch mit. Er zeigt dir die Bäume, die am besten zu gebrauchen sind. Aber geht nicht ohne Waffen und nicht zu tief in den Wald.«

Bronzeäxte fraßen sich von zwei Seiten in den ersten Stamm. Die Nordmänner ließen die Holzsplitter fliegen. Artes lachte bei jedem Hieb in das harzige Holz. Rocq dagegen stöhnte auf, wenn der zitternde Stamm Wellen des Schmerzes in seine Schultern sandte. Er ertappte sich dabei, wie er sich vor jedem Hieb mit der Axt das Gesicht Malechs am Stamm vorstellte. Er schämte sich etwas seiner Wut und doch hatte es etwas Befreiendes, sie herauszulassen. Schließlich war es geschafft. Mit einem peitschenartigen Knallen rissen die letzten Fasern. Krachend fiel der erste Baum zu Boden, federte noch einmal hoch, bevor er endgültig liegen blieb.

Das Getöse der Holzfällergruppe übertönte das Schmatzen, mit dem sich die *Ivlia* in den Schlick des Flusses senkte. Das Schiff steckte fest.

Kurz darauf schleppten die fünf Männer an Land den ersten entasteten Stamm aus dem Wald. Noch bevor es dunkel war, lagen sieben gerade Stämme am Ufer. An Bord wollte Rocq sie erst am nächsten Morgen hieven, wenn der Fluss wieder Wasser führte. Selbst ohne Last auf den Schultern war der Weg zurück an Bord schon beschwerlich genug. Die nackten Füße der Männer sackten tief im Schlick ein. Sie brauchten ihre ganze Kraft, um ihre Beine wieder zu befreien. Muscheln im Boden zerschnitten ihre Fußsohlen. Die Männer fluchten, bis sie endlich die Leine erreichten, die an der Bordwand heruntergelassen war.

Am nächsten Morgen hatte die Mannschaft die Stämme bereits verstaut, lange bevor die Flut auf dem Höhepunkt war. Auf einen Jagdstreifzug verzichteten die Männer. Waren kleine Inseln wie diese bewohnt, gab es meist kein größeres Wild mehr. Obwohl die *Ivlia* tiefer im Wasser lag, hatte sie mit steigendem Wasserstand keine Schwierigkeiten, auszulaufen. Erst, als sie bereits auf das offene Meer zuhielten, sah Rocq wieder Einheimische. Mehrere Männer beobachteten sie vom Waldrand direkt am Ufer, ohne den Schutz der Bäume zu verlassen.

»Ich hoffe, wir finden noch irgendjemanden, dessen Angst gering genug ist, um mit uns zu handeln. Denn ich möchte nicht jeden Tag auf dem Weg in meine Heimat Fisch essen.«

»Und da heißt es, euch Nordmännern würden im Alter Kiemen wachsen, weil ihr so gerne Fisch esst. Aber ich kann dich beruhigen. Wir segeln zu einem Ort, wo die Menschen mutig sind und einen vorteilhaften Handel erkennen können.«

»Wie heißt dieser Ort?«

»Ligne. Dort wird es dir gefallen. Die Bewohner starren genauso gerne in den Himmel wie du. Aber sie schmieden keine Scheiben. Sie stellen lange Reihen gewaltiger Felsbrocken auf, um ihre Sterne besser anvisieren zu können.«

»Klingt nach einem Ort, wo ich mich heimisch fühlen könnte.«

Rocq irrte. Doch bevor er seinen Irrtum erkennen konnte, stand ihnen noch ein harter Ritt auf den nie ermüdenden Pferden des Meeresgottes bevor.

Drei Tage schüttelten die Wellen die *Ivlia* durch, die sich nach Nordwesten kämpfte.

»Wieso muss der Wind ständig so launisch die Richtung wechseln?!«, schimpfte Artes, während er das Ruder kraftvoll durchzog.

Tore grinste den Krieger an. »Sicher hat irgend so ein Süßwassermatrose wie du den Windgott erzürnt, indem er in den Wind gepinkelt hat.« Tore hatte auf der Ruderbank den Platz von Malech eingenommen, der nur noch selten mitruderte, und wenn, dann auf einem Platz weit entfernt von seinem Bruder.

»Das wäre 'ne Erklärung. Ich habe einen Gott beschämt, der glaubte, er wäre gut ausgestattet, und nun weiß, was wirklich göttliches Format ist.«

Ohne die seemännischen Künste von Tamerlan und Hamilkar wäre den Ruderern das Frotzeln schnell vergangen. Doch geschickt nutzten die alten Fahrensleute jeden Windschatten aus, den Halbinseln boten. Bei waghalsigen Passagen sehr nahe an der beeindruckenden Steilküste gelang es ihnen sogar, gegen den Wind zu kreuzen. Nachts ruhten sie nur wenige Stunden im Schutze einer winzigen Insel aus.

»Was sind das für Menschen in Ligne?« Rocq nutzte eine der raren Segelpassagen, um seine Neugierde zu befriedigen.

»Sie sind nicht wie du. Die Neugierde quält sie nicht so wie dich. Aber ihre Vorfahren müssen dir ähnlich gewesen sein, die gaben keine Ruhe, bis sie alles ergründet hatten, was sie wissen wollten. Und um die Götter zu befragen, haben sie ihre Erde wie Götter umgestaltet. Du wirst staunen. Sie haben Felsnadeln aufgerichtet, die so schwer sind, dass ich heute noch nicht ganz sicher bin, ob ihnen die Götter nicht doch direkt geholfen haben.«

»Und ehren die Söhne das Wissen ihrer Väter?«

Hamilkar rieb sich die Schläfe, zögerte seine Antwort hinaus. »Ja und Nein. Ja, weil ihnen bewusst ist, dass sie auf der Schulter eines Riesen sitzen. Eines Riesen, der aus dem Geist der unzähligen Menschen ihrer Ahnenreihen gebildet wird. Und nein, weil sie ihren Ahnen nur nachplappern, nicht nacheifern. Mich erinnern diese langen Reihen gigantischer Felsen an das Skelett eines gestrandeten Wals. Das trug auch mal etwas Größeres, Lebendiges, aber wenn man es am Strand sieht, kann man sich nicht vorstellen, was es einst war. Die Tempel aus Felsnadeln waren einst von Göttern bewohnt, aber ich fürchte, niemand weiß mehr, von welchen.

Aber dennoch glaube ich, dass sie begeistert sein werden von deiner Himmelsscheibe.«

»Hätte ich gewusst, dass ich einen Riss durch die Welt überleben muss, hätte ich sie mitgenommen.«

»Du wirst ihr Gewicht wieder in deinen Händen spüren. Ganz sicher. Doch jetzt muss ich uns erst mal nach Ligne bringen.«

* * *

Am Ende des dritten Tages erreichten sie eine Landzunge, die eine stille Bucht umschloss und vor wütenden Stürmen schützte: Lignes natürlicher Hafen.

Außer einem Dutzend kleiner Fischerboote lag an den Molen am sandigen Ufer nur noch ein weiteres Schiff, ein Händler. Kleiner als die *Ivlia*, vielleicht neun Männer lang und drei breit. Das viereckige Segel machte das Schiff schnell, die beiden Steuerruder am Heck erlaubten das Manövrieren auf offener See. Die Planken aus Pinienholz wurden von Klammern aus Eiche zusammengehalten. Alles an diesem Schiff kam Hamilkar vertraut vor. Während Matrosen die *Ivlia* an hölzernen Pontons vertäuten, sprach Tamerlan aus, was sein Kapitän dachte.

»Das muss aus Tyros kommen. Nur dort bauen die Werften solche Schiffe.«

Hamilkar nickte und flankte dann über die Reling. Mit ihm Tamerlan und eine handvoll Matrosen. Sie landeten sicher im weichen Sand – und wussten im selben Moment, dass nichts mehr sicher war. Mit heiseren Schreien stürzten sich gut dreißig, bis an die Zähne bewaffnete Männer auf die Ankömmlinge und umzingelten sie. Entsetzt blickte er auf schwarzglänzende Pfeilspitzen aus Obsidian und bronzene Lanzenspitzen, die seine Leute ins Visier nahmen. Sein Herz raste. Vier Angreifer hielten Eimer mit Pech und lodernden Fackeln in der Hand, bereit, die *Ivlia* und alle an Bord zu verbrennen. Mehr noch als die Waffen ängstigten Hamilkar die Gesichter, der Männer: Fratzen der Wut neben solchen des Triumphes. Die Männer an Land wussten, dass sie gewonnen hatten. Ein junger Krieger, dessen Brustharnisch aus gehärtetem Leder besonders reich verziert war, trat nun aus der Gruppe hervor und baute sich vor Hamilkar auf. In einer Sprache, die dem Dialekt von Tore sehr ähnlich war, schleuderte er ihm voller Genugtuung entgegen: »Ihr habt geglaubt, wenn ihr zwei Schiffe schickt, könnt ihr uns überrumpeln. Aber wir sind wachsam.«

Hamilkar war bei seinen Worten einen Schritt zurückgewichen, die Verwirrung stand ihm ins Gesicht geschrieben. »Zwei Schiffe? Du scheinst blind zu sein. Sonst würdest du erkennen, dass wir ohne Waffen in der Hand zu dir kamen – auf einem Schiff. Das andere lag doch schon längst da.«

»Und was ist mit den beiden Schwertkämpfern, die sich hinter der Bordwand verstecken? Die beweisen wahrlich friedliche Absichten.«

Irritiert blickte Hamilkar nach oben, erst jetzt sah er Rocq und Artes, die an Deck kauerten. Ihr Versuch, sich nicht wieder komplett überrumpeln zu lassen, wie bei Ghul, machte ihnen Ehre, war aber gescheitert. Hamilkar begehrte auf: »Moment, nicht wir haben euch überfallen, sondern ihr uns.«

»Auf unserem eigenen Grund und Boden? Das nennt man doch wohl eher Verteidigung. Ihr wolltet uns mit zwei Schiffen überrumpeln und das misslang. Jetzt habt ihr keine andere Wahl: Ergebt euch oder sterbt.«

Hamilkar spürte, dass sein Gegner es ernst meinte. Jetzt konnte ihnen nur noch sein alter Vertrauter helfen, der Dorfälteste. Carnac würde diesen Hitzkopf schon an die Kandarre nehmen. Er freute sich schon jetzt auf die Entschuldigung des Jünglings.

»Ich bin es leid, mich mit einem Frischling herumzuärgern. Bring mich zu Carnac. Er wird dich lehren, alte Freunde besser zu empfangen.«

Der junge Mann riss die Augen auf. »Du behauptest, Carnac zu kennen? Sehr schlau, ein Toter kann dir nicht widersprechen.«

»Tot?«

»Tu nicht so. Das weißt du doch genau. Deine Piratenkumpane haben ihn geholt. Und nun wollt ihr uns holen. Aber wir holen euch.« Und zu seinen Männern: »Bringt sie zu den anderen!«

»Waffen an Bord lassen«, bellte der Hitzkopf, als er die Dolche in den Gürteln einiger Matrosen entdeckte, die auf einer Planke das Schiff verließen. Schnell übersetzte Hamilkar. Unmittelbar nachdem die letzten Männer vom Ponton herunter den Strand betraten, wurden sie von den Kriegern umzingelt und schließlich wie eine Herde Schafe zum Ort getrieben.

Direkt an den Strand schloss sich eine karge Ebene an. Kaum ein Gebüsch war mehr als kniehoch. Die Pflanzen ducken sich vor den harten Winterstürmen. Aber Hamilkar wusste auch, dass hier seit Generationen die Äxte eines Volkes regierten, das gewohnt war, seine Umwelt zu formen. Düstere Gedanken flogen ihn an, als er den ersten, so vertrauten Steinriesen entdeckte. Angst legte sich wie ein zu enger Panzer um seine Brust und nahm ihm die Luft zum Atmen. Hier hatte er sich immer so wohlgefühlt. Dieses Volk aus Bauern und Händlern verehrte wie er selbst die Muttergöttin. Auch wenn sie hier in eine dreifaltige Göttin aufgespalten war: Die Jungfrau, ihre Frühjahrsgöttin für die Aussaat. Die Mutter, die im Sommer über die Ernte wachte. Und die Alte Frau, die Todes- und Wintergöttin. Ganze Nächte hatte er mit Carnac gestritten, ob Astarte alle drei Gottheiten in sich vereinte oder nur einzelne Wesenszüge. Doch er war hier immer willkommen gewesen. Er hatte dem alten Mann sogar einen Beutel mit Glanzperlen aus dem Land des heiligen Flusses mitgebracht. Türkis mit Abbildungen von fremden Tieren mit dicken Beinen, einer gewaltigen Schnauze und riesigen Eckzähnen. Sie waren kostbar, doch er hätte sie Carnac geschenkt. Um der alten Zeiten willen. Aber die waren nun vorbei. Jetzt gab es keine Sicherheit mehr. Der fiebrige Glanz in Rocqs Augen riss Hamilkar aus seiner Düsternis. Der Herr der Zeit war so offensichtlich von dem Heiligtum aus uralter Zeit fasziniert, dass er ein Lächeln nicht unterdrücken konnte:

»Ich hab dir nicht zu viel versprochen, oder? Und das hier ist nur eine von ganz vielen Steinreihen. Sie sind so lang, dass man glaubt, sie reichen bis zum Horizont. Viele verlaufen parallel, doch an einigen Stellen kreuzen Linien – oder enden an wahren Felsgiganten. Ich hoffe, wir treffen gleich noch jemanden, der mich kennt. Damit dir einer erklärt, was es mit den Reihen auf sich hat.«

»Zumindest ist klar, was es damit auf sich hat«, mischte sich Artes ein, und deutete auf eine Wand aus Eichenstämmen, deren Zwischenräume mit Lehm und Erde abgedichtet worden waren und die auf einer Böschung stand, deren steile Kante in einem Graben endete.

»Das glaube ich doch nicht. Hier war immer alles offen.« Hamilkar wandte sich an den Anführer ihrer Truppe. »Vor wem verschanzt ihr euch?«

»Eure Späher und ihr seid nicht die einzigen Heimsuchungen. Beim letzten Überfall starben ein paar unserer besten Krieger, außerdem wurden Frauen und Kinder geraubt.«

»Aber wir sind Händler.«

»Das sagten eure Späher auch. Und sie sind es genauso wenig wie der da!« Der Lockenkopf schubste Artes, der mit einem reflexartigen Zwischenschritt einen Sturz vermeiden konnte. »Die Händler, die ich kenne, wären gefallen – schon wegen ihrer fetten Wänste. Aber wir haben gelernt. Wenn wir weiter wie Schafe in einem Pferch auf die nächste Attacke warten, bluten wir aus. Also greifen wie euch an, bevor ihr einen Fuß auf unseren Boden gesetzt habt ...«

»Aber so glaubt mir doch, wir sind in friedlichen Absichten gekommen. Ich treibe schon seit Jahren Handel mit eurem Volk!« Hamilkar war stehengeblieben und blickte den jungen Krieger an. Dieser wandte sich jedoch ab und überließ den Kapitän seinen Männern, die ihn ruppig in den Rücken stießen und zur Eile trieben. Rocq, der der Unterredung aus einiger Distanz gefolgt war, holte nun auf und versuchte mit dem Anführer Schritt zu halten.

»Was visiert ihr über diese Felsreihen an – die Sonne zu ihren Wendezeiten oder das Siebengestirn?«

»Vielleicht visieren wir auch den Gürtel des Großen Jägers an. Was verstehst du davon?«

»Sehr viel. In meiner Heimat können wir aus dem Tanz der Sterne viel mehr herauslesen als die richtige Zeit für Aussaat und Ernte.«

»Und du bist gekommen, um uns euer Geheimnis zu verraten?«, höhnte der Bewaffnete. »Ich bin sicher, ich kann aus deinen Eingeweiden mehr herauslesen.«

»Kaum so viel, wie ich aus dem Nachthimmel. Ich bin kein Pirat, sondern ein Herr der Zeit. Lass mich mit den weisen Männern reden, die über die Felsreihen gebieten. Wenn wir unser Wissen austauschen, gewinnen wir beide.«

Der Krieger blieb abrupt stehen. »Du willst es nicht verstehen, oder? Ihr habt hier nichts zu gewinnen als den Tod.«

»Was um Astarte willen …?« Hamilkar war zusammengezuckt, als der Weg nach einer harten Kurve auf einen Durchlass in der Palisadenwand zusteuerte und Hamilkars Blick auf einen Berg fiel, der dort vorher nicht gewesen war. Er wirkte wie ein gigantischer Ameisenhügel. Nur, dass die Ameisen, die auf ihm herumwuselten, Menschen waren. Frauen und ältere Männer bildeten eine Kette, die hölzerne Eimer voller Erde auf den Gipfel wuchtete. Die Männer dort oben, ihren Silhouetten nach zu urteilen ausschließlich jung und kräftig, verteilten die Erde und rammten anschließend Stämme junger Bäume mit dem breiten Ende auf den Boden, um ihn festzustampfen.

»Eine Festung«, flüsterte Rocq. »Seht ihr, wie sie die Wälle dort oben an der Außenseite mit Steinen befestigen? Und sie sind nach außen geböscht. So überhängend und glatt durch die Steine können Angreifer sie kaum überwinden.«

Artes nickte zustimmend. »Der Platz ist gut gewählt. Dort hinten zwischen der Doppelreihe Weiden dürfte ein Fluss verlaufen. Und sie errichteten ihren Berg mit dem Rücken zum Ufer. Wer von dort angreift, muss auch noch den Fluss überwinden.«

»Spioniert ruhig. Eure Erkenntnisse werden euch nichts mehr nützen.«

Schläge mit den hölzernen Enden von Lanzen trieben die Seeleute weiter. Die Männer wichen nicht aus, sondern hielten ihren Platz, um die drei Frauen zu schützen, die in der Mitte der Gruppe gingen. Als sie die Mauer aus Eichenstämmen passierten, blickten sie sich neugierig um.

»Wirkt wie ausgestorben hier.«

»Die arbeiten wohl alle am Berg.«

»Bringt sie auf den Marktplatz und bindet sie neben die anderen«, der Anführer der Truppe hatte sich vor ihnen aufgebaut und zielte mit der Spitze seiner Lanze auf Hamilkars Schläfe.

Blinzelnd stolperten sie auf den Marktplatz, dessen Boden mit fast weißem Kalksandstein bedeckt war. Der helle Stein reflektierte das Licht der versteckten Sonne so sehr, dass er dem Platz etwas Mystisches verlieh. In der Mitte saßen mehrere Männer um eine Stele, offenbar an den Händen zusammengebunden. Ein heiserer Schrei übertönte das Murren der Neuankömmlinge.

»Da sind sie, die Huren der Hündin.« Ein Mann zerrte wie wild an seinen Fesseln, doch die Lederbänder hielten.

»Lokmaddu«, keuchte Melana. Wer sich da so rasend in seinen Fesseln aufbäumte, um sich auf sie zu stürzen, war niemand anderes als der Hohepriester Melkarts. Ihr Todfeind. Zitternd warf sie sich in Rocqs Arme. »Hilf mir. Er hat alle Priesterinnen in Tyros abgeschlachtet, bis auf mich. Er jagt mich.«

»Keine Angst, er wird dir niemals zu nahe kommen können. Ich werde dich beschützen.«

Der Hitzkopf war auf sie zugetreten, packte Roqc an der Schulter und blickte ihn forschend an.

»Wollt ihr immer noch behaupten, dass ihr die anderen nicht kennt?«

Rocq schüttelte langsam den Kopf. Dann legte er seine Hand unter Melanas Kinn und drückte es sanft hoch, so dass er ihr in die Augen gucken konnte.

»Das Versteckspiel hat keinen Sinn mehr. Erzähl ihm alles.« Melanas Augen weiteten sich vor Schreck.

»Immerhin hat er deinen Feind in Fesseln gelegt.«

Syria trat zu ihnen und legte ihre Hände auf Melanas Schultern.

»Rocq hat recht. Wem wollen wir auch noch was vormachen? Auf dem Schiff glaubt doch ohnehin keiner, dass er von einfachen Bäuerinnen geheilt wurde.«

Die junge Almene ballte die Faust. »Und ich habe es satt, meinen

Glauben zu verstecken. Wenn wir für Astarte sterben sollen, dann ist mir egal, ob das hier passiert oder noch weiter im Norden.«

Nach einer kurzen Weile nickte Melana. Sie war sich sicher, dass Hamilkar sie nicht leichtfertig an diesen Ort geführt hatte, sondern weil er hier früher freundlich empfangen worden war – und friedlich zur Muttergöttin um Beistand auf See beten konnte. Falls Astarte hier noch nicht aus ihren Tempeln vertrieben worden war, würden sie als Priesterinnen fortan mit Ehrerbietung behandelt werden und ihre Freunde als willkommene Gäste. Falls aber auch hier Melkart den Götterhimmel für sich erobert hatte, würden sie sterben. Sie blickte auf den gefesselten Lokmaddu. Vielleicht könnte sie hier retten, was sie überall sonst nur in Gefahr gebracht hatte.

»Wem soll ich unsere Geschichte erzählen?«

»Mir«, sagte der Hitzkopf. »Ich heiße Menhop. Nachdem die Angreifer Carnac geköpft hatten, haben mich die Männer zum Anführer gewählt. Niemand von uns will je wieder so wehrlos sein.«

Also erzählte Melana vom Massaker im Tempel der Astarte von Tyros, von ihrer Flucht, der Unersättlichkeit des gehörnten Gottes und von all den geschändeten heiligen Orten, die sie auf ihrem Weg gesehen hatten.

Menhop legte den Kopf schräg und rief laut, so dass ihn auch die gefesselten Männer verstehen konnten. »Ihr seid also Priesterinnen der Muttergöttin und das sollen Priester des Sonnengottes sein, den ihr Melkart nennt?«

»Ich kenne nur den einen dort, das ist Lokmaddu, der Hohepriester.«

Der Angesprochene knurrte. »Das bin ich tatsächlich. Und diese beiden sind ebenfalls Priester des einen Gottes. Aber sonst lügt die Hure. Wir haben …«

Menhop hob die Hand und wies zwei Bewaffnete an: »Bindet die Priester los. Niemand soll uns nachsagen, wir würden die Vertreter der Götter nicht ehrfürchtig behandeln – sofern sie sich zu erkennen geben.«

Melana und Syria blickten sich mit schreckgeweiteten Augen an.

Hatten sie einen furchtbaren Fehler begangen und ihr aller Ende besiegelt?

Nachdem sie losgebunden waren, sprangen die Priester auf die Beine und rieben ihre Handgelenke, um das Blut zum Zirkulieren zu bringen.

»Wir haben niemanden abgeschlachtet. Wir haben nur diejenigen bestraft, die unsere Ermordung geplant hatten. Melkart zürnt ob dieses Frevels.« Lokmaddu zeigte auf die Sonne hinter ihrem dunstigen Schleier. »Und wir stellen nur die göttliche Ordnung wieder her, damit die Sonne uns wieder wärmt. Deswegen haben wir die Hündin verfolgt. Wir ahnten, dass der ihr hörige Händler auf seinen alten Pfaden wandelt. Also sind wir weit nach Westen gesegelt, bis dorthin, wo das Land dem Meer nur einen schmalen Spalt lässt. Und dann ging es nach Norden, immer weiter. Melkart schützte uns vor allen Stürmen. Er beflügelte uns so sehr, dass wir die Hündin überholen konnten. Damit wir hier seinen Willen vollstrecken können.«

»Mal sehen, ob ich das richtig verstanden habe. Die Dienerinnen der Mondgöttin planten den Sturz des Sonnengottes. Die, die für die Fruchtbarkeit zuständig sind, fordern den furchtbaren Kriegsgott heraus?«

»So ist es. Und weil ihr diesen Frevel zugelassen habt, hat sich der Sonnengott zurückgezogen. Jetzt, da nichts mehr wächst und gedeiht, sollten auch die Verblendetsten erkennen, wer für das Leid verantwortlich ist – aber ebenso, welcher Gott mächtiger ist.«

»In meinen Augen ist es kein Zeichen von Macht, dass der eine Gott seine Diener wie Meuchelmörder als Händler getarnt losschickt und die andere Göttin ihre Dienerinnen zu Schiffshuren erniedrigt.« Menhop sah die geballte Faust Rocqs und die mahlenden Kaumuskeln in dessen Gesicht und hob beschwichtigend die Hände. »Aber ich maße mir kein Urteil an, als Verblendeter. Am sichersten ist es, wenn ich euch alle hinrichten lasse.«

Rocqs Gedanken rasten. Er konnte Menhop verstehen. Wer als so junger Mann in derart unruhigen und brutalen Zeiten für die Sicherheit seines Volkes verantwortlich ist, neigt dazu, sich an das Richtschwert zu halten. Doch plötzlich fiel Rocq ein, was Menhop vielleicht noch mehr fürchtete, als Überfälle durch Menschenhand. Entschlossen blickte er dem Anführer in die Augen:

»Richtest du uns, so würdest du nur Sicherheit vor uns gewinnen, aber zu dem Preis, dir den Zorn von mindestens einer Göttin oder einem Gott zuzuziehen. Deswegen lass doch die Götter selbst ihr Urteil fällen. Ihre Diener sollen gegeneinander kämpfen. Wer im Recht ist, dem wird eine starke Schwerthand geschenkt.«

Lokmaddu konnte ein breites Grinsen in Richtung seiner Begleiter nicht unterdrücken. Melana wurde so bleich wie der kalkige Boden. Was, um Astartes Willen, redete Rocq da? Wie sollten die Frauen im Kampf bestehen? Doch da fuhr Rocq fort:

»Nun bin ich bin ja nur ein einfacher Schmied und verstehe nichts von den Händeln der Götter, doch ich bin mir sicher, dass es gegen die Kriegerehre Melkarts verstoßen würde, wenn seine Priester gegen Frauen kämpfen müssten. Das wäre geradezu eine Beleidigung. Deshalb wäre es bestimmt im Sinne Melkarts, wenn sich jemand anstelle der Frauen dem Gottesurteil stellen würde.«

Menhop schmunzelte. »Gut gesprochen, Schmied. Und ich bin sicher, du würdest in die Bresche springen?!«

»Und ich!«, rief Artes.

»Ihr zwei seht aus, als ob ihr ein Schwert zu führen wüsstet. Nun gut, ihr zwei gegen die drei Priester. Das erscheint mir gerecht.«

Lokmaddu begehrte auf. »Was soll das? Wir haben nichts gegen die beiden.«

»Aber wir gegen euch.« So klirrend kalt voll unterdrückter Wut hatte Artes die Stimme seines besten Freundes noch nie gehört.

»Holt die Schwerter.« Drei Männer drängten sich durch den Kreis, den die Bewaffneten um ihre beiden Gruppen Gefangener gebildet hatten.

»Keine Rüstung«, herrschte Menhop Artes an, als der nach seinen bronzenen Beinschienen und seinem Oberkörperpanzer fragte. »Euer Glaube sollte euch Rüstung genug sein.« Mit stoischer Miene zuckte der Krieger mit den Schultern. Die Priester dagegen waren von Gleichmut weit entfernt. Ängstlich guckten sie immer wieder auf die Muskeln des Kriegers, während sie miteinander flüsterten. Lokmaddu war mindestens zehn Jahre älter als die beiden Nordmänner. Zwar waren die Priester ebenfalls jung, doch mehr als einen Kopf kleiner als ihre Gegner und bar jeder Kampferfahrung. Ein Kampf mit Männern, deren Hände vom häufigen Gebrauch des Schwertes Schwielen aufwiesen, war etwas anderes, als wehrlose Frauen abzuschlachten. Einer der Priester sank vor Lokmaddu auf die Knie und jammerte. Der Hohepriester rollte mit den Augen, dann zerrte er den Jüngeren hoch.

»Hör auf zu wimmern! Jetzt hast du die Chance, dich als würdig zu erweisen. Der Bauerntölpel, der uns gefangen hat, wollte uns zwar nur verspotten. Dennoch sprach er wahre Worte: Unser größerer Glaube wird uns unüberwindlich machen. Unser stärkerer Gott uns triumphieren lassen. Jetzt kämpfe!«

Der Priester blieb einige Augenblicke wie erstarrt stehen, dann entrang sich seiner Brust ein Klagelaut wie von einem Tier. Einer seiner grimmigen Bewacher drückte ihm ein Bronzeschwert in die Finger. Verwundert blickte er auf das ungewohnte Gewicht in seiner Hand.

Artes zerteilte mit schnellen Schlägen die Luft, fintierte, warf das Schwert hoch, wirbelte herum, fing es. Das Publikum raunte. Der Krieger war zufrieden mit der Balance des fremden Schwertes.

Lokmaddu starrte unverwandt auf das Schauspiel, hielt das Schwert dabei mit der Spitze nach oben wie einen zeremoniellen Stabdolch. Sein Gesicht war unbewegt, er vertraute seinem Gott.

Seine Kampfgefährten wider Willen hofften auf ihren Gott.

Artes vertraute auf seine Fähigkeiten und den Mut seines Freundes. Rocq war zwar kein Krieger, aber nach einigen Kämpfen, die sie Rücken an Rücken ausgefochten hatten, wusste Artes, dass er sich auf ihn als Kämpfer verlassen konnte.

Rocq selbst war zerrissen. Er fühlte Zuversicht im Wissen um Artes' und seine Kampfkraft und er fürchtete zu sterben wegen eines Stolperers im falschen Moment. Zudem wog ein Mann mehr im Gefecht schwer, und dies umso mehr, je länger es dauerte. Seine Augen suchten in der Gruppe der Gefangenen die von Melana. Er sah ihre Tränen. Er war sich sicher, dass sie dieselbe Angst spürte – etwas Wundervolles zu verlieren, bevor man überhaupt davon hatte kosten können.

»Konzentriere dich auf die, die du hasst, nicht auf die, die du liebst, sonst verlierst du sie.« Artes' schwere Pranke packte seine Schulter. Rocq schüttelte die Benommenheit ab.

»Keine Angst, du wirst mich kämpfen sehen wie noch nie.«

»Solange du ein kaltes Herz bewahrst! Sie sind einer mehr, greifen wir den einen zu ungestüm an, fallen uns die anderen in die Flanke. Wir müssen auf unsere Chance warten.«

Menhop stolzierte in die Mitte des Platzes zwischen die Kämpfer. Das Areal wurde von den Zuschauern auf etwa eine Schiffslänge begrenzt. Kinder und Frauen drängelten nach vorn, um nichts von dem Gottesurteil zu verpassen. Krieger schoben sie wieder nach hinten, damit sie bei dem Kampf nicht gefährdet würden. Staub tanzte um Menhops Füße, als er sich mit dem hoch über seinem Kopf erhobenen Tuch um sich selbst drehte. Das Raunen und Geflüster der Zuschauer erstarb.

»Sobald das Tuch den Boden berührt, gelten keine anderen Regeln mehr als die, die eure Götter für euch vorsahen. Wir wollen sehen, wer die Wahrheit spricht. Kämpft!« Er ließ das Tuch los und eilte aus dem Kreis. Der Wind packte den leichten Leinenstoff, zerrte ihn erst hoch in die Luft, bevor er ihn gegen die Brust von Artes wehte. Der ergriff das Tuch und die Zuschauer stöhnten auf. Artes wandte sich Rocq zu.

»Wir versuchen, die Mitte zu halten. Aber keiner darf in unseren Rücken gelangen. Notfalls Rücken an Rücken.«

Rocq nickte. Artes schleuderte das zerknüllte Tuch auf den weißen Boden. Der Kampf begann.

Einer der jungen Priester eilte mit kurzen schnellen Schritten auf die Nordmänner zu. Die stellten ein Bein vor. Seitlich zum Angreifer stehend und in den Knien federnd boten sie so wenig Trefferfläche wie möglich. Asche und Kalkstaub wirbelten auf, als der Priester abrupt bremste. Sein Versuch, die Gegner zu verunsichern, war verpufft. Die Nordmänner rückten vor.

»Auseinander!« Lokmaddu wusste um den einzigen Vorteil der Priester. Aber er war der einzige von ihnen mit einem kühlen Kopf. Das machte ihn zum Hauptziel. Artes sprang vor wie eine Raubkatze. Einen Schlag gegen die Beine und einen gegen den Hals konnte Lokmaddu mit Mühe parieren. Dann waren seine Priester da. Artes wich zurück. Dafür attackierte Rocq den jüngsten Gegner mit einem Ausfallschritt, doch die Schwertspitze fügte diesem nur eine leichte Fleischwunde zu. Doch der Treffer wirkte bei dem unverletzten Priester auf dem anderen Flügel. Genaugenommen wirkte das Blut. Dessen metallischer Geruch umhüllte die Kämpfer. Mutige bringt das zur Raserei, Ängstliche zur Panik. Die Pupillen des Priesters waren weit aufgerissen. Artes wusste dies zu lesen. Mit Gebrüll attackierte er Lokmaddu. Drei Schläge links-rechts-links drängten den Hohepriester zwei Schritte zurück. Der verwundete Priester zögerte, wollte seine Flanke nicht noch mal öffnen. Bei dem anderen verwandelte sich die Angst in Tollkühnheit. Der Krieger schien abgelenkt. Mit beiden Händen hob der Priester das Schwert über seinen Kopf. Ein Schritt nach vorn – und er starrte verwundert auf das Schwert, das in seinem Bauch steckte. Ein Ruck, die Waffe war wieder frei. Während der Sterbende schreiend zusammensackte, griffen Lokmaddu und der Verwundete wütend an. Die Nordmänner parierten mühelos, wichen dann aber zurück, um dem Angriff den Schwung zu nehmen. Dann trat Rocq auf eine brüchige Steinplatte, die unter seinem Gewicht nachgab. Er strauchelte, machte einen verzweifelten Schritt nach hinten, konnte sich aber nicht fangen. Mit einem spitzen Schrei fiel er zu Boden. Im selben Moment stürzten sich zwei Priester auf ihn. Mit ihren Schwertern in den erhobenen Armen standen sie über ihm, ihre Füße auf seiner Brust und seiner Schulter. Ein Raunen ging durch die Zuschauer, der gellende Schrei einer Frau und das Gejohle einiger Männer, dann kehrte absolute Ruhe ein; die Menge hielt den Atem an.

Lokmaddu hob ein Schwert hoch über den Kopf, sein Mund hatte sich zu einem triumphalen Grinsen verzogen, er blickte seine Mitstreiter an: »Nun werdet ihr sehen, welcher Gott der mächtigere ist!« Wie aus dem Nichts schoss plötzlich Artes heran. Die kurze Unachtsamkeit des anderen Priesters hatte gereicht, um den Krieger aus dessen Schatten treten zu lassen.

Mit der Schulter voraus rammte er Lokmaddu um, der den anderen Priester mitriss. Alle drei gingen zu Boden. Rocq riss sich mit letzter Kraft los und rollte auf die andere Seite. Zeitgleich kamen alle vier auf die Knie. Die Priester versuchten, wieder auf die Füße zu kommen. Ein tödlicher Fehler im Angesicht von Männern, deren Reflexe in zig Gefechten geschult worden waren. Synchron stachen Rocq und Artes zu, rammten ihre Schwerter in die Unterleiber der Priester. Der Blick des Jüngeren verriet Erstaunen und Traurigkeit, bis er brach. Lokmaddu aber verließ der Hass auch in seinen letzten Augenblicken nicht.

»Ihr stellt euch gegen Gott«, röchelte er, während er Blut spuckte. Dann war er tot.

Der Jubel der Umstehenden brandete über die beiden noch immer knienden Nordmänner hinweg. Klarer kann ein Gottesurteil nicht ausfallen. Ausgelassen warfen vor allem die Frauen des Dorfes ihre Arme nach oben. Denn es waren die Streiter der Muttergöttin, die gesiegt hatten. Vielleicht waren die Zeiten der Verleugnung der ältesten Göttin nun bald vorbei.

Rocq umarmte seinen Freund, um sich zu bedanken. Er fasste an Artes' linker Seite in etwas Warmes, Klebriges. Das Blut der Priester war nicht das einzige, das den weißen Boden besudelte.

»Du bist verletzt.«

»Ich musste mich auf dem Schwert des Priesters abrollen, als ich sprang. Aber was blieb mir übrig? Du kannst zwar den Tanz der Sterne enträtseln, aber deine eigenen Füßen nicht mal hintereinander setzen.«

Die Männer lachten noch, als Melana und die anderen Frauen sie erreichten. Menhop hatte das Gottesurteil sofort umgesetzt, und die Besatzung der *Ivlia* freigelassen. Melana wollte Rocq gerade in den Arm nehmen, als sie die Lache sah, in der Artes hockte.

»Das Blut verlässt ihn in Strömen. Schnell, wir müssen unsere Taschen vom Schiff holen.« Die Frauen eilten los. Den entgegenkommenden Hamilkar beauftragte Melana, er solle die Einheimischen nach einer festen Knochennadel und Fäden aus Tierdarm fragen.

Obwohl die Frauen lange brauchten, hatte Artes sich nicht vom Kampfplatz wegbewegt. Die Fleischwunde war tief. Er hatte bereits so viel Blut verloren, dass er zu frieren begann. Rocq kam sich nutzlos vor, als Melana und Syria die Wunde säuberten, dem Krieger ein weiches Stück Holz zwischen die Zähne schoben und dann die Wunde zusammennähten. Almene kochte in der Zwischenzeit einen Pflanzensud, mit dem die Priesterinnen den Verband tränkten, den sie fest um Artes' Leib schnürten.

»Wie ernst ist es?«

Melana wischte sich den Schweiß von der Stirn. »Es ist kein wichtiges Organ verletzt, aber er hat sehr viel Blut verloren. Und ich muss aufpassen, dass es keinen Wundbrand gibt.«

»Du? Wäre das nicht eher eine Aufgabe für Almene?«

Melana schüttelte missbilligend den Kopf. Erstens war Almene zu unerfahren bei der Wundbehandlung. Und zweitens hatte sie gerade ihr Mondblut. In diesen Tagen durfte sie keinen Mann berühren. Aber das ging Rocq wirklich nichts an, also sagte sie: »Artes hat dich gerettet. Findest du, das ist der richtige Zeitpunkt, ihm etwas vorzuenthalten?«

Nun kam sich Rocq nicht nur überflüssig, sondern ertappt, schuldig und dumm vor. Wie kam er dazu, sich einzubilden, ein ausschließliches Anrecht auf Melana zu haben? Wie konnte er aus den Augen verlieren, dass Artes nur verletzt wurde, weil er seinen Patzer ausgleichen musste? Wie konnte er die vielfache Lektion aus seiner Jugend vergessen, dass den Helden die Frauenherzen zuflogen, nicht den Tapsigen?

»Nein, natürlich nicht«, murmelte er mit rotem Kopf und verzog sich.

»Ich bin erleichtert.« Menhop strahlte Hamilkar an, als Rocq sich zu den beiden gesellte. »Wir sind als Bauern auch in der Hand von Jungfrau, Mutter und Alter Frau. Ich hatte schon bereut, einem Gottesurteil zugestimmt zu haben, aber ich konnte das Misstrauen in mir erst sehr spät überwinden. Heutzutage segeln so viele unter falscher Flagge. Ich hab euch nicht getraut, bitte vergebt mir.«

»Aber zum Glück hast du die neue Regel zum Gottesgericht akzeptiert, Männer anstelle der Priesterinnen kämpfen zu lassen.«

»Richtig, aber weil ich eurer Trickserei in dem Punkt nicht Einhalt gebot, musste ich dir …«, er wandte sich Rocq zu, »… und deinem Gefährten die Bürde auf die Schultern legen, in Unterzahl zu kämpfen. Dafür erbitte ich deine Vergebung.«

Rocq verstand zwar nicht jedes Wort, aber wenn er sich konzentrierte, hatte er keine Mühe, den Sinn in Menhops Worten zu erkennen. »Eine Entschuldigung kann dir wohl nur Artes gewähren, der es sicher großherzig tun wird. Ich bin nur der Mühlstein, den er zusätzlich um den Hals trug.«

»Du solltest dir keine Vorwürfe machen. Wäre der Krieger in das Loch getreten, wäre auch er zu Boden gegangen. Du hast gut gekämpft, dafür, dass du kein Krieger bist. Heute Morgen hast du mich gefragt, welche Sterne wir über unsere Steine in den Blick nehmen und beobachten. Bist du auch ein Priester?«

»Nein, ich bin nur ein mittelmäßiger Schmied und …«

»Nun reicht es aber mit dem Selbstmitleid«, brauste Hamilkar auf. »Das ist Rocq, er ist ein Herr der Zeit. Wenn er in die Sterne guckt, geben ihm die Götter Zeichen, damit wir uns im Gewirr der Tage und der ewig wiederkehrenden Jahreszeiten nicht verirren.«

»Kommen sie denn wieder? Kannst du Zeichen dafür sehen, dass unsere Kühe, Schweine und Schafe auch im nächsten Jahr noch Gras zu fressen finden? Dass die Sonne wieder so heiß wird, dass es sich lohnt, dass wir Flachs, Gerste, Hirse oder Weizen aussähen?«

»Das kann ich leider nicht. Ich weiß nicht, ob mein Wissen in dieser neuen Welt noch einen Wert hat oder ob wir in einem ewigen Winter versinken.«

»Das möchte ich nicht glauben. Es liegt ein Sinn darin, dass unsere Ahnen uns die Augen öffneten. Wir müssen ihren Schatz bewahren, gerade in Zeiten, in denen dessen Glanz ermattet. Das können sogar genau die richtigen Zeiten sein, um diesen Schatz zu mehren, um unser Wissen auszutauschen. Du sagst, du wärst nur ein mittelmäßiger Schmied?«

»Ja, selbst mein größtes und wichtigstes Werk habe ich kalt geschmiedet, weil mir die Mittel für einen so schwierigen Bronzeguss fehlten.«

»Nun, dann habe ich etwas, das deinen Schatz vergrößern wird. Kommt mit.«

Menhop schlug die Richtung zum Burgberg ein. Rocq und Hamilkar hielten mit seinen schnellen Schritten mit. Bis der Schatten des Berges auf sie fiel. Rocq wurde so langsam, dass er fast stehen blieb.

»Das ist gigantisch. Wie konntet ihr nur so etwas schaffen?«

»Ich hab's dir gesagt: Der Schatz unserer Ahnen. Sie haben schon vor zig Generationen Felsen bewegt, die mehr wogen als alle Bewohner ihrer Dörfer. Sie haben sie mithilfe von Feuer und Wasser aus den Bergen weit hinter dem Horizont gebrochen, dann mit Schlitten auf Baumstämmen hierher gezogen und mit Hebeln und Winden an ihre Standorte gebracht.«

»Aber den Berg habt ihr doch aus Erde gestampft.«

»Nein, das hätte alleine nie gehalten. Oder wir hätten den Anstieg so flach machen müssen, dass unsere Siedlung in der Höhe kaum besser zu verteidigen gewesen wäre als in der Ebene. Also haben wir immer wieder Felsen verbaut. Sie bringen Festigkeit und verhindern, dass die Erde bei Wolkenbrüchen fortgespült wird.«

»Ihr zieht dort hinauf?«

Menhops Gesicht bekam einen schwärmerischen Ausdruck, als er hoch zu den geböschten Erdwällen blickte, hinter denen sein Volk Sicherheit finden würde. »Es dauert nicht mehr lange. Wir haben dort oben schon die ersten Hütten erbaut – natürlich aus Stein, damit Feinde sie nicht mehr so leicht anzünden können wie bisher. Lehm ist ein zu weicher Baustoff in derart harten Zeiten.« Er drehte sich zu den beiden um. »Genauso könnte Bronze sich als zu weiches Metall entpuppen.«

Hamilkar setzte langsam einen Fuß vor den anderen, konnte dabei seinen Blick nicht von dem Berg wenden. »Aber wie viele Menschen hattest du zur Verfügung, um diese Zuflucht zu erschaffen.«

»Wir haben alle mitgemacht, aber wir sind weniger als man denkt. Allerdings halfen unsere Ahnen mit. Ohne ihre Kniffe, wie man schwere Lasten besser bewegen kann, hätten wir es nicht geschafft.«

»Wie lange habt ihr dafür gebraucht?«

»Schon ein paar Monde. Wir wurden langsam, als uns das Essen ausging. Der Ascheregen hat das meiste unserer Weizenernte verdorben. Mit leerem Magen verlierst du Kraft. Und ohne Kraft kannst du nicht schaufeln. Doch die dreifaltige Göttin wies uns den Weg.«

»Wie das? Sie kann das Leichentuch aus Asche über den Feldern auch nicht wegziehen.«

»Das nicht, aber unser Volk verdoppeln.« Rocq und Hamilkar schauten sich so verdutzt an, dass Menhop lachen musste. »Nein, nein, wir haben keinen Trank, der die Fruchtbarkeit erhöht – jedenfalls keinen, den eure weisen Frauen nicht auch kennen dürften. Wir Bauern sind nicht die einzigen, die zur Göttin beten, auch ihr Händler macht es vor euren großen Reisen und die Fischer, bevor sie aufs Meer hinausfahren. Seit Generationen leben sie und wir neben-, aber nicht miteinander. Doch auch die Fischer wurden immer wieder von Piraten überfallen. Sie waren sogar die ersten Opfer. Ihre Frauen wurden geraubt und ihre Boote zerstört. Es war Carnac, dem dies keine Ruhe ließ.«

»Sein Herz blutete immer besonders schnell.«

»Und sein Verstand fand noch schneller Mittel, um die Wunden zu schließen. Er war es, der in vielen Treffen mit dem Ältesten der Fischer einen Pakt zwischen unseren Völkern schmiedete: Sie stillen unseren Hunger mit ihrem Fisch, wir bauen dafür eine Burg, die groß genug ist, um auch ihnen Zuflucht zu bieten. Wir stehen nicht nur auf den Schultern des Riesen, der aus unseren Ahnen gebildet wird, wir leben auch mit einem Riesen – all den Völkern in unserer Nachbarschaft. Wenn wir uns mit ihnen vereinen statt sie zu bekämpfen, gewinnen wir ihre Erfahrung dazu. Deshalb will ich dir als Herrn der Zeit und Schmied ein besonderes Geschenk machen.«

»Einen Moment noch«, Hamilkar brannte noch eine Frage auf der Zunge: »Schädigt der Ascheregen die Fischer überhaupt nicht?«

»Ihre Netze sind voll, während unsere Erntekörbe fast leer sind.«

»Es ist von kaum zu ertragender Bitterkeit, dass Carnac nicht mehr erleben kann, wie seine Weisheit Früchte trägt.«

Menhop nickte und eine Weile stapfte das Trio ohne ein Wort weiter.

»So, wir sind da. Denn nicht den großen Berg wollte ich Rocq zeigen, sondern diesen kleinen.«

Der Hügel, an dessen Fuß die Männer standen, wirkte auf den ersten Blick unscheinbar. Bis Rocq erkannte, dass auf dem Gipfel kein Felsen thronte, wie er zunächst geglaubt hatte.

»Ein Ofen. Das ist ein Brennofen, richtig?«

»Genau. Lass uns raufgehen, damit du mir sagen kannst, ob du so einen Ofen schon mal gesehen hast. Wir haben ihn auf einer erhöhten Position gebaut, damit uns der Seewind die Arbeit abnimmt, das Feuer mit Blasebälgen anzufachen.«

Der Brennofen war aus Steinplatten gebaut worden, die an der Seite Löcher aufwiesen wie wurmstichiges Holz. Weder Rocq noch Hamilkar auf seinen weiten Reisen hatten je etwas Derartiges gesehen.

»Das sind Lüftungskanäle. Sie lassen sich mit diesen aus Knochen geschnitzten Stopfen verschließen. So kannst du ganz genau bestimmen, wie heiß dein Feuer brennen soll – und wie lange. Bronzebeile oder Pflugspitzen, die wir mit diesen Öfen gießen, sind zugleich härter und biegsamer als die nach der alten Methode.«

»Damit wäre es mir möglicherweise auch gelungen, die Himmelsscheibe zu gießen. Ich war damals immer wieder daran gescheitert, die Hitze über einen langen Zeitraum konstant zu halten.«

»Oder du hättest deine Himmelsscheibe, von der du mir später berichten musst, aus einem ganz neuen Material gegossen.«

Mit verschwörerischer Miene lotste Menhop seine Gäste von dem Hügel runter zu einer nahen Hütte. In deren Inneren hob er den hölzernen Deckel einer Steintruhe, griff einen faustgroßen, schwarzgrauen Geröllbrocken und legte ihn Rocq in die Hand.

»Uff, ist der schwer. Wie kann das sein, wo der Stein doch ganz bröckelig und brüchig ist?«

»Das ist Erz. Ein neues Erz, das uns die Dreifaltige darbietet. Es liegt im Rasen, knapp unter der Erdoberfläche. Wir haben es anfangs verhüttet wie Kupfererz, aber das entstehende Metall war zu spröde.«

»Ein neues Metall? Wie sieht es aus?«

»So ähnlich wie Zinn, etwas dunkler. Aber in unseren neuen Öfen lassen wir dieses entstehen.«

Menhop ließ eine Metalllinse von der Größe eines Taubeneis in Rocqs zweite Hand fallen. Obwohl der Nordmann ein schweres Gewicht erwartet hatte, erschrak er sich.

»Unglaublich. Sieh nur, Hamilkar, es hat die Farbe der dunklen Augen des Mondes.«

»Und wenn du es schmiedest, erhältst du etwas, das härter ist als jede Bronze, die in der Farbe der Sonne blinkt.« Menhop zog ein kurzes, graues Messer aus seinem Gürtel. Der Griff aus Geweih war mit Schnitzereien verziert worden: 28 erhabene Kreise – Mondsymbole. Doch das war es nicht, was Rocq faszinierte.

»Das neue Metall. Es fühlt sich kühler an als Bronze. Und stärker.«

»Das ist es auch. Rate, wie alt das Messer ist.«

»Hier sind nur ganz wenige Kratzer und Riefen, keine einzige Scharte. Das wurde höchstens vor ein, zwei Wochen geschmiedet.«

»Du bist wirklich ein mittelmäßiger Schmied.« Menhop grinste. »Das Messer habe ich vor mehr als zwei Jahren geschmiedet.«

»Unglaublich.« Dieses Mal äußerte Hamilkar seine Verblüffung. Er wog das Messer in seiner Hand. »Habt ihr noch mehr davon? Das könnte ich in Silber aufwiegen lassen.«

»Ein Dutzend Sicheln, einige Angelhaken sowie zwei Schwerter. Aber die brauchen wir selbst.«

»Das kann ich verstehen. Und ich habe auch nichts Gleichwertiges, was ich euch dafür anbieten könnte. Also, Rocq, merke dir gut, was du gesehen hast. Vielleicht wird aus dem Herrn der Zeit doch noch ein Herr der Metalle.«

»Obwohl jemand, der etwas so Flüchtiges wie die Zeit bändigen kann, keine Probleme haben sollte, Metallen seinen Willen aufzuzwingen. Meine Ahnen haben ganze Berge bewegt, um besser über die Zeit nachdenken zu können. Wie wäre es, wenn du mir auf dem Weg zu unseren Steinreihen von deiner Himmelsscheibe erzählst?«

»Sehr gerne.«

»Ich kann nicht behaupten, dass ich alles verstanden hätte«, sagte Menhop, als Rocq seine Schilderungen beendete. »Aber hier ist etwas ähnlich Rätselhaftes: die Straßen zu den Sternen, die meine Ahnen bauten.« Die Anhöhe, auf der sie standen, war von einer viereckigen Böschung umgeben. Durch Aussparungen blickten sie auf zwei Reihen weit übermannshoher Felsen, die scheinbar endlos weitergingen. Zwischen den Steinen einer Reihe waren vielleicht zehn Schritt Abstand, zwischen den Reihen selbst zwanzig.

»Wir stehen in dem Bezirk, der den Toten vorbehalten war. Hier wurde ihr Weg in die Anderwelt gefeiert. Die Prozession ging dann diesen Weg bis zur nächsten Anhöhe dahinten. Dort feierten wir unsere Wiedergeburt, so wie die Göttin sie im Frühjahr zelebriert.«

»Du bist sicher, dass euch nicht Riesen diese Straßen hinterlassen haben?« Hamilkar meinte seine Frage nur halb im Scherz. Er hatte ein Gefühl dafür, wie viel Muskelkraft für den Bau eines Schiffes notwendig war. Er konnte keines dafür entwickeln, wie viel Schweiß hier geflossen sein mag.

»Riesen des Geistes, durchaus. Seht ihr, wie diese Steine alle exakt die gleiche Höhe haben?«

»Tatsächlich«, rief Rocq begeistert aus. »Wie haben sie das mit diesen monströsen Felsen bloß bewerkstelligt?«

»Gar nicht. Weil sie etwas weitaus Erstaunlicheres gemacht haben. Tatsächlich sind die Steine ganz hinten vor dem Bezirk der Wiedergeburt kleiner als die direkt vor uns. Und zwar um genau so viel kleiner, dass es von hier so aussieht, als wären alle identisch.«

»Unfassbar.«

»Wir haben zu viel vergessen von dem, was unsere Vorfahren noch wussten. Deswegen stehen wir allzu oft staunend wie die kleinen Kinder vor ihren Werken.«

»Kleine Kinder, das seid ihr in der Tat«, erklang ein Ruf von hinten. Menhop zog sein Schwert. Da trat Malech hinter einem der Felsen hervor, hob die Hände. Keine Waffen. Menhop schob sein Schwert wieder zurück in die Scheide. Malech war unmittelbar nach dem Kampf in Richtung der Steinreihen verschwunden und hatte weder seinen Bruder bejubelt noch sich um seinen verletzten Freund Artes gesorgt.

Da schrie Rocq in der Sprache der Nordmänner los.

»Kinder? Wir sind wahrhaftig die Kinder einer Mutter. Und – freut sich mein Bruder, dass sich die Waage der Götter zu meinen Gunsten senkte? Gezeigt hast du es jedenfalls nicht.«

»Das war kein Gottesgericht, das war ein Schlachtfest. Artes hätte doch ohne Mühe sogar allein gegen noch mehr Priester gewonnen. Du hast keinen Grund, auf die Tücke der Mondanbeter stolz zu sein.«

»Nicht so stolz, wie du gewesen wärst, wenn die Melkart-Priester die Frauen getötet hätten.«

»Die Ungläubigen opfern der Astarte Tauben, wir müssen Hündinnen opfern, um die Welt zu retten.«

Das war zu viel für Rocq. Er stürzte sich auf seinen Bruder und schlug ihm mit der Faust ins Gesicht. Es knirschte, Malech sackte aufheulend zusammen, Blut spritzte aus seiner gebrochenen Nase. Hamilkar zog Rocq weg. Malech lag auf dem Rücken, hielt seine Nase und aus seinem gesunden Auge sprach – Triumph.

»Genauso verhalten sich Rüden, denen läufige Hündinnen die Sinne verwirrt haben. Ich habe mit meinem einen Auge mehr gesehen als ihr alle. Du wolltest mir weismachen, das wären einfache Heilerinnen. Dabei hat dir der Gott Unwetter geschickt und Rechtgläubige, um dich von deinem Irrweg abzubringen. Doch du wolltest von deiner Hexe nicht ablassen. Und nun droht dir …«

Malech spuckte Speichelfäden, als er wieder in die Sprache der Südländer wechselte. »… droht euch allen das Ende von tollwütigen Kötern. Ihr glaubt, ihr könnt euch auf einem Hügel vor dem Sonnengott verstecken. Wie Kinder, die sich die Augen zuhalten. Tatsächlich liefert ihr euch dort oben seiner Macht noch mehr aus.«

»Derselben beeindruckenden Macht, die nicht mal Wolken vertreiben kann? Ich zittere vor Angst.«

Verächtlich musterte Malech Menhop, während er sich hochrappelte. »Du wirst es erleben, Bauernlümmel.« Dann wankte er den Himmelspfad entlang, den die Ahnen des Bauernlümmels errichtet hatten.

»Seit wann entzweit der Hass deine Familie, Rocq?«

So hitzköpfig sich Menhop anfangs präsentiert hatte, so souverän blieb er jetzt. Rocqs Sympathie wuchs.

»Seit die Erde unter unseren Füßen zu schwimmen begann. Wir alle mussten erleben, dass nichts mehr sicher ist. Mein Bruder sucht die Sicherheit in seinem Glauben. Er war zwar schon immer ein Mann Sols, doch niemals hatte er daran Anstoß genommen, dass ich zur Mutter Erde bete.«

»Ich glaube, die Würmer haben seinen Verstand zusammen mit seinem Auge gefressen«, ergänzte Hamilkar.

»Solltet ihr euch dann nicht besser trennen?«

»Im Gegenteil. Ich habe ihn zu lange von seinen Wurzeln getrennt. Das beste Heilmittel für seine Seele wird die Rückkehr in seine Heimat sein.«

»Ein guter Plan. Nicht zufällig krallen wir uns in dem Boden fest, auf dem schon unsere Vorfahren lebten. Hier bleiben unsere Sinne geerdet, selbst wenn Erde, Himmel und Meer verrücktspielen. Hier können wir unsere Tradition am besten bewahren.«

»Wobei ihr mehr macht als das. Ihr bewahrt sie, indem ihr sie anpasst. Ihr bewahrt sie, indem ihr euch ändert – etwa, indem ihr euch mit den Fischern verbrüdert. So viel Beweglichkeit scheint Malech nicht gegeben zu sein.«

»Du bist ihm ein gutes Vorbild, Rocq. Und neue Erfahrungen könnten seine Verknöcherungen lösen. Mal sehen, ob ihn seine Rechtgläubigkeit gegen Kälte und Hunger wappnet oder ob er doch die Wollkleidung und den Fisch annimmt, den wir Ungläubigen euch mitgeben werden.«

»Das ist sehr großherzig von dir, Menhop. Ich weiß nicht, wie wir dir das vergelten können.«

»Aber ich«, sagte Hamilkar. »Zum Glück trägt wenigstens einer von uns den Kopf nicht ständig in den Wolken. Ich habe auf meinem Schiff einen Beutel mit blauen Glanzperlen aus dem Land, in dem die Toten nicht verwesen. Na ja, weil sie fast so gepökelt werden wie Fisch. Diese Perlen sind vermutlich mit das Wertvollste, was ich an Bord habe. Ich hatte sie Carnac versprochen. Einen würdigeren Besitzer als dich werde ich nicht finden. Ich hoffe, du nimmst sie als Geschenk an.«

»Mit Freuden, auch wenn ich dir widersprechen muss. Das Wertvollste an Bord sind nicht eure Perlen, sondern euer Mut, dem Schicksal zu trotzen. Wir igeln uns hier ein, um zu bewahren, was uns heilig ist, ihr tragt es in die Welt hinaus.«

DER GÜRTEL DES JÄGERS

Die Dämmerung wich der Nacht.

»Ich kann mich immer noch nicht daran gewöhnen, wie früh es hier im Norden dunkel wird.«

»Ach, Hamilkar, das ist doch noch nicht der Norden!«

»Da hast du allerdings recht. Und ich weiß auch: Je näher wir deinem Dorf kommen, desto düsterer wird es. Ich hätte Menhop nicht um Frischwasser bitten sollen, sondern um Fackeln.«

»Gut, dass du es nicht gemacht hast. Zu viel Licht vertragen deine Geschäfte nicht.«

Die Stimmung an Bord der *Ivlia* war gelöst. Volle Mägen und viele Becher des Apfelweins, den die Frauen des Dorfes angesetzt hatten, trugen dazu bei. Aber auch die Legende, an der die Seeleute webten, wenn sie sich wispernd in ihren Hängematten unterhielten. Egal, wie groß die Schwierigkeiten waren, in die sie gerieten, der Kapitän haute sie raus. Oder die Nordmänner, oder die Priesterinnen. Anfangs waren sich die altgedienten Matrosen sicher, dass es die Frauen an Bord waren, die die bösen Winde heraufbeschworen, gegen die sie ankämpfen mussten. Manche Verabredung, die Frauen über Bord zu werfen, scheiterte nur an fehlendem Mut. Jetzt lauteten die Verabredungen, den missgelaunten Einäugigen im Blick behalten zu wollen. Dessen Hass loderte so hell, dass es keinem entging. Doch die Männer waren sich jetzt sicher, dass Astarte selbst ihre schützende Hand über das Schiff hielt, solange ihre Priesterinnen an Bord waren.

Die sanfte Dünung ließ im Laderaum ein leises Klirren ertönen. Nach dem Essen war es ihnen in der Dunkelheit nicht mehr gelungen, die neueste Fracht angemessen zu verstauen. Obsidian-Rohlinge, die schwarzen Knochen von Mutter Erde, die ihrer aller Leben trugen. Mit Bronze mochten sich Priester und Krieger wichtigmachen, mit Silber die Fürsten und mit Gold die Könige. Doch der schwarze Feuerstein schenkte ihnen die Klingen, die Nadeln, die Pfeilspitzen, Angelhaken und Pflugspitzen, die ihnen das Überleben ermöglichten. Obsidian war kostbar. Umso mehr freute sich Hamilkar, dass er ihm geschenkt, ja aufgedrängt worden war. Er erinnerte sich.

Nach dem Gottesurteil hatte es die Dorfbewohner nach noch mehr Blut gedürstet.

»Opfert auch den anderen Piraten der Muttergöttin!«, schrie eine junge Mutter, ihre kleine Tochter an der Hand.

»Genau«, rief ein Heranwachsender, der höchstens zwölf Sommer erlebt hatte. »Rächt meinen Vater. Den haben die Piraten erschlagen. Jetzt lasst diesen auf dem Altar ausbluten.«

Der Mann wurde bleich. »Aber ich bin kein Pirat, ich bin ein Händler aus Tyros.«

»Du hast die Priester zu uns gebracht, die uns der Göttin entfremden wollten.« Die junge Mutter fuchtelte wild mit ihrer freien Hand, schon ging der Jugendliche auf ihn zu.

»Sie haben mich gezwungen.« Die Stimme des Händlers kippte ins Schrille, als der Junge ihn packte.

»Halt, lass ihn reden.« Menhops Stimme ernüchterte die Menge, bevor ihr Blutdurst zur Raserei werden konnte. Der Junge ließ den Händler los, der Ring aus wütenden Menschen um ihn wurde etwas weiter.

»Sie haben mir gedroht, Melkart würde mich verbrennen, wenn ich ihnen mein Schiff nicht überlassen würde. Sie sagten, sie hätten einen göttlichen Auftrag und stünden unter Melkarts Schutz.« Der Händler suchte den Blickkontakt zu Hamilkar. »Sie zwangen mich, durch die Meerenge zu rudern, die sie Säulen des Melkart nannten.«

»Wahnsinn«, entfuhr es Hamilkar.

»Und es wurde noch schlimmer. Wir kämpften uns nordwärts die Küste hoch bis zum Golf der Stürme. Dort weigerte ich mich, weiterzusegeln.«

»Zu Recht. Bei den Herbststürmen wäre das ein Todesurteil.«

»Das waren auch meine Worte, aber sie haben nur gelacht. Wenn ich mich weigerte, würde Melkart mein Todesurteil sprechen. Und eines Nachts, als wir ankerten, verschwand mein Neffe während seiner Wache von Bord.«

»Das waren die Priester.«

»Das glaubte ich auch, aber meine Besatzung glaubte ihnen. Danach würde Melkart sich Mann für Mann holen, würden wir ihrem göttlichen Auftrag im Wege stehen. Also segelten und ruderten wir in das Herz der Stürme. So oft konnte ich das Schiff in letzter Not gerade noch in eine rettende Bucht steuern. Aber jedes Mal, wenn mir das gelang, sahen sie darin nur ein Zeichen Melkarts.« Er hielt kurz inne und blickte auf den Boden. »Sie hatten nichts anderes als den Tod im Sinn und so trieben sie uns ihm ein ums andere Mal beinahe in die Arme.« Er hob das Gesicht. »Und nun wollt ihr mich opfern, weil ich unverschuldet in den Streit zweier Götter geraten bin.«

Menhop wandte sich an Hamilkar: »Du bist auch Händler, stammst sogar aus derselben Stadt und wurdest beinahe zum Opfer. Was würdest du an meiner Stelle machen?«

»Ich würde ihn fragen, wo er im Streit der Götter steht.«

Die zusammengesunkene Gestalt des Händlers raffte sich, trotzig schob er das Kinn vor.

»Götter? Auf die Gefahr hin, dass ihr das nicht hören wollt, aber ich bin es leid, deren Spielball zu sein. Ich war noch nie ein Tempelgänger, ich tummle mich auf Märkten. Mir ist egal, zu wem mein Lieferant betet oder an wen mein Kunde glaubt. Also, wo ist mein Platz? Dazwischen!«

Einen Moment hielt die Menge den Atem an – bis Hamilkar lachte und dann sprach.

»Die Antwort eines wahren Händlers. Nun Menhop, ich glaube, Astarte hat genug Blut gesehen.«

»Und Rachsucht gegenüber Ungläubigen ist nichts, was wir Priesterinnen predigen«, rief Melana, ungehalten darüber, dass die Männer sie in einer Frage übergingen, deren Antwort sie nicht wissen konnten. »Die Muttergöttin wacht auch über die mütterlich, die ihr die kalte Schulter zeigen.«

Menhop verbeugte sich vor Melana. »Dann sei es so.« Und zu dem

Händler gewandt: »Du und deine Mannschaft, ihr dürft gehen. Euch wird nichts passieren.«

Eine zweite Aufforderung brauchte der Händler nicht. Er küsste den Saum von Melanas Kleid und dankte Hamilkar. Er wies seine Männer an, sein Obsidian auf das andere Schiff zu bringen. Dann segelte er los. Wer nur Gegenwind hatte, will keinen Rückenwind ungenutzt verstreichen lassen.

»Wir starten erst morgen früh«, hatte dagegen Hamilkar entschieden. Dieses Meer und diese Küste möchte ich nicht bei Nacht herausfordern.«

»Warum nicht?«

»Wegen der Gezeiten und der Unterwasserfelsen. Wenn das Meer atmet, gerätst du ohne vernünftige Sicht schnell mal auf Grund.«

Bei der Abfahrt am nächsten Morgen war die Sicht nicht viel besser. Ein böiger Wind aus Nordwest peitschte einen unangenehmen Regen derart heftig über das Wasser, dass die Horizontlinie zwischen dem dunkelgrauen Wasser und dem hellgrauen Himmel kaum noch zu erkennen war. Der Wind kam fast direkt von vorn, so dass Tamerlan das klatschnasse Segel gar nicht erst aufhängen ließ. Die Ruderer waren sogar froh, ihre Plätze einnehmen zu dürfen. Durchnässt wie sie waren, konnten sie sich wenigstens warmrudern.

Artes musste noch passen. Die frisch genähte Wunde wäre beim Rudern sofort wieder aufgeplatzt. Dafür zog Malech an den Rudern wieder voll durch. Diesem Gegenwind zu trotzen, schien ihm offenbar nicht gotteslästerlich zu sein. Als die *Ivlia* eine tief ins Meer hineinragende Landzunge umrundete, verwehte der Wind die Wolken, der Regen hörte auf. Hamilkar ließ ein kleineres Segel hissen. Das trocknete schneller und war leichter fürs Kreuzen gegen den Wind zu manövrieren. Drei Tage kamen sie so gut voran, dass sie abends das Ende der Welt erreichten.

»Siehst du die Felsen dort vorne steuerbords? Die Grotte, die jede Welle auftürmen lässt, bevor sie sie verschlingt?« Rocq nickte. »Das ist das Ende der Welt, na ja, zumindest glauben das manche der Einfaltspinsel, die dort leben. Tatsächlich ist das das Ende des Festlandes. Wir sollten die Bucht dort noch erreichen, bevor der Sturm losbricht.«

Rocq drehte sich um zu der blauschwarzen Wand, die von See her auf sie zurollte. Blitze zuckten darin. Die Wolken wirkten wie ein Raubtier, das zum Sprung ansetzte. Eines, das schneller war als seine Beute.

»Verdammt. Beidrehen. Beidrehen!« Die ersten Brecher hatten das Schiff gepackt und Richtung Küste geworfen. »Segel einholen, an die Ruder.« In diesem Sturm mit dem Seitenruder den Kurs Richtung Bucht zu halten, war wie der Versuch, einem fallenden Baum mit der Hand eine andere Richtung zu geben. Zum Scheitern verurteilt. Sie mussten weg von der Küste, wenn sie nicht an den Klippen zerschellen wollten. Sie mussten in das Herz des Sturms. Tamerlan drehte den Bug in Richtung auf die Wolkenwand. Vier schnelle Ruderschläge ließen die *Ivlia* auf einen Wellenberg klettern. Von derem Gipfel sackte das Schiff so schnell in die Tiefe, dass allen an Bord der Magen bis unter den Kehlkopf stieg.

»Schneller. Rudert!« Hamilkar wusste, wenn diese Monsterwellen ihr Deck überspülten, würden sie sinken. Deshalb mussten sie die Wellenkämme erklimmen, bevor sie über ihnen brachen. Als er für einen kurzen Moment wieder freie Sicht bis zum Horizont hatte, musste er schlucken. Er hatte sich in diesem Sturm getäuscht. Etwas Gewaltiges ging in diesem Heer von Wolken vor sich, das auf sie zutrieb. Seitlich davon schwebten Möwen auf sie zu, ihr Bauch erglühte rötlich, erleuchtet von der untergehenden Sonne. Hamilkar hatte schon viele Sturmfronten auf See gesehen. Die meisten davon wurden von anderen Winden auseinandergetrieben. Einige aber werden zu reißenden Bestien. Er schmeckte Galle im Mund, als sein Schiff wieder in die Tiefe stürzte.

Rocq spürte, wie das Meer um sie herum kochte. Aber er sah alles nur wie durch einen Tränenschleier. Der Schweiß vom Rudern und die salzige Gischt brannten in seinen Augen.

Melana schrie Artes an, doch den Krieger hielt es nicht länger auf dem Krankenlager in der Kajüte. Er stemmte sich hoch, zog sich auf dem schlingernden Schiff an der Reling in Richtung seiner Ruderbank. In dieser Schlacht gegen Wind und Wasser würde er nicht nur zusehen. In dieser Schlacht war die Ruderbank die Phalanx. Dort würde er seinen Platz einnehmen. Schon war sein Verband von Blut durchtränkt.

Entsetzt blickte Melana Artes hinterher. »Das überlebt er nicht«, schrie Melana den beiden Frauen zu, dann lief sie los. Ohne sich festzuhalten. Plötzlich schleuderte eine seitliche Welle das Schiff nach Steuerbord. Auf den rutschigen Planken kam Melana ins Straucheln. Syria und Almene schrien. Artes wirbelte herum, doch Melana hatte ihr Gleichgewicht wiedergefunden. Unbemerkt hatte der Sturm hoch über ihnen den Knoten gelöst, mit dem eine der vier Fallen für das Rahsegel am Mast befestigt war. Das Seilende löste sich, fiel herunter, nahm Tempo auf und peitschte quer über das Deck – und traf Melanas Hinterkopf. Die Priesterin wurde wie eine Puppe nach vorne geschleudert, prallte mit dem Bauch gegen die Reling, kippte vornüber. Artes sprang vor, packte ein Fußgelenk. Melana schluckte Wasser, als eine bleigraue Welle nach ihr griff. Doch Artes entwand sie dem Wasser, hob sie hoch wie eine Hebamme ein Neugeborenes. Er legte einen Arm um ihre Brust, hob sie über die Reling, stellte sie auf die Füße und zog sie an sich. Der Schreck wich dem Schock, als Melana erkannte, wie knapp sie dem Ertrinken entronnen war. Sie fing an zu schluchzen. Artes drückte seinen Kopf in ihre Halsbeuge und sprach beruhigend auf sie ein. Blut tropfte aus einer Platzwunde von ihrem Hinterkopf auf die Planken und vermischte sich mit seinem Blut.

In Rocqs brennenden Augen sah es aus, als ob sich die beiden küssten. Er knirschte mit den Zähnen. Mich hat sie nicht geküsst, dachte er, als ich sie vor der Welle gerettet habe, die das Land verschlang.

Malech konnte ein Lächeln nicht unterdrücken, als er sah, wie die Muskeln an Schläfen und Wangen seines Bruders zuckten. Ja, diese Umarmung dauerte entschieden zu lang.

Hamilkar hatte keinen Blick für die Engumschlungenen. Er versuchte, in dem tosenden Wirbel der Elemente irgendetwas wiederzuerkennen. Doch vergeblich. Die Sterne waren von Wolken und

Asche verhüllt, die Küste von Wellenbergen, die höher waren als der Mast seines Schiffes. So blieb es bei dem Gefühl, das der Seemann in Jahrzehnten auf den Meeren entwickelt hatte.

»Das ist doch nicht mehr der erste Sturm. Uns hat ein zweiter gepackt, oder?«

»Aye, Kapitän. Denke, der kommt aus Südost. Er treibt uns aufs offene Meer.«

Es dauerte, bis das Zittern in Melanas Knien abebbte. Mit einem Arm um die Hüfte hielt Artes sie fest, während er sich mit der anderen an der Reling entlangzog, zurück zur Kajüte. Rocq drehte den Kopf zu seinem Bruder, als Melana an seiner Ruderbank vorbeischlurfte. Sie hatte das Gefühl, noch mal zu fallen. Dafür schämte sie sich. Noch vor ein paar Wochen war ihr ein Leben in Keuschheit vorherbestimmt gewesen, geweiht allein der Göttin. Männer hatte sie nur als Wesen kennengelernt, die vor ihr auf den Knien rutschten, hoffend, Astarte gewogen zu machen. Und nun war sie bestürzt, weil sich ein Mann offenbar nicht mehr für sie als Frau interessierte. Tränen traten ihr in die Augen, so sehr fehlte ihr in diesem Moment Aria. Ihre Ziehmutter und Hohepriesterin hätte Rat gewusst.

Artes übersah die Tränen der Frau in seinem Arm, weil er nur Augen für die Frau vor ihm hatte. Almene strahlte ihn an, öffnete ihm ihre Arme.

»Du hast sie gerettet. Du wurdest uns wirklich von Astarte gesandt.«

Artes ließ sich von Almene bereitwillig auf das Krankenbett legen und seine Wunden versorgen. Ihm war schwindlig vor Anstrengung, Schmerz und erneutem Blutverlust.

Hamilkars Kopf ruckte hierhin und dorthin in dem verzweifelten Versuch, seine Orientierung zurückzugewinnen. Doch in dem Chaos aus Wind und Wellen war Beständigkeit nur zu ahnen. Und Hamilkar ahnte, dass das Schiff auf die offene See hinausgeschoben wurde. Dorthin, wo ihnen die Küstenlinie nicht mehr als Wegweiser dienen konnte. Wo sie den Launen der Götter und Geister schutzlos ausgeliefert waren und wo sie vermutlich sinken würden oder verdursten. Die bleigrauen Brecher kamen nicht mehr von vorne, sondern von hinten. Immer wieder wurde die *Ivlia* wie ein Korken hochgehoben, um mit dem Bug nach vorne abzusacken. Tamerlan mühte sich, das Schiff etwas seitlich zu den Wassergebirgen zu stellen. Zu groß war die Gefahr, dass der Wind hinter ihnen einen Giganten aufpeitschte, der sich über ihnen auftürmen und das ganze Schiff zertrümmern würde.

»Nur steuerbooord! Zwei Schläge!« Mit kurzen Intervallen korrigierten die Ruderer die Lage des Schiffes, bevor der nächste unbarmherzige Schlag einer Welle sie zwang, die Ruder schnell wieder einzuziehen. Ein Matrose stand mitten zwischen den Ruderbänken, das Gesicht zum Heck, und gab brüllend die Befehle weiter, die Tamerlan ihm per Hand signalisierte. Die Sturmgötter waren zu laut, um direkt von der Brücke aus zu dirigieren. Rocq hatte derartige Stürme in seiner Heimat erlebt, auch auf den heiligen Bergen, deren Gipfel er als Visier für seine Himmelsscheibe nutzte. Doch er hatte immer geglaubt, nur dort, wo die Geister der Felsen und der Wälder den Windgöttern antworteten, würde es so laut werden. Aber hier in dieser reinen Wasserwelt war es nicht besser. Der Wind riss einem das eigene Wort von den Lippen und drückte so auf die Ohren, dass es schmerzte. Rocq sah, wie sich der Mund des Matrosen bewegte, aber alles, was er hörte, war das klatschende Geräusch, wenn die Gischt das Deck überspülte, ein Pfeifen, wo sich der Wind an der Reling brach und das unheimliche Tosen, das aus den Tiefen des Meeres selbst zu kommen schien.

Immerhin: Der neue Kurs hatte für die Besatzung den Vorteil, dass sie nicht mehr ständig durchnässt wurde, weil schaumige Gischt den in die Fluten eintauchenden Bug überspülte. Aber sehen zu können, welche Mächte das Meer hinter ihnen aufbot, um sie zu verschlingen, ängstigte die Männer.

Sogar Malech ruderte mit aller Kraft. Dabei musste er sich zwingen, zu atmen. Jede einzelne der Wellen, die das Schiff abritt, war eine Bestie. Sie waren zwar nicht so groß wie die, die er vor der Insel der *Stierspringer* gesehen hatte, aber genauso mörderisch. Aus den Augenwinkeln sah er, wie Melana und Syria in den Lagerraum eilten, um Wasser zu schöpfen. Ein Matrose kontrollierte, ob die Ladung noch fest verzurrt war. Tore barg das Segel. Malech konnte sich nicht vorstellen, dass Hamilkar noch wusste, wo sie waren. Wir rudern mit aller Kraft, dachte er, nur um woanders zu ertrinken als hier.

Eine kleinere, aber harte Welle traf das Schiff seitlich, die *Ivlia* krängte so sehr, dass kleinere Schaumkronen über die Bordwand tanzten, die sich zum Wasser neigte. Dann richtete sich die *Ivlia* wieder auf.

»Das hätte die *Dido* nicht geschafft«, schrie Hamilkar seinen Steuermann an. Der hob nur den Daumen.

So schnell wie er aufgekommen war, flaute der Sturm ab. Der Wind war zwar nicht mehr kräftig genug, um Wassergebirge aufzutürmen, doch es reichte noch, um das Schiff in rauer See heftig schaukeln zu lassen. Sogar zwei altgediente Matrosen hingen über der Reling und kotzten. In der stockdunklen Nacht, die die *Ivlia* mittlerweile umfangen hatte, fehlte dem Auge ein Punkt, an den es sich heften konnte. Das in der Nachtschwärze nicht zu erahnende Auf und Ab des Schiffes ließ manchen Magen revoltieren. Tamerlan nahm die würgenden Geräusche der Männer kaum wahr. Er befürchtete, dass ihren Mägen bald Schlimmeres bevorstand als Übelkeit. Erst Durst, der die Lippen aufspringen ließ und die Sinne vernebelte. Und dann der Hungerwurm, der sich so schmerzhaft durch ihre Eingeweide wühlen würde, dass manche Seeleute davon träumen würden, einen Kameraden zu schlachten. Sie hatten keine Ahnung, wohin der Sturm sie getrieben hatte. Ihre Trinkwasservorräte waren bis auf eine verkorkte Pithoi entweder verschüttet oder versalzen worden. In seinen ganzen Jahren als Steuermann hatte Tamerlan erst zweimal die Orientierung verloren, allerdings war das auf seinem Heimatmeer, das bei weitem nicht so tückisch war. Aber er ließ nicht zu, dass Mutlosigkeit ihn übermannte. Den Kopf im Nacken suchte er ein vertrautes Sternbild.

»Zum Glück verweht der Wind die Wolken.«

»Das schon, aber die Götter gönnen uns offenbar keinen klaren Blick auf die Lichter unserer Ahnen am Himmel. Der milchige Nebel verschluckt manchen Stern.«

»Dort sind die beiden Hunde. Also ist das der Nordstern am Schwanz des kleinen Hundes.«

»Wenn wir nur wüssten, in welche Richtung uns der Sturm getrieben hat.«

»Den Göttern hat es aber gefallen, uns nur unser Gefühl als Wegweiser zu lassen. Also, ich schätze, ein glückliches Geschick hat uns den nordwestlichen Kurs nehmen lassen, den wir ohnehin eingeschlagen hätten. Der Wind bläst auf diesem Meer zu dieser Jahreszeit oft in diese Richtung.«

»Allerdings hätten wir uns diesen Kurs höchstens am Tag getraut, Hamilkar. Aber ich sehe es wie du. Doch schwerer zu schätzen ist, wie weit hinaus aufs Meer wir getrieben wurden.«

»Weit genug, denke ich. Wenn wir uns etwas östlich des Nordsternes halten, müssten wir auf die *Zinn-Insel* treffen.«

»Aye, Käpt'n. Falls wir die Küste nicht erkennen, können wir sie immer noch hoch- und runtersegeln, bis wir die Rattenlöcher sehen.«

Vier Seeleute zogen das kleinere Segel aus Flachs am Mast hoch, der einst eine stolze Douglasie war. Die zur Verstärkung aufgenähten, breiten Lederstreifen machten – durchnässt wie sie waren – knarrende Geräusche, als das Gewebe vom Wind aufgebläht wurde. Die erste Schicht am Steuerruder übernahm Tamerlan, die zweite Hamilkar.

Rocq konnte nicht schlafen. Ihn störte nicht so sehr das Schnarchen der Männer um ihn herum, sondern die Schatten in der Kajüte. Der verletzte Artes hatte seinen Kopf im Schoß einer Frau gebettet. Rocq spürte, wie das Blut in seinen Kopf stieg und sein Gesicht entflammte.

»Du solltest nicht eifersüchtig sein, Bruder, sondern froh. Besser spät als nie erkennen, dass man Opfer von Schamanenwerk wurde. Und keine, die mit den Erd- und Wassergeistern im Bunde ist, begnügt sich damit, nur einen Mann zu verführen.«

»Sie ist keine Schamanin, Malech, sondern Priesterin.«

»So eine mit einem Keuschheitsgelübde?«

Rocq verstummte.

Auch Almene brachte kein Wort heraus, während sie das Gesicht des Kriegers streichelte, der in ihrem Schoß schlief. Doch ihre Gedanken kreisten – wie die Malechs – um ihr Keuschheitsgelübde. Etwas in ihr weigerte sich, sich noch weiter zu fürchten. Seit Wochen kannte sie nichts anderes als Todesangst. Jetzt schaltete ihre jugendliche Seele die Angst einfach ab und sie begann sich auf die Möglichkeiten zu freuen, die die völlig offene Zukunft für sie bereithielt. Sie vergaß bereits, wie sehr sie die Vertreibung aus der gewohnten Welt des Tempels in den letzten Wochen geängstigt hatte.

Neidisch blickte Melana von ihrem Lager zu der aufrecht sitzenden, jungen Frau hoch. Sie würde viel darum geben, auch so unbekümmert Rocq streicheln zu können. Doch sowohl sie als auch er trugen Ballast aus der Vergangenheit mit sich herum, der offenbar deutlich schwerer war als der von Artes und Almene.

»Land!« Tore rief, und viele eilten zum Bug.

»Du spinnst doch.« Einer der altgedienten Matrosen stemmte die Hände in die Hüften und begann, den vor ihm an der Reling knienden und nach vorne spähenden Neuankömmling an Bord zu verspotten. »Ich sehe überhaupt nichts in dem Nebel. Und du hast höchstens die Ahnung eines Schattens gesehen. Wahrscheinlich spuken die Frösche, die du gegessen hast, noch in deinem Kopf herum.«

»Wenn du mehr mit dem Froschspeer auf der Jagd gewesen wärst, könntest du die Klippen vor uns vermutlich genauso gut sehen wie ich. Denn die Biester verstecken sich gerne im Dunst und Nebel der Sümpfe. Das schärft dein Auge. Ebenso, wie sie zu essen. Weißt du, dass sie drei Augen haben?«

»Du spinnst wirklich.«

»Nein, nein. Das stimmt, eines ist nicht zu sehen, aber vorhanden. An ihrem Hinterkopf, unter ihrer Haut. Damit können sie hell und dunkel unterscheiden. Versuchst du, dich mit der Sonne im Rücken von hinten an einen Frosch heranzuschleichen, wirst du hungrig zu Bett gehen. Sobald dein Schatten auf seinen Hinterkopf fällt, flieht er. Wo wir gerade von Schatten reden: Guck nach vorn, jetzt müsstest sogar du den Unterschied zwischen Nebel und Felsen erkennen.«

Tatsächlich, vor dem Bug der *Ivlia* erwuchsen majestätische Klippen aus dem Meer. Und jetzt drang auch das Donnern der Brandung an ihre Ohren.

»Segel einholen. An die Ruder! Langsamer. Passt auf die Unterwasserfelsen auf.« Hamilkar beorderte noch einen zweiten Mann als Ausguck neben Tore in den Bug. »Nimm das Lot mit.« Der Mann entfernte mit der Hand den Sand, der bei der letzten Tiefenmessung in dem Wachs am Lotende hängengeblieben war. Am Bug angekommen, warf er das Bleigewicht sofort ins Wasser und seilte es ab, bis er spürte, wie es den Meeresgrund berührte. Ein Blick auf die Lederstreifen, die an der Leine in regelmäßigem Abstand aufgenäht waren, zeigte ihm die Tiefe, ohne dass er das Lot wieder hochholen musste.

»Elf Faden.«

»Zwei Ruderschläge. Drei Strich Backbord. Auf den Sandstrand dort zuhalten.« Die *Ivlia* korrigierte leicht ihren Kurs.

»Dreizehn Faden.« Hamilkar nickte dem Steuermann nur zu.

»Fünf Faden!«

»Ruder ins Wasser. Festhalten.« Der Ruck, mit dem das Schiff abbremste, ließ Melana ein paar Schritte nach vorne taumeln.

»Neun Faden.«

Hamilkar spitzte die Lippen und ließ die Luft entweichen, die er unwillkürlich angehalten hatte. Offensichtlich waren sie gerade über einen Unterwasserfelsen hinweg geglitten. Hamilkar freute sich, dass Naval keiner dieser Schiffsbauer war, der mit der neuen Mode experimentierte, die Schiffe mit einem Kiel zu versehen. Das machte die Schiffe zwar bei Seegang stabiler, aber erschwerte das Schippern durch flache Gewässer und verhinderte die Landung an Stränden.

»Sechs Faden.«

»Ruder quer ins Wasser.« Erneut bremste die *Ivlia*, diesmal sanfter. »Ein Strich Steuerbord.« Die letzte Kurskorrektur war reine Instinktsache. Auch Hamilkar konnte bei derart aufgerauter Wasseroberfläche nicht in die Tiefe spähen. Aber er verfügte über einen

Erfahrungsschatz. Eine ungewöhnliche Wellenbewegung oder eine Farbabweichung – und er reagierte.

Endlich schrammte das Schiff knirschend auf den Strand.

»Puhh. Als der Sturm uns gepackt hatte, hab ich schon nicht mehr daran geglaubt, die *Zinn-Insel* noch mal zu sehen.«

Rocq war noch längst nicht entspannt. »Auf der Insel sind wir wohl, aber woher sollen wir wissen, in welche Richtung wir uns wenden müssen, um das Reich der Zinnschürfer zu finden?«

»Das ist leicht. Nach oben!« Rocq guckte irritiert, bis sein Blick dem ausgestreckten Arm des Kapitäns folgte. Oben in der grauen Steilwand erkannte er weit unterhalb der Grasfläche, die an der Klippe so abrupt endete, viereckige Öffnungen im Fels.

»Sind das Höhlenunterkünfte?«

»Nein, das sind die Eingänge von Minen. Endlich haben wir mal richtiges Glück. Der Sturm hat uns zur Zinnküste getrieben. Genau hierher wollte ich. Es kann sogar sein, dass ich vor einigen Jahren schon mal in genau dieser Bucht an Land ging. Und das da oben …«, Hamilkar wies wieder auf die Mineneingänge, »… ist ein Zeichen, dass die Adern von Mutter Natur ausgeblutet sind. Generationen von Bergarbeitern haben einfach ihren Holzspaten in den Boden gerammt. Tief graben mussten sie nie, um auf eine Zinnader zu treffen. Doch mittlerweile ist der Boden erschöpft. Wer fündig werden will, muss sich mit Obsidian-Picken durch den Fels schlagen. Das ist wirklich harte Arbeit. Deshalb sollten wir beim Aufstieg besser nicht allzu aufdringlich in die Minen spähen. Die Schürfer haben gelernt, ihre Funde zu verteidigen.«

»Wir müssen da rauf?« Nun blickte Rocq voller Respekt auf die zerklüftete Felswand.

Kurz darauf stand er mit pumpendem Herz auf der Klippe und blickte zurück. Der Weg war einfacher, als es zunächst den Anschein hatte. Die von Wellen ausgewaschenen Felsen boten nahezu überall Trittsteine und Griffmöglichkeiten. An dennoch prekären Stellen hatten die Bergleute Stufen ins Gestein gehämmert. An einer Stelle musste die Gruppe einen kleinen Spalt überspringen. Es versetzte

Rocq einen Stich, als er sah, wie Artes Melana und den anderen Frauen die Hand bot, um ihnen zu helfen. Dann half Rocq seinem Bruder, der längst noch nicht wieder bei vollen Kräften war. Vielleicht hatte Malech ja doch recht, und Melana hat nur mit ihm gespielt – oder, schlimmer noch, über ihn die Nähe von Artes gesucht.

»Oh, Göttin.« Melana presste die Faust auf den Mund, als ob sie die Worte zurückhalten wollte. Der Anblick der Ebene oberhalb der Klippen schockte sie. »Wachsen hier keine Bäume? Wieso ist das Gras so gelb? Und was sind das für Gruben überall?«

»Das sind die Wunden und die Narben, die unser Hunger nach Zinn der Natur geschlagen haben. Die Bäume wuchsen hier einst noch dichter, als in deiner Heimat, Melana. Aber die Köhler haben sie gefällt, um Holzkohle herzustellen, ohne die die Bergleute das Zinn nicht aus dem Gestein schmelzen können. Aber wer die Erde mit Feuer quält, erntet oft genug Gift. Was glaubst du, wie viele Bergleute ich schon habe qualvoll sterben sehen? Und was Menschen tötet, schädigt auch Gras – nur erholt sich das wieder. Dennoch wühlen sie die Erde immer wieder um oder schlagen Stollen in den Fels. Und alles wegen mir.« Hamilkar wischte sich mit der Hand über die Augen.

»Wegen dir?«

»Würden ich oder die anderen Händlern den Bergleuten nicht so viel für ihre Metalle bezahlen, würden sie dies hier nicht anrichten.« Mit ausgebreiteten Armen schien er das triste Feld der Zinnschürfer umfassen zu wollen. Dann drehte er sich wieder um. »Ich fürchte, Astarte meint, ich hätte nicht genug geblutet für den Gewinn, den ich aus ihrem Blut gezogen habe.«

»Das kann ich mir nicht vorstellen. Niemand hat so großzügig geopfert wie du.«

»Dann haben vielleicht all die anderen Menschen, die sich in Silber, Gold und Bronze spiegeln, die Göttin nicht ausreichend geehrt. Rocq scheint zu glauben, dass der Zorn der Götter nur zufällig über uns hereingebrochen ist. Ich denke, hier irrt der Herr der Zeit.«

»Selbst, wenn du recht hast, Hamilkar. Du bist bestimmt der Letzte, der die Götter zur Raserei angestachelt hat. Dann wohl eher Menschen voller Hass und Missgunst wie Malech.«

Ein Kopf ruckte herum. Der Nordmann, der gerade seitlich vorbeiging, hatte zwar das Gespräch in der Sprache des Südens nicht verstanden, wohl aber, dass sein Name fiel.

»Was hat sie über mich gesagt?«

»Ach nichts«, brummte Rocq, »sie unterhalten sich darüber, warum die Götter uns zürnen.«

Malech schnaubte verächtlich. »Die Frage ist wohl eher, wem. Nur dass die wahre Antwort ganz anders lautet als die ihre.«

»Meine Antwort werde ich in der Zukunft geben«, wandte sich Rocq wieder an Melana. »Nie wieder werde ich so gedankenlos die Adern von Mutter Erde ausbeuten. Und es ist mir egal, ob das einem Gott gefällt oder ob er es gar nicht bemerkt. Wir sollten die große Muttergöttin, die alles Leben spendet, nicht schlechter behandeln als unsere eigene Mutter.«

Nach diesen Worten nahm Melana ihn stumm in den Arm und drückte ihren Kopf an seine Brust.

Als Rocq bemerkte, wie Malech Luft holte für eine neue Tirade, drehte er sich weg zum Kapitän:

»Wie geht es jetzt weiter?«, Er wollte diese Debatte nicht schon wieder führen, und er wollte weg von diesem deprimierenden Flecken Erde. Nur zögernd entließ er Melana aus seinen Armen.

»Normalerweise wimmelte es hier immer von Menschen. Da im Moment aber offenbar keiner arbeitet, vermute ich, dass alle in dem Dorf sind. Wenn wir dem Pfad mit den Radspuren folgen, sind wir lange vor Mittag dort.«

Eine Wache blieb beim Schiff, alle anderen freuten sich nach dem Sturm auf einen Fußmarsch auf festem Boden.

Der mit Löchern übersäte Boden beeindruckte auch Artes. »Das da vorne ist der Stollen eines Bergmannes, das kann ich erkennen. Obwohl das eher der Stollen eines Zwerges zu sein scheint.«

»Kinder. Sie schicken oft ihre Kinder in die Schächte, damit sie die nicht so geräumig anlegen müssen.«

»Hmmh. Aber das quadratische Loch da ist doch viel zu flach. Und diese Linie dort hinten da auch.«

»Dort wurde Torf gestochen. Der einzige Brennstoff, der geblieben ist, nachdem der letzte Baum gefallen war.«

Die Menschen, die ihre Umwelt so erbarmungslos geplündert hatten, trafen sie bereits lange, bevor sie deren Dorf erreicht hatten. Männer, Frauen und Kinder schufteten in einer Ebene, in der kein Gewächs übriggeblieben war, das höher als bis zum Knie wuchs. Sie zogen kleinere Felsbrocken auf Schlitten über das harte, aber vom Morgentau noch feuchte Gras. Einigen bluteten die Schultern von den zerfaserten Hanftauen, in die sie sich stemmten. Eine kleinere Gruppe hebelte einen hüfthohen Findling in eine aufrechte Position. Es knirschte, als sich drei Männer an den grob behauenen Stamm eines jungen Baumes hängten, der in dem Erdloch endete, das mit Kies aufgefüllt worden war, um dem Felsen Halt bieten zu können. Knapp vor dem Erdloch lag der Stamm auf einem kantigen Brocken, der als Drehpunkt die Hebelwirkung verstärkte. Etwas abseits stehend lugte eine grauhaarige Frau über ein Holzstativ, an dem ein Holzkreuz befestigt war, dessen Arme von Steinloten in der Waagerechten gehalten wurden.

»Steht!« Ihr lauter Ruf hallte über die Ebene. »Vorsichtig den Hebel herausziehen.« Die Männer gehorchten. Rocq und Malech guckten sich überrascht an. Das war eindeutig ihre Sprache – auch wenn die Frau klang, als hätte sie ein Mooskissen im Mund. »Da staunt ihr, nicht wahr?« Hamilkar grinste die Brüder an. »Eure Sprache ist viel verbreiteter als man glaubt, wenn man bedenkt, dass sie klingt, als würde ein alter Hund husten. Das war der Grund, warum ich mir vor Jahren die Mühe machte, eurer Gebell zu erlernen.«

Als die alte Frau über die andere Achse ihres Messgerätes visierte, bemerkte sie die sich nähernden Menschen. Sie schrie gellend.

»Feinde! Zu den Waffen!«

»Nein, Sellie.« Hamilkar hob die Arme. »Wir sind keine Feinde. Ich bin es, Hamilkar.«

Die alte Frau kniff die Augenbrauen zusammen in dem vergeblichen Versuch, schärfer zu sehen. Endlich glätteten sich ihre Gesichtszüge.

»Hamilkar, tatsächlich. Ich fürchtete schon, meine Sinne seien verwirrt. Lass dich umarmen.«

»Deine Sinne sind offenbar scharf genug, dass du noch die Aufsicht führst beim Bau von ... von ...Was baut ihr hier – ein neues Dorf?«

»Ja, aber keines für unsere Leiber, sondern eines für unsere Zwiegespräche mit den Göttern. Aber davon kann ich dir später erzählen. Für heute haben wir sowieso genug geschuftet. Kommt mit in unsere Hütten.«

Sellie rief ihre Leute zu sich, Hamilkar stellte diejenigen vor, die die Dorfälteste noch nicht kannte. Dann machten sie sich gemeinsam auf den Weg, überquerten dabei die Ebene, die die Menschen gerade neu gestalteten. Einige Steine standen schon, keiner davon überragte ein Kind. Aufgrund der bereits ausgehobenen Löcher für die noch fehlenden Brocken konnte Rocq erkennen, dass drei Steinkreise entstanden, die sich berührten. Doppelkreise hatte er bereits in seiner Heimat gesehen, manche davon aus Holzbohlen errichtet. Aber etwas irritierte ihn an diesen Kreisen, auch wenn er im Vorübergehen nicht darauf kam, was es war. Dann lenkte ihn der Anblick des Dorfes ab, das vor ihnen aus der windumtosten Ebene erwuchs.

»Menschen des Metalls, so viel steht wohl fest.«

Malech nickte. Sie waren schon an einigen Schmelzöfen vorbeigegangen, intakten wie solchen, die nach dem Schmelzvorgang zerschlagen worden waren, um an das kostbare Innere zu gelangen. Ein laut hallendes Pochen lenkte den Blick der Seeleute auf eine niedrige Hütte, die am Ufer eines kleinen Flusses stand.

»Wo ist denn der Schmied?«

»Das ist keine Schmiede oder siehst du irgendwo Feuer?«

»Da ist ein Wasserrad, das wird dafür sorgen, dass die Blasebälge ständig gepumpt werden.«

»Irrtum, mein Freund. Das ist unser Klopfwerk. Dort wird das Erz fast zu Sand zertrümmert. Das verbessert die Ergebnisse beim Herauslösen des Erzes aus dem Gestein und später beim Schmieden.«

»Aber ich sehe niemanden, der klopft.«

»Der Fluss klopft für uns. Ein Gestänge wird über das Wasserrad angetrieben. Am Ende schlägt ein steinerner Hammer auf diesen riesigen Granitblock, dessen unteren Teil ihr dort gerade noch erkennen könnt. Das ist unser Amboss. Einer von uns muss nur von Zeit zu Zeit vorbeigehen, um das feingemahlene Erz gegen neue Brocken zu tauschen.«

»Das ist brillant.«

»Ach, woher denn. Ihr Seeleute lasst die Windgeister für euch in euren Segeln arbeiten, wir nutzen die Flussgeister. Aber ehrlich gesagt, ich bin heilfroh, dass wir das Klopfwerk ausgetüftelt haben, als wir noch die Muße dazu hatten.«

»Habt ihr jetzt keine mehr?«

»Nein, weil der Überfluss der letzten Jahre nur noch eine schöne Erinnerung ist.«

»Was ist passiert?«

»Nichts – und zu viel. Nichts, weil du der erste Händler seit einigen Monaten bist, der uns besucht. Unsere Vorräte sind aufgebraucht, die Bauern geben uns nichts mehr für unser Zinn, vor allem, weil die verdammte Asche ihre Ernte verdorben hat. Und Tauschwaren, die sie begehren, haben wir immer von euch Händlern für unser Erz bekommen. Hamilkar, der Hungerwurm ist unser Gast – und das war er seit Jahren nicht mehr. Wir sind Bergleute und müssen uns nun als Vogelfänger und Fischer versuchen, aber wir sind ungeschickt. Mein Vater war ein Erzsucher, so wie davor schon sein Vater.

Zu viel ist passiert, weil uns zwei Mal wilde Horden überfallen haben. Wir konnten sie mit Mühe zurückschlagen, aber vier von uns haben sie mitgerissen in die Anderwelt.«

»Wir alle sind der Anderwelt derzeit näher als uns lieb ist. Umso wichtiger jedoch, dass wir versuchen, so viel wie möglich der alten Zeiten zu bewahren. Ich bin gekommen, um euch Zinn abzukaufen. Im Frachtraum habe ich Fisch, Holz, Kupfer, Keramik, Düfte des Südens und Werkzeug. Irgendetwas davon werdet ihr hoffentlich gebrauchen können.«

»Das klingt gut. Gut duften wollte ich schon lange mal wieder.«

Die Alte lachte keckernd los, zeigte zwei löchrige Zahnreihen. Rocq und Hamilkar ließen sich von ihrem Galgenhumor anstecken, doch der Händler lachte nur halbherzig. Erst allmählich wurde ihm klar, wie sehr sich der Wert seiner Güter in den letzten Wochen verschoben hatte. Luxus-Waren wie kunstvoll verzierte Straußen-Eier oder einige Talente weiche Seide hatten noch vor kurzem den Gegenwert eines ganzen Schiffes. Jetzt konnte es passieren, dass sich diese Statussymbole niemand mehr leisten konnte. Metallbarren und metallene Werkzeuge vom Angelhaken bis zum Beil waren zwar immer noch Alltagsgegenstände – aber kostbare.

Sellies Hütte stand direkt am zentralen Dorfplatz, direkt neben einem überdachten Handelsplatz, auf dem die Bergleute normalerweise ihre Metalle feilboten. Dort suchten sich alle einen Platz zum Sitzen. Schon bald kreiste das Gespräch um die drei ineinandergreifenden Steinkreise, die die Gemeinschaft in der verstümmelten Landschaft errichtete.

»Ich konnte vorhin den Stand der Sonne durch die Wolken nicht erkennen«, wandte sich Rocq an die Dorfälteste, die am Kopf der Gruppe saß, »aber die Steine schienen nicht auf die bald bevorstehende Wintersonnenwende ausgerichtet zu sein.«

Sellie hob überrascht die Augenbrauen. »Nur Wenigen würde so etwas auffallen. Aber du hast recht. Die Kreise sind von Südwest nach Nordost ausgerichtet. Mein Volk verlangte nach einem neuen Tempel.«

Als Hamilkar übersetzt hatte, leuchteten Melanas Augen. »Für die Muttergöttin?«

»Leider nicht. Obwohl hier schon immer Männer aus vielen Völkern mit ihren vielen Göttern geschürft haben, war Dana – wie wir sie nennen – schon zu Zeiten meiner Großmutter hier die wichtigste Gottheit. Sie …«

»Warum das denn?«, unterbrach Malech.

Die alte Frau guckte den Einäugigen lange eindringlich an, bevor sie antwortete. »Weil wir den Leib der Mutter aufreißen, um an ihre Adern zu kommen. Weil wir ihr Blut aus dem Boden ziehen, damit

Männer sich im Glanz ihrer Schwerter und Frauen sich im Glanz ihrer Spiegel bewundern können. Da ist Demut mehr als angebracht.«

»Aber dieser Tempel wird kein Heim für Dana?«, nahm Hamilkar den Faden wieder auf, weil er merkte, wie unruhig Melana wurde.

»Nein, weil uns ihr Blut nicht mehr nährt. Vielleicht zürnt sie uns, weil wir zu gierig waren.«

»Oder Sol zürnt euch, weil ihr die falschen Götzen angebetet habt.« Malech wies auf schwere Wolken über ihnen, aus denen Regentropfen fielen, die auf dem Boden einen dunklen, schmierigen Film hinterließen.

»Das haben auch ein paar von uns gemeint. Am Ende hatten wir eine komplette Götterfamilie zusammen, die uns möglicherweise das Leben schwer machen will. So kamen wir nicht weiter. Offenbar erlebt der Himmel auch Gezeiten. Mal neigt sich die Waagschale zugunsten des einen Gottes, mal zugunsten des anderen. Aber einen gibt es, der den ewigen Kreislauf von Werden und Vergehen in Schwung hält. Einen, der sich am Tag nicht versteckt, sondern uns in der Nacht zeigt, dass auf den Tod die Wiedergeburt folgt.«

»Der große Jäger.« Rocq nickte. Er selbst hatte schon beobachtet, dass der Gürtel des Jägers Mittwinter anzeigt.

Sellie nahm das Nicken als Aufforderung, die Erklärung zu vervollständigen. »Wenn die Anlage fertig ist, wird das Licht der aufgehenden Sonne am kürzesten Tag des Jahres durch die Mitte der drei Kreise auf den Altar fallen. Dort werden wir beten, dass die Tage wieder länger werden, dass mehr Licht und Wärme auf uns fällt, dass das Leben im Frühling wiederaufersteht.«

»Götzen, ihr betet falsche Götzen an.« Malech konnte seine Wut nur mühsam beherrschen. »Die kalten Sterne der Nacht können euch Licht und Wärme nicht zurückbringen. Das kann nur der eine, der Sonnengott.«

»Der sich hinter Wolkenschleiern versteckt?«

»Er versteckt sich nur, um uns zu testen. Und die, die ihm nicht treu geblieben sind, werden bestraft – von ihm oder in seinem Namen.«

»Was meinst du mit ›in seinem …‹« Sellie konnte die Frage nicht beenden, denn Melana fiel ihr ins Wort. Sie war über das Gehörte ebenso empört wie Malech.

»Eure Gebete könntet ihr doch auch weiter an die Göttin richten, der wir unser Leben gewidmet haben«, begehrte sie auf.

Sellie drehte sich zu Melana um und schwieg einen Moment, bevor sie antwortete: »Aber welchen Sinn hätte dies? Von den Göttern, die die Menschen vergessen, wenden sich die Gläubigen ab. Aber ich kann dich beruhigen. Komm ein Stück näher.« Melana, Hamilkar und die Dorfälteste steckten die Köpfe zusammen. Den Rest erzählte Sellie flüsternd: »Am nördlichen Ende der dreifachen Steinreihe habe ich einen liegenden Altarstein geplant. Dort wird man alle 19 Jahre sehen, wie der Mond in seiner südlichsten Tiefstbahn so eben über den Horizont hinauskommt, über die Steine der östlichen Reihe hinwegzieht, um dann direkt über den liegenden Altar zu wandern. Dort können wir feiern, dass die Göttin auf die Erde niedersteigt. Noch weiß das niemand im Ort, aber dieser Tempel dient zwei Göttern als Zuhause.«

»Hat Astarte auch hier kein Heim mehr, das ihr allein gehört?«

»Doch. Noch konnte ich einen heiligen Hain nicht weit von hier schützen. Die Bäume wurden zwar noch nicht verheizt, aber sie werden auch kaum noch zum Beten genutzt. Frauen, die der Göttin opfern wollen, gehen dazu aufs Feld, vergraben ihre Gaben in armseligen Tassen in der Erde. So ist das wohl, wenn der Boden nur noch Steine hervorbringt. Wisst ihr, dass unsere Toten nicht mal mehr zur aufgehenden Sonne blicken?«

»Was? Aber wohin dann?«

»Nach oben, in den Sternenhimmel, in das Revier des Jägers. Wir bestatten unsere Toten nicht mehr gehockt wie ein Neugeborenes, sondern auf dem Rücken liegend.«

Hamilkar war schockiert. »Aber die Männer doch wenigstens noch mit dem Kopf nach Norden und die Frauen nach Süden, oder?«

»Nicht immer. Mehr Wert legen die Menschen darauf, dass man erkennt, ob sie als Lebende reich gewesen sind. Die Herrscher bekommen Grabhügel, die Beherrschten nicht mal eine Handbreit Erde über sich, so flach werden sie verscharrt.«

»Daran ist nichts verkehrt.« Malech hatte dem mittlerweile wieder lauter geführten Gespräch gelauscht und stieß beim Reden mit dem Zeigefinger wie mit einem Dolch Richtung Sellie. »Wer im Leben der Sonne näher war, darf dies auch im Tod sein.«

Melana explodierte. »Nur Schwächlinge verspüren den Drang, mehr zu sein als sie sind. Nur Verlierer streben danach, andere in den Dreck zu drücken, um ihr eigenes Kinn heben zu können.«

Speichelfäden flogen von Malechs Lippen, als er schrie: »Ich werde dir noch zeigen, wer hier ein Schwächling ist.« Er stampfte auf sie zu, packte sie an den Schultern und schüttelte sie. »Du willst die Priesterin einer allmächtigen Göttin sein, die die Mutter von allem ist?«

»Lass mich!« Melana wandte sich vergeblich in Malechs Griff. »Nicht mal in diesem Moment steht sie dir bei. Sie kann dich nicht mehr schützen, weil sie vom Himmel gefegt worden ist.« Brutal stieß er sie von sich. Sie strauchelte und fiel auf den Rücken. Er grinste triumphierend, dann wandte er sich ab und ging. Rocq widerstand dem Impuls, Melana in den Arm zu nehmen. Stattdessen trottete er seinem Bruder hinterher.

Bis zum Abend schwirrten die Worte unter dem Dach des Handelsplatzes hin und her, dann waren alle Geschäfte abgewickelt. Nach und nach hatten die Seeleute den Feilschenden den Rücken gekehrt. Einige wurden zum Schiff zurückbeordert, um Kupfer, Öl, Fisch und die anderen Güter zu holen, mit denen Hamilkar das Zinn bezahlte. Andere schlenderten durch das Dorf. Die Glücklichen wurden von jungen Mädchen aufgefordert, Zeit mit ihnen zu verbringen. Die weniger Glücklichen spazierten mehr oder weniger ziellos zum neuen Heiligtum. Malech hatte sich schon früh bei seinem Bruder in Richtung Schiff abgemeldet. »Ich will nicht an einem Ort bleiben, wo den Göttern nur die Nacht vorbehalten ist.«

Lange hatte Rocq gebannt die Händler beobachtet. Die gespielten Dramen, wenn ein Gebot vermeintlich den Ruin heraufbeschwor. Der durch ein Lächeln abgemilderte Spott, wenn sich einer der beiden daran erinnerte, dasselbe Argument schon mal beim Feilschen vor einigen Jahren aufgetischt bekommen zu haben.

Irgendwann erkannte Rocq, dass es Sellie und Hamilkar nicht auf den größtmöglichen Profit ankam. Wichtiger war ihnen das Zelebrieren des Rituals, dachte er. Sie baden in dem Gefühl, dass alles so wäre wie in der Vergangenheit. Rocq seufzte. Ich würde etwas darum geben, mich wenigstens für einen Moment so unbelastet fühlen zu können. Sein Blick wanderte in die Ecke, wo die Frauen saßen. Dort unterhielten sich nur Almene und Syria.

»Wo ist Melana?«

»Sie wollte sich etwas bewegen, um den Kopf frei zu bekommen.«

Melana war nicht allein. Seit sie den Waldrand erreicht hatte, merkte sie, dass ihr jemand folgte. Äste knackten. Die Schritte des Verfolgers waren zu schwer für ein Tier. Auf kürzestem Weg zurück zum Dorf konnte sie nicht, denn dann wäre sie direkt in ihren Verfolger gelaufen. Also rannte sie in den Wald. Ein Fehler. Die plötzliche Dunkelheit nahm ihr schlagartig die Sicht. Der Verfolger kam näher. Mit den Händen tastend stolperte sie nach vorn. Die raue Rinde eines Astes riss ihr die Haut an der linken Hand auf. Als ihre Augen sich an die Dunkelheit gewöhnt hatten, blickte sie sich um. Ein bedrohlicher Schatten kam näher, sie rannte los. An einer Wurzel blieb ihr Fuß hängen, sie schlug hart auf dem Boden auf. Einen Moment später erhielt sie einen Schlag in die Nieren. Ihr blieb die Luft weg.

Oh, bitte.

Der Mann zerrte ihr Kleid hoch.

»Jetzt bezahlst du.« Die Stimme. Malech.

»Du Schwein. Lass mich los.« Sie versuchte, wegzurobben. Ein heftiger Schlag gegen den Hinterkopf ließ ihr schwarz vor Augen werden. Die Angst ließ ihre Muskeln erschlaffen. Sie hörte Malech keuchen, als er ihr Kleid zerriss. Ihre Jungfernschaft war ihr Geschenk an Astarte. War auch dies der Göttin egal? Er warf sich auf sie, zwängte ihre Beine auseinander, quetschte grob ihre Brust. Sie schrie auf. Melana spürte den ersten Stoß, doch Malechs Schwanz rutschte ab, konnte nicht eindringen. Ekel überschwemmte sie – auch vor sich selbst, denn sie spürte, wie sie in einer instinktiven Erwiderung die Hüften gehoben hatte. Ihr Herz raste, die Kraft kehrte zurück. Sie presste die Beine zusammen, stemmte sich mitsamt dem leichtgewichtigen Angreifer hoch, ihr Oberkörper wirbelte herum. Ihr Ellenbogen traf Malech an der Schläfe. Sie hörte es knacken. Malech sackte zusammen. Sie kroch unter ihm hervor, sprang auf die Füße. Eine Hand packte ihren Knöchel. Melana holte aus, um Malech mit voller Wucht in den Unterleib zu treten. Sie stöhnte auf, als ihr Schienbein auf seinen Unterarm traf, mit dem er ihren Tritt abblockte.

»Du Stück Dreck! Ich hoffe, er fault dir genauso ab wie dein Auge. Das werde ich deinem Bruder sagen.«

»Er wird dir nicht mehr glauben«, quetschte Malech aus zusammengekniffenen Lippen hervor, dann schleuderte er Melana Sand ins Gesicht. Sturzbäche aus Tränen schossen aus ihren Augen. Sie sah nichts mehr.

»Deine Zauberei verpufft.«

Rasende Wut erfasste die Priesterin. Sie spuckte in Richtung der Stimme. Der Schlag traf sie am Hinterkopf. Sie sackte zusammen, spürte schon nicht mehr, wie sie auf dem Boden aufschlug.

Als sie aufwachte, war sie allein. Entsetzt sah sie ihre Nacktheit, den Dreck und das Blut. Sie rappelte sich auf, wankte aus dem Wald Richtung Dorf.

Ihre Füße hämmerten auf den Boden. Das Blut rauschte in ihren Ohren. Sie spürte, wie langsam die Angst von ihr abfiel. Doch Wut und Empörung wuchsen.

Dass Malech sie hasste, wusste sie seit langem. Dass von ihm Gefahr ausging, ebenfalls. Aber war Malechs Verachtung für sie sogar auf seinen Bruder übergesprungen? Rocqs Blicke waren zuletzt kalt gewesen. Keine Spur mehr von Bewunderung oder gar Liebe. Als ob sie wertlos wäre. Er hatte ihr nicht einmal aufgeholfen, als Malech sie vorhin zu Boden gestoßen hatte. Und als Artes sie die Klippe hoch gezogen und anschließend kurz in den Arm genommen hatte, waren Rocqs Worte so bitter wie die von Malech gewesen. Er hatte sie nur vor sich hin gemurmelt, doch sie hatte sie gehört:

»Ah, dem tapferen Helden schenkt sogar eine Priesterin ihre Gunst. Von mir wollte sie nicht mal ein Kleid annehmen, aber für ihn bricht sie ihr Gelübde vor allen Augen – erst auf dem Schiff und nun hier.«

Ja, je länger sie darüber nachdachte, desto sicherer war sie sich, dass auch Rocq sie als minderwertig ansah. Nur so hatte sich Malech zu seiner Tat ermutigt fühlen können.

Sie beschloss, Rocq nichts zu erzählen. Sie wusste ohnehin nicht sicher, was Malech ihr angetan hatte. Die Gnade der Ohnmacht. Sicher, da waren die Schmerzen und das Blut. Aber ihr Körper schmerzte überall und blutete aus vielen Wunden. Malech hatte sie besudelt, selbst wenn er vorm Äußersten zurückgeschreckt sein sollte. Noch nie hatte sie sich so hilflos gefühlt und so ausgeliefert. Hatte Malech sogar recht? Hielt ihre Göttin nicht länger ihre schützende Hand über sie? Vermutlich nicht. Sicher aber war, dass ihre vage Hoffnung, Rocq würde ihr zur Seite stehen, zerstoben war. Die Einzigen, die ihr jetzt beistehen würden, waren Almene und Syria.

Als allererstes aber brauchte sie ein Bad.

Kaum im Dorf angekommen, warf sie sich in die Arme von Syria, berichtete ihr und Almene, dass Malech sie angegriffen hätte, blieb aber unbestimmt. Ihre Erzählung endete, bevor sie das Bewusstsein verloren hatte – als sie der Göttin noch intakt gegenübertreten konnte. Die Jüngere verlangte trotzdem sofort nach Rache.

»Das erzähle ich Artes. Wir können nicht ungestraft lassen, dass Malech dich entehren wollte.«

»Deinen Helden sollten wir vorerst aus dem Spiel lassen.« Syrias Worte ließen Almene erröten. »Er ist trotz des Streits in letzter Zeit Malechs bester Freund. Wir wissen einfach nicht, ob Artes oder Rocq für Melana in die Bresche springen würden.«

Melana schluchzte auf.

»Aber wir können herausfinden, ob sie uns als Priesterinnen so sehr hassen, dass sie uns zerstören wollen.«

»Wie denn?«

»Mit Hilfe Astartes. Wisst ihr, wie lange wir der Göttin schon kein Opfer mehr dargebracht haben? Am Anfang unserer Flucht konnten wir nicht, aber die Heimlichtuerei haben wir schon hinter uns. Es ist Zeit, die Göttin wieder mit den Menschen zu vereinigen. Nicht nur, weil Mittwinter naht. Lasst uns morgen die heilige Hochzeit zelebrieren. Melana repräsentiert die Göttin, Artes den Menschen.«

»Aber hast du nicht gesehen? Sie bauen einem neuen Gott ein Haus. Astarte muss sich wie eine Diebin durch ein Seitenfenster einschleichen.«

Doch nur, weil wir Priesterinnen uns wie die Komplizen einer Diebesbande verhalten. Wir wispern, wo wir rufen sollten. Wir schweigen, wo wir anklagen sollten. Und wir schleichen, wo wir schreiten sollten. Das muss aufhören. Jetzt braucht die Göttin unseren Schutz.«

»Syria hat recht, Melana. Nur unser Mut kann verhindern, dass Astarte erst aus den Tempeln und dann aus den Herzen verschwindet.«

Melana beneidete die beiden Gefährtinnen für das Feuer, das in ihren Augen glomm. Sie selbst fühlte in sich kein Feuer mehr, nur kalte Asche. Dennoch waren die beiden überzeugend.

»Aus euch spricht unsere kämpferische Göttin. Ich schäme mich für meine Verzagtheit. Aber ich habe noch nicht verstanden, wie die heilige Hochzeit uns helfen soll, die Gedanken der Männer zu enttarnen.«

»Ganz einfach. Wenn Artes sich weigert, darin die Rolle des Menschen zu übernehmen, wissen wir, dass er unser Gegner ist.«

»Genau. Und wenn auch der Herr der Zeit aufbegehrt, ist er ebenso ein Diener Melkarts wie sein Bruder.«

Melana hoffte insgeheim noch auf andere Antworten, darauf, dass die Göttin ihr zeigte, dass sie nicht befleckt und nicht in Ungnade gefallen sei. Den Rest würde sie tief in sich einkapseln.

Das Morgengrauen hatte die Nacht noch nicht besiegt, da drängte Melana bereits Hamilkar, mit ihr zu Sellie zu gehen, um ihr Anliegen zu übersetzen. Die alte Frau nickte bedächtig.

»Es ist ewig her, seit hier Priesterinnen die Hochzeit der Göttin feierten. Damals hatte ich mein Leben noch vor mir.«

»Würden die Dorfbewohner die Zeremonie zulassen?«

»Stören würden sie euch auf keinen Fall, aber ihr solltet nicht damit rechnen, dass sie am Rand stehen und Blüten oder Girlanden aus Ästen werfen, wie es eigentlich Sitte ist.« Sie betrachtete die spröde, rissige Haut ihrer Handflächen. »Wir Bergleute sind kein besonders gläubiges Volk – eher ein abergläubisches. Kaum einer, der nicht seinen Talisman streichelt, der ihm den Schutz der Ahnen sichern soll, bevor er in die Grube geht.«

»Aber ihr baut einem neuen Gott einen neuen Tempel.«

»Der Jäger ist eher ein alter, fast vergessener Gott, dessen Gunst wir uns rückversichern wollen.« Sie hob die Augen und blickte Melana offen an. »Eigentlich ist es nicht mehr als ein Talismanwechsel. Ihr braucht also keine Sorge zu haben. Das, was Hamilkar mir berichtet hat, wird hier nicht passieren. Hier brennen keine Tempel und hier verbluten keine Priesterinnen.«

»Danke. Dann werden wir alles vorbereiten, damit sich Astarte am Nachmittag wieder mit dem Menschen vermählen und das neue Jahr mit ihrer Fruchtbarkeit segnen kann.«

»Einverstanden, ihr könnt meinen Ochsenkarren benutzen.«

Melana war dankbar, dass Sellie ihnen als heimliche Verbündete den Weg ebnete, auch wenn sie deren Zuversicht nicht teilte. Mit Sicherheit würden die Dorfbewohner keine Girlanden werfen, aber vielleicht Speere.

Die Holzräder des Karrens quietschten, als die Ochsen sich ins Joch stemmten.

»Entschuldigung, die Achsen sind vor Monaten letztmals mit Talg eingefettet worden. Ich habe nicht mehr damit gerechnet, dass der Karren dieses Jahr noch mal benutzt wird.« Sellie hob entschuldigend die Hände und blinzelte gegen das diffuse Licht hoch, wo Melana und Artes bereits die Zügel in die Hände genommen hatten.

»Das macht nichts, Sellie. Wie der Mond über den Himmel wird der Karren über die Äcker wandern – egal, ob leise oder laut.«

Laut war Artes zunächst geworden, als Almene ihn fragte, ob er die Rolle des Menschensohnes in dem Ritual übernehmen wolle. »Was verlangst du da von mir? Ich kann nicht mit Melana verschmelzen!«

»Wieso?«, in Almenes Stimme schwang Entsetzen und ihr Herzschlag setzte aus. War Artes tatsächlich ein Anhänger Melkarts, ihr geschworener Feind?

Der muskelbepackte Krieger ging auf sie zu. Sie wich zurück. Doch er war schneller, ergriff ihre Hände, führte sie an seine Lippen.

»Weil ich dich liebe! Und nur dich!«

Almenes Knie gaben nach, nur Artes' fester Griff verhinderte, dass sie zusammensackte. Sie spürte Tränen der Erleichterung auf ihren Wangen. Doch die küsste Artes sofort weg. Sie umarmte ihn, hielt ihn fest, so lange, bis sie sicher war, ihr Herz würde im selben Takt pochen wie seines.

Dann sprach sie: »Danke, dass du nicht nur im Angesicht von Schwertern Mut zeigst, sondern auch im Angesicht von Gefühlen. Ich liebe dich auch. Und ich will für dich das Leben als Priesterin aufgeben. Aber jetzt musst du mir als Priesterin einen letzten Gefallen tun.«

»Aber nicht das!«

»Keine Sorge, ich würde nie von dir verlangen, dass du den Akt mit einer anderen Frau vollziehst. Du verschmilzt nicht wirklich mit ihr. Aber indem ihr gemeinsam in dem heiligen Hain verschwindet, symbolisiert ihr die wechselseitige Befruchtung von Göttin und Mensch.

»Das ist nur ein Spiel?«

»Na ja, das nicht, es ist ein heiliges Ritual. Aber so wie Melana keine echte Göttin ist, ist auch eure Verschmelzung nicht echt. Aber für mich ist es wichtig, endgültig mit den Heimlichkeiten aufzuhören. Ich habe keinen Grund, mich meiner Liebe zur Göttin zu schämen – genauso wenig wie meiner Liebe zu dir.«

»Wenn es wichtig für dich ist, mache ich es natürlich.«

Rocq erstarrte, als er Melana auf dem Karren erblickte. Der Wind drückte ihr weißes Leinenkleid gegen den Körper. Er sah, dass sie darunter nackt war. Und er sah ihre harten Brustwarzen. Rumpelnd setzte sich das Gespann in Bewegung. Einmal umkreiste es den Ort, nur einige alte Frauen warfen verschämt ein paar vertrocknete Blumen vor den Karren. Dann lenkte das Paar die Ochsen Richtung Wäldchen. Syria und Almene gingen neben dem Karren. Rocq folgte langsam in einigem Abstand, sein Bruder, der ihm heute nicht von der Seite weichen wollte, folgte ihm. Am Waldrand angekommen, sprang Artes vom Wagen, band die Ochsen an einem Baum fest. Dann kletterte er wieder rauf zu Melana. Beide standen auf. Rocqs Augen weiteten sich, als er sah, wie Artes erst sich und dann Melana entkleidete. Seine Kleider warf er Almene zu, die von Melana fing Syria auf. Nackt nahm er Melana an die Hand, beide sprangen ins Gras. Mit Schwung hob er die Priesterin hoch, trug sie auf den Armen einmal um den gesamten Hain. Die beiden anderen Priesterinnen sangen, als er Melana in das Wäldchen trug.

»Du weißt, warum sie jetzt Artes' Samen empfängt und nicht deinen?«

»Nein, Malech. Was habe ich ihr getan?«

»Du bist ein Schmied. Du hast Mutter Erde geschändet, indem du ihr Erze entrissen und in der Sonnenhitze der Flammen geschmolzen hast. Noch dazu hast du sogar ein Sonnensymbol auf deiner Himmelsscheibe platziert.«

»Aber das ist auch ein Vollmond! Und das habe ich ihr auch erklärt.«

»Wie du siehst, glaubt sie dir nicht. Deswegen darf jetzt der Krieger ihren Acker bestellen.«

»Das kann ich nicht glauben. Sie hat ihrer Göttin doch Keuschheit gelobt.«

»Die hat doch schon gewackelt, als sie noch glaubte, du wärst ein Mondanbeter.«

»Hat sie nicht. Glaube ich jedenfalls.«

»Wie auch immer. Jetzt dürfte sie nichts mehr besitzen, das sie einem Altar weihen könnte. Wenn ein Mann einen Angelhaken ins Wasser hängt, will er Fische fangen. Wenn er nackt mit einer Frau in den Wald geht, will er seinen Speer in ihr versenken.«

»Er hat so viele gehabt. Diese eine hätte er in Ruhe lassen können.«

»Du kennst Artes.«

Eine Zeit, die Rocq endlos vorkam, starrten sie schweigend auf die Bäume. Dann kam Artes mit der nackten Melana auf den Armen aus dem Wald. Beider Körper waren fleckig vom Waldboden. Selbst auf die Entfernung konnte Rocq sehen, wie Melana strahlte, als sie ihr Kleid von Syria entgegennahm. Auch Artes lachte, während er seine Blöße bedeckte. Rocqs Atem wurde flach. Er hatte das Gefühl, das Gewicht eines Felsens würde auf seinem Brustkorb lasten.

Der Ochsenkarren wendete in weitem Bogen, dann kam die Prozession genau auf Rocq und Malech zu. Ein roter Nebel legte sich vor Rocqs Augen. Bewusst bekam er weder mit, wie Melanas Brüste während der holprigen Fahrt hüpften, noch den verächtlichen Blick, mit dem Malech sowohl ihn als auch die Priesterin bedachte. Als das Gefährt auf Höhe der Brüder war, platzte die Wut aus Rocq heraus.

»Artes, denkst du nur mit dem Schwanz? Wie kannst du so einfältig sein, zu glauben, Katzbuckeln vor der alten Muttergöttin würde ausreichen, um die Wunden zu heilen, die der Kampf der Götter der Welt geschlagen haben?

Und du, Melana. Waren wir uns nicht einig, dass die weibliche und die männliche Welt versöhnt werden müssen – so wie auf meiner Himmelsscheibe? Stattdessen verkaufst du dich als Hure im Dienste deiner Göttin.«

»Schweig, du Idiot!«, brüllte Artes. An seinem Hals traten die Muskeln hervor. Melana legte eine Hand beruhigend auf Artes' Arm. Diese intime Geste nahm Rocq wahr, nicht aber, dass die Tränen aus Melanas Augen stürzten, als sie sich abwendend sagte:

»Lass ihn. Es steckt mehr Malech in ihm, als ich gehofft hatte. Hier kann ich nichts mehr gewinnen.« Sie gab den Ochsen Zügel und schnalzte mit der Zunge. Die Tiere fanden den Weg in ihren Stall.

Noch am selben Abend drängten die Priesterinnen Hamilkar zur Weiterfahrt. Artes schloss sich an, er wollte in seine Heimat – zusammen mit Almene. Der Kapitän musste lange suchen, bevor er die Brüder fand. Sie saßen auf liegenden Felsen, die bald aufgerichtet und damit Teil des neuen Heiligtumes werden sollten.

»Meine Geschäfte sind getan. Es gibt keinen Grund mehr, den Bergleuten die Vorräte zu plündern. Morgen segeln wir weiter.« Die Brüder guckten sich an. Rocq wich dem Blick Hamilkars aus. Malech nicht.

»Dann werden sich unsere Wege hier trennen. Wir wollen zwar auch zurück in unsere Heimat, aber wir suchen uns eine andere Reisegesellschaft.«

»Es geht um etwas anderes.« Nun hatte Rocq doch den Kopf gehoben. »Du hast mir auf dem Schiff erzählt, dass es nur wenige Tagesreisen von hier ein besonderes Heiligtum gibt. Ein Kreis aus Steinen und einer aus Holz, beide so groß, dass sie von Riesen erbaut worden sein müssen.«

»Ja, ich habe nie etwas Vergleichbares gesehen. Schon seit unzähligen Generationen pilgern die Menschen zu diesem Ort, um dort das Leben und den Tod zu feiern. Dieser Ort ist voller göttlicher Kraft. Deshalb steht dort nicht nur dieser Steinkreis, der der Anbetung der Ahnen gewidmet ist. Dort sind Prozessionsstraßen mit einem Fluss verknüpft, der ein Tor zur Anderwelt darstellt. Ein hölzerner Wall ist der Ort, wo die Menschen im Frühling die Wiederkehr des Lebens feiern. Aber warum wollt ihr dorthin?«

»Ich möchte die Kraft dieses heiligen Ortes für meine Arbeit nutzen. Ich will dort einen neuen Kalender schmieden. Aber dieses Mal keinen, der sich dem einen oder anderen Gott anbiedert, keinen, der Partei ergreift. Sondern einen, der zusammenführt, wie wir das in der Natur auch sehen. Einen, der das männliche und das weibliche Prinzip verschmilzt. Einen, der die Menschen auf ewig daran erinnert, dass sie die Händel der Götter nicht weiter ausfechten dürfen, sondern ihre Gegensätze überwinden müssen.«

»Das ist ein edler Plan und dieses Heiligtum ist der richtige Ort dafür. Aber sag, Malech, wirst du deinen Bruder bei diesem Plan unterstützen?«

»Mein Bruder bekommt von mir jede Unterstützung, um sich von den klebrigen Fäden zu befreien, die die Zauberinnen gesponnen haben, um ihn zu einem Sklaven von Weibern zu machen.«

»Wenn es das ist, was ihr wollt.« Rocq senkte wieder den Blick. Hamilkar packte ihn an den Schultern. »Beim ersten Hahnenschrei breche ich mit meiner Besatzung auf. Bis dahin kannst du es dir überlegen. Ich würde mich freuen, dich nach Hause bringen zu können.«

Rocq schwieg. Und er blieb auch in der Hütte, die er mit seinem Bruder bezogen hatte, als sich die Seeleute zur *Ivlia* aufmachten. Er sah aus der Fensteröffnung die drei Frauen auf einem Karren sitzen. Direkt neben ihnen ging Artes, der immer wieder hochblickte.

Ein säuerlicher Geschmack wie von Galle füllte Rocqs Mund, als die Gedanken in seinem Kopf kreisten: ›Erst stand uns ihr Gelübde im Weg. Und nun, da sie es bricht, habe ich mir selbst eines gegeben: Die Menschen aus ihrem blinden Kinderglauben zu befreien. Zu zeigen, dass von den Göttern zwar hilfreiche Fingerzeige kommen, aber keine Ausreden, um andere verachten zu können. Die tanzende Erde und die alles verschlingende Welle haben mir eines gezeigt: Kein Gott webt für seine Anhänger ein unabänderliches Schicksal. Alle bieten nur Möglichkeiten. Und es liegt an uns, welche wir nutzen. Aber meine Möglichkeit auf ein Leben voller Liebe und Glück fährt dort gerade davon.‹

AN DER SCHWELLE ZUR ANDERWELT

Kaum war der Lärm der abziehenden Seemänner verklungen, machten sich die Brüder in entgegengesetzter, nordöstlicher Richtung auf den Weg. Die karge Moorlandschaft drückte zusätzlich auf Rocqs Stimmung.

»So ähnlich habe ich mir immer eine Welt vorgestellt, die von den Göttern verlassen wurde.«

»Etwas Altes vergeht, etwas Neues entsteht. Aber oft genug legt das Alte den Keim für das Neue. Sieh hier.« Malech lief zu einer knapp knöchelhohen Pflanze neben dem Trampelpfad.

»Das ist ein Sonnentau, der Fleischfresser unter den Blumen. Was willst du mir damit sagen?«

»Du musst schon genau hingucken. Diese Schuppen hier, die aussehen wie die Glieder eines Brustpanzers, sind die Überwinterungsknospen des Sonnentaus. Das heißt, er kapituliert nur scheinbar vor dem Winter. Tatsächlich zieht er sich nur zurück, um im Frühling erneut seine Herrschaft anzutreten.«

»Und das trifft auch auf Sol zu, meinst du. Mir wäre lieber, wir würden unser Leben nicht in die Hände von Göttern legen, die offenbar so launisch sind.«

»Sol ist nicht launisch. Er offenbart sich nur nicht jedem. Wir können uns nicht anmaßen, seinen Willen zu verstehen. Deshalb irren die Hündinnen der Astarte: Wir brauchen Priester, die uns Gottes Willen übersetzen.«

»Oder Auserwählte? Nimm es mir nicht übel, Malech, aber es würde mich wundern, wenn wir Menschen wirklich die Aufmerksamkeit der Götter hätten. Unsere Wünsche, unser Fleiß und unsere Faulheit sind für sie doch nur Nebengeräusche. Ab und an bemerken sie uns, so wie wir den Sonnentau bemerkt haben oder dort das Wollgras, das noch so spät im Jahr seine weißen Haare zeigt. Aber wir haben es doch selbst erlebt. So achtlos, wie wir das Gras unter unseren Füßen zertreten, so achtlos zermalmen sie uns und unsere Träume.«

»Ich hoffe, das Heiligtum, zu dem wir unterwegs sind, öffnet dir die Augen für deinen Irrtum.«

»Im Moment sind meine Augen weit geöffnet, um das da aufzunehmen. Siehst du dort vorne, am Horizont zwischen den Bäumen scheint etwas durch, das aussieht wie ein Schneeberg.«

Malech blickte in die Ferne. Rocq hoffte, dass die Ablenkung funktionierte. Er war des dauernden Streits über richtigen oder falschen Glauben überdrüssig.

»Tatsächlich, das sieht aus wie ein Berg aus Schnee. Aber dass man es überhaupt sehen kann, ist schon merkwürdig. Bei uns wäre der Wald so dicht, dass du ihn erst bemerken würdest, wenn du direkt davor stündest. Auch hier wachsen Ulmen, Eichen und Haselnuss wie bei uns, aber höchstens ein Drittel davon.«

»Du hast recht, Malech. Hier regiert die Axt. Es ist zwar nicht so kahl wie an der Küste, wo sich die Menschen wie Würmer in die Erde bohren, um an das Zinn zu kommen, aber der Wald ist viel lichter.«

»Möglicherweise huldigen die Menschen hier Sol, indem sie dafür sorgen, dass die Sonnenstrahlen den Boden berühren können.«

Keine Chance. Malech kam immer wieder auf sein Thema zurück.

»Wenn das ihr Plan ist, sollten sie dem Sonnengott einen Boden präsentieren, der pfleglicher behandelt wurde.« Rocq sprang über eine von zwei gigantischen Furchen, die längs des gesamten Weges liefen. Er kniete sich nieder, um sie näher zu untersuchen.

»Viel tiefer als Wagenspuren.«

»Na klar, welcher Ochsenkarren wäre auch so breit.«

Rocq drehte sich um. In der Tat, der ganze Weg war so breit, dass drei Gespanne nebeneinander fahren könnten. Und die andere Riefe war fast am äußeren Ende des Weges. Er erhob sich wieder.

»Hast du schon mal einen Weg gesehen, auf dem so wenig Gras wächst?«

Nun hockte sich Malech hin, befühlte den staubigen Boden und kratzte sich am Hinterkopf.

»Wie abrasiert – oder eher wie zerquetscht. Als ob der Weg mit einem gigantischen Gewicht geplättet worden wäre.«

Als die Brüder weitergingen, verebbte ihre Unterhaltung. Es war, als ob auch auf ihnen ein Gewicht lastete – das der Toten am Wegesrand. Ihr Marsch führte an einer Reihe von Grabstätten vorbei. Hügelgräber, wie sie in alter Zeit auch in ihrer Heimat errichtet worden waren, aber auch sehr fremdartige. Eine Gruppe von Gräbern erinnerte sie an kleine Seen – flache, runde Einsenkungen, die von einem niedrigen Außenwall umgeben waren. Andere sahen aus wie kleine Holzteller – niedrige, abgeflachte Anhöhen, die von einem Graben und einen niedrigen Außenwall umgeben waren.

Rocq freute sich über das Schweigen, konnte er doch so endlich ungestört seinen Gedanken nachhängen. Selbst abseits dieses uralten, offensichtlich bereits von Generationen immer mit dem gleichen Ziel genutzten Weges zeigte sich eine neue Vielfalt. Nicht mal die Pfade, auf denen die Menschen ihre Toten zu den Ahnen sandten, waren dieselben. Und das, obwohl das Ziel doch immer identisch war – die Anderwelt. Die Menschheit war dabei zu zersplittern. Herrscher knechteten eben noch freie Menschen, Freunde gingen getrennte Wege, mögliche Paare vermieden den gemeinsamen Weg der Liebe, Brüder zerstritten sich und Götter bekämpften sich. Er würde dies nicht aufhalten können, aber zumindest könnte er zeigen, dass der Zerfall aller Gemeinsamkeiten kein Schicksal war. Er würde etwas schmieden, dass zeigt, wie alles miteinander verwoben ist, dass alles zusammengehört, was gerade auseinanderstrebt.

»Wir sind da. Der weiße Berg scheint auch ein Grab zu sein.« Malech stand vor einem Hügel, der aussah wie eine umgedrehte Schüssel, allerdings eine, die doppelt so groß war wie ein Mann. Auch diese Totenstätte wurde durch einen Graben von der Welt der Lebenden getrennt, obwohl es diese zugleich erhellte. Denn der über dem Grab aufgehäufte Stein war so gleißend weiß, dass er Licht zu spenden schien.

»Das muss das Grab eines Priesters von Sol sein. Es leuchtet sogar jetzt, trotz des düsteren Himmels. Siehst du, Bruder, wie stark echter

Glaube ist? Jetzt sind wir auf dem richtigen Weg. Kannst du mir etwas versprechen?«

»Was?«

»Sollte ich vor dir sterben, möchte ich, dass du mir auch so ein Grabmal errichtest.«

»Das wird schwer, Bruderherz. Denn das strahlende Weiß rührt nicht von starkem Glauben, sondern von dem Boden, auf dem wir stehen. Die Menschen haben einfach nichts anderes als diesen Kalkstein, um ihre Ruhestätten zu errichten.«

Malech starrte seinen Bruder an. Über sein Gesicht zogen Erstaunen und Wut wie düstere Wolken, dann entspannte es sich.

»Ihr Gift hat deine Seele noch nicht verlassen. Ich muss warten, bis du die Schamanin vergisst.«

* * *

Auch Melana wäre über die Gnade des Vergessens froh gewesen. Der Schmerz, Rocq nie wiedersehen zu werden, bohrte in ihr wie ein wütender Hungerwurm. Noch stärker rissen allerdings andere Gefühle an ihr: Wut, dass Rocq der Bruder offenbar wichtiger war als sie. Empörung, dass er nicht ihr glaubte, sondern ihm. Scham, dass sie sich beinahe einem solchen Mann hingegeben hätte. Und Neid angesichts des Glücks, das Artes und Almene miteinander empfanden.

Sie blickte über die Reling zurück auf die am Horizont verschwindende Küste. Sie war eine Priesterin der Astarte. Er hätte sich glücklich schätzen können an ihrer Seite. Aber er war ihrer nicht würdig gewesen. Sie hatte sich in ihm geirrt.

»Trauerst du ihm nach?« Syria legte den Arm um sie.

»Nicht mehr. Ich weiß jetzt, dass er keine Träne wert ist.«

»Aus dir spricht die Gnadenlosigkeit der Jugend, Melana. Und ich fürchte, du machst dir was vor. Rocq ist ein besonderer Mann. Sein Kopf ist zu voll mit nutzlosem Wissen über den Tanz der Gestirne, aber auch mit dem Gift, das sein Bruder verspritzt. Er ist unbeholfen, aber aufrichtig. Und in seinen Augen war zu erkennen, dass er dich liebt. Ich will dir das Herz nicht schwerer machen, aber ich bin sicher, dass ihr zusammen wärt, wenn Malech damals von der Welle einfach mitgenommen worden wäre.«

Ratlos blickte Melana ihre Gefährtin an, bis sie sich abwendete, weil ihre Augen brannten.

In Hamilkars Augen brannte das Salzwasser der aufgewühlten Gischt. Er hatte sich geirrt. Mit fast vollen Laderäumen war die *Ivlia* aus der schützenden Bucht gerudert. Dann galt es, sich zu entscheiden. Zwei Routen führten ins Meer, an dessen Ufern die Bewohner die Tränen der Sonne sammelten. Zum einen konnten sie die *Zinn-Insel* weit im Norden umfahren, sich dann östlich halten, um schließlich an einer großen Landzunge vorbei in die Meeresstraße zum Tränen-Meer einzufahren. Diesen Kurs hatte der Steuermann bevorzugt. Doch Hamilkar hatte Südkurs legen lassen. Er wollte wie bei seinen Fahrten zuvor, die sehr enge Wasserstraße zwischen der *Zinn-Insel* und dem Kontinent nehmen, um sich die Küste entlang nach Norden vorzukämpfen. Die Vorteile des längeren Kurses lagen eigentlich klar auf der Hand: keine längere Strecke übers offene Meer wie bei der Route entlang der Westküste der *Zinn-Insel*; mehr Schutz vor Stürmen, ja sogar die Hoffnung, dass sie der Westwind vom großen Ozean durch die Straße schiebt. Und nun das. Die Umfahrung der Insel im Süden klappte vor dem Wind noch prächtig. Dafür kämpften sie nun in dem Engpass der Wasserstraße gegen giftigen Wind aus Nordwest und hohe Wellen, deren schäumende Spitzen ihnen vom Wind ins Gesicht geprügelt wurden.

»Rudern halten wir auf einer so langen Strecke nicht durch.«

Tamerlan nickte und brüllte gegen den Wind an. »Noch dazu bei diesen verrückten Wellen.« Sein Arm wies über das chaotische Durcheinander von Wellenbergen und -tälern. Eingeklemmt zwischen den beiden Landmassen, bewegte sich das Wasser ohne das ruhige Muster des offenen Ozeans. Die Brecher kamen nicht nur von vorn, was zu erwarten gewesen wäre, sondern ebenso von den Seiten und sogar von Achtern.

»Wir müssen vor dem Wind kreuzen.«

Für die anderen unhörbar seufzte der Steuermann. Auf Zick-Zack-Kurs gegen die Windgeister anzutreten, war das komplizierteste Manöver mit einem Rahsegel wie dem der *Ivlia*. Tamerlan stellte sich näher hinter dem Mast auf, damit die vier Männer am Tauwerk ihn besser hören konnten.

»Fettet die Leinenrollen und die Rahfalle noch mal ein.« Dann begann der Tanz. Der Wind traf über den Backbordbug auf das schräggestellte Segel. Das Schiff lief fast direkt auf die Küste des Kontinents zu, der Vortrieb war gering.

»Ruder backbord.« Zwei Mann stemmten den Ruderholm nach rechts, der Bug des Schiffes drehte sich in den Wind.

»Fußleine links lockern.« Die Rah drehte sich um den Mast. Bevor der Wind das Segel erfassen und das Schiff zurückdrücken konnte, schrie Tamerlan schon wieder.

»Segel reffen. Rah bergen.« Die Drehung des Segels gelang. Nun kam der Wind von vorn über den Steuerbordbug.

»Segel hissen.« Das Schiff lief wieder auf die Insel zu.

»Ruder steuerbord.« Das Schiff drehte sich gehorsam in die knochenharten Wellen.

»Fußleine rechts lockern.«

»Segel reffen.«

»Rah zurückdrehen.« Der Wind kam wieder von Backbord. Hamilkar war zufrieden mit den Manövern. Tamerlan war so erfahren, dies auch mit einem verhältnismäßig neuen Schiff hinzubekommen. Und er achtete darauf, dass die Abstände zwischen den Zick-Zack-Manövern so ähnlich waren, dass sie nicht zu weit vom eigentlichen Kurs abdrifteten. Dennoch würde er deutlich vor Anbruch der Dunkelheit das Aufsuchen einer geschützten Bucht befehlen. Die Nässe, der Wind und der Zwang, die Aufmerksamkeit nie erlahmen zu lassen, würden ihren Tribut einfordern.

Rocq und Malech zahlten ihren Tribut an das Hochmoor. Die Augen der Nordmänner suchten vergeblich nach markanten Wegpunkten.

Kaum ein Strauch wuchs in diesem vergewaltigten Moor höher als bis zum Knie. Die letzten verkrüppelten Weiden waren vor langer Zeit von Köhlern zu Holzkohle verarbeitet worden.

»Wir haben uns verlaufen«, schimpfte Malech.

Rocq blieb stehen, kratzte sich am Kopf, während er die Trampelpfade vor sich betrachtete. Es waren einfach zu viele. An irgendeiner Abzweigung müssen sie tatsächlich den falschen Pfad genommen haben. Sonst wären sie schon längst bei der verlassenen Siedlung angekommen, die Sellie ihnen beschrieben hatte.

»Jetzt könnten wir einen Fingerzeig von Sǫl gut gebrauchen«, sagte Rocq mit in den Nacken zurückgelegtem Kopf. Doch eine grau-weiße Wolkensuppe am Himmel verhinderte selbst eine einfache Bestimmung der Himmelsrichtung.

»Der einzige Gott wird sich nicht dazu herablassen, diejenigen auf den richtigen Weg zu führen, die nicht von der Idee lassen wollen, der Götterhimmel wäre so etwas wie eine Palaverrunde von Waschfrauen am Dorfbrunnen. Ohne die Sonne wäre alles andere nichts.«

»So wie wir ohne Sonne nicht den Weg finden. Besser, wir warten die Nacht ab. Wenn wir Glück haben, hilft uns morgen ein Einheimischer weiter oder die Sonne kommt so weit hervor, dass wir wissen, wo Nordosten liegt.«

»Einverstanden. Legen wir uns in eine der Kuhlen, um wenigstens vor dem elenden Wind ein bisschen geschützt zu sein.«

Kaum hatten es sich die Brüder in einer Mulde gemütlich gemacht, die ein Bergmann oder ein Torfstecher hinterlassen haben musste, kündigte sich das Glück mit lautem Blöken an. Ein Schäfer zog mit seiner Herde zu seinem Nachtlager – genau an den Brüdern vorbei. Die Verständigung mit dem einsilbigen Mann, der offenbar wenig Kontakt zu anderen Menschen hatte, war äußerst schwierig. Erst, als Rocq klar machen konnte, dass das eigentliche Ziel der Nordmänner das uralte Heiligtum am Fluss der Wiedergeburt sei, wurde der Schäfer mitteilsamer. Lebhaft beschrieb er den weiteren Weg zu diesem Wunder, das sich bei einer Mittwinterfeier in seinen Kopf eingebrannt hatte. Schließlich eilte er seinen Tieren hinterher.

»Hast du das gehört, Malech? Das runde Wollgras-Gebüsch hier, der Felsen mit dem Eichhörnchen-Gesicht dort. Wo wir nur eine trostlose Einöde sehen, lebt dieser Schäfer in einer Welt der Vielfalt.«

»Ja und?«

»Es gibt nicht nur die eine richtige Sicht auf die Dinge.«

»Doch, die gibt es. Deshalb wirst du mich nicht überzeugen können. Und wenn dieses Heiligtum nur halb so viel Wunder bewirkt, wie dieser Schäfer glaubt, wirst du es hoffentlich dort einsehen.«

Auch Melana hoffte auf ein Wunder. Schon in mehreren Stoßgebeten hatte sie es von ihrer Göttin erfleht. Zu brutal sprangen die Wellen mit der *Ivlia* um.

»Das Meer kocht!« Die Augen von Syria waren schwarz wie Holzkohle. Panik.

»Der beginnende Winter ist nicht die Jahreszeit, in der man dieses Meer befahren sollte.« Hamilkar legte im Vorübergehen einen Arm um die Schultern der Priesterin. »Aber keine Sorge. Dieses Schiff ist stark. Wir schaffen das.«

Syria wusste nicht, woher der Seemann seine Selbstsicherheit nahm. Sie sah nur entfesselte Windgeister, die das Meer aufpeitschten. Einen erfahrenen Matrosen, der sich zum ersten Mal in seinem Leben auf einem Schiff übergab. Ihre weinenden Freundinnen, die offenbar mit dem Leben abgeschlossen hatten. Selbst Artes misslang der Versuch, gegenüber Almene unerschütterlich zu wirken. Sein Gesicht war eine Fratze der Verzweiflung. Verwirrt verfolgte sie den Kampf der Besatzung gegen das Schicksal. Sie hatte kein Gefühl mehr dafür, wie lange Matrosen bereits Wasser aus dem Schiffsbauch geschöpft hatten, als das Krachen von splitterndem Holz sogar das Tosen des Sturmes übertönte. Alle Blicke gingen nach oben. Der Mast, der längst abgetakelt war, schwankte unnatürlich stark. Dann gab das Zypressenholz, dem Hamilkar noch vor einem Wimpernschlag bedenkenlos sein Leben anvertraut hätte, nach. Mit einem peitschenartigen Knallen beugte sich das Holz der Kraft des Sturmes. Der Mast fiel.

»Vorsicht!« Tore schrie und sprang zugleich zur Seite. Doch nicht jeder war so flink wie der drahtige Fischer. Der Mast fiel auf den muskulösen Rücken eines Ruderers – und zermalmte ihn. Der Mann starb ohne einen Laut. Dafür schrie einer seiner Banknachbarn umso lauter, nachdem die Rah auf dem Deck zerbrochen und ein Teil des runden Hartholzes seine Schulter getroffen hatte. Der linke Arm hing schlaff und leblos hinunter, im Bereich des Schlüsselbeins quollen Blut und Knochen aus einer Wunde. Doch nicht deswegen schrie der Mann, der Schmerz hatte sein Bewusstsein noch gar nicht erreicht. Er starrte auf den Brei unter dem Mast, der nur wenige Momente zuvor sein Kamerad gewesen war.

Melana stöhnte auf, als sie den Mann mit dem zertrümmerten Arm inmitten des Infernos an Deck erblickte. Sie drückte Almenes Gesicht sanft an ihren Hals, damit die verzweifelt Weinende nicht sehen konnte, was dort passierte. Sie suchte Syrias Blick, doch die schüttelte nur langsam den Kopf. Sie waren den Häschern Melkarts entkommen, hatten das Zerbrechen der Welt überlebt und die Riesenwelle, nur um jetzt in einem gewöhnlichen Herbststurm zu sterben. Melana spürte, wie die Angst davor, in diesem kalten und grausamen Meer zu ertrinken, langsam von ihr abfiel. ›Wahrscheinlich habe ich meinen ganzen Vorrat an Angst aufgebraucht‹, dachte sie. Und dann fühlte sie ein für sie ganz fremdes Gefühl: Sie war enttäuscht von ihrer Göttin. Astarte war die Schutzgöttin der Seefahrer, aber sie hatte ihre schützende Hand von der *Ivlia* genommen. Und das war nicht gerecht, denn Melana wusste, wie fromm Hamilkar in all den Jahren war und wie treu auch noch, als dies gefährlich war.

Zumindest in einem Punkt hatte sie Rocq Unrecht getan: Sie hatte ihm vehement widersprochen, als er vermutete, dass die Menschen den Göttern egal seien. Aber nicht mal dafür würde sie sich entschuldigen können. Sie umarmte Syria und Almene, die mit ihr zusammen in der Kajüte kauerten, durchnässt, frierend und auf das Ende wartend, nur umso fester.

»In den Wind drehen!« Der Kapitän hasste es, von einem Sturm vor sich hergetrieben zu werden. Jede dieser vielen Wellen von schräg hinten könnte ein Monster sein, das die *Ivlia* in der Mitte zerschlägt. Lieber die Wellen abreiten und auf die Küste zulaufen. Das Manöver war richtig, entsprach allen seemännischen Erfahrungen und konnte doch die eine Seemannsweisheit nicht außer Kraft setzen, nach der das Meer unberechenbar ist.

Zwar bot die *Ivlia* der Masse der Wellen den Bug, doch nicht allen. Backbord baute sich eine Wasserwand auf, die quer zur Windrichtung auf die Längsseite des Schiffes zuraste. Ein Albtraum. Eine Kurskorrektur war nutzlos, weil zu spät. Und irgendeine Welle würde ihre empfindliche Seite treffen.

»Steh uns bei!« Tamerlan schrie, während er das Steuerruder mit aller Kraft nach backbord drückte. Ein hilfloser Versuch. Das Ruderblatt musste trotzdem noch zu viel Energie schlucken. Die Welle schlug das schwere hölzerne Ruder knapp oberhalb des Blattes wie mit einem Schwert ab. Des Widerstandes des Wassers beraubt, stürzte Tamerlan mit den Händen am Ruder auf das Deck. Die See hatte der *Ivlia* das einzige Mittel geraubt, um nicht zum Spielball des Sturmes zu werden.

Hamilkar stand auf dem vorderen Halbdeck. Sein Blick wanderte über den zerbrochenen Mast. Die hellen Holzfasern sahen aus wie Knochen. Der blutige Brei auf dem hinteren Deck. Aus schwarzen Wolken klatschten Regentropfen fast waagerecht auf das Schiff. Der Sturm prügelte das Schiff nach Osten. Die bleigrauen Wellen schienen von allen Seiten auf sie einzustürmen. Mit der vom Sturm verwehten, weißen Gischt sahen sie aus wie Pferde.

»Die Pferde der zornigen Götter werden uns unter ihren Hufen zertrampeln. Wir sind verloren.«

* * *

»Wir haben es geschafft.« Die Brüder hatten in diesem Moment den Sturm vergessen, der an ihren Kleidern zerrte und ihnen den Regen sogar unter den Umhang aus Binsen trieb, den sie sich schnell gebunden hatten, bevor sie das Moor verließen. Sie standen auf einer Hochebene und sahen ein Wunder.

»Wir können den Göttern niemals näher kommen als dort.«

Malech nickte stumm. Er musste schlucken, bevor er antwortete.

»Es ist gewaltig.«

Ganze Heerscharen bewegten sich über die Ebene. Aber nicht, um Krieg zu führen. Staub umflirrte die Massen, deren langsamer, seltsam wiegender, dabei fast perfekter Gleichschritt den Menschen das Aussehen eines gigantischen Tausendfüßlers gab. Die Brüder konnten keine Richtung erkennen, in die sie sich bewegten. Kaum glaubte Malech, eine Kreisbewegung zu erkennen, löste sich wieder alles in einem verwirrenden Durcheinander auf. Als der Wind drehte, wehte Gesang herüber. Das war imposanter als alles, was sie bisher gesehen hatten, es war eine Prozession.

Rocq schlug sich mit der flachen Hand vor den Kopf. »Es ist die Mittwinternacht. Heute werden die heiligen Rituale zelebriert.«

»Die Wiedergeburt der Sonne.« Malech ließ sein Bündel fallen, packte seinen Bruder an den Schultern, lachte wie ein kleines Kind und tanzte ausgelassen mit ihm über das strunkige Gras.

Es kam Rocq wie eine Ewigkeit vor, doch er machte mit. So froh war sein Bruder schon lange nicht mehr gewesen. Schließlich beugte Malech sich vor, stützte die Hände auf die Knie und keuchte atemlos: »Wir kommen ausgerechnet am Tag der Sonnenwende an. Es war kein Zufall, dass wir uns verlaufen haben. Es sollte so sein.«

»Ein göttliches Zeichen?«

»Was sonst?«

»Zufall?!«

Doch in diesem Moment konnte nicht mal Rocqs Skepsis die Laune von Malech eintrüben. »Dann war es wohl derselbe Zufall, der den Tanz der Gestirne lenkt, den du entschlüsselt hast. Sieh hin, du Zweifler.« Er zeigte auf den steinernen Kreis, der selbst aus der Ferne gewaltig wirkte. »Ich habe mich geirrt, hatte es mir so vorgestellt wie unsere Rundtempel – nur eben aus Stein. Aber es ist anders, es hebt sich von der Umgebung ab und es ist offen.«

»Weil wir auf einem Hügel stehen. Die Menschen in der Ebene blicken nur auf die gewaltigen Erdwälle drumherum.«

»Das ist ein göttlicher Bezirk. Soll da der Schäfer von gestern einfach seine Herde durchtreiben? Los, lass uns hingehen, damit wir nichts verpassen.«

»Warte noch. Die größte Gruppe bewegt sich dort von Westen auf den Tempel zu, dort hinter den vielen Hügelgräbern. Das scheint mir der richtige Weg zu sein.«

»Einverstanden, aber schnell.«

Die Brüder liefen die Anhöhe hinunter und immer weiter bis zur Prozessionsstraße. Dort bremste sie der zornige Blick eines Priesters. Sofort korrigierten die Nordmänner ihren Fehler. Trotz des Gemurmels der Massen war die Ergriffenheit fast spürbar. Ein junger Mann, fast noch ein Jugendlicher, starrte ohne mit der Wimper zu zucken in Richtung Tempel. Obwohl er lediglich die Hinterköpfe der Tausenden vor ihm sehen konnte, wollte er auf keinen Fall den Moment verpassen, da das Monument vor ihm aus dem Boden wuchs. Der langsame Marsch, das fast bewusste Voreinandersetzen der Füße hatte etwas Hypnotisches. Augenblicklich übernahmen die Brüder den Rhythmus. Erst nach einer Weile bemerkten sie, dass ihnen Menschen auf der linken Seite entgegenkamen. Die Straße, auf der sie gingen, führte nicht direkt zum Bauwerk, sondern machte eine Schleife. Sie hatten eine Abkürzung genommen. Kein Wunder, dass sie sich einen Tadel eingefangen hatten.

Als sie das erste Mal das Gotteshaus aus gigantischen Steinen umrundeten, erstarb sogar das letzte Murmeln in der Menge. Über den massiven Wall hinweg, hinter dem sich ein tiefer Graben befand, konnten die beiden nur ab und an einen Blick auf Teile des Tempels erhaschen. Genauer, auf die monströsen Decksteine, die dort auf ebenso beeindruckenden Pfeilern wie für die Ewigkeit ruhten. Ein einzelner Riesenstein stand etwas vor dem Tempel, wie um ihn anvisieren zu können.

Dreimal umrundeten sie schweigend das Monument, dann folgte die Menge einer Straße, die nordöstlich wegführte. Malech blickte sich hektisch um, weil er befürchtete, dass er den Tempel nicht mehr aus der Nähe zu Gesicht bekam. Nach genau dreihundert Schritten bog die Straße schnurgerade nach Osten ab. Die Prozessionsstraße durchschnitt eine Hügelkette. Nun war der Tempel nicht mehr zu sehen. An dem Punkt setzte an der Spitze der Prozession trauriger, schleppender Gesang ein.

»Ein Klagelied«, flüsterte Rocq seinem Bruder zu, als sich der Gesang wie eine Welle durch die Menge fortpflanzte. Malech nickte. Rocq sah ihm an, dass auch er ergriffen war. Nie zuvor waren sie Teil einer so großen Menschenmenge gewesen. Der zum Gleichschritt passende Takt des Liedes schien auch ihre Herzen in den gleichen Rythmus zu zwingen. Rocq fühlte sich eigenartig berauscht.

Weitere 350 Schritte später bog die Straße nach Südosten ab, durchschnitt dabei eine Reihe von Hügelgräbern, die wie eine Perlenkette links und rechts aufgereiht waren. Das Zwielicht der Dämmerung hüllte die Gläubigen ein, als sie eine kleine Anhöhe erklommen.

»Ein Fluss!« Malech staunte. Bei ihrem Marsch war ihnen das so nahe Gewässer entgangen. Das musste der Fluss sein, von dem Hamilkar berichtet hatte, der Fluss mit dem Tor zur Anderwelt. Die Menge bewegte sich auf das Ufer zu.

Dort angekommen, hob Rocq den Zeigefinger. »Tausend Schritte. Es sind genau tausend Schritte vom Tempel bis zum Ufer.« Wie die anderen verneigten sie sich Richtung Wasser. Der Gesang verstummte. Ein paar Schritte am Fluss entlang, dann kehrte die Masse auf der Gegenspur der Straße zum Heiligtum zurück.

»Ich werde verrückt. Ist dort noch ein Tempel?« Rocq hatte einen der Gläubigen mit der Rückseite der Hand an die Schulter getickt und wies jetzt nach Norden. Dort erhob sich direkt am Ufer ein offenbar sehr viel größeres Bauwerk als das steinerne Heiligtum. Bisher war er vor ihren Blicken nur durch die zurückflutenden Pilger auf der Gegenspur verborgen geblieben.

Der Angesprochene blickte Rocq verwundert an. »Ihr seid nicht von hier, oder?«

»Nein, wir kommen aus einem Land weit im Nordosten.«

»Aha, na dann könnt ihr nicht wissen, dass dort noch zwei Tempel stehen – einer aus Holz und einer aus Erde – und eigentlich doch nicht.«

Rocq glaubte, den nuschelnden Mann nicht richtig verstanden zu haben. »Was heißt das?«

»Das heißt, dass diese drei Häuser der Götter eigentlich eines sind.«

»Weil sie aus Stein, aus Holz und aus Erde die Elemente darstellen?«

»Weniger. Vielmehr, weil die drei den Weg symbolisieren, den alles Lebendige geht. Unser Weg begann an der Heimstatt des Todes und dorthin kehren wir gerade zurück. Auf dem Weg zum heiligen Fluss, dem Avona, begleiten wir jedes Jahr die Seelen der Verstorbenen. Der Fluss trägt sie nach Norden, zur Heimstatt des Lebens, die ihr gesehen habt. Wir begleiten die Seelen am Ufer, manche nehmen auch die Boote. Und dann feiern wir das Leben in diesem riesigen Rund aus zwei Wällen. Gleich davor steht das dritte Heiligtum. Jetzt kannst du es sehen. Von hier sieht es aus wie eine Palisade.«

»Ich sehe es. Was ist das?«

»Das ist ein Tempel aus Holz, eine Kopie des aus Stein. Nach der Wiedergeburt der Seelen feiern wir dort in den Nächten nach dem Sonnenhöchststand, der Sommersonnenwende, ihre Wanderung in neue Körper.«

Malech lächelte. »Du meinst, ihr genießt die Früchte der Ernte in irdenen Gefäßen und pflanzt euren Samen in die weiblichen Gefäße, damit im Frühjahr das Gebrüll der Neugeborenen ertönt.«

Der Mann, der nur wenig älter als die Brüder war, guckte lange sinnierend zu dem hölzernen Tempel. »Ja, diese Feste muss man erlebt haben, bevor man seine Seele aus den Fängen lässt, die das Leben in sie geschlagen hat.«

»Aber keiner geht am Ufer nach Norden, alle kehren um!«

»Wisst ihr denn nicht, was für eine Nacht heute ist?«

»Doch, die längste des Jahres, die Wintersonnenwende.«

»Genau, heute stirbt die Sonne dieses Jahres. Die Priester sagen, es wäre vermessen, wenn wir normalen Menschen ihren Weg zur Wiedergeburt begleiten würden wie bei einem Verwandten.«

»Recht haben sie.« Malech klatschte in die Hände.

»Es sind die Rituale unserer Priester, die uns die Kraft der Sonne zurückbringen.«

»Hörst du, Rocq?«

Rocq zuckte mit den Schultern, blieb aber stumm. Verwundert guckte der Inselbewohner von einem Bruder zum anderen.

»Immerhin. Wir dürfen dem Wunder ihrer Wiederauferstehung beiwohnen. Haltet euch an mich, dann habt ihr am Ende die besten Plätze.«

»Gerne, vielen Dank.« Wieder klatschte Malech in die Hände. Rocq runzelte die Stirn. Sein Bruder war wie ausgewechselt. Die Aussicht, die Rückkehr der Sonne an einem Ort mitzuerleben, der zu einer Heimstatt des Kriegergottes Sol umgebaut worden war, beflügelte Malech.

»Sind diese Felsen am Rand der Straße schon Teil der Anlage?« Malech zeigte auf die nur grob behauenen, in regelmäßigen Abständen errichteten und nun vom Licht der untergehenden Sonne sanft rot schimmernden Brocken.

»Natürlich. Sie begrenzen den heiligen Bezirk. Wir sind hier auf dem letzten Stück der Prozessionsstraße. Die führt nach Südwesten, wie ihr schon bemerkt haben werdet. Nur, wer sich innerhalb der Begrenzungen aufhält, nimmt Teil am Wunder.«

»Gehen wir nicht in die Anlage hinein?«

»Willst du sterben? Den Tempel dürfen nur die Priester betreten. Sonst würde er entweiht – und die Sonne nicht wiedergeboren werden.«

Rocq schwieg. Was würde es bringen, den Gläubigen vor den Kopf zu stoßen, indem er darauf hinwies, dass die Nächte auch ohne den Mummenschanz der Priester wieder kürzer werden würden? Jeder, der den Tanz der Gestirne verstand, könnte sich zum Mittler zu den Göttern aufschwingen. Rocq schnaubte verächtlich. Ich müsste nur eine Sonnenfinsternis vorhersagen und diese Narren würden mir hinterherlaufen.

»Wir müssen uns etwas links halten.« Der Einheimische unterbrach Rocqs Gedanken. Er zog Malech am Ärmel quer durch die nach vorne schiebende Menge. Rocq hatte Mühe, zu folgen. Ihr Ziel war ein spitzer Felsen links neben dem Weg, ungefähr 70 Schritte vom Heiligtum entfernt. Sie mussten ihre Ellenbogen einsetzen, um sich dort einen Platz freizukämpfen. Doch beim Anblick von Rocqs einschüchternder Statur beließen es die anderen Gläubigen bei etwas Protest, bevor sie das Feld räumten.

»Von hier sieht der Tempel aus wie eine Wand. Und hier, dieser eingeritzte Stabdolch weist nach Westen, dorthin, wo die Sonne untergeht.« Rocq war bei aller Skepsis sehr beeindruckt. »Waren es deine Vorfahren, die dieses Wunder schufen?«

»Niemand weiß, wessen Ahnen das waren, so lange steht der Tempel schon. Er ist älter als die Zeit. Deine Ehrfurcht vor diesem Ring aus Felsblöcken ist berechtigt, obwohl noch ehrfurchtgebietender das ist, was du nicht sehen kannst.«

»Was meinst du?«

»Rate, wie viele Menschen notwendig waren, um einen der großen Sandsteine transportieren zu können, die die Tore des äußeren Rings bilden?«

»Keine Ahnung.«

»200 – und von diesen Brocken gibt es 30 Stück. Mein Vater hat mir oft am Herdfeuer die Geschichten erzählt, die bei uns seit Generationen vom Vater zu den Söhnen weitergegeben werden. Danach wurden diese Riesenfindlinge in einem Gebirge zwei Tagesreisen nördlich von hier aus dem Felsen geschlagen und zu der rechteckigen Form behauen, die du nun siehst. Und dann wurden sie auf Schlitten hierher gezogen. Das hat jedes Mal zwölf Tage gedauert.«

»Unglaublich.«

»Das ist noch gar nichts. Die kleineren, blauen Steine im Innern, siehst du die?«

»Ja, ich vermute, die sind ungefähr mannshoch.«

»Kann sein, davon gibt es 80. Und sie stammen aus einem Gebirge, das so weit im Westen liegt, dass man eine Woche mit dem Schiff reisen muss, um es zu erreichen. Angeblich sollen diese Blausteine in ihrer Heimat schon von einem Volk zu einem Steinkreis aufgestellt gewesen sein. Einer unserer Krieger-Häuptlinge hat das Volk unterworfen und die Blausteine als Beute mit nach Hause gebracht.«

Malech ballte die Faust. »Hörst du, Bruder? Schon immer haben stärkere Götter den schwachen den Fuß in den Nacken gestellt.«

Eine Antwort wurde Rocq erspart, denn in diesem Moment entzündeten Priester auf ein Kommando Fackeln. Zwei direkt vor der auf der Prozessionsstraße wartenden Menge. Ein gutes Dutzend im Innern des Tempels.

»Sie tanzen!«

»Die Priester?« Malech konnte sich ein so unmännliches Verhalten bei einem Sonnenritual nicht vorstellen.

»Nein, nein. Die Steine. Sieh nur.« Tatsächlich sorgte das im Wind flackernde Feuer für einen beeindruckenden Effekt: Die steinernen Bögen schienen sich zu bewegen, einen Schritt nach links, dann einen nach rechts. »Wie tanzende Männer, die sich die Arme auf die Schultern gelegt haben.«

Der Einheimische flüsterte jetzt nur noch. »Nur, dass etwas Stärkeres als Männerhände diese Decksteine an ihrem Platz hält. Ihr könnt es nicht sehen, aber die Baumeister haben die Stützen mit Zapfen versehen und in die Dachsteine Aussparungen hinein geschabt.«

»Als ob sie mit Holz gearbeitet hätten.«

»So ist es. Und dann stellt euch das Gewicht dieser Brocken vor. Kein Sturm kann in diesem Tempel auch nur einen Stein verschieben. Nicht mal die Götter selbst.«

»Ssschhhh.« Umstehende zischten das Trio an. Kein Geplapper sollte den nahenden Höhepunkt der Zeremonie stören.

Die Priester traten vor den Tempel, bildeten zunächst eine Mauer, die den Blick auf das Heiligtum verwehrte, dann traten sie mit scharrenden Füßen an die Seite, und öffneten dem Hohepriester eine Gasse. Langsamen Schrittes trat er vor. Er trug als einziger einen Stabdolch, der in seiner Armbeuge ruhte. Die bronzene Klinge schimmerte im Fackelschein wie die Sonne – allerdings wie die vor dem großen Ascheschleier. Die Fackeln verbreiteten einen schweren, beißenden Geruch, den die Brüder aus ihrer Heimat kannten. Auch hier waren die Fackeln mit Birkenpech eingeschmiert worden, um länger zu brennen. Als der Hohepriester stehen blieb, war es so leise, dass man glauben könnte, es befinde sich kein einziger Mensch auf der Hochebene. Rocq spürte sein Herz pochen. In den Augen einiger Männer in der Nähe schimmerten Tränen. Der Hohepriester hob die Arme und begann zu predigen. Seine Stimme war so kräftig und klar, dass er sogar den Wind übertönte, der leise heulend um den Steinkreis strich. Rocq fröstelte und das lag nicht an der herbstlichen Kühle auf der Ebene. Der monotone Singsang blieb für Rocq zwar völlig unverständlich, dennoch spürte Rocq, dass die Zeremonie etwas in ihm berührte. Er war ergriffen und fühlte jetzt, warum die Menschen von weither an diesen Ort pilgerten, um der Welt der Götter näher zu sein. Dies war der Ort, an dem noch vereint war, was zusammengehörte. In Rocq begann eine Idee zu keimen, wie sein neues Werk aussehen könnte. Etwas zappelte in der linken Hand des Priesters. Erst jetzt sahen die Nordmänner, dass er eine Wachtel am Hals gepackt hatte. Das Gebet endete, der Hohepriester drehte seiner Gemeinde den Rücken zu und ging allein ins Zentrum des Tempels. Die Priester nahmen unter den Fackeln Aufstellung und sangen mit tiefen Stimmen einen Kanon. Ein langes Lied, mit dem der Tod der Sonne dieses Jahres betrauert und die Geburt der neuen Sonne erfleht wurde. Der Hohepriester stand wie erstarrt vor dem Altarstein. Die Wachtel versuchte wie rasend seinem festen Griff zu entkommen. Aber vergeblich. Als die letzten Töne des Liedes verklangen, zog er einen Bronzedolch, der hinten in seinem Gürtel steckte, hob ihn über seinen Kopf. Die Menge stöhnte auf. Der Dolch zuckte nieder, ein letztes Fiepen, der Torso der Wachtel flatterte noch, während sein Herz das Blut aus dem Hals spritzen ließ. Blut, dass der Hohepriester auf dem ganzen Altarstein verteilte. Noch bevor das Blut vom Altar auf den Boden tropfen konnten, löschten die Priester die Fackeln. Die plötzliche Dunkelheit ließ das Licht der Sonne, die dem Horizont entgegenfiel, viel kräftiger erscheinen – trotz des Vorhangs aus Asche, hinter den sie sich zurückgezogen hatte.

Und dann blinzelte ihnen der Gott zu. Rocq merkte, wie er unwillkürlich die Luft anhielt. Die Sonne sank hinter den Deckstein des äußeren Ringes, es wurde dunkler. Augenblicke später schickte der Kriegergott seine Strahlen genau durch das Fenster, das aus dem quer liegenden Altarstein in der Mitte des Heiligtums und dem dahinter befindlichen Tor des äußeren Rings gebildet wurde. Die vor Urzeiten mit unendlichen Mühen errichteten Steine bildeten einen Rahmen für die sterbende Sonne.

»Wie ein Steinkistengrab«, flüsterte Rocq.

Die Sonne sank noch tiefer, ihre letzten Strahlen schimmerten zwischen den Steinen hindurch und griffen wie Finger nach den Menschen.

Malech weinte, wie so viele andere in der Menge. Sein Gott hatte ihm ein Versprechen gegeben: Wiederzukommen, und diese dunkle Zeit zu beenden. Nicht nur diesen Winter, sondern auch die Zeit, in der er sich versteckt hielt. Der Jubel war ohrenbetäubend, als die Sonne schließlich endgültig versunken war und die Priester die Fackeln wieder entzündeten.

In dieser Nacht erloschen sie nicht mehr. Sogar Rocq fühlte sich wie berauscht von den Gesängen und Tänzen. Zwar wurde das Ende des Jahres nicht so ekstatisch gefeiert wie die Sommersonnenwende. Und dennoch war das Glück in den Gesichtern der Menschen fast greifbar. Ein Glück, das sich aus der Hoffnung auf bessere Zeiten speiste.

»Denk an meine Worte, mein zweifelnder Bruder. Die Sonne wird am Morgen mit alter Kraft wiedergeboren werden. Alles wird wieder so sein wie früher.«

Rocq schüttelte langsam den Kopf. »Selbst, wenn der Sonnengott morgen den Schleier vom Himmel reißt, schickt er sein Licht nicht mehr auf dieselbe Erde.«

Malech fuchtelte genervt mit der rechten Hand vor dem Gesicht seines Bruders hin und her, den Daumen an die vier anderen Finger gelegt. »Diese Zauberin hat ihre Krallen in deine Seele geschlagen. Die musst du endlich herauslösen. Sonst spürst du nicht, dass die Wärme Gottes intensiver ist als die einer Frau. Du hast gesehen, wie er das Fenster des Tempels mit Licht erfüllt hat. Morgen wirst du erleben, dass er dir die Binde von den Augen reißt, vielleicht sogar, wie er den Schatten von meinem Auge nimmt.«

Rocq hatte die Mahnung schon auf der Zunge, nicht zu viel zu erwarten. Doch er schluckte die Worte herunter. Er war es leid, immer derjenige sein zu müssen, der versuchte, Malech zu ernüchtern.

Dieses Mal übernahm der Sonnengott selbst diese Aufgabe. Als das Zwielicht der Morgendämmerung die ersten bleichen Finger durch die Nacht schickte, hörten die Gläubigen auf, zu tanzen. Erschöpft sackten sie auf die Knie oder setzten sich hin, das Gesicht nach Osten gewandt. Die Brüder wechselten dagegen ihre Position. Sie umrundeten den heiligen Kreis halb, um westlich davon abzuwarten, wie Sol seine Strahlen durch den Tempel schickte. Sie hielten sich gegenseitig an den Schultern fest, bildeten so ein Tor wie die Felsen vor ihnen.

Doch was am Horizont erschien, war nicht der kraftvolle Feuerball, der Krieger leitete, sondern der blutleere Witz, von dem die Menschen sich abwandten. Dieser Gott riss den Schleier weder vom Himmel noch von dem Auge Malechs. Rocq drehte sich zu seinem Bruder um, als er merkte, wie dessen Arm kraftlos von seiner Schulter glitt.

»Nimm es leicht. Es ist doch letztlich egal, ob dein Gott noch eine Nacht oder einen Monat braucht, um wieder der Alte zu werden. Aber wenn es einen Ort gibt, wo ihn Gebete zurückholen können, dann ist das hier. Ich habe es nicht mehr eilig, nach Hause zu kommen. Wenn du willst, Malech, bleiben wir ein bisschen länger hier. Ich kann dann sogar in Ruhe meinen neuen Kalender schmieden.«

Malech sackte auf die Knie und schrie auf. »Das ist es doch.«

»Was ist es doch?«

»Das Zeichen Sols. Er hat dich an diesen heiligen Ort gelenkt, damit du ein gottgefälliges Werk schaffen kannst.«

»Hör mal, Malech. Es ist nicht…«

»Doch, doch. Du glaubst nur, dass es deine freie Entscheidung wäre, weil er es dich glauben lässt.« Er sprang wieder auf die Füße und umarmte Rocq. »Du bist sein Werkzeug, ohne es zu wissen. Ich war ein Narr, zu denken, mit dem erneuten Sonnenaufgang würde der Schatten von meinem Auge gezogen werde. Damit das neue Zeitalter beginnen kann, müssen erst die Schatten von deinen Augen genommen werden, musst du erst dein Werk geschmiedet haben. Wir bleiben so lange, wie es nötig ist.«

Das neue Zeitalter begann für Malech und Rocq im stinkenden Stroh eines Stalls, zwischen den wenigen Schafen, die sich der Schmied des nahen Dorfes, er hieß Fist, hielt, um über den Winter zu kommen. Weil dessen jugendlicher Helfer vor einigen Monaten dem Hungerwurm erlegen war, hatte Fist sofort zugestimmt, als Rocq fragte, ob er sich als Handlanger verdingen könnte. Im Gegenzug für seine Hilfe an den Blasebälgen ließ der Schmied sie in seinem Stall schlafen und ernährte sie. Nach wenigen Tagen hatte Fist erkannt, wie sehr Rocq ihm als vollwertiger Schmied helfen konnte. Seitdem erlosch das Feuer in der Esse kaum noch, die beiden Schmiede wechselten sich im Schichtbetrieb ab, Malech half, ein Strom von Sicheln und Pflughaken verließ die Schmiede.

»Mit Hafergrütze kann ich dich nicht angemessen bezahlen«, sagte Fist eines Abends mit vollem Mund, bevor er seinen Löffel in seiner Holzschüssel voll Grütze ablegte. »Ohne dich hätte ich all die liegengebliebenen Aufträge nicht mehr rechtzeitig abarbeiten können. Wie kann ich dich entlohnen?«

»Indem du mir etwas Bronze und die Schmiede überlässt, vielleicht an etwas ruhigeren Tagen.« Rocq lachte den kleinen, rundlichen Schmied an, rückte aber mit keiner Erklärung raus.

Fist wandte sich an Malech. »Was hat er vor?«

»Gott hat in der Mittwinternacht im Tempel zu ihm gesprochen. Ich weiß zwar nicht, was er zu meinem Bruder gesagt hat, aber ich vermute, Rocq will einen Kalender schmieden. Richtig?«

»Kannst du Quälgeist nicht wenigstens warten, bis ich angefangen habe? Ja, es soll ein Kalender werden, einen, wie es noch keinen gab. Einen, der aussieht wie euer Heiligtum.«

»Bist du gar kein Schmied, sondern ein Priester?«

»Nein, ich bin …«

»Mein Bruder denkt, er wäre der Herr der Zeit, weil er den Tanz der Sterne entschlüsselt hat. Tatsächlich gelingt ihm das nur, weil er auf der Schulter Gottes sitzt und ihm zusehen darf. Er ist also ein Auserwählter, ohne es zu wissen.«

»Hör nicht auf Malech. Ich bin kein Auserwählter, eher ein Außenseiter. Würde ich sonst grübeln, ob Götter sterben, weil sie sich von ihren Anhängern entfernen? Würde ich sonst versuchen, mein Schicksal abseits der Wege zu finden, die mir angeblich von Göttern vorgegeben werden?«

»Ich habe keine Ahnung, ob du dein Schicksal in meinem Schmiedefeuer finden kannst. Aber zumindest deinen Lohn für deine große Hilfe. Ich werde dir morgen aus den Resten der letzten Aufträge einen Klumpen Bronze zusammenschmelzen, den du verwenden kannst. Und wenn du mehr brauchst, wird auch das kein Problem sein.«

»Ich danke dir, Fist.«

Am nächsten Abend legte der Schmied einen stattlichen Bronzeball in Rocqs Hände, als der ihn an der Esse ablöste.

»Der ist ja doppelt so dick wie deine Faust, das reicht mit Sicherheit. Sieh, ich habe schon die ersten Skizzen gemacht.« Rocq rollte ein Stück Leder auf, das schon zur Hälfte mit Kohlezeichnungen bedeckt war.

»Keine Ahnung, was du da vorhast, aber ich möchte dich bitten, erst damit zu beginnen, wenn wir unseren letzten Auftrag erfüllt haben, einen Ritualdolch für Cadha.«

»So soll es sein.«

»Ist Cadha euer Hohepriester?«

Fist lachte. »Nein, sie ist unsere weise Frau. Obwohl, eigentlich ist sie mehr als das, auf ihre Art auch eine Priesterin.«

Malech erbleichte. »Eine Priesterin? Etwa für die Muttergöttin?«

»Sicherlich. Zumindest ist sie die rechte Hand des Hohepriesters bei Mondritualen.«

»Etwa in den Steinkreisen?«

»Wo denn sonst? Unsere Ahnen haben den Tempel doch errichtet, um den Gott der Jäger und den der Bauern vor unser aller Augen zu versöhnen. In knapp zwei Wochen kannst du es selbst sehen.«

»In den Steinkreisen wird der Mondgöttin gehuldigt?« Speichelfäden flogen aus Malechs Mund, der unkontrolliert zu zucken begann. Er war fest davon überzeugt gewesen, den ältesten und wichtigsten Tempel Sols erreicht zu haben. Dabei war der Steinkreis sogar eine Verhöhnung des rechten Glaubens, besudelt von weibischen Bittgebeten nach reicher Ernte. Konnte es sein, dass hier niemand von dem Plan wusste?

»Aber hat euch denn niemand …«, Malechs Stimme bebte, dann verschluckte er die Worte, die ihm beinahe entglitten waren. Mit Sorge beobachtete Rocq, wie das Milchweiß in Malechs Gesicht einem schon ins Violette gehenden Rot wich. »Habt ihr denn die Zeichen nicht erhalten?«

»Welche Zeichen?«

»Risse in der Erde, der Baum am Himmel, die Welle, den steinernen Regen.«

»Bei uns regnet es nur Asche, und Sol hat sich in Dunst gehüllt. Und das ist schlimm genug. Wenn die Felder unfruchtbar sind, muss Cadha viele ihrer Tränke an die Frauen verteilen. Solange wir nicht lernen, Steine zu essen, darf unser Volk nicht wachsen.«

»Sagt sie das?« Malech ging aufgeregt in der Schmiede auf und ab. »Ihr lasst eine Frau entscheiden, ob ein Mann Söhne hat. Das darf nicht sein. Sol verlangt nach Kriegern für das kommende Zeitalter der Starken. Sollen euch Frauen in die Schlacht führen?«

»Beruhige dich. Du kannst nicht an jedem Ort, den wir erreichen, versuchen, den Menschen vorzuschreiben, wie sie zu leben haben.«

»Ich schreibe niemanden etwas vor. Ich sage nur, was Gottes Anweisungen sind.« Er rieb sich die Schläfen. Ein kristallklarer Gedanke erfüllte seinen Kopf: Mit Worten allein würde er dem Gott der Krieger nicht dienen können, dazu bedurfte es eines Dolches. Aber davon durfte Rocq nichts wissen. Zum Glück hatte der im Moment ohnehin nur Gedanken für die Schmiede. Lächelnd drehte sich Malech zu seinem Bruder um.

»Möglicherweise hast du recht. Ich sollte lernen, den Dingen einfach ihren Lauf zu lassen.«

»Genau. Und während wir das tun, können wir arbeiten. Lass uns den Dolch schmieden.«

»Ein anderes Mal, das schaffst du doch sicherlich auch alleine?! Ich brauche etwas frische Luft und Bewegung.«

»Na gut, wenn du so den Kopf frei kriegst. Wir sehen uns morgen früh.«

Rocq ließ mit den Blasebälgen die dunkelrote Glut bis zu einem hellen Weiß erglühen, als Fist und Malech die etwas abseits liegende Schmiede verließen, um Richtung Dorf zu gehen.

»Tot?« Ratlos betrachtete Rocq den Dolch in seiner Hand. Zwei Tage lang hatte er die Bronze geschmolzen, geschmiedet, gehämmert und geschärft. Er hatte sogar etwas von diesem neuen Metall einfließen lassen, wie es ihn die Schmiede am Fuße der großen Burg – ihrer letzten Station – gelehrt hatten. Nun hatte er einen Dolch mit einer sehr viel härteren Klinge, die eine Art Schlangenmuster zierte. Aber keine Kundin mehr.

»Sie ist in ihrem Bett eingeschlafen. Ein Mädchen, das seine erste Mondblutung bekommen hatte, hat sie heute Morgen gefunden. Nun, Cadha war alt.«

»Was machen wir mit dem Dolch?«

»Behalte ihn. Kann nicht schaden in so unruhigen Zeiten. Oder du gibst ihn mit in ihr Grab, wenn sie nächste Woche bestattet wird. Eigentlich hätte Cadha die Mondzeremonie mitgestalten sollen. Nun wird sie ihr Begräbnis.«

»Die Mondzeremonie findet trotzdem statt?« Bis jetzt hatte Malech das Gespräch der Schmiede schweigend verfolgt.

»Natürlich. Es ist nur eine Priesterin gestorben, keine Göttin.«

Malech ballte die Faust. Die leise Hoffnung, dass mit der Priesterin auch der Mondaberglauben beerdigt werden würde, war zerstoben. Jetzt konnte er nur noch hoffen, dass sein Bruder ein Meisterwerk schaffen würde, dass diese Bauern von der Herrlichkeit des einen Gottes überzeugen würde. Und mehr als das, er brauchte ein Instrument, das diesen Verblendeten die Augen öffnen könnte, um ihnen zu zeigen, dass er – der Einäugige – der Prophet der neuen Zeit ist.

Rocq nutzte die Woche, um seinen neuen Kalender mit Leben zu erfüllen. Aber er redete nicht mit seinem Bruder darüber, scheute sogar davor zurück. Denn was Malech noch nicht wusste: Auch dieser sollte den Anhängern der Muttergöttin einen festen Ankerplatz im Jahr des Sonnengottes geben. Der äußere Steinkreis hatte ihm die Idee eingepflanzt. 30 Tragsteine hatte er gezählt, so viele, wie der Sonnenmonat Tage hatte. Die fünf riesigen, einzeln stehenden Tore im Innern entsprachen den fünf jährlichen Schalttagen. Die 19 kleineren Felsen des Halbmondes rund um den Altar stehen für die 19 Jahre, nach denen sich die Konstellation des Vollmondes zur Tagnachtgleiche im Frühjahr wiederholt – Sonne und Mond also wieder im Takt tanzen.

Rocq schuf keine Kopie der Steinkreise, eher ein Echo. Der Kalender war rund, erinnerte an eine Trommel. Er ruhte auf 28 runden Füßen, nach der Zahl der Tage, die ein Mondumlauf brauchte. 40 Nieten hatte er über den bronzenen Körper des Kalenders verteilt – für die 40 Tage Abstand, die nach der Tagnachtgleiche im Frühjahr in einem Schaltjahr einzuhalten waren, damit das um 11 Tage kürzere Mondjahr wieder mit dem Sonnenjahr synchron lief. Die Bronzescheibe war auf 5 Ringebenen mit Strichen übersät, mit genau 384 Strichen, entsprechend einem langen Mondjahr. Die Scheibe war mit Lederriemen auf dem unteren Körper zu befestigen. Schnallte man sie ab, lag sie in den Händen wie die Himmelsscheibe, die Rocq in der Heimat zurückgelassen hatte.

Zufrieden legte er das Tuch aus der Hand, mit dem er den Kalender poliert hatte. Morgen würde er sein Werk Malech zeigen, den er in den letzten Tagen kaum gesehen hatte. Jetzt war es an der Zeit, Cadha die letzte Ehre zu erweisen.

Es war früher Morgen. Die Sonne hatte ihre Herrschaft am Himmel noch nicht angetreten. Dumpfe Trommelschläge ließen die Eingeweide der Trauernden vibrieren. Fackeln säumten den letzten Abschnitt der Prozessionsstraße hin zum Heiligtum und beleuchteten die vier Männer, die Cadha zum Tempel trugen.

»Wie bei einem Fürstenbegräbnis«, zischte Malech, den Rocq erst überreden musste, an dem Begräbnis teilzunehmen.

»Sie muss sehr wichtig für die Menschen gewesen sein. Es sind kaum weniger Menschen da als zur Wintersonnenwende.«

»Auch in den umliegenden Dörfern werden genug Frauen trauern, die künftig den Samen des Mannes nicht mehr so leicht abstoßen können, der in sie gepflanzt wurde.«

»Was redest du. Es sind nicht nur Frauen, alle sind hier.«

Malech verstummte. Es verwirrte ihn mehr, als er zugeben wollte, wie groß die Trauer um die weise Frau war. Priester stoppten den Trauerzug mit vorgestreckten Händen. Nicht aber die Träger mit der Toten. Scharf zog Malech die Luft ein. Es empörte ihn, dass die Alte sogar noch kalt und starr Zugang zum Heiligtum hatte, der ihm verwehrt wurde. Zufällig waren Rocq und er wieder an dem Visierstein zum Halten gekommen, von dem aus sie den Zauber des Todes der Sonne so gut sehen konnten. Die Tote wurde direkt vor dem Altarstein aufgebahrt. Mit dem Rücken zur Gemeinde murmelte der Hohepriester ein Gebet, bevor er sich mit ausgebreiteten Armen umdrehte. Als er die Arme fallenließ, endete das Getrommel, die Fackeln wurden gelöscht. Das kalte Licht des Vollmondes wurde durch einen Ascheschleier wie durch hohe Wolken gebrochen, doch es schien Rocq, als ob es in die Seelen aller Anwesenden leuchten könnte.

»Hat sie die Zunge rausgestreckt?«

»Das ist bestimmt nur eine Täuschung.«

Wieder wurden sie durch ein Zischen zur Ordnung gerufen.

Und dann ging der Mond unter.

»Das kann doch nicht wahr sein!« Malech war genauso erstaunt wie sein Bruder, als der Mond dem Pfad der Sonne folgte, den diese vor ein paar Tagen genommen hatte. Oder klang seine Stimme eher entsetzt?

»Es ist nicht ganz derselbe Winkel.« Rocq streckte den Arm aus. »Es ist etwas flacher.«

Und dann war Schweigen. Ergriffen verfolgten alle den Niedergang der Herrscherin des Nachthimmels, viele dazu noch überwältigt von der Trauer um Cadha. Rocq staunte erneut, dass so viele Menschen so absolut lautlos sein konnten. Er traute sich nicht, zu atmen. Kurz bevor der Mond den Erdkreis berührte, nahm seine Leuchtkraft noch zu.

Die Göttin weist ihrer Dienerin den Weg, dachte Rocq. In dem Moment fand die Göttin den Weg in das Heiligtum. Malech stöhnte gequält auf. Der Mond erstrahlte durch ein Fenster oberhalb des Altars, das von einem Deckstein des äußeren Steinrings und dem hinter dem Altar stehenden, einzelnen Tor gebildet wurde.

»Das Mond-Fenster liegt direkt über dem der Sonne.«

Malech antwortete nicht, er hatte es selbst gesehen. In seinen Augen schimmerten Tränen. Erstarrt verfolgte er, wie die Göttin vom Himmel verschwand und die Fackeln wieder entzündet wurden. Doch es blieb dabei. Er war getäuscht worden. Dies war nicht die Heimstatt Sols, auf die er gehofft hatte. Dieses Gotteshaus war ein Freudenhaus der Beliebigkeit, in dem die Göttin der Schwachen nicht bloß Zugang hatte, sondern Sol mindestens gleichgestellt, offenbar sogar übergeordnet war. Wie konnten sie nur das Weiche, Empfangende, Pflegende höher schätzen als das Harte, Erobernde, Unterwerfende? Malech spürte den bitteren Geschmack der Übelkeit im Mund aufsteigen. Dann straffte er seine Schultern.

»Sie alle sind nicht mit der Einäugigkeit Gottes gesegnet worden, die alleine erlaubt, zu sehen, was sein wird.«

»Was sagst du?«

Erst jetzt merkte Malech, dass er laut gesprochen hatte. Erst jetzt sah er, wie der Kadaver der Alten an ihm vorbei auf die Prozessionsstraße Richtung Fluss getragen wurde. Er wirbelte zu seinem Bruder herum.

»Das tue ich mir nicht mehr an. Wenn du mitansehen willst, wie sie eine Kräuterfrau zur Fürstin erhöhen, musst du es alleine machen. Ich haue ab.«

»Geh einfach, wenn du nicht mal einer Toten die Ehre erweisen kannst.« Rocq schloss sich dem Trauermarsch an. Als er sich nach einiger Zeit umblickte, sah er Malech zum Dorf gehen. Besser so. Bei der Wut, die erkennbar schon wieder in seinem Bruder brodelte, hätte er jederzeit damit rechnen müssen, dass Malech die Würde der Bestattung befleckt. Der Trauerzug folgte der Straße, deren Verlauf Rocq schon kannte, bis zum Flussufer. Dort wartete ein imposanter Einbaum. Die Tote wurde mitsamt dem Traggestell aus Holz auf dem Boot festgezurrt. Dann stakte der Flößer eine fast armdicke Stange in den schlammigen Untergrund des Flusses und schob das Boot langsam flussaufwärts. Die Menge folgte dem Boot am westlichen Ufer.

Rocq konnte seine Neugierde nicht länger bezähmen. Er wandte sich an einen neben ihm gehenden, alten Mann.

»Warum wird Cadha nicht auch hier am Ufer entlang getragen?«

»Weil dies der Seelenfluss ist, Fremder. Ihr Körper muss einmal gegen den Strom vom Reich der Toten ins Reich der Lebenden getragen werden, damit ihre Seele wiedergeboren werden kann. Auf dem gesamten Weg begleiten sie diejenigen, die sie liebten. Deshalb kürzen wir den Weg auch nicht an der Flussschleife ab.«

»Ist dieses Erdwerk nördlich von uns das Reich der Lebenden?«

»Das und der Kreistempel aus Holz direkt davor. Der Erdtempel ist gigantisch, dort feiern wir zur Sommersonnenwende. Der Holztempel dagegen ist ein Zwilling des Reichs der Toten. Dort wird Cadhas Seele wandern, bevor wir ihren Leib der Erde übergeben.«

»Kriegt sie ein richtiges Grab?«

Der Alte betrachtete den Nordmann mit unverhohlener Skepsis. »Selbstverständlich, glaubst du, wir verscharren sie auf dem Feld?«

»Genau das musste ich tief im Süden mitansehen. Dort gilt sogar das Vieh mehr als die Frauen.«

»Aber nicht bei uns. Cadha wird in einem Hügel bestattet, obwohl sie nie den Stabdolch in der Hand gehabt hat.«

»Gehockt wie ein Neugeborenes?«

»Natürlich, wie sonst?«

»Im Süden bestatten sie ihre Toten ausgestreckt auf dem Rücken liegend, damit sie direkt zu den Ahnen im Himmel blicken.«

»Ein komisches Volk lebt dort im Süden. Oder es bricht eine komische Zeit heran. Die Zinn-Sucher an der Küste sollen der Göttin abgeschworen haben, wie man hört, und nun den Jäger anbeten. Als Bauer weiß ich aber: Es wird nichts wachsen, wenn man plötzlich im Sommer sät statt im Frühjahr. Nun, hier verleugnen wir die Traditionen unserer Vorfahren nicht.«

»Deshalb atmet dieser Ort mehr Heiligkeit als jeder andere, den ich kenne.«

»Weise Worte von jemandem, der bis eben noch nicht mal den Seelenfluss kannte.«

Eine Weile gingen sie schweigend neben dem Einbaum her. Man hörte sogar das leise Platschen, wenn der Flößer den Stab ins Wasser tauchte. Die ruhigen, dennoch kraftvollen Bewegungen des jungen Mannes erinnerten Rocq an die Reise auf den Ruderbänken von Hamilkars Schiff. Schade, dass Melana diese Feier nicht miterlebte. Es hätte sie glücklich gemacht, dass an diesem Ort auch Frauen geehrt wurden und dass hier der Gott der Männer und die Göttin der Frauen gemeinsam regierten. Fast glaubte er, den Duft ihres Haares zu riechen und ihre kleine Hand auf seiner Schulter zu spüren. Doch da lag nur die Hand des Alten, der ihn auf etwas aufmerksam machen wollte.

»Dort links, in dem offenen Hügelgrab, werden wir Cadha bestatten.« Er wies auf einen in einer Reihe von Hügeln. Dunkle Erde an den Flanken zeugte von den jüngsten Arbeiten mit Schaufeln aus Geweih. Ein paar Schritte weiter leuchtete etwas in der Dämmerung.

Der Alte war Rocqs Blick gefolgt. »Das sind die Wälle. Zusammen mit den dahinter liegenden Gräben grenzen sie die Heiligtümer gegen alles Unheilige ab. Ohne Erlaubnis der Priester sind die umfriedeten Bereiche für uns tabu.«

»Aber wieso lasst ihr die Wälle so hell?«

»Die Priester sagen, damit sie die Tempel mit dem Licht des Mondes und der Sonne abschirmen.« Der Alte begann zu flüstern. »Als Bergmann sage ich dir aber, es liegt nur daran, dass sie die Gräben so tief haben wollten, dass vier Mann, die auf den Schultern der anderen stehen, nicht den Rand berühren könnten. Dort unten ist der Boden kalkig.« Der Alte lachte. »Aber als jemand, der im Dreck wühlt, sollte ich mir nicht anmaßen, die Worte jener anzuzweifeln, die den Himmel durchmessen.«

Rocq erinnerte sich an den Streit mit Malech vor dem Hügelgrab. Keine Frage, an diesem Weiß entzündeten sich die Gedanken der Menschen.

Sie hatten eine kurze, von aufrecht stehenden Felsen begrenzte Straße erreicht, die vom Fluss in das Erdheiligtum führte. Als die vier Träger den Leichnam vom Boot holten, setzte wieder Gesang ein. Die ersten Sonnenstrahlen waren zu schwach, um den vom Avona aufsteigenden Nebel vertreiben zu können. Aber die im Rücken der Trauergemeinde aufgehende Sonne erhellte zumindest ein wenig das Rund, während Priester den Menschen ihre Plätze zuwiesen.

»Das ist ja wirklich gewaltig. Diesen Wall und diese Gräben könnten nicht mal Streitwagen überwinden.«

»Streitwagen?«

»Eine Waffe von Steppenvölkern des Südostens. Unwichtig. Was ist das für eine Halle?« In der Mitte des Erdwerks, das bestimmt 40 Schiffe in einer Linie aufnehmen konnte, stand im Zentrum zweier hölzerner Kreise ein ebenfalls kreisrundes Gebäude.

»Dort opfern wir zur Sommersonnenwende die Ochsen. Doch heute ist nicht der Tag des Feierns.«

Vor dem Eingang der Halle wurde Cadha aufgebahrt. Sie trug das Weiß, das Priesterinnen vorbehalten war. Eine Doppelkette aus bronzenen Spiralen schmückte ihren Hals. Sie ruhte auf einem Umhang, der von Angehörigen eines Bergvolkes, das weit entfernt lebte, aus Brennnesseln gewebt worden war. Ihr Gürtel wurde auf ihrem Bauch von einer großen Scheibe geschlossen. Rocq war sich nicht sicher, ob sie aus Gold oder aus Bronze war. Die Scheibe konnte sowohl den Mond als auch die Sonne darstellen, wies Cadha aber als Herrin des Kultes aus.

»Was ist in dem Gefäß zu ihren Füßen?«

»Bier als Wegzehrung in die Anderwelt. Gebraut aus vergorenen Bärentrauben und gesüßt mit Honig. Normalerweise müsste dort noch ein zweiter Behälter stehen.«

»Mit etwas zu essen?«

»Nein, mit einem Sklaven.« Der Alte merkte, wie Rocq stutzte, deshalb erklärte er weiter: »Ihrem Rang gemäß standen Cadha im Leben wie im Tod Sklaven zu. Die Priesterinnen, die vor ihr starben, bekamen die Knochen eines Sklaven mit, den wir getötet und entfleischt hatten. Aber Cadha wollte nie über einen Sklaven gebieten, deshalb haben wir es diesmal gelassen.

Der Hohepriester predigte, während die Trauernden die Tote dreimal in den Holzkreisen umrundeten. Das dauerte wegen der vielen Menschen so lange, dass dem Priester bereits die Stimme versagte. Die Menge bewegte sich mit kurzen Schritten vorwärts. Die hölzernen Palisadenwände warfen den dumpfen Ton ihrer aufstampfenden Füße zurück und verhinderten jeden Blick nach außen. Rocq merkte, wie sein Geist während der eintönigen Bewegung entfloh, die ihn an das Rudern auf der *Dido* erinnerte. Wie sehr er Melana vermisste. Schließlich wurden seine Gedanken unterbrochen, weil die Träger die Tote schulterten und zum Ausgang im Nordwesten strebten.

»Diesen letzten Weg geht sie allein. Wir müssen wieder dort hinaus.« Der Alte ging vor zum Einlass im Südosten, Rocq folgte ihm.

Ergriffen beobachtete er, wie die Menge, unter ihnen viele, die hemmungslos weinten, den von ihnen geformten, lückenlosen Kreis rund um den hölzernen Tempel öffnete, als sich die Träger gemessenen Schrittes diesem Reich der Lebenden näherten. Knieende Menschen bildeten eine Gasse, damit Cadha in den Tempel getragen werden konnte, in dem sie so oft Zeremonienmeisterin gewesen war. So sah echte Verehrung aus. Rocq war sich sicher, dass Melana eine ebenso starke Zuneigung entgegengebracht würde, wenn sie von ihrer Gemeinde irgendwann zu den Ahnen geschickt wurde. Wie es ihr wohl ging? Ob sie wohl sicher war? Gedankenverloren betrachtete Rocq die von Deckpfosten verbundenen Holzkreise. Sie sahen aus wie ein Wald.

»Es sind sechs Kreise da drinnen. Für das heutige Ritual brauchen sie nur den innersten. Sie werden Cadha auf einen der Deckpfosten legen.«

»Ein Turm der Stille!«

Der Alte schmunzelte. »Ich sehe, du kennst doch ein paar der alten Riten. Tatsächlich ist dieses Ritual nur noch eine blasse Erinnerung an die Türme der Stille unserer Ahnen. Cadha bleibt dort oben nicht ein paar Tage liegen, damit die Raben sie fressen, sondern nur für die Dauer eines Gebetes. Wir reisen nicht mehr in den Mägen der Aasfresser zu unseren Ahnen, sondern auf den Strahlen von Mond und Sonne.«

»Also wird sie heute noch beerdigt?«

»Vor unseren Augen. Nach dem letzten Gebet wird Cadha mit den Strahlen der aufgehenden Sonne in ihr Grab gebracht.«

Kaum war der Erdhügel am Abend wieder geschlossen, brach Rocq nachdenklich Richtung Schmiede auf. Was hatte er falsch gemacht, dass Melana nicht mehr bei ihm war? Eigentlich war dieser Ort perfekt für sie. Es konnte nicht anders sein: Er musste sie suchen und ihr von diesen Heiligtümern erzählen. Von der Ehrerbietung, die der toten Cadha widerfahren war. Von einem Tempel, in dem Muttergöttin und Sonnengott gleichermaßen verehrt wurden. Wieso hatte er sie einfach so kampflos gehen lassen? Wütend auf sich selbst trat Rocq gegen eine junge Birke am Wegesrand. Der Schmerz riss die düsteren Wolken auf, die seinen Geist umhüllten und schenkte ihm einen klaren Gedanken: Es war nicht zu spät, um sie zu kämpfen. Er würde ihr nachreisen in das Meer, das die Tränen der Götter anspülte. Es könnte Monate dauern, aber eine solch auffällige Gruppe würde er finden. Und dann würde er ihr seinen neuen Kalender schenken. Vielleicht konnten sie doch noch wie Sonne und Mond tanzen und zu etwas verschmelzen, das so makellos war wie dieser Kalender. Mit diesem Gedanken drückte er die Tür zur Schmiede auf. Und erstarrte.

»Was machst du da?«

Malech drehte sich höhnisch lachend um, den Kalender in der einen, ein abgebrochenes Mondrad in der anderen Hand.

»War es das, was du mir stolz zeigen wolltest? Noch ein Werkzeug aus den Händen deiner hündischen Göttin? Du hattest mir versprochen, etwas für das anbrechende Heldenzeitalter zu schmieden.«

Jetzt schrie Rocq. »Was hast du erwartet, ein Schwert?«

»Jedenfalls nicht so etwas, das die Illusion nährt, wir Sterblichen könnten direkt mit Gott reden.«

»Aber das können wir. Sie geben uns nur Hilfen, damit wir unser Leben meistern können.«

»Nein! Sol ist der Meister unseres Lebens. Das hier ist das Denken von gestern, das ist sogar gotteslästerlich.« Malech schleuderte den Kalender mit Wucht durch die Schmiede. Er prallte gegen eine Wand des Ofens. Die bronzene Scheibe blieb verbogen liegen.

Rocq war mit drei Schritten bei seinem Bruder und ohrfeigte ihn. »Du Frevler.«

Ein tiefroter Abdruck zeichnete sich auf Malechs Wange ab. »Ausgerechnet du nennst mich einen Frevler? Ohne mich hättest du nicht mal die Chance, den Irrweg zu verlassen, den du Vernunft nennst. Wo du glaubtest, dein freier Wille würde walten, war es in Wirklichkeit göttlicher Plan.« Malech schubste Rocq, so dass der an die Wand prallte. »Und ich war sein Werkzeug! Ich habe diese Hure erdrosselt, diese angebliche weise Frau, der du sogar noch einen Dolch als Zeichen der Macht geschmiedet hast.«

»Du hast Cadha getötet? Niemals, nicht mein Bruder.«

»Darin bist du ja groß. Einfach zu leugnen, was du nicht wahrhaben willst. Du hast es schon richtig gesehen. Ihre Zunge guckte hervor. Es war ihr letzter schlüpfriger Gruß, als ich ihr mit dem Gürtel die Luft nahm, die sie nicht verdiente.«

»Was bist du für eine Bestie geworden!«

»Im Gegenteil. Die wollüstigen Tiere seid doch ihr. Deshalb habe ich die andere Hure vertrieben.«

»Melana?«

»Genau. Sie wollte die Schenkel für mich nicht öffnen, nur für dich, Bruderherz. Also konnte ich sie nicht gebrauchen.«

Das war zu viel für Rocq. Erst jetzt erkannte er seinen Bruder in all seiner Hässlicheit. Er war die ganze Zeit nur ein Spielzeug in seinen Händen gewesen. Und was hatte er Melana angetan? Das war nicht länger sein Bruder, das war das Böse. Er sprang ihn an und schmetterte ihn gegen die Wand. Malech stöhnte auf und riss dann mit einer ruckartigen Bewegung seien Kopf nach vorne. Seine Stirn prallte gegen Rocqs Nase, die knirschend brach. Der Schmerz nahm Rocq die Luft, für einen Moment war er wehrlos. Malech umklammerte seine Arme. Hass spülte den Schmerz davon, er spannte seine Muskeln an, warf den Oberkörper hin und her. Malech spürte, dass er ihn nicht mehr würde halten können. Da ertasteten seine Finger hinten im Gürtel Rocqs den Dolch, den dieser für Cadha geschmiedet hatte. Seine Chance. Er packte zu, öffnete den Klammergriff und stieß zu. Rocq schrie auf und sackte zusammen. Malech betrachtete die blutige Waffe in seiner Hand. Breitbeinig baute er sich über seinem Bruder auf, der sich die Seite hielt, aus der das Blut strömte.

»Mein ach so kluger Bruder ist doch so dumm. Die Frau, die dich liebt, konnte ich in deinem Kopf zur Hure umformen. Ja, selbst deine Himmelsscheibe ist nicht mehr als ein Werkzeug in meiner Hand. Sie …«

Der letzte Satz ging in einem gurgelnden Geräusch unter. In rasender Wut zertrat der liegende Rocq seinem Bruder die Kniescheibe. Malech knickte ein. Im Fallen hob er den Dolch zum tödlichen Stoß. Die Waffe schwirrte noch durch die Luft, da traf ihn ein mörderischer Schlag an der Schläfe. Rocq war zu schnell für ihn. Malech hörte, wie seine eigenen Knochen brachen, sah schon nicht mehr, ob sein Dolch das Ziel fand. Der faustgroße Klumpen alter Schlacke, nach dem Rocq instinktiv gegriffen hatte, löschte sein Leben aus. In Malechs Augen hatte sein Gott jedes Anrecht auf die Erze in den Lebensadern der Erde. Nun ließen die Abfälle dieser Erze seine Augen brechen.

IN EINER ANDEREN WELT

Sie war tot. Sie musste tot sein, so kalt wie ihr war. Doch konnte es in der Anderwelt nach Tang riechen? Melana schlug die Augen auf – und schloss sie sofort, weil sie wie Feuer brannten.

»Melana!« Aus weiter Ferne hörte sie einen Ruf. Sie hätte schwören können, dass das Artes' Stimme war. »Melana!« Die Stimme kam näher. Irgendetwas zerrte an ihr und machte ein schwappendes Geräusch. Es fiel ihr unheimlich schwer, die Lider zu öffnen, doch dieses Mal behielt sie die Augen auf. Selbst, als ihr die Gischt direkt ins Gesicht klatschte. Sie war nicht tot, jedenfalls noch nicht. Mit zitternden Armen stemmte sie sich aus dem Wasser hoch. Sie war an einem Strand, Spanten eines Fasses lagen neben ihr. Sie hätte schwören können, dass sie den Stempel auf dem Holz schon mal gesehen hatte. Und dann fiel es ihr ein. Auf dem Schiff, das Wasserfass. Der Sturm. Er hatte die *Ivlia* gepackt wie eine satte Katze eine Maus. Sie bewegungsunfähig gemacht und dann mit ihr gespielt. Sich an ihrer Todesangst geweidet. Und als es langweilig wurde, achtlos beiseite gefegt.

Welle um Welle war über das Deck geschwappt. Und dennoch hatte ihr Herz am Ende einen hoffnungsvollen Sprung gemacht, als Tore plötzlich schrie: »Land!« Aber dann war da nur noch Lärm und Kälte und dann nichts mehr.

»Der Göttin sei Dank, du lebst. Komm raus aus dem Wasser.« Hamilkar nahm ihren Arm und half ihr auf. Sofort wurde ihr schwarz vor Augen, sie sackte wieder zusammen. Artes kam herbeigelaufen, gemeinsam hoben die Männer sie in den weißen Sand.

Sie krächzte. »Almene und ...«

»... Syria sind sicher. Keine Sorge, beide sind munterer als du. Komm, wir bringen dich zu den anderen. Wir müssen schnell ein Feuer anmachen, wenn wir uns nicht den Tod holen wollen.«

Die Schiffbrüchigen hockten im Sand. Auf Anhieb konnte Melana nicht erkennen, ob eines der Gesichter, die ihr in den vergangenen Monaten so vertraut geworden waren, fehlte.

»Gab es Tote, Hamilkar?«

Er fasste sie an den Schultern und setzte sie zu den beiden vor Kälte schlotternden Priesterinnen. »Ja, drei. Ein Matrose ging schon weit vor der Küste über Bord. Havlar brach sich das Genick, als er auf den Felsen springen wollte, der unser Verhängnis wurde. Und Tamerlan …« Der Kapitän wischte sich über die Augen. »… wollte seinen Posten nicht verlassen. Dort wurde er von einer zersplitterten Schiffsplanke aufgespießt.«

»O nein. Er hat uns durch alle Gefahren bis hierhin gebracht und dann so was.«

»Das stimmt. Sein Ende ist nicht gerecht, aber ich glaube, wenn er es sich hätte aussuchen können, wäre er lieber so gestorben als irgendwo an Land.«

Nur mühsam kamen zwei kleine Feuer in Gang. Die Seeleute hatten Schwierigkeiten, das feuchte Treibholz, das sie aufgesammelt hatten, mit dem wenigen trockenen Zunder zu entzünden, der ihnen geblieben war. Der dicke, weiße Qualm ließ die Schiffbrüchigen husten, aber keiner rückte ab von der Wärme des Feuers. Mit den Augen einer Heilerin erkannte Melana, dass kaum ein Seemann unverletzt geblieben war. Überall tropfte Blut aus klaffenden Wunden in den Sand. Ein Mann war von den Wellen so gegen die Felsen geworfen worden, dass ihm ein Stück Kopfhaut abgerissen war. Sie sah das Blut pulsieren, doch der Mann blickte völlig gleichgültig – zu geschockt, um Schmerz zu empfinden. Ein Matrose hielt sich mit bleichem Gesicht den Knöchel. Unter der Haut zeichnete sich eine scharfe Knochenkante ab – ein offener Bruch. Melana musste ihn schnell richten und schienen, aber ihr fehlte die Kraft. So wie allen anderen. Nur Artes stand immer wieder auf und blickte sich unruhig um.

»Wenn wir uns etwas aufgewärmt haben, müssen wir zum Wrack hinüberschwimmen, um unsere Waffen zu holen.«

»Ach, Artes. Ihr Krieger seht immer nur Gefahren. Freu dich doch erst mal, dass wir gerettet sind. Lass uns zu Atem kommen und uns ein bisschen aufwärmen.«

»Und ihr Händler seht immer nur den Profit. Aber – verdammt.« Er beschattete die Augen mit der Hand. »Leider wirst du gleich die Welt mit meinen Augen sehen.«

Laute Rufe und das Geklirr von Waffen hallte über die Dünen. Bewaffnete strebten von allen Seiten eilig auf die Schiffbrüchigen zu. Sie saßen in der Falle.

»Strandpiraten!« Hamilkar spuckte aus. Zu oft war er dieser Sorte Mensch begegnet. Die Männer trugen einfache, oft geflickte Kleidung. Normalerweise waren sie Fischer. Einer der Männer nutzte ein Stück Netz als Gürtel, ein anderer kam mit einem Fischspeer zum Raubzug. Nur eine Handvoll hatte richtige Bronzeschwerter in den Händen. Hamilkar hatte schon Schiffe an Strandpiraten verloren, die ihrem Glück etwas nachhalfen, indem sie die Kapitäne mit falschen Leuchtsignalen in die Irre führten. Diese hier schienen einfach nur eine Gelegenheit zu nutzen. Hamilkars Hoffnung auf etwas Mitgefühl zerstob, als einer der Piraten Artes mit einem Keulenschlag in den Magen niederstreckte. Obwohl der Krieger sich völlig ruhig verhalten hatte, wurde er als augenscheinlich größte Gefahr sofort ausgeschaltet. Er krümmte sich noch am Boden, als die schrillen Schreie der Frauen ertönten. Fünf Männer hatten sie gepackt und schleiften sie an den Haaren Richtung Dünen, nestelten dabei bereits an ihren Hosen. Speere, Schwerte und Dolche waren drohend auf die Männer der *Ivlia* gerichtet. Also konnte Hamilkar nur noch seinen mächtigen Bass einsetzen: »Lasst sie in Frieden! Das sind Priesterinnen. Wenn ihr sie anrührt, wird die Göttin euer stinkendes Gemächt abfaulen lassen.«

Als hätte sie ein Schwall eiskaltes Wasser getroffen, ließen die Piraten sofort die Haare der Frauen los und blieben einen Moment wie erstarrt stehen.

Bis ein kleines, dürres Männchen auf den Dünen loszeterte.

»Was ist denn los mit euch? Das sind nur Huren Nannas. Schändet sie und dann tötet sie. Sie müssen vom Antlitz der Erde getilgt werden. Und nur, wenn der Götterhimmel Sol allein gehört, wird die Sonne zurückkehren.«

Die Fünf wollten die Frauen gerade wieder packen, als sie von ihrem Anführer gestoppt wurden.

»Halt, wagt es ja nicht.« Der muskulöse Riese, der Artes' Zwilling hätte sein können, wenn er nicht hellblonde Haare gehabt hätte, stapfte durch den Sand zu den Frauen, kniete sich neben Melana und fragte in einer Sprache, die sich kaum von der Artes' unterschied: »Seid ihr wirklich Priesterinnen Nannas?«

Melana guckte mit verquollenen Augen verwirrt zu dem Häuptling auf. Dann antwortete Artes, der sich wieder auf die Knie gekämpft hatte.

»Wenn Nanna der Name eurer Muttergöttin ist, sind sie es. Sie können dich nicht verstehen, weil sie aus einem Land weit im Süden kommen. Dort nennen sie die Mutter der Erde Astarte und huldigen ihr in den prächtigsten Tempeln.«

»Nach deinem grauenhaften Dialekt scheinst du auch ein Südländer zu sein. Aber wohl kein Priester.«

»Ich bin Krieger. Mein Name ist Artes.«

»Mich nennt man Jarne. Ich schätze es, wenn Männer für ihre Frauen einstehen. Aber warum sollten Priesterinnen an Bord einer solchen Nussschale weit in den Norden segeln, wenn sie zu Hause über die Opfer in prächtigen Tempeln gebieten?«

»Weil sie verfolgt wurden von Priestern, die angeblich einem Gott dienen, der zu Kriegern spricht.«

»Angeblich?«

»Zu mir hat noch kein Gott gesagt, dass ich wehrlose Frauen abschlachten soll – und sollte es je dazu kommen, würde ich nicht zuhören.«

»Ein gutes Stichwort. Hanse, drück dich nicht im Hintergrund herum. Komm her zu uns, damit wir dich besser hören können.«

Das Kerlchen in den Dünen zuckte zusammen. Zögernd kam er nach vorn. Aus der Ferne zum Mord anstacheln war eine Sache, dem Riesen Rede und Antwort zu stehen, offenbar eine ganz andere.

»Frauen an Bord, sogar Priesterinnen. Diese Welt verwirrt mich. Hanse, du kannst sie mir bestimmt entwirren. Die Rückkehr der Sonne hast du als unser Priester doch schon angekündigt, wenn wir Nanna abschwören würden. Wir taten es, doch die Sonne blieb versteckt. Dann sollten wir Sol besänftigen, indem wir den Tempel abbrennen und alle kleinen Figuren der dicken Göttin zerhacken. Wir taten auch das. Aber er ignorierte uns.«

»Ich weiß, dass Zweifel an deinem Glauben nagten, weil meine Vorhersagen nicht eintrafen. Aber jetzt wissen wir endlich, warum: Nicht, weil ich Unrecht hatte, sondern weil unser gottgefälliges Werk noch nicht beendet war. Weil die drei größten Frevlerinnen noch lebten, ohne dass wir dies ahnen konnten. Sie verhöhnten den Sonnengott und unseren Glauben. Sie waren da draußen, vor unserer Küste, auf einem Schiff, was Frauen schon seit jeher verboten ist, und noch immer beleidigen sie sein Auge.« Die Stimme des Priesters überschlug sich. »Töte sie und alles wird gut. Glaube mir, das ist ein Zeichen.«

»Ich glaube dir.«

Artes spannte seine Muskeln an, bereit, sein Leben für Almene zu geben. Ein vor ihm stehender Pirat hob seine Streitaxt. Artes hatte keine Chance.

»Es kann kein Zufall sein, dass das Meer, das seit Wochen so wild ist, dass nicht mal die verwegensten Nordmänner es befahren, drei Frauen aus dem Süden ausspuckt. Und ausgerechnet diese drei haben ihr Leben Nanna geweiht.«

»Jetzt siehst du es auch. Nur ein allmächtiger Gott schickt seinen Dienern das Opferlamm, auf dass sie seinen Altar mit Blut weihen.«

»Das mag so sein.« Der Priester sank auf die Knie und hob die Arme Richtung Sonne. Da schüttelte der Häuptling bedächtig den Kopf. »Das ist tatsächlich ein Zeichen, aber möglicherweise ein anderes als du denkst.«

»Wovon redest du?«

»Du bist ein halber Südling, Hanse, keiner von uns, sonst würdest du die Weissagung kennen, die seit alters her an unseren Feuern erzählt wird.«

Eine Zornesader schwoll auf der Stirn des Priesters an. »Erspar mir das Geschwätz. Wir reden hier von drei Hündinnen Nannas, die erschlagen gehören.«

Der Häuptling trat einen Schritt auf den geifernden Priester zu und antwortete mit leiser Stimme. »Oder wir reden hier von der uns geweissagten, schaumgeborenen dreifaltigen Göttin, die dem Meer als Jungfrau, Gattin und weiser Frau entsteigen soll, um unser Volk auf den rechten Pfad zurückzuführen.«

»Das ist doch bloß Aberglauben aus längst vergangenen Zeiten, der von alten Weibern wiedergekäut wird.«

»Du verhöhnst unsere Ahnen, Prediger.« Hanse erbleichte. Dann drehte sich der Häuptling weg und kniete wieder neben Melana.

»Bringt ihr mir die Sonne zurück?«

Nachdem Artes übersetzt hatte, schüttelte die Priesterin den Kopf. »Das können wir nicht. Das einzige Versprechen, das wir halten können, ist, uns um eure Kranken zu kümmern.«

»Und eure Schmieden mit dem besten Metall zu füttern, dass sie je geschmeckt haben.« Hamilkar mischte sich ein, als er das Gefühl hatte, der richtige Moment für ein gutes Angebot sei gekommen.

Jarne lächelte. »Handfeste Versprechen statt wolkige, die nur auf den Götterhimmel zielen.« Er drehte sich zum Priester um. »Du glaubst gar nicht, wie leid ich es bin, dass du mich mit Zusagen zu lenken versuchst, die du nicht einhältst.«

Der Priester breitete die Arme aus und wandte sich an alle Bewaffneten. »Aber ihr müsst sie nur töten!«

»Und dann würde uns dein mächtiger Krieger-Gott belohnen? Männer, wer von euch hatte im Gefecht schon mal einen Gott neben sich?« Keiner antwortete. »Und wem haben ausschließlich seine Brüder den Rücken freigehalten, damit er nicht vorzeitig in die Anderwelt musste?« Alle Männer johlten, stießen ihre Waffen gen Himmel.

»Hanse, was würde dein mächtiger Gott tun, wenn ich seinen Priester zu dessen abergläubischen Ahnen schickte?«

Die Stimme wurde schrill. »Das kannst du nicht tun. Er würde deinen Schwertarm verdorren lassen.«

»Es scheinen trockene Zeiten zu werden. Er dort droht, dass mir der Schwanz abfällt, wenn ich seine Priesterinnen nehme. Du drohst, dass mir der Arm abfällt. Welches der höhere Einsatz ist, dürfte klar sein.«

Der Priester schaute ihn verständnislos an.

»In doppelter Ausführung habe ich nur den Arm.« Jarnes Männer johlten erneut.

Hanse zog seinen letzten Trumpf. »Die Sonne würde herabstürzen.«

»Na und? Ob sie sich hinter einem Schleier oder unter dem Horizont versteckt, ist doch egal. Ich brauche niemanden, der mir die Welt in Schwarz und Weiß erklärt, sondern jemanden, der auch Grautöne versteht. Ich glaube, Hanse, du bist nur ein Wichtigtuer, der den Göttern auch nicht näher ist als ich. Und darauf verwette ich meinen Arm.« Er riss sein Schwert aus der Scheide und schlug dem Priester in einer einzigen, fließenden Bewegung den Kopf ab. Als er in den Sand fiel, hatte er noch immer einen erstaunten Gesichtsausdruck.

* * *

Malechs Gesicht hingegen war vom Hass verzerrt. Rocq betrachtete seinen toten Bruder, entsetzte sich über sich selbst. Darüber, dass er nicht gezögert hatte, ihm die Schläfe zu zertrümmern. Dass er ihm das Leben genommen hatte, als wäre er sein ärgster Feind – dabei war er sein Bruder. Er kämpfte Tränen nieder, als er an seinen Vater dachte. Gut, dass er dies nicht mehr erleben musste. Es hätte ihm das Herz gebrochen. Jahrelang hatte sich der Vater besonders um den Zweitgeborenen bemüht. Dennoch konnte Malech nie das Gefühl abstreifen, ungeliebt zu sein. Schon allein, weil nur Rocq fast ein Ebenbild seines Vaters war: groß, kampfkräftig, ein Schmied und Himmelskundiger. Um sich nicht mickrig zu fühlen, war Malech von klein auf aggressiv gewesen. Wenn Rocq mal etwas vergaß, erntete er ätzenden Hohn. Sogar der Vater wurde attackiert, wenn er sich mal irrte. Ein Leben im Angriff. Rocq vergrub sein Gesicht in den Händen. Er hätte es sehen können, ja müssen. Aber weil er es nicht wahrhaben wollte, wie böse sein Bruder war, konnte der zerstören, was ihm am liebsten war. Rocq entsetzte sich darüber, wie naiv er doch gewesen war. Am meisten aber darüber, dass nicht mal jetzt, da er die Schuld eines Brudermords auf sich geladen hatte, sein Abscheu vor Malech verebbte. Er starrte gedankenverloren in die gebrochenen Augen. Melana muss Todesangst gehabt haben, als sie in diese Augen blickte. Dieses Schwein hatte sie schänden wollen, weil er es noch nie ertragen konnte, wenn eine Frau selbstbewusst war. Weil die Eifersucht seine Seele schon seit Jahren vergiftet hatte. Er hatte sich in seinem religiösen Wahn vermutlich wirklich für eine Art Auserwählten gehalten. Rocq wandte sich ab, um etwas Asche aus dem Schmiedeofen zu greifen. Er rieb sich die grauen Flocken in die Stichwunde, um die Blutung zu stillen. Die Klinge war von einer Rippe aufgehalten worden, sonst wäre er wohl tot. Der Schmerz ließ ihn aufstöhnen. Oder war es doch der Gedanke daran, wie er vor wenigen Tagen vor Melana für seinen Bruder Partei ergriffen hatte? Immer wieder hatte er von ihr Verständnis eingefordert und als der Moment kam, in dem er Verständnis für sie hätte haben müssen, hatte er versagt. Ohne es gewollt zu haben, hatte er sie verraten. Wie sollte sie so annehmen, dass er sie über alles liebte? Kein Wunder, dass sie sich ihm plötzlich nicht weiter öffnete, sondern sich vielmehr verschloss wie eine Muschel. Er trat gegen einen Besen, der krachend umfiel. Und auch kein Wunder, dass sie sich an Artes' Schulter ausweinte, weil er seine weggedreht hatte. Die ersten Tränen fielen auf den Boden, schlugen kleine Krater in den von Asche bedeckten Boden. Statt sich Melana zuzuwenden, hatte er seinen neuen Kalender vorgezogen. Er blickte zurück zu seinem Bruder, der merkwürdig verkrampft halb auf der Seite lag. Malech mag ein Monster gewesen sein, doch er selbst war lächerlich. Zu versuchen, mit einem Kalender ein Stück der Ewigkeit an sich zu binden, die die Götter erfanden. Wie hochmütig er war. Irgendwann würde er genauso erkalten wie jetzt sein Bruder. Menschen sollten nicht nach der Ewigkeit greifen, sondern sich mit den flüchtigen Augenblicken des Glückes begnügen, auf die sie in ihren viel zu zerbrechlichen Leben nur hoffen konnten. Stattdessen hatte er sein Glück einfach weggeworfen. Mühsam kämpfte er die Tränen zurück und ging zu seinem Bruder.

Er entwand den erstarrenden Fingern das abgebrochene Mondrad und ließ das glänzende Metallstück in seinen Handteller gleiten. Malech war einem Kinderglauben gefolgt. Es gab keine allgemeingültige Wahrheit. Aber offensichtlich hatte er selbst mit seinem Glauben an die Macht der Vernunft seinen Altar auch einer Illusion gewidmet.

»Was hast du gemacht?« Fist stand in der Tür und starrte entgeistert auf den Erschlagenen, dann auf Rocq und wieder auf Malech. Rocq war so in Gedanken versunken gewesen, dass er nichts gehört hatte.

»Er wollte mich erstechen. Vorher hatte er zugegeben, Cadha umgebracht zu haben. Und er hat mein Geschenk an die Götter zerstört.« Rocq hielt den golden glänzenden Reifen hoch. »Außerdem hat er, … hat er die Liebe meines Lebens vertrieben, nachdem er sie vergewaltigen wollte.«

Der massige Mann ließ die Schultern sacken, die zuvor kampfbereit nach vorne geschoben waren.

»Mir scheint, dass du ein Werkzeug göttlicher Gerechtigkeit bist.«

»Leider ein viel zu stumpfes Werkzeug, sonst wäre ich Malech vorher in den Arm gefallen.«

»Wenn man aus dem Fluss steigt, kann man nicht mehr verhindern, dass man nass ist, aber wir können zumindest noch verhindern, dass die arme Cadha in der Anderwelt vor ungestilltem Rachedurst umherirrt.«

»Wie das?«

»Sie war in ihrer Jugend eine sehr kämpferische Frau. Es wird ihr gefallen, zu wissen, dass sie umgehend gerächt wurde – sogar vom Bruder des Mörders. Bist du auch bereit, auf eine ehrenvolle Bestattung deines Bruders zu verzichten?«

»Warum sollte ich den Toten ehren, wenn der Lebende die Ehre meiner Familie derart in den Schmutz getreten hat?«

»Dann müssen wir den Schädel deines Bruders am Fuße von Cadhas Hügelgrab vergraben, seinen Torso verbrennen. So kann sich unsere weise Frau aus dem Schädel deines Bruders ein Trinkgefäß schnitzen, um daraus Wein zu trinken.«

Roter Wein, der in besseren Zeiten im fernen Süden gekeltert und von einem Händler den Herren der *Zinn-Insel* verkauft worden war, spritzte auf die frische Erde, auf der sich die Schuhsohlen von Rocq und Fist abzeichneten. Das Trankopfer galt nicht dem Schädel von Malech, den sie dort gerade verscharrt hatten, sondern den Wesen, die ihn hinüberbringen sollten in die Anderwelt – zu Cadha. Dann klackte Holz auf Holz, als die beiden Schmiede mit ihren Bechern anstießen. Es erschreckte Rocq, wie wenig ihm das Zerteilen des Leichnams und das Verbrennen des Torsos im Ofen ausgemacht hatte. Am Ende hatten sie die Schmiede von allen Blutspritzern gereinigt und die Asche säuberlich aus dem Ofen gekehrt.

»Was wirst du mit seiner Asche machen?«

Rocq guckte auf das Holzkästchen auf dem Boden neben seinem rechten Fuß. Er zuckte mit den Schultern. »Es hat wohl wenig Sinn, als Brudermörder ein Ritual zu vollziehen, mit dem die Götter angerufen werden, um Gnade für den Toten zu erflehen. Und egal, wie man sie anrief – ob Sol, Helios, Melkart oder Nerthus, Nanna oder Astarte – die Götter scheinen ohnehin taub zu sein.« Er schob das Kästchen mit dem Fuß ein wenig weg. »Ich könnte Malechs Asche zumindest in heimatlicher Erde bestatten, damit er unseren Ahnen näher ist. Vielleicht will man mich dort als Herr der Zeit noch haben.« Er hob den Kopf und sah seinem Komplizen in die Augen. »Was kann Malech gemeint haben, als er sagte, die Himmelsscheibe sei sein Werkzeug gewesen?«

»Wusste er um ihre Geheimnisse?«

»Sicher, er hat mir über die Schulter geguckt, als ich sie kalt geschmiedet habe. Und er hat nie aufgehört, mich mit Fragen zu löchern.«

»Und die Priesterinnen der Muttergottheit wurden überall verfolgt und abgeschlachtet, nur hier nicht?«

»Na ja, viele einfache Menschen glaubten den Erzählungen der Sonnengott-Priester, dass die die Erde verschlingende Welle und der Todesbaum am Himmel die Rache für einen Verrat Astartes waren – und dieser Verrat könnte nur durch Blut vergolten werden.«

»Das kann doch nicht sein, Rocq. Von der Welle haben die Menschen auf euren letzten Stationen doch gar nichts mitbekommen.«

»Stimmt. Ein merkwürdiger Zufall.«

»Und wenn es kein Zufall war? Wenn alles auf ein Signal hin geschah? Dein Bruder hatte mich doch ganz entsetzt gefragt, ob wir denn keine Zeichen bekommen hatten.«

Die Fragen des Schmieds verwirrten Rocq. Übersah er ein Muster, das Fist schon erkannt hatte? Schließlich schlug er sich mit der flachen Hand vor die Stirn, dass es klatschte. Plötzlich war ihm alles klar.

»Kein Wunder, dass mein einäugiger Bruder mich einen blinden Narren nannte, bevor ich ihn erschlug. Selbst da tappte ich noch orientierungslos wie im Nebel umher. Ich wähnte Malech auf einem persönlichen Rachefeldzug, gespeist aus dem Hass auf das Gefühl, unterlegen zu sein. Doch das Gegenteil war der Fall: Er fühlte sich als der Auserwählte! Er sah sich als Werkzeug Sols und zwar schon bevor die Würmer sein Auge zerfraßen. Schon in unserer Heimat hatte er mich dafür verspottet, den Tanz von Mond und Sonne entschlüsseln zu wollen. Denn für ihn zählte nur Sol. In seinen Augen war ich nur ein Werkzeug – und er hatte Recht.«

Aufgeregt ging Rocq auf und ab. »So macht es Sinn, Fist: Die Sol-Priester hatten sich verabredet, wahrscheinlich schon im letzten Jahr, zu einem bestimmten Termin loszuschlagen. Und damit alle am gleichen Tag die Tempel schändeten und die Priesterinnen abschlachteten, nutzten sie meine Scheibe. Malech sorgte mit ihrer Hilfe dafür, dass alle Sol-Priester genau wussten, wo sie in der Zeit standen und wann sie zu den Messern greifen mussten. Heimlich wird er währenddessen über mich gelacht haben. Ich schuf etwas, das die Harmonie zwischen Muttergöttin und Kriegergott beschwor, damit die Menschen in Eintracht miteinander leben könnten. Und er nutzte die Scheibe als Waffe, um im Götterhimmel und in den Tempeln alles in

Blut zu ertränken. Verdammt. Das Beben und die Welle waren nur Zufall, kamen ihnen dazwischen. Erst mit der Zeit erkannten sie, dass sie die als nachträgliche Rechtfertigungen missbrauchen konnten.«

»Aber warum haben unsere Sol-Priester nichts davon gehört und weiter einträchtig mit Cadha Rituale vollzogen?«

»Keine Ahnung, wahrscheinlich nur ein weiterer Zufall. Die Reisen der Verschwörer waren lang, wer weiß, von wo euer Bote anreiste und welcher Strauchdieb ihn möglicherweise auf seinem Weg erschlagen hat. Sogar mein Bruder hatte in der Heimat oft Besuch von Sonnenanbetern bekommen. Damals hatte ich dem keine Bedeutung beigemessen, aber jetzt verstehe ich endlich, warum er nach einem solchen Treffen unbedingt mit mir zusammen zur Insel der *Stierspringer* aufbrechen wollte.«

»Das war seine Mission!«

»Genau. Vorher hatte er sich wochenlang geweigert, mitzukommen, obwohl Hamilkar ihm die Insel in den glühendsten Farben geschildert hatte.« Rocq rieb sich die Schläfen. »Und jetzt macht auch sein Verhalten bei Ghul, dem anderen Auserwählten, Sinn. Wir waren gefangen genommen worden. Uns drohte die Axt. Und dennoch hat Malech als erstes den Sol-Tempel aufgesucht. Damals glaubte ich, er suchte Verbündete, um uns zu befreien. Tatsächlich wollte er von seinen Komplizen wohl nur wissen, ob wir leben oder sterben sollten.«

»Und Melana reist in deine Heimat, ins Nest der Verschwörer?«

»Nein! Ja! Ich muss sie retten … oder rächen.«

* * *

Lange starrte Jarne reglos auf seinen rechten Arm, der das Gewicht des bluttriefenden Schwertes trug. Mit einem breiten Lächeln drehte er sich um.

»Niemand scheint Hanse rächen zu wollen. Zumindest kein Gott.« Einen Moment schwiegen die Männer betreten, als ob sie fürchteten, dass sie ein Blitz treffen könnte, dann erklang raues Lachen.

Jarne wandte sich den Frauen zu. Melanas Kehle war wie zugeschnürt. Sie sah das dampfende Blut auf dem Schwert des Piraten, der nun auf sie zustapfte. Sie zitterte und konnte nicht unterscheiden, ob vor Kälte oder vor Angst. Ihre Gedanken flossen nur noch zäh wie Honig. Wollte der Schlächter nun auch sie köpfen? Sie wusste es nicht – und es war ihr im Grunde egal, so erschöpft war sie. Nicht egal war ihr aber, wie das Ende kam. Keinesfalls auf den Knien. Stöhnend kämpfte sie sich hoch, schwankend stand sie auf ihren wackligen Beinen, als Jarne sie erreichte. Sie schickte ein stummes Gebet zu Astarte: Lass mich nicht mutlos werden und lass mich nicht von meinem Glauben abkommen. In dem Moment fiel der Pirat vor ihr auf die Knie. Er senkte den Kopf, wartete, bis seine Männer es ihm gleichgetan hatten, bevor er sprach.

»Vergebt uns unsere Blindheit und Brutalität. Wir haben nicht nur unsere eigenen Legenden, sondern auch unsere Sitten vergessen. Das viele Gift, das dieser Priester in unsere Ohren träufelte, hat unsere Sinne verwirrt. Wir sind nicht so dumpf, wie wir uns präsentiert haben. Gebt uns die Chance, unseren Fehler wiedergutzumachen.«

Verwirrt blinzelte Melana und ihr Blick irrte zwischen dem Mann, der vor ihr kniete, und ihren Gefährtinnen hin und her. Sollte ihnen hier, am Ende der Welt, Verehrung entgegengebracht werden, nachdem sie überall nur Hass und Ablehnung erlebt hatten? Sie blickte über die Männer, die im Sand ehrfürchtig schweigend auf ihre Antwort warteten. Jetzt erhob sich auch Syria und nickte ihr zu. Es war wahr. Vor ihren Augen war Melkarts Handlanger geköpft worden. Die Erleichterung war überwältigend. Sie waren gerettet, das Zittern hörte auf.

Hamilkar übersetzte Melanas Antwort: »Erhebt euch. Wir sind euch bereits jetzt zu Dank verpflichtet, weil ihr euren eigenen Kopf behalten habt und euch nicht versklaven ließt.«

Schwerter wurden wieder in die Scheiden gesteckt. Grimmige Mienen entspannten sich. Mit einem Schwertstreich waren aus todgeweihten Opfern privilegierte Gäste geworden. Auf dem Weg zu dem Fischerdorf staunten die Männer der *Ivlia*, mit welcher Ehrerbietung die Frauen behandelt wurden. Jarne ließ den Ochsenkarren, den sie für ihre Beute mitgebracht hatten, leerräumen. Drei Männer hockten sich vor den Wagen in den feuchten Sand, bildeten eine menschliche Treppe, über die die Frauen hineinsteigen konnten. Dann ließ Jarne den Ochsen ausspannen und feierlich ins Dorf zurückführen.

»Kein Tier ist würdig, die Schaumgeborenen in unser Dorf zu bringen. Erlaubt ihr, dass wir den Wagen ziehen?«

Die Frauen nickten. Jarne selbst stemmte sich zusammen mit drei Gefährten in das Joch, wuchtete den Wagen aus dem Sand über einen Hügel auf einen schmalen Weg.

Hamilkar raunte Artes zu: »Sie werden eher wie Göttinnen, denn wie Priesterinnen behandelt. Anfangs hätte kaum einer von den Seeleuten gezögert, die Frauen ins Meer zu werfen. Und nun, da uns das Meer ausgespuckt hat, sind sie froh, dass sie unser Schicksal zum Guten wenden.«

Die Strandpiraten brauchten nicht lange, um zu Ehren der schaumgeborenen dreifaltigen Göttin ein Fest auf die Beine zu stellen. Auf einem riesigen, gemauerten Grill garten so unfassbar viele Fische, dass Syria Sorgen bekam. Mit Hamilkars Hilfe sprach sie Jarne an, der auf seinem Holzthron zufrieden die Vorbereitungen verfolgte.

»Es ist nicht in unserem Sinne, wenn ihr eure Vorräte plündert. Niemand soll wegen uns hungern.«

»Hungern? Das muss hier niemand. Und unsere Vorräte sind endlos, sie verstecken sich in den dunklen Fluten. So lange wir unsere Netze werfen können, werden wir zu Essen haben.« Jarne wies zum Grill, wo gerade Öl zischend in die glühende Holzkohle tropfte.

»Das ist ein Segen. Wir haben auf unserer Irrfahrt viele Verhungernde gesehen.«

»Wir leider auch. Einige hatten sich zu Gruppen zusammengerottet und wollten uns überfallen. Bauern, die wie Bauern dachten und keine Chance hatten.«

»Was meinst du damit?«

»Wenn Bauern andere Bauern überfallen, stehlen sie ihnen das

Saatgut und das Vieh. Das vernichtet den einen und sichert dem anderen das Überleben. Aber was wollten sie mit Körben voller Fische tun, wenn sie sie erbeutet hätten? Einpflanzen? Hätten sie uns gebeten, statt zu versuchen, uns zu erschlagen, hätten wir ihnen beibringen können, wie man durch das Meer überlebt. Aber sie wollten den Kampf. Wir haben sie unsere Klinge schmecken lassen.«

»In dem Moment wird Hanse stolz auf euch gewesen sein.«

»Das schon. Er schwafelte viel von Kriegern, die sich nehmen sollten, was sie wollten. Aber er hat gehasst, dass wir nie vor seinem Sonnengott das Knie beugen wollten. Er dachte auch wie ein Bauer.«

»Das verstehe ich nicht.«

»Die Sonne ist vor allem wichtig für den, der säen und ernten will. Die vollsten Boote bringen aber vom Meer diejenigen mit, die nachts herausrudern und sich dabei am Mond orientieren. Sol mag sich hinter einem Schleier verkriechen. Uns berührt das nicht.«

»Aber wenn Hanse eure Herzen nicht erreichen konnte, wie gelang es ihm dann doch, eure Sinne zu verwirren?«

Verlegen betrachtete der stattliche Mann seine Schuhspitzen. »Na ja, das Gerede von siegreichen Kriegern und auch das vom Manne, der seiner Frau überlegen sei, verfing doch bei vielen.«

Syria schmunzelte. »Aber nicht bei Dir?«

»Bei mir bestimmt nicht. Da ist Martha vor.« Er lehnte sich weit zur Seite und griff nach der Hüfte der Frau, die sich mit einem Krug voll vergorener berauschender Flüssigkeit genähert hatte. »Nicht wahr, mein kleiner Stachelrochen?«

Die üppige Blondine hob neckend den Zeigefinger. »Bete, dass ich meine Stacheln nie ausfahre. Ich konnte Hanse nicht leiden. Selbst ein Sklave seiner Ängste, aber ständig von heroischen Taten brabbelnd. Dabei seid ihr doch am heldenhaftesten, wenn ihr euch am warmen Feuer betrinkt. Wo wärt ihr denn, wenn euch nicht eine Frau geboren hätte – unter Schmerzen, die ihr höchstens vom Schlachtfeld kennt?!«

Stolz ließ Jarnes Augen strahlen, als er die Züge seiner Frau betrachtete, die in ihrer Rage rote Flecken auf den Wangen bekommen hatte.

»Verstehst du jetzt, warum Hanses Predigten hier in den Wind gesprochen waren?«

Syria und Martha lachten, bis sie sich an einem Tisch abstützen mussten.

Je länger die Feier in dem langgezogenen, hallenartigen Holzhaus dauerte, desto mehr Gäste mussten sich auf Tischen und Bänken abstützen. Der viele Umyss, das vergorene Milchgetränk, und der wenige, dafür umso intensiver genossene Wein waren schuld. Melana hatte zum ersten Mal seit Wochen Schmerzen der wohligen Art. Sie war satt, nein, eigentlich übersättigt – ein Gefühl, das sie schon fast vergessen hatte. Sie blickte mit Syria auf die Feiernden herunter, denn Jarne hatte für die drei Frauen das Podest geräumt, auf dem normalerweise die Familie des Häuptlings saß. Ein unsichtbarer Gast beflügelte vor allem die Besatzung der *Ivlia*: Erleichterung. Sie alle hatten mehrfach an die Tore der Anderwelt geklopft, aber noch war ihnen nicht geöffnet worden. Noch sollten sie leben. Und was die Priesterinnen betraf, wartete ein Leben auf sie, das dem sehr ähnlich war, was sie in ihrer Heimat geführt hätten. Als die Dorfgemeinschaft sich schon in der Halle versammelt hatte, ließ Jarne die Schaumgeborenen hereintragen – hoch über den Köpfen der Anwesenden und natürlich auf Stühlen, denn kein Mann durfte sie ungefragt berühren. Die Frauen des Ortes trugen jedes Gericht vor ihnen auf, damit diese das Essen segneten. Früche wie Bärentrauben und Birnen, Nüsse, Geflügelbraten, Brot, das nicht so flach war, wie in der Heimat der Priesterinnen, Bier, etwas Wein und Unmengen von Fisch.

Doch Almene hielt es nicht lange auf dem Podest. Kaum war das Festessen eröffnet, ging sie zu den Feiernden, klemmte sich in die Bank gegenüber von Artes. Respektvoll räumten die Einheimischen die Plätze neben ihr. Doch sie bekam es kaum mit. Über ihre Holzbecher hinweg himmelten Almene und Artes sich an. Von deren berauschendem Inhalt hatten sie noch nicht mal gekostet. Das war auch unnötig. Der Glanz in ihren Augen zeugte von ihrem Rausch der Gefühle. Irgendwann ergriff Artes die Hand der jungen Frau und ging mit ihr nach draußen. Melana starrte noch lange die zugeklappte Tür an.

»Lass sie gehen.« Syria war neben sie auf die Bank geglitten. »Wir sind in einer neuen Welt gelandet und es beginnt eine neue Zeit. Wir können Astarte am besten dadurch ehren, dass wir glücklich sind.«

»Recht hast du. Ich fürchte, bei mir hatte sich etwas Neid in den Blick gemischt. Meinst du, ich werde meinen Pfad zum Glück auch finden?«

»Darüber wollte ich mit dir sprechen, nun, nicht genau darüber. Es ist jetzt vielleicht der falsche Zeitpunkt, aber ich kann nicht länger schweigen.«

Melana ergriff Syrias Hand. »Was ist passiert?«

»Nichts Schlimmes, jedenfalls jetzt nicht mehr. Früher wäre das anders gewesen. Hamilkar und ich … wir sind, wir haben …«

Melana stutzte, dann musste sie unwillkürlich lächeln. Wie blind sie gewesen war. Das eigene Pech hatte ihr den Blick für das Glück der anderen verstellt. Natürlich, die beiden waren zuletzt auffällig oft zusammen gewesen. Aber sie hatte gedacht, dass Syria lediglich einen Übersetzer brauchte. »Um Astarte willen, Syria. Du hast mir einen Riesenschreck eingejagt. Ihr habt euch verliebt, richtig?!«

Syria nickte.

»Das ist doch wundervoll. Ich bin sicher, dass ihr Arias Segen hättet. Unsere Hohepriesterin hat keinen Mann so geschätzt wie Hamilkar.«

»Aber ich breche unser Gelübde.«

»Und ausgerechnet von mir hast du Tadel erwartet? In Gedanken hab ich das Gelübde doch lange vor dir gebrochen.«

»Den letzten Schritt bist du nicht gegangen.«

»Doch nur, weil Rocq und ich wie die Sterne umeinander kreisten, ohne uns je berühren zu können. Es lag nicht an meiner Treue zu Astarte, es sollte halt nur nicht sein.«

»Und du bist nicht wütend, dass Almene und ich diesen Weg ohne dich gehen?«

Melana legte ihren Arm um die Schultern der Älteren. »Im Gegenteil. Ich gönne euch eure Liebe von ganzem Herzen. Ich habe erkennen müssen, wie wahllos und gnadenlos der Tod seine Ernte einfährt. Wenn ich nicht verstanden hätte, dass man das Leben in jedem Moment feiern muss, hätte ich gar nichts verstanden. Ich werde eure Hochzeiten segnen. Und danach schaue ich mal, ob ich mich hier als Heilerin nützlich machen kann. Der Ruf, eine schaumgeborene Göttin zu sein, sollte für ein paar Wunderheilungen gut sein, oder was meinst du?«

Syria antwortete nicht, strahlte Melana nur an, dann küsste sie deren Hand.

* * *

Es fiel den Männern der *Ivlia* nicht schwer, sich einzuleben. Als Männer des Meeres sprachen Seeleute und Fischer eine Sprache. Einige Boote der Nordmänner waren zuletzt unbesetzt geblieben. Bei den Scharmützeln mit marodierenden Horden waren doch mehr Männer gefallen, als Jarne zunächst zugeben wollte. Hamilkar und Tore gewannen schnell an Ansehen, ihre Tipps verbesserten die Aufhängung der Takelage und damit die Manövrierfähigkeit der kleinen Boote. Artes hatte ständig eine Gruppe von Männern um sich, die um Lektionen mit Schwert und Bogen bettelten. Jarne war zufrieden. Die Neuankömmlinge gaben seiner Herrschaft ein festeres Fundament.

Den Glorienschein erhielt sie aber durch die dem Meer entstiegene, dreifaltige Göttin. Die Ankunft der Frauen sprach sich in rasender Geschwindigkeit rum. Schon nach wenigen Tagen kamen die ersten Menschen aus der Nachbarschaft, Männer und Frauen, um das Wunder zu bestaunen. Ehrfürchtig brachten sie Opfer, suchten Rat und Heilung. Die Dankbarkeit der Gesundeten trat die nächste Welle los.

Nach einigen Wochen schob sich Jarne an der Schlange der Wartenden vorbei und trat in die nur von wenigen Kerzen erhellte Stube von Melanas Haus. Geduldig wartete er, bis eine junge Mutter mit ihrem fiebernden Säugling auf dem Arm und einem kleinen Beutel Heilkräuter abzog, dann sprach er Melana an – wobei sein Blick immer wieder zu Hamilkar hinüberhuschte, der für die Frauen übersetzte.

»Diese Fischerhütte ist nicht der angemessene Ort für eure Kunst. Ich habe beschlossen, einen Tempel zu bauen, in dem ihr die Menschen empfangen könnt und der geeignet ist, auch verwundeten Seelen Trost zu spenden. Morgen fangen meine Zimmerleute an.«

Syria und Melana wechselten kurz einen Blick, dann antwortete die Jüngere. »Du bist überaus großzügig. Du willst den Hoffnungen der Menschen eine Heimstatt geben und baust zugleich uns eine Heimat. Wochenlang starrten wir nur auf verkohlte Trümmer, wo eigentlich die Göttin Fischer, Bauern, Gebärende und Sterbende schützen sollte. Jetzt baust du einen Tempel, der nach frisch geschlagenem Holz duften wird. Ich kann mir kein schöneres Symbol für einen Neuanfang vorstellen. Danke.«

Jarne verbeugte sich, mehr als nur ein bisschen verlegen. Dann wandte er sich ganz Hamilkar zu, und der Schalk blitzte aus seinen Augen.

»Ich bin aber nicht nur freigiebig, sondern auch fordernd. Am Strand hattest du mir feinste Metalle im Tausch für dein armseliges Leben angeboten, erinnerst du dich, Hamilkar?«

»Meiner Erinnerung nach wollte ich dir das Metall meiner Klinge zu schmecken geben, elender Pirat, aber du hattest mich mit heruntergelassenen Hosen und einem Holzschwert erwischt. Aber es war klar, dass so ein Wegelagerer seine Beute nicht vergisst.« Die beiden Männer hatten nur wenige Tage gebraucht, um freundschaftliche Gefühle füreinander zu entwickeln. In Hamilkar, der lange Jahre auf seinen Schiffen das Kommando geführt hatte, fand Jarne einen Berater, dessen Rat zwar von Erfahrung, nicht aber von eigenem Ehrgeiz getränkt war.

»Ja und, meinst du, wir können den Schatz heben, bevor sich das Meer alles holt?«

»Unbedingt. Auch um die Waffen und einiges Werkzeug wäre es schade.«

»Wir können zwar nicht viel mehr tun, als das Metall zu horten, aber besser als nichts. Unser Schmied ist bei unserem letzten Raubzug ertrunken.«

Mit einem Seitenblick auf Melana antwortete Syria. »Umso bedauernswerter, dass Rocq nicht hier ist. Er könnte das Metall singen lassen.«

»Aber er konnte die Stimme des Blutes offenbar besser hören als die des Herzens.«

* * *

Im Moment dröhnte nur die tiefe Stimme des Fischers in Rocqs Ohren, der ihm zum wiederholten Male erklärte, warum er ihn nicht mit an Bord nehmen könnte. Vor drei Tagen hatten sie den letzten Blick auf den heiligen Steinkreis geworfen. Seitdem waren sie stur nach Nordosten gewandert, unterbrochen nur von kurzen Pausen zum Essen oder Schlafen. Und begleitet von ihrem endlosen Feilschen. Rimas war aus seiner Heimat, einem Landstrich deutlich nördlich von Rocqs heiligen Bergen, mit nur zwei Mann Besatzung eigens zur Insel hinübergesegelt, um am heiligen Mittwinterfest teilzunehmen. Die beiden Männer warteten im Fischerboot, das in einem kleinen natürlichen Hafen auf der Ostseite der *Zinn-Insel* festgemacht war. Der Hafen war von imposanten Kreidefelsen umschlossen, erzählte Rimas, und fuhr fort, den schon fast bettelnden Rocq weiter zu necken.

»Meine Heimat ist von zwei Meeren umschlossen, ständig landen Fremde an unseren Ufern. Das ist nicht so hinterwäldlerisch wie offenbar deine Heimat. Ich wusste schon lange von diesen gewaltigen Tempeln, aber ich wollte sie mal mit eigenen Augen sehen.«

»Haben sie dich auch so beeindruckt?«

»Natürlich, ich glaube nicht, dass es etwas Vergleichbares irgendwo auf der Welt gibt. Ich habe nur die eine Sorge, dass mir niemand glaubt, wenn ich davon berichte. Wenn ich nur malen könnte.«

»Ein Bild kann ich dir nicht malen, aber wenn du mich mit in deine Heimat nimmst, kann ich auf deinem Boot helfen.«

»Kein Bedarf, meine beiden Männer und ich kommen ganz gut ohne einen Hinterwäldler zu Recht, der vermutlich bei der ersten größeren Welle über die Reling kotzt.«

»Wenn du wüsstest. Ich habe bestimmt mehr Meere befahren als du.« Langsam verwandelte sich Rocqs Wut über die Sturheit des Fischers in Verzweiflung. Eine bessere Gelegenheit zur Überfahrt würde er in diesem beginnenden Winter nicht mehr bekommen, genau genommen keine andere. Nur leider wusste dies auch Rimas. Den Bronzedolch mit der Schlangenklinge hatte er zwar bewundert, letztlich aber verschmäht. Der Keramikbehälter mit Malechs Asche ließ Rimas zwar stutzen, doch er interessierte ihn nicht. Etwas anderes in Rocqs Tasche hatte seine Gier entfacht: der Kalender, der fast so aussah wie der heilige Steinkreis.

Am Abend des vierten Tages erreichten sie das Meer. Die Kreidefelsen schimmerten in der Dämmerung wie Schnee. Und Rocq spürte, wie sein Widerstand schmolz. Er hatte den Kampf um Melana aufgegeben, um dieses neue Zeit-Werkzeug zu schmieden. Sollte er deswegen auch noch die Chance auf Melanas Rettung wegwerfen? Nein, dieses Mal würde er nicht patzen.

»Gut, du kannst ihn haben.«

»Was? Das Modell des Steinkreises?«

»Es ist weit mehr als das, es ist ein Kalender, der an die Tempel des Todes und des Lebens erinnern soll.«

»Wie auch immer. Damit wäre er das ideale Mitbringsel. Wer das sieht, kann nicht behaupten, dass ich nur eine längere Sauftour gemacht hätte. Heute ist dein Glückstag, Hinterwäldler, du kriegst das letzte Schiff Richtung Heimat.«

Rocq lächelte gequält. Mit seinem Kalender hatte er die Unendlichkeit gezähmt, aber für diesen Fischkopf war der nicht mehr als ein Andenken, das ihm am heimischen Feuer helfen sollte, wenn ihm die Worte fehlten. Und der nannte ihn Hinterwäldler! Achselzuckend griff er in seinen Beutel und reichte Rimas den Kalender, der wie eine Krone aussah, wenn man ihn auf die abnehmbare Scheibe stellte. Das abgebrochene Mondrad aber wollte er als Erinnerung behalten.

»Das hat mein Bruder weggeworfen«, log er.

Rimas griff achselzuckend nach dem Kalender. Rocq lugte in den dunklen Beutel, wo das Mondrad wie ein großer Ring schimmerte.

* * *

»Keine Ringe?« Melana wunderte sich darüber, wie schmucklos und nüchtern die Menschen im Norden heirateten.

Jarne schüttelte den Kopf. »Ringe benutzen wir, wenn wir Sklaven anketten wollen. Das Band, das Liebende zusammenhalten soll, muss zwar fest, darf aber nicht unzerreißbar sein, damit beide wissen, dass der andere sich aus freien Stücken zu ihm bekannt hat.«

»Und wie zeigt ihr dann eure Verbundenheit, wenn ihr keine Ringe tragt?«

»Das Paar gibt sich die Hand. Dann legt die Priesterin das Tuch der Ehe über beide Hände, spricht die heiligen Worte und verknüpft das Tuch zu einem Knoten. So aneinander gebunden umkreist das Paar alle Anwesenden, damit die sehen, dass die beiden zusammengehören. Am Ende küssen sie sich lang und innig. Dann löst die Priesterin den Knoten. Das Band zwischen den beiden bleibt aber auf ewig geknüpft – wenn sie es denn wollen.«

»Euer freier Wille ist euch heilig, nicht wahr?«

»Ja, unbedingt.«

Hier würde es Rocq gefallen, dachte Melana, und es versetzte ihr einen Stich. Dann kümmerte sie sich weiter um die Vorbereitung der Doppelhochzeit, die übermorgen gefeiert werden sollte. Wirklich viel zu tun hatte sie nicht, die Nordleute feierten offenbar so gern, dass die offenen Fragen schnell geklärt waren. Die Schlachtschweine steuerten die benachbarten Orte bei.

»Die wollen sich mit den drei Göttinnen gut stellen«, hatte Jarne gesagt, als er von den Geschenken erfuhr.

Ansonsten würde es viel Fisch zu essen geben, in noch größerer Vielfalt, als sie es von Tyros gewohnt war. Das Meer schien seine Menschen derzeit wirklich besser ernähren zu können als die Felder. Melanas Blick wanderte hoch zur Sonne. Keine Veränderung. Blass und kalt, kraftlos, scheinbar weit entrückt. Doch sie taugte nicht mal mehr als böses Omen. Die Hochzeit würde traditionell beginnen, sobald die Sonne den Morgenhimmel erfüllte. Noch vor wenigen Monaten hätte ein verschleierter Feuergott zu den schlimmsten Vorahnungen für die anstehende Ehe geführt. Jetzt war das nicht mal mehr ein Thema für die Klatschweiber am Brunnen.

Melana ging vor die Tür und beobachtete Zimmerleute, die schwere Balken zu dem Platz schleppten, wo ihr neuer Tempel entstand. So sehr Kreisläufe, die sich ewig wiederholten, die Menschen auch beruhigten, so leicht gewöhnten sie sich doch an den Wandel.

* * *

»Was ist denn hier los? Ich erkenne meinen Ort nicht wieder.« Rimas kratzte sich ratlos am Ohr. »Zu dieser Jahreszeit ist die schnellste Bewegung, die du normalerweise an der Mole siehst, die Hand eines Fischers, der in aller Seelenruhe sein Netz flickt. Und nun das.« Ehrlich empört breitete Rimas die Arme aus, um auf die wuselnden Menschen zu deuten.

»Scheint so, als ob deine Rückkehr nicht die erhoffte Sensation ist.« Mit einem weiten Satz sprang Rocq von der Reling auf die Mole. Mittlerweile geübt vertäute er das Boot. Seinen Beutel trug er schon über der Schulter. Er hatte es eilig, wollte so schnell wie möglich nach Süden. Doch so schnell ließ ihn der Fischer nicht vom Haken.

»Warte noch. Hier sind jede Menge fremde Gesichter. Keine Ahnung, warum die hier sind, aber vielleicht ist einer von denen auf dem Weg in deine Heimat.«

»Gute Idee. Zumindest sollten wir erfahren, warum sich hier niemand für den verlorenen Sohn interessiert.«

Sie erfuhren es von einem hageren Jungen, der mit der Gerte ein dickes Schwein zum Ortsausgang im Westen treiben wollte.

»Wie lange wart ihr denn auf See, dass ihr davon noch nicht gehört habt? An der Westküste sind drei Göttinnen dem Meer entstiegen.

Versteht ihr? Die Göttinnen, von denen schon unsere Ahnen erzählten. Sie sind endlich erschienen, um Wunder zu wirken. Sie sind zu uns gekommen, weil wir das auserwählte Volk sind. Sie sollen pechschwarze Haare haben und nur in der Sprache der Götter reden.«

»Wurden sie angegriffen? Was passiert mit ihnen?«

»Anfangs wollte ein Priester ihren Tod. Doch Jarne erwies sich als weise – für einen Westling. Nun ja, und jetzt heiraten zwei von ihnen.«

»Heiraten?«

»Keine Menschen wie dich und mich, Fremder. Sie heiraten die göttlichen Begleiter, die mit ihnen gekommen sind.« Er kratzte sich am Kopf. »Ich bring das Schwein zu ihrer Tafel. Wollt ihr mitkommen?«

Rocq schluckte, doch der Kloß im Hals verschwand nicht. Viele Gefühle rangen in seiner Brust. Konnte es tatsächlich wahr sein, dass es Melana auch hierhin verschlagen hatte? Er wusste, dass Hamilkar sein Schiff weiter nach Osten lenken wollte – in das Meer, das die Tränen der Götter an die Küsten spülte. Aber ob ihm das gelungen war? Es wäre ein merkwürdiger Zufall, wenn in diesem Landstrich, wo offenbar fast alle Haare in der Farbe von Stroh hatten, drei andere Frauen mit schwarzem Haar aufgetaucht wären. Und aus dem Meer entstiegen – das konnte doch nur heißen, dass sie mit einem Schiff gekommen waren. Und hier wie überall galten Frauen an Bord als Unglücksbringer. Je länger er darüber nachdachte, desto sicherer war er: Melana war hier ganz in der Nähe. Doch diese Hoffnung stürzte ihn nur in neue Nöte: Er war glücklich, weil Melana offenbar nichts passiert war. Und er war den Tränen nahe, weil sie ihr Glück offenbar mit Artes gefunden hatte. Er war verwirrt, weil sich alles in ihm dagegen sträubte, an Schicksal zu glauben – aber eine andere Erklärung dafür, dass ihn Wind und Wellen ausgerechnet hier an Land gespült hatten, fiel ihm auch nicht ein. Er war begeistert von der Vorstellung, seine Freunde bald wiedersehen zu können. Und er hätte sich am liebsten irgendwo verkrochen, um nicht ausgerechnet diese Hochzeit miterleben zu müssen. Er schämte sich so sehr, dass es ihm die Worte im Hals abschnürte. Dafür, dass er ihnen ihr Glück nicht gönnte. Und dafür, dass er Wachs in der Hand seines Bruders gewesen war, als es besser gewesen wäre, für seine Freunde den Rücken stark zu machen.

Davon merkte der Schweinehirte nichts. »Was ist nun, kommt ihr mit?«

Rocq zuckte zusammen. »Wie? Ja sicher. Warte nur einen Moment.« Ein einziges Gefühl durchzog seinen Kopf klar und rein wie ein Sonnenstrahl, ohne von einem widerstreitenden Gefühl in Frage gestellt zu werden. Unnötiger Ballast drückte auf seine Seele. Er musste Malechs Asche loswerden. Mit flinken Fingern knüpfte er den Beutel auf und holte den Keramiktopf heraus. »Ich bin sofort wieder da.« Dann lief er los Richtung Mole. Sein Bruder hatte sein Recht verwirkt, in der Erde seiner Ahnen bestattet zu werden, um seinen Platz in der Ahnenreihe leichter finden zu können. Und welchen Wert sollten Begräbnisformeln haben, die er vor der Kuhle in der Erde spricht – er, ein Brudermörder? Nein, das Meer hatte Schicksal gespielt. Das Meer sollte seinen Bruder haben. Auf dem Holzsteg hielt Rocq nur einen Augenblick inne, dann zerrte er den Stopfen aus dem Gefäß und kippte den grauen, groben Staub in die Wellen. Ratlos blickte er auf den leeren Topf, dann warf er auch ihn ins Meer und hastete zurück zu Rimas und dem Schweinehirten.

* * *

»Sollen wir all diese Schweine essen?« Melana schüttelte den Kopf, als sie die nächste Gästegruppe mit ihrem grunzenden Festbeitrag entdeckte.

»Keine Sorge. Bei dem Appetit von Nordmännern bleiben von all denen bald nur noch abgenagte Knochen über.« Syria suchte in den vergangenen Tagen oft die Nähe Melanas, obwohl sie eigentlich mit den Vorbereitungen für ihre Hochzeit ausgelastet war. Ganz hatte die Jüngere ihre Sorgen nicht zerstreuen können, dass sie diese Doppelhochzeit würde zelebrieren können, ohne dass sich der große schwarze Vogel der Trauer auf ihr Gemüt setzte.

»Siehst du die Vögel dort wie in einem Angriffskeil fliegen?«

»Gänse. Ich wusste nicht, dass die sogar bei euch so hoch im Norden überwintern.«

»Einige von denen sind bestimmt schön fett. Was meinst du, Artes, wollen wir ein paar für das Hochzeitsbankett jagen?«

»Unbedingt. Ich hatte schon Sorgen, nicht satt werden zu können, aber wenn wir das Gänsefleisch nutzen, um die dutzenden Schweine und unzähligen Fische zu füllen, muss ich nicht hungrig meine Hochzeitsnacht bestreiten.«

»Das würden wir schon alleine deswegen nicht zulassen, damit du deiner jungen, göttlichen Braut nicht die ganze Zeit mit Ausreden in den Ohren liegst, wie ein so kräftiges Kerlchen auf dem entscheidenden Schlachtfeld so schlapp sein kann.«

»Schlapp?« Artes knuffte Jarnes Schulter mit der Faust. »Nur ein tauber Fischkopf kann die vielen Lieder überhört haben, die die Frauen anderer Männer über die Nächte mit mir singen. Würde ich nicht bald das heilige Band knoten, könnte ich noch in deinem Dorf ein paar Strophen hinzufügen.«

»Untersteh dich. Meine Frau würde erfahren, wenn du in fremden Revieren wilderst. Und kein Grauen in der Schlacht kann dich darauf vorbereitet haben, wie sie dir dann den Kopf zurechtrückt. Und jetzt nimm deinen Bogen und lass uns ein paar Gänsehälse umdrehen. Wenn wir den Weg dort nehmen, kommen wir bald zu ein paar abgeernteten Feldern, wo sich die Vögel den Bauch vollschlagen. Nicht weit hinter den beiden Schweinehirten, die uns entgegenkommen, sollten wir ein paar Gänse erlegen können.«

Artes blinzelte in die Richtung, die ihm der Häuptling zeigte. Irgendwas an dem größeren der Schweinehirten kam ihm merkwürdig vertraut vor.

Merkwürdig. Sie waren zusammen der Fürsorge der Eltern entwachsen. Sie hatten nebeneinander in der Schlacht gekämpft. Sie hatten dem Ende der Welt getrotzt. Und das Gefühl, das alle anderen verdrängte, als er Artes muskulöse Silhouette erstmals wiedersah, war

Scham. Nicht Freude, sondern Scham. Weil er seinen besten Freund hatte fallen lassen, kaum, dass Malech sein Gift verspritzte. Weil er Verrat wittern wollte. Und Rocq schämte sich wegen seiner Wut, weil er sich immer noch verraten fühlte. Es kostete Rocq Mühe, die Mundwinkel zu einem Lächeln hochzuziehen.

Artes' Mundwinkel erschlafften. »Das glaube ich doch nicht.« Der massige Krieger warf den Bogen ins Gras, stürmte den leicht abschüssigen Weg hinunter. Als Artes die Arme ausbreitete, ergriff das Schwein quiekend die Flucht, der Schweinehirte rannte fluchend hinterher. Rocq hingegen blieb stehen, breitete die Arme aus und stemmte den rechten Fuß nach hinten, um den Ansturm der euphorisierten Muskelmasse abfangen zu können. Er fiel trotzdem um. Augenblicke später wurde er hochgehoben wie ein junges Kätzchen und wieder auf die Füße gestellt.

»Nie hätte ich geglaubt, dass ich dich noch mal wiedersehen würde. Wie hast du uns bloß gefunden?«

»Zufall und Geschwätzigkeit. Der Fischer, der mich von der *Zinn-Insel* wegbrachte, lebt hier im Norden. Und hier scheint es niemanden zu geben, der nicht von euch gehört hat. Der Bursche dahinten, der gerade vergeblich versucht, sein verängstigtes Schwein aus dem Wald wieder in deine Richtung zu treiben, lag mir den ganzen Weg in den Ohren mit der Geschichte von drei schaumgeborenen Göttinnen, die in fremder Zunge sprechen, ihrem Lotsen, der ihnen den Weg über das Meer wies und nun ihre Botschaften entschlüsselt sowie dem Krieger, der nun den Fischen den Krieg erklärt hat. Der Schweinehirte sieht in euch einen Wink der Götter. Ihr sollt irgendeine Prophezeiung erfüllen.«

»Nicht irgendeine, sondern die eine große, die unserem Volk gemacht wurde – und sie haben sie schon erfüllt, als sie dem Meer entstiegen sind.« Mittlerweile hatte der Häuptling die Freunde erreicht und musterte den Neuankömmling unverhohlen neugierig.

»Jarne, das ist Rocq. Sollte eure Prophezeiung auch einen Mann angekündigt haben, der die Metalle und die Sterne zum Singen bringen kann, dann ist er jetzt da.«

»Du bist der Herr der Zeit?« Jarne verbeugte sich. »Du musst es sein. Wer anders hätte es sonst pünktlich zu den Hochzeiten geschafft? Sei uns willkommen.«

»Ist das nicht verrückt? Gib zu, du hättest nie erwartet, dass ich mal heirate. Und nun kannst du die heiligen Eide bezeugen, die ich schwören werde. Aber ich plappere hier wie ein junges Mädchen. Sag, wo ist Malech?«

Rocq antwortete nicht sofort, rang ungewohnt lange mit den Worten, um dann hastig zu sagen: »Ich musste ihn erschlagen.«

»Irgendwie habe ich geahnt, dass es so enden würde. Was ist passiert?«

»Er wollte mich abstechen. Es hat ihm nicht gereicht, mich von dir abzuspalten. Nicht, zu versuchen, die Frau zu entehren, die wir beide über alles verehren. Es reichte ihm noch nicht mal, meine Scheibe zu einem Werkzeug für seine dunklen Pläne zu machen. Aber dich, alter Freund, muss ich um Verzeihung bitten, dass ich ihn nicht schon viel früher erschlagen habe. Kann ich dir die Geschichte erzählen, während wir zurück in den Ort gehen?«

»Na klar.«

»Ich bin so lange Wanderungen nicht mehr gewöhnt. Gerne würde ich den Staub hinunterspülen, den ich geschluckt habe, und versuchen, etwas von dem Schweinegestank vom Körper zu kriegen, der mich seit Tagen einhüllt.«

Melana holte zwei flache, warme Brote aus dem Ofen und hüllte sie in weiße Tücher. Für jedes Paar eines. Morgen würden sie ihr Brot an beiden Enden anbeißen. Ein schöner symbolischer Akt, dachte die Priesterin. Manche Menschen müssten erst Stück für Stück ihres alten Lebens als Einzelner abknabbern, bevor sie sich mit einem anderen Menschen in der Mitte zu einem gemeinsamen Leben treffen könnten. Andere spüren vom ersten Moment an, dass sie ihr ganzes restliches Leben ihr Brot mit dem Partner teilen werden. Was Rocq und sie wohl für ein Paar geworden wären? Melana schüttelte den Kopf. Sie sollte aufhören, an den Nordmann zu denken. Sonst würde sie ständig Trugbilder sehen. Beim Blick aus dem Fenster des Backhauses war sie sich sicher gewesen, dass Rocq neben Jarne und Artes auf dem Ostweg ins Dorf ging. Das konnte nicht sein. Aber wer war dieser Mann, der scheinbar so vertraut mit Artes redete und sich auf eine ihr so vertraute Weise bewegte?

Rocq sah die Bewegung im Fenster eines runden, flachen Lehmhauses. Sofort wurde sein Mund trocken. Mit rauer Stimme wandte er sich an seine Begleiter.

»Entschuldigt mich bitte. Könnt ihr mich einen Moment alleinlassen?« Er wartete die Antwort gar nicht ab, ging zu dem Haus und drückte die Holztür auf. Der Duft frisch gebackenen Brotes ließ ihm das Wasser im Mund zusammenlaufen. Ein Glück, sonst hätte er nur noch krächzen können. Melana stand wie erstarrt am Fenster und blickte ihn aus weit aufgerissenen Augen an. Die zwei Schritte zu ihr fühlten sich an, als ob er durch Wasser waten müsste. Er hörte das Blut in seinen Ohren rauschen. Direkt vor ihren Füßen sackte er auf die Knie. Er hob das Gesicht. Doch er konnte ihr immer nur für kurze Momente in die Augen schauen. Also sprach er zu ihren Zehen, wie bei ihrer allerersten Begegnung.

»Ganz sicher kniete nie ein größerer Idiot vor dir, Melana. Aber ganz sicher auch nie jemand, der sich sehnlichster wünschte, dass du ihm vergibst.«

»Ganz sicher kniete nie eine größere Überraschung vor mir. Wie hast du mich gefunden?«

»Das erzähle ich dir später. Wichtiger ist doch, warum ich dich finden wollte.«

»Damit ich dir vergebe. Aber du hast noch nicht gesagt, was genau ich dir eigentlich vergeben soll.«

Erneut hob Rocq das Gesicht. Dieses Mal hielt er dem intensiven Blick dieser dunklen Augen stand. »Ich bitte dich um Entschuldigung dafür, dass ich dich durch die Augen eines anderen betrachtet habe, statt dem klaren Urteil meines Herzens zu vertrauen. Es ist unverzeihlich, dass ich mich durch meinen Bruder so verblenden ließ.«

Ihre Züge wurden hart. »Wenn es unverzeihlich ist, wie soll es mir dann gelingen?« Sie bereute die Worte in dem Moment, in dem sie sie gesprochen hatte. Zu sehr berührte sie die Niedergeschlagenheit und tiefe Reue Rocqs. Und zu sehr freute sie sich, dass er offenbar nach ihr gesucht hatte. Aber noch war ein großes Hindernis zwischen ihnen aus dem Weg zu räumen.

Rocq schluckte trocken, doch bevor er antworten konnte, legte ihm Melana die Hand unters Kinn und drückte sanft, damit er aufstand. »Lass dich nicht ärgern, Rocq. Sag mir lieber, wo Malech ist.«

»Sein Kopf dient seinem letzten Opfer in der Anderwelt als Trinkgefäß. Seinen Leib habe ich verbrannt und ins Meer gekippt.«

»Was hast du?«

»Ich habe ihn erschlagen.«

»Hat er dich angegriffen?«

»Nein, nicht als erster. Aber er hat zugegeben, was er dir antun wollte – und dass er Cadha erdrosselt hat, die weise Frau des heiligen Steinkreises.«

»Erdrosselt – aber warum?«

»Weil er alles hasste, was mit der Großen Göttin zu tun hatte, am Ende sogar den Steinkreis. Er ist ein Haus sowohl für die Sonne als auch für den Mond. Einen neuen Kalender, den ich geschmiedet habe, hat er zerstört, weil er nicht dem einen Gott, seinem Gott gewidmet war.«

»Er hatte keinen Gott, Rocq. Er war sich selbst genug. Und er war eine bösartige Bestie. Ich sollte es als Astarte-Priesterin nicht sagen, aber ich bin froh, dass er sein verdientes Ende gefunden hat. Das Einzige, was mich an seinem Tod schmerzt, ist, dass er dein Herz beschwert.«

Die Augen Rocqs röteten sich und schimmerten verdächtig.

»Bist du traurig?«

»Nur, dass ich zu lange so blind war, dass ich jetzt deine Hochzeit erleben muss.«

»Meine? Es sind sogar zwei Hochzeiten, aber keine davon ist meine. Oder beide, aber nur in dem Sinne, dass ich den Beistand der Göttin erbitten soll.«

»Nicht deine? Aber Artes ...«

»... heiratet Almene. Und da wollte Hamilkar nicht nachstehen.«

»Was? Wen?«

»Syria und er sind ein Paar. Seine Sehnsucht zu Aria, meiner Hohepriesterin, musste damals unerfüllt bleiben. Doch die Zeiten haben sich gewandelt.«

»Aber ich dachte, du und Artes ...«

»Dachtest? Du glaubtest wohl eher den Einflüsterungen Malechs, ohne selbst zu denken.«

»Und das Ritual in dem heiligen Hain?«

»Ist lediglich ein Symbol. So etwas solltest du doch kennen, oder hast du den echten Mond auf deine Himmelsscheibe geschmiedet?«

»Nein, wirklich nicht. Ich habe schon wieder Grund, um Entschuldigung zu bitten. Umso mehr, da du in den Augen der Einheimischen offenbar zu einer echten Göttin aufgestiegen bist.«

»In der Tat, das ist sie – falls ich das mit meinen geringen Kenntnissen der Sprache des Südens gerade richtig verstanden habe.« Jarne war in das Backhaus eingetreten, beunruhigt darüber, dass der Fremde die Schaumgeborene so lange in Beschlag nahm. »Ich hatte gehofft, du würdest den Hammer schwingen, um unsere Metalle zu bearbeiten. Stattdessen scheinst du unsere Göttin weichklopfen zu wollen.«

»Jarne, ich bin keine Göttin.«

»Ich weiß, das höre ich auch von ihm dauernd.« Jarne wies auf Hamilkar, der sich gerade durch die niedrige Tür duckte, auf Rocq zutrat und ihn lange stumm umarmte. Jarne fuhr fort: »Ihr belehrt mich immer, dass ihr nur Menschen seid. Das mag so sein, aber bedenkt, wie viele Zufälle sich wie die Perlen auf einer Kette aneinander reihen mussten, damit ihr unsere Prophezeiung erfüllen konntet. Und bedenkt, wie viel Leid ihr auf eurer Reise gesehen habt und wie sehr rings um uns herum die Angst regiert. Ihr dagegen seid die lebendig gewordene Hoffnung für mein Volk. Zerstört sie nicht.« Als kein Widerspruch erklang, war der Häuptling zufrieden. »Komm Hamilkar, mir scheint, ich habe ein wichtiges Gespräch unterbrochen. Lass uns die Metalle sichten, die wir aus deinem Schiff geborgen haben, und die besten Stücke gleich in die Schmiede bringen.«

Hamilkar nickte Rocq und Melana lächelnd zu und trat hinter dem Häuptling hinaus ins Freie.

Rocq war froh. Weniger einfühlsame Häuptlinge – und nur solche hatte er bisher kennengelernt – hätten ihm keine Chance auf eine Fortsetzung des Gesprächs gelassen.

»Jarne hat recht. Aber nicht nur bei der Prophezeiung musste viel Unwahrscheinliches zusammenkommen. Sondern auch, damit wir uns erstmals unter dem Schatten des Götterbaumes treffen konnten und so viel, damit wir uns wiederfanden, nachdem wir einander verloren hatten.«

»Und so wenig musste sich ineinanderfügen, um unsere Herzen rasen zu lassen.«

»Das waren bloße Vorboten dessen, was unsere Herzen veranstalten werden, wenn sich mehr ineinanderfügt.« Erschrocken lauschte Rocq dem Nachhall seiner eigenen dreisten Worte nach. Bis Melana lächelte und die Arme öffnete.

»Du meinst, es ist an der Zeit, nach dem Einklang der Sterne jenen der Körper zu erforschen?« Melana umarmte Rocq so fest, dass es ihm den Atem nahm. Als er sich herunterbeugte, um sie zu küssen, schob sie ihn sanft von sich.

»Glaub mir, ich möchte es auch. Aber ich habe auch furchtbare Angst. Nicht mehr wegen des Gelübdes. Das gehört in eine andere Zeit. Aber dein Bruder. Er wollte … Er hat …«

»Ssshhhh.« Rocq zog Melana an seine Brust, streichelte über ihr Haar. »Du musst mir nichts erklären. Wenn du willst, haben wir alle Zeit, um Malechs Schatten von deiner und meiner Seele zu nehmen. Wenn du willst, werde ich dich nie wieder loslassen. Wir sind mehr als zwei Einzelgänger. Wir sind Teil eines größeren Ganzen – wie Sonne und Mond.«

»Nicht ganz so. Ich möchte nicht, dass du verschwindest, wenn meine Zeit beginnt, und dass ich gehen muss, wenn du auf der Bildfläche erscheinst. Ich möchte ein enger geflochtenes Band zwischen uns. Ich möchte … das hier.«

Sie zog seinen Kopf zu sich herunter, küsste ihn zart und vorsichtig auf die Lippen. Tränen quollen aus ihren Augen, tropften auf den mehlbestäubten Boden. Sieht aus wie die Asche des Himmels. Seine Gedanken wanderten ab. Er war wie erstarrt, traute sich nicht, sich zu bewegen. Erst als ihre Zunge seinen Mund erkundete, schmolz seine Zurückhaltung. Als er die Lederschnüre ihres Kleides zwischen ihren Schulterblättern öffnete, richteten sich ihre Nackenhaare auf. Sie gab einen leisen Laut des Vergnügens von sich. Besorgt bohrte sich sein Blick in ihre Augen. Nein, in ihr war keine Spur von Widerwillen, kein Verkrampfen. Ihre rechte Hand wanderte in seine Hose. Ihre Finger umfassten seine hart werdende Männlichkeit. Hastig knüpften seine Finger die verbliebenen Schnüre auf. Ihr Kleid fiel in den Staub. Mit federleichten Berührungen küsste er die letzten beiden Tränen weg, seine Hand streichelte ihren Brustansatz. Sie bog den Kopf nach hinten, seine Zunge spielte über die dargebotene Kehle. Mit Zeigefinger und Mittelfinger streichelte er über die sich aufrichtende Brustwarze. Als er sie in den Mund nahm, stöhnte sie auf. Er zerrte seine Hose herunter, packte ihre Pobacken mit beiden Händen und hob sie an seinen Körper. Ihre Spalte schwebte über seinem pulsierenden Glied. Er konnte die Nässe spüren. Er trug sie hinüber zu einem niedrigen Backofen. Als er sie absetzte, wirbelte Mehlstaub auf, setzte sich auf ihren zitternden Schenkeln ab. Der warme Ofen fühlte sich unter ihrem Hintern wie etwas Lebendiges an. Wieder guckte er sie forschend an, sie schloss die Unterschenkel um seinen Hintern und drückte zu. Er drang in sie ein. Sie seufzte, hielt ihn für einen Moment mit den Beinen fest. Seine Muskeln zwängten ihre Beine etwas auseinander, so dass er zustoßen konnte. Der gemeinsame Rhythmus entlockte ihnen kurze Atemstöße. In Melana dehnte sich eine suchende Spannung aus. Die Stöße wurden wilder. Rocq sah rote Flecken auf ihren Brüsten, als sie sich nach hinten bog. Sie keuchte. Er stöhnte.

So nahe. Sie bäumte sich auf. Er erstarrte mitten in einem Stoß. Die Glut, in der sie verschmolzen waren, erkaltete. Er sackte über ihr zusammen, flüsterte in ihr linkes Ohr.

»Diese Welle war noch mächtiger als die von damals.«

»Aber keine, der ich entkommen möchte. Im Gegenteil. Glaubst du, du kannst das Wasser noch mal aufpeitschen?«

Rocq lachte gequält. »Nur, wenn du meiner Peitsche die Möglichkeit gibst, sich einen Moment zu erholen.«

* * *

Den Moment bekam Rocq. Und eine Nacht. Am nächsten Morgen erwachte Melana mit schmerzenden Gliedern auf dem erkalteten Ofen. Rocq war weg. Mühsam kämpfte sie die aufkommende Panik nieder, als sie sich anzog und zu ihrer Hütte ging. Hatte sie etwas falsch gemacht? Warum musste sie ausgerechnet heute noch so viel erledigen? Heute war der Tag der Doppelhochzeit. Sie sah Jarne auf dem Marktplatz. Er wies halbwüchsige Jungs an, die die Dachkanten der umliegenden Häuser mit Girlanden aus weißen Blüten schmückten. Melana hatte keine Vorstellung, wo sie um diese Jahreszeit so viele Blüten auftreiben konnten. Aber in ihrem Kopf war kein Platz, um darüber nachzudenken.

»Hast du Rocq gesehen?«

»Nein, nur gehört. Er hämmert schon länger in der Schmiede als wir hier schmücken. Ein Junge hat ihn schon im Morgengrauen dorthin eilen gesehen. Das scheint mal ein Schmied zu sein, dessen Hammer nicht wartet, bis das Metall erkaltet ist.«

Jarnes anzügliches Grinsen ließ Melana erröten. Wut spülte die Scham weg. Er konnte sich doch nicht einfach so davonstehlen. Schließlich siegte die Erleichterung. Er war nicht einfach weggelaufen, er hatte wohl nur das Gefühl, er müsse sich nützlich machen. Lächelnd schüttelte sie leicht den Kopf. Wäre er ihr bei den Hochzeitsvorbereitungen zur Hand gegangen, hätte dies mehr geholfen, als wenn er noch einen neuen Kalender fertigte. Egal, sie würde ihm nachher den Kopf zurechtrücken. Jetzt musste sie den Altar schmücken, die Opfer bereitstellen und sich für die heilige Zeremonie sammeln.

Knarrend öffnete sich die Tür zum Tempel. Ungläubig starrte Melana in das Halbdunkel. Seit Wochen hatte die Sonne nicht genug Kraft aufgebracht, um den Raum wirklich zu erhellen. Und ausgerechnet heute reichte es zumindest für einen Lichtstrahl, der sich bis zum Altar vortastete. Melana konnte sogar den Staub in der Luft tanzen sehen. Voller Vorfreude schloss sie die Tür hinter sich.

Die Mittagszeit war schon vorbei, als sie sie wieder öffnete. Vor dem Tempel warteten unfassbar viele Hochzeitsgäste. Das Gemurmel der Menge erstarb, als die Priesterin ins Freie trat. Melana wusste um ihre Wirkung. Der Kontrast des hierzulande eher seltenen schwarzen Haares auf dem weißen Kleid. Um den Hals trug sie an einer Lederkette ein Bronzeamulett in Form eines Halbmondes. Und damit auch der Letzte verstand, wer hier vor ihm stand, trug sie eine Krone, die sie aus Tang und Algen geflochten hatte. Die »Schaumgeborene« wusste zwar, dass solche Effekte den Glauben der Menschen nicht wirklich stärkten, aber sie konnten Türen aufstoßen in die wirklich tiefen Bereiche der Seele, dort, wo echter Glaube verankert wurde. Sie schritt durch die Menge, die sich vor ihr teilte – andächtig schweigend. Es war so still, dass das Schnaufen der Ochsen zu hören war, die noch in einiger Entfernung die Karren mit den Hochzeitspaaren Richtung Tempel zogen. Melana spürte, wie sich ihr Herzschlag allmählich beruhigte. Gewiss, es war aufwühlend, entrückte Gesichter mit tränenroten Augen zu sehen, zu fühlen, welche wie auch immer geartete Hoffnung diese Menschen mit ihr verknüpften. Sie sah auch Stirnfalten des Zweifels und spöttisch hochgezogene Mundwinkel. Diese Menschen hofften wohl höchstens auf ein Spektakel. Sie sollten es bekommen.

»Sie kommen!«

Der Ruf pflanzte sich durch die Reihen der Gäste fort. Hälse reckten sich. Melana konnte die Paare inmitten der großgewachsenen Fischer nicht sehen, aber sie wusste auch so, welcher Anblick sich den anderen bot. Die Paare standen aufrecht auf ihren Karren, wie Streitwagenlenker. Zusammen hielten sie die ledernen Zügel des Ochsengespannes. Das Band, das später vor dem Altar um ihre Hände verknotet würde, lag noch nur lose auf ihren Händen. Alle vier trugen Gewänder im zarten Grün junger Pflanzentriebe. Jeweils zwei Ochsen zogen die schweren Karren mit ihren Holzrädern über den Knüppelpfad zum Dorf. Selbst Fremde würden ergriffen sein. Melana ballte die Faust. So sehr sie die vier auch ins Herz geschlossen hatte, fühlte sie doch keine Ergriffenheit. Sie konnte ihre Gedanken nicht an diesen Platz oder an diesen Tempel binden. Wo blieb nur Rocq?

Die Ochsen bahnten sich schnaufend und schwitzend eine Gasse. Keiner wollte einen Blick auf die Schaumgeborenen und ihre Helden verpassen, deshalb machten die Menschen erst im allerletzten Moment Platz. Rocq! Er lief neben dem Wagen von Artes und Almene her. Und er grinste sie an. Keine Spur von Verlegenheit oder Scheu. Verwirrt rieb sich die Priesterin das Ohrläppchen. Egal, was immer ihn antrieb, alles schien in Ordnung zu sein. Jetzt hatte sie eine Aufgabe zu erledigen.

Sie drehte sich um und schritt den Ochsenkarren vorweg zum Tempel. Nur die Häuptlinge, Stammesältesten, Heiler und sonstige Würdenträger fanden Platz in dem noch immer nach frischem Holz duftenden Tempel. Hunderte Menschen lagerten davor, einige ließen sich sogar auf dem Marktplatz nieder. Von der Zeremonie im Tempel würden all diese Gäste nichts mitkriegen, aber das war egal. Im ersten Teil wurde der Bund vor den Augen der Göttin vollzogen, im zweiten vor den Augen der Mitmenschen bekräftigt. In dem Moment, in dem Melana ihren Tempel betrat, war sie nur noch Priesterin.

Tränen flossen, als sie Syria und Almene in ihrer Predigt direkt ansprach:

»Ihr seid wie ich Dienerinnen Astartes. Und das bleibt ihr, auch wenn ihr hier heiratet. Das Band, das euch mit Astarte verbindet, ist so stark, dass es der Boden ist, auf dem alle weiteren Bänder geknüpft werden, die heutigen zu euren Männern wie die künftigen zu euren Kindern. Und ihr, Artes und Hamilkar, steht der Göttin ebenso nahe wie wir geweihten Priesterinnen. Weil ihr längst wisst, was andere Männer noch lernen müssen: Astarte ist nicht die Göttin der Frauen. Sie hält ihre schützende Hand über jene, die Güter und Wissen in ferne Regionen tragen, wie über jene, die den Boden bestellen. Der Boden für dieses Volk, unsere neue Heimat, kann aber nur bestellt werden, wenn gesät und empfangen wird. Wie könnte Astarte also ihren Segen vorenthalten, nur weil die Regeln einer anderen Zeit gebrochen wurden? Diese neue Zeit verlangt nach neuen Regeln, die aber in ihrem Kern noch vom Geist der alten Zeit beseelt werden. Und nach diesen neuen Regeln gibt Astarte euch ihren Segen für den Bund, den ihr knüpft. Das Band der Liebe, das ich nun um eure Hände binde, soll euch für ewig miteinander, aber auch mit ihr verbinden.«

Melana verknotete das feine Tuch, die Gäste jubelten, als sie von den Paaren umrundet wurden. Als das Tosen und Klatschen endete, küssten sich die Paare, lösten die Bänder – und die letzten Verbindungen an die alten Regeln.

Syria und Almene stiegen auf das Podest, hakten Melana unter und führten die Verdutzte hinunter, direkt vor Rocq. In diesem Moment wurde aus der Priesterin die bloße Frau.

Rocq beugte ein Knie und ergriff Melanas rechte Hand.

»Mir ist klar, dass ich dir viele Rätsel aufgegeben habe. Wahrscheinlich hast du mich oft verflucht. Aber nicht häufiger als ich mich selbst, das kannst du mir glauben. Ich brauchte länger als nötig, um zu erkennen, wie sehr ich dich liebe. Ich war wohl ungeschickter als jeder andere darin, es dir zu offenbaren. Ich folgte Einflüsterungen statt meinem Gefühl. Deswegen könnte ich verstehen, wenn du nein sagst, aber ich frage dich doch: Willst du den Weg in die neue Zeit als meine Frau gehen?«

Lachend und weinend zugleich gelang es Melana nur, ein »Ja« zu krächzen. Dann nahm Rocq sie in den Arm und küsste sie. Bis Syrias Räuspern die beiden unterbrach.

»Wir wollen doch nicht alle Regeln brechen, oder? Bevor das hier weitergeht, erbitte ich Astartes Segen für euch.« Und mit lauter Stimme in den Saal: »Alle wieder setzen! Ruhe!«

Als Syria auf das Podest stieg, ergriff Melana ihren Arm. »Wir haben kein Band mehr.«

»Nein, am heiligen Tuch wollte ich mich nicht auch noch vergreifen. Deswegen habe ich als ewige Zeichen unserer Verbundenheit diese hier geschmiedet.«

Rocq öffnete die Faust, darin lagen zwei bronzene Ringe, auf denen strahlenförmige Einkerbungen zu sehen waren.

»Die sind ja wunderschön. Und sie passen sogar ineinander.«

»Weil ich sie aus dem abgebrochenen Sonnen-Mondrad meines letzten Kalenders herausgestanzt habe. Der größere – mein – Ring sollte die Sonne symbolisieren, dein Ring war der innere Kreis – der Mond.«

»Nun sind sie getrennt und doch Teil eines Ganzen. Ich werde deinen Ring mit Stolz tragen.«

»Aber erst, wenn ich meinen Segen dazu gegeben habe.« Syria schnappte sich die Ringe und sprang aufs hölzerne Podium.

Als drei statt zwei Paare auf den Ochsenkarren vor dem Tempel stiegen, um zum Marktplatz zu fahren, herrschte für die Dauer eines Wimpernschlages die Stille des Erschreckens, dann brach ein Jubelsturm los. Frauen sanken auf die Knie. Im Vorbeifahren hörte Melana, wie ein bärtiger Hüne offenbar seinem Sohn zubrüllte: »Hast du gesehen? Muttergöttin und Schmied sind vereint. Wir sind wahrhaft das auserwählte Volk.«

Die Feier war laut, derb, aber fröhlich. Es dauerte, bis Rocq und Melana die Gelegenheit hatten, ungestört miteinander zu reden.

»Es tut mir leid, dass ich dich so überrumpelt habe. Wäre es nach mir gegangen …«

»Angenommen – unter einer Bedingung.«

»Welcher?«

»Dass dies die letzte Entschuldigung von dir für lange lange Zeit ist.«

»Versprochen.«

Keine Frage war, dass Melana und Rocq auch als Paar ihr Versprechen Jarne gegenüber einhielten. Kaum ein Tag, an dem über der Schmiede kein Rauch aufstieg. Für eine kurze Zeit spielten die Sterne überhaupt keine Rolle für Rocqs Arbeit. Er experimentierte mit den Hochleistungsöfen, die er kennengelernt, und dem fremdartigen, neuen Metall, das ihm in den Schoß gefallen war. Schon nach kurzer Zeit gelangen ihm vortreffliche Angelhaken und Pflughaken, so dass er sich an seinen ersten Dolch wagte. Das allerdings noch ohne wirklichen Erfolg.

Melana heilte Wunden, die Schwerter oder Angelhaken schlugen, aber sie kurierte auch die Vergiftungen durch Pilze oder verdorbenen Fisch. Die Lehrjahre im Tempel von Tyros waren die Aussaat gewesen, jetzt erntete sie.

Vereinzelt trafen kleinere Gruppen von Flüchtlingen aus dem Süden bei ihnen ein, die in der Heimat unter der sterbenden Sonne nichts mehr ernten konnten. Sie alle waren fassungslos, dass diese Nordmänner den Hungerwurm mit jedem Netz voll zappelnder Fische verspotteten. Die Gemeinschaft wuchs.

Der wachsende Bauch, über den Melana streichelte, hatte aber nichts mit den vollen Holzschüsseln auf den Esstischen zu tun.

EPILOG

Legur spürte schon wieder beißenden Hunger. Die wässrigen, gestreckten Suppen, die ihm Tyr in seine Schüssel gefüllt hatte, hielten nicht lange vor. Der ehemalige Heiler hatte so oft nachgefragt, dass Legur volle drei Tage gebraucht hatte, um die Geschichte seiner Eltern zu erzählen. Und der Alte gab immer noch keine Ruhe.

»In welchem Monat wurdest du geboren?«

»In dem Monat, in dem tief im Süden der orange funkelnde Antares seinen Dienst als Himmelswächter antritt.«

»Der Stern, der das Herz des Skorpions bildet?«

»Ja.«

»Hat dein Vater je herausgefunden, was Malech gemeint hatte, als er sagte, die Himmelsscheibe sei ein Werkzeug in seiner Hand gewesen?«

»Ich vermute nicht, aber mein Onkel ist als Gesprächsthema an unserem Herdfeuer tabu. Nur ganz selten, wenn ich alleine mit ihm im Wald oder auf See bin, bricht es aus Vater heraus, wie tief der Verrat durch seinen Bruder ihn getroffen hatte.«

»Der Verrat war viel größer, als er ahnt. Er hätte es erfahren, wenn er je in die Heimat zurückgekehrt wäre. Vor anderen hatte Malech die Ideen deines Vaters immer verhöhnt, die Himmelsscheibe geradezu missbraucht – und er ließ eure Verwandten ermorden.«

»Was? Wen denn?«

»Deinen Onkel Rigur im Nachbardorf, er war der Bruder der beiden. Und noch einige Vettern. Hiermit!« Tyr zückte einen schwarzglänzenden Obsidiandolch und ging schwerfällig auf Legur zu. »Und ich war sein Werkzeug.«

Legur sprang auf.

Da wendete der alte Mann die Klinge, hielt Legur den Griff hin, fiel auf die Knie und senkte den Kopf. »Richte mich!«

Legur nahm den Dolch und steckte ihn in seinen Gürtel. »Dies ist kein Altar, und ich bin kein Priesterfürst. Steh auf und erzähle.«

Mühselig rappelte sich Tyr wieder auf und setzte sich wieder. »Malech war schon als Junge neidisch auf deinen Vater gewesen. Später kam sein Glaube hinzu. Er empfand es als lästerlichen Übermut, den Willen der Götter ergründen zu wollen. Nein, es ging ihm eigentlich nur um den Willen Sols, des einzigen Gottes, den er anbetete. Er sah nur Chaos, wo Rocq Ordnung entschlüsselte. Er träumte von der Herrschaft eines Gottes im Himmel und eines Herrschers auf Erden. Und nicht nur er allein träumte davon. Er fand Dutzende Gleichgesinnte in den nahen Sonnentempeln, auch mich. Als eines Tages Priester aus einer fernen Stadt kamen, die fast so heißt wie ich …«

»Tyros?«

»Genau. Sie – wir – schmiedeten Pläne, wie Gottes Wille umgesetzt werden könnte, wie man mit einem Schlag all den falschen Glauben enthaupten müsste. Es waren Spinnereien, bis Malech begriff, dass sein Bruder ihm mit seiner Himmelsscheibe das Werkzeug für einen solchen Schlag geliefert hatte.«

»Sie verabredeten, zu einem bestimmten Termin loszuschlagen?«

»Im Frühling zur Aussaat im damals folgenden Schaltjahr. Die Priester aus Tyros reisten nicht auf direktem Weg in die Heimat, nein, sie überredeten die anderen Sonnenanbeter, ihre vielen anderen Kalender beiseitezulegen, verbreiteten den Plan und den Termin. Ohne die Himmelsscheibe hätten wir nur viele Nadelstiche an ganz unterschiedlichen Tagen gesetzt. Dank ihr wurde daraus ein wuchtiger Schwerthieb am selben Tag. Und dann erschien Hamilkar mit seinen Karren voller verlockender Güter. Damals hätte Rocq schon misstrauisch werden müssen.«

»Wieso, war Hamilkar auch Teil der Verschwörung?«

»Nein, nein, er war als Seemann immer ein Anhänger der Muttergöttin. Aber Hamilkar wollte deinen Vater von Anfang an auf diese Insel locken, auf der die Frauen regieren. Malech war die ganze Zeit strikt dagegen – bis zum Besuch der Priester. Er sah die Chance, an der Front mit dem stärksten Widerstand für seinen Gott kämpfen zu können. Da drängte auch er auf Abfahrt.«

Legur schüttelte den Kopf. »Und sie schlugen tatsächlich los.«

»Fast überall. Anfangs glaubten die Priester sogar, das Beben, die Welle und der Staub wären Zeichen für Sols Unterstützung. Tatsächlich behinderte sie das aber. So vermute ich, dass der Priester, der die Glaubensbrüder auf die Seite der Verschwörer ziehen sollte, die am heiligen Steinkreis auf der *Zinn-Insel* beteten, in den Wirren nie angekommen ist. Und was noch wichtiger war: Der Ascheschleier in der Luft schwächte die Sonne. Wer wollte so einen Schwächling als Alleinherrscher am Himmel?« Tyr rieb sich die Augen. »Derweil versündigten sich die Schwächlinge am Boden. Ich erstach deinen Onkel, weil er die Muttergöttin verteidigte. Deshalb habe ich den Tod schon seit Jahren verdient.«

»Aber du wirst ihn nicht von meiner Hand bekommen. Malech verstand es meisterhaft, Menschen zu lenken. Wie ein Puppenspieler für die Kinder. Niemand weiß das besser als mein Vater. Er würde dir verzeihen, also werde ich das auch tun.«

»Aber er ist nicht dein Vater!«

»Was redest du da?«

»Rechne es selbst nach. Du bist ein halbes Jahr nach der Hochzeit geboren worden.«

»Na und, meine Eltern haben das Gelübde früher gebrochen, weil sie verschmelzen wollten.«

»Aber sie haben sich die drei Monate vor der Hochzeit überhaupt nicht gesehen. Sie waren nicht zusammen, als du gezeugt wurdest.

Es tut mir leid, Legur, aber ich fürchte, deine Mutter hat Malech damals im Wald nicht abwehren können. Er hat sie geschändet. Du bist Malechs Sohn!«

HISTORISCHE ANMERKUNGEN

Es liegt auf der Hand, dass die Helden und Schurken dieses Romans erfunden sind. Dennoch irren Rocq, Melana und Malech nicht durch eine Fantasy-Welt, sondern durch unsere – genauer: die apokalyptische Welt, die die **Explosion des Santorin** hinterließ. Der Vulkanausbruch war vermutlich die größte Naturkatastrophe der Menschheit. 2003 wurde in losem Bimsstein auf Santorin der verkohlte Ast eines Olivenbaums gefunden. Dessen »Kohlenstoff-Uhr« ergab: Der Baum versank um 1627 vor Christus in glühender Vulkanasche. Der Tsunami, dem die Helden nur mit knapper Not entkommen, versetzte der minoischen Hochkultur auf Kreta einen tödlichen Schlag. Archäologen fanden Spuren des Tsunamis an der Nordküste Kretas wie in der gesamten Ägäis. Dutzende Meter hohe Wellen verwüsteten insbesondere Küsten und dahinterliegende Tiefebenen. Die Eruption schleuderte so viel Asche in die Atmosphäre, dass die Welt über Monate, wenn nicht Jahre, einen vulkanischen Winter erlebte. Weil nicht mehr ausreichend Sonnenlicht bis zur Erde gelangte, verkümmerte das Getreide, Vieh starb oder musste geschlachtet werden, Menschen verhungerten in Massen. Die zuvor weitgespannten Handelsnetze zerrissen. Wissen ging verloren.

So auch bei der **Himmelsscheibe von Nebra**. Die älteste konkrete Himmelsdarstellung der Welt ist ein einzigartiger Fund. Die erste astronomische Uhr revolutionierte unser Wissen darüber, welche kulturellen Höchstleistungen die Menschen der Bronzezeit – auch in Mitteldeutschland, fernab der bekannten Hochkulturen – vollbrachten. Im Mai 2008 hatte ich das Privileg, bei einem Pressetermin von den besten Kennern der Himmelsscheibe einige ihrer Geheimnisse enthüllt zu bekommen: Dr. Harald Meller, der als Landesarchäologe von Sachsen-Anhalt die Scheibe zwei Raubgräbern in einem filmreifen Coup entriss, und sein Mitarbeiter Dr. Alfred Reichenberger weckten bei mir die Begeisterung für die Himmelsscheibe. Falls dieser Roman wissenschaftliche Erkenntnisse über diesen Organizer der Bronzezeit fehlerfrei transportiert, habe ich ihnen gut zugehört; eventuelle Patzer gehen auf meine Kappe. Der Schöpfer der Scheibe hatte einen Code gefunden, der das um elf Tage längere Sonnen- mit dem kürzeren Mondjahr in Einklang brachte und so genaue Kalender ermöglichte. Seine Schaltregel: Meist erscheint der Mond im Frühjahr als dünne Sichel bei den Plejaden. Taucht er hingegen wie auf der Scheibe als dicke Sichel auf, ist ein Schaltmonat einzufügen. Auch die Zahl von 32 Sternen ist ein Signal: Dauert es 32 statt 30 Tage, bis der Mond wieder erscheint, muss geschaltet werden. Heute bedienen wir uns dafür des Schaltjahrs. Doch das Wissen dieses Meisters der Zeit ging bereits nach kurzer Zeit verloren. Die letzten Nutzer der Scheibe konnten deswegen in ihr keinen Kalender mehr erkennen, sondern sahen sie als Kultgegenstand. Sie brachten an den Seiten Horizontbögen an, die mit ihrem Winkel von 82 Grad die Wendepunkte der Sonne am 21. Juni und am 21. Dezember am Mittelberg markieren. Diese Daten waren wichtig für die Architektur von Kreisgraben-Anlagen wie Goseck oder Stonehenge, aber sie repräsentierten nur noch steinzeitliches Wissen. Das ebenfalls später angebrachte, stark gebogene Schiff mag den täglichen Lauf der Sonne symbolisiert haben. Es belegt eine in der Schlussphase nur noch kultische Nutzung der Scheibe ebenso wie die Lochungen an der Seite, die die Vermutung nahelegen, dass die Scheibe – an Schnüren aufgespannt – bei Prozessionen wie eine Standarte präsentiert wurde.

Schließlich wurde die Scheibe bestattet, aufrecht in einem Steinkistengrab, mit Prunkschwertern, Spiralringen und Beilen als Grabbeigaben. Aber warum?

Am 30. August 2010 lief eine Meldung über den Ticker der Nachrichtenagentur dpa, die eine Erklärung bot. Forscher der Universitäten Halle und Mainz waren sich sicher: Der Vulkanausbruch von Santorin habe die Scheibe für die Menschen wertlos gemacht. Die Vulkanasche habe den Himmel für bis zu 25 Jahre verfinstert, die mittlere Jahrestemperatur sank um ein bis zwei Grad, kühle, nasse Sommer sorgten für verheerende Missernten. Die Himmelsscheibe als exakter Taktgeber für Aussaat und Ernte verlor ihre Funktion. Die Priester, ihre Rituale, vielleicht sogar der Sonnenkult als solcher dürften in Frage gestellt worden sein. Die Himmelsscheibe wurde auf dem damals heiligen Mittelberg bei Nebra vergraben und damit geopfert. Sogar im weit entfernten Stonehenge endete die Zeit, in der die Ringanlage genutzt wurde.

Erstmals reifte in mir der Gedanke, dass dies der Stoff für ein Buch sei. Und da mir unsere neugeborene, offenbar mit einer Schlaf-Allergie auf die Welt gekommene Tochter das Geschenk vieler nutzbarer Nachtstunden machte, begann ich diesen Roman zu schreiben.

In dem noch schriftlosen Mitteleuropa gibt es keine Aufzeichnungen über die Apokalypse. Daher basieren die historischen Beschreibungen des Romans auf Erkenntnissen aus archäologischen Arbeiten. So bewegen sich die Helden dieses Buches von Tyros über Zypern nach Kreta auch in dem »Mittelmeer-Kreisverkehr«, der diese erste Epoche der Globalisierung geprägt hatte. Der Fund des »Schiffes von Uluburun« vor der Südwestküste der Türkei und die Erforschung der untergegangenen Handelsstadt Pavlopetri im Süden Griechenlands haben unsere Kenntnisse über den schwunghaften Fernhandel, dessen Schwungrad das minoische Kreta war, erweitert. Das Schiffswrack und die Schiffsdarstellungen in der unter Vulkanasche erstickten Stadt **Akrotiri** auf **Santorin** sind die wesentlichen Quellen unseres Wissens über Schiffsbau und Segeltechniken in der minoischen Welt.

Bei der Namensgebung half nur ein Mix aus Faktentreue und Phantasie. So war die Stadt **Tyros** im heutigen Libanon zu der Zeit, in der dieser Roman spielt, bereits 1000 Jahre alt. Wie sie genannt wurde, ist aber offen. Ich habe ihr den eingeführten Namen gelassen und Hamilkar zu einem »phönizischen Händler und Kapitän« gemacht, damit sich der Leser leichter orientieren kann. Tatsächlich haben sich die dort lebenden Menschen nicht so genannt, sondern wurden erst von den Mykenern Jahrhunderte später so bezeichnet.

Enkomi auf **Alasija**, wo die Priesterinnen zu der Flüchtlingsgruppe stoßen, ist die bronzezeitliche Metropole Enkomi auf Zypern, das in alt-ägyptischen und hethitischen Quellen Alasija genannt wurde. Der lateinische Name »cuprum« für Kupfer erinnert daran, dass dieses für die Menschen über Generationen vor allem ein zyprisches Erz war. Kupfer färbt nicht nur die Erinnerungen, sondern auch den Fluss, der auf Türkisch »Kanlidere« genannt wird – »Blutfluss« –, den die *Dido* auf dem Weg nach Enkomi befährt.

Die südkretische Hafenstadt **Kommos**, wo Melana und Rocq erstmals aufeinander treffen und wo sie dem Tsunami entkommen, ist nach dem gleichnamigen Ausgrabungsort benannt. Der bronzezeitliche Hafen lag 6,25 Kilometer von Phaistos entfernt, der minoischen Siedlung, die den zweitgrößten Palast nach Knossos aufweist und wo 1908 der **Diskos von Phaistos** gefunden wurde. Die Tonscheibe ist ein ebenso einzigartiger Fund wie die Himmelsscheibe, von ihrem Entdecker zudem in dieselbe Entstehungszeit datiert – zwischen 1700 und 1600 vor Christus. 242 Zeichen wurden in den weichen Ton gestempelt, bevor er gebrannt wurde. Damit ist der Diskos das älteste Druckwerk der Welt. Trennlinien ordnen die Zeichen zu 61 Symbolgruppen an, also möglicherweise Wörtern oder gar Sätzen. 45 verschiedene Zeichen finden sich: klare Bildsymbole wie ein schreitender Mann, ein Delphin oder Fisch sowie ein Baum. Ebenso findet sich eine Scheibe, auf der sieben kleinere Scheiben prangen. Als Himmelsscheiben-Vorgeschädigter musste ich da an den Mond und die Plejaden denken. Die Einbindung des Diskos in meinen Roman fiel natürlich leichter, weil er nach wie vor nicht entziffert werden konnte. Der letzte Vorschlag stammt von Ende 2014 von Forschern aus Heraklion und Oxford, die den Text als eine Ode auf eine Form der Weiblichkeit als Mutter oder Göttin verstehen.

Die Reise der Romanhelden an die von dem Tsunami niedergewalzte kretische Nordküste und weiter zu den späteren Profiteuren der Naturkatastrophe auf den Peloponnes bewegt sich auf sicherem archäologischem Grund.

Kudonija war der minoische Name des heutigen Chania, die Hafenstadt ist eine der am längsten ununterbrochen bewohnten Städte Europas. Die Nekropole, die den Überlebenden in meinem Roman nicht mehr als geeignete Begräbnisstätte erscheint, wurde von Archäologen unter dem heutigen Stadion lokalisiert. Auch was die Bestattungsriten angeht, war das 17. Jahrhundert vor Christus eine Achsenzeit. In vielen Kulturen wurden die Verstorbenen plötzlich auf andere Weise bestattet – möglicherweise in Reaktion auf die Katastrophe.

Pylos ist der Standort des mykenischen Palastes, den wir als »Palast des Nestor« kennen. Er war das Ziel von Odysseus wie auch meiner Helden. Aber ebenso wie der Listenreiche mussten auch Hamilkar und seine Gefährten am **Kap Malea** (»Teufelskap«), dem südlichsten Punkt des Peloponnes, dem Düseneffekt zwischen der Halbinsel und der vorgelagerten Insel Kythera Tribut zollen. Beide wurden weit nach Süden abgetrieben. Während die Odyssee des antiken Helden aber zehn Jahre dauerte, ließ ich meine Helden mit einem kleinen Umweg davonkommen. Laut dem Archäologen Eberhard Zangger verbarg sich unweit des Palastes ein künstliches Hafenbecken, dessen Verlanden durch das Aufstauen eines Flusses verhindert wurde.

Beim Namen **Sikelia** für Sizilien habe ich mich des klassischen griechischen Namens für die Insel bedient; Sardinien heißt **Nuraghia** nach den rund 6500 Nuraghen genannten Felstürmen auf der Insel, die meist Kultbauten waren, seltener Burgen oder Gräber; Korsika wird die **Bienenkorb-Insel** genannt – namensgebend sind die bienenkorbartigen, 3 bis 7 Meter hohen, einräumigen Gräber, in denen offenbar aber auch Getreide verarbeitet worden war.

Das Unterwassersegel, das die *Dido* zwischen Sardinien und Korsika gegen Wind und gegen die Oberflächenströmung zieht, indem es eine gegenläufige Unterwasserströmung ausnutzt, entsprang meiner Phantasie. Dort gibt es keine derartige Unterwasserströmung – wohl aber in den Dardanellen. Von daher stammt meine Inspiration – und der Matrose, der Hamilkar den entscheidenden Tipp gibt.

Bei der Heimsuchung der Seefahrer durch Seuchen ließ ich mich von Schiffstagebüchern der dänisch-norwegischen Kriegsflotte aus dem 18. Jahrhundert inspirieren, die die Krankheitsfälle auf den Fahrten nach Westindien und ins Mittelmeer dokumentierten.

Aude, der Ort des Hinterhaltes durch den selbsternannten Auserwählten, ist benannt nach dem gleichnamigen südfranzösischen Fluss, der heute ein Schattendasein weitgehend abseits der Schiffbarkeit fristet, in der Bronzezeit aber Teil der Zinn- und Bernstein-Fernhandelsrouten war. Die Werftenmetropole **Lous** ist natürlich Toulouse, von hier aus reisen Rocq und Melana über das **Fluss-Meer** der Gironde zum Atlantik.

Die Reiseroute der Flüchtigen ist auf diesen Etappen deckungsgleich mit der von einem der größten Entdecker der Antike, Pytheas von Massalia, der Nordeuropa erkundete, während Alexander der Große nach Indien vorstieß. Da alle Händler zwischen Aude und Garonne eine 65 Kilometer lange Landpassage überwinden mussten, erscheint es mir denkbar, dass damals eine Art Kreditsystem zur Geltung gekommen sein mag, bei dem auf der Aude zurückgelassene Schiffe mit an der Garonne neu zu erwerbenden verrechnet wurden und umgekehrt.

Ligne ist Carnac in der Bretagne, berühmt für seine 3000 Menhire, die zu »Alignements« aufgereiht stehen. Möglich, dass schon die Menschen der Bronzezeit nicht mehr wussten, warum ihre Ahnen in der Steinzeit diese imposanten Steinreihen schufen. Die Nutzung der Anlage endete rund 700 Jahre vor der Himmelsscheibe. Klarer ist der Sinn der Höhensiedlung **Camp du Lizo**, nordöstlich von Carnac. Geböschte Erdwälle und die Höhe schützten die Bewohner der gegen Ende der Bronzezeit errichteten Siedlung in unruhigen Zeiten.

Wer damals im Fernhandel sein Auskommen fand, kam an der **Zinn-Insel** nicht vorbei. Zinn war in der Bronzezeit das, was das Erdöl heute ist: unverzichtbar, selten und kostbar. Entsprechend emsig wurde der Boden dort durchwühlt, wo sich viel davon fand: auf den Britischen Inseln. In Cornwall zeugen noch heute Schächte in den Steilküsten und Mondlandschaften voller Senken vom Fleiß der Bergleute. Auf diesem Boden, der einst reich war an Zinnerz, in der kargen Hochebene des Bodmin Moors stehen »The Hurlers« – drei Steinkreise, die zwar längst nicht so imposant sind wie Stonehenge, aber dennoch faszinierend. Sie sollen um 1500 v. Chr. errichtet worden sein – Melana, Rocq, Malech und Hamilkar könnten die ersten Bauarbeiten also tatsächlich erlebt haben. Auch diese Steinkreise hatten eine Kalenderfunktion, aber eine, die auf Sonne und Mond verzichtete. Denn vor 3500 Jahren zur Wintersonnenwende, also dem 21. Dezember, spiegelten die drei Kreise in ihrer Nord-Süd-Orientierung ziemlich exakt die Konstellation des Oriongürtels im Sternbild Jäger wider – wie die Pyramiden von Gizeh. Die Schöpfer der »Hurlers« markierten also das für die Aussaat zentrale Datum, ohne weiter Sonnenanbeter sein zu müssen.

Doch die »Hurlers« werden, wie heutige Gotteshäuser oder das ältere Stonehenge, nicht nur für eine Kulthandlung genutzt worden sein. Welche spirituellen Vorstellungen die Menschen mit ihren Tempeln verknüpften, lässt sich aus archäologischen Befunden nur bruchstückhaft herauslesen. Man stelle sich nur vor, welches Bild sich künftige Archäologen von der christlichen Religion machen würden, wenn sie nur Kruzifixe und ein Kirchenfenster mit der Szene der Enthauptung von Johannes dem Täufer finden würden.

Von daher wäre es vermessen, zu glauben, wir wüssten, was einst in **Stonehenge** geschah. Um 3000 v. Chr. wurde der Bau begonnen, die letzte Veränderung fand um 1600 v. Chr. statt, was zumindest die Hypothese erlaubt, dies könne mit einer Abkehr vom Sonnenkult im vulkanischen Winter zusammenhängen. Klar ist zumindest, dass Stonehenge Teil einer weitläufigen sakralen Landschaft war, in der Rituale zelebriert wurden, die Tod und Wiedergeburt sowie die Allmacht der Götter feierten. Der Steinkreis von Stonehenge funktionierte dabei weniger wie eine Sternwarte, aus der heraus Himmelsphänomene beobachtet wurden, sondern wie ein Sextant, mit dessen Hilfe man die vergehenden und wiederkehrenden Sonne und Mond anvisieren konnte.

Nicht zufällig ließ ich Rocq und Melana ihre neue Heimat im dänischen Jütland finden, gelangte doch dort ausgerechnet nach 1600 v. Chr. das Metallhandwerk zu einer Blüte, während in Mitteleuropa das kulturelle Leben ein dunkles Zeitalter erlebte.

Dass tatsächlich bereits seit der Bronzezeit Menschen derart lange Reisen unternahmen, ist bei manchen Forschern umstritten, wie die heftige Ablehnung zeigte, die dem Ethnologen Hans Peter Duerr entgegenschlug. Der Forscher fand im Watt vor der Hallig Südfall statt der legendären Handelsmetropole Rungholt Mediterranes aus der Bronzezeit: Scherben von Schalen und Kannen, eine Lanzenspitze, Weihrauch, Kopalharz, Lapislazuli und ein minoisches Siegel. Das Ganze unterhalb einer Torfschicht, die sich ab dem 13. Jahrhundert v. Chr. gebildet hatte.

Landesarchäologen schäumten, fortan war das Graben im Watt verboten.

Doch die Wut und Empörung wurden auch aus dem Gefühl gespeist, derart vermeintlich primitive Kulturen wie die der Bronzezeit seien zu solchen Leistungen gar nicht fähig gewesen. Ein Irrtum, wie ich finde. Wenn mein Buch nicht nur unterhalten hat, sondern auch die Botschaft transportierte, dass die Welt der Bronzezeit unserer in vielem durchaus ebenbürtig gewesen ist, wäre ich zufrieden.